Angela Huth

Quartett für zwei

PIPER ORIGINAL

Angela Huth

Quartett für zwei

Roman

Aus dem Englischen
von Regina Keller

Piper München Zürich

Von Angela Huth liegen im Piper Verlag außerdem vor:
Brombeertage (Serie Piper 2607)
Das verheiratete Leben (Serie Piper 2749)
Meeresleuchten (Serie Piper 3051)

Ich danke Humphrey Burton,
meinem lieben und geduldigen
musikalischen Berater.

Deutsche Erstausgabe
Dezember 2000

Titel der englischen Originalausgabe:
»Easy Silence«, Little, Brown and Company, London 1999

Satz: Satz für Satz. Barbara Reischmann, Leutkirch
Druck und Bindung: Clausen & Bosse, Leck
Printed in Germany ISBN 3-492-27011-5

Für Diana Baring

Wir schauen vor und zurück
Und verzehren uns nach Phantomen,
Noch unser aufrichtigstes Lachen
Ist schmerzbefrachtet;
Unsere süßesten Lieder erzählen von traurigstem Sinnen.

PERCY BYSSHE SHELLEY

1

»Wohin heute?«

»Nach Slough.«

»Slough?«

»Slough.«

»Ich hätte nicht gedacht, daß ...«

»Irgendein Industriegebiet. Irgendein Saal. Ziemlich gute Akustik, wenn ich mich richtig erinnere.«

»Slough! Ich muß schon sagen! Ich kann mir nicht vorstellen, daß das ein guter Auftritt wird, da draußen in ...«

»Da irrst du dich, mein Herzblatt.«

»Du Armer, da wirst du erst spät wieder zurück sein.«

»Nicht besonders spät.«

»Slough ... Mozart?«

William Hendel warf seiner Frau einen prüfenden Blick zu. Er kannte nur zu genau jenes Leuchten in ihren blauen Augen, das Höflichkeit von wirklichem Interesse unterschied. Heute war sie wohl einfach geschafft von dem anstrengenden Tag, den sie ihm beim Tee lang und breit geschildert hatte. Also beschloß er, daß es sich diesmal um bloße Höflichkeit handelte. Eigentlich wollte sie die Antwort gar nicht wissen, und mit Sicherheit war sie nicht auf sämtliche Einzelheiten des Programms erpicht. William ersparte sie ihr.

»Ja, Mozart«, war alles, was er sagte.

»Bist du sicher, du hast die richtigen ...«

William klopfte auf seine Mappe mit den Noten. »Dreimal nachkontrolliert.« Seit er vor fünf Jahren für ein großes Konzert in Manchester statt Brahms Bach eingepackt hatte, vergewisserte er sich jedesmal mit fast schon neurotischer Sorgfalt.

»Na denn.« Grace gab ihm einen Klaps auf die Schulter. Sie hörte, wie das steife Material seines Regenmantels aufplatzte. Morgen würde sie ihm bei einer passenden Gelegenheit vorschlagen, daß er sich einen neuen zulegte. Jetzt irgend etwas zu sagen, wäre grundverkehrt. Zwar litt William vor Konzerten nicht mehr so heftig unter Lampenfieber wie früher, aber nach seiner zweiten Tasse Tee beschäftigte er sich an solchen Tagen in Gedanken gerne schon mit der Musik. Jede Ablenkung verstimmte ihn dann. Grace war allerdings die einzige, die um seine Empfindlichkeit wußte. Sie reichte ihm seinen Geigenkasten und öffnete die Haustür. Auf dem kleinen Wagen in der Auffahrt glitzerten Regentropfen.

»Ach, wie ärgerlich.« Als nicht besonders guter Fahrer war er stets nervös, besonders bei Dunkelheit und Regen. »Ich hatte gehofft, es hätte aufgehört.«

»Wenn du zurückfährst, hat es sich bestimmt aufgeklärt«, sagte Grace, die viel von aufmunterndem Zuspruch hielt.

»Gute Nacht, mein Herzblatt.« William küßte sein Frau auf die Wange. Wenn er die Hände frei hatte, umfaßte er gerne ihr Kinn und küßte sie leicht auf den Mund. In ihren ersten Turtelzeiten hatte er herausgefunden, wie sehr ihr das gefiel. Inzwischen war es zu einem kleinen Ritual zwischen ihnen geworden. Beladen mit Instrument und Notenmappe, konnte er ihr jetzt aber nur einen, wie sie es scherzhaft nannten, Prä-Konzert-Kuß geben. Tasche und Geigenkasten stießen gegen ihre Schenkel. Lächelnd wich sie zurück.

»Fahr vorsichtig.«

»Mach ich.«

Auf der ganzen Fahrt nach Slough hatte William Ärger mit den Scheibenwischern. Entweder liefen sie zu schnell oder zu langsam. In keiner Gangart (ein modernes Wort, das zu benutzen William sich zu seinem Verdruß gelegentlich gezwungen sah) erfüllten sie ihre Funktion ordentlich. Die Scheibe blieb schmierig, ein abstraktes Gemälde, dessen Muster sich im Schein von bunter Neonreklame und Straßenlaternen ständig verschob. William mußte langsam fahren, um zu erkennen, wie weit entfernt die entgegenkommenden Autos mit ihren blendenden Scheinwerfern tatsächlich waren. Er hatte Angst, sich zu verspäten. Gern hätte er auf seine Uhr gesehen, aber Grace hatte ihm immer wieder eingeschärft, daß ein Fahrer den Blick niemals von der Straße abwenden sollte. So verzichtete er auf den Blick zur Uhr.

Mehr als der Regen beunruhigte William heute abend allerdings etwas anderes. Im irritierenden Lichtergeflirre versuchte er sich zu besinnen, was es war. An einer roten Ampel (Handbremse vorsorglich angezogen) fiel es ihm ein: Andrew. Andrew Fulbright. Andrew, sein bester Freund, sein Freund seit fast dreißig Jahren, die beste Bratsche für jedes Quartett im ganzen Land ... war weg. Weg! Es war noch immer unfaßbar. William konnte sich die Situation nachher im Umkleideraum ohne Andrew gar nicht vorzustellen. Ohne Andrews Witzeleien über seine schäbige weiße Krawatte (ein Geizkragen in mancher Hinsicht, hatte er sich nie dazu bewegen lassen, sie zu ersetzen); ohne sein Genörgel über die Banalität des Programms, sofern nicht auch irgendein schwieriger moderner Komponist vorkam; ohne seinen Protest über das warme Bier, das nach Konzerten gereicht wurde; ohne seine Kritik an der mangelnden Rücksichtnahme der Britischen Eisenbahn auf all jene, die spät nach Hause wollten. Der gute Andrew! William und die anderen beiden Mitglieder des Ulmen-Quartetts hatten sich so an sein Gemecker gewöhnt, daß ihre mitfühlenden Reaktionen – teils unisono, teils solo – längst genauso automatisch kamen wie die Eröffnungstakte von Mozarts Köchelverzeichnis 458. Und immer schafften sie es, Andrew aufzumuntern. Er erholte sich stets schnell von seinem meist nur eingebildeten Unglück. Innerhalb weniger Minuten lachte er dann wieder und stimmte sein Instrument, lange bevor er die Bühne betrat, mit einer leidenschaftlichen Genauigkeit, über die die anderen nur staunen konnten. Und mochte er ein Stück auch noch so oft gespielt haben, nie schaltete Andrew auf Automatik, jedesmal legte er seine ganze Seele ins Spiel. Während die anderen häufig müde, gelangweilt oder gereizt waren, war auf Andrew stets Verlaß gewesen. Nun war Andrew nicht mehr da. Das Konzert heute würde das erste ohne ihn sein.

Das Auto hinter William hupte viermal im Rhythmus des ersten Takts von Beethovens Fünfter. Das war ein Signal, das William verstand. Statt sich über die Ungeduld des anderen Fahrers zu ärgern, beruhigte er sich. Es konnte heißen, daß der andere ebenfalls ein Musiker auf dem Weg zum Konzert war. Bereitwillig legte William den Gang ein und stellte fest, daß die Ampel mittlerweile von Grün zu Gelb gewechselt hatte. Trotzdem machte er einen Satz nach vorn, um bloß den Kerl hinter sich nicht noch mehr zu reizen. Grace behauptete, das kleinste Zögern könne heutzutage schon einen Straßenkrieg auslösen. William hatte keine Ahnung, was er machen sollte, falls ein wütender Fahrer streitlustig gegen die Scheibe trommelte. Grace sagte, er solle das Auto stets von innen versperren, sobald sich eine bedrohliche Situation ankündige. Doch eine solche war ihm noch nie begegnet, und mittlerweile hatte er auch vergessen, wie man die Türen von innen schloß. Nervös trat er also in dieser möglicherweise allerersten bedrohlichen Situation heftig aufs Gaspedal und schoß bei Dunkelrot vorwärts, worauf aus allen Richtungen ein wüstes Hupkonzert einsetzte, das ihn vage an Gershwins Taxihupen in »Ein Amerikaner in Paris« erinnerte.

Als er sich wieder beruhigt hatte und nicht mehr krampfhaft das Steuer umklammerte, kehrte er in Gedanken zu Andrew zurück. Der traurige Sachverhalt sah so aus, daß Andrew sich wegen »Ehe-Ärger« gezwungen gesehen hatte, das Ulmen-Quartett vorzeitig zu verlassen. Er hatte William gestanden, daß die Dinge sich nach vielen schwierigen Jahren schließlich zugespitzt hatten. Entweder die verdammten Konzerte, hatte Zara gesagt, oder sie. Er habe die Wahl. Zara, eine Anhängerin des Dreiklangs, hatte ihn angeschrien: Musik, Musik, Musik – sie habe die Schnauze voll nach zwanzig Jahren Musik. Er könne also entweder gehen, gehen, gehen oder auf der Stelle kündigen und bleiben, bleiben, bleiben. Als ehrenhafter Mann, der seinen Hochzeitsschwur nicht vergessen hatte, blieb Andrew nichts anderes übrig, als sich für seine Frau zu entscheiden. Er hatte die Bratsche seinem Sohn übergeben und geschworen, nie mehr zu spielen, was Zaras Triumph verdoppelte.

Der offizielle Grund für Andrews Weggang war eine fortschreitende Arthritis in der Schulter, die sich durchs Spielen weiter verschlimmern würde. William (erste Geige), Rufus (zweite Geige) und Grant (Cello) hatten ihn zwar nie darüber klagen hören, drangen aber nicht weiter in ihn. Sie suchten vielmehr nach Ersatz und organisierten Vorspieltermine. William konnte sich noch gut an die wochenlangen elenden Prüfungen hoffnungsvoller junger Talente – sehr eifriger hoffnungsvoller Talente – erinnern, die ihre Lieblingssonate von Brahms herunterkratzten. Nicht einer von ihnen hätte Andrew mit seinen ganz speziellen Qualitäten im Ulmen-Quartett ersetzen können, doch irgendwann war eine Entscheidung fällig. William und die anderen beiden waren sich einig, daß ein Mädchen, das Bonnie hieß, noch die beste Wahl sei – obwohl jeder von ihnen im Grunde einen Mann vorgezogen hätte. Nach all den vielen Bewerbern konnte William sich kaum noch an Bonnie erinnern, nur daß sie einen dichten Pony und einen denkwürdigen Mund besaß. Für ihr Vorspiel hatte Bonnie einen Teil des Konzerts für Bratsche von Walton gewählt, was Andrew gefreut hatte: Das sei ein Mädchen, sagte er, das eine Herausforderung nicht scheue. Da die anderen gerne wollten, daß Andrew mit seinem Ersatz zufrieden war, und ihr Spiel in der Tat originell, wenn auch ein wenig sprunghaft war, stand die Entscheidung für sie mehr oder weniger fest. Außerdem lief ihnen die Zeit davon. Zara schaute sich in Yorkshire schon Häuser an, um sicherzugehen, daß Andrew nicht wortbrüchig würde, und alle hatten sie inzwischen genug von Vorspielterminen. Daß sie pro Tag ein Dutzend Hoffnungen zunichte machen mußten, gefiel ihnen überhaupt nicht.

Vor dem ersten gemeinsamen Konzert hatte es viele Proben mit Bonnie gegeben. William hatte sich darauf konzentriert, den einzigartigen Klang von Andrews Bratsche aus seinem Gedächtnis zu streichen. Und Bonnie mit dem wippenden Pony tat ihr Bestes. Sie war ruhig, anpassungsfähig und nahm jede hilfreiche Anregung gerne auf. William versuchte sich einzureden, daß er sich mit der Zeit an ihre befremdliche Anwesenheit gewöhnen werde. Momentan sah er in ihr eher einen Ersatz als ein menschliches Wesen. Gewiß war sie eine gute, eine besonders gute Musikerin, wie sie nach etwa einer Woche gemeinsamen Spiels feststellten. Aber als junges Mädchen aus Fleisch und Blut existierte sie für William vorerst nicht.

Heute abend würde Bonnies erstes Konzert als Mitglied des Ulmen-Streichquartetts stattfinden. Das war es, was William beunruhigte. Deswegen fiel ihm die Fahrt in Dunkelheit und Regen schwerer als sonst. Wie um Himmels willen würde es sein? Nie mehr so wie früher natürlich. Vier alte Freunde, so vertraut mit den wechselseitigen Empfindlichkeiten, so bemüht, die jeweiligen Schwächen des anderen zu kaschieren ... Und nun mußten sie sich auf eine neue Spielerin einstellen, von deren Neigungen, Leben, Verhalten und Umgang mit Partituren sie nichts wußten. Und außerdem war dieses Mitglied, dieser Ersatz, kein Mann. Beschämt über seine ungerechten heimlichen Befürchtungen, rief William sich sofort zur Ordnung: Es war doch nur fair, diesem Mädchen – oder der jungen Frau, was immer sie war –, dieser Bonnie eine Chance zu geben. Sie war doch bestimmt ziemlich nervös und würde alle Unterstützung brauchen können, die er, Grant und Rufus ihr anständigerweise zu geben hatten. Das Ganze war schlicht und einfach ein Alptraum.

Als William schließlich vor dem Konzertsaal im Industriegebiet von Slough anhielt, regnete es so stark, daß die Scheibenwischer endgültig ihren Geist aufgaben. Aber dafür war ihm Bonnies Familienname eingefallen. Morse. Bonnie Morse. Nicht gerade ein Name, der ein Programm schmückte. Er nahm sich vor, Grace das Aussehen und den Auftritt der neuen Bratsche am nächsten Morgen in allen Einzelheiten zu schildern. Zum Abschluß würde er ihren Namen mit jener komischen Stimme heraustrompeten, mit der er sein Mißfallen zu tarnen pflegte. Grace mußte dann immer lachen. Bonnie Morse. Wirklich! Da würden sie sich wieder einmal sehr einig sein!

Als William durch den Regen zu der erleuchteten Tür eilte, während Geigenkasten und Notentasche gegen seinen knisternden Regenmantel schlugen, fiel ihm auf, daß er nicht eine Sekunde an den Mozart gedacht hatte, den er gleich spielen würde. Er tröstete sich allerdings mit dem Gedanken, daß die Stücke ihm so vertraut waren, daß es diesmal auch so gutgehen würde. Beunruhigender war die Tatsache, daß vor ihm gerade ein Mädchen angekommen war. Regenglänzender Rücken wie bei einem Seehund. Bratschenkasten professionell unter den Arm geklemmt. Bonnie Morse höchstpersönlich.

Das war ein schlechter Anfang. Er hatte den anderen versprochen, als erster da zu sein. Um diese Bonnie zu begrüßen, sie willkommen zu heißen, sie zu beruhigen. Wie es sich für ihn als erste Geige gehörte.

William begann zu rennen. Er sah sie schon durch die Flure irren und nach dem Raum suchen, den die Manager der Katzenfutterfirma, die das Konzert sponserte, das »Künstlerzimmer« zu nennen beliebten. Jetzt war bereits klar, daß die Wahl der neuen Bratsche ein Fehler war. Da kam Ärger auf die drei zu. Bei dem Gedanken an den fehlenden Andrew litt William plötzlich wie ein trauernder Hinterbliebener. Von Schuldgefühlen getrieben, versuchte er in der Eile eine Pfütze zu überspringen. Ungeschickt wie ein taumeliges Insekt im Spätsommer machte er einen großen Satz, glitt beim Landen aus, stürzte, stand wieder auf. Verfluchte Bonnie Morse. Auf den letzten nassen Metern bis zur Tür versuchte er sich mit Gedanken an Mozart zu trösten. Ohne Erfolg.

Es war Grace, die beim Frühstück am nächsten Morgen mit dem Thema anfing, das William eine lange, schlaflose Nacht bereitet hatte.

»Und – wie lief es mit der neuen Bratsche?«

»Gut. Ganz ordentlich. Sie ist nicht schlecht. Sogar ziemlich gut.«

»Sie?«

»Habe ich dir das gar nicht erzählt, mein Herzblatt?« Nach so vielen Jahren versorgte er seine Frau nicht mehr mit den meist auch nicht besonders interessanten Ulmen-Neuigkeiten. »Die neue Bratsche ist eine Sie.«

Grace kratzte mit der Butter so lange auf ihrem Toast herum, bis sie nur noch eine fast kalorienfreie hauchdünne Schicht bildete.

»Nein, hast du nicht.«

»Ich fand es wohl nicht so wichtig. Nach all diesen Vorspielen, von denen keines irgendwie herausragend war. Ich habe die Kandidaten schließlich alle durcheinandergebracht. Vermutlich habe ich vergessen, dir mitzuteilen, daß wir uns am Ende für diese junge Frau, Bonnie Morse, entschieden haben.«

»Bonnie Morse?«

»Genau.« Beide mußten sie über den Namen lächeln, genau wie William vermutet hatte.

»Eine junge Frau?«

»Bis jetzt habe ich noch nicht entschieden, ob sie eine junge Frau oder ein älteres Mädchen ist. So was kann man ja schlecht fragen. Sie hat einen mädchenhaften Pony, aber weibliche Hüften, finde ich.«

Jetzt konzentrierte Grace sich darauf, die Marmelade genauso dünn zu verstreichen wie die Butter.

»Wieso weißt du das mit ihren Hüften, wenn sie doch beim Spielen den ganzen Abend gesessen hat?«

»Ich stand hinter ihr, als sie sich am Schluß verbeugte.«

»Ach so«, sagte Grace nach einer Weile. »Und wann ist euer nächster Auftritt?«

William rutschte kaum merklich auf seinem Stuhl herum und griff nach der »Times«, um ein Ende des Gesprächs anzudeuten.

»Northampton, am Freitag.«

»Vielleicht sollte ich mitkommen, um mir selber ein Urteil zu bilden.«

»Lohnt sich nicht. Warte lieber, bis sie sich eingelebt hat und wir hier irgendwo in der Nähe spielen.«

»Es ist doch nur eine Stunde Fahrt dahin.«

»Der ganze zweite Teil besteht nur aus Benjamin Britten. Du weißt doch, wie allergisch du auf Britten bist.«

»Stimmt«, sagte Grace. »Gut, dann also nicht. War nur so eine Idee.«

Sie verfielen wieder in jenes angenehme Schweigen, das sie sich beim Frühstück angewöhnt hatten. Neuigkeiten tauschten sie gerne beim Nachmittagstee aus, kurz bevor William zu einem Konzert aufbrach. Sie sprachen dann auch über anliegende Termine, berichteten, was ihnen im Laufe das Tages durch den Kopf gegangen war, und manchmal, gegen Abend hin, tauchten sie auch in Erinnerungen ein. Mehr als durch ausdrückliche Erklärungen versicherten sie sich so ihrer langen ehelichen Liebe.

Nach dem Frühstück stellte William seinen Becher und seinen Teller auf die Geschirrspülmaschine – sein einziger Beitrag zur Hausarbeit – und ging nach oben. Grace räumte rasch den Tisch vollends ab. Für die strikte Alltagsroutine, die sie seit Jahren mit Erfolg einhielten, war ein fester Zeitplan die Grundvoraussetzung. Da sie beide zu Hause arbeiteten, hatten sie vor Jahren beschlossen, es sei am besten, wenn sie beide versuchten, so zu tun, als sei jeder allein im Haus. Man mied einander also mit Bedacht, was anfangs schwerfiel – ein paar Pannen passierten –, mittlerweile jedoch eine Gewohnheit war, über die man gar nicht mehr nachdachte. Mit ein paar zusätzlichen praktischen Tricks schlossen sie die Gefahr vormittäglicher Begegnungen aus. So bekam William zum Beispiel einen Wasserkocher und Kaffee ins Zimmer gestellt, damit er für seine Elf-Uhr-Pause nicht in die Küche hinunter mußte. So war gewährleistet, daß sie einander nicht auf der Treppe trafen – etwas, das sie beide, einer unausgesprochenen Übereinkunft folgend, zu vermeiden versuchten. Denn, wie Grace einmal fragte, was sagen lang verheiratete Ehepaare zueinander, wenn sie sich auf der Treppe begegnen? Sie umgingen diese heikle Situation, wohl wissend, daß ein zerstreutes Lächeln oder das Ausbleiben einer heiteren Bemerkung selbst in den glücklichsten Ehen leicht zu Mißverständnissen führen kann.

Grace wartete, bis sie ihren Mann aus dem Badezimmer kommen und die Treppe zum zweiten Stock hoch gehen hörte. Oben in seinem schallgedämpften Zimmer würde er dann am Fenster stehen und seine Violine stimmen. Er würde durchs Fenster auf den schlichten kleinen Garten mit den regelmäßig gepflanzten Rosenstöcken und den dunklen Ligusterhecken hinuntersehen und sich für die nächsten zwei Stunden in Brahms oder wen auch immer versenken, bevor er sich an seine Schreibtischarbeit machte. Und wenn er zufällig einmal an sie, Grace, dachte, würde er sie unten in ihrem Studio ebenso in ihre Arbeit vertieft wissen. Die Brille halb auf die Nase gerutscht, den winzigen Zobelhaarpinsel in der Hand und einen Bogen Papier vor sich, würde sie jedes einzelne Äderchen in eine Butterblume einzeichnen. Ihr »Blumenführer für Kinder« beschäftigte sie nun schon seit fünf Jahren, und so wie es aussah, würde es bis zu seiner Fertigstellung noch einmal fünf dauern. Grace wußte es zu schätzen, daß William immer noch Interesse an ihren Fortschritten zeigte und Fragen von Freunden nach dem Erscheinungsdatum des Buchs beharrlich auswich.

Falls William seine Frau jedoch tatsächlich mit ihren Blumen beschäftigt glaubte, so täuschte er sich. In letzter Zeit hielt sie sich mindestens bis zum späten Vormittag nicht mehr in ihrem Studio auf. Seit Luciens Besuche begonnen hatten, war ihre Arbeitsroutine durcheinandergeraten. Und ebensowenig wußte William, daß Grace, wenn er an manchen Morgen die Zeitung fünf Minuten länger als sonst las, ganz starr vor heimlicher Anspannung wurde. Falls Lucien nämlich unangekündigt durch die Küchentür hereinkam, was er gewöhnlich tat, und William immer noch beim Frühstück saß – nun, Grace wagte sich nicht auszumalen, was dann passieren könnte. So sah sie sich gelegentlich gezwungen, ihren Mann nach einem ängstlichen Blick zur Uhr auf sanfteste Weise zur Eile anzutreiben.

»Du liebe Güte, es ist schon fast halb zehn«, sagte sie dann etwa und stellte seinen Teller ins Spülbecken, um ihm diese Pflicht abzunehmen.

»Du liebe Güte, ja.«

»Du solltest jetzt wohl besser anfangen.«

»Ja, das sollte ich. Wie recht du hast, mein Herzblatt. Der Mendelssohn.« Und während er die ersten paar Takte summte, machte er sich auf den Weg nach oben.

William schien die versteckte Dringlichkeit ihrer sanften Vorschläge nie zu bemerken, und dieser Hauch von Gefahr verlieh dem Frühstück einen Reiz, den Grace beinahe genoß.

An dem Morgen nach Bonnie Morses erstem Konzert mit dem Ulmen-Streichquartett gab es für Grace keinen Grund, William zur Eile anzutreiben. Er war schneller als sonst fertig, da es ihn drängte, in seinem schallgedämpften Zimmer allein zu sein.

Dort nahm er aber nicht seine Violine heraus, um sich in seine geliebte Musik zu versenken, so wie Grace es sich ausmalte, sondern ließ sich in den niedrigen Sessel fallen und streckte die Beine auf eine Weise von sich, die er sich unten nie gestattet hätte. Mit einem Bleistift begann er gegen seine Zähne zu trommeln, und zwar im Rhythmus einer Passage aus der »Siziliana« des d-Moll-Konzerts von Mozart, das sie gestern abend gespielt hatten. Manchmal summte er auch ein wenig, aber das unmelodiöse Brummen deprimierte ihn – es ähnelte nicht im entferntesten dem reinen Klang in seinem Kopf.

Wenn er ehrlich sein sollte, dann war der Abend gestern viel besser verlaufen, als er erwartet hatte. Sogar ziemlich gut. Ein volles Haus und lebhafter Applaus. Bonnie Morse hatte, wie er zugeben mußte, keine Fehler gemacht. Vielleicht war sie ein bißchen zögerlich gewesen und bei einem Einsatz eine Idee zu spät – aber verdammt noch mal, das Mädchen mußte doch schrecklich nervös gewesen sein beim ersten Auftritt mit einem so bekannten Quartett. Sie machte ihre Sache wirklich gut, wie Grant und Rufus anschließend bei einem kurzen Treffen auf dem Parkplatz anerkennend feststellten, nachdem Bonnie in einem kleinen roten Wagen fröhlich winkend davongefahren war. Natürlich würde er noch ein bißchen mit ihr üben müssen, sie in die Eigenarten des Ulmen-Quartetts einführen. Aber das sollte kein Problem sein. Er ahnte, daß sie eine schnelle Auffassungsgabe hatte. Ein helles Mädchen. Kein angehendes Genie, aber sie besaß so eine gewisse Art, eine ansteckende Energie, die – und das mochte William sich beinahe selbst nicht eingestehen – dem Ulmen-Streichquartett nach so vielen Jahren nur guttun konnte, wenn es sich seinen makellosen Ruf bewahren wollte.

Williams Sorge galt eher der Zukunft des Quartetts, und die hätte er am liebsten verdrängt. Es war ihm vollkommen klar, daß ein Quartett nicht ewig in seiner ursprünglichen Besetzung spielen konnte. Sie hatten eine lange, ziemlich erfolgreiche Zeit hinter sich. William dachte häufig an den Tag zurück, als Rufus und er nach einem Kricketspiel im Dorf mit ihrem Bier im Schatten einer Ulme saßen und Pläne schmiedeten. Zu der Zeit war Rufus ein begeisterter Kricketspieler – im dörflichen Team genoß er den Ruf eines schnellen Werfers. Ihm gefiel das ganze Drum und Dran eines nachmittäglichen englischen Kricketspiels – der grüne Rasen, die weiße Kleidung, der Tee, die Kameradschaftlichkeit. Am meisten aber gefiel ihm, wie Iris, seine zerbrechliche Frau, hingegossen in einen Liegestuhl, die zarten Wangenknochen halb vom Rand eines Strohhuts verdeckt, ihm so begeistert zujubelte. An jenem Tag hatte Iris sich nicht wohl gefühlt und war nicht mitgekommen; und während die beiden bis spät in den Nachmittag beieinandersaßen, kam ihnen die Idee mit dem eigenen Quartett. Rufus kannte Andrew, der sofort begeistert mit einstieg. Und so dauerte es dann nur wenige Wochen, bis sie durch die Vermittlung eines musikinteressierten Freundes Grant fanden. Seitdem hatte es keinen personellen Wechsel gegeben. Kurz nachdem sie ihr Quartett gegründet und ein paar bescheidene Konzerte gegeben hatten, zerrte Rufus sich bei einem allzu heftigen Wurf die Schulter. Danach hatte er beim Kricketspielen stets Schmerzen, weswegen er den Sport aufgab – ohne es zu bereuen, wie er versicherte. Statt dessen widmete er sich einer schonenderen Beschäftigung: der Rettung der Feldlerche. Schon als Junge hatte er sich für Vögel begeistert und war entsetzt über das Aussterben so vieler einheimischer Arten – vor allem der Feldlerche. Denn er liebte nicht nur die Musik, sondern auch den englischen Dichter Shelley mit seinem berühmten Gedicht »An eine Feldlerche«.

William wußte, daß Rufus Musiker besser beurteilen konnte als er selbst, da er ein feineres Gehör besaß. Außerdem konnte er instinktiv entscheiden, wer zu wem paßte und wie verschiedene Spieler einander am besten ergänzten. Als William anfangs noch große Bedenken hatte, war Rufus es, der ihn überzeugte, daß Bonnies Spiel gut zur Klangfarbe der anderen drei passen würde. Und schließlich war es ebenfalls Rufus, der William bei Bonnies Vorspiel drängte, nicht nur seine Vorurteile beiseite zu lassen, sondern auch zu bedenken, daß eine Richtungsänderung (das heißt ein weibliches Mitglied) dem Ulmen-Quartett neuen Schwung verleihen könnte. Und den würde es eines Tages womöglich brauchen. Als die Spieler nach dem Konzert in Slough die Bühne verließen, hatte William Rufus angestupst und ihm zugeflüstert, er habe wie immer recht gehabt. Rufus hatte seinem alten Freund nur kurz zugenickt. Es fiel ihm nicht leicht, ein Lob anzunehmen.

Nach dem Konzert hatten die Mitglieder des Quartetts noch eine Weile im Künstlerzimmer beieinandergesessen und an dem drittklassigen Wein genippt, den die Katzenfuttersponsoren ausgegeben hatten. Obwohl sie am liebsten so schnell wie möglich nach Hause gefahren wären, waren sie noch ein wenig geblieben, um Bonnies lobenswerten ersten Auftritt zu feiern. Und während dieser gemeinsamen halben Stunde hatte Bonnie ihre ersten vorsichtigen – und recht charmanten – Versuche unternommen, ihre Mitspieler kennenzulernen. Als erstes bewunderte sie Grants Cello. Sie fragte, ob sie mit dem Finger über die Saiten fahren dürfe, was ihr gern gestattet wurde. Dann stellten Grant und Bonnie fest, daß sie trotz der zehn Jahre Altersunterschied beide denselben bewunderten Lehrer gehabt hatten. Außerdem hörte William, wie sie sich über ein Thema unterhielten, das ihn nicht im mindesten interessierte – ausländisches Essen. Grant war ein hervorragender Koch, auch wenn schwer vorstellbar war, wie er in seiner chaotischen Küche überhaupt zurechtkam. William beobachtete, wie Bonnie besonders interessiert zuhörte, als Grant diverse Zubereitungsarten von *Chili con carne* aufzählte. Er fand, ihm als Leiter des Quartetts stünde nun auch ein angemessener Anteil ihrer Aufmerksamkeit zu, bevor es Zeit zum Aufbruch wurde. Als er ihr leicht auf die Schulter tippte, ließ sie Grant bereitwillig stehen und widmete sich ganz ihm. Das Gespräch mit ihr war nicht neu für ihn, er hatte es in all den Jahren auf ähnliche Weise schon unendlich oft mit anderen geführt, und doch war es an jenem Abend im Künstlerzimmer im Industriegebiet von Slough von einer eigenartigen Frische.

»Und Sie, Mr. Hendel, sind Sie zufällig ein Nachfahre …?«

William enttäuschte ungern die Menschen, die ihm diese immergleiche Frage stellten. Er pflegte dann stets leicht zu nicken, was sich als Zustimmung deuten ließ. Wenn jemand allerdings genauer nachfragte, wies er selbstverständlich auf die unterschiedliche Schreibweise hin. Aus irgendeinem Grund brachte ihn Bonnies neugieriger Blick dazu, sofort mit der Wahrheit herauszurücken.

»Ich muß leider ... wir schreiben uns unterschiedlich. Keinerlei Verwandtschaft.«

»Trotzdem ist es doch für einen Musiker bestimmt nicht von Nachteil, in irgendeiner Variation Händel zu heißen.« Bonnie lächelte verständnisvoll, und es war ihr keine Enttäuschung anzumerken. Das war erfreulich. William war es gewöhnt, daß das Interesse der Menschen abflaute, sobald sie erfuhren, daß er sich mit »e« statt »ä« schrieb. »So wie lebende Schriftsteller, die zufällig Shakespeare heißen«, fuhr Bonnie fort. »Ich weiß, daß es zumindest einen guten modernen Romancier gibt, der Shakespeare heißt. Ich wette, das ist kein Nachteil.«

William stimmte ihr mit einem stummen Nicken zu. Er kannte den Schriftsteller nicht, den Bonnie meinte, nahm sich aber insgeheim vor, beim nächsten Besuch in einem Buchladen ...

Dann brach Bonnie auf. Sie klemmte ihren Bratschenkasten so unter den Arm, wie es keiner der anderen Spieler je getan hätte. Sie lächelte in die Runde und dankte allen für ihre Freundlichkeit. Sie habe ziemlich große Angst gehabt, sagte sie, doch alle drei hätten ihr Mut gemacht. Ihr gewinnendes Lächeln zauberte Grübchen in ihre Wangen. Geradezu imponierend empfand William aber Bonnies Mund in Ruhestellung. Ihre Oberlippe warf sich zu einem zart geschwungenen Bogen auf, der sogar Michelangelo hingerissen hätte. Auf der ganzen Rückfahrt hatte er sich, erneut gegen den Regen ankämpfend, in Gedanken teils mit ihrem Mund, teils mit dem Pony beschäftigt, der ihr bis über die Augen fiel. Eines Tages, so phantasierte er, würde sie ihn, während sie eine obskure Partitur zu lesen versuchte, zurückwerfen, und es käme ein Augenpaar zum Vorschein, das ihrem Mund ebenbürtig war.

Inzwischen war es nach zehn. William kam allmählich in Bewegung. Eigentlich hatte er das Weihnachtsprogramm für

Manchester zusammenstellen wollen, bevor er mit dem Üben begann. Statt dessen wanderten seine Gedanken nach Northampton, zu der Aufführung am kommenden Freitag. Bonnie hatte gesagt, sie sei mit dem vorgeschlagenen Programm sehr einverstanden, aber William fand es nur fair, zu überprüfen, wie vertraut sie mit Brittens drittem Streichquartett war. Es war wirklich kein leichtes Stück. Falls ihr Bedenken kamen, wären die drei Männer durchaus in der Lage, es durch ein anderes zu ersetzen, auch wenn die Programmhefte schon längst gedruckt waren.

Grace, die unten an ihren Butterblumen saß, würde sicher nicht mitbekommen, daß er mit einem Telefonanruf von seiner Tagesroutine abwich, und so holte er den Zettel mit Bonnies Nummer aus seiner Tasche, den sie ihm gestern abend gegeben hatte. Irgendwo im Durcheinander auf seinem Schreibtisch mußte auch der Brief mit ihrer offiziellen Zusage liegen, zusammen mit Lebenslauf, Adresse und Telefonnummer. Doch William war zu ungeduldig, um zwischen all den Papieren danach zu suchen. Statt dessen studierte er die Zahlen, die sie mit rotem Stift geschrieben hatte, und versuchte, aus den kühn hingeworfenen Ziffern irgendwie auf ihren Charakter zu schließen.

Er ließ das Telefon zwei Minuten lang klingeln. Niemand nahm ab. Er kehrte in seinen Sessel zurück und wunderte sich über seine leichte Rastlosigkeit. Dann stand er schuldbewußt wieder auf und griff zu seiner Geige. Gnädigerweise stellte sich die gewohnte Ruhe wieder ein. Er übte bis zum späten Vormittag, machte sich seinen Kaffee mit zwei Teelöffeln Zucker, was Grace ihm unten nie erlaubt hätte, und versuchte anschließend noch einmal, Bonnie anzurufen.

In der Küche ließ Grace Luciens übliches Trommelfeuer über sich ergehen.

»Diese Woche hat sie mir ganz schön zu schaffen gemacht«, sagte er gerade. »Irgendwas muß sie verärgert haben. Fragen

Sie mich nicht, was. Und an wem läßt sie es aus? Verdammt noch mal!«

Er meinte seine Mutter, Lobelia Watson, der Grace nie begegnet war. Offenbar war sie ein Monster. Seit sie sich vor einigen Monaten kennengelernt hatten, hatte Lucien Grace immer wieder ausführlich den insgesamt verabscheuenswerten Charakter seiner Mutter und ihre diversen Untaten geschildert.

»Zum Beispiel gestern abend. Sie kommt von ihrer Therapeutin – wenn sie der was vorgejammert hat, ist sie nachher immer noch schrecklicher –, und schon geht es los mit Lucien hier und Lucien da, hol deine Sachen aus der Waschmaschine und häng sie auf und so weiter. Dann kommt: Lucien, du verstehst mich nicht. Lucien, du denkst immer nur an dich – woher weiß die alte Kuh, was in meinem Kopf vorgeht? Dann fängt sie natürlich wieder von Drogen an. Jeden Tag geht es um Drogen. Sie schneidet kleine Geschichten aus der Zeitung aus, wo drinsteht, daß irgend jemand eine Überdosis genommen hat und gestorben ist. Die legt sie mir neben das Bett, so wie sie mir früher als Kind immer kleine Vasen mit Gänseblümchen hingestellt hat. Ziemlich hirnrissig.«

Er nahm seinen Becher mit Kaffee in beide Hände und blickte Grace an. Dann huschten seine Augen sofort wieder zu irgendwelchen Dingen in der Nähe – seinen Fingernägeln, dem Aschenbecher auf dem Tisch oder einem Bleistift. Grace hatte ihn kaum je aus dem Fenster oder sonstwo in die Ferne blicken sehen. Es war, als könne er Horizonte nicht ertragen. Er mußte den Dingen, die er betrachtete, stets nahe sein.

»Wissen Sie, was ich glaube? Ich habe es Ihnen schon so oft gesagt. Sie sollten ausziehen. Sobald wie möglich.«

»Wie denn, zum Teufel?«

»Sie müssen sich eine Arbeit suchen.«

»Wie denn, zum Teufel? Was kann ich denn? Wer will mich denn?«

»Seien Sie nicht albern, Lucien. Wenn Sie sich Mühe geben, können Sie alles.«

»Sie würde durchdrehen, wenn ich weggehe.«

»Darauf müssen Sie es eben ankommen lassen. Die meisten Eltern sind ziemlich erleichtert, wenn ihre Kinder fortgehen. Nur wenige Mütter wären froh, wenn ihr vierundzwanzigjähriger Sohn noch zu Hause wohnt.«

»Sie kennen meine Mutter nicht. Ich bin alles, was sie hat. Alles, wofür sie verdammt noch mal lebt, behauptet sie – na ja, sie sagt es vielleicht nicht in diesen Worten. In ihren Augen mache ich nichts richtig, aber wenn ich sie verließe, würde sie mir das nie verzeihen. Einmal hab ich zu ihr gesagt, Mum, hab ich gesagt, was ist, wenn ich ein Mädchen kennenlerne, das nicht nur für eine Nacht ist? Wenn ich mit ihr zusammenziehen möchte? – Und was hat sie gemacht? Hat sich verpißt und eine ganze Flasche Wodka getrunken. Und wer mußte am nächsten Morgen die Bescherung wegmachen? Also ehrlich!«

Grace hatte all dies in Abwandlungen schon viele Male gehört. Lucien begann jedesmal mit einem Schwall wütender Klagen, durchsetzt mit Fragen, auf die er keine ehrliche Antwort erwartete. Gewöhnlich kühlte sich seine morgendliche Wut nach einer halben Stunde ab. In der zweiten Hälfte seines Besuchs verwandelte er sich dann in jenen jungen Mann, an dem Grace ein seltsames Gefallen fand. Immer noch fahrig und ungehobelt, war er jetzt aber auch lebhaft, interessiert und neugierig und staunte über Dinge, die Grace ziemlich normal erschienen.

»William und ich haben Jack anfangs schrecklich vermißt, nachdem er ausgezogen war«, sagte sie, was nicht ganz stimmte, »aber wir waren auch ziemlich froh. Frei.«

»Ja, gut, Ihr Jack. Das kann man doch überhaupt nicht vergleichen.«

Grace merkte, daß er sich beruhigte. Eine Weile saßen sie schweigend da. Es war ein angenehmes Schweigen, aber anders als mit William. Wenn sie an diesem Tisch dem stummen William gegenüber saß, wußte sie sich geborgen in jener Liebe und Zuneigung, die in all den langen Jahren einer glücklichen

Ehe gewachsen waren und keiner Worte, keiner Fragen, keiner Analysen bedurften. William und sie schätzen dieses friedliche, wissende Schweigen und konnten es auch genießen. Sie schätzten ihre wortlose Übereinkunft, daß sie auf ständige Beteuerungen nicht angewiesen waren. Das war der Lohn gemeinsamer, von Achtung getragener Jahre. Bei Lucien fehlte dem Schweigen diese wechselseitige Gewißheit. Er für seinen Teil dachte ohnehin nur an sich. Die ausschließliche Beschäftigung mit diesem »begrenzten Thema«, wie William, der den jungen Freund seiner Frau nur schwer ertragen konnte, es einmal nannte, war sehr modern. Das entging Grace nicht, und sie war gleichzeitig abgestoßen und fasziniert von Luciens Egoismus. Es ließ sich nicht abstreiten, daß auch sie selbst während der vielen Stunden, die sie mit Lucien am Küchentisch verbrachte (Stunden, die für ihre Arbeit an dem Buch verloren waren), nur mit ihrem Besucher beschäftigt war. Das wußte er. Er las in ihren Augen, wie sie mit Fragen kämpfte. Und ihre Anteilnahme verdoppelte auf angenehmste Weise seine Selbstbezogenheit.

»Sie wundern sich sicher über mich.« Das sagte er etwa einmal pro Woche.

»Ja, ziemlich.«

»Wundern Sie sich nur weiter. Wenn Sie mit irgendwelchen prima Vorschlägen kämen, wäre ich nur halb so glücklich.«

Er schenkte ihr ein kurzes Lächeln. Ein Lächeln, das sein graues Gesicht auf bezaubernde Weise aufleuchten ließ. Fältchen um die dunklen Augen, unrasiertes Kinn, unglaublich weiß blitzende Zähne, obwohl er sich regelmäßig brüstete, daß er sie, aus Protest gegen die Ermahnungen seiner Mutter, nie putzte. (Jack, der seine Zähne seit Kindheitstagen stets regelmäßig geputzt hatte, verfügte jetzt über ein sehr unerfreuliches Lächeln: gelbliche Zähne mit viel zuviel Zahnfleisch, die er von keinem der beiden Elternteile geerbt hatte.)

»Und, wie geht's mit dem Buch voran?« fragte Lucien schließlich. »Jeden Tag eine Butterblume?«

»Leider nein. So funktioniert das nicht.«

»Na gut. Sie hatten mir doch versprochen, daß ich mal ein paar Zeichnungen sehen darf. Ich selber stehe ja mehr auf Damien Hurst, wie Sie wissen. Aber ich bin sehr anpassungsfähig. Heute tote Kühe und morgen Butterblumen. Kühe ... Butterblumen – da gibt's doch bestimmt eine Verbindung?«

Er grinste. In solchen Momenten tadelte Grace sich für ihren Eindruck, daß irgend etwas an Lucien nicht ganz einwandfrei war. Er hatte doch den Charme eines ziemlich albernen Schuljungen. Eine Wärme und Freundlichkeit, die Jack nie besessen hatte. Und Jack hatte auch nie das geringste Interesse an der Arbeit seiner Mutter gezeigt. Grace lächelte.

»Eines Tages zeige ich sie Ihnen«, sagte sie. »Und Sie haben versprochen, daß ich Ihre Mutter mal kennenlerne.«

»Das können Sie, jederzeit.« Das war seine Standardantwort, aber ein Treffen hatte bis jetzt nicht stattgefunden.

Grace drängte ihn. »Wann?«

»Ich organisiere das. Nach ihrer Therapiesitzung ist sie nachmittags meist zu Hause. Kommt immer ganz aufgekratzt zurück. Weil sie soviel Geld ausgegeben hat, denk ich mal.«

»Ich habe immer Zeit. Jeden Nachmittag.«

»Musik in meinen Ohren.« Lucien grinste erneut. »Die meisten Menschen, die ich kenne, haben ständig was zu tun.«

»Ja, heutzutage scheint ein ziemlicher Konkurrenzdruck zu herrschen.«

»Das stimmt.« Manchmal ließ Lucien sich, wenn er ihr zustimmen wollte, zu absonderlichen Bemerkungen hinreißen, die Grace so außergewöhnlich fand, daß sie sie William weitererzählte (der sie nur selten beeindruckend fand). Doch heute kam er schnell wieder auf seine Mutter zurück. »Ich an ihrer Stelle hätte längst die Nase gestrichen voll – jeden Nachmittag für fünfunddreißig Pfund die Stunde jammern.«

»Manche Menschen finden, daß es ihnen guttut, mit einem Spezialisten zu reden.«

»Zu denen gehört sie. Eine ihrer Illusionen.«

»Jeder Mensch braucht Illusionen.«

»Trotzdem. Es tut ihr überhaupt nicht gut.«

»Es braucht Zeit.«

Lucien runzelte die Stirn und schenkte sich noch Kaffee ein. Grace spürte, daß er heute ungewöhnlich unruhig war.

»Was treibt Ihr Meister eigentlich den ganzen Morgen da oben in seinem Zimmer?«

»Er übt. Stellt Konzertprogramme zusammen.«

»Vielleicht sollte ich mal zu einem seiner Auftritte kommen«, sagte er.

»Ich glaube nicht, daß das Ihre Wellenlänge wäre.«

»Woher wissen Sie das? Gut, ich stehe auf Heavy Metal, aber ich kann auch auf Beethoven abfahren. Ehrlich. Ich hab ja schon gesagt, ich bin anpassungsfähig.« Es folgte ein langes Schweigen, während Grace sich ausmalte, wie Lucien und sie als seltsames Paar in einem Ulmen-Konzert saßen.

»Allzu scharf scheinen Sie darauf nicht zu sein«, sagte Lucien schließlich.

»Ich habe mir nur gerade vorzustellen versucht, ob es Ihnen gefallen könnte.«

»Na klar. Das wäre irre, ganz toll. Und wenn nicht, könnten wir immer noch rausgehen.«

»Das könnten wir nicht«, sagte Grace streng.

Lucien nahm ihre Hand und grinste erneut. »Natürlich nicht. Nur ruhig Blut, Mrs. H. Ich wollte Sie nur ein bißchen aufziehen. Ich würde brav sitzen bleiben. Ihnen keine Schande machen, ehrlich.«

Grace zuckte die Achseln. Sie versuchte, ihm ihre Hand zu entziehen, aber Lucien hielt sie fest.

»Na gut. Ich schaue mal, was demnächst ansteht. Vielleicht beim nächsten Beethoven.«

»Ich kann auch Brahms, Schubert und Schumann vertragen, kein Problem. Alles außer Strauß.« Ihm entging nicht, wie überrascht sie über die Liste von Komponisten war, von denen sie nicht geglaubt hätte, daß er sie überhaupt kannte. »Machen

Sie kein so geschocktes Gesicht. Wir haben in der Schule auch ein bißchen Unterricht in einem Fach gehabt, das ›Verständnis für Musik‹ hieß. Die Stunden haben mir gefallen. Ich weiß noch, wie ich mal während der ›Fingalshöhle‹ eine Strecke Koks durchgezogen habe. Hat es schwer aufgepeppt.«

»Ich bin nicht schockiert«, sagte Grace entschieden. Lucien ließ ihre Hand los.

»Natürlich nicht. Sie sind nie schockiert, Mrs. H., Gracie. Das gefällt mir an Ihnen. Und ich bin für Sie ein ungehobelter Kerl, und ich glaube, das mögen Sie an mir. Sie könnten meiner Mum sicher ein, zwei Dinge beibringen. Aber das möchte ich Ihnen ersparen. Würde wohl auch nicht klappen.« Er stand auf. »Ich werde jetzt gehen, bevor Sie mich auffordern müssen. Bis morgen. Danke für den Kaffee.« Er stellte seinen Becher auf die Geschirrspülmaschine, die einzige Geste, die er mit William gemeinsam hatte. Dann verschwand er so plötzlich, als habe er irgend etwas Dringendes zu erledigen. Wie jedesmal, wenn er gegangen war, war Grace erleichtert: Gefahr vorüber. Aber beim Gedanken an sein morgiges Wiedererscheinen spürte sie auch eine etwas beunruhigende Hochstimmung. Ihre seltsame Freundschaft war fast so etwas wie ein Geheimnis. Mit seinen Besuchen wirbelte Lucien ihren geregelten Alltag durcheinander, und dafür war Grace ihm dankbar. Das Vergnügen an seinen eigenartigen Besuchen war ihre einzige Untreue, wie sie William lachend gestand. Der war Lucien nur einmal kurz begegnet und konnte ihre Ansicht, daß der junge Mann große Beachtung verdiene, nicht teilen. Für William war Lucien nur ein plumper Grobian, der viel zuviel von Graces Zeit für seine abstoßenden Seelenentblößungen beanspruchte. Er hätte es lieber gesehen, wenn Lucien Hausverbot hätte, während Grace fest entschlossen war, das nicht zuzulassen. Anfangs hatten sich die unterschiedlichen Ansichten der Eheleute über Lucien in einem wirren Gespinst aus bloßen Vermutungen über die Gefühle des jeweils anderen geäußert. Später versickerten selbst diese nervösen Anfälle von Streit. Und jetzt war Lucien ein Thema, über das nicht mehr gesprochen wurde, und – für William – ein Mann, dem er nicht mehr begegnen wollte. So erklärten sich auch Graces Bedürfnis nach einem strengen Zeitplan und der erregende Schauer, den Luciens Auftauchen erzeugte.

Irgendwie hatten die Nachbarn in der Artisan Road schon vor vielen Jahren herausgefunden, wie leer Graces Nachmittage waren, und sie sich für verschiedene Hilfsaktionen geangelt. Grace war ein aktives Mitglied der »Aufmerksamen Nachbarn«, sie nahm Einladungen zu Wein-und-Käse-Partys an, auf denen besprochen wurde, daß an der Kreuzung Artisan und Hogarth Road unbedingt ein Zebrastreifen hin mußte, und fünf Jahre hintereinander hatte sie eine Weihnachtssängergruppe aufgestellt. Da sie die einzige Klavierspielerin in der Gruppe war, organisierte sie jeden November Proben im Hendelschen Eßzimmer, wo die Sänger heimlich ihre Melodien einüben konnten. So kam es, daß Grace häufig zu ihren glänzenden Sängern beglückwünscht wurde, und deren hohes Niveau verschaffte ihnen ungewöhnliche Mengen von gefüllten Pasteten und beträchtliche Geldsummen für die jeweiligen sozialen Zwecke, für die sie gerade sammelten.

Das Sammeln von Geld für die Benachteiligten war übrigens etwas, was Grace befriedigender fand als die meisten anderen, vorausgesetzt, sie wanderte ganz schlicht mit einer Sammelbüchse von Haus zu Haus. Es gefiel ihr, daß sie unter diesem Vorwand die Vorgärten der Nachbarn betreten und die verschiedenen Geschmäcker in puncto Ligusterhecken oder Ringelblumen und Purpurkissen auf Steinhügeln begutachten konnte. Sie fand es aufregend, durch Fenster zu spähen, aus spärlichen Hinweisen wie etwa den Vorhängen auf das Leben in den Häusern zu schließen. Sie liebte den Moment, wenn Haustüren sich öffneten (was nachmittags nicht sehr häufig geschah) und ihr Einblick in unterschiedlichste Flure boten: Kleiderständer mit zerknautschten Mänteln, schimmernde

Spiegel an nachgedunkelten Wänden (das Renovieren von Fluren stand in der Artisan Road ziemlich weit unten auf der Rangliste), der flüchtige Anblick gemusterter Treppenläufer, das Flackern eleganter Kandelaber ... Die örtlichen Wohltätigkeitsorganisatoren hatten Graces Leidenschaft für diese Art von guten Werken schnell erkannt und sie jahrelang reichlich mit Aufträgen versorgt. Bewaffnet mit einer Blechbüchse oder mit Umschlägen, die erst ausgeteilt und später wieder eingesammelt werden mußten, wanderte Grace also durch die Nachbarschaft. Es war vor einem Jahr an einem Novemberabend gewesen – sie sammelte damals für die Betroffenen von Muskeldystrophie (eine jährlich stattfindende Aktion, die Spendenwillige vor den Weihnachtseinkäufen mobilisieren sollte) –, als sie Lucien kennenlernte.

Im Haus »Zu den Tannen«, das ein bißchen weiter unten in der Straße der Hendels stand, hatte nachmittags so häufig niemand geöffnet, daß Grace es fast schon aufgegeben hatte, dort zu klingeln. Sie wußte nichts über die Bewohner, nur daß sie Watson hießen und vor etwa drei Jahren dort eingezogen waren. Die angeblich verwitwete Mrs. Watson war kein Mitglied der »Aufmerksamen Nachbarn« oder irgendwelcher sonstiger Vereine im Ort. Grace hatte sie nie zu Gesicht bekommen, aber manche behaupteten, sie hätten sie gelegentlich morgens sehr früh wegfahren sehen. Eine hohe Ligusterhecke schirmte das Haus vor den neugierigen Blicken der Nachbarn ab. Nach einiger Zeit vermuteten die geselligeren unter den Anwohnern der Artisan Road, daß Mrs. Watson gerne für sich bleiben wollte, und bald flaute das Interesse an ihrem offensichtlich wenig aufregenden Leben ab.

Das Haus selbst war eines der exzentrischeren in der Straße. Das Erdgeschoß war aus rotem Backstein, während die oberen Stockwerke mit weißem Rauhputz verkleidet waren. In die hohen Giebel waren dunkle Balken eingezogen, die sich fächerartig spreizten – eine Anspielung auf die Tudor-Epoche, die sicher nicht humorvoll gemeint war, Grace aber stets zum

Schmunzeln brachte. Das Haus war die genaue Imitation eines Puppenhauses aus den vierziger Jahren, das sie als Kind geschenkt bekommen hatte. Grace hatte viele glückliche Stunden mit diesem Haus verbracht. Im Nu war sie selbst auf die Größe der Miniaturfamilie geschrumpft, die darin lebte, und nahm an dem Leben teil, das sie sich für sie ausgedacht hatte. Obwohl sie »Zu den Tannen« nie betreten hatte, überkam sie jedesmal, wenn sie dort vorbeiging, ein Gefühl des Wiedererkennens. Sie empfand Wärme und Neugier für das Haus.

An jenem speziellen Nachmittag brannte in einem der oberen Fenster Licht. Selbst an dunklen Winterabenden hatte Grace bisher nie irgendwo Licht gesehen. Hoffnungsfroh und büchsenschwingend eilte sie die düstere geteerte Auffahrt hinter der Hecke hinauf und klingelte an der Haustür.

Nach einer ganzen Weile – Grace wollte schon aufgeben – wurde die Tür von einem jungen Mann in Pyjamahose und T-Shirt geöffnet. Er war unrasiert und sichtlich verschlafen. Grace kam sich sofort peinlich schuldig vor. Womöglich hatte sie ihn aufgeweckt. Er sah sie angestrengt an – mit einem rätselhaften, blicklosen Ausdruck, so als könne er die Augen nicht scharf stellen. Offensichtlich verwirrte ihn ihr Erscheinen.

»Was?« sagte er.

»Entschuldigen Sie, daß ich Sie gestört habe«, sagte Grace. »Ich komme ...«

»Kennen wir uns?«

»Nein. Aber ich bin eine Nachbarin. Ich sammle für ...« Plötzlich war Grace ganz durcheinander und wußte nicht mehr, wofür sie sammelte. Waren es die Blinden, die Tauben, Vögel, Tiere, Bosnier? Sie klapperte mit der Büchse und sah unter diesem Vorwand auf das Etikett. »Muskeldystrophie.«

»Ich kenne niemanden mit Muskeldystrophie.«

»Ich auch nicht.«

»Ich bin Lucien.« Plötzlich grinste er und zog die Stöpsel seines Walkman aus den Ohren. »Mal sehen, was sich machen läßt.« Er ging zu einem vollbepackten Garderobentisch. Der

Flur war mit dunklem Holz verkleidet und eng. Zwei geschlossene Türen. Sehr wenig aufschlußreiche Hinweise. Bis auf die vertrocknete Topfpflanze.

Lucien griff nach einer Damenhandtasche aus Krokoleder – eine echte, wie Grace sah. Er zog eine Zwanzigpfundnote heraus und gab sie ihr. Grace zögerte.

»Das ist furchtbar viel«, sagte sie.

»Sie kann es sich leisten.«

»Bestimmt?«

»Bestimmt. Sie hat einen Mercedes bestellt. Sie besitzt drei Diamantringe, im Kühlschrank stapelt sich der Champagner, alles, was sie sich verdammt noch mal wünscht. Sie kann es sich leisten.«

Als Grace sich immer noch nicht rührte, trat Lucien vor die Tür und schob die Note ungeschickt in die Büchse. Aus der Nähe roch er sehr intensiv. Ein saurer Schlafgeruch nach Rauch, Schweiß und Knoblauch.

»Nun, wenn Sie meinen«, sagte Grace. »Herzlichen Dank.«

Lucien trat wieder in den Flur zurück.

»Und? Wo wohnen Sie?«

»Im ›Roten Haus‹ weiter unten in der Straße.«

»Das ganz überwachsen ist?«

»Genau.«

»Ich glaub, das kenn ich. Ich geh nicht viel raus. Wie heißen Sie?«

»Grace. Grace Hendel.«

Lucien dachte sehr lange darüber nach. Grace war gespannt, ob er die übliche Frage stellen würde, fand aber nicht, daß er wie ein junger Mann aussah, dessen musikalischer Geschmack Händel einschloß. Sie machte eine Bewegung und wollte gehen.

»Möchten Sie nicht hereinkommen?«

Wieder zögerte Grace. Fast hätte ihre Neugier gesiegt.

»Gerne. Aber ich muß vor Einbruch der Dunkelheit noch eine Menge Häuser abklappern.«

»Na gut.« Er steckte sich die Stöpsel wieder in die Ohren.

»Wissen Sie was, ich komm die Tage mal bei Ihnen vorbei. Da könnten wir uns weiterunterhalten. Einverstanden?«

»Das wäre nett.« Nicht sicher, ob er ihre Antwort gehört hatte, nickte Grace. Lucien schloß die Tür. Grace eilte zur Straße zurück und schwenkte wieder ihre Sammelbüchse, diesmal im Triumph. Was für eine seltsame Begegnung, dachte sie. Das würde heute beim Abendbrot eine hübsche Anekdote für William abgeben. Genau die Art von Geschichten, die ihm gefiel.

Angespornt von Williams Lachen, schmückte sie die Episode abends noch so kräftig aus, wie es das zarte Gewebe der Realität zuließ. Und am nächsten Morgen beim Frühstück, als der wild aussehende Lucien den Kopf durchs Küchenfenster steckte und sagte, er wolle sie besuchen, sah William, daß die Beschreibung seiner Frau stimmte. Da er aber keine Lust hatte, so früh schon in nachbarschaftliches Geplauder verwickelt zu werden, ließ er seinen Kaffee stehen und eilte nach oben. Ohne Aufforderung setzte Lucien sich schnell auf Williams Stuhl und hätte sogar aus seiner Tasse getrunken, wenn Grace ihm nicht eine neue hingestellt hätte.

Er sah sie wütend an. »Lobelia hat sich einen Ledermantel gekauft!« rief er.

»Wer ist Lobelia?«

»Meine verdammte Mutter. Die, die Ihnen die zwanzig Pfund gegeben hat. Ich werde ihn zerschneiden, verbrennen.«

Diverse Antworten schossen Grace durch den Kopf, aber sie äußerte keine von ihnen. Statt dessen bot sie Lucien Zucker, Milch, Toast und Marmelade an, bevor er wieder zu seiner Schimpfkanonade ansetzte.

Diese erste morgendliche Stänkerei lag jetzt elf Monate zurück.

2

William Hendel staunte immer wieder über all die Reichtümer, die er besaß. Es kam ihm unsinnig vor, daß er der Besitzer eines Hauses inklusive Einrichtung, eines Autos, einer recht wertvollen Geige und eines vollen Kleiderschranks war. Er wußte, daß sein Staunen schon ans Irrationale grenzte, aber da er aus einer Familie kam, die täglich ums Überleben gekämpft hatte, fand er es nicht verwunderlich, daß die Freude an einem gesicherten Leben und weltlichen Gütern ihn so stark bewegte.

Manchmal dachte er, es würde ihm vielleicht anders gehen, wenn er diese weltlichen Güter durch eigene Arbeit erworben hätte. Vielleicht wäre er dann stolz oder hätte zumindest das Gefühl, daß er etwas erreicht hatte und seiner Frau ein angenehmes Leben bieten konnte. Aber Mitglieder von Streichquartetten gehören in Großbritannien nicht eben zu den Großverdienern, mögen sie auch noch so hervorragend sein. Und auch nicht zu der Sorte Menschen, die auf Hypotheken verzichten könnten. Nach ihrer Heirat bezogen William und Grace eine bescheidene Wohnung in Finsbury Park, die nach Jacks Geburt allerdings unzumutbar wurde. Die Mischung aus Babygeschrei und Williams Geigenspiel (damals vier Stunden pro Tag) war mehr, als sie beide ertragen konnten. Aber Geld für den Umzug in eine größere Wohnung war nicht vorhanden.

Als Jack zwei Jahre alt war, starb Graces Mutter und hinterließ ihrer Tochter ein stattliches Anwesen, das sie ihrerseits von ihrem Ehemann, einem Banker, geerbt hatte. Die Hendels verkauften es sofort und erwarben von dem Erlös das »Rote

Haus«, in dem sie seither wohnten und auch für den Rest ihres Lebens zu bleiben gedachten. Es war immer noch genügend Geld für einen komfortablen Alltag übrig, weswegen William sein Gehalt als ein Zubrot betrachtete, das eigentlich nicht nötig war, aber schön für mancherlei Luxus (einen neuen Rasenmäher, gelegentlich eine gute Flasche Portwein, eine üppige Altersversicherung). Geld interessierte die Hendels nicht, da immer genug da war für ihre bescheidenen Bedürfnisse. Es war kein Thema, das sie beunruhigte.

Der Kauf des »Roten Hauses« war ihre einzige größere Ausgabe gewesen, und sie bedauerten sie nie. Die Artisan Road lag in einem freundlichen Vorort einer größeren Stadt westlich von London. Die Handwerker, von denen die Straße ihren Namen hatte, mochten bescheidene Hütten in dieser damals noch ländlichen Straße gebaut haben, davon war heute allerdings nichts mehr zu sehen. Jetzt standen dort sehr unterschiedliche Häuser, von denen nur wenige noch ihr ursprüngliches Aussehen bewahrt hatten. Zu ihnen gehörte das Hendelsche: Ein solider edwardianischer Bau, an dem nicht mit Tudorreminiszenzen oder georgianischen Haustüren herumexperimentiert worden war. Die Fenster saßen tief in dem hellgrauen Stein; allerdings war der Charme der nackten Steine unter dem alles überwuchernden wilden Wein, von dem das Haus seinen Namen hatte, kaum noch zu ahnen.

Als sie das Haus kauften, war Williams Vater schon tot – im Grunde ein Segen, dachte William manchmal, denn Archibald Hendel, ein frustrierter Architekt, wäre nicht damit einverstanden gewesen. Er hätte es vorgezogen, daß sein Sohn und seine Schwiegertochter das Geld für etwas Gewagteres, Modernes ausgegeben hätten. Am liebsten wäre es ihm sicher gewesen, wenn sie ihn beauftragt hätten, ein Haus für sie zu entwerfen und zu bauen. William malte sich häufig aus, was ihnen da wohl erspart geblieben war: ein Glaskasten ohne Kamine und mit einem geflügelten Stahldach, das den Eindruck erweckte, es könne sich jederzeit in die Lüfte erheben.

Die Ideen seines Architekten-Vaters waren seiner Zeit so weit voraus, daß er keinen Auftraggeber fand, der sich für seine Visionen begeisterte. Seine einzige feste Anstellung in einem Architektenbüro endete in einem Desaster. Schon nach wenigen Wochen wurde er gefeuert, weil er die anderen aufforderte, ihrer Phantasie freien Lauf zu lassen, und damit Unruhe stiftete. Sein Einfluß war unerwünscht. Man warnte ihn: Kein solides Architektenbüro würde ihn jemals einstellen. Und die Warnung erwies sich als berechtigt. Archibald mußte danach frei für die Stadtverwaltung arbeiten, die ihn an der kurzen Leine hielt. Immer wieder verlangten sie Buswartehäuschen von ihm, und Archibald tat sein Bestes. Er reichte Entwürfe für die phantasievollsten Wartehäuschen ein, die je von Stadtverwaltungen abgelehnt wurden. Und am Ende produzierte er für einen jämmerlichen Lohn das, was die »großen Uninspirierten«, wie er sie nannte, von ihm verlangten. Es war die große Tragödie seines Lebens, daß er nie den Auftrag für auch nur ein einziges Privathaus erhielt. All die Hunderte von Entwürfen und detaillierten Zeichnungen, sämtlich ordentlich abgeheftet, wanderten in den Müll. »Ich bin nie entdeckt worden«, sagte er bei seinem Tod.

Am Morgen des Konzerts in Northampton verzögerte sich Williams Aufbruch. Er blieb vor der Haustür stehen, fuhr mit den Fingern durch die Blätter des wilden Weins und spürte darunter den kalten Stein. Bedrückende Gedanken an seinen Vater ebenso wie freundliche an das »Rote Haus« bewegten ihn. Irgend etwas hinderte ihn am Aufbruch. Die Aussicht auf die Routine eines vollkommen normalen Tages – morgens Probe bei Grant, nachmittags Fahrt nach Northampton, dort frühes Abendessen vor dem Konzert – erschien ihm plötzlich nicht mehr so tröstlich wie sonst. Wieso, wußte er selbst nicht.

Grace kam mit dem Geigenkasten aus dem Haus geeilt. Sie tat so, als hätte sie nicht bemerkt, daß er den wilden Wein angefaßt hatte – er berührte ständig irgendwelche Dinge, ihr William. Als wolle er sich vergewissern, daß sie real waren, aus festem Material, das sich nicht auflöste – zumindest vermutete sie das.

»Die hast du vergessen.«

»Nein, mein Herzblatt. Ich würde doch meine Geige nicht vergessen. Wann hätte ich das jemals?« Er legte sie auf den Rücksitz seines Wagens. In Wirklichkeit hatte er sie doch vergessen. Zum allerersten Mal.

»So.« Grace kreuzte die Arme über der Brust, um ihr heftig klopfendes Herz zu beschirmen. Als Lucien heute morgen erschienen war, hatte sie ihn wieder fortschicken müssen – William strich unruhig durchs Haus, er wollte um halb elf losfahren. Sie hatte Lucien gesagt, er könne später wiederkommen, aber er war so mißmutig weggegangen, daß sie nicht damit rechnete. Das schöne Gleichgewicht ihres Morgens war dahin. »Deine Pläne? Ich habe sie vergessen.«

»Probe, Konzert Northampton, nach Hause.«

»Spät?«

Die winzige Pause, während er ins Auto stieg, brauchte William, um einen Gedanken zuzulassen, der so befremdlich war, daß er ihn erschreckte. Er war auch zu undeutlich, als daß er ihn ganz begriffen hätte.

»Hoffentlich nicht«, sagte er. »Ich sehe keinen Grund. Falls ich doch aufgehalten werde, ruf ich dich an.« Das sagte er jedesmal, wenn er wegfuhr, um sie zu beruhigen. Grace steckte ihren Kopf durchs offene Fenster. Sie küßten sich. Grace sah, daß er sein Ich-konzentrier-mich-jetzt-auf-die-Straße-Gesicht machte, worüber sie froh war, denn er war unfähig, auf die Blödheiten anderer Fahrer oder auch nur seine eigenen vernünftig zu reagieren. Sie sah zu, wie er rückwärts in den gesprenkelten Lorbeerbusch schoß, der über die Jahre mächtig gelitten hatte – die Kunst des Rückwärtsfahrens hatte er nie gelernt. Er hielt sich an ihre Anweisung, nur im Notfall die Hände vom Steuer zu nehmen, und nickte ihr liebevoll zu. Gott schütze ihn, dachte Grace bei sich.

Als William die Gefahren der Stadt erst mal hinter sich gelassen hatte und, ohne andere Fahrer zu behindern, mit 60 Stundenkilometern auf der sicheren, zweispurigen Schnellstraße langgondeln konnte, stellte er das Radio an. Er erwischte den Sender, der »populäre« Klassiker brachte, die er gewöhnlich mied. Wie jeden Morgen wurde Rumstata-Musik gespielt: Märsche, Zeug für Umzüge und Jubiläen, Taramtata. An diesem Morgen brauchte William den flotten Rhythmus, er sollte ihn wieder in die Normalität katapultieren. Doch obwohl er schon fünf Kilometer auf der vertrauten Straße zu Grants Haus bei Aylesbury zurückgelegt hatte, wollte sich das Gefühl von Normalität nicht einstellen. Seine Nervosität verstärkte sich insofern, als er nicht wußte, woher sie kam. (Die Leute lachten immer, wenn er das Wort »insofern« benutze; aber es gefiel ihm, und er hatte nicht die Absicht, es auszurangieren, nur weil es veraltet war.)

Morgens beim Rasieren hatte er beschlossen, daß es nichts mit Bonnie Morse zu tun hatte. Nachts hatte er nämlich mehrere unruhige Stunden darüber gegrübelt, ob sie vielleicht der Grund war. Als er seine neue Bratschistin endlich telefonisch erreicht hatte, hatte sie so normal, so praktisch, so nüchtern, so tüchtig geklungen – sie hatte die Hunde angebrüllt, die im Hintergrund bellten –, daß er überzeugt war, ihr unglaublicher Mund sei nur ein Produkt seiner Einbildung und die Ideen, die in jener Regennacht in ihm rumort hatten, seien das Werk eines alternden Hirns. Und dennoch – das Gespräch über den vierten Satz von Schuberts a-Moll-Quartett, das nächste Woche dran war, hatte ihn nicht richtig beruhigen können. Kaum eine Stunde später hatte er sie noch einmal angerufen. Kurz vor Aylesbury ließ er dieses Gespräch noch einmal Revue passieren.

»Bonnie, ich bin es wieder, William Hendel – es tut mir leid, aber dummerweise habe ich vergessen, Ihnen zu beschreiben, wie Sie zu Grant kommen. Bißchen kompliziert ...« Zu den ersten Proben war sie mit dem Taxi gekommen. Aus irgendeinem Grund wollte sie heute den Wagen nehmen, weswegen William sich sorgte, ob sie den Weg auch finden würde. Nicht selten glaubte er, andere Menschen hätten dieselben Probleme wie er.

Er meinte, den Hauch eines Seufzers durchs Telefon zu hören.

»Mr. Hendel ...«

»Ach, sagen Sie doch einfach William zu mir ...«

»Also gut, William, vielen Dank, aber Grant hat mir eine kleine Zeichnung gemacht. Sieht nicht besonders schwierig aus. Ich werde schon zurechtkommen.«

»Gut, schön.« Grant war unverheiratet und rund fünfzehn Jahre jünger als William. »Bis dann also.«

»Bis dann.«

Nein, es hatte mit an Sicherheit grenzender Wahrscheinlichkeit nichts mit Bonnie Morse zu tun.

Als William die Auffahrt von Grants Haus – einer ausgebauten Scheune – erreichte, stellte er fest, daß er der erste war. Keine Spur von Bonnies kleinem roten Wagen, und auch Rufus' sehr alter Morgan war nicht zu sehen. Er stellte das Radio aus und betrachtete seine neue Kordhose. Sie hatte die Farbe reifen jungen Weizens und war angenehm weich. Grace hatte sie ihm vor zwei Jahren zu Weihnachten geschenkt. Wie jedes neue Kleidungsstück hatte er die Hose erst mal eine Weile in seinen Schrank gehängt, um sich gedanklich an sie zu gewöhnen, bevor er sie zum erstenmal trug. Heute morgen hatte er ohne ersichtlichen Grund beschlossen, sie anzuziehen, und schon jetzt mochte er sie. Eine schöne Hose. Grace besaß einen untrüglichen Geschmack.

Grant hatte den Norweger-Ofen angezündet – was er nur an Probentagen tat – und machte gerade Kaffee. Solange William denken konnte, wohnte Grant schon in der Scheune, die er, Jahre bevor der Ausbau von Scheunen modern wurde, von seinen Eltern geerbt hatte. Beide Eltern waren Musiker gewesen. An vielen Abenden seiner Kindheit hatte er zugehört, wie sie, um einen Paraffinofen versammelt, bis spät in die Nacht mit Freunden musizierten. Es war Grant nie in den Sinn gekommen, etwas anderes als Musiker zu werden; allerdings wußte er eine Zeitlang nicht, für welches Streichinstrument er sich entscheiden sollte. Mit dreizehn entdeckte er zufällig eine alte Achtundsiebziger-Schallplatte mit Dvořáks Cello-Konzert, die er auf einer uralten Musiktruhe abspielte (seine Eltern lebten in einem Zeitloch der Ahnungslosen, zu dem der Großteil der modernen Technologie keinen Zutritt hatte). Damit war für ihn die Entscheidung gefallen.

Das Cello erwies sich als geeignetes Instrument, denn Grant war mit 1,89 m ein großer Mann und besaß Rugbyspielerschultern. Er transportierte sein Cello so mühelos wie die anderen ihre Geigen. Sein einziges Problem waren Stühle: Die Sorte, die auf Konzertbühnen stand, war unbequem und, bei seiner Körpergröße, gefährlich. Diverse Exemplare hatten seinem Gewicht nicht standgehalten und waren mitten in einem Konzert unter ihm zusammengebrochen. Grants Sitzproblem war einer der Standardwitze im Ulmen-Quartett. Sie würden Bonnie Morse entweder darüber aufklären müssen, oder – vielleicht noch besser – sie müßte sich eben selbst ein Bild machen.

Auch die Scheune hatte die angemessenen Proportionen für Grant. Wenn er sich unter der hohen, gewölbten Decke in dem geräumigen Inneren bewegte, wirkte er normal groß. William, Rufus und Andrew hingegen (nein, Andrew leider nicht mehr) schrumpften, ähnlich wie Menschen in einer Kathedrale, zu Zwergen. Hinter Grants Rücken beschwerten die drei anderen sich ständig über seine Nachlässigkeit als Hausherr – über die Kälte, die abblätternde Farbe, die Ungemütlichkeit, das angeschlagene Porzellan und den leeren Kühlschrank. Sie spotteten darüber, daß er die Möglichkeiten, die die Scheune bot, überhaupt nicht nutzte. Immer wieder ließen sie ihn wissen, daß eine weibliche Hand fehle. Was sie jedoch bei ihren Proben zu schätzen wußten, war die Geräumigkeit. Ohne die Scheune wäre ihr Leben sehr viel komplizierter gewesen, und ihre Vorteile überwogen bei weitem die Mängel, an die sie sich mittlerweile gewöhnt hatten.

William trat ins Haus. Grant hatte das Durcheinander auf dem Tisch etwas beiseite geräumt und saß über einer Partitur.

»Wie du siehst, bin ich der erste«, sagte William.

»Welch Überraschung.« (William war immer der erste.) »Rufus hat gerade von einer Werkstatt aus angerufen.«

»Was ist es diesmal?«

»Der Keilriemen. Er sagt, die machen das, aber er kommt eine Viertelstunde später.«

»Aha.«

Rufus' Morgan war mehrmals pro Woche der Grund für sein verspätetes Erscheinen. Aber er liebte seinen maroden Wagen so sehr, daß er ihn niemals gegen einen verläßlicheren eingetauscht hätte; Rücksichtnahme auf seine Mitspieler kam da erst an zweiter Stelle. Mitsamt seiner Geige begann Rufus (seine Frau weigerte sich, in das Auto zu steigen) jede Fahrt in dem Bewußtsein, daß der Morgan ihm höchstwahrscheinlich Kummer bereiten würde. Das schreckte ihn jedoch nicht ab. Der Wagen war das erregende Moment in seinem Leben, auf das er nicht verzichten mochte. Zu seinem Glück hatten die anderen mittlerweile Verständnis dafür und gelernt, sich an seine vorhersehbare Unpünktlichkeit zu gewöhnen. Auf ihr Anraten hin hatte er es so eingerichtet, daß er sich für die Fahrt zu einem Konzert immer eine Stunde Spielraum gab, und wenn es auf den Straßen glatt war, nahm er den Zug oder fuhr bei einem der anderen mit. Das sorgte immerhin für eine gewisse Verringerung ihrer Ängste um ihn. Und wenn sie sich zum Beispiel für eine Probe um zehn Uhr verabredet hatten, war klar, daß sie, je nach Befindlichkeit des Morgan, erst um halb elf oder elf anfangen würden.

William ging ans andere Ende der Scheune, wo vier Notenständer im Halbkreis um den Ofen gruppiert waren. (Die anderen vermuteten, daß Grant sich nur während ihrer Proben in diesem Teil der Scheune aufhielt. Das Zentrum seines Königreichs bildete offenbar der große, chaotische Tisch.) Die silbrigen Aluminiumständer glitzerten in der Herbstsonne, die durch die hohen Scheunenfenster fiel. Wie eine Versammlung von Geisterbäumen, dachte William. Er setzte sich auf seinen gewohnten Stuhl – auch die Stühle wurden nie weggerückt – und holte die Noten aus der Tasche. Liebevoll breitete er sie auf dem Ständer aus und bog die unteren Ecken der Seiten, die schon tausendmal umgeknickt worden waren, nach hinten, damit sie sich schneller umblättern ließen. Bei einem Blick auf seine Knie stellte er wieder fest, wie schön seine neue Hose war.

»Das Mädchen«, sagte Grant. »Kam mir ziemlich gut vor bei ihrem ersten Auftritt.«

»Wirklich nicht schlecht.«

»Sie wird schnell zu ihrer Form finden.«

»Der arme Andrew. Yorkshire.«

»Sie hat gesagt, daß sie den Schubert ziemlich gut kennt, aber mir scheint, wir sollten ihn noch mal durchgehen, bevor wir mit den anderen Sachen anfangen.«

»Richtig, das sollten wir auf jeden Fall.«

Von Zeit zu Zeit dachte William über den Cellisten nach – wieso war er immer noch so ein hartnäckiger Junggeselle? Im konventionellen Sinn fand William Grant durchaus akzeptabel. Er besaß eine ausgebaute Scheune und einen großen (wenn auch angejahrten) Wagen. Er war talentiert, ein harter Arbeiter, freundlich und sah ohne Frage gut aus. Wieso hatte er unter all den jungen Frauen, die ihn verfolgten, nie eine gefunden, mit der ihm eine dauerhafte Beziehung verlockend erschien? Mit Sorge stellte William sich seinen Freund manchmal im Alter vor. Grant war jetzt Mitte Dreißig – sicherlich alt genug, um eine Familie mit Kindern zu gründen. Er behauptete, Kinder zu lieben. »Eines Tages ...«, sagte er gelegentlich.

Einmal hatte William eine von Grants Freundinnen gefragt, was ihn denn so rundum anziehend mache. Sie war ganz verblüfft gewesen, daß er das nicht selber sah. »Er bringt mich zum Lachen – er ist ein herrlicher Imitator, kann einen brillanten William Hendel geben –, und er hört zu. Damit meine ich, er hört *wirklich* zu. Kein Heuchler. Und außerdem ist er klug.« William wußte durchaus, daß Grant hervorragend erzählen konnte – so manchen Abend lang hatte er die drei anderen in einer Hotelbar fern von zu Hause blendend unterhalten. Doch die Sache mit dem »brillanten Hendel« war ihm neu, und mit Grants beachtlichem Zuhörvermögen hatte er offenbar weniger Erfahrung als jenes Mädchen. Wenn Grant nicht gerade eine Partitur studierte oder das »Times«-Kreuzworträtsel löste (worin er so gut war, daß die anderen es aufgegeben hatten, mit ihm zu konkurrieren), war er in einen Krimi versunken. Aber zweifellos hatte Grant sehr genau zugehört, als Bonnie letztens von irgendeinem exotischen mexikanischen Schmorgericht schwärmte. Und wenn Grants Musikerkollegen ihm kaum je die Gelegenheit boten, ihnen sein freundliches Ohr zu leihen, so lag das vermutlich schlicht daran, daß William, Rufus und Andrew nach all den Jahren untereinander eine Art Steno-Sprache entwickelt hatten. Etwas besonders Erzählenswertes war da nicht vorgesehen.

In diesem Augenblick kam Rufus lächelnd zur Tür herein. Kleine Triumphe über seinen Wagen versetzten ihn immer in gute Laune.

»Tut mir leid, meine Herren«, sagte er. »So ein Glück aber auch! Der Keilriemen gab seinen Geist direkt neben einer Werkstatt auf, wo sie die Sache sofort in Ordnung brachten. Kaffee schon aufgesetzt, Grant? Mir ist kalt.«

»Bedien dich. Das Wasser hat gerade gekocht.«

Auf dem Weg zum Herd legte Rufus eine halbe Packung verdauungsfördernder Kekse auf Grants Tisch.

»Mein Beitrag«, sagte er.

»Danke.« Grant sah nicht von seinen Noten auf, um das Objekt seines Danks in Augenschein zu nehmen. Er wußte genau, wenn es von Rufus stammte, war es irgendeine angebrochene Packung – die andere Hälfte aß er immer während der Fahrt gegen die Kälte. William kam stets mit Schokolade an, und Andrew hatte gelegentlich von seiner Frau selbstgebackenes Brot und hausgemachte Pastete zur Aufbesserung ihres üblichen Proben-Imbisses mitgebracht – das würde ihnen fehlen. Grant sah sich allerdings durch die Mitbringsel nie veranlaßt, mehr als seinen Pulverkaffee für die hochwichtige Elf-Uhr-Pause beizusteuern.

»Diese Bonnie war doch ziemlich gut, oder?« sagte Rufus. »Ich habe über sie nachgedacht. Gutes Potential.«

William warf ihm einen Blick zu und befeuchtete seinen Finger, damit die empfindlichen Seiten sich besser umknicken ließen. Rufus war mit knappem Vorsprung der älteste unter ihnen. Seit kurzem machten ihm seine Knochen zu schaffen. Sein Rücken wurde krumm, seine Schultern begannen zu hängen.

»Sie meinte, sie würde pünktlich sein. Ich habe ihr einen Plan geschickt«, sagte Grant.

Nun wanderte Williams Blick zu Grant. Wenn er ihr einen Plan geschickt hatte, mußte er mit ihr abgesprochen haben, daß er ihn ihr von einem Geschäft aus faxen würde – natürlich leistete Grant sich kein eigenes Faxgerät. (Das Telefon war vor zehn Jahren nur auf Drängen der anderen installiert worden.) Vor Williams innerem Auge erschien ein Bild: Mit der Zeichnung in der Hand rannte Grant die Hauptstraße von Aylesbury entlang. Normalerweise rannte Grant nie – und vielleicht war er auch diesmal nicht gerannt. Vielleicht war das nur wieder ein Produkt seiner eigenen Einbildung an diesem ungewöhnlichen Morgen. Und dennoch, der Gedanke beunruhigte William.

Zehn Minuten später saßen die drei Männer an ihren gewohnten Plätzen, die Becher mit Pulverkaffee neben sich auf dem Boden, und stimmten ihre Instrumente so lange, bis ein vollkommener Gleichklang erreicht war. Dann legten sie die Instrumente wieder beiseite und sahen sich um.

»Was sollen wir denn jetzt machen?« fragte Grant träge.

»Offenbar taugt dein Plan nichts.«

Grant überhörte das. Im Laufe der Jahre waren sie übereingekommen, gelegentlichen dummen Bemerkungen keine Beachtung zu schenken.

»Sie wird schon auftauchen«, sagte William. Er trommelte mit den Fersen leise auf den Boden. »Sie sagte mir, daß sie pünktlich sein werde. Kein Grund zur Sorge, sie sei von Natur aus pünktlich.« Diese Mitteilung machte William mit einem weiteren strengen Blick zu Grant. Der Cellist sollte wissen, daß er nicht als einziger mit Bonnie gesprochen hatte. Dann saßen sie schweigend da. Warteten.

Bonnie kam um fünf nach elf. Sie klopfte an die Tür, kam aber schon hereingestürmt, bevor Grant ihr öffnen konnte, und brachte einen Schwall kalter Luft mit sich. Ihre Wangen waren preiselbeerrot, und sie hielt eine durchsichtige Tüte mit Fondants in der Hand. William beobachtete, wie Grant beim Tisch stehenblieb und sich mit einer Hand abstützte, als würde er sonst das Gleichgewicht verlieren. William und Rufus standen auf, Bogen und Geige in die Luft gereckt. William sah verwirrt auf seine Noten hinunter. Das leichte Neigen seines Kopfes würde Bonnie vielleicht als eine knappe Verbeugung deuten. Eine von der Art, wie er sie für den unwahrscheinlichen Fall zu machen hätte, daß er, in Anerkennung seines Beitrags zum Musikleben, zum Ritter geschlagen würde. Dieser Gedanke verwirrte ihn noch mehr. Aber Bonnie war viel zu sehr mit Entschuldigungen beschäftigt, um Williams fast unsichtbare Geste oder das Blut, das Rufus in die normalerweise blassen Wangen geschossen war, mißzuverstehen.

»Es tut mir so schrecklich leid«, sagte sie. »Alles ist schiefgegangen. Batterie leer, ich mußte zum Bahnhof, hätte den Zug verpaßt, wenn ich von unterwegs angerufen hätte, dann« – und jetzt sah sie eindeutig Grant an – »hat sich das Taxi auf dem Weg hierher verfahren ... es tut mir ganz schrecklich leid.«

Dieser ungewohnte Überschwang an Entschuldigungen machte alle drei verlegen. Während sie nach Worten suchten, um ihr zu versichern, daß sie ihnen keinesfalls den Morgen verdorben hatte, verfolgten sie mit den Augen, wie Bonnie mit der Hand in der Luft wedelte und dabei die mit einem blauen Bändchen zugebundene Tüte mit den Fondants fest umklammert hielt.

»Friedensangebot«, sagte Bonnie. »Bitte, nehmen Sie es an. »Selbstgemacht.«

William sah, wie Rufus plötzlich das Kinn vorschob – eine defensive Geste, die er häufig machte, wenn er sich ausgestochen sah. Bonnies Fondants entwerteten seinen Beitrag.

»Vielen Dank«, sagte Grant. »Die sind prima für unsere Mittagspause. Das mit Ihrem Auto tut mir leid. Rufus hat mit seinem auch häufig Ärger. Wenn Sie nichts dagegen haben, sollten wir jetzt vielleicht anfangen ...«

Wenn Grant Gastgeber war, benahm er sich manchmal so, als wäre er auch der Leiter des Quartetts. William verstand das, es hatte ihm nie etwas ausgemacht. (Zum Ausgleich für diese Chefallüren hielt Grant sich, sobald sie einen Konzertsaal betraten, absolut im Hintergrund, solange es nicht um seinen Stuhl ging.) Doch heute verfluchte William sich. Er hätte schneller sein und, als das Mädchen nicht mehr mit den blöden Fondants in der Luft herumfuchtelte, sofort das Kommando übernehmen müssen. Sie sollte von Anfang an wissen, wer hier die Leitung hatte. Es könnte fatal werden, wenn die Autoritätsfrage ungeklärt blieb.

»Hierher, hierher.« William stimmte Grant so leise zu, daß Bonnie es vermutlich nicht hörte. Sehr leichtfüßig für ihre wohlgerundete Statur kam sie herübergesprungen. Sie gab William einen leichten Klaps aufs Knie und strich über den weichen neuen Kordstoff. Sie lächelte nur ihn an.

»Sie erinnern mich an meinen Vater«, sagte sie. »Die Hose.«

Einige Augenblicke später gelang es William, das Zeichen zum Beginn zu geben. Bonnie zuliebe fingen sie mit dem Schubert an. Er schloß die Augen vor den Staubpartikeln, die in einem Sonnenstrahl tanzten. Außerdem fühlte er sich sicherer, wenn er weder Bonnies mollig gerundetes Handgelenk sah noch das Wippen ihres Ponys, wenn sie den Kopf bewegte, oder die gut gepolsterten Schenkel unter ihrem langen Wollrock.

Wenn William an jenen herbstlichen Probentag mit Bonnie Morse in der Scheune zurückdachte, erinnerte er sich nur noch an wenig, an das aber gestochen scharf. Er wußte nicht mehr, was sie nach dem Schubert gespielt hatten, nur, daß ihr Spiel lebendiger gewesen war als sonst. Nach der Mittagspause schien sich die Nervosität, die mit Bonnies Erscheinen entstanden war, gelegt zu haben. Es hatte die drei beeindruckt, wie bereitwillig Bonnie allen Vorschlägen zur Verbesserung eines Taktes oder einer Passage folgte. Ganz offensichtlich war sie sehr penibel, und ihr Strich hatte bemerkenswerte Qualität. Keiner von ihnen ging so weit, sie zu loben (jeder beschloß für sich, das später unter vier Augen zu tun). Aber die gelöste Atmosphäre am Schluß der Probe bewies, wie beeindruckt die Männer von Bonnie waren.

Während sie ihre mitgebrachten Brote aßen, stellte Grant das tragbare Radio an. So konnten sie ihrer üblichen Spottlust frönen und sich über die Klassikauswahl des Mittagsprogramms lustig machen. Alle hatten sie schon Dutzende von Hörerwünschen eingeschickt, doch keiner war gespielt worden; wahrscheinlich war ihre Auswahl für den durchschnittlichen Mittagshörer zu ausgefallen. William erinnerte sich noch an Bonnies Lachen, als die drei Männer sich über den Strauß-Walzer mokierten, der durch die Scheune wummerte.

»Wußten Sie«, sagte William und wandte sich an Bonnie, »daß Wiener Walzer eine spezielle Chemie im Körper freisetzen? Es wird einem komisch im Magen.«

»William hat da so seine Theorien«, erklärte Grant.

Bonnie gestand, daß sie einmal einen Musikwunsch eingeschickt hatte, der auch tatsächlich gespielt worden war.

»Etwas so grauenhaft Populäres, daß sie es nicht hätten ablehnen können«, sagte sie. »Trotzdem liebe ich das Stück. Aber ich würde Ihnen nie verraten, was es war.«

»Der ›Liebestraum‹«, sagte Grant.

»Der ›Gold- und Silberwalzer‹«, sagte Rufus.

Bonnie schüttelte beide Male den Kopf. William wollte nicht auch noch falsch tippen und schwieg. Bonnie wippte mit dem Fuß, während sie ein nicht ganz appetitliches Tomatenbrot aß. Sie genoß die Neugier der Männer. Zu Andrews Zeiten waren die Pausen nie so heiter gewesen, fand William. Früher hatten die vier Männer ihre Zeitungen gelesen und nur das Nötigste geredet.

Das Überraschendste an jenem Tag war, daß Grant eine Flasche gekühlten Wein hervorzauberte (normalerweise leistete er sich solche Extravaganzen nur zu Weihnachten). Nach einigen Gläsern war es in der sonnendurchfluteten Scheune plötzlich dämmrig – es mußte mittlerweile später Nachmittag sein. William sah noch sehr genau vor sich, wie ein letzter Lichtstrahl Bonnies auf der Geige ruhendem Kinn eine gewisse Ernsthaftigkeit verlieh. Dann folgte das Durcheinander des Aufbruchs nach Northampton. William bot Bonnie an, sie im Wagen mitzunehmen. Aber sie hatte schon Grant zugesagt.

»Trotzdem vielen Dank, William. Wie wäre es noch mit einem Fondant?«

Wann hatte Grant Gelegenheit gehabt, sie zu fragen? Sie waren die ganze Zeit zusammengewesen. Bis auf den Moment, als Grant den Wein aus dem Kühlschrank geholt hatte und Bonnie mit in den Küchenbereich gegangen war, um Gläser zu besorgen. Grant mußte so schnell gehandelt haben, wie William es ihm nie zugetraut hätte. Der Stachel des Verlangens, dachte er und schloß wütend seinen Geigenkasten. Er fuhr noch verwegener als sonst nach Northampton und ärgerte sich unterwegs über Grants doch eigentlich vollkommen vernünftige Einladung – schließlich war er Bonnie altersmäßig sehr viel näher als Rufus oder er selbst – und darüber, daß sie sein eigenes Angebot mit einem flüchtigen Schulterzucken abgelehnt hatte, als wäre es völlig egal, mit wem sie fuhr. Was hatte den Tag so unerklärlich kippen lassen und ihn so aufgewühlt? William wußte keine Antwort auf seine Fragen. Am Aufführungsort angekommen, blieb er eine Weile im Wagen sitzen, um sich zu beruhigen, bevor er den anderen unter die Augen trat.

Wenn William aus dem Haus war und Grace wußte, daß er eine ganze Weile fortbleiben würde, setzte sie sich gelegentlich an das Klavier im Eßzimmer und spielte. Am Tag des Northampton-Konzerts hatte sie früher als gewöhnlich an ihrem Buch weiterarbeiten können. Lucien war nicht noch einmal erschienen, nachdem sie ihn morgens wegen William fortgeschickt hatte. Grace war erleichtert. Wenn er zu Besuch kam, war sie häufig den ganzen Tag sehr angespannt. Letztendlich wußte sie jedoch, daß sie jene wunderliche Erregung vermissen würde, wenn er nie mehr wiederkäme.

Nach seinem ersten Erscheinen, morgens beim Frühstück damals, hatte sie oft darüber nachgegrübelt, wieso Lucien ein so wichtiger Teil ihres Lebens geworden war. Manchmal hatte sie den Eindruck, daß er Eigenschaften besaß, die sie bei ihrem Sohn geschätzt hätte. Lucien hatte Charme und Elan – und beides fehlte Jack. Und manchmal glaubte sie, daß er der Liebhaber war, den sie in ihrer Jugend vermißt hatte: Er war wild, unberechenbar und unzuverlässig, aber genau das Liebesobjekt, das den Adrenalinspiegel der Hoffnung hochhielt. All das war der gute William nie gewesen. Er war solide, verläßlich, freundlich und gehörte der Schule unterkühlter Romantik an, in der stumme Wertschätzung einen überraschenden Rosenstrauß ersetzte – überhaupt Überraschungen jeder Art. Außerdem war Lucien gleichzeitig faszinierend und beunruhigend – der erste Mann in ihrem Leben, der sie mit seiner rauhen Art sowohl in seinen Bann schlagen als auch in Alarmbereitschaft versetzen konnte. Er flirtete so diskret mit ihr, wie Menschen verschiedener Generationen es manchmal tun. Doch es reichte, um Grace zum Träumen darüber zu verführen, was zu anderer Zeit an anderem Ort hätte möglich sein können. Und er schmeichelte ihr. Was sie verachtet hätte, wenn sie darunter nicht echte Bewunderung gespürt hätte. Ihre eigenen künstlerischen Versuche verschafften ihr wenig Befriedigung und ernteten von William nur mageres Interesse. Und so war Lucien in ihrem stillen, beschränkten, konventionellen Leben so etwas wie die mitfühlende Seele, während sie selbst sich gerne als die geliebte Mutter sah, die er nie gehabt hatte. Insgesamt überwog ihr Vergnügen an seinen Besuchen bei weitem die Nervosität, die sie auslösten. Denn in seiner Gegenwart (und das war vermutlich der entscheidende Grund für ihre Zuneigung) hatte Grace das eigenartige Gefühl, daß ihr Leben sich beschleunigte. »All das geschieht«, sagte Lucien manchmal in die Stille der Küche hinein. Obwohl absolut nichts passierte, hielt Grace Lucien für das Zentrum nie erlebter unglaublicher Ereignisse, an denen sie stellvertretend teilhatte. So wurden seine Besuche, obwohl in Wirklichkeit nichts geschah, zu einer Art Zauberteppich, auf dem Grace für eine Stunde oder mehr ihrem Alltag entfliehen konnte.

Sie begann eine »Consolation« von Liszt zu spielen. Liszt war ein Komponist, den William nicht schätzte – ebensowenig wie Brahms und Schumann, wie er sich zugute hielt. »Gut für harmloses Feuerwerk«, pflegte er zu sagen, »ein Popstar seiner Zeit, nicht besonders ernst zu nehmen.« Doch Grace liebte seine Musik und spielte sie heimlich. Mit steifen Fingern versuchte sie sich dann an den ersten seichten Takten von »Un Sospiro«. Während ihres Spiels drängten sich ihr die Gerüche des Zimmers auf: Es roch nach Pfeffer, feuchtem Teppich und bleiern nach alter Soße, deren Ausdünstungen sich in Wänden und Vorhängen festgesetzt hatten. Schon oft hatte sie sich ein eigenes Musikzimmer gewünscht.

Plötzlich spürte sie etwas Fremdes im Raum und unterbrach ihr Spiel. Sie schwenkte auf dem Klavierhocker herum, dessen rissiger Lederbezug unter ihr knirschte. Es war Lucien. Er saß auf dem polierten Tisch und baumelte mit den Beinen. Grinste. Sehr ungewöhnlich, wo ihre Treffen doch meist mit einem Wutausbruch seinerseits begannen.

»Wie lange sind Sie schon hier?«

»Ein paar Minuten.«

»Sie sind noch nie nachmittags gekommen.«

»Wie ich schon sagte, ich bin unberechenbar. Haben Sie was dagegen?«

Grace überlegte einen Augenblick. Ihr Klaviernachmittag war jetzt hin.

»Nein«, sagte sie.

»Ich wußte nicht, daß Sie spielen können.«

»Kann ich auch nicht. Nicht mehr. Ich stümpere mich nur durch ein paar vertraute Stücke.«

»Für mich klang es ziemlich gut.«

»Das ist es aber leider nicht.« Sie lächelte beinahe. Lucien spielte mit dem Meersalz in der Kristallschale. Er tauchte den winzigen Löffel hinein und machte kleine Hügelchen, ebnete sie wieder ein und fing von neuem an. »Als Kind war ich übereifrig. Ich habe drei Stunden pro Tag geübt und bin extra früh aufgestanden, um vor der Schule genügend Zeit zu haben. Am meisten Spaß machte es mir, mich an Stücken zu versuchen, die zu schwer für mich waren. Ich habe sechs Monate gebraucht, bis ich die ›Ungarische Rhapsodie‹ konnte.« Sie kehrte Lucien den Rücken zu und spielte ein paar Töne mit einem Finger. »Am Ende konnte ich sie, aber nicht besonders gut.«

»Tut mir leid«, sagte Lucien, als Grace sich wieder zu ihm umdrehte. Er hatte ziemlich viel Salz verstreut, pickte es nun mit Daumen und Zeigefinger wieder auf und tat es in das Schälchen zurück. »Hatten Sie einen guten Lehrer oder so?«

»Ganz furchtbar. Eine Miss Spark. Meine Hände zitterten immer so heftig, daß ich kaum spielen konnte. Dann kreischte und schrie sie und schlug mit meinem Notenheft mit den gräßlichen Anweisungen aus der letzten Stunde auf das Klavier. Was alles natürlich nur noch schlimmer machte. Aber irgendwie brachte sie mich am Ende doch dazu, daß ich besser wurde, und ermunterte mich, weiterzumachen. Im Grunde glaube ich, daß sie ein armes altes Ding war. Es gab in ihrem Leben nur die dummen Schüler, die sie unterrichten mußte, und die Vögel, die sie in ihrem Cottage in den Malvern-Hügeln füttern konnte. Wenn sie wütend wurde – und das passierte mehrmals am Tag – lief sie violett an, und es dauerte Stunden, bis die Farbe wieder verschwand, weswegen man ihre normale Gesichtsfarbe selten zu sehen bekam.«

Lucien lächelte. »Mensch!« sagte er. »So eine Scheiße hätte ich mir nicht gefallen lassen.«

»Es hat sich aber gelohnt. Denn wenn sie sich ans Klavier setzte und mir verschiedene Stücke zum Aussuchen vorspielte, wußte ich, wieso ich weitermachen wollte. Wenn sie spielte, verflog all der aufgestaute Ärger. Ihre kleinen, gebogenen Finger wirbelten so fröhlich über die Tasten, daß ich immer wieder ganz sprachlos war. Außerdem lernte ich auf einem hervorragenden Klavier, dem besten, auf dem ich je gespielt habe. Einem Steinway-Flügel. An den Deckel war eine kleine silberne Plakette genagelt, darauf stand: ›Auf diesem Flügel spielten George Bernard Shaw und Edward Elgar vierhändig.‹ In ihrer Jugend war unsere Direktorin mit ihnen befreundet gewesen.«

»Mensch!« sagte Lucien wieder. »Was Sie für Bekannte haben. Spielen Sie doch noch etwas.«

»Was hätten Sie denn gern? Heutzutage ist mein Repertoire sehr begrenzt.«

»Keine Ahnung.«

Grace schwenkte rasch herum und begann, ein »Nocturne« von Chopin zu spielen. Lucien hörte auf, mit dem Salz herumzufummeln. Als das Stück zu Ende war, sagte er: »Ziemlich gut. Sie hätten nicht aufhören sollen. Vielleicht wären Sie ja eine Konzertpianistin geworden.«

Grace schloß den Klavierdeckel.

»Nein, niemals. Kurz vor Ende meiner Schulzeit fragte Miss Spark mich in ihrer letzten Unterrichtsstunde nach meinen Zukunftsplänen. Ich sagte, ich würde gerne Konzertpianistin werden. Da schwieg sie sehr lange und lief wieder so pflaumenfarben an – im Gesicht, an den Armen, den Händen, auf der

Brust, überall. Ich dachte schon, sie würde platzen. Dann sagte sie: ›Willst du meine ehrliche Meinung hören, Grace? Ich glaube, du solltest deine Hoffnungen nicht allzu hoch stecken. Du bist sehr fleißig, sehr begabt und hast ein ausgesprochenes Gefühl für Musik. Aber dir fehlt dieses gewisse Etwas, was immer das sein mag, das einen Pianisten aus der Menge der vielen anderen heraushebt, so daß die ganze Welt nur ihn oder sie hören will.‹ Und dann fuhr sie fort: ›Ich hoffe, du nimmst mir das nicht übel, aber als ich so alt war wie du, hatte ich denselben Traum. Doch ich wußte sehr genau, daß er vergeblich war. Ich war eine gute Klavierspielerin, aber mir fehlte diese besondere Gabe des Himmels, die man als Konzertpianistin braucht ... Deshalb beschloß ich, Lehrerin zu werden. Und meistens hat es mir sogar Spaß gemacht, auch wenn du das vielleicht nicht glaubst, weil ich dich so getriezt habe. Ich wußte doch, du könntest weit kommen ...‹ Ich dankte ihr für ihren Rat und nahm ihn an. Sie hatte recht. Nach dem College begann ich ebenfalls zu unterrichten. Als ich William kennenlernte, war ich Lehrerin.«

Lucien glitt vom Tisch herunter. Er strich ihr mit der Hand über die Schulter. Grace hatte gar nicht gewußt, daß er so sanftmütig sein konnte.

»Ich hatte ja keine Ahnung! – Ob Sie jetzt wohl einen Tee machen würden?«

»Entschuldigung. Ich hab zuviel geredet.« Sie ging in die Küche und machte den Tee.

»Nach meiner Heirat habe ich dann aufgehört. William versuchte mich umzustimmen, aber nicht sehr ernsthaft. Außerdem wollte ich gerne etwas machen, was meiner Leidenschaft für Pflanzen entgegenkam. Ganz zufällig entdeckte ich dann, daß ich auch eine ziemlich gute Blumenmalerin bin.«

Von dem leicht bitteren Klang ihrer Stimme betroffen, sah Lucien sie an.

»Sie sind großartig, Grace«, sagte er.

Grace lachte. Sie stellte die Teesachen auf den Tisch.

»Wie macht sich denn das neue Mädchen im Quartett?«

»Ich kann mich nicht erinnern, daß ich Ihnen davon erzählt habe.«

»Doch, haben Sie.«

Grace setzte sich ihm gegenüber.

»Ich glaube, sie kommt gut zurecht. Die Männer haben wohl den Eindruck, daß sie die Richtige ausgesucht haben. Heute abend ist erst ihr zweites Konzert. Was ist los mit Ihnen? Sie toben ja gar nicht wie sonst immer.«

»Wenn Lobelia weg ist, bin ich nie wütend.«

»Wo ist sie denn?«

»Weiß ich nicht. Hab nicht gefragt. Morgen oder übermorgen kommt sie zurück. Würde mich nicht wundern, wenn sie mit diesem Typen los ist, den sie vor kurzem kennengelernt hat.«

»Und wer ist das?«

»Wie soll ich das wissen? Hab ihn nur einmal gesehen. Hat sie ihn mir etwa vorgestellt? So weit ging sie nicht. Groß, dick, ziemlich kahl. Ekelhaft, fand ich. Trotzdem wäre ich jedem dankbar, der mir Lobelia abnähme. Irgendwas im Pharmabereich, sagt sie. Irgendwas Hohes. Was immer das heißt.« Er aß einen Schokoladenkeks. »Egal, ich fang jedenfalls morgen an zu arbeiten.«

»Ach, wie schön.«

»Hunde im Park ausführen. Jeden Nachmittag. So eine alte Schachtel ist bereit, mir einen Zehner dafür zu zahlen. Was sagen Sie dazu?«

»Warum nicht.«

»Nur so lange, bis was Gescheites auftaucht. Jedenfalls ist es besser, rumzulaufen und dabei Geld zu verdienen, als rumzulaufen, ohne was zu verdienen.«

»Stimmt.«

»Sie sind nett, Grace. Sie verurteilen mich nicht.«

»Dazu habe ich auch keinen Grund.«

»Ich will nicht, daß man mich kritisiert. Jedenfalls so lange nicht, bis ich die Dinge geregelt habe. Und den Zeitpunkt dafür bestimme ich.« Plötzlich stand er auf, all sein Charme war verschwunden. Seine Augen wirkten eingefallen. Seine Hände zitterten – er steckte sie in die Taschen, als er Graces Blick bemerkte. Unruhig sah er sich im Zimmer um, so als erwarte er, daß die Gegenstände über ihn herfallen wollten. Grace fürchtete schon, er würde einen Teller schleudern. Das hatte er schon einmal ohne jede Erklärung getan.

»Ich geh jetzt, hab zu tun«, sagte er. »Danke für die Musik.«

Er ließ eine halb ausgetrunkene Teetasse und eine aufgeschreckte Grace zurück. Der plötzliche Umschlag von Ruhe in Rastlosigkeit hatte sie verstört. Sie hatte nicht den Mut, sich wieder ans Klavier oder an ihr Buch zu setzen. Nicht einmal bügeln mochte sie. Sie zählte die Stunden bis zu Williams Rückkehr und versuchte, nicht mehr an Lucien zu denken.

Die Ulmen-Mitglieder kamen einigermaßen gleichzeitig am Aufführungsort in Northampton an – einer ehemaligen Methodistenkirche, in der sie schon häufiger gespielt hatten. Die Idee, im Konvoi zu fahren, hatten sie schon vor langer Zeit aufgegeben; Williams Fahrneurose hätte sich dadurch nur noch verschärft. Eine Zeitlang hatten sie auch daran gedacht, einen Kombi zu kaufen, in dem sowohl Spieler wie Instrumente Platz hatten, so daß sie gemeinsam hätten fahren können. Da sie aber nicht nur die finanziellen Belastungen fürchteten, sondern auch den Streit darüber, wer jeweils fahren durfte und welches der kürzeste Weg war, hängte keiner der vier sein Herz an diese Idee. So war jeder für sich selbst verantwortlich, und an diese seltsame Vereinbarung hatten sie sich gewöhnt. Wahrscheinlich würde sie auch nie geändert werden, selbst wenn sie häufig für Ängste und Enttäuschungen sorgte.

Vor einem Konzert fürchtete William jedesmal die Sitzprobe, bei der die Bühne und generell die räumlichen Bedingungen überprüft wurden. Dann wurden Grant (stumm) und Rufus (grummelnd) immer ganz ungenießbar. Andrew hatte sich nie beschwert; allerdings verriet sein angespanntes Gesicht manchmal den Kummer über irgendeine Unzulänglichkeit vor Ort. Auch William schwieg so lange wie möglich. Wenn sein Geduldsfaden schließlich doch riß, beschimpfte er die anderen. Aber William liebte keine Auseinandersetzungen, und seine Schelte fiel so mild aus, daß sie fast unbemerkt blieb. Wenn er sich endlich dazu aufgerafft hatte, die Nörgler zu tadeln, hielten sie schon ihre Instrumente und waren bereit, trotz all der konstatierten Mängel mit dem Spiel zu beginnen. All das gehörte zum vertrauten Ulmen-Ritual und wurde mehrmals pro Woche zelebriert.

Kaum war Grant auf die Bühne des Konzertsaals in Northampton gepoltert, sah er auch schon, daß die Stühle absolut nichts taugten. Er nahm den für ihn vorgesehenen Stuhl und schüttelte ihn wie einen ungehorsamen Hund.

»Erinnert ihr euch? Letzten März gab's schon genau den gleichen Ärger. Was denken die sich eigentlich? Auf so einem Ding kann man doch nicht Cello spielen. Total lächerlich!« Er knallte den Stuhl auf den Boden, wobei der bedenklich knackte. Bei dem Geräusch schwante Rufus Schlimmes. Er besaß das feinste Gehör und war stets derjenige, der die möglichen Schwierigkeiten abzuschätzen hatte. Er neigte dann leicht den Kopf und hielt sein besseres Ohr gegen die Decke. Trotz zusammengekniffener Augen und mißbilligendem Strichmund sagte er diesmal seltsamerweise nichts.

Bonnie hob ihren Stuhl hoch und wandte sich an Grant.

»Würden Sie gern mit mir tauschen?«

Grant funkelte sie an.

»Die sind doch alle gleich. Keine Sorge. Ich werde das regeln. Immer dasselbe verdammte Problem. Überhaupt nicht vorausschauend, diese Stuhllieferanten.«

Bonnie setzte sich lachend.

»Beruhige dich, Grant«, sagte William, der sich auch gern hilfsbereit zeigen wollte. »Ich werde Bob bitten, daß er dir einen besseren besorgt.«

Grant sah William erstaunt an.

»Was ist denn jetzt los? So schnell zu meiner Rettung bereit?« Er wandte sich an Bonnie. »Meistens läßt er mich erst mal ein bißchen zappeln.«

Bonnie lächelte, eher höflich als amüsiert.

»Hm«, sagte William und kaschierte seine Wut mit Freundlichkeit. Grants Treulosigkeit war wirklich erstaunlich. Und jetzt sah er, daß auch von Rufus Ärger zu erwarten war.

»Es gibt ein Problem«, sagte Rufus streng.

»O Gott«, sagte William.

Rufus fuhr mit dem Finger über die Klammer seines Notenständers.

»Hat wohl beim Transport gelitten. Weißt du was davon, Grant?«

Grant war der einzige mit einem geräumigen Wagen und transportierte immer alle vier Mahagoniständer. Nach einem Konzert nahm jeder seinen eigenen Ständer und steckte ihn unendlich sorgfältig in die Hülle. Und ebenso vorsichtig packte Grant die Bündel in seinen Kofferraum und lud sie bei dem nächsten Konzert wieder aus. Er erledigte seine Aufgabe stets äußerst verantwortungsvoll und sah zu, daß sie keinen Schaden nahmen. Trotzdem blieb Rufus bei seinem Verdacht. Kein Konzerttag verging, ohne daß er seinen kostbaren Notenständer mit Argusaugen prüfte, als fürchte er irgendeinen mysteriösen Schaden.

»Ich gebe zu, daß ich mit mehr als fünfzig Sachen um eine Kurve gefahren bin«, sagte Grant ernst. »Vielleicht war das der Grund.«

William sah, wie er Bonnie zublinzelte. Rufus schnaubte verächtlich.

»Komm mal her und fühl selber«, sagte er.

Grant ging zu Rufus. Er demonstrierte dem alten Knaben gern seine Nachsicht. Rufus fuhr mit dem Finger über die Halteklammer.

»Ziemlich rauh«, sagte Rufus, »oder bilde ich mir das nur ein?«

Grant, der seine eigene Ernsthaftigkeit genoß, betastete ebenfalls die hölzerne Klammer.

»Sehr rauh, würde ich sagen. Stört möglicherweise.«

»Bißchen Sandpapier könnte helfen.« Jetzt war Rufus besorgt. »Hat jemand Sandpapier dabei?«

»Niemand hier hat Sandpapier«, sagte William. »Los, kommt endlich.«

»Gleich muß Bob ...«

»Wenn ich Bob nach einem anderen Stuhl für Grant frage, werde ich ihn auch bitten, Sandpapier für dich aufzutreiben.« William wunderte sich selbst über seine Geduld.

Grant hatte sich wieder Bonnie zugewandt.

»Normalerweise«, sagte er, »ist die Stegbreite Rufus' Problem. Für uns reicht sie, aber nicht für Rufus. Sein Bleistift paßt nicht drauf ...«

»Mein Problem ist der Dämpfer«, sagte Rufus, »ganz zu schweigen vom Harz.«

Grant sah Bonnie an. »Sie werden schon bemerkt haben, daß er an Konzerttagen Probleme mit Dämpfer und Harz hat, bei den Proben dagegen sind es nicht nur die Bleistifte, sondern auch die Radiergummis.« Er sprach mit spöttischem Ernst. »Wir tun, was wir können. Wir schenken ihm dutzendweise die winzigsten Radiergummis – zu Weihnachten, zum Geburtstag und zu Ulmen-Jubiläen –«

»Die taugen alle nichts«, sagte Rufus.

»Er hat immer noch Probleme damit«, sagte Grant.

»Kommen Sie, meine Herren«, wiederholte William. Aus den Augenwinkeln stellte er fest, daß Bonnie amüsiert dreinsah.

Grant setzte sich. Er lehnte sich zurück, streckte die Beine weit von sich und ruckelte herum, um zu testen, wie stabil der Stuhl war. Plötzlich knackte es, vier dünne Beinchen brachen auseinander. Grant krachte wie ein Schmierenkomödiant in einem drittklassigen Stück zu Boden. Er sah zu Bonnie hoch.

»Was habe ich Ihnen gesagt? Verdammter Miststuhl!«

»Nun wird's aber wirklich Zeit, meine Herren«, sagte William. Daß Bonnie Grant so amüsant fand, ärgerte ihn. Er rief nach Bob, dem stellvertretenden Manager der Konzerthalle, der gerade die Stühle fürs Publikum aufstellte. Ein neuer Stuhl für Grant und Sandpapier für Rufus wurden herbeigeschafft, und immer noch lag Grant auf dem Boden. Auf einen Arm gestützt, schaute er zu Bonnie hoch und kam sich offenbar sehr attraktiv vor – er hielt das wohl für eine Playboy-Pose. Lächerlich. Unwürdig. Sehr untypisch für Grant. Und tatsächlich bemerkte William, dem seine eigene Empfindlichkeit mehr am Herzen lag als die seines plötzlich so angeberischen Cellisten, daß Bonnie, trotz ihrer scheinbar höflichen Anteilnahme, eher peinlich berührt war.

»Steh auf, Grant«, brachte er endlich heraus.

Grant setzte sich umständlich auf seinen neuen Stuhl und sagte nichts mehr, als er feststellte, daß der stabiler war. Grants Humor hatte sich schon in den schwierigsten Situationen bewährt, doch in der Stuhlfrage verließ er ihn in sämtlichen Konzertsälen Europas. Vielleicht hatte er ja dieses lächerliche Theater auf dem Boden aufgeführt, um seinen Ärger zu verbergen.

Während Rufus immer noch mit einem Stück Sandpapier an der beanstandeten Klammer seines Notenständers herumrieb, was bei seinen ungeschickten Händen erfolglos blieb, gestattete William sich, Bonnie genauer zu betrachten. Sie trug Jeans. Offenbar war ihm das vorher nicht aufgefallen. Jeans und ein T-Shirt. Für Proben mochte das ja angehen. Was ihn jedoch befremdete, war ihr Schuhwerk: rote Sandalen, aus denen metallisch grün lackierte Zehennägel hervorlugten. Schuhe, wie sie Vierziger-Jahre-Filmstars auf alten Kriegsfotos trugen. Aber der Nagellack … Würde Bonnie für die Aufführung noch die Schuhe wechseln?

William fühlte sich ein wenig elend, weil er mit Bonnie bisher nicht über Kleiderfragen gesprochen hatte. Bei ihrem Vorspiel damals hatte keiner daran gedacht, sie zu fragen, wie sie sich zu kleiden gedachte, wenn die Männer ihre weißen Krawatten trugen. Grace hatte ihn deswegen gescholten. Du mußt auf einer Kleiderordnung bestehen, hatte sie gesagt. Wer weiß, wie das Mädchen aufkreuzt. Doch bei den Proben zu ihrem ersten gemeinsamen Konzert hatte William keine Gelegenheit dazu gefunden. Wäre sie da allerdings schon in diesen frechen Sandalen gekommen, hätte er sie vielleicht erschreckt nach ihrer Abendkleidung gefragt. Aber zu den Proben war sie in schwarzer Hose und schwarzen Wildlederstiefeln (die ihm ziemlich teuer vorgekommen waren) erschienen, und so war ihm die Angelegenheit wieder entfallen. Zum Konzert in Slough hatte sie ein ganz normales langes schwarzes Kleid getragen – er konnte sich kaum noch daran erinnern –, so daß er das Problem schließlich ganz vergaß.

Jetzt verstand er die unmöglichen Schuhe als Botschaft. Die neue Bratschistin schien damit ausdrücken zu wollen, daß sie nicht die Absicht hatte, sich Konventionen zu fügen, und anziehen würde, wozu sie Lust hatte. William schluckte. Ihn schreckte die Vorstellung, er müßte sie bändigen, vielleicht einen Streit mit ihr anfangen, sie womöglich gar verletzen, indem er etwas kritisierte, was gar nicht unmittelbar in den Bereich seiner Verantwortlichkeit gehörte. Doch das renommierte Ulmen-Quartett konnte es sich nicht leisten, sich durch die Schuhwahl seines neuen Mitglieds lächerlich zu machen ... Nein, er mußte sie sich vorknöpfen. Es ihr vorsichtig beibringen. Gott behüte.

Sein Blick wanderte von ihren Füßen zu ihrem Kinn, das mit jener gewissen entschiedenen Neigung, die ihm nun schon vertraut war, auf der Geige ruhte. Sie erinnerte ihn an ein knopfäugiges Rotkehlchen, das auf einen Wurm wartete.

»Wir sollten jetzt wirklich beginnen, meine Herren«, sagte er und verfluchte sich sofort für seinen Fehler. Jetzt, wo Bonnie dabei war, konnte er die Spieler doch nicht mehr als Herren anreden, ohne daß ihm gleich irgendein Ismus vorgeworfen würde. Hoffentlich hatte er Bonnie nicht beleidigt. Du liebe

Güte – vielleicht sollte er das Schuhgespräch doch besser lassen ... »Wir fangen mit dem Britten an«, stotterte er.

»Ich gebe dem Stuhl nur eine einzige Chance«, brummte Grant.

»Alle bereit?« William schaute in die Runde. Bonnie warf ihren Pony zurück, so daß William eine Sekunde lang ihre großen, beinahe farblosen Augen sehen konnte: Eisaugen, dachte er. Aber nicht so hart wie Eis. Mit einem Anflug von Lächeln blickte sie zurück. Offenbar war sie wegen der »Herren« überhaupt nicht beleidigt. Vielleicht hatte sie es ja gar nicht bemerkt. Vielleicht müßte er sich gar nicht entschuldigen. Vielleicht ...

Mit einem Nicken gab er das Startzeichen. Sie begannen zu spielen.

Um sieben Uhr wollte Grace gerade die Vorhänge zuziehen, als das Telefon klingelte. Es war Jack. Gewöhnlich rief er einmal pro Woche an, aus Pflichtgefühl.

»Ach, Jack.« Ob er ihr wohl die mangelnde Begeisterung anmerkte? Seit ihrer Jugend hatte Grace bei unerwarteten Anrufen ein ungutes Gefühl. Wenn es sich nicht um einen halb erhofften Überraschungsanruf handelte, nahm sie immer mit einer unhöflich strengen Stimme ab.

»In meinem Kalender steht, daß Dad morgen Geburtstag hat.«

»Das stimmt.« Ihr Geschenk für William war schon eingepackt. Bevor er morgen früh herunterkam, würde sie es ihm auf den Frühstückstisch legen.

»Ich finde, das muß gefeiert werden. Wie wäre es, wenn wir mit dir eins seiner Konzerte besuchten und anschließend essen gingen?«

Grace schwieg.

»Mutter?« Schon als kleines Kind hatte Jack sie stets mit Mutter angeredet, auch wenn er hinter ihrem Rücken von »Mum« sprach. Erst kürzlich hatte Jacks Freundin Laurel mit ihrer Therapeutin herausgefunden, daß das eine Art Protest war. »Mutter, bist du noch dran?«

»Ich habe überlegt. Warum eigentlich nicht? Allerdings hast du letztes Jahr dasselbe vorgeschlagen. Erinnerst du dich noch? Irgendwie hat es dann aber nie geklappt.«

»Ich mußte nach Amsterdam.«

»Richtig.«

»Also, wie fändest du das? Ich hätte Lust. Jetzt bist du an der Reihe.«

»Ich glaube, nächste Woche findet was in Ealing statt. Das wäre doch günstig für euch.«

»Schön, ich kann jeden Abend.« Bei seinem angeblich so aufregenden Leben als vereidigter Steuerberater fand Grace es merkwürdig, daß er abends nie etwas vorhatte. »Besprich es mit Dad und melde dich wieder.«

Wieder schwieg Grace. Sie hatte plötzlich den Eindruck, da sei etwas am Fenster. Sie drehte sich um. Es war fast dunkel. Niemand.

»Gut«, sagte sie. »Aber wunder dich nicht, wenn er ablehnt. Du weiß ja, wie nervös er ist, wenn du im Publikum sitzt. Er weiß, daß du für die Musik des Quartetts nichts übrig hast.«

Jack lachte. »Er auch nicht für meine«, sagte er. »Na, egal.«

»Ich sage dir Bescheid. Immerhin machst du einen Vorschlag. Geht es Laurel gut?«

»Sie hat viel zu tun.« Laurel war Vizechefin eines Reisebüros in Shepherd's Bush und hatte immer viel zu tun. Abwechslung kam nur durch die Jahreszeiten in die Antwort. »Ziemlich viel frühe Buchungen für Skiurlaube.«

»Ach.« Inzwischen war es draußen ganz dunkel, doch in der besonders dichten Schwärze unter dem Lorbeerbusch auf der anderen Seite des Wegs glaubte Grace eine undeutliche Bewegung zu erkennen. Das Wedeln eines Taschentuchs vielleicht. Ihr lief es kalt den Rücken herunter. »Ich muß jetzt auflegen«, sagte sie. Bei ihren flüchtigen wöchentlichen Gesprächen hielten es inzwischen weder Mutter noch Sohn für nötig, das Ende eines Telefonats zu begründen.

»In Ordnung. Ich erwarte also deinen Rückruf.«

Grace ging zum Fenster und sah hinaus. Nichts als tiefe Dunkelheit. Mit wild klopfendem Herzen zog sie die Vorhänge zu. Die Gegend war ziemlich sicher. Mal ein gelegentlicher Einbruch oder beschädigte geparkte Autos und vor einigen Jahren diverse Ziegelsteine, die in Wintergärten flogen – jemand, der etwas gegen diese Wohlstandssymbole hatte, so wurde vermutet. Doch mit ihren hellen Laternen, die die dicht gepflanzten Bäume überragten, war die Artisan Road eine Straße, auf die die Bewohner sich auch spät abends noch mit ihren Hunden wagten. Selbst wenn sie allein war, hatte Grace sich im Haus immer sicher gefühlt; allerdings bestand William darauf, daß sie stets die Türen verriegelte. Jetzt, wo die Vorhänge zugezogen waren, hielt sie das, was sie zu sehen geglaubt hatte, für pure Einbildung. Trotzdem beschloß sie, nicht erst vor dem Zubettgehen die Haustür zu verschließen.

Sie knipste die Flurlampe an. Im Licht wurde sie mutiger und beschloß, einen kurzen Blick nach draußen zu werfen.

Auf der Veranda stand ein Mann. Um den Hals hatte er einen langen grauen Schal geschlungen, der auch seinen Mund verbarg. Er war groß, dünn, schmuddelig. Er zog den Schal vom Gesicht. Es war Lucien.

»Tut mir leid, daß ich Sie erschreckt habe.« Die Verandalampe – eine bunte Glaslaterne aus Portugal, die Jack ihnen letztes Jahr zu Weihnachten geschenkt hatte – schwang in der kalten Brise hin und her. Mattes rotes, blaues und grünes Licht fiel auf Luciens bleiches Gesicht. Seine Augen – abwechselnd rot, blau und grün von der häßlichen Lampe – lagen tief in den Höhlen, ganz wie bei seinen Wutanfällen. »Hab nicht geklingelt, weil Sie am Telefon waren.«

»Jack.«

»Richtig, Ihr Sohn Jack.«

»Wollen Sie nicht reinkommen?« Grace zitterte vor Kälte.

»Nein, vielen Dank.«

»Müssen Sie irgendwohin?«

»Nein, eigentlich nicht. Bin einfach nur rumgelaufen.«

»Nun, wenn Sie wirklich nicht ...« Grace faßte nach der Türklinke, sie hätte gern die Tür geschlossen.

»Ich bin gleich wieder weg. Wissen Sie was? Sie ist zurück. Sie und dieser Pharma-Typ. Vollbepackt mit lauter stinkvornehmen Sachen zum Essen. Gin und Pasteten und alles mögliche Zeugs haben sie auf dem Küchentisch ausgebreitet und mich angebrüllt, nur weil eine einzige Kippe im Aschenbecher lag. Die machen einen fertig, die beiden.«

»Haben sie Sie denn nicht gebeten, gemeinsam mit ihnen zu Abend zu essen?« Noch während sie fragte, wurde Grace bewußt, wie anmaßend bürgerlich sie klang, und sie hätte die Frage gern zurückgenommen. Obwohl kein Zweifel an Luciens Herkunft bestand, tat er doch gerne so, als hätte er seine Bürgerlichkeit längst hinter sich gelassen. Mit seiner »klassenlosen« Redeweise und der schäbigen Kleidung hätte er gut als junger Mann aus armen Verhältnissen durchgehen können. Wenn man bei ihm auf Anzeichen von Bildung stieß, war er geradezu beleidigt. So ignorierte Grace um des lieben Friedens willen gewöhnlich die Tatsache, daß sie beide immerhin in derselben Straße wohnten. Sie hütete sich davor, ihn in irgendeiner Weise auf bürgerliches Verhalten anzusprechen, weswegen ihre Frage ein Fehler gewesen war, für den sie gewiß würde bezahlen müssen. Lucien sah sie verächtlich an.

»Ob sie mich gebeten haben, gemeinsam mit ihnen zu Abend zu essen?« Er äffte ihre Stimme perfekt nach. Dann zog er sich den Schal wieder über den Mund und ging fort. Grace wartete, bis er durchs Tor war, und schloß die Tür.

Im Ofen stand noch ein Rest Kartoffelauflauf mit Gehacktem von gestern abend, aber sie hatte keinen Appetit. Sie war ärgerlich. Die Vorstellung, daß Lucien abends ums Haus schlich, beunruhigte sie. Wenn er morgens kam, war sie zwar angespannt, fühlte sich aber sicher. William war gewöhnlich oben in seinem Zimmer. Und falls Lucien im Zorn auf seine Mutter plötzlich aggressiv werden sollte, würde William ihr zur Hilfe eilen und ihn rauswerfen. Bei all seiner Erregbarkeit hatte Grace sich nur einmal ernstlich von Lucien bedroht gefühlt. Da hatte sie sich ganz unschuldig nach Lobelia erkundigt, ohne zu wissen, daß niemand außer ihm das Thema anschneiden durfte. Kein anderer hatte das Recht dazu. Er hatte Grace angebrüllt, wieso sie überhaupt ihren Namen erwähne, hatte eine Pfanne gepackt, die neben dem Spülbecken trocknete, und war herumgewirbelt, als wolle er sie schlagen. Grace hatte ihr Gesicht mit den Händen bedeckt und sich, erschrocken über sein wütendes Gesicht, schutzsuchend in eine Ecke gekauert. Doch er lachte über ihre Angst und beschimpfte sie, weil sie geglaubt hatte, er werde sie tatsächlich angreifen. Sie sei ihm halt auf den Wecker gegangen, sagte er. Es tue ihm leid. Er stellte die Pfanne ab, umarmte sie und küßte sie auf den Kopf. Grace war nur halb besänftigt: Seine Augen hatten ausgesehen, als habe er für einen Moment den Verstand verloren, und noch lange, nachdem er gegangen war, klopfte ihr das Herz. Man konnte nie sicher sein, ob Lucien nicht doch einmal gewalttätig werden würde, obwohl seine guten Manieren (die er irgendwann in seiner Kindheit erworben haben mußte, auch wenn sie angeblich so schrecklich gewesen war) ihm fast immer aus seinen Wutanfällen heraushalfen. Heute abend jedoch hatte er etwas Unheimliches an sich gehabt; so hatte sie ihn bisher noch nicht erlebt. Er hatte sie allerdings – Grace versuchte vernünftig zu sein – auch noch nie am Abend besucht.

Grace mochte sich nicht die Szene weiter unten in der Straße ausmalen, wenn Lucien nach Hause kommen und Mutter und Liebhaber bei ihrem unschuldigen Mahl antreffen würde. Sie mochte überhaupt nicht an Lucien denken. Es war einer der Augenblicke, in denen sie wünschte, sie hätte ihn nie kennengelernt. Sie setzte sich in den Sessel vor den kalten Kamin und sah zur Uhr. Noch vier Stunden bis zu Williams Rückkehr. Womit könnte sie sich in Gedanken beschäftigen, um ruhig zu werden?

Mit Jack und Laurel – das war die Antwort. Allein der Gedanke an die beiden wirkte einschläfernd. Während sie sich das ernste, bebrillte Gesicht ihres Sohnes vorstellte (das, wie jeder sagte, weder ihr noch William ähnelte), wurden ihr die Glieder schwer. Sie hatte Mühe, mütterliche Anteilnahme an seinem Leben zu entwickeln, denn da gab es einfach nichts Interessantes. Diese Gleichgültigkeit zwischen Eltern und Sohn beruhte auf Gegenseitigkeit. Jack war immer ein braver, langweiliger Junge gewesen – clever, fleißig, ängstlich. Schon als Jugendlicher hatte er beschlossen, Steuerberater zu werden, und arbeitete zielstrebig darauf hin. Inzwischen war er schon seit einigen Jahren der jüngste Mitarbeiter einer angeblich »florierenden« Firma in Shepherd's Bush. Laurel hatte er kennengelernt, als er einmal in der Mittagspause ein Ticket (nur eines, er verbrachte jeden Urlaub allein) für eine Osterreise nach Portugal kaufte. In ihrer Reisebürowelt war Laurel genauso ehrgeizig wie Jack in seinem Beruf. Dieser gemeinsame Wille zum Erfolg brachte sie schnell zusammen, und vor vier Jahren war Laurel zu Jack in seine deprimierende Wohnung in Hammersmith gezogen. Jack brauchte volle sechs Monate, bis er Laurel seinen Eltern vorstellte. Bei der Gelegenheit bezeichnete er sie als seine »Partnerin« – ein Wort, das beide Hendels nicht über die Lippen brachten. Für sie war ein Partner ein Geschäftspartner, und Laurel war seine Freundin. Daß ihn ihr mangelndes Verständnis irritierte, merkte Grace daran, wie er den Kopf zurückwarf und an seinem rechten Ohr zupfte. (Das machte er immer, wenn er verlegen oder besorgt war, schon so lange, daß sein rechtes Ohrläppchen inzwischen um einiges länger als das linke war, aber in Laurels Augen war das keine Beeinträchtigung. Oder vielleicht bemerkte sie es gar nicht. Grace hatte schnell festgestellt, daß Laurel keine gute Beobachterin war, sonst würden Jacks Eigenheiten sie doch bestimmt wahnsinnig machen.)

Bei dieser ersten Begegnung hatte Laurel sich als Karrierefrau bezeichnet, und Jack hatte das bekräftigt. »Das ist sie wirklich! Meine Partnerin ist eine tolle Karrierefrau. Sie wird es noch weit bringen.«

William und Grace stellten bald fest, daß das nicht ganz falsch war. Laurel ging so sehr in ihrem Reisebüro auf, daß ihre Sprache schon regelrecht davon infiziert war. Ständig benutzte sie Wörter wie »exotisch« und »schneebedeckt«. Als die beiden am Anfang ihrer Bekanntschaft ein Wochenende auf dem Land verbringen wollten, rief Laurel Grace an und erzählte, sie hätten sich für »ein sehr exklusives Hotel in Flußnähe« entschieden. Seltsamerweise animierte diese Exklusivität sie nicht zu weiteren aushäusigen Wochenenden. In letzter Zeit verbrachten sie die Samstage im Büro, und an den Sonntagen blieben sie zu Hause, »um Bürokram aufzuarbeiten«.

»Es ist doch so, Grace«, erklärte Laurel ihr einmal, »wenn man ganz nach oben will, muß man sich voll darauf konzentrieren. Die Arbeit muß immer Vorrang haben.«

»Aber du bist doch schon fast ganz oben«, hatte Grace geantwortet. »Du könntest dir doch gelegentlich mal eine Pause gönnen.«

»Auf keinen Fall. Über mir ist noch Danielle. Wenn sie geht – und ich habe gehört, daß ihr Mann demnächst nach Bahrain versetzt wird –, will ich ihren Stuhl. Der Boß sein.«

»Das wirst du ganz bestimmt«, hatte Grace mit einem unterdrückten Seufzer gesagt.

Seit ihr Sohn mit Laurel zusammen war, hatten Grace und William eine Menge über das Reisegeschäft gelernt. Und sie wußten, daß sie Laurel häufig enttäuscht hatten, wenn sie ihre Sonderangebote mit Reisen zu allen nur erdenklichen exklusiven, exotischen, sonnenverwöhnten und palmengesäumten Orten ablehnten. Laurel selbst war auf einer billigen Nachsaisonreise nur bis Spanien gekommen, aber das Studium der Prospekte aus aller Welt gab ihr das Gefühl, daß sie die Orte so gut kannte, als wäre sie selbst dort gewesen. Bei den seltenen Zusammenkünften der beiden Paare wurde darum ausgiebig über Orte geplaudert, die keiner von ihnen kannte und die zwei von ihnen auch kaum interessierten. (Jack hielt sich bei diesen Gelegenheiten zurück. Sein einziger Beitrag bestand darin, daß er all den rhetorischen Fragen von Laurel zustimmte.)

»Jamaika mit seinen goldenen Sandstränden müßte doch im Februar schön für euch sein.« Wieder einmal hatte sie versucht, die Hendels zu einem »Entspannungsurlaub« zu überreden. »Findest du nicht auch, Jack?«

»Doch, ja.« Jack nickte.

Grace hatte damals gedacht, daß Jamaikas Strände doch sicher weiß waren. Aber das hatte sie lieber für sich behalten. Vielleicht sahen sie ja in Laurels Prospekten golden aus. Später sagte William zu Grace, wenn Laurel noch ein einziges Mal versuchte, ihnen einen ihrer verflixten Club-Klasse-Urlaubstrips zu ihren verflixten speziellen Sparpreisen zu verkaufen, würde er sie erwürgen.

Jedesmal, wenn die beiden Generationen sich trafen, war Laurels Aufstieg nach ganz oben das Hauptgesprächsthema. Jack erzählte wenig aus seinem Büroleben, nur »danke, es läuft recht erfreulich«. Einmal erwähnte er, daß er mit Joggen anfangen wolle – frühmorgens auf dem Treidelpfad, glücklicherweise ganz in der Nähe der Wohnung, das sei so belebend. Darüber hinaus gab es nichts mitzuteilen. Worüber sie sich allerdings ausschwiegen, das waren ihre privaten Pläne – eine Heirat zum Beispiel. Grace und William hatten sich längst damit abgefunden, daß heiraten heutzutage für die jungen Leute nicht mehr so wichtig war, und das war ja auch nicht weiter schlimm, solange eine Bindung Bestand hatte. »Im Grunde ist es doch so«, hatte William sogar einmal behauptet, »da sie das Eheband nicht geknüpft haben, dürfte es, falls ein anderes Mädchen mit einem, wie soll ich sagen, weiteren Horizont auftaucht, für Jack nicht allzu schwierig sein ... zu tauschen.«

Grace mußte über diese nicht sehr diskreten Andeutungen lachen, aber sie hielt den Fall für eher unwahrscheinlich. Jack war kein Mann, der interessante Frauen anzog. Sie selbst war am traurigsten darüber, daß offenbar keine Kinder geplant waren. Von einem Baby war nie die Rede, und Grace wäre so gerne Großmutter geworden. Vielleicht wollten sie ja zuerst heiraten. Grace wußte nicht, wie sie es finden würde, wenn die beiden in ihrer wilden Ehe, oder wie immer das hieß, ein Kind bekämen. Ihre Grübelei wurde erneut vom Telefon unterbrochen. Ungewöhnlich, zwei Anrufe an einem Abend.

»Hallo, Grace? Ich bin's, Laurel.«

»Oh, hallo, Laurel.« Wieder die neutrale Stimme.

»Ich wollte nur sagen, daß ich Jacks Idee mit der Geburtstagsüberraschung für William wunderbar finde.«

»Ja, ich habe ja schon gesagt, daß ich ...«

»Ich hoffe also, daß Sie ihn überreden können. Es wird bestimmt ein schöner Abend werden. – Ist alles in Ordnung?«

»Ja, sicher.«

»Schwer was los im Büro – wie Sie sich vorstellen können. Die ganze Welt will Ski fahren. Also, wir warten auf eure Antwort. Jetzt sag ich erst mal tschüß.«

Grace stellte den Fernseher für die Nachrichten an. Sie wollte nicht mehr über Jack und Laurel nachdenken, und der schalumschlungene Lucien beunruhigte sie immer noch. Mittlerweile würden William und die anderen den Britten halb hinter sich haben. Am liebsten hätte sie auch im Publikum gesessen. Vielleicht sollte sie wieder öfter zu den Konzerten gehen, so wie vor Jacks Geburt. Das würde William glücklich machen. Nun, morgen würde sie ihm beim Geburtstagsfrühstück von ihrer Absicht erzählen. Sie war sehr angetan von der Idee und wandte sich nun der neuesten politischen Schmutzaffäre zu. Manchmal war ihr die wirkliche Welt sehr fern.

»Gutes Publikum«, sagte Grant in der Pause. »Northampton scheint irgendwie aufgewacht zu sein.«

William nickte. Auch er hatte das ausgesprochen lebhafte Interesse des Publikums gespürt. Wieder auf der Bühne, war er mehr denn je fest entschlossen, die zweite Hälfte des Programms in höchster Vollendung zur Aufführung zu bringen.

Nachdem der letzte Ton verklungen war, wurde es sehr still, bis das Publikum in einen so überwältigenden Applaus ausbrach, daß William, Grant und Rufus einander erstaunt ansahen. Daran waren sie nicht gewöhnt. Im allgemeinen war ihr Publikum zwar gebildet, aufgeschlossen und begeisterungsfähig, reagierte aber nicht mit so heftigem Beifall. Einige waren sogar aufgestanden. Bravorufe waren zu hören. Andere riefen »Zugabe«.

William sah, daß Bonnie mit einem breiten Lächeln den ganzen Saal anstrahlte. William runzelte die Stirn. Gegrinst oder gelächelt wurde im Ulmen-Quartett nicht. Wenn sie beklatscht wurden, pflegten sie nur aufzustehen und mit streng geschlossenem Mund leicht zu nicken. Sie ließen die Leute noch eine Weile klatschen, und wenn nach Williams Einschätzung der Höhepunkt erreicht war, verließen sie die Bühne. Nichts war schlimmer, als verebbenden Applaus auf der Bühne zu erleben. Entwürdigend! Schnell abtreten hieß die Devise des Ulmen-Quartetts – bis jetzt.

Verwirrt von dem gewaltigen Applaus nach der Zugabe, blieb William länger als sonst sitzen. Rufus zupfte ihn am Ärmel. Alle vier standen auf. Die Männer nickten mehrmals. Bonnie machte eine tiefere Verbeugung, eine sehr gekonnte, gewissermaßen höfische Verbeugung. Dann richtete sie sich wieder auf, breitete die Arme aus, in der einen Hand die Bratsche, in der anderen den Bogen. Sie lachte. Mit einem kurzen Seitenblick sah William, daß Grant grinste. Er grinste tatsächlich. Bei Gott, er würde mit Grant reden müssen. Mit Bonnie ebenfalls ... Dieser Unsinn hatte aufzuhören.

Doch nun setzte noch wütenderer Beifall ein. Mehrere Zuhörer riefen nach einer zweiten Zugabe. Eine zweite Zugabe? Das machten sie höchstens zu Weihnachten. Was war bloß los? William staunte mit offenem Mund. Samtig legte sich die warme Luft des Saals auf seine trockene Zunge. Rufus flüsterte irgendwas. Bei dieser wilden Klatscherei konnte er ihn kaum verstehen.

»Sollten wir nicht ... noch etwas spielen?«

»Um Himmels willen, nein ...« Aber jetzt war nicht der richtige Zeitpunkt für Diskussionen: Dreihundert Menschen da unten verlangten nach mehr. »Was könnten wir denn spielen?«

»Das Scherzo aus Schumanns a-Moll-Quartett?«

Der gute alte Rufus. Immer schnell bei der Hand mit Vorschlägen. Das Stück war hübsch und kurz, und sie kannten es alle gut. Aber Bonnie ... Was war mit Bonnie? Sie hatten es nie zusammen geprobt. Würde sie zurechtkommen? Immer noch donnernder Applaus.

»Gut, frag Bonnie.« William mochte sie nicht selbst fragen, weil er fürchtete, sie nicht zu verstehen. Rufus flüsterte mit Bonnie, sie nickte. Mit stummer Lippensprache informierte William den vergnügt aussehenden Grant. Rufus wandte sich wieder an William.

»Du solltest etwas sagen.«

Rufus hatte recht. Für Nervosität war keine Zeit. William trat an die Rampe. Sofort hörte der Beifall auf.

»Meine Damen und Herren«, sagte er, »Dies hier ist bei-spiel-los.« Seine Stimme war unnatürlich hoch. Das Publikum lachte freundlich. »Wie manche von Ihnen wissen mögen, pflegt das Ulmen-Quartett keine zweiten Zugaben zu geben. Aber wenn ich Ihre Botschaft recht verstehe, und mir scheint, das tue ich, so bitten Sie darum, daß unsere neue arme Verwandte mit einem besonderen Abend gefeiert werden sollte ...« Die Worte formten sich, ohne daß er überlegen mußte, wie von selbst. Fasziniert hörte William sich selbst zu; es war, als spräche jemand anderer. Die Anspielung auf den Musikerwitz über die Bratsche (Bratschenspieler wurden immer als arme Verwandte bezeichnet) wurde von vielen im Publikum verstanden: Wieder wurde gelacht. Es war eigentlich alles sehr vergnüglich. »Bonnie hier neben mir«, fuhr er fort, als das Lachen verebbt war, »hat freundlicherweise Andrew Fulbright ersetzt, der sich leider gezwungen sah, aufzuhören. Aber schon nach unserem ersten Konzert wußten wir, daß wir in Bonnie einen vollkommenen Ersatz gefunden haben. Und auch Sie scheinen heute abend derselben Meinung zu sein.« Bonnie strahlte über das ganze Gesicht. »Und deshalb werden wir zur Feier unseres neuen Mitglieds heute noch etwas für Sie spielen ... Aber bitte seien Sie nachsichtig. Wir haben das a-Moll-Quartett von Schumann nicht mit ihr geprobt. Wir werden jedenfalls unser Möglichstes tun.«

Und während des Schumann-Stücks fielen William dann Bonnies Ärmel auf. Schon vorher hatte er zur Kenntnis genommen, daß sie ein langes schwarzes Samtkleid trug, sehr dezent und angemessen, ganz ähnlich wie bei ihrem ersten Konzert. Ja, sie hatte sich so passend angezogen – keine Rede von alarmierenden Schuhen –, daß William keinen Anlaß mehr für die gefürchtete Kleiderdiskussion sah. Vor dem Konzert hatte er gehört, wie Grant Bonnie im Künstlerzimmer ein Kompliment für die mittelalterliche Form ihrer Ärmel gemacht hatte. William hatte keine Ahnung, was er damit meinte. Für ihn waren es einfach lange, fließende Ärmel, unten etwas weiter als üblich.

Während des Schumann-Stücks blickte er ständig zu Bonnie, um zu sehen, wie sie zurechtkam – vor Publikum etwas zu spielen, was man nie miteinander geprobt hatte, war eine Nervenprobe. Wenn es nach William ging, war dies das letzte Mal. Er hielt nichts von Quartetten, die zwei Zugaben spielten. Es lief allerdings besser, als er gedacht hatte. Bonnie wiegte sich im Takt der Musik und schien völlig gelassen, als habe sie das Stück ihr Leben lang mit ihnen gespielt. Wenn sie die Arme bewegte, wippten und schwangen die weiten Samtärmel, und irgend etwas Grünes schimmerte dabei. Etwas in dunklem Jadegrün, und wenn das Licht darauf fiel, flammte es smaragdfarben auf. William stellte fest, daß dieses grün glänzende Etwas eine Art Futter war, das fast so herausfordernd schimmerte wie Juwelen an einem Handgelenk. Mit Rührung malte er sich aus, wie mühsam es für Bonnie gewesen sein mußte, diese herrlichen Ärmel zu nähen. Wie geschickt von ihr! Und wenn diese Ärmel ihn selbst schon nach wenigen flüchtigen Blicken über die Geige hinweg gefangennahmen, wie groß mochte da erst die Wirkung auf das Publikum sein. Hingerissen würde es sein. Aber ein Publikum durfte nicht von Äußerlichkeiten abgelenkt werden. Er müßte also doch mit Bonnie reden.

Nach dem Stück gab es wieder überwältigenden Applaus, doch diesmal nickten die Spieler nur kurz und eilten sofort von der Bühne.

In dem langen Gang stieß er auf die besorgte Bonnie.

»Ich muß schnell machen, damit ich meinen Zug noch kriege«, sagte sie. Sie schlug einen Ärmel um und sah auf die Uhr. Ein breiter Streifen Grün, dunkler im Flurlicht, kam zum Vorschein.

»Wunderschöne Ärmel«, sagte William.

»Nicht wahr? Alter Satin, den ich irgendwo aufgetrieben habe. Fühlen Sie mal.«

Sie nahm Williams Hand und legte sie für einen winzigen Moment auf den Stoff, der glatt und weich wie eine Feder war. Er mußte an Eisvögel, Hänflinge, Grünfinken und Moos denken.

»Ich fahre Sie zum Bahnhof«, sagte er.

»Wirklich?«

»Er liegt auf meinem Weg.«

Der Bahnhof lag genau in der entgegengesetzten Richtung, aber Bonnie ahnte nichts von seiner Lüge. Grant kam aus dem Umkleideraum, er war schon umgezogen. William straffte sich, als wollte er weniger schuldig wirken. Wieso denn schuldig, um Himmels willen? Weil er zwei Sekunden lang im Gang stehengeblieben war, um Bonnies Ärmel zu loben?

Grant ging zu Bonnie und klopfte ihr auf die Schulter.

»Gut gemacht«, sagte er. »Das war ein verdammtes Wunder. Sie haben wie ein Engel gespielt.«

Dieses Kompliment freute Bonnie mehr als Williams banales über ihre Ärmel. Sie dankte Grant mit einem bezaubernden Lächeln. William verfluchte sich. Er hätte ihr als erster zu ihrem umwerfenden Spiel gratulieren müssen.

»Soll ich Sie mitnehmen?« frage Grant. »Ich fahre am Bahnhof vorbei.«

»Vielen Dank, Grant. Aber ich habe gerade William zugesagt. Der Bahnhof liegt auch auf seinem Weg.«

Grant bedachte William mit einem langen Blick, verriet seine Überraschung, aus Loyalität seinem alten Kollegen gegenüber, jedoch nur mit einer kaum merklich hochgezogenen Augenbraue.

Im Wagen sagte Bonnie: »Wenn wir uns beeilen, schaffe ich es vielleicht noch.«

»In Ordnung.« Bonnies Anwesenheit ließ ihn unkonzentriert werden. Sie duftete intensiv nach einer Blume. »Ihr Parfüm, ist das Hyazinthe?« fragte er.

»Nein, Maßliebchen.«

»Ich wußte, daß es irgendwas Wildwachsendes ist.«

»William, die Ampel ist grün.«

»O je.« Hinter ihnen hupte irgendein Idiot.

»Wir sollten losfahren.«

Entschlossen hantierte er mit der Gangschaltung und würgte prompt den Motor ab. Hinter seinen Ohren bildete sich Schweiß.

»Sie fahren sicher nicht besonders gerne.«

»Nein.« Endlich hoppelten sie los.

»Aber wir sind ja gleich da. Und Sie machen Ihre Sache gut.«

Ihm wurde ganz warm ums Herz, ihr freundlicher Zuspruch stärkte ihn. Aus den Augenwinkeln sah er, daß sie nach ihrer Plastiktüte griff, in die sie das Samtkleid gestopft hatte. Er wagte ihr nicht zu sagen, daß sie noch mindestens einen Kilometer mit lauter Ampeln, Einbahnstraßen und allen möglichen sonstigen Hindernissen vor sich hatten.

Als sie auf dem Bahnsteig ankamen, fuhr der Zug gerade an.

William war zu durcheinander, um klar zu denken. Er hatte Bonnie in diese Lage gebracht und mußte irgendwas unternehmen. Er war noch immer in Frack und weißer Krawatte (um Bonnie nicht warten zu lassen, hatte er sich lieber nicht umgezogen). Er zog also sein Taschentuch heraus und lief winkend ein paar Meter hinter dem Zug her – ohne Erfolg. Der Bahnbeamte hielt ihn an.

»Pech«, sagte der Mann.

»Können Sie nicht irgendwas unternehmen?« keuchte William.

»Zum Beispiel?«

»Ihn anhalten.« Inzwischen war der Zug schon spielzeugklein, und Bonnie lachte.

»Das kann ich nicht«, sagte der Bahnbeamte amüsiert. »Wer immer Sie auch sein mögen«, fügte er hinzu.

»Besteht die Möglichkeit, daß wir ihn an der nächsten Station einholen?«

»Das glaube ich kaum«, sagte der Mann. »Da müßten Sie schon einen Porsche haben.«

»Gott sei Dank nicht.« William zitterten die Knie. Die Entschlossenheit, über die er auf der Bühne verfügte, war ihm hier auf dem leeren Bahnsteig gänzlich abhanden gekommen. Dabei schien Bonnie überzeugt, daß er das Problem lösen würde. »Tja, ich weiß nicht ...«

»Der letzte Zug fährt in einer Stunde«, sagte der Bahnbeamte und ließ sie stehen. Die beiden interessierten ihn nicht mehr.

»Echt scharf«, sagte Bonnie. Sie hatte William die Hand auf den Arm gelegt. »Kein Problem, ich gehe mir einen Kaffee besorgen und warte hier. Fahren Sie nur, ich komme gut alleine zurecht.«

»Auf gar keinen Fall.« William machte sich von ihr los. »Das ist alles mein Fehler. Es tut mir so leid. Das mindeste, was ich tun kann, ist, hier mit Ihnen zu warten und Ihnen was zu trinken zu holen.«

Bonnie sah, daß er fest entschlossen war, und erhob keinen Einwand. Sie setzten sich an einen kleinen Plastiktisch in dem Café, das unter der grellen Beleuchtung trostlos und häßlich wirkte. Der Mann hinter dem Tresen ordnete die Auslage mit den folienverpackten Brötchen. William wartete, ob er sich wohl irgendwann für seine Bestellung interessieren würde. Endlich sah der Mann hoch.

»Ja? Sind Sie Zirkusdirektor oder was?« Er kicherte.

»Einen Tee und eine Diätcola«, sagte William würdevoll. Vor Freude, daß er eine ganze Stunde mit Bonnie allein sein würde, hatte er einen Moment lang seine Kleidung vergessen. Der Mann erinnerte ihn daran, wie absurd er aussah, doch das störte ihn jetzt nicht. Seine heitere Laune wappnete ihn gegen jegliche Sticheleien. Er sah zu Bonnie hinüber, die das Kinn in die Hände gestützt hatte und den leeren Tisch anstarrte. Was für ein Mädchen, was für ein Mädchen ... Was sollte er bloß zu ihr sagen? Wie sollte er anfangen? Es wäre doch dumm, die kostbare Stunde mit hohlem Geplauder zu vergeuden.

Er ging selbst die Getränke holen, als der Mann hinter dem Tresen keine Anstalten machte, diesen Teil seiner Pflicht zu erfüllen. Er trug das Tablett ebenso steif, wie er sein Lenkrad hielt, war aber von ihrem bezaubernden Lächeln derart beflügelt, daß er sogar Champagner durch das Café de Paris balanciert hätte. Er setzte sich auf den schäbigen kleinen Stuhl ihr gegenüber und stellte Tee und Cola auf den schäbigen kleinen Tisch. Angesichts seiner Geste schien ihm Bonnies Strahlen übertrieben.

»Danke. Toll. War das nicht ein großartiges Konzert?«

»Das war es, ja.«

»Was ist da eigentlich passiert? Die Begeisterung des Publikums war ja mit Händen zu greifen. So etwas ist doch höchst selten.«

»Ja allerdings, das stimmt.« William nippte an dem scheußlichen Tee, um Zeit zu gewinnen. Er beschloß, nicht zu tiefschürfend zu sein, und zog – Vorbote eines Lächelns – einen Mundwinkel hoch. »Es muß wohl etwas mit Ihren Ärmeln zu tun gehabt haben. Das Publikum war ganz gebannt davon.«

Bonnie lachte.

»Ich dachte, Sie würden sagen, daß es mit meinem Spiel zu tun hatte.«

»Ja, das sicherlich auch. Sie haben sich ganz prächtig geschlagen. Allerdings, Sie wissen ja, in einem Quartett sind alle gleich.«

»Das stimmt aber nicht ganz.« Bonnie sah William schüchtern an. »Sie sind ein ganz ungewöhnlicher Geiger. Ich verstehe gar nicht, wieso Sie nicht weltberühmt sind.«

»Nein! Also wirklich!« William hatte selten Gelegenheit, sich bescheiden zu zeigen, und wußte nicht, wie er mit diesem Kompliment umgehen sollte. »Ich bin ein ganz normaler Geigenspieler. Ich liebe mein Instrument.«

»Eines Tages möchte ich Sie gern mal alleine spielen hören ...«

»Das läßt sich sicher arrangieren ...« Gütiger Himmel, und ob sich das machen ließ! William blickte weg, da er fürchtete, Bonnie könnte den Aufruhr in seinem Herzen sehen. Was für ein Bild sie wohl boten? Ein Mann in mittleren Jahren in Frack und weißer Krawatte und ein wunderhübsches junges Mädchen, das seine Tochter sein könnte, beide durch die Beleuchtung mit einem Heiligenschein versehen, und als schäbige Kulisse das gräßliche kleine Café ...

»Seit wann wußten Sie, daß Sie Geiger werden wollten?« fragte Bonnie. »Ich möchte immer gerne den genauen Moment wissen, in dem einen die Erkenntnis wie ein Blitz trifft. Ab wann man keinerlei Zweifel mehr hat.«

Nun, das konnte er beantworten.

»Mein Vater war Architekt und arbeitete zu Hause. Er liebte Wagner. Sagte, Wagner inspirierte ihn. Deshalb dröhnte ›Der Ring‹ tagelang durchs ganze Haus. Mir hat das wenig geholfen. Aber mein Vater zeichnete immer mehr Wartehäuschen mit

Flügeldächern, die kein Mensch wollte. Ich glaube, die Musik war ihm eine Art Trost. Jedenfalls fuhr er eines Tages nach Manchester, wo er Wildgänse jagen wollte. Weil ich wußte, daß er den ganzen Tag fort sein würde, fragte ich meine Mutter, ob sie nicht mal was auflegen könnte, was nur ihr gefiel. Sie holte einen kleinen Stapel Achtundsiebziger-Schallplatten aus einem Schrank – eine heimliche Sammlung, die mir nie aufgefallen war – und sah ihn durch. Sie legte eine der Platten auf. Wir hatten da noch eine dieser alten Musiktruhen, die sehr kunstvoll mit poliertem Walnußholz verkleidet waren – Sie sind zu jung, um zu wissen, was ich meine. Egal ... ›Diese hier wird dir vielleicht nicht gefallen, mein Sohn‹, sagte sie, ›aber so stelle ich mir Vollendung vor.‹ Es war eines von Beethovens späten Quartetten.« William blickte Bonnie in die Augen. »Und das war es dann. Ich war sechs und sagte, ich wollte eine Geige haben. Die Musik erschreckte mich so sehr, daß ich wußte, ich mußte ...« Er schwieg. »Vielleicht wußte ich noch nicht, was ich zu tun hatte. Ein paar Wochen später, an meinem siebten Geburtstag, bekam ich meine erste Geige. Ein gutherziger Mann aus der Nachbarschaft hatte meinen Vater mit dem Entwurf eines verrückten Sommerhauses beauftragt, deshalb konnte ich dann Stunden nehmen ...«

»Mein Gott«, sagte Bonnie leise.

»Ich kann mich noch sehr gut an das Gefühl absoluter Gewißheit erinnern. Es war so erschreckend wie die Musik.«

»Ich weiß, was Sie meinen. Gewißheit kann schrecklich sein.«

»Und Sie – wie passierte es bei Ihnen?«

Bonnie zuckte die Achseln. »Ich bin schon als ganz kleines Kind dauernd um das Klavier herumgestrichen. Meine Mutter spielte viel Blues und ähnliches Zeug. Und als ich etwa zehn war, bin ich mal an einem heißen Sommertag unsere Straße langgegangen. Aus einem Fenster kam sehr laute Musik von einem Radio. Mensch, dachte ich, das ist was! Ich blieb einfach vor der Ligusterhecke stehen und wartete, bis die Musik zu Ende war, und kam mir ganz blöde vor, wie ich so dastand und zuhörte. Plötzlich kam zu meinem Schrecken ein finster blickender Mann aus dem Haus und fragte, was ich hier zu suchen hätte. Er hat mir bestimmt nicht geglaubt, daß ich nur das Stück zu Ende hören wollte – bestimmt hat er gedacht, ich sei eine jugendliche Einbrecherin oder so was. Jedenfalls sagte er: ›Dvořáks Cello-Konzert, und jetzt verschwinde.‹ Da rannte ich nach Hause und sagte immerzu das Wort Dvořák vor mich hin, um es nicht zu vergessen. Ich erzählte meiner Mutter die Geschichte und sagte: ›Ich weiß jetzt genau, was ich will. Ich will Cello spielen.‹ Sie sagte: ›Sei nicht albern, das Cello ist viel zu groß.‹ Darauf sagte ich bockig: ›Aber eine Geige ist viel zu klein‹ – natürlich wußte ich nicht, wie groß Geigen sind. Und da sagte sie: ›Wie wäre es denn mit etwas dazwischen?‹ Sechs Monate später spielte ich dann ein Solostück für Bratsche bei einem Weihnachtskonzert. Ich weiß nicht mehr, was es war, aber ich wurde sogar in der Lokalzeitung erwähnt... Und das war sie dann. Die Gewißheit. Ich habe einfach weitergemacht.«

»Hm«, sagte William.

»Eigentlich ziemlich langweilig.«

»Überhaupt nicht. Noch eine Cola?«

»Nein, vielen Dank. Wissen Sie, was ich mir gedacht habe?«

»Nein, ich weiß nicht, was Sie sich gedacht haben.«

»Jetzt, wo ich beim Ulmen-Quartett bin, wäre es viel einfacher für mich, wenn ich nicht mehr in London wohnen würde. Ich hasse die Stadt sowieso. Wenn ich was fände, was mehr in Ihrer Nähe liegt, gäbe es solche Probleme wie heute nicht.« Sie wies mit einem Kopfnicken zum leeren Bahnsteig. »Grant sagt, er kennt einen Nachbarn, der ein Dachgeschoß zu vermieten hat. Das könnte ich mir mal ansehen.«

Bei der Vorstellung, daß sie ihre Pläne schon mit Grant besprochen hatte (wann bloß?), zog sich etwas in William zusammen.

»Das ist eine gute Idee«, sagte er und versuchte, heiter zu klingen.

Sie sprachen dann noch über die Vorteile eines Umzugs, über Grants so praktisch große Scheune und über die nächsten Konzerte. Und im Nu war die Stunde vorüber. William begleitete Bonnie bis an den Zug und tätschelte ihr die Schulter.

»Sie sind ein Star, William«, sagte sie. »Wir sehen uns morgen um drei. Fahren Sie vorsichtig.«

William konnte sich dunkel erinnern, daß Laurel Jack einmal einen Star genannt hatte. Vielleicht war das ein Kompliment, das junge Leute gerne Älteren gegenüber benutzten. Trotzdem irrte er ganz benommen im Bahnhof herum und suchte verzweifelt ein Telefon. Er mußte unbedingt zu Hause anrufen. Grace würde sich solche Sorgen machen. Endlich fand er eins.

»Mein Herzblatt, ach mein Herz. Tut mir leid, daß ich nicht früher angerufen habe. Bin fürchterlich aufgehalten worden – ein ganz erstaunliches Konzert. Zwei Zugaben.«

»Zwei Zugaben?« Sie klang ruhig, nicht besorgt.

»Ich erzähle dir alles später. Ich fahre jetzt los. Warte nicht auf mich.«

»Ich bin schon im Bett.« Grace lachte ihr perlendes Lachen, das ein fester Bestandteil seines Lebens war.

»Ich bin in einer Stunde zu Hause.«

Während er im Vollmondlicht langsam und friedlich nach Hause fuhr, dachte William nicht an Bonnie, die an diesem Abend so seltsame Dinge mit seinem Herzen angestellt hatte, sondern an Grace. Daran, wie gut ihr gemeinsames Leben war. Wie sehr er sie liebte. Was für eine außergewöhnlich Frau sie war – eine Frau, wie es sie nur einmal unter Millionen gab. Er dachte daran, daß er Grace oft viel zu selbstverständlich hinnahm. Aber wieso kamen ihm heute plötzlich so viele zärtliche Gedanken?

Als er leise ins Schlafzimmer schlich, schlief Grace schon. Er küßte sie leicht auf die Stirn. Sie rührte sich nicht.

Er zog sich eilig aus, legte sich zu ihr und machte das Licht aus. Er liebte diese Momente absoluter Dunkelheit kurz vor dem Einschlafen, die so viele Überraschungen, so viele Möglichkeiten bereithielten. Heute gingen ihm die strahlenden letzten Takte des Schumann-Stücks durch den Kopf. Und mittendrin Bonnie, wie sie sich hin und her wiegte und mit ihren komischen grünen Ärmeln funkelte. Sie war das letzte, an das er sich erinnern konnte.

3

William verbrachte eine unruhige Nacht. Mit verrückten Träumen und nervösen Gliedern. Mangelnder Schlaf machte ihm stets sehr zu schaffen. Es kostete ihn Mühe, auf dem Weg nach unten sein normales Morgengesicht aufzusetzen, das, wie Grace einmal bemerkt hatte, sein Einverständnis mit der Welt ausdrückte.

Auf dem Frühstückstisch lagen ein kleines Geschenk und verschiedene Briefe, die nicht nach Rechnungen aussahen, einer auch mit Graces Handschrift. In seiner Zerschlagenheit glaubte William einen Moment lang, die Zeit habe ihm einen Streich gespielt und es sei plötzlich schon Weihnachten. Dann erinnerte er sich.

»Herzlichen Glückwunsch zum Geburtstag«, sagte Grace.

»Ach, mein Herzblatt, mein allerbestes Mädchen. Du denkst aber auch immer daran.«

Grace stellte eine Teekanne vor ihm auf den Tisch und küßte ihn leicht auf die Schläfe. Sie schenkte ihm jedes Jahr Manschettenknöpfe, und jedes Jahr verlor er mindestens einen von ihnen. Was kaum überraschend war, da er sie an mindestens drei Abenden der Woche tragen mußte. Und wenn er sich nach einem Konzert hastig umzog, weil er schnell nach Hause wollte, war es nicht verwunderlich, daß er Socken, weiße Krawatten, Manschetten- und Kragenknöpfe, Kugelschreiber und all die anderen Dinge, die das Leben eines reisenden Musikers beschwerlich machen, irgendwie verbummelte. So nahm er Graces Geschenk stets dankbar entgegen, auch wenn es seit Jahren keine Überraschung mehr bot.

William trank seinen Tee. Bevor er an die Briefe ging, mußte er sich stärken. Grace saß ihm gegenüber und sah ihm dabei zu. Sie hätte ihn gerne nach den Zugaben gefragt und gewußt, wann er nach Hause gekommen war. Doch selbst an seinem Geburtstag wäre es unklug gewesen, die unausgesprochene Frühstücksschweigeregel zu brechen. Die Fragen hatten bis zum Mittagessen zu warten.

Der erste Glückwunsch war von Laurel, eine Ansichtskarte des Matterhorns mit irgendeinem Glitzerzeug, das Schnee darstellen sollte. Der zweite war von Jack, die millionste Reproduktion des »Schlittschuhfahrers«. William hatte ihm einmal erzählt, daß er das Bild als Kind in der schottischen Nationalgalerie gesehen hatte und ganz begeistert gewesen war. Diese Information mußte Jack in seinem tüchtigen Steuerberaterhirn gespeichert und beschlossen haben, damit läge er nie falsch. Er hatte William das Bild in den letzten zehn Jahren dreimal geschickt. Als letztes war Graces Brief an der Reihe. Während er den Umschlag aufschlitzte, schaute er in ihr liebes, gespanntes Gesicht. Solange er zurückdenken konnte, hatte sie ihn so angeschaut, mit unverminderter Aufmerksamkeit, mit Humor und mit Liebe. Wie habe ich dieses Glück nur verdient, fragte er sich – wie so häufig in all den Jahren.

Grace hatte ihm eine einzelne Blume gemalt, eine Distel. William setzte seine Brille auf. Ihre Disteln kannte er noch nicht. Natürlich war ihr die Blume hervorragend gelungen. Sie besaß wirklich Talent. Der wollige Flaum war fast zum Anfassen realistisch. Wenn ihr Buch endlich fertig war, würde es bestimmt ein Bestseller werden.

»Du hast sicher Stunden dafür gebraucht, mein Herzblatt«, sagte er. »Sie ist wunderschön. Vielen, vielen Dank.« Er klappte die Briefkarte auseinander und las, was sie mit goldener Tinte geschrieben hatte. Es schnürte ihm die Kehle zu. Graces schlichte Liebeserklärungen trafen ihn immer regelrecht körperlich. Und daran erkannte er, daß seine eigene Liebe ebenso tief war, auch wenn er sie nicht so ausdrücken konnte. Er aß eine Scheibe Toast.

Das ungewöhnlich ausgedehnte Frühstück machte Grace ein wenig nervös. In den vergangenen Tagen war Lucien früher als sonst erschienen. Sie fürchtete, daß er an diesem Geburtstagsmorgen plötzlich den Kopf durchs Küchenfenster stecken könnte.

»Hier, dein Geschenk«, sagte sie und schob das kleine, in Blumenpapier eingewickelte Päckchen über den Tisch. Sie sah auf ihre Uhr. »Gestern abend hat Stephen angerufen, er möchte, daß du noch vor neun zurückrufst.« Stephen war Williams sehr anstrengender Agent.

»Dieser Mann schikaniert einen wirklich!« Ungeschickt packte William die kleine Schachtel aus. Grace bedauerte, daß sie so verschwenderisch mit dem Klebeband umgegangen war.

Endlich hatte er alles Papier beseitigt. Er nahm die Schachtel in die Hand und tat, als sei er schrecklich gespannt. Los, mach doch endlich, dachte Grace ... Lucien.

William öffnete die Schachtel so vorsichtig, als erwartete er beinahe, daß ihn etwas anspringen würde. Und da lagen, direkt vor seinen Augen, zwei kleine Manschettenknöpfe, jadegrün und in Gold gefaßt. Es war dasselbe Grün, das ihn am Abend vorher so überwältigt hatte, auch wenn die Farbe in der trüben Küche matter wirkte. Sie ähnelten sehr alten Augen, in denen sich kein Licht mehr bricht.

»Ich weiß gar nicht, was ich sagen soll.«

»Wie wäre es, wenn du diesmal versuchtest, sie nicht zu verlieren?« Grace lächelte ihn an.

»Ich werde mir Mühe geben. Sie sind unverschämt extravagant. Wunderschön. Ich danke dir, mein Herzblatt.« Er machte die Schachtel wieder zu und steckte sie in die Tasche seiner Kordhose.

Grace begann den Tisch abzuräumen. William eilte nach oben in sein Zimmer und rief seinen Agenten an.

Sie besprachen die zukünftigen Konzerte, und da Stephen

zu Weitschweifigkeit neigte, wurde es ein sehr langer Anruf. Selbst die unbedeutendste Entscheidung schmückte er noch mit einem Schwall unwichtiger Überlegungen aus. Sofort nachdem William aufgelegt hatte, wählte er Bonnies Nummer – er dachte lieber erst gar nicht darüber nach, ob das auch klug war. Sie nahm sofort ab.

»Herzlichen Glückwunsch zum Geburtstag«, sagte sie. Woher wußte sie das? »Grant hat es mir erzählt.«

»Dankeschön.« William lachte kurz auf. »Ich rufe Sie im übrigen an, weil ...« Wieso rief er sie eigentlich an? »Weil ich wissen wollte, ob Sie auch gut nach Hause gekommen sind. Leider ist es heutzutage für junge Frauen ja nicht mehr ganz ungefährlich, nachts allein unterwegs zu sein.«

Nun lachte Bonnie ihrerseits.

»Wenn mich jemand überfallen würde«, sagte sie, »dann würde er aber staunen. Ich habe Kurse in Kampfsport gemacht, Selbstverteidigung, und könnte Sie blitzschnell zu Boden schleudern.« William schloß die Augen und malte sich die hinreißende Szene aus, wie Bonnie ihn mit ihren starken Armen packte. Wie sie ihn wie einen Schal in die Luft warf (eher Isadora Duncan als Kampfsport) und dann gegen ihre Brust drückte. »Ich könnte sogar mit Grant fertigwerden.«

»Ganz bestimmt.«

Ihre muntere Stimme bezauberte ihn heute nicht weniger als gestern auf dem Bahnhof – die Vorstellung, daß sie sich auch Grant vorknöpfen könnte, begeisterte ihn allerdings nicht besonders. Was sagte er jetzt bloß, damit sie nicht auflegte?

»Und was ich gestern noch vergessen habe ...« Lange Pause. War das Thema auch klug?

»Ja?«

»Die Sache mit Ihren Ärmeln.«

»Sie haben Ihnen gefallen, sagten Sie.«

»Ja, ja sicher. Was meine persönliche Wertschätzung betrifft, gibt es gar keinen Zweifel.«

»Sie drücken sich manchmal wirklich komisch aus.«

»Entschuldigen Sie. Ich weiß, ich leide an zu großer Förmlichkeit.« Als Bonnie über dieses Zugeständnis lachte, ging es ihm sofort besser. Mein Gott, wie liebte er die Gespräche mit ihr! »Die Sache ist allerdings die, wir drei Männer in unserem strengen Schwarzweiß-Aufzug ... selbst der kleinste Farbtupfer erscheint mir schon unpassend für unsere wunderbare neue Bratsche.« O je, war er da nicht zu weit vorgeprescht? Vielleicht sollte er es genauer erklären. »Was ich zu sagen versuche, ist folgendes: Es sollte nichts geben, was das Publikum von der Musik ablenkt. Ein Mädchen unter drei Männern zieht sowieso schon alle Aufmerksamkeit auf sich. Da denke ich, Sie sollten vielleicht eher untertreiben, kleidermäßig, meine ich ...«

»William, wenn ich Ihnen das sagen darf: Ich finde, das ist die blödeste Idee, die ich je gehört habe.« William schluckte. Wenigstens klang sie eher lebhaft als verletzt. »Und ich bin nicht damit einverstanden. Ich habe fünf Konzertkleider, alle schwarz, alle lang, alle mit meinen speziellen Ärmeln. In dem einen Kleid sind sie mit schwarzer Seide gefüttert – das habe ich in Slough getragen, um Sie nicht gleich bei meinem ersten Auftritt zu irritieren. Dann gibt es das mit Grün, das Sie gestern abend gesehen haben, dann noch eins mit Saphirblau, eins mit Rubinrot und eins mit Weiß, das Ihnen bestimmt gefallen wird. Diese Kleider haben mehr gekostet, als ich mir eigentlich leisten kann. Sie haben gute Dienste getan und sind längst noch nicht aufgetragen. Um nichts in der Welt würde ich sie ausrangieren. Wenn man schon keine schönen Arme besitzt, kann man doch wenigstens schöne Ärmel haben. Sie sind mein Markenzeichen. Und wenn wir gut spielen, wird sich kein Mensch durch ein bißchen glänzenden Satin ablenken lassen. Es tut mir leid, wenn Sie das nicht einsehen. Ich werde jedenfalls meine Garderobe unter keinen Umständen für die Ulmen-Männer oder irgendein anderes spießiges, olles Quartett ändern.«

William glaubte einen Seufzer und eine niedersausende Faust zu hören.

»Also gut«, sagte er endlich, »ich verstehe Sie.« Er verachtete sich für seine Schwäche – aber war es denn Schwäche, wenn man den begründeten Argumenten eines anderen folgte? »Ich will jedenfalls nicht hoffen, daß die Ärmel noch einmal für eine zweite Zugabe sorgen.«

»Bestimmt nicht. Das gestern abend hatte nichts mit meinen Ärmeln zu tun, wirklich nicht.« Sie klang wieder freundlich. »Die Begeisterung hatte meiner Meinung nach mit Ihrem Spiel zu tun. Sie haben gespielt ... wie ein Begnadeter.«

»Unsinn. Wir haben alle gleich gespielt.«

»Na, dann eben alle begnadet. Hören Sie, ich muß jetzt los. Grant will noch vor der Probe die Wohnung mit mir besichtigen. Bis später.«

»Und was glaubst du, wie ich die Zeit bis drei Uhr durchstehen soll?« sagte William laut, nachdem er aufgelegt hatte.

Unten wartete Grace nervös auf Lucien. Sie fing ungern vorher mit ihrer Arbeit an. Natürlich wußte sie, daß das albern war und außerdem auch der Grund dafür, daß sie mit den Blumen nur so langsam vorankam. Aber sich an den Arbeitstisch setzen, das Licht richtig einstellen, sauberes Wasser holen, die Zobelpinsel mit Spucke zu dünnen Spitzen drehen, sie in ein kostbares kleines Farbnäpfchen tauchen, während man darüber grübelte, wo man anfangen sollte ... all das verlangte nach ruhiger Konzentration. Und wenn Lucien sie jeden Moment mit seinen morgendlichen Tiraden überfallen konnte, sah sie sich nicht dazu in der Lage.

Um sich die Wartezeit an diesem Geburtstagsmorgen zu verkürzen, machte Grace einen Rhabarbernachtisch für abends. Heute war kein Konzert. Es würde Irish-Stew und Williams Lieblingsnachspeise geben. Danach würden sie sich im Fernsehen eine Folge von »Great Expectations« angucken. Solche Abende liebten sie beide ganz besonders. Leider waren sie viel zu selten.

Lucien steckte sein Gesicht erst um halb elf durchs Küchenfenster, als Grace ihn schon gar nicht mehr erwartete. Er sah erschöpft, aber merkwürdig friedlich aus.

»Ich komm gar nicht rein«, sagte er, »hab zu tun.«

»Nur schnell auf einen Kaffee?«

»Nein, vielen Dank. Ich muß erst mal nach Hause, pennen. War die ganze Nacht auf.«

»Wieso das denn?«

»Bin fix und fertig. War so viel los.« Er richtete sich auf und rieb sich mit einer mageren Hand die unrasierte Wange. »Kann ich Sie um einen Gefallen bitten. Sind Sie heute nachmittag frei?«

»Ich habe nichts Besonderes vor.«

»Ich muß diese verdammtem Riesen-Chow-Chows ausführen. Im Park. Das stehe ich allein nicht durch. Da dachte ich, ob Sie vielleicht mitkommen.«

Grace lächelte. »Ein bißchen frische Luft würde mir guttun. Ich bin dann um halb drei am Eingang zum Park.«

»Super. Danke. Der Auflauf da, was ist das?«

»Rhabarberauflauf. Den mag William am liebsten. Er hat heute Geburtstag.«

»Der gute alte William.«

Als Lucien fort war, stellte Grace fest, daß der Vormittag schon fast vorbei war; es lohnte sich nicht mehr, mit der Arbeit zu beginnen. Die Zeit würde nicht einmal für ein einziges Glockenblumenblütenblatt reichen (der Glanz auf den Blüten war so schwer hinzubekommen, sie hatte schon viele Versuche weggeworfen), bevor sie schon wieder die Karottensuppe fürs Mittagessen aufwärmen müßte. Deshalb stellte sie die Geburtstagskarten auf die Kommode und zerlegte den Lammnacken für das Stew heute abend. Diese Arbeit hatte sie eigentlich für nachmittags vorgesehen, wenn ihr Biorhythmus keine kreative Arbeit zuließ. Da sie aber versprochen hatte, mit Lucien die Hunde auszuführen, wozu sie überhaupt keine Lust hatte, war ihr Tagesplan leider ruiniert. Ärgerlich runzelte sie die Stirn.

Wenn William zum Mittagessen zu Hause war, redeten die beiden gewöhnlich nur das Nötigste miteinander. Bei Suppe, Brot und Käse informierte William Grace dann über die nächsten Termine in seinem Notizbuch, und sie notierte sie sich auf dem Wandkalender. Beim Mittagessen waren Diskussionen oder Konzertberichte tabu. Sie waren den wenigen Abenden in der Woche vorbehalten, an denen die beiden zusammen aßen. Dann plauderten sie über alles mögliche – nicht sehr geordnet und in jenen angedeuteten Halbsätzen, die Ergebnis einer langen Ehe sind.

Nachdem William ihr alle Engagements für den kommenden Monat November diktiert hatte – die Vorweihnachtszeit war immer ziemlich ausgebucht –, erwähnte Grace dann auch mutig die einzige Einladung, die sie bekommen hatte.

»Jack«, sagte sie. »Jack und Laurel. Sie möchten gerne ein Konzert besuchen und dann mit uns essen gehen. Als Geburtstagsgeschenk.«

»Du liebe Güte«, sagte William.

»Wie wäre es mit Ealing nächste Woche?«

»Sehr gut«, William lachte. »Die zweite Hälfte des Programms besteht nur aus Bartók. Das werden sie schrecklich finden.«

»Soll ich also zusagen?«

»Tu das, mein Herzblatt.«

»Vielleicht kommt es ja gar nicht dazu. Letztes Jahr hat es doch auch nicht geklappt, wie du weißt.«

»Zu meiner großen Erleichterung.« Er sah auf die Uhr und stand auf.

»Es ist doch erst halb zwei«, sagte Grace. »Du wirst viel zu früh da sein.«

»Du weißt doch, wie die Jungs an Geburtstagen sind. Kaffee und Kuchen, bevor wir anfangen.« Merkte sie etwa, wie dringend er aufbrechen wollte? Wenn er früh genug ankäme, könnte er Grant und Bonnie nach ihrer Wohnungsbesichtigung beim Mittagessen überraschen. Ihr kleines Tête-à-tête stören. »Außerdem muß ich noch eine andere Hose anziehen.«

William trug wieder seine neue Kordhose, die gestern so wenig Anklang gefunden hatte. Er hatte keine Lust, sich weitere verletzende Kommentare anzuhören.

»Wieso das denn? Gestern dachte ich, du hättest Gott sei Dank beschlossen, sie endlich einzuweihen.«

»Irgendwas stimmt nicht damit – sie ist gut für zu Hause, aber zum Spielen nicht so bequem.«

»Ach.«

William betrachtete aufmerksam das Gesicht seiner Frau.»Ich lege sie also wieder in den Schrank, sie muß noch ein bißchen weiter reifen, mein Herzblatt...« Die Art, wie er sich über seine eigenen Schwächen mokieren konnte, würde sie milde stimmen. Es würde ihr gefallen, daß er selbst ihren gemeinsamen Scherz erwähnte und auf seine Abneigung gegen neue Sachen anspielte...

Es funktionierte tatsächlich. Sie lächelte.

»Irgendwelche Pläne für heute nachmittag?« Gewöhnlich dachte er daran, sie zu fragen.

»Nichts Besonderes.«

»Ich komme dann gegen sieben.«

»Rhabarberauflauf.«

»Wie köstlich! Du verwöhnst mich. Rhabarberauflauf... du meine Güte.«

Als William in der Scheune eintraf, waren Rufus, Grant und Bonnie schon versammelt. Sie drängelten sich um den Tisch und waren mit Vorbereitungen für seinen Geburtstag beschäftigt. Eine Ecke war für eine große Schokoladentorte freigeräumt, die Grant phantasievoll glasiert und verziert hatte. Wenn er nicht Cellist wäre, wäre er sicher Koch geworden. Seit er turnusmäßig die letzte Weihnachtsparty ausgerichtet hatte, hatte er die Musiker nicht mehr bewirtet. Damals hatte er ein gewaltiges Buffet mit einem wild dekorierten Jungschwein, eingelegten Gemüsen und einer Eisbombe aufgefahren, für das er Tage gebraucht haben mußte. Williams persönlicher Ansicht nach war Grant in kulinarischer Hinsicht vor allem ein Meisterkonditor. Er mußte nur an all die exzellenten Torten denken, die Grant jedes Jahr für die Geburtstage der Musiker buk. Und diese hier war vielleicht eine seiner besten – eine ausgeklügelte Kreation aus Schokolade mit glitzernden Kristallzuckerveilchen auf einer dicken süßen Glasur.

William rechnete kurz nach: Wenn Grant sich heute morgen soviel Mühe mit dem Kuchen gemacht hatte, konnte für die Wohnungsbesichtigung mit Bonnie wenig Zeit geblieben sein. Ein schwacher Trost nur. Rufus schenkte Sambuca in kleine Gläser. Das war jedes Jahr sein Beitrag zu Festen. Er holte eine kleine Papiertüte aus seiner Tasche und ließ vier Mokkabohnen in seine Hand gleiten. Ein richtiger Kleinkrämer, der gute Rufus. In letzter Zeit war er auch ein wenig vergeßlich geworden, was Termine und Absprachen betraf (das galt allerdings nicht für Musikstücke). William führte diese Schwäche auf eine neue Manie von Rufus zurück. Vor kurzem hatte Rufus entsetzt festgestellt, daß die Nachtigallen, die regelmäßig in seinem Garten gesungen hatten, verschwunden waren. Seine Sorge um den Bestand der Nachtigallen steigerte sich noch, als er erfuhr, daß es in ganz England nur noch wenige Exemplare gab. Zwischen Anfang der siebziger und Ende der achtziger Jahre war ihre Anzahl um fast dreißig Prozent zurückgegangen. Was zwar nicht ganz so alarmierend war wie das Schrumpfen des Feldlerchenbestandes um fünfzig Prozent – wie er seinen mitfühlenden Freunden erklärte –, aber doch höchst besorgniserregend für all jene, denen die Natur am Herzen lag. Er habe beschlossen, in Zukunft nicht nur für Feldlerchen, sondern auch für Nachtigallen Spendengelder zu sammeln. Und so war er sehr angetan von Bonnies Idee für ein sonntägliches Benefizkonzert, bei dem auch passende Gedichte vorgetragen werden sollten. Rufus erzählte den Freunden, daß er an Sommerabenden häufig in der Nähe seines Hauses im Wald spazierenging, in der Hoffnung, wenigstens eine einzige Nachtigall zu hören. Meist ohne Erfolg. Er habe sich gar nicht vorstellen können, sagte er, daß der Gesang eines Vogels einem so sehr fehlen könne.

Bonnie, die angeboten hatte, bei dem Benefizkonzert einige Gedichte zu rezitieren, war momentan mit der Verzierung von Williams Torte beschäftigt. Sie nahm kleine weiße Kerzen aus einer Schachtel. Da ihre Anzahl nicht reichte, mußte sie sich irgend etwas Schlaues ausdenken.

Sie schenkte William ein ganz besonders charmantes Lächeln.

»Ich glaube, wir müssen für jedes Jahrzehnt eine Kerze nehmen«, sagte sie. Wie viele soll ich ...?«

William schüttelte den Kopf. Rufus schürzte die Lippen und legte vorsichtig eine Mokkabohne in jedes Glas. Bonnie steckte vier Kerzen in die Glasur.

»Noch mehr«, sagte Grant.

Bonnie blickte William fragend an.

»Raten Sie«, sagte er.

Bonnie setzte eine fünfte Kerze auf den Kuchen. Grant lächelte, sagte aber nichts. Bonnie schob die Kerze tief in die Schokoladenmasse – was noch herausgucke, könne jede gewünschte Anzahl von Jahren bedeuten, sagte sie. Alle lachten.

Durch das große Fenster sahen sie, daß es draußen düster geworden war. Ein aufkommender Wind zerrte an den wenigen gelben Blättern der zwei Apfelbäume. Grant zündete die Kerzen an, und Rufus hielt ein Streichholz an jedes der vier Sambucagläser. Die vier Musiker saßen in der frühen Dunkelheit vor ihren brennenden Getränken und aßen die fast flüssige Schokoladentorte. William mußte daran denken, daß es stets Andrew gewesen war, der an seinem Geburtstag irgendeinen albernen Trinkspruch erfunden hatte oder eine lustige Rede, in der er Williams hervorragenden Charakter rühmte. Doch heute vermißte er Andrew nicht. Neben ihm saß Bonnie, das Gesicht wie ein Kind mit Schokolade verschmiert. Gelegentlich leckte sie sich einen Finger ab, und wenn sie an ihrem Glas nippte, zog sie eine Grimasse.

William hätte noch lange so im Schutz der Dämmerung am Tisch sitzen und, wohlig gewärmt von dem Getränk, dem Geplauder zuhören können. Doch es wartete Arbeit auf sie. Er setzte das Glas ab.

»Vielen Dank allerseits«, sagte er.

»Noch ein Glas«, sagte Rufus und hielt die Flasche hoch.

William hob die Hand. »Nein, nein. Wir beginnen mit Beethovens e-Moll-Quartett, dem ›Rasumowsky-Quartett‹. Wie soll ich denn sonst das ›Thème Russe‹ schaffen!«

Wieder lachten die anderen. Sie waren gespannt, wie sich der Sambuca bei William auswirken würde. Er stand auf und ging zu den Notenständern am anderen Ende der Scheune. Die anderen folgten ihm. Keiner machte das Licht an. Sie raschelten mit ihren Noten, stimmten ihre Instrumente und warteten auf Williams Zeichen. Dann brauste die Musik auf und übertönte das Geräusch des fallenden Regens.

Im Park war es kalt und windig, dafür fielen nur vereinzelt Regentropfen. Grace und Lucien gingen nebeneinander einen asphaltierten Weg entlang. Jeder hatte einen Chow-Chow an der Leine. Es waren plumpe, wenig ansehnliche Hunde; sie schwenkten watschelnd ihre pelzigen, fetten Hinterteile, zerrten und schnüffelten und ließen sich von allem anlocken, was der Spaziergang an Ablenkung zu bieten hatte.

Und das war wenig genug. Lucien war in einer seiner düsteren, schweigsamen Stimmungen. Er hatte sich seit Tagen nicht mehr rasiert und sah erschreckend abgemagert aus. Krank, wie Grace fand. Die Vorstellung, jeden Nachmittag mit den Hunden durch den freudlosen Park zu laufen, gefiel ihm sichtlich überhaupt nicht, auch wenn er fünf Pfund pro Stunde dafür bekam. Grace glaubte nicht, daß er den Job lange machen würde. Und sie würde nur ungern noch einmal mitgehen. Er war ganz und gar kein guter Gesellschafter. Der Wind blähte sein schmuddeliges T-Shirt auf und klatschte es dann wieder gegen seine magere Brust.

»Sie müssen doch frieren«, sagte Grace.

»Nein.« Er schloß einen Knopf seiner Jeansjacke. Sie hatten schon zwei Runden gedreht und immer noch eine Dreiviertelstunde vor sich. »Das mach ich nicht mehr lange mit«, sagte er nach einer Weile. »Haben Sie schon mal solche gräßlichen Hunde gesehen? Sind das nicht die reinsten Schlepper? Finden Sie nicht auch? Sie sind die Schleppkähne und wir die Liniendampfer, die aus dem Hafen gezogen werden.« Das Reden schien ihn ein wenig aufzuheitern. »Als Kind in Portsmouth hab ich immer bei den Schleppkähnen zugeguckt. Erst schleppen sie so einen Dampfer raus aufs Meer, lassen ihn dann ziehen und kommen zurück, um dem nächsten zu helfen. Ich hab den blöden großen Schiffen immer nachgeschaut, bis ich sie nicht mehr sehen konnte. Was mich immer fertiggemacht hat, war, daß ich mir nie vorstellen konnte, wie es da war, an Bord, meine ich. Ich hab mir so eine Art Palast ausgemalt. Mit Kronleuchtern und Küchenchefs und so ... Ich hab mir geschworen, eines Tages würde ich auch mal auf so einem Schiff sein. Und die Treppen, jemand hat mir erzählt, daß die Treppen auf Ozeandampfern mit Teppichen ausgelegt sind. Ist das wahr?«

»Ich glaube schon«, sagte Grace. »Ich war noch nie auf einem.«

»Sie haben ein ruhiges Leben geführt.« Lucien blieb stehen, damit sein Hund an einem Abfalleimer schnüffeln konnte.

»Ja, das stimmt.« Grace zuckte die Achseln. »Ich habe so früh geheiratet, da war vorher nicht viel Zeit, was zu erleben. Und seitdem habe ich wegen Williams Konzertverpflichtungen kaum Gelegenheit zu reisen. Eins weiß ich aber«, fuhr sie lächelnd fort, »eine Kreuzfahrt würde er ganz bestimmt nie machen.«

Lucien warf ihr einen gequälten Blick zu. Seine Pupillen waren ungewöhnlich groß. Wie häufig in letzter Zeit wünschte Grace, sie wäre ihm nie begegnet. Sie wünschte, er hätte sich nie in ihr Leben eingeschlichen, sich so an sie gehängt. Vielleicht wäre heute, hier im Park, ja der richtige Zeitpunkt, um ihm nahezulegen, daß er seine Besuche einstellte ...

»Wär schön, wenn Lobelia auch so ein ruhiges Leben gehabt hätte«, sagte er, »statt dauernd mit ihren Männern rumzudüsen und Parties zu feiern und zu trinken.« Er lachte gemein. Sie begannen mit der dritten Runde auf dem öden Weg. »Heute fährt sie schon wieder weg. Wenigstens sagt sie das. Sie und dieser Pharma-Scheißkerl.«

Er ließ die Schultern hängen und verfiel wieder in Schweigen. Grace merkte, daß jetzt nicht der richtige Moment war. Wie geschickt sie es auch anfangen mochte, ihr Vorschlag könnte ihn leicht in Rage bringen. Und sie hatte keine Lust, ganz allein hier im Park seiner Wut ausgesetzt zu sein.

Nach der Probe belohnten die Ulmen-Streicher sich mit dem Rest von Williams Geburtstagstorte und Earl-Grey-Tee. Es war kein gewöhnlicher Nachmittag gewesen. Die Kombination von Sambuca und Beethoven hatte William in einen seltsam glücklichen Schwebezustand versetzt, der allerdings durch Bonnies Bemerkung beeinträchtigt wurde, die von Grant empfohlene Wohnung am anderen Ende von Aylesbury sei ganz wunderbar. Sie dürfe sogar den Garten mitbenutzen, sagte sie, und wolle so bald wie möglich ihre Wohnung in London verkaufen. Ende des Monats hoffe sie mit dem Umzug fertig zu sein.

William schaute sie über den Tisch hinweg an. Was er bis jetzt von ihr kannte, waren ihr Lächeln, ihre Warmherzigkeit (die unterschiedslos jedem galt) und ein wenig ihre Musik. Sie war mit Sicherheit eine ungewöhnlich begabte Bratschenspielerin – das war ihnen mittlerweile allen klar –, und die Ulmen-Männer mußten aufpassen, daß sie Bonnie nicht an eine Solokarriere verloren. Von ihrem Leben dagegen wußte er gar nichts. Er wußte nicht, was ihr außer der Musik noch Freude bereitete, was für Essen sie liebte, welche Bücher sie las, wie ihre Familie war, ihr Freund, ihre Liebhaber... Diese Gedanken erschreckten ihn. Er stand auf. Plötzlich ertrug er es nicht mehr, zuzusehen, wie sie mit den Enden ihres langen, roten Schals spielte. Nie zuvor hatte ihn Nicht-Wissen so gequält. Er fühlte sich schwach und wackelig, brachte aber trotzdem ein Lächeln zustande, als er sich noch einmal bei allen bedankte.

Zu seiner Überraschung stand Bonnie ebenfalls auf, folgte ihm durch Regen und Dunkelheit zu seinem Wagen und fragte, ob sie für einen Moment mit einsteigen dürfe. Mit unsicherer Hand schloß William die Tür auf. Was um Himmels willen bedeutete das nun wieder?

Als sie dann neben ihm saß, war sie sehr sachlich, beinahe brüsk. Vielleicht wollte sie William von Anfang an klarmachen, daß ihr Umgang nur geschäftliche Dinge betraf. Sie gab ihm einen kleinen, durchsichtigen Umschlag.

»Ich konnte Ihnen doch nicht als einzige nichts schenken«, sagte sie.

William hielt das Geschenk in der Hand. In der Dunkelheit konnte er nicht sehen, was es war. Er wippte mit der Hand und wog den Umschlag. Zeit, er brauchte Zeit. Der Regen schlug gegen die Windschutzscheibe. Er erkannte Bonnies Duft. Wieder Maßliebchen.

»Herzlichen Glückwunsch zum Geburtstag.« Bonnie knipste die Innenbeleuchtung an. William kippte den Umschlag aus – schade, das mit dem Licht. Ihm hatte die Dunkelheit gefallen. Zwei kleine silberne Gegenstände fielen ihm in die Hand. Manschettenknöpfe. Sie waren kunstvoll unregelmäßig geformt. Scheußliche moderne Dinger, soweit William erkennen konnte. Fast wie gefrorener Knorpel.

»Meine Schwester ist Schmuckdesignerin«, erläuterte Bonnie.

»Sie sind sehr schön. Ganz herzlichen Dank.« Die garstigen kleinen Klumpen kullerten in seiner Hand herum. Er würde sie immer verabscheuen, aber weil Bonnie sie ihm geschenkt hatte, würde er sie in Ehren halten. Aufpassen, daß er sie nicht verlor. »Das hätten Sie doch nicht tun sollen, wirklich, wir kennen uns ja kaum. Erst seit ein paar Wochen ...«

Bonnie lachte.

»Gestern abend haben Sie meine Ärmel kritisiert, und ich habe gesehen, daß Sie fürchterliche Manschettenknöpfe trugen. Das mindeste, was ich tun könnte, dachte ich ... wo Sie doch den Mut hatten, mich zu nehmen ...«

»Das waren nur billige Dinger. Meine guten habe ich verloren.«

»Wehe, Sie verlieren diese hier!«

»Nein, bestimmt nicht.« William sah Schwierigkeiten auf sich zukommen. Zwei Paar Manschettenknöpfe, ein offizielles und ein heimliches. Er mußte überlegen, wie er damit umging. »Herzlichen Dank.«

»So, jetzt muß ich aber zurück.« Bonnie knipste das Licht wieder aus.

»Zurück nach London?«

»Es ist noch Sambuca da, wäre doch schade darum. Ja, und dann nach London.« Sie seufzte hingebungsvoll. Sie sahen Rufus aus der Scheune treten. Einen Moment lang stand er im hellen Licht des Eingangs, dann hastete er durch den Regen zu seinem Auto. Er war stets darauf bedacht, so schnell wie möglich zu seiner inzwischen chronisch kranken Frau Iris zurückzukehren. Er winkte. William malte sich aus, wie Bonnie und Grant allein in der Scheune den Sambuca austranken. Grant würde vielleicht sogar so weit gehen und den Kamin anzünden. Worüber würden sie reden? William unterdrückte einen Seufzer.

»So.« Bonnie lehnte sich an William und küßte ihn so schnell und flüchtig, als hätte eine vorbeifliegende Feder ihn leicht gestreift. Schon war sie aus dem Auto gestiegen und lief zurück zur Scheune. Der Sitz neben ihm wirkte leerer denn je. Es war eine kaum vorstellbare, schreckliche, eine fast handgreifliche Leere. Er legte die Hand auf den noch warmen Beifahrersitz. Das war doch Wahnsinn, es war krank! Oder war es die Strafe für Alkohol am Nachmittag? Was auch immer die Ursache für seine Verstörtheit sein mochte, William wußte, daß er sich wieder in den Griff bekommen mußte.

Er ließ den Motor an. Dachte an den Rhabarbernachtisch. Dachte an die Freude seiner Frau bei seiner Rückkehr. Seine geliebte Grace, sein liebes, liebes Herzblatt, seine Frau, die er schon so lange liebte. Das Wochenende bis zur Probe am Montag dehnte sich vor ihm wie eine endlose schwarze Wüste. Er hatte das unerträgliche Gefühl von – drohendem? – Verlust. Verwirrung. Er wollte nichts verlieren. Er mußte sich hier und jetzt zusammenreißen, mußte aufhören, sich Bonnie und Grant in der Scheune vorzustellen ... mußte nach Hause eilen, mit Grace zusammensein. Vielleicht half es ja, wenn er beim Fahren den ersten Satz aus dem »Rasumowsky-Quartett« summte ... Er beschleunigte, fand plötzlich Gefallen am Rasen. Die Konzentration aufs Fahren würde seine tückischen Phantasien vertreiben. Er flehte Gott um Beistand an und hoffte, daß nicht mehr viel Verkehr war.

Als Grace ihn mit ihrem speziellen Geburtstagslächeln empfing und er sich wieder in der tröstlichen Wärme seines Hauses geborgen wußte, legte sich seine verrückte Erregung tatsächlich. Er traf die (richtige) Entscheidung, ihr von Bonnies Manschettenknöpfen zu erzählen, und sie mußten beide lachen, als er ihr die scheußlichen kleinen Dinger zeigte.

»Ich werde sie gelegentlich tragen müssen, um Bonnie nicht zu beleidigen«, erklärte er.

»Natürlich.«

Am Samstag nachmittag machten sie im Garten ein Feuer aus zusammengeharktem Laub, und es schien insgesamt ein völlig normales freies Wochenende zu werden. Er hatte kein Herzrasen und keine zittrigen Glieder mehr, und daß Bonnies Gesicht allmählich undeutlicher wurde, war eine Erleichterung.

Am Sonntag abend geschah dann etwas Unerwartetes. Sie rief an. Wählte nicht seine Nummer oben, die er ihr bei der ersten Probe als seine Geschäftsnummer genannt hatte, sondern die private. Grace nahm in der Küche ab und kam ins Wohnzimmer, um William, der am Kamin Zeitung las, Bescheid zu sagen.

»Bonnie Morse ist am Telefon. Sie sagt, sie macht morgen einen Besuch hier ganz in der Nähe. Und sie fragt, ob sie vor der Probe vielleicht vorbeikommen darf. Scheint, als wüßte sie nach ihrem Besuch nicht, wohin. Was meinst du?«

William kratzte sich am Kopf. Er mußte demonstrieren, daß er zögerte. Durfte nicht zu begeistert erscheinen.

»Nun, warum nicht. Wäre es dir auch recht?«

»Natürlich. Ich würde sie gerne kennenlernen.«

»Schlag doch vor, daß sie zum Essen bleibt, dann können wir gemeinsam zur Probe fahren.«

»Gut.« Grace verschwand wieder. William warf die Zeitung auf den Boden, zupfte an seiner Nase und schniefte – was er immer tat, wenn er ratlos war. Bonnies erstaunliche Idee, freiwillig hierherzukommen, war ebenso aufregend wie beruhigend. Das Aufregende daran wollte er sich lieber gar nicht klarmachen, und angenehm war, daß sich bestimmt alles in Wohlgefallen auflösen würde, wenn er die beiden Frauen erst mal hier unter seinem Dach beisammen sah. Bonnies Besuch würde seine jämmerlichen Phantasien ersticken. Alles wieder zurechtrücken. Das Boot endlich in sichere Gewässer lenken.

»Sie kommt gegen zwölf«, sagte Grace, als sie zurückkam. »Ich muß sagen, sie klang wie eine ausgesprochen nette junge Frau.«

Während einer schlaflosen Nacht beschloß William, Bonnie nicht an der Tür zu empfangen, sondern sich oben in sein Zimmer zu verziehen und zu arbeiten. Auf diese Weise hätten die beiden Frauen Gelegenheit für ein erstes Gespräch ohne ihn. Dann würde Grace Bonnie nach oben führen. Er hoffte, es würde ein schöner Morgen werden – wenn die Morgensonne die schäbigen alten Möbel, die Bücher und Notenstapel beschien, wirkte sein Studio am freundlichsten. Aber das Wetter war eine Enttäuschung. Der Himmel eine einzige dunkle Fläche, dazu trübes, mattes Licht. Der Wetterbericht sagte möglichen Schneefall voraus.

Nach dem Frühstück widmete William sich oben in seinem Zimmer den täglichen Ritualen: Es waren diese immergleichen Handgriffe, die dem Tagesbeginn eine verläßliche Struktur verliehen. Er nahm einen Stapel Noten, legte ihn auf seinen Schreibtisch, suchte die Partitur heraus, für die er sich auf dem Weg nach oben entschieden hatte, legte den Rest wieder auf den Boden, aber nicht auf dieselbe Stelle. Auf diese Weise sorgte er für sein tägliches kleines ganz persönliches Versteckspiel, mit dem er seinen Verstand morgens in Gang brachte. Als nächstes nahm er den Notenständer – jeden Abend ließ er ihn woanders stehen – und stellte ihn vors Fenster. Dort übte er immer und schaute dabei auf den Garten und die verschiedenen Nachbardächer. Am Fenster blieb der Notenständer nur, während William übte. Wenn er das Zimmer verließ, suchte er ihm jedesmal einen neuen Platz – in einer Ecke, vorm Sofa, ganz egal. Manchmal kamen ihm diese Rituale etwas schrullig vor, aber er glaubte, daß er nicht der einzige Mensch mit seltsamen Eigenheiten war. Feste Gewohnheiten boten Schutz und Trost, fand William. Mochten andere ruhig darüber lächeln.

Als der Ständer glücklich seinen Platz am Fenster gefunden hatte, begann William mit der »Meditation« von Massenet. Es handelte sich nicht um ein Stück aus dem Repertoire, das er üben mußte; mit dieser Musik hoffte er sich zu beruhigen. Er senkte den Bogen und spielte die schwungvolle Melodie, bei der er jedesmal an Weihrauch denken mußte, der sich beim Aufsteigen verflüchtigt. Für Momente fühlte er sich sicher aufgehoben in der Musik, und da er die Augen geschlossen hatte, merkte er nicht, wann genau es zu schneien begonnen hatte.

Wieder einmal hatte Grace einen Grund, ihre Arbeit zu verschieben. Da sie Bonnie zum Mittagessen erwartete, wollte sie etwas aufwendiger kochen als gewöhnlich. Um halb zehn war Lucien immer noch nicht erschienen, deshalb begann sie mit der Schellfisch-Quiche. Gerade als sie sie in den Ofen geschoben hatte und sich an ihren Zeichentisch setzen wollte, steckte Lucien den Kopf durchs Fenster. Auf seinem Haar und seinen Schultern lagen zarte, fast durchsichtige Schneeflocken.

»Verrückter Tag«, sagte er.

»Sie sind spät dran.« Grace versuchte, nicht verärgert zu klingen.

»Stört Sie das? Ich bin total durchgefroren.«

»Kommen Sie doch rein. Aber Sie können nicht lange bleiben. Bonnie Morse kommt zum Mittagessen, und ich will vorher noch eine Stunde arbeiten.«

Seine nassen Sohlen hinterließen Abdrücke auf dem Küchenfußboden. Er setzte sich an seinen üblichen Platz, war mit einem Becher Tee einverstanden und bat noch um Toast. An diesem Morgen war er wieder in seiner schweigsamen Stimmung, aß aber hungrig. Grace fragte sich, wann er wohl zuletzt etwas gegessen hatte und was das gewesen sein mochte. Als er fertig war, wurde er gesprächig.

»Ich hab gekündigt. Das mit den Hunden«, sagte er. »Mehr als zwei Tage hätte kein Mensch ertragen. Bin heute morgen zu der blöden Ziege und hab gesagt, was ich von ihren Hunden halte. Das hat ihr wohl nicht gefallen, sie hat getobt und mich angebrüllt, wie sie denn ihrer Steuerbeamtentätigkeit in Ruhe nachgehen soll – so hat sie sich ausgedrückt –, wenn ihre Chow-Chows den ganzen Tag zu Hause eingesperrt sind. Das ist nicht mein Problem, Lady, hab ich gesagt und bin schnell verschwunden. Das war also kein so guter Start.«

»Nein.«

»Dann noch der Schnee. – Sie sehen furchtbar nervös aus. Keine Angst. Ich bin gleich wieder weg. Ich weiß, wann ich unerwünscht bin.«

»Seien Sie doch nicht albern, Lucien. Ich mache noch mehr Toast. Gehen Sie jetzt zur Arbeitsvermittlung?«

»Was soll ich da? Komplett nutzlos. Wissen Sie, wie oft ich da schon war? Nichts. Nichts Passendes. Überhaupt nichts.«

»Und was jetzt?«

Lucien hob den Kopf, schloß die Augen und rieb sich mit seinen schmutzigen Händen das stoppelige Gesicht und bewegte die Finger dabei wie ein Pianist. Grace hatte diese Geste schon öfter an ihm beobachtet. Sie signalisierte konzentriertes Nachdenken.

»Jetzt wird nicht mehr rumgegammelt. Ich werde mir was ausdenken – eine Idee, die das Problem ein für allemal löst. Ich werde was tun, was mich bis hier oben hin begeistert.« Er öffnete die Augen und zeigte mit der Hand auf seinen Hals.

»Das ist ja ... schön. Aber was denn bloß?«

»Fragen Sie mich nicht. Ich weiß es noch nicht. Aber bald werd ich es wissen. Wenn die Zeit reif ist.« Er schloß die Augen wieder und sah im Geiste offenbar etwas vor sich, das Graces Vorstellungskraft überstieg. Nüchtern betrachtete sie diese Jammergestalt – dünn, ungewaschen, nervös, aggressiv, düster. Wie konnte er glauben, daß auch nur irgend jemand ihm irgendwo eine Chance geben würde, wenn »die Zeit reif« war? Plötzlich schlug er mit der Faust auf den Tisch. »Das heißt, falls Lobelia mir nicht wieder alles versaut, so wie letztes Mal.«

»Was hat sie denn da gemacht?«

»Darüber möchte ich nicht reden. Ich gehör nicht zu denen, die denken, man muß ständig über alles reden. Die Leute vom Sozialamt, die haben mir andauernd jemanden geschickt, der mit mir reden sollte. Wie wär's, wenn wir mal darüber reden? sagten die. Vielen Dank, hab ich gesagt, ich möchte nicht darüber reden, Sie blöde alte Kuh, also verschwinden Sie am besten wieder. Das war doch total entnervend, ewig auf meiner bescheuerten Kindheit rumzureiten, und geholfen hat es sowieso nicht. Am besten verpissen Sie sich also. Und schicken Sie mir ja nicht noch jemanden auf den Hals. Haben sie natürlich doch. Aber keiner hat was erreicht.« Lucien trank seinen Tee aus und stand auf. »Ich rede lieber über anderes Zeug.« Er schwieg einen Moment. Rührte sich nicht. »Ich rede gerne mit Ihnen.« Er schenkte Grace ein entwaffnendes Lächeln. »Riecht gut, was Sie da im Ofen haben.«

»Ich werde Ihnen ein Stück aufbewahren.«

»Vielleicht finde ich ja ein Mädchen. Eine, die gern kocht.«

»Das wäre doch schön.«

»Wenn ich erst mal meine Sachen geregelt hab, werd ich mich umsehen. – Bis dann.«

Lucien trat in den Schnee hinaus. Er fiel jetzt in dichten Flocken, und schon nach wenigen Metern waren sein gesenkter Kopf und seine dünnen Sachen ganz weiß.

William hörte Grace und Bonnie die Treppe um fünf nach zwölf hochkommen, wie er mit einem Blick auf die Uhr feststellte. Sie waren so plötzlich da, daß er keine Zeit mehr hatte, sich irgendwie lässig hinzudrapieren. Als sie die Tür öffneten, stand er ziemlich verloren am Fenster, die Geige in der einen, den Bogen in der anderen Hand. Mit feinem Instinkt erleichterte Bonnie ihm die Situation.

»William! Das ist ja wunderschön hier oben. Ein richtiger Elfenbeinturm.«

Grace lächelte und murmelte etwas vom Essen, das um eins fertig sei. Sie ging aus dem Zimmer und schloß die Tür hinter sich. Sie hatten also genau fünfundfünfzig Minuten.

»Ich bin recht gern hier oben«, sagte William lahm. »Doch, wirklich.«

Bonnie ging zum Fenster.

»Schön, wenn man so auf den eigenen Garten hinunterschauen kann.« Sie berührte kurz den Notenständer, sah auf die Massenet-Partitur, lächelte. Würde sie erraten, wieso er diese Musik ausgewählt hatte? »Und hier spielen Sie also immer?«

William nickte. »Schöner Blick an klaren Tagen. – Sie haben ja Ihre Bratsche dabei.«

Bonnie stellte den Geigenkasten auf den Boden.

»Ich lasse sie nie im Wagen. Nehme sie immer überall mit hin.«

»Möchten Sie ... sich nicht setzen?« William fühlte sich sehr gehemmt. »Soll ich Ihnen einen Kaffee machen? Ich habe alles dafür hier oben. Es ist ganz einfach ...«

»Nein, vielen Dank. Grace hat mir schon einen angeboten. – Sie ist ganz reizend, Ihre Frau.«

Bonnie ließ die Augen durchs Zimmer schweifen, betrachtete all seine persönlichen Dinge, die für andere kaum interessant sein konnten und die auch noch nie jemand so neugierig – interessiert? – angeschaut hatte. Keiner seiner Musikerkollegen war je in seinem Zimmer gewesen. Wenn sie sich gelegentlich bei ihm trafen, blieben sie unten. Grace steckte höchstens mal den Kopf durch die Tür und lächelte über das allgemeine Chaos. Und Molly, die Putzfrau, ging nur einmal die Woche gleichgültig mit einem Staubwedel über seine Sachen. Aber niemand hatte je so intensiv und sachkundig geguckt wie Bonnie. Es rührte William, daß sie offenbar begriff, wieso hier oben alles so war, wie es war.

Sie ging zu dem maroden Sofa, schob einen Stapel Papiere beiseite, um Platz für sich zu machen.

»Darf ich? – Wissen Sie was? Grant hat mir gestern, nachdem Sie weg waren, was ganz Verblüffendes erzählt. Ich habe Ihnen ja gesagt, daß ich durch das Cello-Konzert von Dvořák Musikerin geworden bin. Und was höre ich? Genau dasselbe Stück war auch für ihn der Grund. Ist das nicht ein seltsamer Zufall?«

»Sehr seltsam«, bestätigte William. Außerdem war es eine schlechte Nachricht. Diese Gemeinsamkeit schuf eine beunruhigende Verbindung. Womöglich verstanden die beiden sie, Gott behüte, als eine Art Zeichen, verliehen ihr übertriebene Bedeutung. Seine Stimmung verdüsterte sich. Ein langes Schweigen entstand. »Sie haben hier in der Nähe Freunde besucht?« sagte er schließlich lustlos.

»Ja, in Reading. Einen ganz lieben Menschen.«

Es war jetzt nicht der richtige Zeitpunkt für weitere Fragen. Irgendwann würde er all seinen Mut zusammennehmen und sie in halb scherzhaftem Ton nach ihrem Privatleben fragen. Wenn er sie besser kannte. Er seufzte. Bonnie sah sofort hoch. Mit wasserhellen Halbmondaugen lächelte sie ihn unter ihrem Pony freundlich an.

»Ich hatte gehofft, Sie könnten Ihr Versprechen vielleicht jetzt einlösen«, sagte sie, »und mir etwas vorspielen.«

Er war überrumpelt. Sein Versprechen hatte er ganz vergessen. Hatte er das überhaupt gesagt? Heute jedenfalls hatte er nicht vorgehabt, auch nur irgend etwas zu spielen. Was könnte er denn ...? Und außerdem war jetzt nicht der richtige Zeitpunkt dafür.

»Ach, ich weiß nicht, Bonnie. Ich möchte nicht, daß Sie mich hören, wenn ich nicht in Form bin. Und ich habe seit ewigen Zeiten kein Solostück mehr eingeübt.« Ihr Lächeln verschwand. »Aber wissen Sie was? Wir könnten doch zusammen etwas spielen!«

Noch während er fragte, begriff William, daß er zu weit gegangen war, er hatte etwas vorgeschlagen, was er nicht mehr zurücknehmen konnte. Und falls sie einverstanden war – und es sah ganz so aus –, würde er verbotenes Gelände betreten. Über die höchst gefährlichen Konsequenzen – sollte er tatsächlich so verrückt sein – mochte er lieber gar nicht nachdenken.

»Eine wunderschöne Idee«, sagte sie. »Wie wäre es mit einem der Mozart-Duette? Ich habe mal eins mit meinem Lehrer am College gespielt ...«

William wühlte in einem seiner Mozart-Stapel, Bonnie holte ihre Bratsche heraus. Kurz darauf standen sie beide mit ihren Instrumenten am Fenster. Auf den Dächern, Hecken und kahlen Bäumen lag inzwischen Schnee. Er fiel immer noch in dichten Flocken und so gerade, daß die Fensterscheibe unter dem Dachvorsprung klar blieb. Alles war so seltsam und beunruhigend, daß William schon fürchtete, er könne keine Noten mehr lesen. Er sah jetzt nicht mehr in die fallenden Flocken da draußen, sondern ließ den Blick durch sein Zimmer schweifen und stellte fest, daß ihm auch hier alles erschreckend fremd vorkam. Er hatte schon immer gefunden, daß ein besonderer Mensch seine Umgebung magisch verändern kann. Und hier hatte er den lebenden Beweis. Mit ihrer Gegenwart hatte Bonnie in diesem seinen Zimmer ein Chaos angerichtet.

Er zwang sich, ihr in die Augen zu sehen. Sie antwortete ihm mit einem angedeuteten Lächeln. Er nickte. Sie begannen zu spielen, und jene Kräfte, die ihn, wie William ahnte, vernichten würden, begannen ihr zerstörerisches Werk.

Sie hatten gerade ein Duett beendet, als Grace an die Tür klopfte. Wie durch Zauberei war die Zeit so schnell verflogen, daß William sogar bezweifelte, ob es wirklich vierundfünfzig Minuten gewesen waren. Während ihres Spiels hatte eine bleiche Sonne den dunklen Himmel zerrissen – für William ein bedeutsames Zeichen. Schnee fiel nur noch vereinzelt und schmolz schon im Fallen. Sie packten ihre Instrumente ein. Bonnie betrachtete Williams benommenes Gesicht. Er registrierte es gar nicht.

Er wußte, daß ihr nicht entging, wie er langsam den Boden unter den Füßen verlor... Sie ging zu ihm und umarmte ihn stürmisch wie ein Kind.

»Was ist los? Habe ich irgend etwas getan?«

William machte sich ganz steif in ihren Armen und versuchte, seine Verwirrung zu verbergen.

»Etwas getan? – Ach, Bonnie! Nur das Vergnügen, mit Ihnen zu spielen.«

Bonnie ließ ihn überrascht los.

»Soll ich Ihnen etwas sagen, William? Mit Ihnen zu spielen – im Quartett, aber besonders mit Ihnen allein –, ist für mich ein so großes Privileg, also ... ich kann gar nicht beschreiben, wie viel mir das bedeutet. Daß Sie, William Hendel, mit mir spielen! Nicht in meinen kühnsten ...«

»Liebe Bonnie«, unterbrach William sie, in der Furcht, durch weitere Komplimente vollends aus der Fassung zu geraten. »Das müssen wir wiederholen.«

»O bitte! Versprochen? Es war einfach herrlich. Was meine Mutter wohl sagen wird? – Los, kommen Sie, Grace wartet auf uns.« Sie lächelte ihn strahlend an und ging aus dem Zimmer.

Was Bonnie gesagt hatte, war tatsächlich eine Überraschung. Es war der Beweis, daß seine Gefühle irgendwie erwidert wurden. Bonnie hatte ihre Seele in das Spiel gelegt, und die verborgene Botschaft war nicht zu überhören. Sie hatte ihn umarmt, ihm gesagt, daß sie gerne wieder mit ihm alleine spielen würde. All diese überwältigenden Andeutungen machten ihn ganz schwach. Er lehnte die Stirn gegen die kalte Fensterscheibe und schloß die Augen. Das Leben wäre doch sehr langweilig, dachte er, wenn der Alltag nicht gelegentlich durch unerwartete Ereignisse durcheinandergewirbelt würde. Ganz benommen vor Glück und Schrecken ging er mit seiner Geige – als Trost und als Schutz – hinter Bonnie die Treppe hinunter und fragte sich, wie er den Rest des Tages überstehen sollte.

Beim Mittagessen in der Küche war er den beiden Frauen dankbar. Sie mochten etwas gemerkt haben oder auch nicht, jedenfalls machten sie es ihm einfacher, als er vermutet hatte. Sie fanden Gefallen aneinander und plauderten über Musik und Blumen und übers Kochen. Für ihre Unterhaltung brauchten sie William nicht.

So hatte er Zeit, sich mit einem unheimlichen Spiel zu beschäftigen. Er schaute seine Frau Grace an und ließ sie dann aus seinem Kopf verschwinden. Sie saß einfach nicht mehr ihm gegenüber auf ihrem Platz. Es war wie beim Computer. Ein Klick, und das Bild war gelöscht. Es gab nur noch Bonnie und ihn. Bonnie und er saßen in diesem bedenklichen Spiel alleine am ehelichen Tisch. Doch der Küchentisch hatte sich in einen anderen Tisch verwandelt, den er nicht kannte.

Natürlich kam Grace immer wieder zurück. Sie war eine starke Frau und ließ sich nicht sehr lange wegklicken. Und das fand William denn auch beruhigend. Es bewies ihm, daß er nicht im Begriff war, verrückt zu werden. Hätte er sie aus seinem Kopf löschen können, ohne daß sie zurückkehrte, wäre er ernstlich in Panik geraten.

»William? Noch ein Stück? Du siehst aus, als wärst du ganz woanders.«

»Kein Hunger, mein Herzblatt, vielen Dank.«

Er klickte sie wieder weg.

Auf der Fahrt zur Probe in der Scheune wurde ihm alles klar. Während er allein in seinem kalten, kleinen Auto, mit Bonnie im Rückspiegel, achtlos durch den matschigen Schnee fuhr, erkannte er: Grace hatte zu gehen. Auch wenn der Gedanke absurd schien, sah er keine Alternative. Wenn sie nicht mehr da war, konnte Bonnie einziehen und den Platz in seinem Haus und in seinem Leben besetzen. Sie konnten miteinander spielen, spielen, spielen ... Musik von einer nie vernommenen Göttlichkeit. Wie er Bonnie das beibringen sollte, wie er sie von der Vernünftigkeit seiner Idee überzeugen konnte, war jetzt irrelevant. Erst mal ging es darum, seine Frau beiseite zu schaffen. Später würde er darüber nachdenken, wie er Bonnies möglichen Einwänden begegnen konnte. Im Augenblick mußte er sich ganz darauf konzentrieren, wie Grace, sein geliebtes Herzblatt, zu beseitigen war. Es wäre hübsch, wenn äußere Mächte ihm da beispringen würden – ein Blitzschlag, während sie einkaufen ging, ein Anruf von ihrer Schwester in Australien, sie solle sofort kommen ... Aber derlei war ziemlich unwahrscheinlich, und allzu lange warten konnte er auch nicht mehr.

In Wahrheit gab es keine Alternative. Plötzlich war William fähig, den Tatsachen ganz ruhig ins Auge zu sehen: Er würde seine Frau umbringen müssen.

4

»Mit dem Seeteufel liegt man doch sicher nicht ganz falsch«, sagte Laurel.

William ließ seine Brille auf die Nasenspitze rutschen und bedachte Laurel mit einem Blick, den sie hoffentlich korrekt interpretierte: vielen Dank, Bevormundung habe ich nicht nötig.

»In diesem Fall sollten vielleicht *Sie* ihn nehmen«, sagte er. Um sich selbst etwas auszusuchen, nahm er die Speisekarte noch einmal zur Hand. Sie war kissengroß und ließ sich nicht gut umblättern. Nach einer Weile wandte er sich wieder an Laurel, die an ihrer Lippe kaute. »Ich denke, ich nehme die *Zuppa di mammole e topinambur* und danach die *Calamari ai ferri con peperoncini*«, sagte er lässig mit fast perfektem italienischen Akzent. Das wird ihr eine Lehre sein, dachte er.

»Die was?« fragte Laurel.

»Die *zuppa* irgendwas«, sagte Jack.

Bisher war der Abend, wie jeder der vier Speisenden für sich konstatierte, schauerlich gewesen. Jack und Laurel, beide keine Klassikfans, waren nur William zuliebe bei seinem Konzert erschienen. Bei genauerem Nachdenken hätte ihnen klar sein müssen, daß sie ihm mit ihrer Anwesenheit absolut keinen Gefallen taten. Die Vorstellung, daß irgend jemand – erst recht sein banausischer Sohn – aus absurdem Pflichtgefühl ein Konzert besuchte, fand William gräßlich. Die wenigen Male, als Jack seinen Vater spielen hören wollte, hatte William wohlweislich Komponisten ausgesucht, die Jacks Ohren nicht strapazieren würden. Die Streichquartette von Bartók, Haydn und Purcell heute abend waren ein geradezu beispielhaft einschläferndes Programm gewesen, fand Jack. Den Ausschlag für ihre Entscheidung hatte allerdings der Ort gegeben: Ealing war von Hammersmith aus günstig zu erreichen. Als Alternative hatte Grace einen Schubert-Abend in der kommenden Woche in Leicester vorgeschlagen. Aber angesichts der Arbeitsüberlastung von Jack und Laurel war an einen Trip in die Midlands natürlich gar nicht zu denken. Mit jener für Märtyrer so typischen demonstrativen Ausführlichkeit hatten sie mehrmals hingebungsvoll über das lästige Ealing-Konzert diskutiert, um schließlich großzügig einzuräumen, daß es in dem Zeitraum, der für ein Geburtstagsgeschenk überhaupt in Frage kam, keine Alternative gab.

Beide hatten ihre eigene Methode, den Teil mit der Musik, wie sie es nannten, durchzustehen. Laurel arbeitete schon seit einiger Zeit an einem Marketingkonzept für ein portugiesisches Hotel. Als Verkäuferin von Tickets und Informationen war es eigentlich nicht ihre Aufgabe, sich ins Werbegeschäft einzumischen. Aber sie hatte schnell begriffen, wie vorteilhaft es sein könnte, wenn sie besonders viele Buchungen für ein bestimmtes ausländisches Hotel verkaufte, und zwar »als persönliche Empfehlung«, die sie, auch ohne je dort gewesen zu sein, ganz locker aussprechen würde. (Eine ihrer cleveren Ideen, um »ganz nach oben« zu kommen.) Da aber immer so furchtbar viel zu tun war, hatte sie das Hotelprojekt bisher zurückstellen müssen. Deshalb kam ihr das Konzert mit der öden Musik sehr gelegen. Auf so eine Möglichkeit wartete sie schon lange. Während das Quartett spielte, wagte sie zwar nicht, den Rechner herauszuholen, aber als der Applaus einsetzte, stellte sie ein paar Kalkulationen an, und als die Musik zu Ende war – die sie, wie sie Jack zuflüsterte, völlig kaltgelassen hatte –, hatte Laurel ein glänzendes Konzept für das portugiesische Hotel fix und fertig im Kopf.

Auch Jack hatte beschlossen, die Chance zu nutzen und über einen Strategieplan nachzudenken, der die komplizierten höheren Regionen des von ihm so geliebten Steuerwesens betraf. Ohne die entsprechenden Unterlagen war das allerdings unmöglich. So gab er sein Vorhaben auf und konzentrierte sich darauf, nicht nervös herumzuzappeln. Hin und wieder sah er zu seiner Mutter hinüber. Die Hände im Schoß gefaltet, den Kopf leicht geneigt, verfolgte sie mit gütigem Blick jeden Bogenstrich ihres Mannes. Jack sah ebenfalls zur Bühne. Da saß sein Vater und schrammte, die Augen halb geschlossen und das Kinn grimmig vorgeschoben, auf seiner Geige herum. Und um diese Musik zu hören, waren die Menschen im Saal extra gekommen und hatten erstaunlicherweise viel Geld dafür bezahlt. Unglaublich, dachte Jack. Die Vorlieben anderer Menschen verblüfften ihn immer wieder. Übrigens auch die seiner Eltern – für ihn das Paradebeispiel zweier komischer Vögel, die sich mit ihren altmodischen Verhaltensweisen und ihrer Sprache vollkommen gegen das moderne Leben abgeschottet hatten. Sie gehörten zu den Menschen, die nach ganz normalen sonntäglichen Essenseinladungen Dankesbriefe schrieben und dauernd mit ängstlicher Vorsorge beschäftigt waren: Bei der kleinsten Wolke am Himmel nahmen sie den Schirm mit, im Oktober trugen sie schon lange Unterziehhemden, und bei Supermarktlebensmitteln studierten sie stets gründlich die Liste der Bestandteile. Als Kind hatte Jack sich jahrelang für seine Mutter geniert, die zum Besuch bei Freunden immer einen Beutel mit »Drinnen-Schuhen« mitnahm, falls sie sich unterwegs die Schuhe schmutzig machten. Irgendwann hatte er es aufgegeben, ihr klarzumachen, daß das Konzept von Drinnen- und Draußen-Schuhen mit der Eiszeit verschwunden war und daß längst das glückliche Zeitalter der allgegenwärtigen Allzweck-Turnschuhe angebrochen war. Laurel und er trugen zum Beispiel auch im Büro Turnschuhe. Aber es hatte keinen Sinn, Grace davon überzeugen zu wollen. Ihr Vorurteil gegen Turnschuhe saß zu tief. Sie fand diese Art Schuhwerk so häßlich (als ob das wichtig wäre, dachten Jack und Laurel), daß sie sich angewöhnt hatte, den Menschen nicht mehr auf die Füße zu sehen, um sich einen womöglich unerfreulichen Anblick zu ersparen. – Jack hatte immer gefunden, daß Grace und William sich in ihren obskuren Überzeugungen so einig waren, daß sie als Eltern eine regelrechte Front gegen ihn bildeten. Und beide gingen so in ihren künstlerischen Interessen auf (obwohl Jack Graces pingelige Darstellung wilder Blumen kaum für Kunst hielt), daß sie, trotz all ihrer Freundlichkeit, für Jacks Bedürfnisse unzugänglich waren. Im Grunde hatte er sich als kleiner Junge, als Teenager und selbst noch als junger Mann immer nur gewünscht, daß sie sich für ihn interessierten, aber das taten sie nie.

Jack sah wieder zu seiner Mutter hinüber. Sie war der Inbegriff einer zärtlichen Ehefrau, die mit unvermindertem Staunen das Talent ihres Mannes bewunderte und ihn ganz offensichtlich uneingeschränkt liebte. Kaum jemand (außer Laurel) würde glauben, daß Grace eine in mancher Hinsicht mangelhafte Mutter war.

Er wandte sich dem erfreulicheren Anblick des neuen Quartett-Mitglieds zu – Bonnie Morse. Ihm entgingen weder der Charme des pummeligen Ellbogens, der, blaß wie Mozzarella, aus dem roten Satinfutter ihres Ärmels hervorschaute, noch der engelhafte Mund und der wippende Pony, der auf irritierende Weise die Augen verbarg. Und jedesmal, wenn Bonnie konzentriert die Lippen spitzte, beobachtete er fasziniert, wie ein winziges Grübchen, fast nur der Schatten eines Grübchens, auf ihrer einen Wange tanzte. Und dann ihr großer Samtbusen ... Wenn Bonnie sich jemals zu einem Spitzen-Décolleté aufschwingen sollte, würde der Anblick mindestens so bezaubernd sein wie ihr Grübchen ... (Jack mußte an Laurels Brüste denken – kleine, unerotische Schwellungen, die mit Bonnies leider gar nicht zu vergleichen waren. Komisch, daß Laurel so stolz auf sie war. Sie verlangte häufig von Jack, daß er mit in ihr Lob einstimmte.) Jack war so sehr mit Bonnies physischen Vorzügen beschäftigt, daß er die langweilige Musik kaum noch hörte. Die Ankündigung der Pause überraschte ihn deshalb, denn in Gedanken wanderte er gerade auf gefährlichen Abwegen ... Bonnie, die am Flußufer mit ihm joggte, so daß er ihre verdammt großen Titten hüpfen sah ... Bonnie – na gut, andere Bilder mußte er sich für später aufsparen.

Es war Grace, die beim Studium der Speisekarte begriff, wieviel Mühe Jack und Laurel sich bei der Auswahl des Restaurants gemacht haben mußten. Sie hatten offensichtlich darauf geachtet, weder ein schrecklich hyperkreatives Lokal zu nehmen noch ein allzu einfaches, bei dem sie und William befürchten mußten, mit ordinärer Hausmannskost abgefertigt zu werden. Grace fand, sie hatten genau die richtige Entscheidung getroffen. Die Ausstattung war freundlich – gestärkte Tischdecken, bequeme Stühle, aufmerksame Kellner, angenehme Geräuschkulisse. Neben den ziemlich hochtrabenden italienischen Spezialitäten, für die William sich mit leicht arrogantem Vergnügen entschieden hatte, gab es auch ein paar einfache Gerichte. Grace selbst liebäugelte mit dem gegrillten Kräuterhähnchen mit Polenta als Beilage – das Geheimnis von Polenta hatte sie nie begriffen, vielleicht konnte sie ja dazulernen. Sie sah William an und lächelte. Laurels gutgemeinter Vorschlag, er solle den Seeteufel nehmen, hatte ihn eindeutig verärgert. Er erwiderte ihr Lächeln nicht.

Und nichts ist, als was nicht ist, deklamierte William stumm. In Momenten höchsten Glücks oder höchster Verzweiflung neigte er zu Shakespeare-Zitaten. Bei Graces besorgtem Lächeln hatte sein Herz einen erschrockenen Sprung getan. Er mußte unbedingt etwas trinken. Jack brauchte ewig lange, um den passenden Wein auszusuchen – er hielt sich eben für einen Kenner. Wenn William Wein aussuchte, lobte Jack ihn stets mit einem spöttischen Unterton, was William allerdings völlig kalt ließ. Während William ärgerlich wartete und Jack über der langen Liste brütete und den Weinkellner zur Demonstration seines Wissens mit Kommentaren beglückte, kam ein sehr junger Kellner an ihren Tisch und servierte ihnen einen Teller mit Nüssen und Oliven. Laurel war noch immer unglücklich über

Williams Empfindlichkeit angesichts ihres harmlosen Essensvorschlags und stürzte sich sofort auf den Teller, schnappte sich eine grüne Olive (achtete aber trotzdem darauf, den kleinen Finger abzuspreizen) und hoffte, die anderen würden es ihr nachtun und Nüsse und Oliven könnten das Eis brechen. Danach würde es dann nur noch drei Gänge und etwa zwei Stunden dauern, bis dieser mühselige Abend endlich überstanden war.

Der Teller war aus dünnem weißen Bone China und hatte vier Unterabteilungen. Zwei für schwarze und grüne Oliven und zwei für Erdnüsse und Cashewnüsse. Laurel schob Grace den Teller hin.

»Wie wäre es mit einer Erdnuß«, sagte sie und nahm sich eine schwarze Olive. Sie ging davon aus, daß Grace keine Oliven mochte.

»Nein, vielen Dank«, sagte Grace. »Ich bin allergisch gegen Erdnüsse.«

William zog eine Augenbraue hoch.

»Das hatte ich ganz vergessen«, sagte er.

»Wie interessant«, sagte Laurel. Krankheiten und Allergien von anderen Menschen faszinierten sie immer, weil sie selbst sich prächtigster Gesundheit erfreute. »Wie haben Sie die Allergie denn entdeckt?«

Grace lachte kurz auf. Es machte sie verlegen, daß alle am Tisch zuhörten. Sie war nie gerne Mittelpunkt.

»Ich war etwa fünf oder sechs«, sagte sie. »Irgend jemand gab mir ein Brot mit Erdnußbutter. Ich begann zu keuchen, dann kriegte ich keine Luft mehr und wurde ins Krankenhaus gebracht. Ehrlich gesagt kann ich mich kaum noch daran erinnern, nur daß es ziemlich schrecklich war. Damals wußte man noch nicht viel über Allergien, aber im Krankenhaus nahmen sie an, daß ich wohl einen leichten allergischen Schock hatte. Deshalb habe ich Erdnüsse seitdem immer gemieden.«

Erdnüsse, aha! dachte William.

»Muß ziemlich anstrengend sein«, sagte Laurel, »dauernd aufzupassen. Stellen Sie sich vor, Sie essen was, was Sie nicht kennen, und dann sind da gemahlene Erdnüsse drin.«

Genau, dachte William und bekam ganz kalte Hände.

»Ach, ich habe mich an die Vorsicht gewöhnt«, sagte Grace und nahm eine Olive. »Es ist mir schon ganz in Fleisch und Blut übergegangen. Aber ich hoffe, daß ich nicht zuviel Aufhebens darum mache, oder, William?«

»Nein, mein Herzblatt, wirklich nicht.« Er fror jetzt am ganzen Körper, denn plötzlich tauchte ein Bild vor ihm auf: Grace im nächsten Jahr. In einem Sarg. Tot. Zum Glück wurde ihnen endlich der exzellente Wein eingeschenkt. Wie ein Verzweifelter schüttete William sein Glas hinunter und erntete einen mißbilligenden Blick von Jack.

»Bevor wir mit dem Essen beginnen«, sagte Laurel zu Grace und William, »möchte ich euch beiden etwas mitteilen. Etwas, was euch bestimmt begeistert.«

William seufzte. Es ging jetzt offenbar nicht mehr um Kleinigkeiten wie Erdnüsse. Grace brachte ein höflich interessiertes Gesicht zustande. Ebenso wie William ahnte sie die Überraschung, die Laurel ihnen präsentieren würde.

»Es ist nämlich so: Zufällig hat Laurel-mit-dem-Ohr-am-Puls-der-Zeit, das bin ich, von einem ganz speziellen Griechenlandangebot im Frühling Wind bekommen. Sobald das raus ist, ist es natürlich im Nu ausverkauft. Aber wenn ihr interessiert seid, könnte ich ein paar Strippen ziehen und die Reise noch billiger als annonciert für euch buchen ...«

»Wie wäre das, Mutter?« fragte Jack.

»Griechenland« sagte William und verlieh dem Wort einen nachdenklichen Klang.

»Die Inseln! Stellt euch doch das bloß mal vor! Orte in weinfarbener See.« Diese Homer-Anspielung hatte Laurel in unzähligen Prospekten gelesen. Es war das Zitat, das buchstäblich in jeder Werbung für das Ägäische Meer auftauchte. »Ein wunderschönes neues schwedisches Kreuzfahrtschiff. Mit Klimaanlagen und mit einem Dozenten an Bord, einem Professor aus Oxford ... oder war es Cambridge? Egal, jedenfalls absolut unwiderstehlich, findet ihr nicht?« Sie war selbst so begeistert von der Aussicht, daß sich auf ihren Wangen und im V-Ausschnitt ihres Lurexpullovers lauter rote Flecken bildeten.

»Ich fürchte, wir müssen leider verzichten«, sagte William. »Die Ulmen sind im kommenden Frühling ziemlich ausgebucht.«

»Ach Gott, immer ist irgendwas.« Laurel seufzte ärgerlich. Die Flecken verblaßten. »Aber wenn Sie mich fragen, William, Sie müssen wirklich mal ausspannen.«

»Nein, das sehen Sie falsch«, sagte William.

»Unsinn! Sie übernehmen sich wirklich. Irgendwann müssen auch Sie Pause machen. Denken Sie mal darüber nach.«

»Ich verstehe nicht, wie ihr ständig all die Spezialangebote von Laurel ablehnen könnt. Sie gibt sich solche Mühe für euch.«

»Wir reisen im Grunde gar nicht so besonders gern«, sagte Grace. »Das weißt du aber doch.«

William suchte ihren Blick und unterstützte sie mit einem kleinen Lächeln. Sie hatte ihn vor einer sehr viel unhöflicheren Antwort bewahrt. Dann kam zum Glück die *zuppa* irgendwas, und er mußte allen die italienische Aussprache vorführen, was ihnen weitere Ausführungen über Laurels wunderbare Spezialtrips ersparte.

Irgendwann während des Hauptgerichts sah Jack sich bemüßigt, Interesse am Leben seines Vaters zu bekunden. (Bei seiner Mutter gelang ihm das nicht. Ihm fiel nie auch nur eine einzige botanische Frage ein.)

»Wie macht sich denn eigentlich die neue Bratsche?«

Ohne daß sie es voneinander wußten, tanzte vor beider Augen ein weißer Ellbogen in scharlachrotem Satin.

»Bonnie? Sie ist gut. Macht sich prächtig. Wir haben Glück gehabt mit ihr.«

»Und zum Angucken ist sie auch«, sagte Jack.

»Bißchen zu füllig für meinen Geschmack«, sagte Laurel.

»Besser als zu mager, so wie viele Mädchen heutzutage«, sagte Grace.

Bonnie war kein Thema, das William diskutieren wollte. Schon bei der Nennung ihres Namens wurde ihm ganz seltsam. Heute in einem Jahr würde er mit Bonnie wer weiß wo sein. Er wäre frei und könnte sie verwöhnen, mit ihr schlafen und mit ihr aufwachen, und er würde mit ihr musizieren – all jene Mozart-Duette warteten auf Erkundung. Bonnie! William füllte sich erneut sein Glas. Der köstliche Wein stärkte das vertraute Gefühl, daß »nichts ist, als was nicht ist«. Gelangweilt hörte er zu, während Jack und Laurel über Bonnie sprachen. Um ihr Talent ging es dabei nicht, nur um ihr Aussehen. Laurels häßliche Bemerkung – »ein Mädchen mit so einem Busen sollte wirklich keinen Samt tragen« – verriet Feindseligkeit und Neid. Ein Mädchen wie Bonnie stellte für die schreckliche Laurel natürlich eine Bedrohung dar. Allerdings nur, wenn Jack Bonnie persönlich kennenlernte, was William auf jeden Fall verhindern würde. Nicht, daß eine solche Begegnung ihn beunruhigen würde – daß Bonnie Jack attraktiv finden könnte, war vollkommen ausgeschlossen. Hätte William weniger getrunken, wäre ihm aufgefallen, daß die Bemerkung seines Sohns über Bonnies »prachtvolle Titten« unverschämt war, und er hätte ihn zu mehr Respekt aufgefordert. In seinem angeheiterten Zustand ertappte er sich jedoch bei einem Anflug von Besitzerstolz: Hier saß sein Sohn und interessierte sich für eine junge Frau, die absolut unerreichbar für ihn war, während William sich ihr so nahe fühlte wie sonst niemandem auf der Welt. Trotzdem störten ihn Jacks laszive Gedanken an Bonnie, während Laurels Verärgerung ihn amüsierte. Vielleicht wollte Jack sie ja provozieren und reizte Laurel nur aus Spaß. Es hätte William jedenfalls nicht gewundert. Laurel war so schrecklich humorlos, so bierernst. Irgendwann würde Jack sicherlich herausfinden, daß es auch noch andere Mädchen gab, mit denen sich das Leben sehr viel angenehmer verbringen ließ.

In diesem Augenblick meinte Laurel, ihre Führernatur (wie sie selbst fand) beweisen zu müssen. Es reichte ihr jetzt mit dem Bonnie-Gerede, herzlichen Dank (sie würde nicht zulassen, daß sie je wieder eins dieser öden Ulmen-Konzerte besuchten und Gefahr liefen, dieser fetten Kuh mit den auffälligen Ärmeln zu begegnen). Jetzt hieß es Themenwechsel. Nur noch Nachtisch und Kaffee standen aus.

»Ich habe erst vor kurzem *Tiramisu* entdeckt«, sagte sie, »wirklich Wahnsinn, ich kann es nur empfehlen.«

Niemand nahm ihren Vorschlag auf. Und so schmollte sie, während die diversen Nachspeisen in müdem Schweigen gegessen wurden. Der Kaffee belebte William dann wieder ein wenig, obwohl sich ihm der Kopf drehte: Gäste, weiße Tische, Nelken in geriffelten Vasen, beschürzte Kellner – alles schien nach oben zu schweben. Plötzlich hatte William das Gefühl, er sei es sich schuldig, noch einen höflichen Anlauf zu machen – immerhin würde Jack einen Haufen Geld für diesen schrecklichen Abend bezahlen. Er suchte Halt an der Tischkante und wandte sich an seinen Sohn.

»Wo willst du hin?« fragte er.

Verständnislos zog Jack die Stirn in Falten.

»Natürlich zurück nach Hammersmith«, sagte Laurel. Sie war stolz darauf, Bewohnerin dieses Stadtteils zu sein.

William sah noch immer seinen Sohn an. »Nein, ich meine, im Leben«, sagte er.

Die Ernsthaftigkeit der Frage brachte Jack, der fast so viel wie sein Vater getrunken hatte, einigermaßen aus der Fassung. Er sah auf die Uhr.

»Du liebe Güte, Dad. Ich glaube nicht, daß das jetzt der geeignete Moment für eine Antwort ist. Ich wollte gerade die Rechnung kommen lassen.«

William war froh, daß Jack nicht antwortete. Es interessierte ihn nicht im mindesten, wo Jack und – Gott bewahre! – Laurel im Leben hinwollten. Er hatte die Frage nicht geplant, sondern nur das lange Schweigen beenden wollen; die Worte hatte sein betrunkener Kopf formuliert. Er wollte nichts als nach Hause und ins Bett. Zu seiner Erleichterung sah er, daß Grace, sein geliebtes Herzblatt, gerade nach ihrer Handtasche griff und sich die Lippen mit der Serviette abtupfte. Das Schöne an den seltenen Abenden, wenn sie gemeinsam ausgingen, war, daß Grace dann immer fuhr. Da würde es also keine Schwierigkeiten geben. Er konnte den Beifahrersitz zurückklappen und, im Vertrauen auf eine sichere Heimkehr, während der Fahrt schlafen. Bei dem Gedanken an Graces vielseitige Fähigkeiten wurde ihm ganz warm ums Herz. Er wußte, daß diese Frau ein Geschenk war.

»Das Trinkgeld übernehme ich«, sagte Laurel und schielte auf die Rechnung. Sie holte eine Zwanzig-Pfundnote mit einer halb diskreten, halb demonstrativen Geste aus ihrer Handtasche. »Das war doch wirklich ein wunderschöner Abend! Wir sollten öfter mal zusammen ausgehen.«

Mit fester Hand half Grace William beim Aufstehen. In mancher Hinsicht war es schade, daß sie sterben mußte, dachte William. Als er seinen Fuß auf den schwankenden Teppich setzte, schien der Kronleuchter, der während des Essens immer heftiger in Bewegung geraten war, endgültig auf William niedersausen zu wollen. Er schwang bösartig in seine Richtung, und die gräßlichen kleinen Lichterkerzen blendeten ihn. Wenn Grace nicht so schnell reagiert hätte – sie machte einen beherzten Schritt nach vorn, um ihn vor dem Aufprall zu schützen –, wäre er womöglich zerschmettert worden.

»Reiß dich zusammen«, sagte Grace, »du wärst beinahe gefallen.«

»Verfallen bin ich nur dir, mein Herzblatt.«

Hinter sich hörte William Laurels spöttisches Lachen und das häßliche Wort »blau«. Typisch für sie. Nun, wenn er erst mal an den torkelnden Tischen vorbei war – was ihm mit Graces Hilfe natürlich gelingen würde –, war der Abend geschafft. In einer Stunde würde er neben seiner Frau im Bett liegen und schlafen und vielleicht sogar von Bonnie und dem Erdnußplan träumen.

Immer wenn die Hendels gefragt wurden, was denn das Geheimnis ihrer glücklichen Ehe sei, waren sie ziemlich ratlos. Und wenn sie doch einmal (nur widerwillig) darüber nachdachten, antworteten sie, daß die Kunst vielleicht einfach darin bestand, den anderen zu beobachten und dann entsprechend zu reagieren. Beide hatten sie das starke Bedürfnis, jede Art von Streit oder Konflikt zu vermeiden. Vor allem aber lehnten sie es ab, ihr Leben zu analysieren, sich mit Vorwürfen zu bombardieren, immer all ihre Probleme, Gedanken und Gefühle »ganz offen auszudiskutieren«. Sie verabscheuten diese neuerdings so beliebte Freizeitbeschäftigung, fanden sie geschmacklos und ermüdend. Für Grace und William gab es angenehmere Arten, ihre kostbare gemeinsame Zeit zu verbringen. Darin waren sie, wie sie durchaus wußten, typische Vertreter der alten britischen Klasse der »steifen Oberlippen«. Und wenn sie zu weiteren Erklärungen gedrängt wurden, fügten sie vielleicht hinzu, daß es der ehelichen Harmonie förderlich sei, den anderen in seinen Eigenheiten zu tolerieren. Niemals aber würden sie – aus Loyalität füreinander – verraten, worin denn solche Eigenheiten konkret bestanden. Der Kampf ums Bett zum Beispiel. Über die Jahre war daraus ein Ritual geworden, das reibungslos funktionierte und in dem Grace gerne die passivere Rolle übernahm. Und William war ihr dankbar dafür.

Graces Beitrag zu dem Ganzen war nicht aufwendig, aber entscheidend. An Abenden, an denen William spät von einem Konzert nach Hause kam, war es ihre Pflicht, den Wetterbericht zu hören. Sie teilte ihm dann mit, ob es warm oder kühl oder bitterkalt würde. Danach entschied er, ob es eine Zwei-, Drei- oder Vier-Wolldecken-Nacht war oder ob wegen möglicher Frostgefahr noch eine zusätzliche Daunendecke geholt werden mußte. Wenn Grace aus irgendeinem Grund mal vergessen hatte, den Wetterbericht zu hören, schalt er sie zwar nie, aber die Art, wie er unschlüssig herumlief und herauszubekommen versuchte, wie die Nacht sein würde, wie er mit viel Seufzen Wolldecken her- und wieder wegschleppte, verriet nur zu deutlich seine Qual. Unglücklich machte es ihn auch, wenn er, was selten genug vorkam, morgens so früh aufbrechen mußte, daß er vorher nicht mehr das Bett machen konnte. Wenn er dann abends nach Hause kam, lag Grace lesend in zerwühlten Laken, weil sie wußte, daß es gar keinen Sinn hatte, selbst alles glattzuziehen. Da er Grace nicht aus dem Bett jagen mochte, versuchte William um sie herum Ordnung zu schaffen, was nicht einfach war. Grace gab es auf, weiterzulesen, und lag nur still da, während das oberste Laken auf ihrem Kopf landete, Wolldecken symmetrisch zurechtgezogen und ihre Füße und Knie fast platt gedrückt wurden, weil William die Decken so straff spannte. An all das war Grace gewöhnt, und sie beklagte sich nicht. Sie freute sich vielmehr, wenn ihr Herr des Bettes wieder einmal Kissen, Laken und Decken zu seiner vollen Zufriedenheit drapiert hatte.

Auf der Rückfahrt vom Geburtstagsessen mußte Grace wieder an das Bettenproblem denken. Hoffentlich hatte William morgens noch das Bett gemacht, bevor er sehr früh zu einem Gespräch mit seinem Londoner Agenten aufgebrochen war. So betrunken, wie er war, würde er das gewohnte Ritual nicht so zügig wie sonst hinbekommen, fürchtete Grace, die selbst ganz erschöpft von dem anstrengenden Abend war. Sie wollte nichts als schlafen und hätte sich liebend gerne einfach in das zerwühlte Bett fallen lassen. Aber das würde William nicht ertragen.

Zu Graces Überraschung schien William, als sie zu Hause ankamen, wieder völlig normal zu sein. Sein Nickerchen im Auto – untermalt von kläglichen kleinen Schnarchlauten, die verrieten, wie selten er solche Mengen Rotwein trank – hatte ihn offenbar wieder vollkommen nüchtern gemacht. Während er im Restaurant noch ganz unsicher auf den Beinen gewesen war, eilte er jetzt mit verblüffendem Eifer die Treppen hoch. Und beim Anblick des unordentlichen Betts strahlte er geradezu, ganz so, als könne er es trotz der späten Stunde kaum erwarten, sich an die Arbeit zu machen.

»Hast du im Auto den Wetterbericht gehört, mein Herz?«
»Nein, leider nicht. Ich wollte dich nicht aufwecken.«
»Na ja. Macht nichts.«
William ging zum Fenster und öffnete es. Eine kräftige kalte Brise wehte ins Zimmer. Grace fröstelte. Zu dumm, daß sie kein Radio gehört hatte. William befeuchtete einen Finger und hielt ihn aus dem Fenster. Zufrieden drehte er sich wieder um.
»Ich schätze, es wird frieren. Vier Wolldecken.«
»Daunendecke?« Manchmal hatte Grace Lust, ihn ein wenig zu verspotten. Er nahm ihren Vorschlag ernst.
»Meiner Meinung nach ist das im Augenblick noch nicht nötig. Wenn es noch kälter werden sollte, kümmere ich mich drum.«
Aus Erfahrung wußte Grace, daß William, wenn er das Wort »Meinung« benutzte, unsicher war. Was wiederum eine unruhige Nacht bedeutete, in der er dauernd hochspringen und die Deckenanzahl variieren würde, um irgendwie die richtige Temperatur zwischen den Laken herzustellen. Müde begann Grace sich auszuziehen. William schloß das Fenster und stellte sich nachdenklich neben seine Betthälfte. Er betrachtete sie mit der Sorge eines Mannes, der ein Schiff oder ein Gebäude begutachtet, dessen Restaurierung ungewöhnliches Geschick erfordert. Doch als er bemerkte, daß Grace mit ihrer Kette kämpfte, unterbrach er seine stummen Überlegungen und kam ihr zur Hilfe. Das war untypisch für ihn. Normalerweise konnte ihn nichts von seinen bettstrategischen Plänen ablenken. Grace hätte lieber auf seine Hilfe verzichtet. Sie wollte nur noch ins Bett, eine weitere Verzögerung ertrug sie nicht.
»Ich komme schon zurecht.«
»Nein, nein. Ich will nur eben ...« William setzte die Brille auf, drehte Grace ins Licht und fummelte mit ungeschickten Fingern an der Kunstperlenkette, die er ihr vor langer Zeit geschenkt hatte. Er konnte die zarte, warme Haut ihres Halses spüren und machte sich unnötig lange an dem hübschen Verschluß zu schaffen, einem Ring kleinerer Perlen mit einem

künstlichen Aquamarin in der Mitte. Er hätte die Finger gern noch länger auf ihrem lieben, verletzlichen Hals ruhen lassen. Doch als Grace ungeduldig den Kopf bewegte, mußte er den Verschluß öffnen. Er ließ die noch warmen Perlen, die im schwachen Licht matt glänzten, in ihre Hand gleiten.

»Danke«, sagte Grace.

Doch bevor sie ins Bett schlüpfen konnte, spürte sie Williams Hand wieder an ihrem Hals. O Gott, dachte sie, ein Zeichen. Es war spät, sie waren beide müde, das Bett-Brimborium stand noch aus ... Da sollten sie am besten so schnell wie möglich schlafen. William hatte am nächsten Morgen schon früh eine Probe. Trotzdem blieb sie stehen, sagte nichts.

William konnte ihren obersten Rückenwirbel und die kleinen Vertiefungen daneben fühlen. Dann versuchte er das Stück zwischen Kopfende und Halsanfang zu ertasten. Die Muskeln oder Sehnen oder was immer es war fühlten sich unter der Haut ganz straff an. Er überlegte, ob es wohl schwierig wäre ... Er faßte ihr mit der anderen Hand unters Kinn. Seine Finger umschlossen ihren Hals jetzt wie ein Ring, der sich sehr sachte zusammenzog. Grace bewegte verdutzt den Kopf.

»Was machst du da?«

»Dein hübscher Hals, mein Herzblatt. Du hast immer schon so einen hübschen Hals gehabt.« Er lachte und öffnete die Hände. Er mußte reden, um seine Verwirrung und das leichte Zittern seiner Hände zu verbergen. »Ein Hals ist doch was Komisches, findest du nicht auch? Mit der Zeit entstehen Falten, die Haut wird schlaff und verrät ... Aber der Hals wird nicht dicker. Hast du schon mal darüber nachgedacht? Der Hals setzt kein Fett an ...« Seine Stimme wurde lauter, fast schrill. »Beim Hals geht in den mittleren Jahren nichts in die Breite.« Er ließ sie stehen und nahm sich die Kissen vor, schüttelte eins nach dem anderen kräftig und strich den Bezug glatt. Grace lächelte geduldig und seufzte leise. Sicher glaubte sie, das seien die Nachwirkungen des guten Rotweins. »Und weißt du, was ich dachte, als ich deine Kette aufmachte«, redete er weiter drauflos. »Seit ich dich kennengelernt habe, hat sich dein Hals keinen Millimeter verändert, im Umfang, meine ich ... stimmt doch, oder? Immer noch dieselbe zarte kleine ... Säule, die ich damals, als du achtzehn warst, zum erstenmal in diesem scharlachroten Samtkragen sah.«

»Zwanzig. – Ist alles in Ordnung mit dir, William?«

»Ich fühle mich großartig.« Er hätte diesen zarten kleinen Hals so lange drücken können, bis alles Leben aus ihm entwichen war, hätte die sahnefarbene Haut verunstalten können, die tatsächlich nur minimale Anzeichen von Alter verriet. Er zerrte an einem Laken.

»Soll ich dir beim Bett helfen?« fragte Grace.

»Um Himmels willen, nein. Wieso denn?« Erwürgen kam jedenfalls doch nicht in Frage. Grace war ebenso groß wie er und ziemlich kräftig, sie würde um ihr Leben kämpfen, ihn zu Boden schleudern, einen Arzt rufen und ihn einweisen lassen.

»Ich dachte nur ...« Grace verschwand im Badezimmer.

Außerdem würde er bei der Frau, die er liebte, nicht gerne körperliche Gewalt anwenden. Er legte ein Kissen an seinen Platz. Ersticken! Das war eine Idee. Aber es hieß, daß die Ärzte feststellen können, ob jemand erstickt wurde. Morgen während der Bahnfahrt nach Manchester würde er mit mehr Ruhe nachdenken. Aus irgendeinem Grund fand William es nicht merkwürdig, daß er sich Gedanken über Mordmethoden machte. Jedenfalls würde die Sache mit dem Mord sehr konzentrierte strategische Überlegungen erfordern. Vielleicht war ein Zug nicht der geeignete Ort dafür, da er ja zusammen mit den anderen fahren würde, und dann war da noch die beunruhigende Vorstellung, daß er die Nacht unter demselben Hoteldach wie Bonnie verbringen würde. Du lieber Himmel, dachte William, morgen abend um diese Zeit – alles mögliche konnte da passieren.

Ein paar Minuten später lag Grace im Bett und griff nach ihrem Buch. (Egal, wie spät es war, vor dem Einschlafen las sie immer noch gern ein paar Seiten.) William sondierte die Lage:

Es war eine der unglücklichen Situationen, in denen er das Bett um sie herum würde herrichten müssen, was für beide immer unerfreulich war. Wie üblich mochte er Grace nicht bitten, kurz aufzustehen, und seine vorsichtige Andeutung, daß es vielleicht bequemer für sie wäre, schien sie schlicht zu überhören. Die Kissen waren zum Glück inzwischen alle in Ordnung gebracht – das Schütteln und Glattstreichen hatte Grace außerdem von seinem konfusen Zustand abgelenkt –, aber der Rest war eine Katastrophe.

Während Grace sich darauf konzentrierte, die Seiten leise umzuschlagen (sie wußte mittlerweile, daß fast alle Geräusche William irritierten), marschierte ihr Ehemann sorgenvoll ums Bett, zupfte, glättete, prüfte und war ganz mit höchst wichtigen Bemessungen beschäftigt. Die abendliche Herausforderung – erschwert durch Graces Anwesenheit – bestand darin, daß die Decken auf seiner Seite zwar ordentlich glattgestrichen, aber noch nicht untergeschlagen sein mußten, während sie auf Graces Seite schon ganz straff festgesteckt zu sein hatten, ohne daß der harmonische Gesamteindruck gestört war. Grace machte eine kleine Bewegung: Sie legte ihr Buch weg und knipste ihr Nachttischlämpchen aus.

»Jetzt sieh doch, was du angerichtet hast! Alles ist rausgerutscht, und ich muß wieder von vorne anfangen …«

»William! Ich bin müde. Kannst du es nicht einfach mal so lassen, wie es ist? Wir werden auch eine nicht ganz perfekte Nacht überstehen.«

William kniete auf dem Boden und hatte die Hände zwischen Bett und Matratze stecken – eine Haltung, die Grace immer an einen Bauern erinnerte, der einem Mutterschaf bei der Geburt eines Lämmchens half. Plötzlich sprang er auf die Füße. Wenn die Situation es erforderte, sollte niemand ihm Kleingeistigkeit vorwerfen können, außerdem saß die Scham über seine Würgephantasien noch zu tief.

»Du hast recht, mein Herzblatt«, sagte er, »wir werden sicher auch so zurechtkommen.«

Seine Fügsamkeit war so ungewöhnlich, daß Grace, wenn sie nicht schon eingeschlafen gewesen wäre, sich bestimmt Sorgen gemacht hätte.

»Grace«, sagte Lucien, »ich möchte Sie um einen Gefallen bitten. Ich brauche unbedingt Geld. Nur ein bißchen. Nur leihweise.«

Es war zehn Uhr morgens. William war kurz nach acht aufgebrochen und schon um halb sieben aufgestanden, um genügend Zeit fürs Bettmachen zu haben. Grace sollte sich auch während seiner Abwesenheit an dessen perfektem Zustand erfreuen können. Die Zeit hatte ihm allerdings ein Schnippchen geschlagen. Trotz sorgfältiger Planung mußte er sich schließlich beim Packen und Frühstücken beeilen. In seiner Konfusion vergaß er sogar die Geburtstagsmanschettenknöpfe von Grace. Aus irgendeinem Grund lagen sie jetzt auf einem Teller auf dem Küchentisch, und Lucien spielte mit ihnen, rieb sie zwischen Daumen und Zeigefinger wie einen Rosenkranz. Seine Rastlosigkeit machte Grace ganz nervös.

»Ich würde nicht fragen, wenn es nicht dringend wäre«, fügte er hinzu. »Das wissen Sie.«

»Für etwas Bestimmtes?« Verschiedene Einwände schwirrten ihr durch den müden Kopf. Aus Schlafmangel war sie ganz zerschlagen und unfähig, eine Entscheidung zu treffen.

Lucien zuckte die Achseln und strahlte sie mit seinem charmantesten Lächeln an.

»So könnte man sagen.«

»Wieviel brauchen Sie denn? Ich habe nur etwas Haushaltsgeld hier, sonst müßte ich zur Bank.«

»Egal.« Lucien legte die Manschettenknöpfe wieder auf den Teller. Grace nahm sie an sich, ging zur Anrichte und öffnete eine Schublade.

»Ich möchte nicht, daß die hier rumliegen«, sagte sie zerstreut, »ich vergesse immer, die Hintertür abzuschließen.« Sie wühlte in der Schublade und kam mit vier Zehnpfundnoten an den Tisch zurück. Lucien, der ihr erwartungsvoll zugesehen hatte, machte ein enttäuschtes Gesicht, stopfte die Scheine aber schnell in seine Tasche. »Mehr habe ich leider nicht.«

»Das ist doch schon was.« Das sagte er so betont, daß Grace sehr genau begriff, daß ihre vierzig Pfund ihm kaum aus seiner Notlage helfen würden. »Danke«, fügte er nach einer Weile hinzu.

Obwohl Grace gern gewußt hätte, wofür Lucien das Geld brauchte, wollte sie die Transaktion nicht weiter diskutieren. Und um das Thema zu wechseln, verfiel sie in der Eile auf William – auch wenn ihr klar war, daß alles, was ihn betraf, Lucien nicht interessierte.

»William mußte heute morgen schon ganz früh nach Manchester«, sagte sie. »Ein Konzert. Mit Übernachtung.«

»Heißt das ... er kommt heute abend nicht zurück?«

»Nein.«

Grace sah, wie Lucien diese Nachricht verdaute. Er preßte die Lippen zusammen und runzelte leicht die Stirn.

»Haben Sie denn keine Angst, so ganz allein in diesem großen Haus?«

»Überhaupt nicht. Ich bin daran gewöhnt.«

»Ich könnte vorbeischauen«, sagte Lucien. »Gucken, ob alles in Ordnung ist.«

»Das ist sehr nett von Ihnen, aber es ist nicht nötig. Wirklich nicht. Ich gehe gleich nach den Nachrichten zu Bett.«

»Hab verstanden. Ich weiß, wann ich nicht erwünscht bin.« Er lächelte freundlich. »Aber macht es Ihnen denn nichts aus, wenn Ihr Guter mit diesem neuen Vögelchen für eine Nacht nach Manchester fährt, mit dieser Bratsche, meine ich?«

»Natürlich nicht. Sie fahren doch alle zusammen, alle vier.« Grace merkte, daß ihre Stimme eher zimperlich als streng klang. Manchmal nahm Lucien sich ihr, der Älteren, gegenüber einfach zu viel heraus. Dann wußte sie nicht, wie sie sich verhalten sollte. »Wenn sie irgendwo ein Konzert haben, von wo sie abends nicht mehr nach Hause fahren können, übernachten sie dort. Ich glaube, daß sie das auch genießen.«

»Und ob sie das tun! – Und? Machen Sie sich denn keine Sorgen?«

»Nicht die geringsten.« Grace runzelte die Stirn. »Wieso sollte ich?«

»Na ja. Bisher war das ja auch kein Problem – die Herren sind nicht gerade in der Altersgruppe, die nach einem Konzert noch hinter Röcken her ist. Aber seit dieses junge Mädchen dabei ist – na, Sie wissen ja, wie Männer sind, wenn sie mal die Gelegenheit haben.« Er lachte gemein. Grace ignorierte seinen Ton und lächelte.

»Seien Sie doch nicht albern. Bonnie ist ein reizendes junges Mädchen. Jung genug, um von jedem von ihnen die Tochter zu sein – gut, vielleicht nicht von Grant. Nein, zum Glück mache ich mir da überhaupt keine Sorgen. William ist nach einem Konzert gewöhnlich so erschöpft, daß er nicht mal mehr mit den anderen in die Hotelbar geht. Nichts wie ins Bett, so ist William. Als letztes ruft er mich immer an.«

»Da haben Sie aber großes Vertrauen.« Wieder lächelte Lucien.

»Ja, ich vertraue meinem Mann vollkommen«, sagte Grace. Das Gespräch nahm eine Wendung, die ihr gar nicht gefiel. Es schien fast so, als mache es Lucien Spaß, sie zu verunsichern. »Das habe ich immer und werde es auch immer.«

»So ist es recht.« Jetzt neckte er sie. Vielleicht hatte er sie die ganze Zeit schon geneckt. »So eine Ehefrau findet man nur einmal unter Millionen. Wenn ich mir was wünschen könnte, dann wäre das eine jüngere Ausgabe von Ihnen.« Er stand auf. Grace lachte, diesmal vor Erleichterung.

»Sie sagen die verrücktesten Dinge«, bemerkte sie.

Lucien klopfte auf seine Hosentasche.

»Das kriegen Sie so schnell wie möglich wieder. Ich muß nur ein paar Dinge erledigen.«

»Es eilt nicht.«

»Vielen Dank noch mal. Bis morgen dann.«

Als er gegangen war, stellte Grace fest, daß es schon nach elf war – zu spät, um vor dem Mittagessen noch mit Malen zu beginnen. Sie beschloß, die Gelegenheit zu nutzen und zur Bank zu gehen, um Ersatz für das verliehene Geld zu holen. Luciens Sticheleien hatte sie durcheinandergebracht. Sie brauchte frische Luft, wollte ihre dummen Gedanken verscheuchen.

Bei der Bank angekommen, hatte sie sich beruhigt. Sie wußte, daß sie sich wegen William keine Gedanken machen mußte. Es war vielmehr Lucien, der Unruhe in ihr Leben brachte. Wieso hatte er plötzlich so dringend Geld gebraucht? Sie mochte gar nicht darüber nachdenken und beschloß, daß sie mit der ganzen Angelegenheit nichts zu tun hatte und sie lieber vergessen sollte. Trotzdem hob sie eine größere Summe ab, für den Fall, daß Lucien doch noch mal Geld brauchte. Es war einer jener Momente, in denen sie bereit war, ihm jederzeit, so gut sie es vermochte, zu helfen. Zu anderen Zeiten hatte sie nur den einen leidenschaftlichen Wunsch, er möge für immer verschwinden. Diese widersprüchlichen Regungen verwirrten sie. Um ihr inneres Gleichgewicht wiederzugewinnen, mußte sie sehr bald entscheiden, wie die Beziehung zu dem seltsamen, nervigen und doch auch liebenswerten Lucien in Zukunft auszusehen hatte. Mit Williams Unterstützung durfte sie dabei nicht rechnen – er hielt gar nichts von Lucien, und das würde sich auch nicht ändern. Sie würde das Problem also alleine lösen müssen. Bei dem Gedanken wurde ihr ganz schwer ums Herz.

Allein in seinem Hotelzimmer in Manchester, war William wie gelähmt von der unangenehmen Stille, die solche Räume ausstrahlen – mit ihren Synthetikteppichen, der Zentralheizung, die einen fast ersticken ließ, und den scheußlichen Fabrikmöbeln mit speckiger, abwaschbarer Beschichtung. Er saß auf einem rosafarbenen Sessel, die Arme auf die Lehnen gestützt. Der Sessel war mit einem kratzigen Material bezogen, das sich eher für Zahnbürsten eignete und ihn in die Finger piekste. Die

Kopfschmerzen, die ihn schon den ganzen Tag gequält hatten, waren trotz jeder Menge Aspirin immer noch nicht verschwunden. – William hatte eine sehr konkrete Vorstellung von Kopfschmerzen: Für ihn waren sie Pilze. Die am wenigsten schlimmen waren kleine, kaum sichtbare Gewächse im Unterholz seines Kopfes und drückten mit ihren Hüten gegen Schläfen oder Augen. Die schlimmsten waren solche, an denen er heute litt – obszöne, vielköpfige Dinger, deren gezackte Enden gegen seinen Schädel stießen, bis er glaubte, die dünne Haut würde reißen. Manchmal boxten sie mit ihren beweglichen Höckern gegen seine Schädeldecke, als wollten sie sie sprengen. Oder sie wanderten seitwärts und stemmten sich so heftig gegen seine Augenhöhlen, daß er laut aufstöhnen mußte. Und irgendwann hörte der Pilz plötzlich und ohne Grund mit seiner Attacke auf. William sah ihn dann in seinem Kopf schrumpfen, bis er nur noch so groß wie das Pünktchen war, das beim Ausschalten auf dem Fernseher erscheint. Er hatte einmal versucht, einem Arzt die Qual der größeren Pilze in seinem Kopf zu beschreiben, weil er fürchtete, es seien Anzeichen eines Gehirntumors. Der Arzt hatte gekichert und William für seine glänzende Beschreibung ganz ordinärer Kopfschmerzen gelobt. Anschließend hatten sie sehr angeregt darüber geplaudert, daß Schmerzen sich einfach nicht genau definieren ließen.

William schloß die Augen. Im Nacken kratzte ihn die Rükkenlehne des Sessels, und im Kopf spürte er, wie die Pilze anschwollen, rumorten, schoben und stachen. Er fühlte sich ungewöhnlich niedergeschlagen. Mit derartigen Kopfschmerzen würde er in dem Konzert, das in weniger als zwei Stunden begann, kaum glänzen können. Ein deprimierender Gedanke. Und obendrein war der ganze Tag eine einzige Enttäuschung gewesen. Er hatte sich so darauf gefreut – auf die Aussicht, vierundzwanzig Stunden mit Bonnie zusammenzusein, und auch auf das beinahe schon ruchlose Vergnügen, eine Nacht außer Haus zu verbringen. Im Augenblick hätte er allerdings alles darum gegeben, in seinem eigenen Sessel am Kamin zu sitzen, während Grace ihn mit Kamillentee pflegte. (Sie war die einzige, die das mit den Pilzen verstand, vielleicht weil sie so viel über Pflanzen wußte.) Er hatte darauf gehofft, sich während der Bahnfahrt zusammen mit Bonnie durch die Waggons bis zum Speisewagen vorzukämpfen, um ihr einen Tee zu besorgen. Aber sie hatte sich die ganze Zeit hinter einer Zeitung versteckt und diverse Erfrischungsangebote abgelehnt. Grant hatte seinen Walkman aufgesetzt und war nicht ansprechbar. Rufus hatte geschlafen, während William äußerst deprimiert durchs Fenster in die regenverhangene Landschaft schaute.

Bei der Probe waren Grant und Rufus dann sehr gereizt, während die ungewöhnlich schweigsame Bonnie zweimal wegen eines angeblich dringenden Anrufs verschwunden war. Eine Freundin ihrer Mutter sei krank, hatte sie erklärt, aber sie sah nicht besonders besorgt aus. Williams Mißtrauen verstärkte noch seine schlechte Laune. Was ging da vor in Bonnies Leben? Setzte irgendein lästiger junger Mann sie irgendwie unter Druck? – Als sie nach dem zweiten Anruf mit lauter charmanten Entschuldigungen zur Bühne zurückgeeilt kam, überfiel William plötzlich eine Art Dringlichkeitspanik. Er würde sich mit seinem Plan beeilen, ihn so schnell wie möglich in die Tat umsetzen müssen, sonst wäre es vielleicht bald zu spät. Es war unwahrscheinlich, daß ein so außergewöhnlich attraktives Mädchen wie Bonnie lange allein bleiben würde.

Während er jetzt in dem Sessel saß, plagte ihn immer noch dieses Gefühl von Dringlichkeit, es scheuerte an seiner Seele so wie der Sesselstoff auf seiner Haut. Das folienverpackte, undefinierbare Sandwich und die Teekanne auf dem Tablett neben ihm waren unberührt. Er hatte keinen Appetit. Die anderen waren zu einem vorkonzertlichen Essen in eine Trattoria gegangen. Auch darauf hatte er sich eigentlich gefreut, konnte es sich dann aber nicht mehr vorstellen. William preßte die Hände gegen seine Schläfen. Die Pilze verschwanden, der Schmerz ließ nach. Vor seinem inneren Auge tauchte, erschreckend deutlich, erneut ein Bild auf: Erdnüsse.

In einem Anfall plötzlicher Energie sprang er auf, griff nach seinem Regenmantel und eilte aus dem Hotel. Es goß wie aus Kübeln. Der Regen prasselte ihm ins müde Gesicht, sein Haar war sofort klatschnaß. Sein unmöglicher Regenmantel schlug ihm um die Knie, während er die paar Meter bis zu dem Zeitungsladen rannte, den er schon vorher entdeckt hatte. Er war noch offen: Eine warme, unordentliche, nach faulendem Obst riechende kleine Welt, die vom häßlichen Licht einer Neonlampe beschienen wurde. William war sicher, daß es dort auch Erdnüsse zu kaufen gab. Er griff nach einer Abendzeitung, die er gar nicht wollte – nicht nur, um sein eigentliches Vorhaben etwas zu kaschieren, sondern wohl auch, um sein schlechtes Gewissen zu beruhigen. Dann fragte er nach Erdnüssen.

»Wir haben leider keine Erdnüsse mehr.« Der dünne, traurige asiatische Verkäufer zuckte bedauernd mit den Schultern.

»Keine Erdnüsse mehr...« Mit der Enttäuschung kehrte Williams Erschöpfung zurück. Er hatte keine Kraft mehr, sich in dieser scheußlichen Nacht noch woanders nach Erdnüssen umzusehen.

»Man weiß nie, wonach die Leute plötzlich verlangen.« Das Gesicht des Verkäufers, das in dem brutalen Licht bläulich wirkte, verriet eine Enttäuschung, die, wie William fand, ganz seiner eigenen ähnelte.

»Das macht nichts. Es ist wirklich nicht schlimm. Ganz unwichtig.« Als er bezahlte, klopfte ihm jemand auf die Schulter. Er drehte sich um: Bonnie.

»Wollte mir nur schnell ein paar Glimmstengel holen«, sagte sie.

Sie war noch durchnäßter als William. Das Haar klebte ihr am Kopf, und zwei Korkenzieherlocken rahmten ihr naßglänzendes Gesicht ein. In dem schäbigen Laden war sie eine außergewöhnliche Erscheinung. Das spiegelte sich auch in dem Gesicht des Asiaten. Williams Herz begann zu rasen.

»Was für ein Abend! Ein Päckchen Marlboro, bitte.« Sie drehte sich zu William um. »Was machen Sie denn hier? Ich dachte, Sie wollten sich ausruhen. Wie wär's, wenn Sie mitkommen und noch einen Kaffee mit uns trinken würden? Es ist nur eben um die Ecke, das Café. Unsere Lasagne war übrigens sehr gut.«

»Ich wollte mir Erdnüsse kaufen, aber sie haben keine mehr«, hörte William sich sagen. Er wußte, daß er nicht in der Lage war, ihre Einladung anzunehmen, aber vor lauter Verwirrung fiel ihm keine Ausrede ein.

»Nur mit Erdnüssen werden Sie den Abend aber nicht überstehen.« Bonnie lachte.

»Ich werde ...«

»Kann ich Sie wirklich nicht überreden?« Sie war ungeduldig. William schüttelte den Kopf. »Na gut. Wir sehen uns dann im Konzertsaal.« Sie ging, schüttelte den Kopf, Regentropfen flogen aus ihrem Haar. Der Verkäufer lächelte.

In gewisser Weise war William auch erleichtert, daß es mit den Erdnüssen nicht geklappt hatte. Er würde seinen Plan halt noch etwas aufschieben müssen. Irgendwann galt es zwar, konkrete Maßnahmen zu ergreifen, aber er war nicht besonders erpicht darauf, sich jetzt mit den Details von Graces Ableben zu beschäftigen. Die Aussicht auf Verzögerung gab ihm neue Kraft. Und für seinen Auftritt im Konzert mußte er sich dann später auch nicht schämen.

Nach dem Konzert wanderten die Quartettmitglieder zu Fuß durch Manchesters nasse Straßen zum Hotel zurück, einer trostlosen Einrichtung, die Rufus aus Sparsamkeitsgründen ausgesucht hatte. Die Hotelbar war ebenfalls mit kratzigen Sesseln bestückt, die an den Schenkeln pieksten. Das Licht kam von scheußlichen rosa Lampen. Zwischen Decke, Säulen und Fenstern waren Rauschgoldgirlanden aufgespannt, die an das nahende Weihnachtsfest erinnerten. Ihr müdes Gefunkel brachte William allerdings auf die Idee, daß sie vielleicht schon seit letztem Jahr da hingen. Wo es doch sicher sehr lästig war, sie nach dem Fest mit der Leiter wieder abzunehmen. Da konnten sie am besten gleich das ganze Jahr über hängen bleiben ...

Bonnie nahm ihre Bestellungen auf. Sie unterbrach William in seinen fruchtlosen Gedanken und fragte ihn nach seiner Whiskymarke. Anschließend ging er telefonieren. Aus irgendeinem unklaren Grund erschien es ihm angebrachter, Grace schon jetzt anzurufen.

»O William, wie ist es gegangen?«

»Gut, gut. Recht ordentliches Publikum.«

»Schön. Wie ist ...?«

»Es regnet. Schüttet regelrecht.« Wetteränderungen sorgten für die einzige Abwechslung in ihren ritualisierten Gesprächen. »Irgendwas Neues bei dir?«

»Nein. Nichts. Ich wollte gerade ins Bett. – Du rufst doch sonst immer später an.«

»Ich dachte, ich melde mich mal lieber vor unserem Schlummertrunk.«

»Ah ja.«

Die gute, liebe Grace. Es war so einfach, sie zu täuschen.

»Jedenfalls nehmen wir den Acht-Uhr-Zug zurück. Wir sehen uns also morgen vormittag.«

»Sehr schön.« Es folgte eine deutliche Pause. »Hast du an mich gedacht?«

William griff mit der freien Hand nach dem schmalen Bord neben dem Telefon, um Halt zu finden. Schweiß bildete sich auf seinem Gesicht. Sein Hemd klebte ihm an der Brust. Die Frage kam so alarmierend plötzlich, daß sie ihn aus der Fassung brachte. So etwas hatte Grace noch nie in ihrem Leben gefragt. Es war die Art Frage, die sie einander niemals stellten, da sie die Antwort sehr genau wußten. Sie hätten sie, wenn je das Gespräch darauf gekommen wäre, nur überflüssig und lächerlich gefunden. Wie Grace jetzt darauf kam, war William schleierhaft – womöglich konnte sie mit ihrem feinen Instinkt Gedanken lesen. Er lachte gezwungen.

»Natürlich denke ich an dich. Das tue ich doch immer, mein Herzblatt. Was für eine komische Frage.«

Grace lachte ebenfalls.

»Es war einfach so ein langer Abend. Ich weiß auch nicht, wieso. Ich war wohl in einer sentimentalen Stimmung.«

»Du liebe Güte. Das paßt gar nicht zu dir. Hast du auch die Alarmanlage angestellt?«

»Ja.«

»Dann schlaf gut, mein Herz.«

William legte auf, bevor sie noch etwas sagen konnte. Der Hörer war ganz feucht geworden. Mein Gott, er mußte unbedingt was trinken.

In der Bar waren Grant und Rufus, die Augen halb geschlossen, tief in ihre Sitze gesunken, während Bonnie nur auf der Kante ihres Sessels saß. Ihr schwarzer Samtrock bauschte sich auf dem häßlichen Teppich. Sie sah William besorgt an.

»Was ist mit Ihnen? Sie sehen schrecklich aus. Hier.« Sie reichte ihm seinen doppelten Malt. William mochte gar nicht daran denken, was sie dafür bezahlt hatte. »Übrigens, ich hab was für Sie.« Lächelnd zauberte sie hinter ihrem Rücken zwei kleine Päckchen Erdnüsse hervor. »Da! Aber ich kann mir gar nicht vorstellen, wofür Sie die wollen.«

»Nein, das können Sie auch nicht.« Ziemlich erschüttert ließ er sich schwerfällig neben ihr nieder.

»Das ganze Salz. Das ist doch gar nicht gut für Sie.«

»Ich weiß, ich weiß. Trotzdem vielen Dank.« William steckte die Päckchen in seine Tasche. Er nahm einen großen Schluck von dem ausgezeichneten Whisky. »Auch hierfür vielen Dank.« Er schwenkte sein Glas in ihre Richtung. Vorfreude und Unentschlossenheit kämpften in ihm. Er zwang sich, Bonnie nicht mehr anzuschauen, und wandte sich Rufus zu, der die Augen jetzt fest geschlossen hatte. Er fand, daß sein Freund heute ganz besonders erschöpft und plötzlich auch alt aussah – vielleicht lag das aber auch an der schrecklichen Beleuchtung. Aufgewühlt, wie er war, mußte er mit einemmal daran denken, wie viele gute Jahre dem Quartett noch bleiben mochten … Sicherlich hielt Bonnie es nicht sehr lange mit diesen so viel älteren, nicht sehr vitalen Männern aus. Und was dann? Der Gedanke an die elende Prozedur weiterer Vorspieltermine machte ihn ganz schwach. Womöglich mußten sie dann jemanden nehmen, den Welten von Bonnie trennten.

Rufus öffnete die Augen.

»Ich glaube, ich gehe jetzt. Ich bin völlig kaputt.«

William versuchte sich munter zu geben und lächelte Bonnie an. Er wollte verhindern, daß die Männer einen kraftlosen Eindruck machten.

»Auf sein Spiel scheint sich das nie auszuwirken«, sagte er.

»Ich glaube, ich schließe mich Rufus an«, sagte Grant und trank schnell sein Bier aus. »Dann schaffe ich vielleicht noch meinen Krimi zu Ende.«

Die beiden Männer standen auf und dankten Bonnie für die Getränke. Einen Moment lang schien es William, als wechselten Grant und Bonnie einen kurzen Blick – eine Botschaft? War das ein Komplott: Laß den alten Knaben noch seine ein, zwei Gläser trinken, und dann komm in mein Zimmer! Wollte Grant das mit seinem Blick sagen? Daß sie dieses drittklassige Hotel gebucht hatten, fand William besonders abstoßend. Er schob den Gedanken schnell beiseite und machte wieder die Beleuchtung für seine häßlichen Vermutungen verantwortlich. Wenigstens hatte er Bonnie jetzt für die Dauer seines Whiskys für sich. Vielleicht konnte er die kostbare Zeit ja verlängern, indem er ihr noch einen Kognak anbot.

Sobald die anderen außer Sicht waren, beugte Bonnie sich zu ihm hinüber und klopfte ihm aufs Knie.

»Was ist los?« fragte sie.

Ihr Klaps versetzte seinem Schenkel einen elektrischen Schlag, der ihm durch den ganzen Körper fuhr und lauter verrückte und verwegene Gefühle auslöste – Begehren, Verwirrung, Liebe. Es fiel ihm schwer, ruhig zu sprechen.

»Gestern war ein anstrengender Abend. Nach dem Konzert hat uns unser Sohn Jack zusammen mit seiner Freundin in ein vornehmes Restaurant zum Essen eingeladen und mit sehr gutem Wein traktiert. Wir sind viel zu spät nach Hause gekommen.«

»Dann dürfen Sie heute nicht zu spät ins Bett.« Sie strich ihm mit einem Finger über die Hand, so zerstreut, wie sie es wohl bei einem Kätzchen getan hätte, und schob seine Hemdmanschette hoch, um auf seine Uhr zu sehen. Ihr Finger berührte kurz sein Handgelenk. Er konnte es kaum aushalten. War das eine Art Botschaft? Was tat Bonnie da – neckte sie ihn? William ruckte in seinem Sessel. Er versuchte, ruhig zu werden, dachte an Schweinsfüße, an den Untergang der Titanic, an die Aufhebung der Getreidegesetze.

»Stimmt, da haben Sie recht«, sagte er schwach.

Bonnie nahm ihre Hand weg. Die Art, wie sie es tat – ohne ein Anzeichen, daß sie nach dem Blick auf seine Uhr noch länger bei ihm bleiben wollte –, verriet die enttäuschende Wahrheit: Sie hatte nicht die geringsten zärtlichen Absichten. War einfach nur freundlich zu ihrem Geigerkollegen, ihrem Chef. Das war alles.

»Sie tragen ja meine Manschettenknöpfe«, sagte sie erfreut.

»Natürlich. Ich finde sie sehr schön.« Wenn er nicht so begriffsstutzig gewesen wäre, hätte er ihr angemessen diskret zu erzählen versucht, was die Manschettenknöpfe ihm bedeuteten, wie er ... Aber sie war mit den Gedanken schon woanders.

»Wissen Sie was? Ein Fan hat mir heute ein Zettelchen zukommen lassen.« Bonnie schien ziemlich geschmeichelt. »Passiert das öfter?«

»Grant bekommt manchmal welche von typischen Groupies. Na ja, er ist ja auch in gewisser Hinsicht ein ansehnlicher Mann. Die Mädchen scheinen irgendwas an ihm zu finden. Ich muß gestehen, daß Rufus und ich vor ein paar Jahren gelegentlich auch noch gewisse Einladungen erhielten.« Jetzt verriet ihn tatsächlich seine eigene Ehrlichkeit: Mit diesem Geständnis deutete er an, daß es mit seiner Attraktivität vorbei war. Aber Bonnie war so begeistert von ihrem Fan, daß ihr gar nicht auffiel, was seine Bemerkung implizierte.

»Jemand, der Euan heißt«, sagte sie. »Schreckliche Handschrift, aber er wollte wissen, woran ich beim Spielen denke. Was mir da so durch den Kopf geht. Ob ich ihn wohl aufklären könne. – Als ob ich das könnte!« Sie lachte. »Und dann kam der ganze Quatsch mit meinem Aussehen. Wie eine Frau, die so sexy sei – das Wort hat er in Rot geschrieben –, bloß eine ernsthafte Musikerin sein könne.« Sie wurde rot. William lachte.

»Die uralte Masche«, sagte er. Er fühlte sich jetzt ruhiger. Aber zur Sicherheit rief er sich noch ein weiteres Leidenschaftskiller-Trio vor Augen: Rüben, Möpse und Graces alte Pantoffeln. »Sie sollten jedenfalls auf keinen Fall antworten.«

»Natürlich nicht.«

»Ich möchte nicht, daß meine neue Bratsche mir so schnell wieder entführt wird.«

Bonnie schien die Lüge nicht zu bemerken. Ihre Unschuld machte seine Sehnsucht nur noch unerträglicher. Aber hier war wenigstens die Chance, auf die er gewartet hatte. Jetzt war die Gelegenheit, sie etwas Persönliches zu fragen. Hatte sie vielleicht jemanden ...?

»Aber das ist eine interessante Frage«, sagte sie gerade. »Was geht uns eigentlich durch den Kopf, wenn wir spielen. Wissen Sie eine Antwort darauf?«

»Nein«, sagte William schnell. Er liebte ihr ernstes Gesicht.

»Als Kind habe ich die komischen Teile in Disneys ›Fantasia‹ gemocht. Die ernsten Sachen fand ich zu grob, irgendwie zu platt. – Ich denke eigentlich nicht direkt an etwas Bestimmtes. Aber ich habe Bilder im Kopf. Als ich ungefähr sieben oder acht war, habe ich zum erstenmal die ›Pastorale‹ gehört.« Bonnie zögerte. William setzte sein aufmerksamstes Gesicht auf. Grant war verdammt noch mal nicht der einzige, der über die Macht des richtigen Zuhörens verfügte. Nur daß William selbstverständlich nicht simulierte. Er wollte wirklich alles wissen, was Bonnie zu erzählen hatte, und hätte ihr liebend gerne die ganze Nacht zugehört. Er nickte. Sie fuhr fort. »Meine Mum sagte, daß sie bei dieser Musik immer Kühe mit aufgestellten Schwänzen über sommerliche Felder rennen sehe. Seitdem muß ich immer daran denken. Aus diesem Bild entstanden dann lauter neue Bilder – aber die beschreibe ich lieber nicht, das würde sich zu albern anhören. Nur bei Haydn fällt mir bis jetzt nichts ein. Intellektuell liebe ich ihn, doch es fehlen die inneren Bilder. Aber ich arbeite noch dran, weil ich weiß, daß das an mir liegt und nicht an ihm.«

William senkte den Kopf, um sie nicht ansehen zu müssen. Bonnies Offenherzigkeit hatte ihn gerührt. So etwas würde sie bestimmt nicht jedem erzählen. Musiker redeten selten über das, was die Musik in ihnen auslöste. Es war ein unmögliches Thema, das leicht zur Angeberei verführte. Aber vielleicht war er auch nicht mehr ganz auf der Höhe der Zeit. Vielleicht diskutierte die jüngere Generation ja gerne über ihre inneren Erfahrungen beim Musizieren. Er jedenfalls fand so etwas schwierig und sogar peinlich. Entzückt über Bonnies Zutraulichkeit beschloß William jedoch, als Gegenleistung selbst auch über seine Gefühle zu sprechen.

»Bilder sehe ich eigentlich nie«, sagte er und knetete seine Finger, »aber ich werde mir diese Kühe für die Zukunft merken. Ein sehr lustiges Bild.« Er hielt inne, rang um die richtigen Worte. »Bei mir ist es so, daß ich immer genau weiß, ob ein Musikstück … die Treppe hinauf oder hinunter führt. Ich kann das schlecht beschreiben, aber wenn es sich um ein Treppaufwärtsstück handelt, dann werde ich emporgehoben … in höhere Gefilde, die meine Lebensgeister erneuern, mir Kraft und Freude und alles mögliche schenken. Bei einem Treppabwärtsstück werde ich von einer Art Dunkelheit verschlungen und höre die geheimnisvollen Echoklänge eines unsichtbaren Ozeans – so wie zum Beispiel bei Beethovens späten Quartetten. Manchmal merke ich dann, wie ich nach Atem ringe, aber ich weiß immer, daß der letzte Takt mich retten wird.« Er schwieg. »Können Sie das irgendwie verstehen?« Er sah Bonnie in die Augen und verfluchte sich. Er hatte deutlich die Grenzen der Höflichkeit überschritten und mußte wie ein anmaßender alter Langweiler geklungen haben, der er nie hatte sein wollen. Doch als sie nickte und immer noch engelsgleich schwieg, ließ er sich zu einer letzten Bemerkung hinreißen. »Das Eigenartige ist, ein Treppabstück muß nicht unbedingt melancholisch sein. Die ›Mondscheinsonate‹ zum Beispiel enthält für mich sehr viel Licht. Als ich zum erstenmal merkte, daß es ein Treppauf-Stück ist, war ich sehr überrascht ...« Er verstummte beschämt, als hätte er ein lang gehütetes Geheimnis verraten.

Bonnie nickte. »Das verstehe ich«, sagte sie.

Am liebsten hätte William alles Gesagte sofort wieder zurückgenommen und gemeinsam mit ihr über seine Phantastereien gespottet.

»Verständnis ist der schnellste Weg in das Herz eines alten Mannes«, sagte er und gestattete sich einen leichten Klaps auf ihr Knie. Es half. Bonnie kicherte.

»So alt sind Sie doch noch gar nicht«, sagte sie.

»Nein«, räumte er ein. Mit ein bißchen Glück hatte sie alles andere, was er gesagt hatte, schon vergessen. Und mit ebensoviel Glück würde sie sich an jenen Moment gemeinsamer Seelenoffenbarung erinnern, der sie für immer aneinander binden würde. William sah, daß der Barkeeper das Gitter über seinen Tresen zog. »Soll ich Ihnen noch schnell einen Kognak holen?«

»Nein, vielen Dank. Es ist Zeit fürs Bett.« Sie schob ihr Glas in die Mitte des niedrigen Tischs, machte aber keine Anstalten aufzustehen. William trank sein Glas aus. Es gab nichts mehr zu sagen. Drei Lampen wurden ausgeknipst und ließen sie in einem trüben Rosa zurück. William schloß die Augen. Am liebsten wäre er mit Bonnie für immer in dieser häßlichen Bar geblieben.

»Wie gefällt Ihnen das Quartett bis jetzt?«

»Ich finde es ganz herrlich. Das müssen Sie doch gemerkt haben. Daß ich mit Ihnen dreien zusammenspielen darf, übertrifft meine kühnsten Träume.« William öffnete die Augen, sah, daß sie lächelte. »Es ist genau so, wie wenn Tennisspieler behaupten, sie würden selber besser, wenn sie mit überlegenen

Gegnern spielen. Ob das stimmt, weiß ich nicht, aber ich habe so ein ähnliches Gefühl.«

»Sie spielen doch wunderschön.«

»Vielen Dank. Aber ich habe noch einen weiten Weg vor mir.«

»Natürlich, das haben wir alle. – Macht es Ihnen denn nichts aus, daß es in Quartetten keine Stars gibt? Daß der Verzicht auf Solistenglanz geradezu eine Bedingung ist? Daß es immer um das meisterhafte Zusammenspiel geht ...«

»Das war mir natürlich immer bewußt. Ich wollte nie ein Solostar werden. Ich fand immer, daß der Erfolg nach einer gemeinsamen Anstrengung viel befriedigender ist, als wenn man nur alleine dasteht und mit niemandem die Höhen und Tiefen teilen kann.«

»Eine ziemlich ungewöhnliche Einstellung in diesen starruhmbesessenen Zeiten.«

Bonnie lächelte.

»Ich würde jedenfalls gerne viele, viele Jahre mit Ihnen dreien spielen und von Ihnen lernen.«

Angerührt von ihrer Offenheit, senkte William die Stimme zu einem Flüstern.

»Nun, meine liebe Bonnie, ich weiß nicht, ob ich auch etwas für Sie tun kann. Sie haben uns jedenfalls ganz neuen Elan geschenkt.«

»Wirklich?«

»Wirklich.«

»Donnerwetter!«

Beide erhoben sich. Im Aufzug, einem lachsrosa beleuchteten Kubus, betrachtete William Bonnies Bild in dem schmutzigen Spiegel. Es war vollkommen klar, daß er ihr nach diesem Gespräch unmöglich noch einen Schlummertrunk in seinem Zimmer vorschlagen konnte. Sie hatte ihm zwar großes Vertrauen geschenkt, aber nach dem, was zwischen ihnen geschehen war, hätte er jetzt schlecht den lüsternen Alten hervorkehren können. Jede anzügliche Geste war undenkbar. Erst wenn er ihr demnächst sein Leben zu Füßen legte, durfte er daran denken, seiner Lust nachzugeben. Und dieser Zukunft mußte er nun sehr zügig entgegenarbeiten, denn es gab ja tatsächlich Anlaß zu Hoffnung. In dem Flur mit dem garstigen braunblauen Teppich, der zu ihren Zimmern führte, verharrten sie einen Augenblick unschlüssig, dann reckte Bonnie sich und küßte William auf die Wange.

»Schlafen Sie gut«, sagte sie. »Sie sehen müde aus.«

Dann eilte sie, ihr Schlüsselbund schwingend, den Flur entlang. William wußte, daß die anderen Musiker auf demselben Stock schliefen, aber in welchen Zimmern? Das hatte er sich bei der Ankunft in der Eile nicht gemerkt. Wo war Grant?

Doch diese Frage quälte William nicht übermäßig. Er war überzeugt, daß er einen Schritt in die richtige Richtung getan hatte. Wenn er sich geduldig, taktvoll und liebenswürdig verhielt, würden seine Gefühle für die bezaubernde Bonnie gewiß nicht unerwidert bleiben.

Beschwingt von diesen Aussichten, stieg er schnell in das schmale Bett, zog die billige Decke zurecht und ließ den Kopf auf das Schaumgummikissen fallen. Er dachte an Bonnies »Pastoralen«-Kühe, an die Tiefen jenes unsichtbaren Ozeans, für die sie Verständnis gezeigt hatte, und an ihre netten Erdnüsse, die sich fein mahlen und unter ein Currygericht mischen ließen.

Dann schlief er ein.

5

»Wie war deine Nacht?« fragte William.

»Sehr gut.«

»Schön.«

»Und deine?«

»So la la. Bin um drei aufgewacht, aber wohl nur für etwa eine halbe Stunde.«

»Du liebe Güte.«

Das Hendelsche Nachtschlaf-Gespräch war ein tägliches Ritual und fand statt, während Grace das Wasser aufsetzte und William am Küchentisch auf seinen Tee wartete. Ihre gegenseitige Befragung war über die Jahre zu einer Art Wettkampf geworden, und beide übertrieben gelegentlich bei ihren Antworten. Aber beide achteten auch darauf, mit der Beschreibung nicht ihre Glaubwürdigkeit aufs Spiel zu setzen. In schöner Regelmäßigkeit wechselten sie sich als Gewinner und Verlierer ab. Gewinner war kurioserweise immer der, der am wenigsten Schlaf gefunden hatte. Er oder sie wurde dann stets am meisten bedauert und auch bewundert. Aufgrund dieser Morgenzeremonie waren sie über die Nächte des anderen ebensogut informiert wie über seine Tage. Und es wäre völlig undenkbar gewesen, einen Tag ohne den Austausch nächtlicher Befindlichkeiten zu beginnen. Danach verfielen sie dann stets in ihre gewohnte Schweigsamkeit beim Frühstück.

Zwei Tage waren vergangen, seit William aus Manchester zurückgekehrt war (seinen Schlafmangel hatten zwei beschämend gute Nächte inzwischen wettgemacht). An diesem Morgen wurde die Stille viel zu früh durch ein Klopfen unterbrochen. Grace und William blickten zum Küchenfenster: Lucien.

Grace ging schnell zum Spülbecken, beugte sich darüber und öffnete das Fenster. Der Augenblick, den sie seit langem fürchtete, war gekommen.

Lucien steckte den Kopf durchs Fenster.

»Hab einen Job«, sagte er grinsend. Seine Schultern waren weiß bestäubt. Grace hatte nur den grauen Himmel gesehen, daß es wieder schneite, hatte sie gar nicht bemerkt. O Gott, William muß fahren, dachte sie. Eine doppelte Angst packte sie. »Sie sind hier?« Lucien sah William an, der den Eindruck hatte, ihm werde der Aufenthalt im eigenen Haus vorgeworfen. Seine Hand mit der Toastscheibe erstarrte auf halbem Weg zum Mund. »Ich bin früh dran. Tut mir leid. Aber ich hab gute Nachrichten.«

»Kommen Sie doch herein.«

Grace schloß die Hintertür auf. Was um Himmels willen würde Lucien bloß als nächstes tun? Sie schloß das Fenster wieder, durch das ein Schwall kalter Luft hereingekommen war. Als sie sich wieder umdrehte, saß Lucien, offenbar völlig unbefangen, William gegenüber am Tisch.

»Kaffee?« fragte Grace. Sie mußte sehr viel Bedeutung in dieses eine Wort legen. Ihrem Mann sollte der Tonfall signalisieren, daß sie mit diesem Besuch nicht einverstanden war, und Lucien sollte die Entschuldigung dafür heraushören, daß sie nicht allein war.

»Bißchen früh für Kaffee. Ich halt mich an Ihren Tee, wenn's recht ist.« Er nickte William zu, der sich jeder Reaktion enthielt. »Na, William, wie läuft's denn so? Wie ist das neue Mädel, Bonnie?«

William war empört; die Toastscheibe hielt er immer noch in der Hand. Seine Schultern strafften sich. Was fiel diesem unverschämten Flegel ein, seine Gedanken zu lesen?

»Danke, gut.«

William hatte nicht die Absicht, diesen unattraktiven Rüpel, mit dem seine Frau sich aus falschem Mitleid angefreundet hatte, mit einer ausführlicheren Antwort zu belohnen. Aus Rücksicht auf Grace wollte er aber auch nicht sein Mißfallen an dieser unerfreulichen Situation zeigen.

»Schön, schön, ich hab schon gehört, daß sie sich gut macht.«

Endlich konnte William seinen Toast essen. Er bezweifelte, daß Lucien so etwas gehört hatte. Es sah Grace überhaupt nicht ähnlich, über Bonnie oder sonst irgend etwas, das ihn betraf, mit diesem frechen jungen Mann zu sprechen.

»Sie macht sich gut«, wiederholte er, in der Hoffnung, ihn mit dieser Untertreibung ein wenig aufzustacheln. Grace kam mit einer frischen Kanne Tee und einem Becher für Lucien.

»Den hab ich doch sonst nicht, oder?« Mürrisch griff er nach dem Becher. Er stammte von einer Tankstelle. William hatte ihn nach langen Monaten sorgfältigen Punktesammelns gratis erhalten. Grace konnte sich noch an den Tag erinnern, als er triumphierend damit nach Hause gekommen war. Jetzt war Lucien dran mit Sticheln, dachte William. Sollte der Kerl tatsächlich die Absicht haben, ihn, den Ehemann, wissen zu lassen, daß er in dieser Küche einen festen Becher hatte (mit allem, was dazugehörte), dann würde er sich jedenfalls nicht provozieren lassen.

»Nein, das stimmt«, sagte Grace sanft. Trotzdem füllte sie ihm den Becher mit Tee. Das war eine weitere doppelte Botschaft. Für William mußte sie Lucien gegenüber Strenge demonstrieren, indem sie Tee in einen Becher goß, den Lucien ablehnte. Und Lucien mußte sie zu verstehen geben, daß er tatsächlich sonst einen anderen Becher hatte, die Dinge heute aber anders lagen. Sie setzte sich mit angespannter Miene, ihre Mundwinkel zuckten. Mein liebes gutes Herzblatt, sie macht ihr Mausgesicht, dachte William.

Als er endlich aufstand, erhob Grace sich ebenfalls.

»Bin sofort zurück«, sagte sie zu Lucien und folgte William in den Flur.

»Ich brauche einen Hammer«, sagte William.

»Einen Hammer? Wie, um ihn zu ...?«

William grinste, aber freundlich.

»Für oben.«

Grace holte einen Hammer aus einer Schublade der Flurkommode. Wenn der Morgen nicht so anstrengend begonnen hätte, wäre es ihr bestimmt sehr seltsam vorgekommen, daß William immer noch nicht wußte, wo bestimmte Dinge im Haus aufbewahrt wurden. Als sie ihm den Hammer reichen wollte, stand er überraschenderweise auf der untersten Treppenstufe und blickte zu ihr herunter. Sehr merkwürdig.

»Mein Herzblatt«, sagte er, »ich dachte mir, heute abend könnte ich zur Abwechslung mal wieder kochen.«

»Du kochen!?« Einen Moment lang dachte Grace, William sei verrückt geworden. Er hatte seit Jahren nicht mehr gekocht. Der Morgen nahm immer seltsamere Formen an.

»Ich hab gedacht, das würde dir Freude machen ... mal einen Abend auszusetzen.«

»Wie bist du bloß darauf gekommen?«

»Wer weiß.« William staunte selbst, wie er sich so normal verhalten konnte. Immerhin ging es um Mord. »Manchmal kommen einem die guten Ideen ganz plötzlich, wie aus heiterem Himmel. Ich fand, ich könnte mich mal an ein Currygericht wagen.«

»Ein Currygericht? Weißt du denn, wie das geht?«

»So ungefähr. Auf dem Weg zur Probe werde ich ein paar Sachen einkaufen. Wir haben heute eine lange Sitzung, damit morgen frei ist.« (Vor der Beerdigung brauchte er unbedingt einen freien Tag. Ein Wust von Gedanken schwirrte ihm durch den Kopf – Beerdigungsunternehmer, Krankenwagen, Ärzte.) »Rufus muß morgen zu seinem Zahnarzt nach Birmingham. – Ich bin am späten Nachmittag zurück.«

»Sehr schön. Ich freue mich schon auf meinen freien Abend. Da könnte ich ja sogar einen Drink mit ins Bad nehmen, während du in der Küche wütest. Was für ein Gedanke!« Grace lächelte William dankbar an, und er ging die Treppe hoch.

Ihr Lächeln verschwand, als sie in die Küche zurückkehrte. Lucien hatte sich einen Toast gemacht, die Marmelade aufgebraucht und war mit der Zeitung zugange, knüllte sie in einer Weise, die den disziplinierten Leser William rasend gemacht hätte. Er machte ein Gesicht, als wäre er der Gastgeber und Grace nur zu Besuch in ihrer eigenen Küche. Ärger packte sie, ähnlich wie vorher William.

»Sie hätten nicht so früh kommen sollen«, sagte sie.

»Tut mir leid, aber die gute Nachricht hat mich so früh aus dem Bett getrieben. – Heute morgen sind wir ein bißchen aufgeregt, was? Soll ich gehen?«

»William mag Besuch beim Frühstück nicht.«

»Das hat er ziemlich klargemacht. Jetzt, wo ich arbeite, werde ich sowieso nicht mehr so häufig kommen. Das nur zu Ihrer Beruhigung.«

»Seien Sie doch nicht albern.« Gegen ihren Willen klang es bedauernd.

»Der Job ist zweimal die Woche.«

Grace setzte sich. Sobald Lucien seine Geschichte erzählt hätte, würde sie ihn bitten zu gehen. Er durfte auf keinen Fall mehr da sein, wenn William wieder herunterkam. Sie hatte keine Ahnung, was für geheimnisvolle Dinge er mit dem Hammer vorhatte und wann er heute aufbrechen würde.

»Um was handelt es sich denn nun?«

»Ein Obdachlosenzentrum. Als Aushilfe.«

»Das ist ja wunderbar.«

»Ja, jedenfalls kann ich mich mit denen identifizieren. Und der Job wird mich irgendwie auf den Teppich bringen.«

»Daß Sie sich mit den Menschen identifizieren können, sehe ich nicht so richtig«, sagte Grace vorsichtig. »Im eigentlichen Sinne obdachlos sind Sie ja nicht mit Ihrer komfortablen Villa.«

Lucien rümpfte verächtlich die Nase.

»Ein Dach über dem Kopf sagt wenig, wenn man so total ausgeschlossen ist.« Er ballte die Fäuste und preßte sie hart gegen die Schläfen. »Sie haben doch keine Ahnung, wie das ist, Sie mit

Ihrem verdammt bequemen Leben, mit Ehemann und Geld und dem ganzen Kram. Sie wissen nicht, wie das ist, wenn es auf der ganzen Welt keine Frau gibt, der man etwas bedeutet. Manchmal macht mich diese Ungerechtigkeit so wütend, daß ich alles zusammenschlagen könnte. Alles kaputtmachen. Damit endlich alles aufhört. Wundert mich nicht, daß jemand aus den privilegierten Schichten kein Verständnis hat für einen Menschen, der zu den Ausgestoßenen dieser beschissenen Welt gehört.«

Grace hatte keine Lust, jetzt in diese Diskussion einzusteigen. Sie wollte die Brote für Williams Mittagsimbiß machen und endlich an ihre eigene Arbeit gehen. Sie schüttelte nur den Kopf.

»Ich sehe, daß Sie mich loswerden wollen«, fuhr Lucien fort. »Selbst Sie, Grace. Ich hab den falschen Zeitpunkt erwischt, nicht wahr?«

Grace sah ihn besorgt an, wußte nicht, was sie sagen sollte. Sie spürte, wie sich einer seiner heftigen Wutanfälle anbahnte. Doch ebenso plötzlich, wie es begonnen hatte, hörte es wieder auf. Sein Gesicht glättete sich. Er bedachte sie mit seinem verführerischsten Lächeln.

»Keine Sorge. Ich werde nicht ausrasten. Ich weiß, im Grunde wollen Sie nicht, daß ich gehe. Daß er oben ist, macht Sie so nervös. Hab ich recht?«

»Das ist doch lächerlich.«

»Egal. Dienstags und donnerstags muß ich einen frühen Zug kriegen, da komme ich also nicht. Und Sie werden sehen, die drei Tage, an denen ich komme, werden Sie noch zu schätzen wissen.« Er grinste wieder schelmisch. Stand auf. »Danke wie gewöhnlich fürs Frühstück.«

Grace begleitete ihn an die Tür. Sie fürchtete, daß irgendwas in ihrem Verhalten ihn so zur Eile getrieben hatte. Sie würde ihn noch einen Moment lang hinhalten, ihm versichern, daß er nicht so überstürzt aufbrechen mußte.

»Wie sieht es denn nun mit dem Versprechen aus, Ihre Mutter kennenzulernen?« fragte sie.

»Lobelia?« Lucien, der schon die Hintertür öffnen wollte, besann sich anders. Er lehnte sich gegen die Tür. »Sie würden nie im Leben darauf kommen, was sie gestern abend gemacht hat.«

Grace erlaubte sich, einen Augenblick nichts zu sagen. Das Schweigen wurde drückend, er fixierte sie. Sie wußte, daß sie nachgeben würde.

»Was hat sie denn gemacht?«

»Das erzähl ich Ihnen ein andermal ... Aber, ja, na gut. Wenn Sie immer noch wollen, dann geht das in Ordnung. Sie werden sie kennenlernen. Sie ist nämlich auch neugierig auf Sie. Noch vor Weihnachten, das verspreche ich.«

»Ich freue mich schon darauf«, sagte Grace.

»Tschüß dann. Und Sie sind wirklich froh über meinen Job?«

»Natürlich bin ich froh. Viel Glück.«

Grace war sich nicht ganz sicher, ob sie sich nur über zwei Tage ohne Lucien freute oder ob sie um seinetwillen froh war. Sie ging zum Kühlschrank und versuchte, sich nur noch auf Williams Brote zu konzentrierten.

Oben in seinem Zimmer stellte William fest, daß das Zermahlen von Erdnüssen schwieriger war, als er gedacht hatte. Weder auf dem Schreibtisch noch auf dem Tisch gab es eine freie Stelle. Ungeduldig und schuldbewußt, wie er war, konnte er sich nicht dazu aufraffen, irgendwas freizuräumen. Er würde den Fußboden nehmen. Als Arbeitsplatte legte er zwei Telefonbücher übereinander, die (schlauer Gedanke) den Lärm des Gehämmers dämpfen würden. Dann öffnete er die beiden Erdnußpäckchen (die Menge würde einen Elefanten umbringen, falls der eine Allergie hatte, schätzte er) und begann zu hämmern.

Fast im selben Moment bemerkte er seinen Fehler. Die Erdnüsse flogen in kleinen Stückchen, aber längst nicht so fein wie nötig, wild durch die Gegend. Er hätte sie in den Tüten lassen sollen. Er besah sich die Tüten und stellte fest, daß sie sich mit Tesafilm leicht flicken und wieder füllen ließen. Er kroch zum

Schreibtisch, wühlte in den Papierhaufen, wo er den Tesafilm vermutete. Er merkte, daß seine Hände zitterten. Der höchste Notenstapel schwankte und kippte um. Andere folgten. William hockte sich mitten in das Durcheinander aus zahllosen Blättern. Viertelnoten starrten ihn an, Crescendi warnten ihn. Aber wenigstens fand er das verzogene, aufgequollene Klebeband. Allerdings hatte er dann Schwierigkeiten, die zerrissenen Tüten zusammmenzukleben, so sehr zitterten seine Hände. Doch endlich war diese komplizierte Aufgabe vollbracht. William fühlte sich fähig zu neuen Taten und begann auf dem Teppich herumzukriechen und die verstreuten Erdnüsse einzusammeln.

Er wagte nicht auf die Uhr zu sehen, da er wußte, daß es schon spät war. Außerdem machte es ihm sogar Spaß, seinen schäbigen, durchgetretenen Teppich aus der Nähe zu betrachten. Er geriet ins Grübeln: Wer hatte diese robusten Knoten geknüpft? Und wann und wo war das gewesen? Seine kuriose Jagd nach den Erdnüssen begann ihm zu gefallen, die Verzögerung tat ihm nicht leid. Da klingelte das Telefon.

»William? Würden Sie Donnerstag in einer Woche Prag schaffen?« Stephen, sein Agent.

Prag? Was hatte Stephen im Sinn? William stand auf. Er fand es nicht passend, mit dem Mann, der seit so vielen Jahren sein berufliches Leben organisierte, vom Fußboden aus zu reden. Erdnüsse kullerten ihm aus der Hand.

»Die Addenbrooks, die seit Monaten gebucht waren, mußten absagen. Bei John besteht der Verdacht eines Tumors. Aber ich möchte die Prager nicht sitzenlassen. Sie würden mir einen Riesengefallen tun.«

William brauchte Zeit, um all die Eventualitäten zu bedenken, die eine Reise nach Prag am Ende unmöglich machen würden. Andererseits wäre es naiv, ganz und gar auf die Macht von Erdnüssen zu vertrauen; außerdem hatten die Ulmen schon seit sechs Monaten keinen Auftritt im Ausland mehr gehabt. Und es stand auch nur ein einziger in Aussicht: am Neujahrstag in Paris. Schade, daß der Flieder nicht blühte. Er hätte Bonnie gerne den Flieder von Prag gezeigt ...

»Also?«

»Sie wissen, daß ich nicht besonders wild auf Auslandstermine bin, schon gar nicht zu dieser Jahreszeit. Ich müßte auf jeden Fall zuerst die anderen fragen.«

»Bis heute mittag muß ich Bescheid wissen.«

»Ich bin gerade auf dem Weg zu einer Probe. Ich melde mich dann.«

»Vielen Dank, William. Ich wußte, daß ich mich auf Sie verlassen kann.«

Bevor er sich wieder auf die Knie niederließ, um die letzten Erdnüsse aufzulesen, legte er ein Band mit Chopins »Nocturnes« ein. Chopin war Teil seiner Jugend. Mittlerweile hörte er kaum noch solche feingedrechselte Klaviermusik, wußte aber, wie beruhigend sie auf ihn wirkte. Als Student hatte William sich immer auf Chopin verlassen, so wie andere sich auf das Lebersalz von Andrews verlassen – er war Balsam nach einem Kater, beschwichtigte inneren Aufruhr vor einem Referat. Jetzt untermalten die so vertrauten Klänge die Sammelei, und im Nu waren alle Nüsse wieder in den Tüten.

Der zweite Zertrümmerversuch war erfolgreicher. William war überzeugt, daß sein heimliches Currygewürz jetzt so fein zermahlen wurde, daß es nicht auffallen würde. In seiner Begeisterung holte er zu einem letzten, etwas zu heftig geratenen Hammerschlag aus, und irgendwo kippte eine Pappschachtel mit Heftzwecken um. Kleine goldene Dolche machten Jagd auf seine Knie und stachen ihn in die Finger, als er versuchte, sie alle auf einmal mit der Hand zusammenzukehren. Es klopfte an der Tür. Hastig stopfte William die Erdnußtüten in seine Taschen, und bevor er noch aufstehen konnte, wurde die Tür geöffnet.

»Was machst du bloß?« fragte Grace freundlich.

»Stell dir vor, Stephen möchte, daß wir nächste Woche in Prag spielen.« William klopfte sich die Hosenbeine ab, in denen sich immer noch lauter Heftzwecken festgeklettet hatten. Graces betrachtete die Beine ihres Mannes ohne ein Anzeichen von Neugier.

»Ich wollte dich nur daran erinnern, daß du um elf Uhr Probe hast, und wenn du so weitermachst, kommst du viel zu spät.«

»Ich weiß, ich weiß. An diesem Morgen hat sich alles gegen mich verschworen. Ich werde überhaupt keine Zeit mehr haben, um unterwegs noch die Sachen ...«

»Nein, aber das kann ich ja machen. Ich muß sowieso einkaufen.«

Ich bin einmal so tief in Blut gestiegen, / Daß, wollt' ich nun im Waten stille stehen, / Rückkehr so schwierig wär', als durchzugehn, dachte William.

»Was würde ich nur ohne dich machen, mein Herz!« sagte er.

Nicht nur der Morgen, der ganze Tag hatte sich gegen ihn verschworen. Er kam fast eine Stunde zu spät zur Probe, was Rufus, der seit Jahren zum erstenmal nicht als letzter erschienen war, Gelegenheit zu einem selbstgefälligen kleinen Lächeln und sarkastischem Mitgefühl gab. Grant war in einer seiner düsteren, schweigsamen Stimmungen, was sich in häufigem Zuschlagen der Kühlschranktür äußerte. Sogar Bonnie lächelte weniger überschwenglich als sonst, als sie vom Norwegerofen hochschaute, an dem sie sich die Hände wärmte. William fiel auf, wie blaß sie war. Ihre stets so rosigen Lippen hatten die Farbe von Magermilch. Hoffentlich brütete sie nicht irgendwas aus. Noch mehr Sorgen sah er sich nicht gewachsen.

»Entschuldigung allerseits. War eigentlich nicht meine Schuld. Lange Verhandlungen mit Stephen wegen Prag. Wir sollen nächste Woche dort auftreten.«

»Verdammter Mist«, sagte Rufus, der Williams Abneigung gegen Auslandstourneen teilte.

»Dann muß ich meinen Arzttermin schon wieder verschieben«, sagte Grant, der sich seine Gesundheit mit regelmäßigen

Arztbesuchen immer von neuem bestätigen lassen mußte. »Ansonsten habe ich keine Einwände.«

»Wunderbar«, sagte Bonnie mit einem etwas fröhlicheren Lächeln. »Prag! Wie toll. Da war ich noch nie.«

»Prag ist also abgemacht. Dann wollen wir mal anfangen.«

Für ein Konzert in zwei Tagen in einem Kulturpalast auf dem Land, wo auch diverse Wohltätigkeitsveranstaltungen stattfanden, mußten sie noch mal »Der Tod und das Mädchen« durchgehen. Keiner von ihnen liebte diese Art Auftritte, obwohl die Erfrischungsgetränke immer überdurchschnittlich gut waren. Das Publikum, das für die Karten beträchtliche Summen zahlte, war eher wohlhabend als verständig. Und »Der Tod« war stets das Schubert-Stück, das die Leute hören wollten, vielleicht, weil sie kaum andere kannten. Aber das Ulmen-Quartett hatte schon vor längerem beschlossen, für eine bestimmte Anzahl von Benefizkonzerten pro Jahr zur Verfügung zu stehen, und Grace freute sich jedes Jahr auf den Abend in dem berühmten Kulturpalast. Trotzdem war William an diesem Morgen nicht in der Stimmung für den »Tod und das Mädchen«, und er schämte sich, daß er das Stück statt mit frischer Energie fast automatisch herunterfidelte, während Bonnie ihre Seele in ihr Spiel legte – den Schubert hatte sie bisher noch nicht mit ihnen aufgeführt.

Der Tag zog sich elend hin. William brach die Probe eine halbe Stunde früher ab, und niemand beschwerte sich. Bonnie erbot sich, süßen Pfefferminztee zu machen, den sie mitgebracht hatte. Aber William lehnte ihre Einladung ab. Für Geplauder beim Tee fehlte ihm die innere Ruhe. Rufus war wie gewöhnlich hin und her gerissen zwischen dem Wunsch, nach Hause zu seiner Frau zu fahren, und dem, Bonnie nicht vor den Kopf zu stoßen. Grant entwickelte eine unverhältnismäßige, geradezu lächerliche Begeisterung für Pfefferminztee. Eine typische Schwäche von ihm: Er fand nie den Mittelweg zwischen Zurückhaltung und Überschwang. Um nicht mit ansehen zu müssen, wie Grant Bonnie beim Teekochen anhimmelte, eilte

William aus der Tür. Er wollte nicht auch noch darüber nachdenken müssen, wozu der Pfefferminztee Cello und Bratsche womöglich verleiten könnte.

William hatte keine Erfahrung mit dem Schmieden schändlicher Pläne und ihren seelischen Folgen. Vor seiner Bonnie-»Krankheit«, wie er es in Gedanken nannte, hatte er sich stets für einen ziemlich aufrechten und ehrlichen Menschen gehalten, einen leidenschaftlichen Anhänger der Wahrheit, der jede Hinterlist verabscheute. Doch die Erdnüsse in seiner Tasche waren wie Schießpulver, das sein und Graces Leben in die Luft sprengen würde. Und er erlebte zum erstenmal, wie es ist, wenn ein von Natur aus nicht bösartiger Mensch sich auf das Böse einläßt. Als er daheim in seine Auffahrt einbog und viel zu brutal die Handbremse zog, funkelte ihn der wilde Wein zornig durch die Windschutzscheibe an. Zögernd ging er in die Küche, als kenne er die Eingangshalle und den Flur nicht mehr. Zu seinem Entsetzen verwandelte seine schwarze Seele alles Vertraute in etwas Fremdes. Ihn schauderte.

Grace war nicht in der Küche. Schon das machte ihn nervös. Sie war immer da, wenn er nach Hause kam. Aber vielleicht hatte sie ihn beim Wort genommen und gönnte sich einen freien Abend. Auf dem Küchentisch lag ein Kochbuch, das auf der Seite mit einem einfachen, mittelscharfen Currygericht aufgeschlagen war. So war seine Grace. Daneben hatte sie die notwendigen Zutaten gelegt. Sie war wirklich ein Engel. Schrecklich, daß sie sterben mußte.

Um sicherzugehen, daß sie fort war, beschloß William, oben nachzuschauen. Er durfte nicht riskieren, daß sie in dem Moment hereinplatzte, wo er das Erdnußpulver in den Topf streute. Er folgte dem starken Duft von Jasminbadeöl und den leisen Klängen der »Symphonie aus der Neuen Welt«, die aus dem tragbaren Radio im Badezimmer kamen. Grace lag in der Wanne. Es war alles sehr, sehr seltsam. William ahnte, daß sie das heftige Zittern seiner Hände bemerken würde, und verbarg sie in seinen Hosentaschen. Die Erdnußtüten darin verliehen ihm Mut.

»Du liebe Güte«, sagte er. Er mußte an eine berühmte Schaumbadreklame von vor einigen Jahren denken: Ein Mädchen in einem Badehandtuch schaute aus dem Fenster, und darunter stand irgendwas Blödes über die wunderbaren Dinge, die nach einem Bad geschehen ... Grace lächelte ihn an.

»Ich habe schon alles für dich hingelegt«, sagte sie. »Du brauchst gar nicht so entsetzt schauen. Wenn du willst, kann ich dir auch helfen.«

William verzichtete auf den Erdnußtrost, nahm eine Hand aus der Tasche und erhob sie wie ein erregter Dirigent, der den Bläsern befiehlt, sofort ein Pianissimo anzustimmen.

»Du lieber Himmel, nein«, sagte er. »Das schaffe ich allein.« Auf dem Bord neben der Wanne entdeckte er zwischen lauter Töpfen und Tiegeln ein Glas Weißwein. Heute abend liegt Wahnsinn in der Luft, dachte er. Seit ihrer Heirat hatte Grace nie etwas zu trinken mit in die Badewanne genommen.

Sie lächelte. »Ich verwöhne mich«, sagte sie. Mit einer Hand spielte sie mit einer Schaumwolke und ließ die Blasen träge und lustvoll, als wären es kostbare Perlen, durch die Finger rieseln. All das war völlig untypisch für Grace und verblüffte ihn.

»Ich bin entzückt«, hörte William sich sagen. »So was solltest du öfter mal machen, mein Herzblatt.«

William hielt jetzt wieder mit beiden Händen die Erdnüsse fest umklammert und wußte, er sollte eigentlich gehen und sich an sein schändliches Werk machen. Aber er wollte noch einen Augenblick bleiben. Ihm fiel auf, daß er Grace seit Ewigkeiten nicht mehr in der Badewanne gesehen hatte. In ihren ersten Ehejahren hatte William immer auf einem Korkschemel in ihrem kalten kleinen Badezimmer in Finchley gesessen, während Grace sanft im Wasser plätscherte – sie hatte nie große Lust, sich gründlich abzuseifen. William beobachtete dann immer ganz fasziniert, wie das Wasser die Umrisse ihres Körpers verzerrte, ihn streckte und stauchte und die hellen und dunklen Hautpartien wie in einem verrückten Kaleidoskop ständig verschob. Sie plauderten dann stets miteinander. Manchmal schloß

Grace wegen des Schaums die Augen. Ihre Wimpern lagen dann, zu spitzen Dornen zusammengeklebt, auf ihren Wangen. Und ein paar Strähnen ihrer nachlässig aufgesteckten Haare trieben auf der Oberfläche und warfen schlangenartige Schatten auf den milchigen Körper im Wasser. – All das kam William wieder in den Sinn, während er Grace an dem Abend, an dem er sie ermorden wollte, in der Wanne betrachtete. Er schaute sie immer noch an, scheu und ehrfürchtig.

Heute abend war das Bild, wie er (gemeinerweise) feststellte, ein wenig verändert. Ein Schaumbad war keine Extravaganz mehr. Teurer Schaum, dessen Jasminduft bis in die Küche hinunter reichte, türmte sich auf dem Wasser. Graces Körper war fast gänzlich darunter verschwunden. Nur ein halber Fuß, ein Knie und ein bißchen bleiche Brust guckten hervor. Zwischen den Schauminseln bildeten sich winzige Fjorde mit blauem und rosa Wasser. Für einen Moment hatte William das überwältigende Bedürfnis, eine Hand in das Wasser zu tauchen, nach der süßen, vertrauten Brust zu fassen und Grace zu bitten, schnell aus der Wanne zu steigen, sich in ein warmes Handtuch zu wickeln und auf den Boden zu legen. So wie sie es getan hatten, bevor Jack geboren wurde und der Alltag strengere Regeln erforderte. Doch dann wanderten seine Augen von ihrem Hals, der aus dem Schaum ragte, zu ihrem Gesicht ... und zu der Badekappe. Das war der Schock: das Haar unter eine rosarote Plastikhaube gequetscht, die Kopfhaut straff gespannt, die Augen vom engen Gummizug auf der Stirn leicht hervorgetreten, und auch die Wimpern waren nicht mehr so dicht. O Gott, dachte er, wann ist das passiert? Wann wurde aus der wunderschönen jungen Ophelia im Bade diese Frau mittleren Alters, die sich Sorgen um ihr Haar machte? Habe ich den Augenblick der Metamorphose verpaßt?

»Solltest du jetzt nicht lieber anfangen?« fragte Grace.

In der Küche machte William sich mit finsterer Konzentration an das Currygericht. Er hatte keine Lust, sich an die Grace zu erinnern, die er eben gesehen hatte; lieber hätte er das Bild durch Szenen aus ihren alten Badetagen ersetzt. Er war schon immer ein großer Bewunderer des Malers Bonnard gewesen und konnte dessen Besessenheit vom Thema Frau im Bad gut verstehen. Über vierzig Jahre hinweg hatte Bonnard jene Mathilde in verschiedenen Stadien der Nacktheit gemalt – mal im Wasser, mal nicht –, und wie der Jüngling auf Keats' griechischer Urne wurde sie nie älter. Künstlerische Freiheit. Hatte Bonnard also die Spuren der vergehenden Jahre und damit die Wirklichkeit absichtlich ignoriert? Oder hatte er sie gar nicht wahrgenommen? William verfiel ins Grübeln. Er knautschte die leeren Erdnußtüten zusammen, stopfte sie in eine leere Suppendose und versteckte die Dose unten im Mülleimer... Spuren verwischen nannten Kriminalbeamte so etwas. Wenn er ein Maler wäre und Grace sein ständiges Modell, würde er dann aus Liebe oder aus Wehmut die Wahrheit verheimlichen? Oder würde er Grace so malen, wie sie jetzt war? Eine interessante Frage... William kostete das Currygericht. Ziemlich gut. Der Reis war gequollen, eine Kerze angezündet, eine offene Weinflasche stand auf dem Tisch. Alles war bereit. Allmächtiger...

Grace erschien mit feuchten Haaren (trotz der Badekappe) und ungewöhnlich glänzenden rosa Wangen. Zum Glück hatte sie sich nicht schick gemacht, sondern trug nur die sauberen Sachen, die sie schon für den nächsten Tag herausgelegt hatte. Die Freude über diesen besonderen Abend war ihr anzumerken, sie strahlte voller Anerkennung. William seinerseits war froh, daß sie sich nicht für Abendgarderobe entschieden hatte, worin sie ihm irgendwie fremd gewesen wäre, was alles nur noch schlimmer gemacht hätte. Er hätte es nicht ertragen, wenn sie in einem eleganten Kleid und mit Perlenohrringen in den leblosen Ohren auf einer Bahre fortgetragen würde.

Sie setzten sich an den Tisch, das Curry und die Schale mit Reis standen zwischen ihnen. Grace lächelte bewundernd. William war klar, daß sie sich diesmal nicht, wie sonst während des Abendessens, jenem angenehmen Schweigen hingeben durften. Er mußte vielmehr für Unterhaltung sorgen, damit Grace nicht merkte, wie scharf er sie beobachtete. Sie füllte William einen großen Berg Curry auf den Teller und tat sich selbst aus Dankbarkeit ebensoviel auf. Das war gut.

»Ich freue mich nicht besonders auf Prag«, sagte er.

»Aber die Stadt hat dir doch immer gefallen.«

»Nur zur Fliederzeit. Diesmal ist es viel zu früh für die Fliederblüte.«

An diesem nervenaufreibenden Tag hatte William nicht die Zeit gefunden, in der Bibliothek die Symptome von Erdnußallergie nachzuschlagen. Was würde passieren? Und wann? Würde Grace umkippen, bewußtlos werden, in ihrer Agonie Unverständliches röcheln? William wußte nicht, was er zu erwarten hatte. Düstere Ahnungen befielen ihn, sein Magen krampfte sich zusammen, und es fiel ihm schwer, das köstliche Curry hinunterzuschlucken. Er schob den Reis hin und her.

»Das junge Fräulein war vermutlich noch nie in Prag.«

»Nein.«

»Du mußt dir ein wenig Zeit nehmen und Bonnie die Stadt zeigen. Mach einen Spaziergang mit ihr über die Karlsbrücke.«

»Ein völlig überschätzter Ort. Gar nicht zu vergleichen mit Londoner Brücken, mit Paris oder Rom ...«

»Ach William, du hast immer viel zu hohe Erwartungen. Das führt doch nur zu Enttäuschungen. Du bist überhaupt nicht fürs Reisen geeignet.«

»Stimmt.«

Grace war seit jeher eine gute Esserin und hatte mittlerweile schon ein Drittel ihrer Portion geschafft, und offenbar ging es ihr glänzend.

»Das ist unglaublich gut«, sagte sie. »Wieso hast du dich bloß so lange zurückgehalten. Du mußt demnächst öfter ran.«

»Unwahrscheinlich. Du weißt, daß ich nicht gerne koche.« William sah, daß sich ein Streifen Schweiß auf Graces Oberlippe gebildet hatte, zart wie eine Schneckenspur. Er schluckte. Es begann zu wirken.

»Du mußt mit Bonnie auch in die Kathedrale«, fuhr Grace fort, »und natürlich zum Jüdischen Friedhof.«

»Wir fahren nicht zum Urlaub nach Prag, wir werden fast den ganzen Tag proben.« William wünschte, Grace würde nicht dauernd von Bonnie sprechen. Grace lachte.

»Deine Stirn«, sagte sie. »Du bist ja schweißnaß! Aber das Curry ist auch ganz schön scharf.«

William tupfte sich die Stirn mit einer Serviette ab. Vielleicht war das der Grund für den Schweiß auf ihrer Oberlippe.

»Ist es schlimm, daß es so scharf geraten ist?« fragte er.

»Je schärfer, desto besser.«

»Wird dir da nicht ...? Ich weiß nicht. Manche Leute vertragen so scharf gewürzte Sachen nicht.«

»Ich schon.«

William nahm einen großen Schluck Wasser.

»Bei mir bin ich mir nicht so sicher.« Er hatte das Gefühl, daß er keine Luft mehr kriegte. Seltsamerweise glühten seine Arme.

»William! Ist alles in Ordnung mit dir? Du siehst ganz komisch aus.«

»Ich glaube, ich habe genug. Wie ist es mit dir?«

»Ich nicht. Ich nehme mir noch etwas.«

»Du siehst auch komisch aus.«

Grace lachte. Doch plötzlich wurde aus dem Lachen ein Keuchen. Ihr Gesicht und ihr Hals liefen purpurrot an. Sie spuckte und würgte – ein tiefes und endgültiges Würgen. William schien es aus der Brust zu kommen. Er hatte bis jetzt noch niemanden sterben sehen, aber dies hier war mit Sicherheit ein Todesröcheln. Er sprang auf – in Triumph und Entsetzen. Klopfte ihr auf den Rücken. Noch während er ihr auf die gepolsterten Schultern schlug, überlegte er, ob er die alte schwarze Krawatte wiederfinden würde, die er zur Beerdigung seines Vaters gekauft hatte. – Aus dem Keuchen wurde ein Schrei.

»William, hör auf! Du tust mir weh. Ich bin nicht am Ersticken.«

»Doch!« Seine Hoffnung sank.

»Es ist nichts. Mir geht's gut.«

Es ging ihr tatsächlich wieder gut. Daran bestand kein Zweifel. William setzte sich wieder. Der Gestrafte war er, und zwar durch sein eigenes Werk.

»Aber fühlst du dich nicht … schwindelig?« sagte er zögernd. Ihm drehte sich der Kopf.

»Nein, wieso denn?« Sie aß jetzt schon ihre zweite Portion, schlang sie mit großem Vergnügen herunter.

»Du siehst irgendwie so aus.«

Grace machte ein verwundertes Gesicht. »Dich scheint es stärker erwischt zu haben.«

»Mit mir ist alles in Ordnung. Leider bin ich nicht mehr dazu gekommen, einen Nachtisch zu machen.«

»Es sind noch Birnen von gestern übrig.«

Bei den gedämpften Birnen vom Vortag beruhigten sich die beiden wieder. William schwieg eine Weile. Er fühlte sich enttäuscht und erleichtert zugleich. Schließlich sah er sich gezwungen, das Thema doch noch auf möglichst beiläufige Art anzusprechen.

»Ich glaube, zu dem Rezept hätten eigentlich Erdnüsse gehört«, sagte er.

»Wir haben keine da. Und ich finde auch nicht, daß sie gefehlt haben.«

»Was wäre denn passiert, wenn ich nichts von deiner Allergie gewußt und das Rezept befolgt hätte?«

»Wahrscheinlich nichts. Es ist nie eindeutig geklärt worden, ob ich tatsächlich allergisch bin. Vermutlich habe ich häufig Erdnüsse gegessen, ohne es zu wissen. Und ich lebe immer noch.«

Ihre Zuversichtlichkeit war ein Trost. Trotzdem wußte William, daß er sie in den nächsten Stunden genau beobachten mußte.

»Dann ist es ja gut«, sagte er. »Aber du solltest trotzdem vorsichtig sein.«

Nach dem Essen bewegte Grace sich vollkommen sicher in der Küche – keine bösen Folgen in Sicht. Vielleicht dauerte es ja mehrere Stunden, und Graces Todesschreie würden die Nacht zerreißen. Im Augenblick wirkte sie, bis auf ihre erhitzten Wangen, ganz wie immer und wollte die Nachrichten gucken.

Wie jeden Abend, wenn William zu Hause war, setzten sie sich auf das Sofa vor dem Fernseher. Von Zeit zu Zeit warf William seiner Frau einen heimlichen Blick zu: immer noch keine bedenklichen Anzeichen. Schließlich legte er ihr eine Hand aufs Knie. Sie lächelte. Solche seltenen Gesten der Zuneigung freuten sie stets. Sie konnte nicht wissen, daß diese Geste heute abend eine besondere Botschaft enthielt. Sie drückte seine Liebe und Erleichterung aus. Die beiden blieben länger als sonst auf, und auch als sie kurz vor Mitternacht zu Bett gingen, hatte sich Graces Zustand in keiner Weise verschlechtert. Eine Weile lag William ganz starr im Bett und wartete auf irgendeine plötzliche Veränderung, einen Seufzer im Schlaf, ein Zucken vor Schmerz. Aber Grace atmete friedlich und regelmäßig. Die letzten Reste seiner angstvollen Erwartung verschwanden, als er sich drei beruhigende Bilder vorstellte: Tulpen, Sauerteigfladen und Nachtigallen. Endlich schlief auch er ein und verbrachte eine ungestörte, traumlose Nacht.

Graces ganz normale heitere Gegenwart am nächsten Morgen bewies das komplette Scheitern seines Plans. Diese Tatsache verwirrte ihn so, daß er sich regelrecht physisch geschwächt fühlte. Einerseits war er zwar ungeheuer erleichtert, daß er nicht zum Mörder geworden war und seine geliebte Grace hier leibhaftig vor ihm stand und nicht in irgendeiner Leichenhalle lag. Andererseits war da immer noch die furchtbare Frage: Wie um Himmels willen sollte er sich seiner Frau entledigen, um frei zu sein für ein Leben mit Bonnie?

Und es war dann auch Bonnie, die ihn an seinem freien Tag hauptsächlich beschäftigte. Nur sein übler Anschlag gestern hatte sich dazwischengeschoben. Heute morgen jedoch wußte er, daß er das lästige Plänemachen für Prag nicht überstehen würde, ohne Bonnie anzurufen. Sobald er oben in seinem Zimmer war, wählte er ihre Nummer.

»Ich wollte nur mal wissen, wie die Teezeremonie war.«

»Teezeremonie? Ach, William, Sie sind es. Es war sehr nett, vielen Dank.« Klang sie nicht eine Idee zu frostig?

»Leider konnte ich nicht bleiben.«

»Wir haben Sie vermißt.«

»Und was war mit Rufus?«

»Wie meinen Sie das?«

»Ich meine, ob Rufus auch geblieben ist?« Ärgerlich auf sich selbst, hüstelte William.

»Nein. Er mußte schnell nach Hause.«

Es folgte eine lange Pause, in der William weitere Fragen hinunterschluckte.

»Eigentlich rufe ich Sie auch nicht wegen Ihrer Verabredungen zum Tee an«, sagte er möglichst obenhin.

»Natürlich nicht.«

»Ich wollte nur fragen, ob Ihr Paß noch gültig ist, wegen Prag.«

»Ja, das ist er.«

»Gut.« Wie konnte er das Gespräch noch verlängern? »Und? Fühlen Sie sich in Form, sind Sie guter Dinge?«

»Absolut.« Jetzt klang sie fröhlicher. »Im Moment bin ich allerdings in Eile. Ich möchte den freien Tag nutzen und mich um meinen Umzug kümmern.«

»Natürlich.« Bestimmt mit Grants Hilfe. »Ich will Sie nicht aufhalten. Wir sehen uns dann morgen abend.«

Die Unterhaltung hatte seine Befürchtungen nicht zerstreuen können – Befürchtungen, die er nicht genau benennen konnte, die aber mit Grants Eroberernatur zu tun hatten. Aus irgendeinem für William unerklärlichen Grund schienen Frauen Grant attraktiv zu finden. Die lästigen Quartett-Groupies hatten es – zugestandenermaßen allerdings seit einigen Jahren nicht mehr so – immer auf Grant abgesehen. Frauen liebten offenbar mürrische alte Kerle mit lockigem Haar und Rugbyspieler-Schenkeln. Und der Hauch von musikalischem Genie, der ihn umwehte, feuerte sie zusätzlich an. William konnte nicht leugnen, daß Grant, wenn er sein Cello strich, einen umwerfenden Anblick bot. Sein abwesendes, leicht verdrossenes Gesicht erhöhte offenbar noch die Anziehungskraft. William hoffte eigentlich, daß Bonnie zu wendig und intelligent für Grant war. Seine etwas umständliche (wenn auch korrekte) Art würde ihre Geduld strapazieren, auch wenn seine Galanterie ihr sicher gefiel. William hätte gewünscht, es gäbe zwischen ihnen eine alte Regel, die jegliche persönliche Beziehung innerhalb des Quartetts untersagte. Aber da sie bisher kein weibliches Mitglied gehabt hatten, war eine solche Regel nie zustande gekommen. Und jetzt war es zu spät. William konnte nur hoffen, daß Grant es ungehörig finden würde, einer Kollegin Avancen zu machen und so die Harmonie der Gruppe zu stören. In der Vergangenheit waren seine Freundinnen – es gab nur wenige – eher von der verhärmten, ernsthaften Sorte gewesen: gereifte Studentinnen, die weniger auf einen Job aus waren als noch weiter reifen wollten. (William konnte sich an diverse Gelegenheiten erinnern, bei denen Grant einige dieser ewigen Studentinnen sehr großzügig unterstützt hatte.) Bonnie wäre ihm sicherlich zu leichtsinnig, zu waghalsig, zu üppig ... trotz ihres Talents.

Das Telefon unterbrach ihn in seiner Grübelei. Es war Dick Lancer, ein Studienkollege und einige Jahre lang sein engster Freund am College. Sie hatten sich schon seit mehreren Jahren nicht mehr gesehen oder gesprochen. William war so sehr mit seinen eigenen Gedanken beschäftigt, daß er eine Weile brauchte, bis er sich wieder an Dick erinnerte.

»O Dick, ja, wie? Dick – alter Kumpel ... wie geht's denn so?«

»Nicht schlecht. Eine ganze Reihe Konzerte. Beste Zeit des Jahres.«

Nun fiel William alles wieder ein. Der gute Dick: Sommersprossen und rotes Haar, kein schlechter Cellist, aber auch nicht gut genug, um Geschichte zu schreiben. Dann entdeckte er, daß er eine schöne Baritonstimme besaß, und wechselte zum Gesang über. Wurde Mitglied in diversen Chören und trat wieder aus, hatte ein gutes Jahr, als er einen Filmstar doubeln durfte, der in einem Erfolgsfilm singen mußte. Doch seitdem führte er jenes unsichere Leben, das für die meisten Musiker die Norm ist. Viele leere Wochen zwischen Solokonzerten in der Provinz und ständige Geldsorgen. Früher hatte er Grace und William häufig besucht. Aber seit dem Aufstieg des Ulmen-Quartetts, der mit seinem eigenen Niedergang zusammenfiel, war er seltener aufgetaucht. Und in den letzten Jahren gar nicht mehr. Inzwischen bestand ihr einziger Kontakt im Austausch von Weihnachtskarten. Es war also kein Wunder, daß Dicks überraschender Anruf William an diesem seltsamen Morgen einigermaßen verwirrte.

»Ich wollte dich nur informieren, daß ich umgezogen bin«, erklärte Dick. »Nach Dorset. Wollte immer schon ans Meer. Und als ich dann letztes Jahr in Rente ging, habe ich mir ein schnuckeliges kleines Cottage an der Küste gesucht. Wunderschön.«

»In Rente?«

»Na ja, du weißt ja, wie das ist. Ich würde mich vermutlich schon noch mal überreden lassen, sollte das Unwahrscheinliche passieren und jemand mich überreden wollen ... Ich versuche gerade, einen Singkreis hier im Dorf zu organisieren.«

»Ach Dick, mein Guter – das klingt ja ziemlich unternehmungslustig.«

»Und deshalb wollte ich dir einen Vorschlag machen. Mir kam der Gedanke, ob ihr beiden, du und Grace, nicht an Neujahr vielleicht für ein, zwei Tage kommen könntet. Wird zwar bitterkalt sein, aber es gibt einen guten Kamin ... Hab dich schon viel zu lange nicht mehr gesehen.«

William überlegte, was ein Besuch in Dorset für seine Pläne bedeuten könnte. Er war ein Mensch, der sein Heim nur verließ, wenn es unbedingt nötig war, da er beruflich schon viel zuviel reisen mußte. Aber Dick war ein sehr alter Freund, und was er erzählte, klang ein bißchen trübsinnig... Ein Besuch wäre das mindeste, was sie tun könnten.

»Ich würde erst noch gerne mit Grace sprechen. Aber im Prinzip klingt die Idee gut...«

»Ich drück mir beide Daumen. Wär wirklich zu nett, wenn ihr beiden kämt.«

Als William fünf Minuten später das Andante aus Borodins A-Dur-Quartett spielte, konnte er sich ein Winterwochenende mit Dick Lancer an der Küste von Dorset überhaupt nicht mehr vorstellen. Statt dessen sah er Prager Szenen vor seinem inneren Auge: Bonnie und er beim Essen der berühmten Knödel; Bonnie und er (vielleicht nahm er sogar ihren Arm) beim Rundgang durch die Kathedrale. Wie sie allerdings Grant und Rufus loswerden sollten, wußten nur die Götter. Irgendwas würde ihnen schon einfallen. Doch während ihn eine Crescendo-Woge davontrug, rief er sich ins Bewußtsein, daß er ein normaler, vernunftgeleiteter Geiger war und kein Mörder aus Neigung. Und deshalb wäre es vielleicht klüger, Bonnie erst mal besser kennenzulernen und die Aussichten auf ein immerwährendes Glück mit ihr abzuschätzen, ehe er ein zweites Mal versuchte, seine geliebte Frau zu beseitigen.

Für einen Moment hatte ihn dieser Gedanke zu seelenvollstem Spiel beflügelt, doch der Frieden, den es schenkte, verschwand ebenso schnell, wie er entstanden war. Denn jetzt sah William Dorset vor sich: die winterlich düstere Küste, die hohen Klippen und tief, tief unten das tosende Meer. Grace würde Lust auf Spaziergänge haben. Es würde so einfach sein.

William legte den Bogen weg und wunderte sich über seinen neuen Wahnsinn.

6

Am Morgen von Williams Aufbruch nach Prag beschloß Grace, Lucien nichts von der Reise zu erzählen, und sofort ging es ihr besser. Zufällig war es ein Tag, an dem Lucien arbeitete (der zweite; der erste war gut verlaufen), er konnte also nicht auftauchen, während William noch seine Sachen packte. Das Packen nahm bei William stets neurotische Züge an. Grace half, so gut sie konnte, um die Vorbereitungen weniger nervig für ihn zu machen. Sie legte einen Stapel Hemden aufs Bett, aus dem er sich bedienen konnte, steckte ihm Paß und entsprechendes ausländisches Geld in die Innentasche seines Jacketts, so daß er nur noch auf seine Brust klopfen mußte, um sich zu vergewissern, daß beides da war, und legte eine Liste der mitgenommenen Kleidung in seinen Koffer, die er, wie ein Schuljunge, abhaken konnte, wenn er wieder für die Heimreise packte. (Im Laufe der Jahre waren so viele weiße Krawatten, Seidensocken und sogar Jacketts nicht wieder aufgetaucht.) Doch Graces Beistand konnte Williams Nervosität nicht lindern. Kopflos suchte er in der Küche nach der Telefonnummer des Prager Hotels, die er Grace vor zwei Tagen gegeben hatte.

»William! In der Obstschale ist sie bestimmt nicht. Sie liegt auf meinem Schreibtisch.«

»Wirklich?«

»Wirklich!«

»Aber ich suche eigentlich gar nicht nach der Telefonnummer. Ich finde die Manschettenknöpfe nicht.«

»Manschettenknöpfe?«

»Tut mir leid, mein Herzblatt, ich bin völlig aufgelöst.«
»Welche suchst du denn?«
»Deine natürlich. Mein Geburtstagsgeschenk.«
»Ist das nicht unklug? Sie sind ziemlich wertvoll, und bei deinem Verschleiß von Manschettenknöpfen ... Ich dachte, wenn du ins Ausland fährst, wäre es vielleicht besser, wenn du ...«
»Nein. Ich möchte deine mitnehmen. So weit weg von zu Hause fühle ich mich sicherer mit ihnen.« Das stimmte tatsächlich, wie William nachts in mehrstündigem Nachdenken herausgefunden hatte. Er war zu der Erkenntnis gelangt, daß Graces Manschettenknöpfe ihn vor unbedachten Taten bewahren würden, auch wenn ihm nicht ganz klar war, worin genau die bestehen könnten.
»Na gut«, sagte Grace. »Zum Glück sind sie versichert.« Sie machte sich mit auf die Suche, durchforstete jedes Bord und jede Schublade, während William an unmöglicheren Orten suchte – im Kühlschrank und in dem Glas, wo die Abwaschbürsten und Scheuerlappen aufbewahrt wurden. Grace tat so, als bemerke sie seine wachsende Aufregung nicht. Trotzdem wurde sie davon angesteckt. Nach einer halben Stunde vergeblichen Suchens sank sie auf einen Stuhl und versuchte, gegen ihre Verzweiflung anzukämpfen.
»An dem Morgen, als du nach Manchester gefahren bist, habe ich sie in die Schublade getan«, sagte sie. »Du wolltest die anderen mitnehmen. – Das weiß ich noch ganz genau.«
William setzte sich ebenfalls. Erschöpft sah er auf die Uhr. In genau fünf Minuten müßten sie sich auf den Weg zum Flughafen machen.
»Richtig«, sagte er. »Daran erinnere ich mich noch.« In Wirklichkeit wußte er nicht, was Grace mit ihnen gemacht hatte, nur, wie verlegen er gewesen war, weil er die von Bonnie wollte. Etwas anderes wußte er aber noch sehr genau.
»Du warst damals ziemlich nervös, weil du fürchtetest, dein Freund Lucien würde gleich auftauchen«, sagte er.

Grace sah ihn fragend an. Sie konnte sich nicht erinnern, daß sie Lucien erwähnt hatte. Vielleicht durchschaute William sie besser, als sie dachte.

»Tatsächlich? Ich glaube, du hast recht. Auf jeden Fall muß ich sie an einen sicheren Platz gelegt haben. Das tue ich doch immer, und dann finde ich die Sachen nicht mehr.« Williams seltsame detektivische Fähigkeiten hatten sie aus der Fassung gebracht.

»Wir haben jetzt keine Zeit mehr zu suchen. Wir müssen los.« William stand auf. Er klopfte sich auf die Brust, ob Paß und Tickets auch da waren. Beruhigt war er trotzdem nicht.

»Hör auf, dir Sorgen zu machen. Sie tauchen bestimmt auf, während du fort bist.«

»Nicht die Manschettenknöpfe machen mir Sorgen, sondern wie wir rechtzeitig nach Heathrow kommen. Der Verkehr ...«

Grace unterdrückte einen Seufzer.

»Wenn wir jetzt losfahren, das heißt, zwanzig Minuten früher, als wir deiner Meinung nach eigentlich müssen, dann bist du eine Stunde vor den anderen dort.«

»Schön. Das ist mir nur recht.« William brauchte unbedingt Zeit zum Nachdenken.

»Also gut. Fahren wir.«

Wenn William, was selten genug vorkam, mit Grace nicht einer Meinung war, pflegte er einer kritischen Bemerkung eine kleine besänftigende Freundlichkeit folgen zu lassen.

»Ich muß schon sagen, es gibt niemanden, der meine Pünktlichkeitspanik so gut versteht wie du. Ich hole nur noch meine Sachen von oben«, sagte er und sah sie dankbar an.

»Denk an deine Rasiercreme.«

William, der nicht mehr wußte, ob er daran gedacht hatte, sah verzweifelt aus. Fünf Minuten später – Grace fuhr, William wurschtelte auf dem Beifahrersitz herum und versuchte, unter dem Mantel noch einmal nach den Dokumenten im Jackett zu tasten – brachen sie zum Flughafen auf.

Als Grace in das leere Haus zurückkehrte, verfiel sie – wie immer, wenn sie William an irgendeinem Flugplatz oder Bahnhof abgesetzt hatte – in eine gedrückte Stimmung. Nicht, daß sie ungern alleine war. Im Gegenteil, von Zeit zu Zeit genoß sie das absolute Alleinsein. Sie hatte dann die Möglichkeit, ohne Unterbrechungen zu arbeiten. In Williams Abwesenheit – zum Glück war er nie mehr als ein paar Tage fort – verordnete sie sich immer eine strenge Disziplin und hielt sich auch daran. Lange Morgen an ihrem Arbeitstisch, eine Stunde Spazierengehen nach dem Mittagessen, ein leichtes Abendessen, bei dem sie eines der aufgenommenen Ulmen-Konzerte hörte, früh mit einem Buch zu Bett. Das leere Haus und die Stille störten sie nicht. Sie verschwendete auch keine Gedanken an Vergewaltiger, Einbrecher oder sonstige unerfreuliche Überraschungen. Und sie hatte nicht das Bedürfnis, Jack oder irgendwelche Freunde anzurufen. Sie genoß es wirklich, eine Weile ganz für sich zu sein, wie sie William häufig versichert hatte. Und mittlerweile glaubte er ihr auch. Aber diese Zufriedenheit wurde stets gedämpft durch einen leichten Anflug von Niedergeschlagenheit – so leicht, daß es sich kaum lohnte, darüber nachzudenken oder davon zu sprechen. Aber sie war vorhanden. Hin und wieder hatte Grace versucht, die Ursache dafür herauszufinden, und war zu dem einleuchtenden, vernünftigen Schluß gekommen, daß ihr ein gewisser Antrieb fehlte, eine Art Vorfreude, die sonst ihre Tage belebte – im Grunde das, was die meisten Menschen antreibt, deren Leben sich nicht an besonderen Aufregungen entzündet. Dieses Gefühl von Vorfreude galt William, wenn er zum Beispiel zum Frühstück herunterkam oder von einer Probe zurückkehrte. Es war dieses beständige hoffnungsfrohe Warten auf sein Erscheinen, auf die Gemeinsamkeit unter demselben Dach. Sie wußte, daß das lächerlich war. Nach all den Ehejahren war es erstaunlich, daß William ihr mit seinem alltäglichen Kommen und Gehen immer noch so viel Glück schenkte. Doch so war es. Das Zusammenleben mit ihm bedeutete ihr immer noch ebensoviel wie in ihrer Jugend. Auf unerklärliche Weise hatte sie sich ihr romantisches Gefühl bewahrt. Selbst die eintönige Routine des Alltags hatte daran nichts ändern können. Sie liebte ihren Ehemann immer noch von ganzem Herzen. Und wenn sie betete, dann dankte sie für diese Gnade.

Aber nachdem sie William heute nach Heathrow gebracht hatte, spürte Grace, daß sie diesmal deprimierter als sonst war. Sie betrat ihr Haus mit einer gewissen Vorsicht, einem Anflug von Furcht, auch wenn sie keine Ahnung hatte, was der Grund für diese Beklommenheit war. Die Türen hatte sie verschlossen und verriegelt. Und Lucien würde nicht in der Küche sitzen – er war in sicherer Entfernung bei seinem Job in Reading.

Sie schalt sich selbst für ihre Befürchtungen, machte sich eine Tasse Tee und trug sie an den Tisch im Eßzimmer, wo sie zu dieser stets etwas gedämpften Nachmittagszeit ein, zwei Stunden zu arbeiten gedachte. Aus irgendeinem Grund schaute sie unterwegs in den Garderobenraum, um zu sehen, ob alles in Ordnung war. Jede Menge Mäntel hingen unförmig wie immer an den Messinghaken. Bei dem tröstlichen Anblick fuhr ihr ein alberner Gedanke durch den Kopf: Wenn ein Metzger mit Schneiderambitionen seine Tierhäute wie alte Regenmäntel behandeln würde, dann sähe sein surreales Geschäft vermutlich so aus. – Ihre Gummistiefel standen ordentlich neben Williams an ihrem gewohnten Platz. Nichts Auffälliges. Alles in Ordnung.

Auf dem Tisch stand das Marmeladenglas für Wasser – ein altes Glas, das sie schon beim allererstenmal benutzt hatte, als sie eine Glockenblume zu malen versuchte. Ohne dieses Glas hätte sie sich beraubt gefühlt. Es war leer. Sie brachte es nicht übers Herz, in der Küche Wasser zu holen. Statt dessen blätterte sie eines ihrer Skizzenbücher so schnell durch, daß die Blumen darin zu einem bunten Kaleidoskop zarter Farben zusammenflossen. Dann klappte sie zwei Seiten auf und drückte sie mit den Händen auseinander. Zwischen ihren Fingern lugte ein Gewirr aus Clematis und Hagebutten hervor – das Orange der Hagebutten brennend wie Feuer, das Gespinst der Clematis schwerelos wie Nebel. Ziemlich gut, dachte sie – und stutzte: Wie kam sie bloß darauf, sich selbst zu loben?

Sie begann von neuem zu blättern. Malven, Hahnenfuß, Wilde Möhre – alle schon fertig, gut getroffen, erledigt. Sie war stolz auf das, was sie geleistet hatte. Es hätte ein friedlicher Nachmittag sein können. Die Malutensilien lagen ordentlich vor ihr auf dem Tisch. Das ockerfarbene Licht des Winternachmittags umspielte weich alle scharfkantigen Dinge: Möbel, Bilder, Bücher. Wenn dieses Licht die stillen Räume durchflutete, fühlte Grace sich meistens inspiriert. Ein Ruck ging dann durch ihre Wirbelsäule, sie verspürte Lust, die Pinsel zur Hand zu nehmen. Nicht so an diesem Nachmittag. Sie blieb regungslos sitzen, ignorierte die Liste der Blumen, die noch zu malen waren. Mit dem Hintern auf einem schmalen Stuhl ließ sie ihre Gedanken wandern, staunte über ihre Antriebslosigkeit.

Grace hatte nichts gegen Einsamkeit. Zeit für sich selbst war ihr wichtig, und William ging es ebenso. Sie wußte, daß Alleinsein ein Privileg ist, solange man keine Sorgen hat. Deshalb fand sie es eigenartig, daß Williams Abwesenheit sie heute auf unklare Weise beunruhigte. Irgend etwas Bedrohliches lag in der Luft.

»Macht es Ihnen denn nichts aus, wenn Ihr Guter mit diesem Vögelchen, dieser Bratsche, über Nacht fort ist?«

Luciens Frage fiel ihr wieder ein. William war damals nach Manchester gefahren. Grace wußte sehr genau, daß in Manchester nichts Ungehöriges vorgefallen war. Lucien hatte sich einfach nur unverschämt benommen.

»Da haben Sie aber großes Vertrauen«, hatte er gesagt.

Seine häßlichen Unterstellungen waren es nicht wert, daß sie auch nur einen einzigen Gedanken daran verschwendete. Und dennoch, Nächte ohne William würden nie mehr frei sein von – nicht eigentlich Sorgen und auch nicht Verdächtigungen. Aber Grace würde wohl nie mehr jene klare, reine Einsamkeit genießen können, die auf absolutem Vertrauen gründete. Verdammter Lucien, dachte Grace bei sich. Welches Recht hatte er, sie mit seinen tückischen Andeutungen zu quälen, wo sie alles nur Erdenkliche für ihn getan hatte? Gott sei Dank würde der Flieder wenigstens noch nicht blühen. In voller Blüte könnte er ihren heimwehanfälligen William durchaus auf falsche Gedanken bringen ... Doch die eigentliche Gefahr drohte von der winterlich düsteren Novemberstimmung in Prag. Und da versprach Bonnie mit ihren Grübchen und ihrem samtigen, sonnigen Wesen Trost.

Sofort tadelte sie sich für ihre häßlichen Gedanken. Es war ausgeschlossen, daß William in Bonnie etwas anderes sah als ein neues junges Mitglied des Quartetts, zu dem er nett und rücksichtsvoll und väterlich zu sein hatte. Möge Gott ihr vergeben, daß sie etwas anderes überhaupt zu denken gewagt hatte.

Sie war immer noch auf der Suche nach Gründen für ihre innere Unruhe. Ihre Gedanken wanderten zu Lucien. Auch wenn er manchmal sehr unberechenbar war, hielt sie es für unwahrscheinlich, daß er sie in irgendeiner Weise bedrohen könnte. Seine Besuche, seine Forderungen, seine Art, sie in sein Leben hineinzuziehen, waren eher lästig als alarmierend. Irgendwann demnächst würde sie wieder etwas mehr auf Distanz gehen, ihn vielleicht sogar vollkommen aus ihrem Leben verbannen. Aber das wäre wirklich nicht sehr nett ... Und außerdem schenkte er ihrem Leben einen gewissen Kitzel, der ihr dann fehlen würde.

Grace befeuchtete einen kleinen Zobelhaarpinsel mit der Zunge und formte eine hübsche kleine Spitze. Die stippte sie in ein Häufchen angetrockneter blauer Farbe auf ihrer Palette. Jetzt hätte sie Wasser gebraucht, mochte aber immer noch nicht in die Küche gehen. Ich muß mich zusammenreißen, dachte sie, an andere Dinge denken. Das hatte stets geholfen. – Die Pfefferstreuer müßten zum Beispiel poliert werden. Grace sah zur Anrichte. Die silbernen Pfefferstreuer waren scheußlich angelaufen und hatten Flecken wie aus getrocknetem Blut. Das Putzen würde sie ablenken. William saß wahrscheinlich immer noch im Flugzeug. Er würde heute abend natürlich anrufen. Darin war er immer sehr verläßlich, wenn er unterwegs war. Sie hatte das dumme Gefühl, daß es kein Silberputzmittel mehr gab. Der arme William: drei Nächte in einem Hotelbett. Grace strich mit dem Pinsel über einen Bogen Papier. Die trockene Farbe machte fedrige Streifen. Schluß jetzt mit der Trödelei! Sie sollte endlich Wasser holen, sich an die Arbeit machen ...

Da, ein lauter Knall in der Küche. Eine Tür schlug zu. Grace fuhr zusammen, schwang in ihrem Stuhl herum. Es war Lucien, feucht, die Stirn in Falten, seine wasserdichte Jacke regennaß.

»Ach, Sie sind es. Sie haben mich zu Tode ...«

»Tut mir leid. Die Tür war offen. Dachte, ich schau mal vorbei auf dem Nachhauseweg. Und erzähl Ihnen. Von Tag zwei als werktätiger Mensch.«

Grace stand auf. Lächelte. Ein Lächeln, fedrig wie die blaue Farbe, dachte sie. Ihre Hände zitterten. Damit es nicht auffiel, rieb sie an ihrem Rock, als wollte sie unsichtbare Krümel wegwischen.

»Ich hätte geschworen, daß ich die Tür verriegelt habe. Sollen wir in die ...? Tee?«

»Gleich. Zur Abwechslung gefällt es mir auch hier ganz gut.«

Lucien setzte sich auf den Tisch, verschränkte die Arme in Besitzerpose. Grace fühlte Ärger in sich aufsteigen.

»Bitte, Lucien, nicht auf den Tisch.«

Lucien lachte. Es war erstaunlich, wie schnell er von charmant zu unangenehm umschalten konnte.

»Wir sind ziemlich gestreßt heute, wie? Tut mir leid.« Er zog einen Stuhl vor, setzte sich. »Was ist los? Ist es recht, wenn ich mich setze?«

»Nichts ist los. Wie war der Tag heute?«

»Dachte mir schon, daß Sie das wissen wollen.« Ihr Interesse gefiel ihm. Er fuhr sich mit der Hand durchs Haar. Grace erwartete, daß sie danach fettig wäre. Seine Fingernägel hatten dicke schwarze Ränder. Sie hatte ihn noch nie mit schwarzen Fingernägeln erlebt. Was hatte das wohl zu bedeuten?

»Fing okay an. Dienstag, mein ich. War in Ordnung. Langweilig, aber okay. Heute war absoluter Mist.«

»Wieso?«

»Keine Ahnung, ehrlich. Kann es nicht genau sagen ... Aber irgendwie scheinen die ein Problem mit mir zu haben.«

»O Lucien ...«

»Und deshalb bin ich am Überlegen. Vielleicht hör ich auf.«

»Probieren Sie es doch wenigstens noch eine Woche oder so. Es braucht Zeit, bis man sich eingewöhnt. Was müssen Sie denn eigentlich machen?«

»Papierkram. Den Leuten, die ins Zentrum kommen, zeigen, wo die Sachen sind. Suppe heiß machen. Ödes Zeug. Macht mich fertig.«

»Aber Sie haben doch wohl nicht erwartet ...«

»Ich weiß nicht, was ich erwartet habe, jedenfalls nicht diese Scheiße. Da hab ich ein Paar geschickte Hände, und dann geben sie mir diesen beschissenen, öden Job.« Er sah Grace an. »Jetzt hab ich Sie schockiert, nicht?«

»Nein.« Grace lächelte entschiedener. Sie war so an seine einschmeichelnde Redeweise gewöhnt, daß es guttat, manchmal daran erinnert zu werden, daß er auch ein Prolet sein konnte.

Lucien stand auf und ging zu Grace hinüber. Nur ihr Stuhl trennte die beiden. Er legte ihr eine Hand auf die Schulter.

»Ich wollte Sie doch nicht schockieren. Obwohl ich glaube, daß Sie kaum zu schockieren sind. Ich glaube, hinter diesem sanften kleinen Gesicht verbirgt sich jemand, der genauso abgebrüht ist wie der Rest von uns.« Grace spürte, wie sich ihr ganzer Körper straffte, als zögen unsichtbare Fäden sie zusammen. Lucien beugte sich über sie und betrachtete das Glockenblumenbild. Ein Teil der Seite war mit der getrockneten blauen Farbe verschmiert. »Das ist gut«, sagte er. »Nicht gerade mein Geschmack, Blumen. Aber ich würde sagen, sie sind gelungen.«

»Ach, das ist doch nichts Besonderes.« Gegen ihren Willen freute sie sich über sein Lob.

»Doch, das meine ich ernst.« Lucien blätterte in den Seiten. »Ich würde sagen, sie sind wirklich ziemlich gut. Was meinen Sie?«

Das dämmrige Zimmer hatte jetzt die Farbe von feuchtem Sand. Grace knipste die Lampe auf der Anrichte an. Gelbrosa Licht fiel auf Skizzenbücher, Bilder und Luciens Hände. Mit dem Licht fühlte Grace sich sicherer. Sie wurde ruhiger. Lucien war zwar in einer rebellischen Stimmung, aber Grund für irgendwelche Befürchtungen sah sie nicht. Wenn sie ehrlich sein sollte, mußte sie sogar zugeben, daß sie, nachdem sie so häßliche Dinge über ihn gedacht hatte, sein Interesse an ihrer Arbeit richtig nett fand.

»Ich halte sie für ziemlich ordentlich«, sagte sie mit einem unterdrückten Seufzer. »Mehr nicht.«

»Wenn Sie das wirklich glauben, wenn Sie wirklich glauben, daß die Bilder nur ›ziemlich ordentlich‹ sind, wieso machen Sie sich dann überhaupt die Mühe?«

Grace runzelte die Stirn.

»Wie meinen Sie das?«

»Wenn man Sachen nur immer irgendwie hinpfuscht und das Ergebnis nie besser als ziemlich ordentlich ist, dann braucht man doch gar nicht erst anzufangen.«

»Da wäre die Welt aber um einiges ärmer, wenn nur Menschen mit wirklichem Talent Dinge erschaffen dürften. Was für ein Verlust wäre das!« Grace lachte verärgert auf. »Die meisten Menschen sind nicht mit großem Talent gesegnet. Mein Gott, die Williams dieser Welt sind rar. Aber wir anderen geben uns immerhin Mühe, in der Hoffnung, besser zu werden, und wir haben Freude an unserer Arbeit. Vielleicht gelingt uns sogar etwas, das anderen gefällt und nützt. Man lernt, mit dem Bewußtsein zu leben, daß man nie sehr gut sein wird. Und man gewöhnt sich daran. Es stört einen nicht besonders.«

»Ich würde das sehr deprimierend finden.«

»Mir geht es da anders.«

Es folgte ein langes Schweigen.

»Wenigstens nehmen Sie sich nicht allzu ernst«, sagte Lucien schließlich. Er nahm die Hand von ihrer Schulter. »Ob ich wohl einen Tee angeboten bekomme?«

»Das habe ich doch schon ...« Mittlerweile würde William gelandet sein, dachte Grace.

Einen Biskuitkuchen zwischen sich, saßen sie dann in der helleren, wärmeren Küche, und Lucien änderte seinen Kurs.

»Hoffentlich habe ich nichts Verletzendes gesagt.«

»Nein, das haben Sie nicht.«

»Ich habe nur Ihren Gedanken aufgegriffen und weitergedacht. Die Sache mit den ziemlich ordentlichen Bildern.«

»Das weiß ich. Keine Sorge, ich bin nicht im entferntesten verletzt. Ich wollte nur deutlich machen, daß ich durchaus meine Grenzen kenne.«

»Keine schlechte Haltung. Ganz das Gegenteil von mir. Ich denke immer, ich kann alles, und prompt falle ich auf die Schnauze. Da machen Sie es besser. – Wo ist eigentlich Ihr Mann? Fort zu einer Aufführung?«

»Ja, ein Beethoven-Konzert.«

»Hab nie was gegen Beethoven gehabt.« Lucien schnitt sich ein großes Stück vom Kuchen ab und schob ihn dann zu Grace hinüber. »Er scheint dauernd weg zu sein. Macht Ihnen das denn nichts aus?«

»Nein, überhaupt nicht. Das wissen Sie doch. Das haben wir doch alles schon beredet.« Grace versuchte, streng zu klingen.

»Sie können mich jederzeit anrufen. Wenn Sie sich mal einsam fühlen oder so.«

»Das weiß ich, vielen Dank.«

»Ich bin nie weit weg.« Er stopfte sich den Kuchen in den Mund. »Wo spielt er denn diesmal?«

Unter dem Tisch knetete Grace ihre Finger. Da er mit vollem Mund sehr undeutlich gesprochen hatte, konnte sie so tun, als hätte sie ihn nicht verstanden.

»Er war fürchterlich aufgeregt beim Aufbruch«, sagte sie schließlich. »Das ist er jedesmal. Aber diesmal war es besonders schlimm, weil er seine Manschettenknöpfe verlegt hatte, ein hübsches Paar, das ich ihm zum Geburtstag geschenkt habe. – Das heißt, eigentlich habe ich sie verlegt.«

Grace beobachtete, wie Luciens Kiefer mahlte, wie er sich die Krümel unmanierlich mit dem Handrücken abwischte. Williams Sorgen schienen ihn nicht besonders zu interessieren.

»Sie werden schon wieder auftauchen«, sagte er, als sein Mund endlich leer war.

»Das denke ich auch. Dinge tauchen meistens wieder auf.«

Lucien begann den Rest Kuchen auf seinem Teller zu zerbröckeln. Seine schwarzen Halbmond-Fingernägel bohrten sich in den gelben Kuchen, gerieten in die Marmeladenfüllung. Er leckte sich drei Finger auf einmal ab. Grace haßte seine Art zu essen.

»Ich hab nicht vergessen, daß Sie noch Geld von mir kriegen«, sagte er.

»Das hat Zeit.«

»Ich sollte den Job wohl besser noch so lange machen, bis ich genug verdient hab, um meine Schulden zu bezahlen.«

»Ich finde auch, Sie sollten weitermachen. Aber nicht aus diesem Grund. Was sagt denn Ihre Mutter? Sie muß sich doch freuen, daß Sie Arbeit haben.«

»Lobelia?« Lucien sah sie genauso verächtlich an wie jedesmal, wenn es um seine Mutter ging. »Verdammtes Weib. Würde sich nicht mal zu einem flüchtigen Gedanken an mich herablassen. Gestern abend ist sie in mordshohen Stöckeln losgezogen: perlmuttfarben, hat sie behauptet, stolz wie Oskar. Ich sagte, sie sehe aus wie eine Nutte. Sie sagte, ich sei ein Stück Scheiße. Wir hatten eine unserer netteren Prügeleien.«

»Prügeleien?« Grace verwünschte, daß sie Lobelia erwähnt hatte. Sie seufzte.

»Sie schafft es immer, mich so zu reizen, daß ich ausraste. Ihre Schuld.«

»Sie wollen doch nicht etwa sagen ...?«

»Sie kriegt, was sie verdient.« Lucien hämmerte gegen seine Schläfen, das Gespräch über Lobelia nervte ihn.

»Offenbar wollen Sie nicht damit rausrücken, wann Ihr Alter zurückkommt«, sagte er.

»Bald«, sagte Grace. Sie überlegte, was Lucien wohl unter ausrasten verstand, hielt es aber für unklug, ihn zu fragen.

»Na denn, wie gesagt, Sie können mich jederzeit anrufen. Ich kümmer mich dann um Sie.«

»Danke.«

»Ich muß jetzt los.« Er stand auf. »Aber ich komme wieder, wie immer. Rein und raus. – He, was hat Sie denn gestochen? Was ist los?« Er ballte eine Faust, stieß sie ihr sanft in die Wange.

»Was meinen Sie? Alles in Ordnung.«

»Kreidebleich.«

»Unsinn! Ich war heute morgen so in Eile ... sonst sehen Sie mich immer mit ein bißchen Rouge im Gesicht.«

»Erzählen Sie mir nicht so einen Quatsch. Ich kenne Sie doch.«

Als er fort war, setzte Grace sich wieder. Plötzlich ging ihr auf, daß zum erstenmal seit vielen Jahren jemand etwas zu ihrem Aussehen gesagt hatte, ihre Blässe bemerkte. William gehörte nicht zu denen, die vertraute Gesichter genau beobachteten. – Was William wohl jetzt gerade machte? Er müßte bald anrufen.

Auf dem Resopaltisch neben Williams Bett stand ein Telefon, nichts als ein Telefon. Er nahm den Hörer ab, um Grace anzurufen, und legte ihn wieder auf. Später würde auch noch reichen. Bis jetzt gab es noch nichts zu erzählen. Die Ereignislosigkeit hatte ihn regelrecht erschöpft.

Während des Flugs hatte er darauf bestanden, daß Grant, Rufus und Bonnie nebeneinander saßen; er selbst hatte den Sitz auf der anderen Seite des Gangs genommen. Auf diese Weise mußte er sich nicht mit ihnen unterhalten, und wie er beobachtete, redeten die drei untereinander auch wenig.

In Prag regnete es. Bonnie hatte freiwillig den Platz vorne in dem Minibus genommen, den Stephen ihnen stets für den Transport im Ausland organisierte. Die Männer saßen alle drei hinten auf der Rückbank, William mit seiner Geige auf den Knien – er wollte nicht, daß sie in irgendwelchen Kofferräumen reiste. Bonnie sagte die ganze Zeit, wie schön alles sei. William fehlte die Kraft, sich mit ihr anzulegen. Für ihn sahen die Straßen mit ihren hohen, schmutzigen Gebäuden ebenso düster aus wie jene Teile von Paris, die ihm am wenigsten gefielen. Statt hinauszusehen, wandte er sich lieber Bonnies Hinterkopf zu. Dort, wo ihr Haar sich teilte, wurde ein schmaler Pfeil aus weißer Nackenhaut sichtbar. William umkrampfte seinen Geigenkasten. Er glaubte, er müßte explodieren, so gerne hätte er Bonnie berührt. Ihr roter Wollschal fiel über die Rücklehne ihres Sitzes. Was für eine Geschichte hatte dieser Schal? Wer hatte ihn ihr geschenkt? Welche Geheimnisse kannte er von ihr? William war verwirrt. Wieso stellte er sich mitten in den Straßen von Prag solche Fragen? War er dabei, verrückt zu werden? – Sie erreichten das Hotel.

Es war von der Art, die bei William immer zu schlimmstem Heimweh führte: eine charakterlose moderne Schachtel, niedrige Decken, stickige, wattierte Stille, Menschen mit Koffern, die, von leicht indignierten Blicken begleitet, hin und her glitten. Dieses spezielle Exemplar war offenbar von einem amethystfarbenen Teppichboden heimgesucht worden, der gnadenlos alles überzog: Korridore, Treppen, Empfangshalle, Bar und Speisesaal. Anscheinend hatten die Dekorateure einen Restposten Amethystteppichware ergattert und sie mit passenden künstlichen Blumen kombiniert. Die standen, zu mageren kleinen Sträußen arrangiert, auf jedem Bord und Tisch und überhaupt an allen freien Stellen. Über jedem Strauß war ein Punktstrahler an der Decke angebracht, die schwer auf den jämmerlichen malvenfarbenen Blütenblättern und den Staubfäden aus Draht lastete – eine Beleidigung selbst für die bescheidenste Pfingstrose.

»Das ist toll«, sagte Bonnies Spiegelbild zu Williams Spiegelbild im malvenfarbenen Spiegel des Lifts.

»Es ist schrecklich«, sagte William. Ihm war ganz schlecht.

Etwas später saß er auf der Kante seines zweitklassigen Hotelbetts, sah in den Regen hinaus (die Doppelfenster machten ihn geräuschlos) und malte sich aus, wie Bonnie nebenan, ganz begeistert über die fremde Umgebung, ihren Koffer öffnete. Sie würde ihr Samtkleid ausschütteln und das schäbige kleine Zimmer mit einer heiteren Unbeschwertheit erforschen, die William sich für sich selbst gar nicht mehr vorstellen konnte.

Er hatte sich vorgenommen, die toten Stunden im Prager Hotelzimmer zu nutzen, um sich Klarheit über seinen Zustand zu verschaffen und handfeste Pläne zu schmieden. Bislang waren seine Mordversuche jämmerlich gewesen. Zwei Päckchen zerkleinerte Erdnüsse hatte er Grace untergeschmuggelt, ohne überhaupt sicher zu sein, ob sie wirklich allergisch darauf war; zuvor hatte er an ihrem geliebten Hals herumgefingert, obwohl er wußte, daß er selbst in einem Zustand hochgradigen Wahnsinns nicht imstande sein würde, sie zu erwürgen. Doch wie sehr er sich auch auf ernsthafte Mordstrategien zu konzentrieren versuchte, seine Gedanken wanderten immer wieder zu dem Mädchen nebenan. Er hörte Wasser rauschen und sah sie im Geiste unter der Dusche stehen und sich das nasse Haar aus den Augen streichen. Wimperntusche lief ihr über die Wangen, Wasser tropfte von ihren Brüsten. William stöhnte und sank schmerzgebeugt in sich zusammen.

Das Telefon klingelte mit einem ungewohnten Ton. Er nahm ab.

»Ich wollte nur mal wissen, wie es dir geht.«

»Grace? Liebling? Wieso rufst du mich an? Gerade wollte ich dich anrufen.« Sein Herz klopfte wie verrückt.

»Ich wollte hören, ob du gut angekommen bist und ob alles in Ordnung ist.«

William zwang sich, herzlich zu lachen.

»Na, du kannst dir ja vorstellen, daß nichts hier in Ordnung ist. Prag ist scheußlich wie immer. Ein absolut grauenhaftes Hotel. Ansonsten nichts Neues.«

»Nur drei Nächte.«

»Gott sei Dank. Und du?«

»Mir geht es gut. Ich habe gearbeitet.«

»Schön.«

In dem anschließenden Schweigen fielen ihm lauter Sätze ein, die er jetzt sagen könnte: Ich wünschte, ich wäre zu Hause, du fehlst mir, ich liebe dich.

»Du mußt unbedingt die Küchentür verriegeln«, sagte er statt dessen.

»Natürlich.«

»Also dann ... Ich ruf dich morgen an.«

»Ich bin zu Hause.« Natürlich würde sie zu Hause sein. Was für idiotische Sachen sagten Leute bloß, nur um sich zu bestätigen, was sie sowieso schon wußten.

»Tschüß, mein Herzblatt.«

Wieso kam sie auf die Idee, anzurufen? Sie rief nie an.

Es klopfte an der Tür. William nahm seinen Geigenkasten in die Hand und öffnete die Tür. Es war Bonnie. Sie hatte noch feuchtes Haar, roch nach Badeöl und trug ein T-Shirt mit weitem Ausschnitt. Sie hatte Sommersprossen auf der Brust.

»Sie haben doch gesagt, wir müßten um halb fünf zu einer Probe. Wir warten schon unten.«

»Entschuldigung. Hier bin ich. Bin soweit.«

»Sie sehen ja aus, als hätten Sie Gespenster gesehen.«

»An solchen Orten sind Gespenster ziemlich unwahrscheinlich.« William brachte ein Lächeln zustande.

»Stimmt was nicht?«

»Ich reise schrecklich ungern und versuche gerade, mich zu akklimatisieren. Im Grunde finde ich es unfaßbar, daß man eben noch zu Hause war und ein paar Stunden später an irgendeinem fernen Ort landet. Vor hundert Jahren hätte so eine Reise noch Wochen gedauert ...«

»Armer William.« Bonnie lächelte. »Sie taugen nicht für die moderne Welt.« Sie ging auf ihn zu, schlang ihre fülligen Arme um seinen Hals und legte ihren Kopf an sein Kinn. William wäre fast zusammengebrochen.

»Nein«, sagte er. Dann, atemlos: »Sie sind ein Engel, Bonnie.«

Vielleicht hatte sie ihn nicht gehört. Ungeduldig ließ sie ihn los, wollte endlich gehen. Mit der Zärtlichkeit war es vorbei. Sie nahm seine freie Hand und führte ihn über den amethystfarbenen Korridor zum Lift. In der beängstigend engen, geradezu intimen Kabine spürte er, wie Bonnie neugierig seine auffallend roten Wangen betrachtete. Ahnte sie etwa, was ihre Nähe in ihm anrichtete?

In seinem aufgewühlten Zustand war William froh, daß Grant sich um alles weitere kümmerte. Wenn William sich mit ausländischen Gepflogenheiten nicht zurechtfand, übernahm Grant häufig die Führung. Jetzt trieb er alle in den Minibus, der sie zur Kirche bringen sollte, vergewisserte sich, ob Instrumente, Notenständer und vor allem die Partituren beisammen waren. Er bezahlte den Fahrer und dankte ihm in Tschechisch. (Während des Flugs hatte er ein Buch mit Redewendungen studiert. Auf jeder Reise mußte er seinen Kollegen unbedingt mit ein paar Brocken der entsprechenden Landessprache imponieren. Rufus nannte ihn einen Angeber. William war heimlich beeindruckt.)

In der St. Niklaskirche in der Malá Strana blieb jeder für sich eine Weile stumm stehen und blickte zu dem riesigen Deckenfresko im Mittelschiff empor, das die Apotheose des Heiligen darstellte. Plötzlich merkte William, daß ihnen die Zeit davonlief, und riß alle mit seiner Aufforderung, ihre Stühle beim Altar aufzubauen, aus ihrer stillen Betrachtung. Grant murrte ausnahmsweise nur wenig über seine Sitzgelegenheit, vielleicht, weil ihn die barocke Pracht einschüchterte. William hob seinen Bogen und gab das Startzeichen für die

Probe. Er spürte die überwältigende Präsenz der goldenen Statue des heiligen Nikolaus über dem Altar, während er sich Purcells »Phantasie« überließ, so wie ein einsamer Segler seine Segel dem Wind anvertraut. Endlich fand er zu seiner inneren Ruhe zurück.

Die ersten vierundzwanzig Stunden in Prag waren deprimierend für William. Am Samstag morgen traf er sich mit den anderen zum Frühstück, ereiferte sich über die winzigen Plastiktöpfchen mit Butter und Marmelade und lehnte es ab, mit Rufus, Grant und Bonnie die Stadt zu besichtigen. Er hatte keine Lust, die Wunder von Prag wiederzusehen, die er für weit überschätzt hielt, und in irgendeinem trübsinnigen Restaurant eklige, unverdauliche Knödel zu essen. Bonnie hatte für diese Pläne allerdings große Begeisterung gezeigt.

Während die anderen sich also zur Kathedrale aufmachten, kehrte William in sein kahles kleines Zimmer zurück. Dort spielte er eine Stunde lang nur für sich auf seiner Geige. Dann setzte er sich in den Plastiksessel und sann darüber nach, wie seine Frau am besten umzubringen war. Er rief sie sogar noch zweimal an – als ob der Klang ihrer Stimme ihn inspirieren könnte –, bevor er sich wieder auf den Weg zur Kirche machte, um sich um bequemere Stühle zu kümmern.

Wieder zurück im Hotel, stieß er auf Rufus und Grant, deren Besichtigungseifer eher erlahmt war als Bonnies. Sie habe sich die Karlsbrücke alleine ansehen wollen, berichteten die beiden. Für einen kurzen verrückten Moment wollte William hinterhereilen, um wenigstens ein paar Minuten mit ihr allein zu sein. Die von Touristen überlaufene Brücke wäre zwar nicht der ideale Ort, aber besser als gar nichts. Doch er ließ die lächerliche Idee – bestimmt würde er sie verpassen – sofort wieder fallen und ging in sein Zimmer zurück. Dort legte er sich aufs Bett.

Eine halbe Stunde später wurde er durch ein Klopfen an der Tür belohnt. Bonnie. Bonnie – stolz, erhitzt, ungeduldig, verstimmt. Sie sah zum Bett.

»Und was haben Sie gemacht?«

»Mich ein bißchen hingelegt.«

»Sie sind ein Trottel. Ein alter Griesgram und ein Spielverderber. Was ist eigentlich los? Weswegen haben Sie geschmollt?«

»Probleme. Tut mir leid.«

»Wegen des Quartetts?«

»Nein, nein. Die Probe lief gut. Es wird sicher ein schönes Konzert heute abend.«

»Diese Kirche ... Ich habe noch nie in einer Kirche gespielt.« Bonnie setzte sich aufs Bett. William zögerte nur kurz und setzte sich neben sie. »Hier, da sehen Sie, was Sie verpaßt haben«, sagte sie und reichte ihm eine Postkarte mit einem Gemälde: ein rissiger Goldgrund, drei Bäume mit runden Kronen, auf jedem ein Fink. »Das war das Schönste in der Národní Galerie. Die anderen sind weitergehastet. Ich habe einfach nur geschaut und geschaut.«

»Ich kann mich daran erinnern. Als wir vor zehn Jahren hier waren.« Damals trug er sich nicht mit Mordgedanken. Es gab keine Bonnie, die ihn unglücklich machte. Er drehte die Karte um. »Da sehen Sie, was Sie verpaßt haben«, hatte sie geschrieben. »In Liebe, Bonnie«. Darunter waren kindliche Kußmünder gekritzelt.

William sah sie von der Seite an. Sie war nur wenige Zentimeter entfernt. Ihre Knie berührten sich beinahe. Doch all dies bedeutete Bonnie bestimmt genausoviel, wie wenn sie neben ihrem Großvater säße. William spürte heiße Tränen unter seinen Lidern.

»Vielen Dank«, sagte er. »Schade, daß ich nicht dort war.«

Bonnie klopfte ihm mit der Faust aufs Knie.

»Morgen vormittag kommen Sie aber auf jeden Fall mit, egal, wo wir hingehen. Grant hat eine Kirche voller Knochen vorgeschlagen.«

»Du lieber Gott.« Er erinnerte sich an diese Kirche.

»Er organisiert den Minibus. Sie sind doch dabei?«

William nickte.

»Und jetzt lassen Sie bitte den Kopf nicht mehr hängen. Bitte.«

»Ich bin schon dabei.« Lieber Gott, vergib mir die Lüge. Er hätte dieses warme, weiche, süße Geschöpf so schrecklich gerne in die Arme genommen, daß er die Hände wie zum Gebet falten mußte, um sie nicht nach ihr auszustrecken.

»Manchmal sind Sie wirklich komisch. Aus Ihren Stimmungen werde ich überhaupt nicht schlau.« Bonnie war jetzt ganz heiter, ihre Verärgerung war verschwunden. Sie stand auf. Erleichtert, daß die Gefahr erst mal vorüber schien, erhob William sich ebenfalls.

»Machen Sie sich keinen Kopf. Spielen Sie einfach genauso wie ...«

Das Ende von Williams Bemerkung erstickte an Bonnies unwiderstehlichem Hals. Sie hatte William erneut an sich gezogen – in einer dieser Umarmungen, die er nicht leiden konnte, jener öffentlichen Umarmungen, die in letzter Zeit bei traurigen Anlässen so Mode geworden sind. Er merkte, wie er erstarrte. Ihre Freundlichkeit deprimierte ihn, es war die Zutraulichkeit einer Enkeltochter zu ihrem Großvater. Er zwang sich zu einem Lächeln und stieß sie unbeholfen von sich, fast als wäre sie ein schwerer Tisch.

»Als ich das letzte Mal beim Arzt war, hing im Wartezimmer ein Schild ›Umarme einen Menschen, der es braucht‹. Sentimentaler Unsinn.«

Bonnie lachte.

»Tut mir leid«, sagte sie. »So, und jetzt kommen Sie mit nach unten. Bevor wir uns umziehen müssen, ist noch Zeit für diese hervorragende Erdbeermarmelade, die Sie so mögen.«

William folgte ihr durch den malvenfarbenen Korridor. Ihr Duft nach irgendeiner zarten Blume, deren Namen er nicht wußte, hing noch in seinem Pullover. Er bewegte sich wie in Trance.

Die Kirche war überfüllt. Wer keinen Platz mehr bekommen hatte, saß auf dem Boden in den Gängen. Dafür, daß das Ulmen-Quartett weniger berühmt war als das ursprünglich angekündigte Quartett, war der Zustrom erstaunlich. Es rührte William, daß all diese Menschen auf einen schönen Abend hofften. Obwohl seine Mitspieler sich nicht äußerten, hatte er den Eindruck, daß es ihnen ähnlich ging. William ließ den Blick über all die erwartungsvollen Gesichter schweifen – etwas, das er sich früher verboten hatte und auch jetzt nur selten tat. Dann warf er einen letzten Blick auf das Deckengewölbe, wo Fresken und Architektur auf irritierende Weise miteinander verschmolzen. »Illusionsarchitektur«, hatte Rufus erklärt, um sich gegen Grants Protzerei mit tschechischen Redewendungen zu behaupten. All die erhabene Pracht ließ William ein wenig steif in den Gliedern werden. Am meisten beeindruckte ihn die Tatsache, daß Mozart höchstpersönlich hier auf der Orgel gespielt hatte – auch seine Augen mußten also auf all diesen Herrlichkeiten geruht haben. Und auch er mußte gespürt haben, daß dieser Ort mit seinen wunderbaren Steinmetzarbeiten und den heiligen Bildern etwas Transzendentes beherbergte. Demütig gab William das Zeichen zum Beginn. Sie spielten Beethovens cis-Moll-Quartett mit einer Hingabe, die William sich auch für ihre normalen Konzerte gewünscht hätte. Während er zwischen den einzelnen Sätzen in seiner Partitur blätterte, fiel ihm auf, daß Bonnie diesmal – vielleicht aus Respekt vor dem heiligen Ort – auf das bunte Futter in ihren Ärmeln verzichtet hatte. Auch das rührte ihn.

Erschöpft, aber beschwingt versammelten die Spieler sich später in der Hotelbar, um vor dem Schlafengehen noch etwas zu trinken, so wie sie es für gewöhnlich auf Tourneen machten. Es war ein unausgesprochenes Gesetz, daß sie eine Aufführung immer erst am nächsten Morgen diskutierten. Sie saßen um einen kleinen Tisch – in Sesseln mit malvenfarbenem Plastikpolster, die nur wenig häßlicher waren als die rosafarbenen in Manchester – und nippten an ihrem Whisky oder Kognak.

Alle vier waren beeindruckt von dem Publikum. Alle genossen jenen fast rauschhaften Zustand nach einer außerordentlichen Aufführung. Aber auch darüber wurde nicht gesprochen. Worte hätten ihr gemeinsames Glück nicht vergrößern können.

»So«, sagte Bonnie und unterbrach schließlich das Schweigen. »Wie sieht's aus, ist für morgen früh schon alles klar?« Sie sah Grant an. Der nickte. Dann schaute sie zu William. »William, Sie kommen doch auch mit, oder?«

Er nickte. »Natürlich.« Er hatte vergessen, was geplant war, und sah dem Ausflug mit Grauen entgegen.

»Na so was«, sagte Rufus. Trotz seines beiläufigen Tons vermutete William, daß Rufus womöglich ahnte, daß Bonnie etwas mit seinem ungewöhnlichen Entschluß zu tun hatte. In seiner stillen Art entging Rufus selten etwas.

»Der Minibus ist für zehn Uhr bestellt«, sagte Grant.

In der Bar war nichts los. Nur noch zwei Deutsche unterhielten sich leise in einer Ecke. William ließ den Blick durch den häßlichen Raum wandern, der Whisky wärmte ihn. Halb versteckt hinter einem großen Gummibaum, entdeckte er ein Klavier. Das seltsamste Klavier, das er je gesehen hatte – bemalt oder lasiert mit etwas, das wie falscher Marmor wirkte. Es glänzte in derselben Malvenfarbe, die das ganze Hotel verschandelte und ihn an die abwegigsten Dinge erinnerte: Muschelschalen, die Brust von Holztauben, Mondsteine. Ihm sank das Herz – wie so oft, wenn er sich in fremden Gefilden befand. Bonnies Kichern unterbrach ihn in seinen trübsinnigen Grübeleien. Auch sie hatte das Klavier entdeckt.

»Ob wohl jemand was dagegen hat?« fragte sie.

Ohne auf eine Antwort zu warten, stand sie auf, ging zu dem Klavier und bahnte sich einen Weg durch das Blättergewirr der Pflanze.

»Kein sehr gutes Klavier«, sagte der Barkeeper, ohne dabei jemand Bestimmten anzusprechen.

Bonnie setzte sich auf den Hocker. William, Grant und Rufus ruckten ein wenig in ihren Sesseln. Die Deutschen stellten ihre Biergläser ab.

»Was dürfen wir wohl erwarten?« fragte Rufus leise. Er war verlegen. Sich unaufgefordert in einer öffentlichen Bar ans Klavier zu setzen, hielt er für angeberisch. Er sah auf die Uhr, um anzudeuten, daß er sich bald zurückziehen werde, was immer Bonnie auch spielen würde.

Sie begann mit »My Very Good Friend the Milkman« und flog in einer Weise über die Tasten, die selbst Fats Waller begeistert hätte. Dann leitete sie über zu »Ain't Misbehavin'« und begann mit dünner, rauchiger Stimme zu singen.

Die Deutschen saßen sehr aufrecht in ihren Sesseln. Rufus zog die Augenbrauen hoch. Der Barkeeper hörte auf, Gläser zu polieren, und stützte sich mit den Ellbogen auf den Tresen. Grant war sehr blaß geworden.

Es war bekannt, daß jeder der drei Ulmen-Männer seine spezielle Sorte Musik hatte, die er entschieden ablehnte. William haßte »leichte Klassik« mit militärischem Anstrich, jene Reitersportmusik aus dem Radio, die er so grauenhaft fand. Rufus konnte keine opernhaften Stimmen ertragen. Und Grant war jegliche Art von Jazz zuwider. Als Bonnie zu spielen begann, spiegelten sich deshalb auf seinem Gesicht Überraschung und Entsetzen. William beobachtete, wie er mit sich kämpfte, während Bonnie vergnügt ihre heiseren Verse sang. Als sie fertig war, klatschte Grant mit hoch über den Kopf erhobenen Händen und schickte ein Lächeln in ihre Richtung, das sie nicht sah. Sie hielt den Kopf über die Tasten gebeugt und wagte sich jetzt, mit erstaunlicher Fertigkeit, an ein komplizierteres Stück. Grant stand auf, nickte William zu und verließ die Bar. Rufus, der wie immer dringend seine Frau anrufen wollte, folgte ihm auf dem Fuß. Der Barkeeper zog widerstrebend das Gitter über die Theke. Die Deutschen sahen auf die Uhr und gingen, die Augen auf Bonnie geheftet, rückwärts aus dem Raum. Als sie an William vorbeikamen, klatschte der eine in die Hände.

»Du der Vater, ja? Glückwunsch.«

Nun spielte Bonnie nur noch für William. Der »Honeysuckle Rose« ließ sie das Marlene-Dietrich-Lied »Falling in Love Again« folgen. Wenn William mehr getrunken hätte, hätte er es womöglich für eine beseligende Botschaft gehalten. Mit seinem eher nüchternen Kopf sagte er sich, daß Bonnie das Lied nur zufällig gerade eingefallen war. Aber er hatte das Bedürfnis, sich zu vergewissern, ob er sich vielleicht doch getäuscht hatte.

Er stand auf, kämpfte sich am Gummibaum vorbei, legte die Arme auf das malvenfarben marmorierte Klavier und blickte auf Bonnies flinke weiße Finger, die den Tasten Klänge von beträchtlichem Schmelz entlockten.

»Ich wollte doch nie, was kann ich machen? Ich kann nichts dafür ...«

Für einen Moment blickte sie hoch, sah ihn neckisch lächelnd an. Aus Furcht, umzufallen, lehnte er sich noch schwerer auf das Klavier. Natürlich war das alles Unsinn! Aber lieber Himmel, sie sang unglaublich überzeugend. Wenn sie so weitermachte, käme er womöglich doch noch auf die Idee, daß seine Gefühle in irgendeiner Weise erwidert wurden ...

Plötzlich hörte sie auf zu spielen. Blickte sich um.

»Was ist passiert? Sind ja alle gegangen. Hab ich was falsch gemacht?«

»Natürlich nicht. Ihr spontaner Auftritt stieß auf große Begeisterung, würde ich sagen. Haben Sie die Gesichter der Deutschen gesehen? Und die Verblüffung des Barkeepers?«

»Nein.«

»Wir waren alle verzaubert.« Unnötig, ihr zu sagen, daß Grant Jazz nicht ausstehen konnte. Das sollte er ihr irgendwann lieber selbst erzählen. »Ich hatte keine Ahnung, was Sie alles können, Klavier spielen, singen ... In Ihnen schlummern ja die verschiedensten Talente.«

Bonnie zuckte die Achseln. Mit ihrem rechten Zeigefinger schlug sie ein paar einzelne Töne an.

»Irgendwann wollte ich mal Jazzpianistin werden. Aber dann hat die Bratsche gewonnen.«

»Sie spielen wunderschön.« Ach, wie hilflos waren Worte, wenn man so gern bewundern wollte, wenn man der Frau, die man liebte, gerne verschlüsselte Botschaften geschickt hätte! »Genau die Musik, die ich liebe. Ruth Etting …«

»Ruth Etting? Eine Göttin!« Immer noch mit einem Finger spielte sie die ersten Töne von »Harvest Moon«. Der Strahl eines kleinen, starken Deckenlichts bohrte sich in die weiße Haut, den Perlmuttnagel. William stellte sich etwas anders hin, ging ein Wagnis ein. Hinter dem Klavier fühlte er sich sicher.

»Eigentlich kenne ich Sie überhaupt nicht, Bonnie«, sagte er. »Sie halten so viel von sich verborgen.«

»Nun, ich bin ja auch erst seit kurzem bei den Ulmen. Und so was braucht Zeit. Sie kennen einander schon so lange. Das kann ich nie aufholen.« Sie hielt den Kopf gesenkt, sprach leise, lachte dann ein wenig. »Immerhin haben wir eins gemeinsam. Ich kenne Sie auch überhaupt nicht.«

Ihre Bemerkung gab William Mut. Sein Körper straffte sich. Lange über eine Antwort nachdenken konnte er nicht.

»Ich bin eine Mischung aus fürchterlichem Ernst und kompletter Lächerlichkeit«, sagte er zu seiner eigenen Überraschung. Und wie er da so in Habachtstellung mitten im Blättergewirr des Gummibaums stand, ging ihm auf, daß der lächerliche Teil nicht zu übersehen war.

Bonnie erhob sich und lächelte ihn übers Klavier hinweg an. Sie klopfte ihm auf die Schulter.

»Beides habe ich schon bemerkt«, sagte sie. »Und außerdem sind Sie ein außergewöhnlicher Geigenvirtuose …«

»Bitte keine Komplimente.« William versuchte sich von den jadegrünen Blättern zu befreien, die ihn wie träge Fledermausflügel attackierten. Er folgte Bonnie in die Ecke, in der die Deutschen gesessen hatten. Sie schien keine Eile zu haben, in ihr Zimmer zu kommen. Was für ein unfaßbares Geschenk! Sie setzten sich.

»Ich fürchte, wir bekommen nichts mehr zu trinken.«

»Ich möchte auch nichts mehr.« Bonnie schwang ihre Beine auf den leeren Stuhl neben sich. Ihr weiter Rock zerfloß in lauter samtene Wellen. William konnte sich nicht satt sehen, sein Blick wanderte von ihren Füßen zu ihrem Kopf. Ein Punktstrahler traf genau auf ihr glänzendes Haar und setzte ihr einen Heiligenschein auf. Endlich begegneten sich ihre Augen.

»William, stimmt was nicht? Liegt Ihnen etwas auf der Seele?«

Verblüfft zwinkerte William mit den Augen.

»Auf der Seele? Ja, doch, sicher. Ich schleppe immer irgendwas mit mir rum. Ich bin nicht mit einer Seele aus Holz gesegnet. Vollkommen absurde Gedanken schwirren mir durch den Kopf, quälen mich ...«

»Ich meine, ist da etwas Besonders, etwas Ernstes, das Sie quält?«

»Ich bin immer ernst, wenn ich Geige spiele oder wenn ich übers Spielen nachdenke oder mir eine Aufführung in Erinnerung rufe ...«

»Sie wissen genau, was ich meine.« Bonnie klang ungeduldig.

»Nein, wirklich nicht.«

Sie schwiegen einen Augenblick.

»In letzter Zeit benehmen Sie sich ziemlich seltsam.« Sie lächelte freundlich.

»Seltsam? Ich bin immer seltsam.« William war erleichtert, lächelte ebenfalls. Wenigstens war sie nicht konkreter geworden. »Exzentrisch vielleicht. Haben die anderen etwas gesagt?«

»Zu mir nicht.«

»Im Ausland bin ich immer gereizt«, sagte William schließlich, um das erneute Schweigen zu beenden.

»Heimweh?«

»So könnte man sagen.« Flüchtig erschien Grace vor seinem inneren Auge: ihre freundliche Stimme, wenn sie ihm die Haustür öffnete, die grauen Haarsträhnen, die sie seit einiger Zeit hinter den Ohren verbarg. Er dachte an die glänzende Autofahrerin Grace und auch an ihre Zitronenbaisers. Er zuckte die Achseln.

»Ihr Leben jenseits des Quartetts kann ich mir überhaupt nicht vorstellen«, sagte Bonnie.

»Sehr ruhig.«

William spürte, daß seine Chance gekommen war. Er mußte sehr bedachtsam vorgehen.

»Und Sie ... gibt es etwas, wonach Sie Heimweh haben? Sie haben gewiß ... einen ungeduldigen jungen Mann im Schlepptau?« Verdammt, da hatte er es auch schon vermasselt. In seiner Hast hatte er die unglücklichste Formulierung gewählt. Aber Bonnie reagierte erheitert – tiefe Grübchen erschienen auf ihren Wangen.

»Ob ich ›einen ungeduldigen jungen Mann im Schlepptau‹ habe? Also wirklich, William. Mir ist noch nie jemand begegnet, der sich so komisch ausdrückt.«

Trotz ihres freundlichen Spotts wußte William, daß er weitermachen mußte. Eine so günstige Gelegenheit würde sich so schnell nicht wieder bieten.

»An meine Redeweise müssen Sie sich doch inzwischen gewöhnt haben. Ich kann sie nicht so einfach ablegen, auch wenn ich manchmal versuche, weniger formell und distanziert zu sein.«

Bonnie sah ihn neugierig an. Sie beugte sich vor und tätschelte seinen Ärmel. Allmählich gewöhnte William sich daran, daß er nichts erhoffen durfte, wenn ihre Hand sich ihm näherte. Er wußte, daß es sich nur um eine kindliche Geste handelte und nicht um den Vorboten jenes Verlangens, das er sich so sehr von ihr ersehnte. Er ließ ihre Hand auf seinem Arm liegen, tat so, als bedeute ihm die Geste nichts, auch wenn sie ihm wie ein Stromstoß durch den ganzen Körper fuhr.

»Ich war mal fast drei Jahre lang mit einem gewissen Toby aus Aldershot zusammen«, sagte sie. »Aber das ging dann auseinander.«

»Ah.« William malte sich aus, wie besagter Toby Bonnie jeden Abend abholte, manchmal mit Blumen oder Süßigkeiten, und mit ihr ins Kino oder Theater oder essen ging. Sie dann nach Hause brachte und an der Haustür küßte. Tief im Innern ahnte er zwar, daß das ein albernes, unzutreffendes Bild war, aber er brachte es nicht fertig, sich das wirkliche Verhältnis vorzustellen.

»Und dann merkte ich, daß ich gerne alleine lebte. Daß es herrlich war. Einsamkeit, die große Heilerin.«

»Das ist eine ungewöhnliche Sichtweise, obwohl ich Ihnen zustimme. Wenn ich gezwungen wäre, allein zu leben, würde es mir wahrscheinlich gut gefallen.« Da ein verflossener Freund nicht allzu bedrohlich war, beschloß William, noch weiter zu bohren. »Und was hat dieser Toby beruflich gemacht?«

»Computer.«

»Komisch, ich bin noch nie jemandem begegnet, der mit Computern zu tun hat.« (Er kannte die Macht der Selbstverkleinerung.) »Ich bewege mich einfach in einer völlig anderen Welt. Aber ich habe gehört, daß man sehr reich werden kann, wenn man Programme entwirft oder ähnliches.«

»Toby wurde so reich, daß er nur noch über Geld redete. Er konnte Bach nicht von Beethoven unterscheiden, und irgendwann hatte ich genug.«

»Das wundert mich nicht.« William hatte das Gefühl, daß sein Verständnis für Bonnie eine Nähe zwischen ihnen schuf, die er nie zu erhoffen gewagt hätte.

»Ich habe wirklich versucht, seine Welt zu verstehen, aber er hat sich nie die Mühe gemacht, meine zu begreifen. Es war hoffnungslos.« Bonnie runzelte nachdenklich die Stirn. »Und wenn Sie es genau wissen wollen, nach unserer Trennung war meine Einsamkeit nie absolut.« Sie lächelte ihn mit ihren frechen Grübchen schelmisch an. »Nach Toby hat es noch den ein oder anderen Besucher in meinem Leben gegeben, aber nichts Ernstes. Halt nur Besuche.«

»Der Begriff ›Besuch‹ gehört eher zu meinem Wortschatz«, sagte William.

»Dann steckt Ihre Redeweise an.«

»Sie sollten lieber bei Ihrer eigenen Art bleiben, anstatt sich, nur aus Höflichkeit, jemandem anzupassen, der alles andere als vollkommen ist.«

»Natürlich. Das würde ich nie tun. Ist Grace denn vollkommen?«

»Das ist sie.« William unterdrückte den Anflug eines Seufzers. Es lief so gut, daß er glaubte, sich noch weiter vorwagen zu können. »Und momentan – noch irgendwelche Besucher?«

Bonnie kicherte errötend. Sie sah jetzt fast wie sechzehn aus.

»Eigentlich nicht. Hin und wieder klopft noch mal jemand an, aber ich bin sehr pingelig und keine, die überstürzt ›Herein‹ sagt. Da bin ich altmodisch.«

William rutschte in seinem Sessel herum, um seine wachsende innere Erregung zu bekämpfen. Bonnie ließ sich wahrhaftig auf das Gespräch ein!

»Das höre ich gerne.« Er schlug seinen väterlichsten Ton an. »Und was die Anklopfer betrifft, es wäre ja wirklich verdammt seltsam, wenn ein Mädchen wie Sie nicht mit Anträgen bombardiert würde ...«

»Seien Sie doch nicht albern, William.« Sie war geschmeichelt.

»Wenn Sie ein Kompliment von einem Mann annehmen könnten, der um einiges älter ist, dann würde ich sagen, Sie sind eine außergewöhnlich ...« Und hier verließen ihn seine Worte. »Also zum Beispiel heute abend. Da haben Sie uns alle mit Ihrem Klavierspiel überrascht. Sie gaben ein wunderschönes Bild ab. Und wenn wir gemeinsam musizieren, schaue ich Sie manchmal heimlich an und denke ...«

»Was denken Sie?« Sie neckte ihn, wollte wissen, wie William seine Empfindungen beschrieb. William sah ihr in die Augen und ahnte, daß sein kaum noch zu ertragendes Verlangen sogar für ein, zwei Sekunden von ihr erwidert wurde. Natürlich konnte er ihr nicht die Wahrheit sagen.

»Ich denke ... wie kann eine junge Frau mit vergleichsweise

wenig Erfahrung einerseits intuitiv erfassen, daß ein Quartett eine ... Einheit bildet, und andererseits ihrem Instrument einen unverwechselbaren Klang verleihen ...?« Er verstummte.

»Ach, Sie sprechen von Musik.« Lag etwa Enttäuschung in ihrem leichten Achselzucken? William hatte gewußt, daß er irgendwann einen falschen Schritt tun würde, und verwünschte sich. Er hätte es riskieren und die Wahrheit sagen sollen. Bonnie sah auf ihre Uhr.

»Es ist sehr spät«, sagte sie. »Wenn wir morgen für unseren Ausflug frisch sein wollen, dann sollten wir jetzt besser ins Bett gehen.«

Sie eilte durch den malvenfarbenen Dunst der Bar davon, ehe William sich aus seinem Sessel hochgerappelt hatte. Ungeduldig wartete sie auf ihn. Die Lifttüren schlossen sich hinter ihnen. Die abgestandene Luft stank nach üblem alten Zigarrenrauch. Mit abgewandtem Blick stand William zwei Schritte von ihr entfernt und betrachtete statt dessen die durch die zwei Spiegel an den Liftwänden unendlich vervielfältigten beiden Personen: Mit jedem weiteren Abbild wurden sie kleiner und kleiner, und das letzte war nicht größer als ein winziges Figurinenpaar. Vielleicht demonstrierte dieses Miniaturpaar ja das wahre Ausmaß ihrer Freundschaft, ihrer Beziehung. Bonnies Augen, die William während ihres Gesprächs für Minuten so in ihren Bann gezogen hatten, blickten jetzt leer. Ihre Anziehungskraft war vollständig erloschen. Teilnahmslos und ermattet hatte Bonnie die Arme unter der Brust gekreuzt und schien ganz woanders zu sein. William war vergessen.

Sie erreichten ihre Etage und traten in die nicht ganz so verseuchte schale Luft des Korridors hinaus.

»Wie sieht denn das Programm für morgen eigentlich aus?« William kratzte sich am Kopf. Himmel, er wollte nicht, daß sie ging!

»Wir wollen eine Kirche mit lauter Knochen besichtigen. Das habe ich Ihnen doch schon gesagt. Tausende von Skeletten. Nichts für Zimperliche.« Sie kicherte.

»Wie furchtbar. Ich kann mich noch daran erinnern. Vielleicht komme ich doch nicht mit.«

»Das müssen Sie aber.« Sie küßte ihn flüchtig auf die Wange – mit einem unpersönlichen, höflichen Kuß, und William war nicht schnell genug, um ihn zu erwidern. Sie schloß ihre Tür auf. »Schlafen Sie gut.« Sie verschwand hinter ihrer Tür.

William wußte, daß ihr Zimmer zwischen Grants und seinem lag. Doch zu seiner Erleichterung stellte er fest, daß ihn das nicht beunruhigte. Bonnie hatte gesagt, daß es momentan keine Besucher in ihrem Leben gebe. Und falls Grant tatsächlich gewisse Absichten hegte, würde er bestimmt nicht überstürzt handeln und damit seinen eigenen Plänen in die Quere kommen. Aufgrund von Grants reserviertem Verhalten während der Reise glaubte William allerdings mittlerweile, daß er von ihm nichts zu befürchten hatte.

Jetzt stand William vor der malvenfarbenen Jalousie an seinem Fenster, zerrte an seiner weißen Krawatte und knöpfte wie in Trance sein steifes Pikeehemd auf. Frustriert, wie er war, wußte er, daß eine lange, schlaflose Nacht vor ihm lag. Die Vorstellung, daß Bonnie hinter der dünnen Wand ganz alleine schlief, tröstete ihn ein wenig, reichte aber nicht, um ihn einschlafen zu lassen. Er begann, den langsamen Satz einer Bachsonate zu summen. Es dauerte ewig, bis er ausgezogen war, und anstatt den lieblichen Bach abzubrechen, brach er mit einer lebenslangen Regel: Er putzte sich nicht die Zähne.

Um drei Uhr morgens erwachte Grace aus unruhigem Schlaf. Im Traum hatte sie ein pfeifendes Geräusch gehört, ein gespenstisches Stöhnen. Durch das offene Fenster starrte sie ein gestochen scharfer Vollmond an. Draußen fror es sicherlich. Sie spürte die Stille von Frost und war froh über ihr warmes Bett.

Eine Weile betrachtete sie die vertrauten dunklen Umrisse in ihrem Zimmer, dann schloß sie die Augen wieder. Das

Geräusch aus ihrem Traum setzte wieder ein. Aber jetzt war es kein Pfeifen oder Stöhnen mehr, sondern das Heulen eines großen Hundes. In Wahrheit das Heulen eines Wolfs.

Abends hatte Grace mehrere Scheiben Käse gegessen. Käse am Abend ... Offenbar spielte die Phantasie ihr einen Streich. Sie schlug die Augen wieder auf. Doch da zerriß ein noch lauteres Geheul die Stille der Nacht. Ihr fuhr ein eisiger Schreck in die Glieder.

Sie stand auf, ging zum Fenster und zog den Vorhang beiseite. Die Luft war feucht und kalt. Grace fröstelte. Plötzlich durchbrach das Sirenenjaulen einer Feuerwehr oder eines Krankenwagens die Stille – ein Spielzeuggeräusch. Dann folgte ein längeres, tieferes, traurigeres Heulen. Es kam, wie Grace jetzt schreckensstarr feststellte, aus ihrem eigenen Vorgarten. Da draußen mußte ein Wolf frei herumstreunen, der aus irgendeinem Zoo ausgebrochen oder einem Privatbesitzer entlaufen war. Noch während sie sich fragte, wie der Wolf es über die Autobahn geschafft und, ohne entdeckt zu werden, ihre Straße, ihr Haus gefunden hatte, wußte sie, daß ihre Idee lächerlich war. Sollte sie die Polizei anrufen oder den Tierschutzverein oder William?

Grace zwang sich, sich aus dem Fenster zu lehnen, um zu sehen, ob ... Im Rhododendronbusch gegenüber der Haustür bewegte sich etwas. Dann hörte sie laute Schritte, sah flüchtig eine gebückte Gestalt durchs Gartentor huschen. Als sie aus dem Blickfeld verschwunden war, folgte ein letztes, noch lauteres Aufheulen – ein grausames, triumphierendes, erschreckendes Geräusch.

Grace schloß schnell das Fenster, eilte ins Bett zurück, machte das Licht an. Sie griff nach dem Telefon und dem Zettel mit Williams Prager Nummer. Ihre Hände zitterten so sehr, daß sie mehrmals wählen mußte. Sie hatte keine Ahnung, was sie sagen sollte. Wenn William auf Tournee war, beunruhigte sie ihn ungern – es störte ihn in seiner Konzentration. Aber dies war ein Notfall, für den er sicher Verständnis hätte. Ein paar

Worte von William, der in Krisensituationen meist die Ruhe bewahrte, würden ihr helfen.

Sie ließ das Telefon sehr lange läuten und zitterte immer noch sehr stark. Das Wolfsgeheul aus Menschenmund hallte ihr noch in den Ohren nach.

In Prag fiel erstes Tageslicht durch Williams Zimmerfenster. Er hatte nicht einmal versucht zu schlafen, sondern lange gelesen und manche Violinsonate gesummt. Das überraschende Telefonläuten weckte so wild-irrationale Hoffnungen in ihm (forderte die ebenso schlaflose Bonnie ihn etwa zu einem Besuch auf?), daß er gar nicht erst auf eine plausiblere Erklärung für einen Anruf zu dieser frühen Stunde kam.

Als er den Hörer abnahm, zitterte seine Hand ebensosehr wie die seiner Frau zu Hause.

»Hallo?« Er würde im Nu nebenan sein können. Wo war bloß sein schäbiger Morgenmantel?

»Ich bin's. Es tut mir leid, daß ich dich zu so unmöglicher Zeit anrufe.«

»Grace! – Grace.«

»Wahrscheinlich habe ich dich aufgeweckt. Entschuldige bitte.«

»Das hast du nicht, nein. Ich konnte nicht schlafen. Was ist los?«

»Nichts Schlimmes.« Sie lachte verlegen auf. So lachte sie, wenn sie irgend etwas verheimlichen wollte, das Versteck seines Geburtstagsgeschenks zum Beispiel oder einen Überraschungsnachtisch. »Ich bin nur aus einem ziemlich schrecklichen Alptraum aufgewacht. Und du weißt ja, wie das ist, wenn man alleine ist und einen Alptraum hat. Ich hatte absurde Angst, hab das Licht angemacht ...«

»Du dummes Ding. Du hast doch seit Jahren keine Alpträume mehr gehabt.« Vor seinem inneren Auge sah William Bonnies Profil auf dem Kissen, ihre dichten Wimpern ruhten auf ihrer Wange.

»Nein, stimmt. Es ist wirklich albern.«

»Laß das Licht jetzt an. Mach es auf keinen Fall aus.« Angestrengt versuchte er, mitfühlend zu klingen. »Bei elektrischem Licht haben Alpträume kein langes Leben. Sie schlagen noch eine Weile um sich, wie eine Forelle, die auf dem Trockenen nach Luft schnappt – aber dann sterben sie.« Er war ziemlich angetan von dem Quatsch, den er da so flüssig von sich gab, während er nur an nebenan und an Bonnies warmen Körper zwischen den Laken dachte.

Ein schwaches Lachen drang durchs Telefon.

»Ich wußte, du würdest was Albernes sagen und mich zur Vernunft bringen. Jetzt geht es mir schon wieder besser. Es tut mir so leid, daß ich dich belästigt habe. Ich rufe später noch mal an. Mach dir keine Sorgen.«

Unschön war allerdings, daß er sich gar keine Sorgen machte.

»Nun leg dich wieder schlafen, mein Herzblatt ...« William legte den Hörer auf. Falls Bonnie im Schlaf lächelte, würde das Lächeln dann so glücklich sein, daß ihre Grübchen hervortraten? Er schämte sich, weil Graces Alptraum ihn ziemlich gleichgültig ließ, aber ihre seltsame, fast rührende Angst hatte ihn zumindest ein wenig von seinen eigenen Phantastereien abgelenkt. Und als es jetzt in seinem Zimmer hell wurde, spürte er zu seiner Überraschung, daß sich endlich der Schlaf näherte.

7

Die übrige Nacht konnte Grace nicht mehr schlafen. In den langen Stunden vor dem endgültigen Anbruch der Morgendämmerung arbeitete sie an einer logischen Erklärung für den nächtlichen Terror: Es mußten Jugendliche gewesen sein. Kürzlich hatte es in der Nachbarschaft Ärger gegeben, Einbrüche und Vandalismus von einer Teenagerbande aus einer nahe gelegenen Siedlung. Genaugenommen war es natürlich keine Bande gewesen, sondern ein einzelner Junge, der einiges Talent im Imitieren von Tierlauten besaß. Das nächtliche Vergnügen hatte offenbar darin bestanden, daß jeder sich ein Haus vornahm und mit unheimlichen Geräuschen die Bewohner erschreckte. Wahrscheinlich würden sie nicht wiederkommen, sondern woanders mit Terror für Aufregung in ihrem jämmerlichen Leben sorgen.

Obwohl Grace sich mit diesen Überlegungen zu beruhigen versuchte, war sie immer noch recht wackelig, als sie um sieben Uhr aufstand. Im Badezimmer stieß sie überall an. Sie schlich leise die Treppe hinunter, als fürchte sie, jemanden zu stören. Gegen den trüben Wintermorgen machte sie überall Licht und knipste gegen die Stille das Radio an. Dann stellte sie fest, daß sie keinen Appetit hatte. Sie aß nur einen halben Toast, rührte ihren Tee kaum an. Wieso hatte sie William nicht erzählt, was los war? Er hätte sie doch gewiß getröstet, ihr geraten, unbedingt die Polizei anzurufen, was ihr selbst in dem Moment sinnlos erschienen war. Sie wartete sehnsüchtig auf seine Rückkehr morgen, fürchtete eine weitere einsame Nacht. Sie legte die Hände auf den Tisch und klimperte mit den Fingern, als spiele sie auf einer unsichtbaren Klaviatur. Zu ihrer eigenen Überraschung brach sie ganz plötzlich in Tränen aus.

Sie bedeckte ihr Gesicht mit den Händen, wiegte sich in ihrem Stuhl hin und her und schluchzte geräuschvoll. Sie hatte seit Jahren nicht mehr geweint. Es war ein seltsames, unangenehmes Gefühl: Tränen rannen ihr über die Wangen, vergeblich versuchte sie sie mit dem Handrücken fortzuwischen, wo sie glänzende Schneckenspuren hinterließen. Sie schniefte und keuchte, tief über den Tisch gebeugt, und versuchte, den Schmerz in ihrer Brust zu besänftigen. Es hieß ja, weinen erleichtere. Aber sie spürte keine Erleichterung. Nur den Drang, noch lauter zu schluchzen. Vielleicht kam die Erleichterung erst, wenn man wußte, worüber man weinte. Und das war ihr schleierhaft. »Was ist nur mit mir los?« stöhnte sie laut.

Noch während Grace schniefte und schluchzte, war ihr klar, daß es so nicht ging. Ihre eigene laut gestellte Frage brachte sie wieder zur Vernunft. Sie erkannte, was für ein klägliches Bild sie bot: Da heulte sie sich die Augen aus, nur weil ein paar Rumtreiber sie nachts erschreckt hatten. Ihre lebenslang geübte Disziplin kam ihr zur Hilfe. Sie riß sich zusammen, so wie ihre Mutter es von ihr erwartet und gutgeheißen hätte, putzte sich die Nase, stand auf und ging zum Spülbecken. Sie hielt ein Geschirrtuch unter den Wasserhahn und legte es sich auf die rotgeweinten Augen. Als sie es wieder fortnahm, blickte sie plötzlich in Luciens Gesicht. Er stand grinsend draußen vorm Küchenfenster.

Sofort fühlte Grace sich wieder unbehaglich. Was hatte er so früh am Morgen bei ihr zu suchen? Seine normale Zeit war seit kurzem neun Uhr. Sie wünschte sehnlichst, er möge verschwinden. Heute morgen fühlte sie sich seinen Problemen und seiner aggressiven Energie nicht gewachsen. Doch Lucien winkte ihr zu und forderte sie stumm auf, ihn hereinzulassen. Unverschämter Kerl! Benahm sich, als habe er das Recht, bei ihr zu frühstücken. Müde schloß Grace die Hintertür auf. Er polterte herein, das glatte Haar voller Spinnweben, nasse Erde an den Stiefeln.

»Ist William da?«

»Nein.« Sofort bedauerte Grace ihre Antwort. Sie hatte unbedingt vermeiden wollen, daß Lucien von Williams Abwesenheit erfuhr, und bis jetzt war ihr das auch gelungen. Doch in ihrem momentanen aufgelösten Zustand hatte sie sich verraten.

»Kein Grund zur Eile also. Wo ist er denn?«

»In Prag. Er kommt morgen früh wieder – oder heute abend«, fügte sie sicherheitshalber hinzu.

Lucien setzte sich an den Tisch, streckte die Beine wie knochige Flügel von sich. Er muß mir wohl etwas an meinem Gesicht abgelesen haben, dachte Grace, sagte aber nichts.

»So so, William ist also in Prag. Voller Terminplan?«

»Er hat immer ein dichtes Programm, wenn er im Ausland auf Tournee ist.«

»Wie? Zwei Konzerte am Tag? Morgens und abends?«

»Das weiß ich nicht so genau.« Sein ungewöhnliches Interesse an Williams Arbeit verblüffte sie. »Ich weiß nur, daß er heute abend um sieben Uhr seine letzte Aufführung hat – in irgendeiner Kirche. Den Namen habe ich vergessen.«

»Aha. Abendkonzert. Ziemlich unwahrscheinlich also, daß er danach noch eine späte Maschine nimmt.«

»Wie meinen Sie das?«

»Sie sagten doch, daß er vielleicht noch heute abend nach Hause kommt.« Er genoß sichtlich das Gespräch, trommelte mit einem Eierlöffel auf den Tisch, lächelte mit schiefem Mund. »Mit anderen Worten, Sie haben mich angelogen, Grace.«

Grace fehlte die innere Ruhe, sich ihre Antwort sorgfältig zu überlegen. Sie verschränkte die Arme unter der Brust, hob ihr tränenverschmiertes Gesicht und sagte mit aller Würde, die ihr zur Verfügung stand:

»Ursprünglich war jedenfalls geplant, daß sie heute abend zurückkommen … Manchmal ändern Reisepläne sich in letzter Minute. Und ich finde nicht, daß ich immer wissen muß, wann sie was wo zu tun gedenken.«

»Klar. Aber machen Sie mir doch nichts vor. Sie dachten, wenn ich glaube, daß William heute abend noch kommt, wären Sie – eben sicherer.«

»An so etwas habe ich nicht gedacht«, sagte Grace mit dem unterdrückten Zorn der Ertappten.

»Also gut, ich glaube Ihnen. Trotzdem ist es doch komisch, daß Sie mir nicht von Anfang an erzählt haben, daß William nach Prag fährt.«

»Ich finde nicht, daß Sie das etwas angeht.« Lucien mußte über ihre ungewöhnliche Strenge lächeln.

»Hören Sie, ich bin nicht hier, um mich mit Ihnen zu streiten. Jeder hat das Recht zu lügen, wenn ihm danach ist. Stellen Sie den Wasserkessel auf, setzen Sie sich und erzählen Sie mir, warum Sie geweint haben.« Obwohl sie empört darüber war, daß er sich erfrechte, ihr vorzuschreiben, was sie in ihrem eigenen Haus zu tun hatte, merkte sie, wie seine Überredungskunst sie umzustimmen begann. Er sprach mit jener Stimme, die er einsetzte, wenn er liebenswürdig sein wollte. Stumm tat sie, worum er sie gebeten hatte, und setzte sich schließlich mit einer Kanne Tee ihm gegenüber.

»Ihre Augen«, sagte er. »Sie müssen ganze Bäche geweint haben.« Ohne Vorwarnung sprang er so schnell auf, daß die Tischdecke lauter Falten schlug, und holte das Geschirrtuch vom Spülbecken. Er kam mit dem feuchten, zusammengeknüllten Tuch zu ihr. Eine Sekunde lang glaubte Grace, er wolle sie schlagen. Doch er hockte sich hin und betupfte ihre Wangen und Augen. Dann beugte er sich zu ihr und küßte sie auf die Stirn. Sein übelriechender Atem schlug ihr ins Gesicht.

»So. Was ist denn nun passiert? Wer hat Ihnen was getan, daß Sie so weinen mußten?«

»Niemand hat irgendwas getan.« Sie schniefte und lächelte dann. Es reichte ihr jetzt mit dem Melodrama, sie wollte, daß wieder Normalität einkehrte. »Ich hatte einfach eine furchtbare Nacht, Kopfschmerzen, war übermüdet, William fehlte mir ... und da bin ich in Tränen ausgebrochen. Das passiert mir nicht sehr oft. Vielleicht einmal in zehn Jahren.«

»Das geht doch in Ordnung«, sagte Lucien. »Jeder hat auch das Recht zu weinen, wenn er das Bedürfnis danach hat.«

Grace sah seine mitfühlende Miene und staunte über seine Fähigkeit, die banalsten Dinge so überzeugend vorzutragen, daß sie wie tiefe Erkenntnisse klangen. Sie machte Toast und bereitete Lucien ein Frühstück, das er liebte. Er setzte sich wieder auf seinen Platz und verfolgte mit den Augen jede ihrer Bewegungen. Der trübe Wintermorgen hatte sich ein wenig aufgehellt. In dem Licht, das hinter grauen Wolken hervorbrach, sah Grace, daß Lucien ungewöhnlich blaß war und tiefe Schatten unter den Augen hatte. Er kratzte sich an seinem unrasierten Kinn.

»Arbeit heute morgen?« fragte Grace. Sie setzte sich und hoffte, er würde so schnell wie möglich gehen, damit sie ihr Haus, ihre Küche für sich allein hätte. Sie wußte, daß der Tag für sie verloren war – an Malen oder an Hausarbeit war nicht zu denken –, und wartete ungeduldig darauf, mit dem anzufangen, worauf sie statt dessen Lust hätte. Vielleicht ein langer Spaziergang. Oder sie würde ihr Buch lesen. Vielleicht sogar nachmittags eine Stunde schlafen. – Verlorene Tage kamen selten genug vor und machten ihr kein schlechtes Gewissen.

»Nein. Heute nicht.« Lucien zuckte die Achseln. »Um genau zu sein – und deswegen bin ich auch gekommen –, wollte ich sehen, wie Sie es aufnehmen. Ich hab gekündigt.«

Graces leicht hochgezogene Augenbraue wies nur darauf hin, daß sie Genaueres hören wollte.

»Na, Sie wissen ja, wie das so ist. Hab ich nicht gleich von Anfang an gewußt, daß das nicht mein Ding ist?« Grace verzichtete darauf, ihm zu widersprechen, nickte kurz und dachte an seine anfängliche Begeisterung. »Ich habs Ihnen doch gesagt, oder? War alles nur Quatsch. Diese ganzen Regeln, die machen einen doch nur verrückt. Ich konnte überhaupt nicht ich selbst sein.« Grace versteinerte, wie immer, wenn Lucien so locker daherredete. Aber sie schwieg. »Ich mußte mich ins Team einfügen, alles nur gemeinsam, sagten sie. Jeder quasselte von denselben Ideen, Regeln und Vorschriften. Da hab ich andere Vorstellungen. Außerdem hat das Zentrum den Obdachlosen, soweit ich sehen konnte, wenig geholfen. Meiner Meinung nach war alles, was die wollten, Geld und was Anständiges zu essen. Dieses ganze Psychogesabbel hat sie doch nur kirre gemacht.« Er hielt inne, wartete auf Graces Reaktion. Ihr Gesicht blieb verschlossen. »Ich hab mir ja Mühe gegeben, wirklich, und ein paar Sachen vorgeschlagen.« Er lächelte kurz. »Ich hab sie sogar richtig vollgequatscht mit Ideen, die ich gut fand. Sie haben es mir zwar nicht deutlich gesagt, aber ich hab gemerkt, daß sie fanden, ich misch mich ein und rede Unsinn. Also dachte ich: Es bringt doch nichts, hier meine Zeit zu verschwenden. Da bin ich gegangen.«

»Aha.« All das überraschte Grace nicht. »Da werden Sie sich also ... nach was anderem umsehen?«

»Vielleicht. Aber vielleicht auch nicht. Mal sehen, was sich ergibt.«

»In der Regel ergibt sich nichts, wenn man nicht ...«

»Fangen Sie bloß nicht an, mir Vorträge zu halten, so wie Lobelia, herzlichen Dank!« Das sagte Lucien mit einem so einnehmenden Grinsen, daß Grace nicht verletzt war. »Und machen Sie sich keine Sorgen um mich. Ich komm schon zurecht.«

»Ich mache mir aber Sorgen um Sie«, sagte Grace. »Ich weiß nicht, wieso, aber das tue ich.«

Lucien goß sich noch eine Tasse Tee ein. Dann fiel ihm ein, daß er auch Grace nachschenken sollte. Aber es war zu spät, die Kanne war leer. Grace fragte sich, was wohl in seinem Kopf vorgegangen war, als er seine Unaufmerksamkeit bemerkte.

»Tut mir leid«, sagte er.

»Ich wollte sowieso keinen mehr.«

»Und – was werden Sie machen, wenn ich weg bin? Geht's wieder an die Blumen?«

»Heute ist mir nicht nach Malen.«

»Schade. Weil Sie nämlich sehr, sehr gut sind. Kapiert? Nach dem, was Sie mir gezeigt haben, würde ich behaupten, Sie haben einen Haufen Talent. Mehr als die meisten. Das sollten Sie nicht verkommen lassen. Machen Sie weiter mit Ihrem Buch. Bringen Sie es zu Ende. Und Sie werden staunen ...«

»Ach, kommen Sie«, sagte Grace. »Sie übertreiben doch. Wie ich schon sagte, ich habe vielleicht ein bißchen Talent. Mehr nicht.«

»Wer sagt denn, daß Talent nicht wachsen kann?«

»Daran glaube ich nicht. Technik kann man verbessern. Aber das eigentliche Talent, dieses Feuer, das nur sehr wenigen geschenkt ist und in sehr ungleichem Maß – da glaube ich nicht, daß sich das irgendwie vergrößern läßt.«

»Das zeigt doch nur, daß Sie sich Ihr Ziel nicht hoch genug stecken«, sagte Lucien. »Ich bin zwar kein Experte, aber ich hab Augen im Kopf, und meiner Meinung nach sind Sie verdammt gut. Sie sollten nicht so halbherzig weitermachen, sondern Ihre ganze Energie daransetzen. Kapiert?« Er schlug mit der Faust auf den Tisch, sah sie beschwörend an.

Grace war jetzt ganz ruhig und merkte, wie ihr die Brust vor lauter Stolz schwoll. Niemand außer Lucien hatte sie je in ihrer Kunst ermutigt oder sich auch nur für das interessiert, was sie zu leisten versuchte. Natürlich war William von makelloser Höflichkeit, gab sich viel Mühe mit seinem Interesse an ihrer Arbeit. »Wirklich nett, mal nur fleißig weiter, mein Herzblatt«, sagte er zum Beispiel bei den seltenen Gelegenheiten, wenn Grace ihn um seine Meinung bat. Aber sie wußte genau, daß er nicht wirklich interessiert war, nicht wirklich glaubte, daß die Malerei seiner Frau mehr war als ein nettes kleines Hobby, etwas, das sie vormittags beschäftigt hielt. Und da trat nun Lucien in ihr Leben, dieser ungehobelte Fremde, ihr neuer Bekannter, und machte ihr echten Mut. In solchen Momenten spürte sie eine überwältigende Zuneigung zu ihm, und sie schalt sich dafür, daß sie ihn manchmal zum Teufel gewünscht hatte.

»Es ist sehr nett von Ihnen«, sagte Grace steifer als beabsichtigt, »daß Sie so viel Interesse zeigen, mir solchen Mut machen ... Niemand sonst ...« Sie verstummte aus Furcht davor, sich illoyal anzuhören.

»Klar bin ich interessiert. Sie sind eine wunderbare Frau, mit einem Mordstalent ... und all die tollen Frühstücke. So eine Frau wie Sie hätte ich gerne. Bißchen jünger vielleicht ...«

Sie lachten beide, dann schwiegen sie. Schließlich sagte Lucien leise:

»Und – haben Sie gestern nacht meine Botschaft erhalten?«

»Was für eine Botschaft?«

Lucien reckte den Kopf. Grace konnte die vortretenden Sehnen an seinem Hals sehen. Und dann brach er in ein perfekt imitiertes langes Wolfsgeheul aus. Selbst hier – bei geschlossenen Fenstern in der hellerleuchteten, warmen Nachfrühstücksküche – lief es Grace eiskalt den Rücken hinunter.

»Lucien ... Ich fasse es nicht. Das waren Sie!«

»Ich, besagter Wolf.« Er klopfte sich auf die Brust und grinste. »Ein Talent hab ich nämlich auch: Tierlaute. Alles, was Sie wollen, vom Elefanten bis zum Meerschweinchen.«

Grace sah seine gute Laune und versuchte, ihren Ärger herunterzuschlucken, da er das Ganze offenbar für eine Art Scherz hielt. Um nicht tadelnd zu klingen, sprach sie mit leiser, kontrollierter Stimme.

»Sie haben mich ganz furchtbar erschreckt«, sagte sie. »Ich hatte keine Ahnung, was das war.«

»Sie haben doch wohl nicht geglaubt, daß es ein echter Wolf war, der aus einem Zoo ausgebrochen ist?«

»Der Gedanke ist mir tatsächlich gekommen. Wenn man mitten in der Nacht aufwacht, ist man nicht besonders vernünftig. Ich wußte einfach nicht, was es war.«

»Na ja, Entschuldigung und so weiter, wenn ich Sie erschreckt habe. Es sollte eigentlich eine Botschaft sein.«

»Eine Botschaft?«

»Ein kleines Signal von mir an Sie.«

»Ich verstehe nicht.«

»Ich hab doch nicht gewußt, daß William fort ist. Sie haben mir nicht gesagt, daß er nach dem Konzert nicht sofort zurückkommen würde. Ich dachte mir, ich schick ein paar Heuler los, und vielleicht kommen Sie ans Fenster und sehen mich. Oder wissen wenigstens, daß ich es bin. William würde fest schlafen, und ich hätte Ihnen eine Botschaft geschickt. Ich fand das eine nette Idee. Ein Geheimnis zwischen uns beiden.«

Grace runzelte die Stirn, ihr wurde wieder unbehaglich zumute.

»Ich bin nicht sicher, ob ...«

»Nein, stimmt, der Plan hat ja auch nicht funktioniert. Sie ganz allein, dann das Geheul, Sie machen sich in die Hose vor Angst ... hat eben nicht hingehauen, mein Plan.«

Diesmal fand Grace Luciens grobe Sprache nicht so erfrischend wie sonst. Verstört, wie sie heute morgen war, erschien sie ihr abstoßend. Sie begriff einfach die Motive seiner sonderbaren »Botschaft« nicht und wollte nur noch, daß er ging, und zwar auf der Stelle. Daß er sie in Ruhe ließ. Er warf ihr einen Blick zu, der wohl entschuldigend gemeint war. Grace fand ihn hinterhältig.

»Wieso haben Sie sich überhaupt um drei Uhr nachts draußen herumgetrieben?«

»Nachtspaziergang. Ich bin nachts viel unterwegs. Gute Zeit zum Nachdenken. Aber ich merke schon, daß Ihnen das nicht gefällt.«

»Meinetwegen können Sie nächtelang spazierengehen. Aber ich rate Ihnen, bei anderen Leuten kein Wolfsgeheul anzustimmen. Da könnten Sie Ärger kriegen.«

»Wirklich? Kommen Sie, Grace. Machen Sie nicht so ein Gesicht. Tut mir leid, das Ganze war ein verdammter Fehlschlag und kommt nicht wieder vor. So. Und jetzt, verzeihen Sie mir?«

Er sah sie so flehentlich an – wie ein zerknirschter kleiner Junge, der trotz allem von seiner Unschuld überzeugt ist –, daß sie wider Willen lächeln mußte.

»Ich verzeihe Ihnen«, sagte sie. Es war immer besser, einem Menschen zu verzeihen. Lucien faltete die Hände wie zum Gebet.

»Wenn das so ist, könnten Sie mir vielleicht einen Gefallen tun. Haben Sie ein paar Kekse für mich zum Mittagessen übrig? Lobelia hat wieder eine ihrer Launen, deshalb möchte ich erst nach Hause, wenn sie sich wieder beruhigt hat. Und ich hab mein Portemonnaie vergessen ...«

Weil sie hoffte, er würde um so schneller verschwinden, stand sie auf und ging in die Speisekammer. Als sie vor den Regalen stand und überlegte, was für Kekse er wohl am liebsten mochte, hörte sie, wie sein Stuhl ganz leicht über den Boden schurrte. Sie blieb regungslos stehen und horchte, anstatt eine Packung auszuwählen. Ihr Instinkt sagte ihr, daß er irgend etwas vorhatte und nicht nur einfach so vom Stuhl aufgestanden war. Sie glaubte, ein Geräusch bei der Anrichte zu hören – das Rascheln von Papier –, war sich aber nicht sicher. Sie griff nach einer kleinen Packung mit Schokoladenkeksen und ging schnell zurück in die Küche. Lucien saß auf seinem Stuhl und sah aus, als hätte er sich nicht von der Stelle gerührt. Jetzt fange ich schon an, mir Sachen einzubilden, dachte Grace. Wahrscheinlich, weil ich so nervös bin.

Sie gab ihm die Kekse. Lucien stopfte sie in seine Tasche, dankte ihr und war fort, ehe sie ihn fragen konnte, wann er wiederkäme. Sie hätte ihn warnen wollen, daß morgen kein guter Tag sei, da William nach seiner Rückkehr müde von der Reise sein würde. Doch dazu war es zu spät. Sie stand am Fenster, winkte seinem Rücken zu und fragte sich, wie ein einzelner Mensch sie in weniger als einer Stunde seelisch so in die Mangel nehmen konnte.

Dann ging sie zur Anrichte, nahm die Papiere hoch, die ihrer Meinung nach geraschelt hatten. Darunter stand das Eierkörbchen mit den braunen Eiern aus Freilandhaltung, die einmal die Woche extra für William geliefert wurden. Und zwischen zwei Eiern lagen die verschwundenen Manschettenknöpfe aus Jade.

Grace nahm sie so vorsichtig in die Hand, als seien es ebenfalls zerbrechliche Eier. Ungläubig betrachtete sie sie.

Allmählich dämmerte William, daß Mord für einen Menschen, der nicht von Grund auf böse ist, ein heikles Thema war. Die Zeit lief ihm davon, und bis jetzt war noch nichts vollbracht außer einem kläglichen Versuch mit zerkleinerten Erdnüssen in einem Currygericht, das Grace außerordentlich köstlich gefunden hatte. Der Plan, Grace bei ihrem Besuch in Dorset über die Klippen zu stoßen, kam ihm ziemlich gräßlich vor, und er war auch nicht sicher, ob sie dabei sterben würde. Doch solange ihm nichts Besseres und Raffinierteres einfiel, müßte er es wohl auf einen Versuch ankommen lassen.

Das Fatale war nur, daß seine Gedanken jedesmal, wenn er ernsthaft über die Beseitigung seiner Frau nachdenken wollte, heillos durcheinanderzuflattern begannen. Es war ein Thema, bei dem er sich einfach nicht konzentrieren konnte. Wahrscheinlich, so schloß er, war da sein Gewissen am Werk, das schon jegliches Nachdenken über die schändliche Tat verhindern wollte. Aber irgendein innerer Teufel blieb hartnäckig: Es war seine verzehrende Liebe (war es Liebe? Diese Frage mußte er so bald wie möglich beantworten), die den Plan zur Ermordung seiner geliebten Frau Tag und Nacht wachhielt. Nur wenn er Geige spielte, verschwanden diese Gedanken.

Nach seinem seltsamen Gespräch mit Bonnie in der Hotelbar mit der höchst erfreulichen Nachricht, daß sie keinen aktuellen Freund hatte, war von der Nacht nicht mehr viel übrig. Nach ein, zwei Stunden unruhigem Schlaf wachte er in dem seelenlosen Zimmer auf und sah, daß die Vorhänge von einem milden, fremdländischen Licht beschienen wurden. Noch vier Stunden bis zu einem weiteren gräßlichen, malvenfarbenen Frühstück und noch sechs bis zu der gefürchteten Fahrt aufs Land zu der Kirchenbesichtigung.

William beschloß, daß er die Zeit nutzen sollte, um gründlich über das Unaussprechliche nachzudenken. Er würde sich in aller Ruhe schwierigen Fragen stellen und sie zu beantworten suchen. Mit einigem Glück würde er vielleicht zu einer soliden, vernünftigen Entscheidung kommen. Er schloß die Augen.

Liebst du deine Frau Grace? Das war der Anfang.

Ganz und gar. So wie nur irgendein Mann seine Frau lieben kann.

Liebst du das Mädchen Bonnie?

Ich glaube, es ist Liebe, obwohl es eine andere Art Liebe ist als die zu meiner Frau. Es ist nicht einmal die Art Liebe, die ich für Grace empfand, als wir beide jung waren.

Bist du mit Grace glücklich?

Das bin ich. Ich war es immer. Und werde es immer ... sein.

Wenn du also so außerordentlich glücklich in deiner Ehe bist, wieso glaubst du dann, daß du deine Frau – indem du sie entweder verletzt oder tötest – gegen ein junges Mädchen (ein sehr attraktives, süßes junges Mädchen, ja, ja) eintauschen solltest, von dem du nur wenig weißt?

Darauf weiß ich keine Antwort.

Versuch es.

Es handelt sich um kein ungewöhnliches Syndrom. Glücklich verheiratete(r) Mann (oder Frau) erblickt etwas jenseits der sicheren Grenzen seines oder ihres Lebens und fühlt sich unwiderstehlich angezogen.

Selbst wenn es unklug, verrückt und grausam ist, diesem Gefühl nachzugeben?

Ja.

Midlife-crisis womöglich?

An so einen Quatsch glaube ich nicht. Krisen gibt es ständig im eigenen Leben.

Ich weiß, daß Vergleiche hinken, aber vielleicht sollten wir ein bißchen vergleichen. Um wieder klarzusehen.

Einverstanden. Ich bin bereit, alles zu versuchen.

Was beflügelt deine Liebe und deine Verehrung für Grace?

Ziemlich alles. Sie verkörpert in fast vollkommener Weise

alles, was man sich an einer Frau wünschen kann. Sie ist sanft, freundlich, aufmerksam, einfallsreich, selbstlos, stark, witzig – die Liste wäre endlos.

Aufregend?

Na ja, nicht so aufregend wie früher natürlich. Aber das bin ich ja auch nicht. Daß die erotische Anziehung in einer Ehe auf beiden Seiten abnimmt, ist vollkommen verständlich. Und zu erwarten.

Hast du in all deinen Ehejahren jemals eine andere Frau angeschaut oder begehrt?

Niemals. Hand aufs Herz.

Also eine schwerere Frage: Was liebst du – falls es Liebe ist – an Bonnie?

Alles, was ich bisher an ihr gesehen habe, was allerdings zugegebenermaßen nicht sehr viel ist. Vor allem vermutlich ihr Talent. Sie ist eine außergewöhnliche Musikerin. Wenn wir zusammen spielen ... Ich werde jetzt nicht beschreiben, was passiert, wenn zwei Menschen miteinander großartige Musik spielen, aber es kann einen ganz schwach vor Dankbarkeit machen, ganz hilflos. Am nächsten kommt dem noch der Begriff Ekstase.

Wann hast du zum erstenmal die Tiefe – wenn wir tatsächlich über Tiefe sprechen – deiner Leidenschaft für Bonnie bemerkt?

An dem Tag, als sie zu uns nach Hause kam und wir einige Mozart-Duette zusammen spielten und dabei in den Garten hinausschauten. Es lag Schnee.

Glaubst du, sie ahnt irgend etwas von deinen Gefühlen für sie?

Ich bin ziemlich sicher, daß sie weiß, daß ich sie mag. Und sie bewundere. Sie hält mich wahrscheinlich für einen komischen alten Kauz, aber das Alter spielt bei Musik keine Rolle.

Seien wir vernünftig, William. Gibt es irgendeinen Grund zu der Annahme, daß das Auswechseln der geprüft-und-für-gut-befundenen und insgesamt bemerkenswerten Grace gegen eine ungeprüfte, talentierte junge Bonnie eine gute Idee ist?

Das ist eine Frage … über die ich heute morgen auf dem Weg zur Kirche und überhaupt in jedem freien Moment genauer nachdenken werde.

Sei auch praktisch. Hast du in Betracht gezogen, ob Bonnie bei deinem Plan überhaupt mitmacht?

Das habe ich.

Und?

Auch darüber muß ich noch gründlicher nachdenken. Sie wirkt in vieler Hinsicht älter, als sie ist. Sie spürt die … Musik zwischen uns. Ich würde behaupten, daß ich sie überzeugen könnte. Ich glaube, sie würde begreifen, daß sie in mir einen Mann hätte, dem sie vertrauen kann.

Vertrauen? Aber du willst doch deine Frau umbringen?

So etwas ist mir tatsächlich durch den Kopf gegangen. Ziemlich irre. Wird wahrscheinlich nie was damit. Ich sehe allerdings leider kaum Alternativen.

Wenn du wirklich so verrückt bist und dir in den Kopf gesetzt hast, Grace zu verlassen, könntest du doch etwas Konventionelleres tun, dich zum Beispiel scheiden lassen. So würdest du jedenfalls nicht ins Gefängnis kommen – jemand, der so ungeeignet für Mord ist wie du, würde doch sofort als Täter identifiziert werden –, und dann könntest du tatsächlich mit Bonnie leben. Falls sie dich will …

Stimmt.

Also wieso …?

Es würde mir sehr schwerfallen, Grace zu verlassen. Es ihr zu erklären. Mord wäre vielleicht einfacher.

Dann bleib bei ihr. Vergiß für immer all die schlimmen Gedanken, die dich zerfressen, und betrachte Bonnie wieder als die erfreuliche neue Bratschenspielerin, die das Ulmen-Quartett glücklicherweise entdeckt hat.

Das ist ja das Fatale. Das kann ich nicht mehr.

William, noch zwei abschließende schwierige Fragen.

Gott sei Dank, daß wir fast durch sind. Ich finde es furchtbar anstrengend.

Begehrst du Bonnie?

(Lange Pause.) Das spielt mit hinein, ja. (Weitere lange Pause.) Doch, ja, ich kann wohl nicht leugnen, daß ich in ihrer Anwesenheit dahinschmelze. Ich sehne mich danach, sie zu … Aber ich liebe auch ihre Gesellschaft. Sie heitert mich auf. Ich liebe ihr Bratschenspiel …

Ja, ja. Nun zum Schluß – würdest du mir zustimmen, daß dein Plan dem Kopf eines (hoffentlich nur) zeitweilig aus dem Gleichgewicht geratenen, verrückten Mannes entsprungen ist?

Natürlich stimme ich dem zu.

Du würdest also auch zustimmen, daß dir nur noch die Möglichkeit bleibt, wieder zu Verstand zu kommen und die schlimmen Gedanken zu vergessen? Bei einem im Grunde guten Menschen wie dir sind das nichts als üble Phantastereien, die sich in deine Wachträume eingeschlichen haben. Sieh zu, daß Logik, Liebenswürdigkeit und menschliches Mitgefühl wieder ihren rechtmäßigen Platz einnehmen und diese wahnsinnigen Phantasien ein für allemal vertreiben …

Mit anderen Worten, ich soll jeden Gedanken an Bonnie aufgeben und weiter eine glückliche Ehe mit Grace führen?

Genau das will ich sagen.

Nun, ich muß gestehen, dieses Gespräch hat mir sehr geholfen. Aber es wird nicht einfach sein.

Dann mußt du dir eben Mühe geben.

Das werde ich.

Viel Glück.

Danke.

Als er mit seinem Selbstgespräch fertig war, sprang William mit ungewohntem Schwung aus dem Bett und ging ans Fenster. Er zog die Vorhänge zurück und schaute, zufrieden mit sich, über die Dächer von Prag. Es war doch recht gut verlaufen. Ein Beschluß, den er im Grunde seines Herzens wollte, war ziemlich einvernehmlich gefaßt worden, und nun galt es nur noch, ihn in die Tat umzusetzen. Im Augenblick fühlte er sich sehr stark. Immerhin hatte niemand auch nur die leiseste Ahnung von dem, was in den letzten Wochen seinen Kopf gequält hatte. Weshalb er auch nur sich selbst eine Erklärung schuldig war. Was er jetzt zu tun hatte, war, das Äußerste an Entschlußkraft aufzubieten ... Er durfte nicht vergessen, im Duty-free-Shop Graces Lieblingsparfüm zu besorgen ... er mußte einfach wieder normal werden. Und das sollte einem, der über soviel innere Stärke verfügte, doch nicht schwerfallen. Er richtete sich zu seiner vollen Größe auf, knotete die Schnur seiner Pyjamahose wieder zusammen. Grace hatte immer an seine innere Stärke geglaubt, und sie war eine Frau mit scharfem Urteilsvermögen.

Zwei Stunden später begann William, seine guten Vorsätze in die Tat umzusetzen. Hätte er nicht diese ernsthafte Diskussion mit sich selbst geführt, dann säße er jetzt sicherlich neben Bonnie und Grant auf der Rückbank vom Minibus, und seine Arme und Schenkel würden Bonnie bestimmt hin und wieder berühren. Vermutlich würde er sich elend fühlen wegen – nun ja, wegen ihrer Nähe, die ihn stets irgendwie behexte.

So aber hatte William darauf geachtet, als erster am Minibus zu sein, und sich auf den Platz neben dem Fahrer gesetzt. Er kommentierte sein Verhalten nicht – gewöhnlich okkupierte Rufus auf gemeinsamen Reisen den Beifahrersitz. Und als ihm an diesem Prager Morgen jenes Privileg verweigert wurde, machte Rufus ein erstauntes und irritiertes Gesicht. Doch William ignorierte es. Beide Männer äußerten sich nicht dazu.

Während der Fahrt durch uninteressante tschechische Landschaft, die ihn an einige der langweiligsten Gegenden Englands erinnerte, konzentrierte William sich ausschließlich auf Grace. Was sie jetzt wohl gerade machte? Sie saß hoffentlich an ihren Bildern, den lieben Kopf über einen Ilexzweig oder eine Christrose gebeugt. Er mußte sie unbedingt ermutigen, das Buch so schnell wie möglich fertigzustellen. Sie saß jetzt schon so viele Jahre daran, und er wollte nicht, daß sie darüber starb. Er würde eine kleine Feier vorschlagen, wenn es fertig war, ein

Essen mit dem Quartett und ein paar Freunden. Vielleicht würde er sogar eine Arie für sie komponieren – sie hatte gelegentlich den Wunsch geäußert, er möge doch ein bißchen wie Schumann sein und Stücke für seine Liebste schreiben. Gut, er würde also ein kleines Lied für Grace komponieren und Bonnie bitten, es mit ihrer lieblichen Stimme vorzutragen … Es würde ungefährlich sein, da ein offizielles Ereignis. Er hatte schon so lange nichts mehr geschrieben. Und die Veröffentlichung des Buchs seiner Frau wäre eine gute Gelegenheit.

Aber vermutlich saß Grace gar nicht an ihrer Malerei, sondern machte gerade Essenspläne für das Wochenende. Nach einer Reise gab sie sich immer besondere Mühe und begrüßte ihn mit seinen Lieblingsdesserts. Williams Magen sehnte sich nach solchen Tröstungen. Das tschechische Frühstück hatte wieder aus unmöglichen kleinen Würfeln von Plastikerdbeermarmelade bestanden, die auf beängstigend hartes Brot gestrichen wurde. Er war hungrig. Hunger und Schlafmangel hatten auch eine andere Sorte Verlangen in ihm geweckt. Er hielt die Augen fest auf die Straße gerichtet. Um nichts in der Welt würde er sich umwenden und Bonnie in ihren Jeans und dem engen Pullover beäugen, unter dem sich ihre Brüste deutlich abzeichneten. Nein. Es war Grace in der Badewanne, an die er dachte, seine Bonnard-Grace, sein geliebtes Herzblatt. Zehen, die aus dem Schaum hervorlugten, Brustwarzen (blasse Brustwarzen, genaugesagt), die sich nicht mehr aufrichteten, sondern in einem liebenswerten Winkel auf die vertraute Wölbung ihres Bauchs zeigten. Bei diesem Bild verschwand zum Glück sein unbehagliches Gefühl.

Der Minibus hielt vor der Kirche von Kutná Hora. Der Fahrer öffnete, ganz entzückt von seiner eigenen Galanterie, eilig alle Wagentüren. Er lächelte, zuckte die Achseln, zeigte auf die Kirche und schlug sich gegen die Stirn.

»Nicht gut«, warnte er.

Die Quartettmitglieder standen herum und streckten sich. William wußte nicht, wer auf die Idee für diesen Ausflug gekommen war. Vermutlich Grant. Im Ausland sah Grant sich gern als der Kulturverantwortliche und organisierte meist Stadtbesichtigungen für die Zeit zwischen Proben und Konzerten. William und Rufus – und früher auch Andrew – waren seinen Vorschlägen stets bereitwillig gefolgt, aber immer in der Furcht, nicht genügend Begeisterung zu zeigen. Vielleicht setzte Grant seine Hoffnungen jetzt ja in Bonnie. Es war die Rede davon gewesen, falls vor der Probe noch Zeit wäre, auf der Rückfahrt mit ihr »einen schnellen Rundgang« über den Jüdischen Friedhof zu machen. (Soweit William verstanden hatte, würde das bedeuten, daß das Mittagessen ausfiel, weswegen er dagegen stimmen würde). Außerdem hatte Grant noch diverse andere Besichtigungen geplant, bevor sie morgen zum Flughafen aufbrechen würden. William und Rufus waren dazu nicht eingeladen worden und hätten ohnehin abgelehnt. Trotzdem fand William es ziemlich unhöflich von Grant, daß er Ausflüge nur mit Bonnie geplant hatte. Er wußte nicht, ob sie seinen Vorschlag angenommen hatte, hoffte es aber. Der Anblick der beiden, die im Minibus losfuhren, würde ihn vielleicht davon überzeugen, daß Bonnie alle Quartettmitglieder gleich gerne mochte. Und daß sie ihnen auf unterschiedliche Weise gern zu Gefallen war.

Rufus betrat als erster die Kirche. William folgte in kurzem Abstand. In der Vorhalle saß eine alte Frau in langen wollenen Sachen und einem bodenlangen Tuch hinter einem Tisch mit Postkarten. Sonst war die Kirche leer. Als ihre Augen sich an das dämmrige Licht gewöhnt hatten, sahen sie, daß das gesamte Innere der Kirche sozusagen aus Knochen bestand – menschliche Skelette waren zerlegt und zu Schmuckwerk, Kandelabern, Todeszierat umgearbeitet worden.

»Mein Gott, was für ein Ort.« Mit zittriger Hand fuhr Rufus sich über die Augen. »Das ist ja nicht zu fassen. Ich bin nur froh, daß meine Frau nicht hier ist.«

»Erstaunlich«, sagte William. Das bleiche Novemberlicht, das auf die Gebeine fiel, setzte ihnen kleine ironische Lichter auf und verlieh ihnen etwas trotzig Lebendiges. Was hier zu sehen war, hatte keine Ähnlichkeit mit den Skeletten in Schulbiologieräumen, den einzigen Skeletten, die William bisher gesehen hatte. In der Pyramide aus Schädeln, die auf den ersten Blick alle gleich aussahen, entdeckte er individuelle Gesichter – hier eine lachende junge Frau mit tiefen Augenhöhlen, dort einen mürrischen Mann mit hoher, gewölbter Stirn. Es waren Geister, denen das Ätherische fehlte, eine spöttische Mahnung an die Vergänglichkeit.

William teilte Rufus' Entsetzen nicht. Fasziniert stieg er die steinerne Treppe in den tiefer gelegenen Teil der Kirche hinab und studierte die phantastischen Gebilde aus Armknochen, Schenkelknochen und Wirbelsäulen – den Eßstäbchen menschlichen Lebens. Knochen, so schien es ihm, besaßen eine gewisse Schönheit, wenn man davon absah, wie sie sich einst bewegten, hüpften, ruhten, lebten, wie sie die Gallertmasse des Augapfels oder das Durcheinander im Gehirn schützten und insgesamt das Gerüst bildeten, an dem Adern, Muskeln, Sehnen und Organe aufgehängt waren. Um diese bizarren Knochengebilde zu würdigen, mußte man jeden Gedanken an das Leben, das sie einst geführt hatten, verbannen ...

Plötzlich ertönte ein Schrei. Aufgeschreckt aus seinen Gedanken, drehte William sich um und sah Bonnie und Grant fünf oder sechs Stufen über sich. Grant hielt Bonnies Ellbogen mit einer Hand. Sein Blick verriet eine fast schon zornige Besorgnis. Bonnie schrie erneut, bedeckte ihr Gesicht mit den Händen.

»Bringen Sie mich hier raus«, jammerte sie.

Grant nickte William zu.

»Übernimm du sie. Ich möchte mich noch etwas umsehen.«

Der Schuft, dachte William. Einerseits wollte er Bonnie nur ungern aus der Kirche bringen, andererseits freute er sich auf die Gelegenheit, sie zu trösten, und hielt das für einen berechtigten Grund, sein vor nicht einmal drei Stunden gegebenes Versprechen zu brechen und dem Mädchen in seiner Not zu helfen. Kopfschüttelnd eilte er nach oben zu Bonnie. Grant ließ das Mädchen erleichtert stehen und wandte sich einer Wand aus Knochen zu, die raffiniert zu einer Art Textur zusammengesetzt waren.

Bonnie hielt sich immer noch mit einer Hand die Augen zu und streckte die andere nach William aus. Er nahm sie.

»Bringen Sie mich ganz schnell hier raus. Ich mache die Augen erst wieder auf, wenn wir draußen sind«, sagte sie, ungeduldig wie ein verängstigtes kleines Kind.

William legte ihr seine rechte Hand um die Taille, mit der linken nahm er ihre freie Hand und führt sie die Treppe hinauf. Ihr Schweiß roch nach süßem Heu, und ihre linke Brust kam seinen Rippen gefährlich nahe. Stumm und so gewissenhaft, als wäre sie blind, führte er Bonnie nach draußen. Als sie an dem Andenkenstand vorbeikamen, lächelte die alte Frau wissend hinter ihren unverkauften Postkarten.

»So, da wären wir«, sagte er.

Vorsichtig öffnete Bonnie die Augen. Williams Hand ließ sie nicht los. Aus gefährlicher Nähe sahen sie einander einen Moment lang an. Dann fing Bonnie hemmungslos an zu weinen und erfüllte den stillen Friedhof mit ihrem lauten Schluchzen. Sie sank an Williams Schulter und barg ihren Kopf unter seinem Kinn.

William war alarmiert. Das war natürlich mehr, als er je zu hoffen gewagt hätte. Aber Bonnies plötzliche Überspanntheit, ihr überraschender Verlust an Selbstbeherrschung hätten jeden Mann irritiert. Er war ratlos, wie er sie trösten sollte. Unbeholfen tätschelte er ihren Kopf. Sein Herz klopfte so heftig (ihres auch, wie er fühlte, allerdings aus anderen Gründen), daß er unter ihrem Gewicht taumelte. Er spreizte die Beine, um sicherer zu stehen. Und zu seinem Entsetzen begann nun auch noch das Blut in seinen Lenden in Wallung zu geraten. Er flehte zum Himmel, sie möge es nicht merken, was bei ihrer seltsamen Umarmung aber wohl kaum zu vermeiden war.

Er hatte keine Ahnung, wie lange sie so umschlungen dastanden, während Bonnie schluchzte und er selbst sinnlose tröstende Worte murmelte. Er spürte Rufus' Anwesenheit. Offenbar war sein Interesse an der Kirche nach Bonnies Panik erlahmt. Jetzt saß Rufus auf einem Grabstein in der Nähe, hielt den aufgeschlagenen Reiseführer in der Hand und machte ein neugieriges Gesicht. Ein tschechischer Spatz tschirpte, und eine Woge von Heimweh nach seinem Garten überschwemmte William. Der Arm, mit dem er Bonnie umfangen hielt, begann einzuschlafen und zu kribbeln. Lange würde er sie nicht mehr halten können.

Schließlich löste Bonnie sich sehr sachte aus seiner Umarmung. Ihre erhitzten Wangen waren tränenüberströmt, die langen Wimpern zu glänzenden Büscheln zusammengeklebt, jedes so spitz wie Graces Zobelpinsel. William mußte alle Kraft zusammennehmen, um sie nicht ganz normal in die Arme zu nehmen und eine Ewigkeit lang zu küssen.

»Das ist der allerallerschrecklichste Ort, den ich jemals in meinem Leben gesehen habe«, schluchzte sie – inzwischen allerdings etwas gedämpfter. »Wenn ich das gewußt hätte, hätte ich Grants grauenhaftem Plan niemals zugestimmt. Er hat gesagt, es würde mir gefallen. Er muß verrückt sein. Völlig pervers!«

»Meiner Frau wäre es ähnlich ergangen.« Das war Rufus, der sich von seinem Platz auf dem Grab einmischte. »Übrigens tschirpt dieser verflixte tschechische Spatz einen Halbton tiefer als sein britischer Kollege. Das irritiert mich mehr als die Knochen.«

William spürte, daß Bonnie neben ihm lächelte. Er ärgerte sich, daß ihm nicht als erstem etwas Ablenkendes eingefallen war, und hatte das dringende Bedürfnis, wieder ganz auf Distanz zu gehen. Bonnies Schluchzen war jetzt in ein leises Wimmern übergegangen. Sie riß sich zusammen und suchte in ihrem Ärmel nach einem Taschentuch. William zog seines hervor, das zufällig noch sauber gefaltet war (Grace war eine akribische Büglerin). Sie nahm es wortlos und tupfte sich das

Gesicht ab, das – bezaubernder denn je – derart an seinen ohnehin schon verwirrten Gefühlen zerrte, daß er fast ohnmächtig wurde. Dazu kam noch, daß er sich in beschämender Weise über Bonnies Wut auf Grant freute. Er würde nicht vergessen, was sie gesagt hatte. Grant hatte sie (vermutlich unbeabsichtigt) unglücklich gemacht. Das würde sie ihm nicht verzeihen. Sollte Grant tatsächlich an eine Verbindung mit Bonnie gedacht haben, dann hatte die mißglückte Besichtigung heute morgen seinen Plan wohl durchkreuzt. Da hatte Grant wirklich einen Bock geschossen ... Gott sei Dank.

»Stellen Sie sich bloß mal vor«, sagte Bonnie, »es ist reiner Zufall, daß wir nicht zu der Zeit gelebt haben wie diese armen Seelen da drinnen. Wir hätten genausogut jetzt auch solche grausigen Knochen und solche grinsenden hohlen Schädel sein können.«

William lächelte verlegen und zuckte die Achseln. Ihm fiel keine passende Antwort ein. Bonnie gab ihm sein Taschentuch zurück. Mit einem freundlichen Blick bedeutete er ihr, sie könne gern wieder Trost an seiner Schulter suchen, wenn ihr danach war. Aber das war eindeutig nicht der Fall. Sie ließ William stehen und setzte sich zu Rufus auf den Grabstein.

Zu Williams Überraschung tätschelte Rufus Bonnies Knie. Es war natürlich nur eine Großvatergeste, aber eine, die William Rufus nie zugetraut hätte. Vielleicht hatte ihn Bonnies Panik gerührt. Vielleicht besaß Bonnie die Macht, sie alle zu rühren.

»Gräßliches Erlebnis, Sie armes Ding«, sagte Rufus jetzt zu Bonnie. »Am besten vergessen Sie's. Und ich muß gestehen, mich hat es so verflixt hungrig gemacht, daß ich widerspruchslos einen ganzen Teller von diesen schaurigen Knödeln verdrücken könnte.«

Bonnie lächelte.

»Wir haben reichlich Zeit fürs Mittagessen, wenn wir zurück in Prag sind«, sagte sie. »Ich denke nämlich nicht daran, noch irgend etwas mit Grant zu besichtigen.«

Widersprüchlichste Gefühle peinigten William, und er kam sich sehr alt vor. Zum einen war er eifersüchtig auf Rufus, weil Bonnie ihn angelächelt hatte – wieso hatte sie ihm, William, in dessen Arme sie sich so gern hatte fallen lassen, nicht einmal ein Lächeln der Dankbarkeit geschenkt? Zum anderen war da sein heimlicher Triumph, weil Bonnie Grant für den Nachmittag abserviert hatte. Vielleicht könnte er Bonnie ja nach der Probe wenigstens zu einem Tee in ein Café einladen, während Rufus im Hotel die endlose Kommunikation mit seiner Frau fortsetzte und Grant die (seiner Meinung nach) eher enttäuschende berühmte Karlsbrücke besichtigte.

Als Grant endlich wieder auftauchte, mit einem Stapel Postkarten in der Hand und dem selbstgefälligen Ausdruck eines Sightseeing-Experten, der absolut alles hochinteressant findet, ereignete sich ein kleiner Zwischenfall, der Williams Hoffnungen noch weiter beflügelte.

»Macht es Ihnen etwas aus, wenn ich auf der Rückfahrt vorne sitze?« fragte Bonnie William.

»Natürlich nicht.«

»Wir sind wohl verstimmt«, sagte Grant.

»Das kommt nur von Ihrem albernen Scherz. Sie haben gesagt, wir würden wunderbare Dinge zu sehen bekommen.«

»Ich wußte nicht, daß Sie so darauf reagieren. Und in gewisser Weise ist die Kirche auch wunderbar.« Er knallte die Minibustür zu.

Auf der schweigsamen Rückfahrt nach Prag begann William, sich wegen des Konzerts am Abend Sorgen zu machen. Den Purcell spielte Bonnie hinreißend, aber wie würde sie mit Haydns F-Dur-Quartett zurechtkommen? Er wußte, daß sie Haydn nicht schätzte. In den Proben hatte sie sich zwar tapfer geschlagen, aber er fürchtete doch, daß der Schrecken heute morgen nicht ohne Folgen bleiben würde.

Aber wie schnell kann eine Stimmung sich ändern und Ärger sich in Luft auflösen, dachte William, besonders wenn alle auf Harmonie bedacht sind. Als sie die Stadt erreichten, schien

Bonnie wieder ganz die alte zu sein, und Grants Ärger war verflogen. Mit keinem Wort erwähnte er seinen ursprünglichen Plan, Bonnie durch weitere Sehenswürdigkeiten zu hetzen, und so genossen sie ihr gemeinsames Mittagsmahl in einem düsteren Café – nicht ohne manchen Scherz über das schwere Essen. Und bei der Probe in der leeren Kirche spielte Bonnie so hingebungsvoll, daß niemand ihre Abneigung gegen Haydn hätte ahnen können. Als William Bonnie dann nach der langen Sitzung einen Tee auf dem Platz vorschlug, glaubten die anderen, die Einladung gelte auch ihnen. Und während die Männer begeistert annahmen – William war knauserig und bot selten an, für alle zu zahlen –, lehnte Bonnie ab. Sie brauche, sagte sie entschuldigend, eine Stunde Schlaf, um abends in Form zu sein. Weshalb William dann nur mit den zwei Männern an dem kleinen Cafétisch saß, mit denen er einen Großteil seines Lebens verbracht hatte, deren Begabung er respektierte und deren Freundschaft ihn wärmte – überflüssiges Geplauder war da nicht mehr nötig. Während sie in angenehmem Schweigen ihren Tee mit Zitrone tranken – die morgendliche Katastrophe war längst vergessen –, spürte William, daß sie alle drei mit Erleichterung auf den Rückfall in alte Gewohnheiten reagierten. Ohne Bonnie gab es keine Aufregung, keine überraschenden Fragen, keine unerwarteten Beobachtungen. Es herrschte vielmehr jener verständnisinnige Frieden zwischen Männern, die ein langes, harmonisches Berufsleben miteinander verbindet. Und obwohl William heimlich die Stunden bis zu Bonnies Auftritt zählte – in ihrem Samtkleid, den Kopf leicht über die Bratsche geneigt –, genoß er doch die halbe Stunde mit seinen alten Freunden mehr, als er gedacht hätte, und er bedauerte nicht, daß Bonnie nicht dabei war.

8

Eigentlich neigte Grace nicht zu Streit, aber ihre Wut auf Luciens unverschämte Tat hatte sich im Laufe des Tages so gesteigert, daß sie beschloß, ihn am nächsten Morgen zur Rede zu stellen. Es schien ihr an der Zeit, seine lästigen Besuche zu beenden. Mittlerweile war ihr Zorn stärker als ihr Mitleid, von ihrer Zuneigung gar nicht zu reden.

Ihr Plan sah vor, daß sie ihn sofort bei seiner Ankunft mit ihren Vorwürfen konfrontieren würde – vielleicht sogar ohne den üblichen Toast mit Tee –, um ihn gegen halb zehn schon wieder los zu sein. Dann würde sie die ganze unerfreuliche Geschichte aus ihrem Kopf streichen und sich nur noch auf Williams Rückkehr vorbereiten. Am Telefon hatte er von einem unglücklichen Ausflug zu einer gruseligen Kirche erzählt; jetzt sei er hungrig und müde und wolle nur noch nach Hause. Himmel, das wünschte sie auch …

Dieser Plan wurde dadurch durchkreuzt, daß Lucien nicht zu seiner üblichen Zeit erschien. Halb zehn, viertel vor zehn, und immer noch nichts. Vielleicht hatte er ein so schlechtes Gewissen, daß er überhaupt nicht kommen würde. Und vielleicht waren die zurückgegebenen Manschettenknöpfe auch ein Abschiedszeichen. In gewisser Hinsicht würde das die Sache vereinfachen. Grace könnte Vorwürfe und Brüllerei vermeiden und müßte sich nicht irgendwelche Unverschämtheiten anhören – wie bei den seltenen Malen, wo sie leise Kritik an ihm geübt hatte. Sie müßte sich nicht gegen seine gefährlichen Charmeattacken wappnen, sollte er mit der Beendigung ihrer seltsamen Beziehung nicht einverstanden sein.

Um zehn Uhr begann Grace mit den Vorbereitungen für Williams Abendessen. Inzwischen war sie überzeugt, daß Lucien heute nicht mehr auftauchen würde, und nach stürmischen vierundzwanzig Stunden kehrte ihre innere Ruhe zurück. Vergnügt begann sie, Teig auszurollen. In all der Aufregung hatte sie allerdings vergessen, zu ihrer eigenen Sicherheit die Hintertür abzuschließen, und um zehn nach elf hörte sie, wie sie geöffnet wurde. Es folgte das vertraute Geräusch von Luciens latschendem Gang. Und da war er auch schon und grinste sie an: Lucien mit riesigen, stumpfen Pupillen, feuchter Jacke und stacheligem Kinn.

Grace besaß ein friedfertiges Gemüt, und nachdem ihr erster Zorn verraucht war, brachte sie es nicht fertig, sich erneut zu erzürnen. Mit dem Messer in der Hand (sie hatte den Teig sehr hübsch für die Kuchenform zurechtgeschnitten) schaute Grace Lucien in ungläubigem Schweigen an und wartete darauf, daß ihre Wut zurückkehrte.

»Na, da hab ich Sie aber überrumpelt, was? Ausgetrickst! Ich wette, Sie dachten, ich käme heute nicht. Ich wette, Sie dachten, jetzt, wo ich die Dinger zurückgebracht habe, hätte ich keinen Bock auf eine Moralpredigt.« Er lächelte. Sein Spott klang nicht bösartig.

»Lucien«, sagte Grace.

Lucien kam einen Schritt näher. Er legte ihr eine Hand auf die Schulter. Sie erstarrte. Sofort nahm er die Hand weg.

»Hören Sie, ich kann alles erklären. Ich bin kein Dieb – stimmt doch, oder? Und das wissen Sie auch. Wenn ich in der Klemme sitze, stibitze ich ein bißchen von Leuten, denen es nicht weh tut. Aber hier drinnen«, er klopfte sich auf die Brust, »bin ich kein Dieb. Außerdem hab ich die Manschettenknöpfe auch nicht gestohlen. Ich hab sie nur ausgeliehen und ins Pfandhaus gebracht. Mit dem Geld hab ich ein bißchen rumgedealt, hab ein bißchen Glück mit 'nem anderen Geschäft gehabt, das Geld zurückgezahlt, die verdammten Manschettenknöpfe zurückgekriegt und auf der Stelle wieder zurückgebracht. Das können Sie mir also nicht vorwerfen. Ich finde sogar, daß ich mich ziemlich ehrenhaft benommen hab, auch für Ihre Maßstäbe.«

Grace seufzte. All das, was sie ihm in ihrer Wut hatte vorwerfen wollen, war verschwunden. Statt dessen fühlte sie sich plötzlich sehr müde.

»Was Sie getan haben, ist absolut inakzeptabel«, sagte sie.

»Das finde ich eigentlich nicht. Wenigstens nicht in meiner Notlage. Klar tut's mir leid, daß es ein bißchen gedauert hat, bis ich das Geld für den Pfandleiher wieder zusammen hatte. Man kann sich einfach nicht auf die Menschen verlassen.« Kein Lächeln unterstrich seine Ironie. »Aber Hauptsache ist doch, daß sie wieder da sind. Ich denke mal, daß Sie mir verziehen haben, da Sie ja eine Frau sind, die verzeiht. Wie wär's, wenn wir das mit einer Tasse Tee feierten?«

Ihre Blicke trafen sich.

»Nein«, sagte Grace und legte das Messer hin.

»Aber, aber, kommen Sie. Wo bleibt Ihr Humor? Ich bin hungrig.«

»Haben Sie überhaupt eine Ahnung, was Sie angerichtet haben? Welche Sorgen ich mir gemacht habe? Ich hatte diese Manschettenknöpfe gerade erst William geschenkt. Er war am Boden zerstört.«

»Tut mir leid. Ich selber bin niemand, der an Dingen klebt. Besitz finde ich persönlich uninteressant. Und deshalb hab ich für so was kein Verständnis.«

»Sie hätten mich doch noch mal um Geld bitten können«, sagte Grace. »Beim erstenmal habe ich Ihnen doch auch gerne ausgeholfen.«

»Nein, das ging nicht. Nicht noch einmal. Ich bin kein Mensch, der die Großzügigkeit von Freunden ausnützt – apropos, Sie kriegen Ihr Geld auch so bald wie möglich zurück, ehrlich.« Lucien setzte sich auf seinen gewohnten Stuhl. »Und – machen Sie mir jetzt Frühstück?«

Grace schüttelte ohne große Überzeugung den Kopf.

»Nur einen Tee. Ich habe zu tun. Heute abend kommt William. Ich möchte das Essen vorbereiten.«

»Der glückliche William.«

Grace stellte Wasser auf und holte Luciens Becher. Eine Auseinandersetzung würde sie jetzt nicht durchstehen. Als sie an den Tisch zurückkehrte, sah sie ihn mit dem Messer spielen, mit zwei Fingern prüfte er die Klinge.

»Sie arbeiten mit einem höllisch scharfen Messer«, sagte er ruhig.

»Beim Kuchenbacken braucht man das.«

Grace spürte, wie ihr Herz schneller klopfte. Sie verbot sich ihre albernen Gedanken.

»Kuchen! So was macht Lobelia nie.«

Lucien zog das Brett, auf dem Grace ihren Teig ausgerollt hatte, zu sich heran. Er strich einen der Teigstreifen, die übriggeblieben waren, glatt und schnitt ihn mit der Messerspitze mitten durch. Seine Hand blieb dabei vollkommen ruhig.

»Wenn das hier Haut wäre!« sagte er.

»Lucien! Wie furchtbar!«

»Sie wissen doch, daß ich furchtbar bin.« Er brach in ein Lachen aus, das Grace an einen klappernden Kohleneimer erinnerte. »Ich hab als Kind gern mit Messern gespielt. Einmal hat Lobelia mir ein Kaninchen geschenkt. Das blöde Vieh hat mich gebissen. Da hab ich ihm mit einem Taschenmesser den Bauch aufgeschlitzt. Mit vierzehn fand ich das lustig. – Sie hat es nie rausgekriegt.«

Grace wußte nicht, ob sie ihm glauben sollte. Die Geschichte irritierte sie. Sie schenkte ihm Tee ein.

»Danke«, sagte er. »Ich hatte eine schlechte Nacht. Sie sind sehr gut zu mir.« Er legte das Messer hin. Grace wußte, daß sie jetzt reden mußte, ehe ihr Vorsatz sich in nichts auflöste. Sie setzte sich ihm schräg gegenüber. Inzwischen roch die Küche stärker nach seinen Kleidern und seiner ungewaschenen Haut als nach geschmortem Apfel, Zitrone und Gewürzen.

»Ich fürchte, das hat jetzt aufzuhören«, sagte Grace. Sie wußte, daß sie mit ihrem unfreiwillig entschuldigenden Ton wie eine Lehrerin klang.

»Was?« Im Versuch, amüsiert auszusehen, machte Lucien große Augen.

»Diese dauernde Kommerei. Sie erscheinen immer häufiger, ohne eingeladen zu sein. Ich fühle mich ein bißchen überfordert.«

»Ich dachte, ich sei willkommen. Sie haben mir immer das Gefühl gegeben, daß ich willkommen bin.«

»Es wird mir ... einfach zuviel. Sie wissen ja gar nicht, was für Ängste ich immer ausstehe, daß Sie zufällig William begegnen.«

»Ach so. Es ist also der Ehemann, der nicht einverstanden ist. Ich kapier. Klar, Mensch.« Er schlug mit der Faust auf den Tisch, Tee schwappte aufs Tischtuch. »Ich könnte später kommen, dann wäre er auf jeden Fall aus dem Weg.«

Grace schüttelte den Kopf.

»Das ist leider nicht möglich. Vormittags arbeite ich.«

»Nicht immer, das stimmt nicht.« Lucien lachte. »Das ist doch Ihr Problem. Manche Leute würden sogar behaupten, Sie neigten zu Faulheit, und da lägen sie gar nicht so falsch.«

»Ich bin nicht an Ihrer Meinung zu meiner Arbeitseinteilung interessiert, Lucien. Davon haben Sie keine Ahnung. Ich möchte Ihnen nur mitteilen, daß diese Frückstücke ... diese Gespräche ein Ende haben müssen.«

Lucien seufzte.

»Wie schade«, sagte er schließlich. »Mir haben unsere Unterhaltungen gefallen. Hab mich immer drauf gefreut.« Er nahm das Messer wieder hoch. »Aber wenn Sie es wünschen«, sagte er.

Schweigen.

»Es tut mir leid, aber so ist es.« Jetzt, wo sie fast gewonnen hatte, konnte sie sich ruhig entschuldigen.

»Sie haben vermutlich das Gefühl, daß Sie mir nicht mehr über den Weg trauen können. Daß ich dreimal die Woche das Silber klauen würde.« Er lächelte mit einem Anflug von Spott.

»Das würden Sie sicherlich nicht.« Grace versuchte, locker zu klingen. »Darum geht es auch nicht. Es geht um ... überhaupt Ihre Besuche. Ich bin dann immer furchtbar angespannt, und das will ich nicht mehr. Ich kann es nicht genauer ausdrücken, obwohl ich weiß, daß es ziemlich unkonkret klingt.«

Jetzt hielt Lucien das Küchenmesser mit beiden Händen. Die Augen fest auf die Klinge gerichtet, streckte er langsam die Zunge (von ungesunder, gräulich-blauer Farbe) aus seinem schmalen Mund. Er drückte die Messerspitze so fest gegen die Zunge, daß eine Delle entstand.

»Ganz schön scharf, nicht?« sagte er, plötzlich gelangweilt. »Egal. Ich bin jedenfalls im Bilde, hab's kapiert. Und wenn es Ihnen so geht, dann bin ich der letzte, der sich dagegenstellt.«

Er stand auf, ging zum Spülbecken und goß mit heftigem Schwung seinen Becher aus.

»Tut mir leid, die Verschwendung.«

»Um Himmels willen, Lucien. Sie übertreiben ... ich habe doch nicht gemeint, daß ich Sie nie wiedersehen will.« Ungeschickt stand Grace ebenfalls auf, seine Miene beunruhigte sie. Sie legte das Messer in die Tischschublade. Darüber mußte Lucien lächeln.

»Oh, die Botschaft ist sehr gut bei mir angekommen. Ich bin ja nicht blöde. Halbe Sachen gibt's bei mir nicht. Wenn ich jemanden mag, dann halt ich nichts von halben Sachen.« Er wies mit dem Kopf auf den noch unfertigen Apfelkuchen. »Am besten machen Sie sich jetzt wieder ans Backen.«

In ihrem Kopf tobte es, aber Grace sagte nichts. Sie sah zu, wie Lucien mit ziemlich hängenden Schultern zur Tür schlich und sie hinter sich zuschlug.

Als die Luft gewissermaßen wieder rein war, holte sie das Messer hervor und belegte den Tortenboden weiter. In ihre Erleichterung mischten sich ungute Vorahnungen, und tief in ihrem Herzen spürte sie auch einen Anflug von Traurigkeit und Verlust.

Auf seinem Rückflug saß William neben Bonnie. Das hatte er nicht dem Zufall zu verdanken, sondern ihr selbst. Als sie ihr beträchtliches Handgepäck durch den überfüllten Mittelgang schleppte, hatte sie sich umgedreht und ihren Musikerkollegen verkündet, sie wolle neben William sitzen – eine Bitte, die sie noch nie geäußert hatte.

»Sie hat schlechte Laune«, hörte William Grant murmeln, und ihm wurde unbehaglich zumute. Auch früher hatte es gelegentlich Spannungen und Mißverständnisse zwischen den Spielern gegeben, aber keine Launen (Frauenlaunen), solche von der Sorte, mit denen Bonnie sie auf der Pragreise behelligt hatte.

Nachdem Bonnie ihre Bratsche oben im Gepäckfach neben Williams Geige verstaut hatte, quetschte sie sich auf den freien Fensterplatz und klopfte auf den leeren Sitz neben sich. Sie klemmte zwischen einem Wust von Sachen: überquellenden Tragetaschen, Schals, Illustrierten, Jacken ... William hatte keine Ahnung, wie er Ordnung in dieses Chaos bringen sollte. Nachdem er Platz genommen und seinen einzigen, kleinen, ordentlichen Koffer mit den vorschriftsmäßigen Maßen unter seinen Sitz gestellt hatte, stand er wieder auf, in der vagen Vorstellung, daß er ihr irgendwie helfen mußte. Bonnies Gesicht verriet Ungeduld und nicht die erhoffte Dankbarkeit.

»Bleiben Sie sitzen, William, bis ich alles verstaut habe.«

Verwirrt gehorchte er. Bonnie fuhrwerkte auf ihrem Sitz herum, klopfte auf Taschen und zerrte an Kleidern. Ihre Brüste unter dem hellen Angorapullover wippten. William schloß die Augen. Er dachte an die häßliche Frau in der Kirche, an Büchsenartischocken und Ringelblumen und an den »Gold-und-Silber-Walzer« – alles Dinge, die ihn schaudern ließen. Es half nichts.

Bonnie stupste ihn an. Er öffnete die Augen.

»Können Sie das hier nach oben tun?« Sie drückte ihm Tüten und Kleidungsstücke in die Arme. Die Sachen entglitten ihm immer wieder, als wären sie lebendig. Er stand auf, trat vorsichtig in den Gang hinaus und überlegte. Wie sollte er mit vollen Armen die Klappe vom Gepäckfach öffnen?

»Gibt's Probleme?« Von seinem Außenplatz auf der anderen Gangseite sah Grant mit zufriedenem Lächeln vom »Guardian« hoch.

»Machst du mir wohl mal die Klappe auf?«

»Ich werde drüber nachdenken.« Sehr langsam faltete Grant seine Zeitung zusammen. Rufus legte sein Buch beiseite (eine neue Brahms-Biographie – seine einzige Form der Angabe bestand in der öffentlichen Lektüre neuester Musikerbiographien) und grinste. Ob er sich über Williams mißliche Lage freute oder ihn eher ermutigen wollte, war nicht ersichtlich.

Ohne Eile stand Grant auf und öffnete das Gepäckfach. Dann setzte er sich wieder und wandte sich erneut seiner Zeitung zu. William, der nicht sehr groß war, stellte sich auf die Zehenspitzen und hievte Bonnies Krempel ungefähr in die Gegend von dem leeren Fach. Aber er hatte danebengezielt: Der Inhalt der Tüten purzelte heraus – Jacken und Tücher fielen erst auf seinen Kopf und dann auf den Boden. Grant und Rufus, ganz vertieft in ihre Lektüre, schienen Williams Not nicht zu bemerken. Bonnie hatte ihm den Rücken zugekehrt und sah aus dem Fenster. William war sich bewußt, daß seine Lage immer unwürdiger wurde. Er begann, die Sachen vom Boden aufzusammeln. Nachdem er entsetzlich lange hilflos herumgetastet hatte, kam ihm schließlich eine Stewardeß zur Hilfe. Im Nu war alles ordentlich im Fach untergebracht – sie war ein schlankes, hochgewachsenes Mädchen mit knallrotem Mund, der wie aus Zellophan ausgeschnitten wirkte –, und William konnte sich endlich wieder setzen. Er bemerkte, daß Grants Blick von seiner Zeitung zu den wohlgeformten Fesseln der Stewardeß gewandert war, und das beruhigte ihn. Es war der Beweis, daß Grants Interesse an gutaussehenden Frauen nicht nachgelassen hatte. Wenn er sich in Bonnie verliebt hätte, so wie er, William, sich verliebt hatte … würde er bestimmt nicht andere Frauen anstarren.

»Den Start finde ich immer schrecklich«, sagte Bonnie, als das Motorengeräusch einsetzte. »Ich werde nie gerne fliegen. – Sie haben sich nicht angeschnallt.«

Sie beugte sich über William und tastete, auf der Suche nach den zwei Metallschnallen, unschuldig an seinem Bauch und seinen Lenden herum. Dann ließ sie den Gurt zuschnappen. Lieber Himmel ... William umklammerte seine Armlehnen und biß die Zähne zusammen.

»Sie sehen ja aus, als bereiteten Sie sich auf einen Raketenstart vor. Entspannen Sie sich! Und keine Sorge, ich werde keine Szene machen, so wie gestern bei den Knochen. – Das in der Kirche tut mir übrigens leid.«

William drehte sich zu ihr um und lächelte. Er hoffte, sie würde seine stumme Botschaft von Verzeihen, Verständnis, Ergebenheit lesen können ...

»Wir sind in der Luft.« Für jemanden mit Flugangst klang sie ziemlich gelassen. Aber als die Maschine zum Steilflug ansetzte, legte sie doch ihre Hand auf Williams und grub die Nägel in seine Finger. In diesem Augenblick dachte William, er würde jetzt gern und zufrieden sterben. Seine Seligkeit währte jedoch nicht lange. Bonnie nahm ihre Hand weg und sah wieder aus dem Fenster. Was war sie bloß für eine Zappelliese! Trotzdem ließ er sich nicht aus der Ruhe bringen.

»Als Kind hab ich gedacht, es müßte toll sein, eine Leiter an die Wolken zu lehnen und hochzuklettern und auf ihnen herumzuhüpfen ...«

»Ach ja?«

Beide verstummten wieder. Mit betont langsamem Atmen versuchte William den Tumult in seinem Kopf und das pochende Blut in seinen Adern zu besänftigen. Bonnie schlug die Bordillustrierte auf – das war das letzte, was er sich wünschte. Damit wäre die Chance vertan, noch einmal an ihr vertrautes Gespräch in der Hotelbar anzuknüpfen. Wie konnte er ihre Aufmerksamkeit zurückgewinnen? Vielleicht sollte er ihr von einem persönlichen Problem erzählen, mit dem er sich schon seit einiger Zeit herumschlug.

»Ich möchte mit Ihnen über Haydn reden«, sagte er schließlich.

»O nein, nicht Haydn. Bitte nicht hier. Wir hatten Haydn doch erst gestern abend.«

»Und Sie haben ihn wunderbar gespielt. Was immer Sie dabei auch gefühlt haben mögen.«

Bonnie seufzte und schlug die nächste Seite ihrer Illustrierten auf. Sie studierte die ganzseitige Werbung für irgendein Badeöl. Mädchen im Badehandtuch am Fenster. Mann nähert sich ihr auf einem Pferd.

»Sie wissen doch, daß wir bei einem unserer Weihnachtskonzerte auch das G-Dur-Quartett spielen?« fragte William, nachdem er lange überlegt hatte, ob diese Frage auch klug war.

»Ich kenne den Plan, ja.«

»Opus 77, Nr. 1.« William ließ sich Zeit zum Überlegen.

»Auch das weiß ich.«

»Na ja, ich dachte ... Nun, ich kenne ja Ihre ... Abneigung gegen Haydn im allgemeinen. Aber ich kann mir kaum jemanden vorstellen, der von diesem speziellen Quartett nicht hingerissen wäre.« Bonnie machte eine Schnute, ein Grübchen blitzte, sie schlug eine neue Seite auf. »Beefeater«-Wächter posierten steif wie Porzellanfiguren neben dem Tower von London. »Es ist so wunderbar heiter«, sagte William.

»Da kann man verschiedener Ansicht sein«, sagte Bonnie nach einer Weile. »Haydns eigne Art von Heiterkeit läßt mich kalt.«

William schluckte einen Seufzer hinunter und beschloß, ein Risiko einzugehen. Vielleicht konnte er sie ja zu mehr Toleranz gegenüber diesem großen Komponisten bewegen, wenn er noch einmal sein privates Bewertungssystem erwähnte.

»Es ist ein Treppaufstück«, flüsterte er.

»Ein was?«

»Wissen Sie nicht mehr, ich haben Ihnen doch davon erzählt ...«

»Ach das, ja.«

»Sie sollten mir vertrauen.« Seine verzweifelte Liebe (war es Liebe?) zu Bonnie machte jener trüberen, aber vertrauteren Verzweiflung Platz, die ihn immer dann packte, wenn er ein geliebtes Musikstück verteidigte. Vielleicht sollte er einen strengeren Ton anschlagen. »Jedenfalls steht das Stück auf dem Programm, was immer Sie darüber denken mögen. Und wir müssen es üben. Ich schlage vor, daß Sie es sich in den nächsten Tagen so oft wie möglich anhören, dann finden Sie auch einen Zugang dazu ...«

»Vielleicht. Können wir das Thema jetzt lassen? Ich möchte gerne lesen.« Sie betrachtete ein Foto von einem schmalzigen jungen Pärchen, das im Begriff war, in einer Wanne voller Eiskrem zu kopulieren.

William sah zu dem kleinen Fenster hinter Bonnies Kopf und grübelte über die rätselhaften dunklen Winkel ihrer Seele. Eine scharf umrissene, strahlend weiße Wolke trat in sein Blickfeld. Er malte sich aus, wie Bonnie auf dieser weißen Masse herumhüpfte, doch auch dieses hübsche Bild konnte seine Enttäuschung über das mißglückte Haydn-Gespräch nicht vertreiben. Er hatte es wirklich ungeschickt angefangen. Das Seltsame an Bonnie war, daß er sich im Umgang mit ihr immer trampelig vorkam – und das war ihm Musikern gegenüber noch nie widerfahren. Was war sie nur für ein merkwürdiges, faszinierendes, schwieriges, unwiderstehliches Geschöpf. Der Flug wäre sicherlich in mancher Hinsicht angenehmer, wenn sie sich neben Grant oder Rufus gesetzt hätte. Allerdings wären ihm dann diese wenigen Stunden in ihrer Nähe entgangen, die seine Seele wärmten und mit seinem alternden Körper etwas sehr viel Handfesteres anstellten.

»Du bist dünner geworden«, sagte Grace, als William in die Tür trat.

»Ach, wirklich, mein Herzblatt? Vielleicht. Dieses ausländische Essen.«

Sie küßten einander zärtlich auf die Wange.

»Schön, daß du wieder da bist.«

»Schön …« William setzte seinen kleinen Koffer ab. Grace nahm ihn wieder hoch.

»Ich stecke nur eben deine Sachen in die Maschine. In einer halben Stunde können wir essen. Ich habe dir einen gedeckten Apfelkuchen gemacht.«

»Wie nett.«

Er stieg hinter ihr die Treppe hoch und sah, daß sie wegen des schweren Koffers ganz schief ging, was ihrer Wirbelsäule einen hübschen Schwung verlieh. Wenn er ein Maler wäre, zum Beispiel Bonnard, hätte er gerne eine Frau gemalt, die einen Koffer trägt.

Die vertraute Stille oben in seinem Zimmer wirkte sofort beruhigend auf ihn. Er schob ein paar Notenstapel auf dem Sofa beiseite und setzte sich. Um das Thema Prag zu vermeiden, würde er heute abend den Besuch bei Dick in Dorset ansprechen. Da hätte Grace etwas, worauf sie sich nach Weihnachten freuen konnte … Gemeinsame Winterspaziergänge auf den Klippen.

Auf den Klippen … Plötzlich fiel ihm sein ursprünglicher Dorset-Plan wieder ein – mit allen Details. Und noch während er – glänzend wie Macbeths Dolch – vor seinem inneren Auge auftauchte, zwang William sich, an das Gespräch zu denken, das er mit seinem rationalen zweiten Ich in Prag geführt hatte. Doch danach waren Dinge geschehen, die seinen Entschluß ins Wanken gebracht hatten. Bonnie hatte an seiner Schulter geweint. Sie hatte sich im Flugzeug neben ihn gesetzt. Bonnies Hände, die ihn anschnallen wollten (geöffnet hatte er den Gurt lieber selbst), hatten seine guten Absichten zunichte gemacht. Bonnie, Bonnie, Bonnie. Was machte sie jetzt wohl in ihrer kleinen Wohnung in Aylesbury, keine vier Kilometer von Grant entfernt? Wieso war er nicht bei ihr und liebkoste ihre Grübchen mit all jenen Küssen, die er bisher so mühsam unterdrückt hatte? Wieso konnten sie nicht einfach miteinander fortgehen und …

»Abendessen«, hörte er Grace von unten rufen, und er stöhnte laut auf, bevor er sich erhob und seine normale, aufrechte Haltung wieder einnahm, alles schlechte Gewissen aus seinem Gesicht tilgte und sich darauf vorbereitete, seinem lieben, lieben Herzblatt und dem so gutgemeinten Apfelkuchen gegenüberzutreten.

Eine Weile sah Grace zu, wie die schmutzigen Hemden, Hosen und Socken ihres Mannes in der Waschmaschine herumwirbelten. Der hausfrauliche Anblick erleichterte sie. William war wieder zu Hause. Nun mußte sie nichts mehr befürchten. Wenn Lucien sie noch weiter bedrohte, würde sie William bitten, mit ihm zu reden, ihn fortzuschicken und ihm, falls nötig, Hausverbot zu erteilen. (Die Szene zwischen dem friedlichen Mann und dem aggressiven Rüpel wollte sie sich lieber nicht vorstellen.) Doch im Grunde wußte sie, daß es nicht zu einer solchen Konfrontation kommen würde. Luciens Abgang war sehr endgültig gewesen. Er würde nicht wiederkehren. Richtig klargeworden war ihr das erst nach und nach: Sie hatte ein sonderbares Gefühl von Verlust – es dämmerte ihr mittlerweile, daß ihr Leben ohne seine Besuche ... langweiliger sein würde. Luciens eigenartig sprunghaftes Wesen hatte ihr die Tage verkürzt ... obwohl man natürlich bei vernünftiger Betrachtung sagen mußte, daß langweilige Sicherheit besser war als ein Zustand dauernder Beklommenheit.

Um all das abzuschütteln, dachte sie entschlossen an ihren Mann und den stillen Abend, der vor ihnen lag. Sie sah schon alles vor sich: Neuigkeiten im Telegrammstil über Prag, Lob des Essens, dann ihre eigene Entschuldigung, weil sie nichts zu berichten hatte ... Schließlich das gewohnte zufriedene Schweigen ... beide ganz erleichtert, daß sie sich nicht mehr anstrengen mußten. Grace kehrte der Maschine den Rücken, übte schon das Lächeln, mit dem sie William begrüßen wollte, wenn er ungeduldig die Treppe herunterkam.

Sie hatten gerade das gebratene Hähnchen halb geschafft,

da waren sie auch schon mit den sorgfältig zurechtgestutzten Geschichten aus Prag und den ebenso nichtssagenden Neuigkeiten über die Fortschritte beim Blumenbuch durch. Also den Stier lieber gleich bei den Hörnern packen, sagte William sich, auch wenn es ihn große Anstrengung kosten würde, jenes Bild loszuwerden, wie Bonnie draußen vor der Knochenkirche ihren Kopf an seinem Hals barg. Verrückterweise stellte er sich diese Szene nicht aus seiner eigenen Perspektive vor, sondern aus dem Blickwinkel eines Beobachters, der in einiger Entfernung auf dem Friedhof stand und dieses seltsame Paar betrachtete – ein wunderhübsches junges Mädchen, das Trost bei einem älteren Mann suchte. Der Kopf des Mannes zur Seite geneigt, damit der Kopf des Mädchens Platz an seinem Hals fand. Der Mann breitbeinig, um ihr sicheren Halt zu geben. Die Deutlichkeit der Szene war beunruhigend.

»Dick hat vorgeschlagen, daß wir ihn nach Weihnachten für ein paar Tage besuchen«, sagte er.

»Dicks letztes Cottage war eiskalt.«

»Ich denke, dieses hat Zentralheizung.«

»Jack und Laurel wollen ein paar Tage über Neujahr kommen.«

»Du lieber Himmel, wirklich?« Als Bonnie die Hand ausstreckte, um seinen Sicherheitsgurt zu schließen, wäre er vor Seligkeit fast ohnmächtig geworden. Am liebsten würde er sich hinlegen, und Bonnie müßte ihm stundenlang Gurte anlegen. Seine Phantasie ging mit ihm durch.

»Das tun sie doch immer. Aber ich denke, ein, zwei Tage Dorset würden gehen.« Lieber Gott, bitte nicht mehr als ein oder zwei Tage, dachte Grace. Über Weihnachten würde Lucien es sich vielleicht anders überlegen und wieder mit seinen Besuchen beginnen. Es wäre ihr nicht recht, wenn dann keiner zu Hause wäre.

»Wir könnten lange Spaziergänge machen«, sagte William so leise, daß Grace Mühe hatte, ihn zu verstehen. Er hatte unbedingt etwas sagen müssen, um sein Stöhnen zu vertuschen und sich unter Bonnies Händen nicht gänzlich aufzulösen – die Metallschließen hätten da auch nicht geholfen.

»Ist alles in Ordnung mit dir, William?«

»Natürlich.« Er setzte sich sehr gerade.

»Du bist blaß. Du ißt gar nicht richtig.«

»Über die Klippen«, sagte William. Er lächelte, gab sich einen Ruck. »Du bist doch immer so gerne über die Klippen von Dorset gewandert.«

»Stimmt.« Der letzte Spaziergang, an den sie sich genau erinnerte, war allerdings der im Park. Diese gräßlichen Hunde. Das Mißverhältnis zwischen ihr und Lucien: Er, unrasiert und schmutzig, mit seinen groben, frechen Bemerkungen; sie in ihrem hellen Regenmantel, dessen unmodischer Schnitt ihr bisher nicht aufgefallen war, und mit ihrer steifen kleinen Handtasche mit dem vergoldeten Verschluß. Der komische Lucien schien all das nicht bemerkt zu haben. Seltsam, daß der Park plötzlich ganz anders wirkte, als sie neben ihm herging.

»Du siehst selber ein bißchen blaß aus«, sagte William. Gewöhnlich hatte Grace frische rote Wangen. Merkwürdig, daß sie nach einer halben Hähnchenbrust mit Eins-A-Brotsoße so grau wirkte. »Hat dein Freund Lucien denn meine Abwesenheit genutzt?« William hatte keine Ahnung, wieso er diese Frage stellte – außer, daß er vielleicht hoffte, der Name dieses Lumpen würde ein wenig Farbe in ihre Wangen bringen. Im Grunde war es ihm völlig egal, wie oft Lucien vorbeikam, solange er selbst nicht im Haus war.

»Er ist ein paarmal morgens wie üblich aufgetaucht. Aber jetzt kommt er nicht mehr.« Grace neigte ihren Kopf ein wenig. Ein zartes Madonnenlächeln – tapfer oder leidend? – umspielte ihre Mundwinkel. Ein langes Schweigen folgte.

»Wieso nicht?«

Grace sammelte die Teller ein. Der Gedanke an den Nachtisch bereitete ihr Übelkeit.

»Ach, weißt du, irgendwie hatte ich genug von seinen Besuchen. Mir war völlig unklar, wieso er dauernd kam, was er eigentlich wollte und was wir ihm geben konnten.«

»Ein Gratis-Frühstück. Verdammter Schnorrer, wenn du mich fragst.«

»Du hast ihn nie gemocht.«

»Ich verfüge nicht über ein so großes Herz wie du, nein. Für mich blieb er immer irgendwie undurchsichtig. Und seine Besuche fingen an, aufdringlich zu werden.«

»Das stimmt.«

»Ich bin sehr froh, daß er uns nicht mehr belästigt.« Bonnies Hände schwebten über ihm, wollten sich wieder auf ihm niederlassen.

»Ich auch.« Sie haben wirklich Talent, Grace. Ihre Bilder sind sehr, sehr gut. Luciens Stimme war so laut, als stünde er mitten im Zimmer. Es gibt Momente, in denen Abwesenheit und Anwesenheit zusammenfallen. Wenn man sie auseinanderhalten will, entsteht ein hoffnungsloses Chaos. Williams Stimme klang sehr, sehr fern.

»Jedenfalls bist du, mein Herz, wie immer sehr weise. Es war richtig, daß du ihn fortgeschickt hast.« William tätschelte die Hand seiner Frau. Ihm fiel auf, daß sie sich verändert hatte. Früher waren da nicht diese vortretenden Adern gewesen und diese Stellen mit trockener, brauner Haut. Lieber Gott, würden Bonnies mollige kleine Hände eines Tages auch so aussehen? Der Gedanke beruhigte ihn. Und er hatte Beruhigung nötig. »Ich sage Dick dann also zu. Dorset.« – Von dessen hohen Klippen diese engelhafte Frau mit ihren alternden Händen hinunterstürzen würde, um unten am steinigen Strand den Tod zu finden. Das Bild war undeutlich, aber es war da.

»Warum eigentlich nicht? Ich glaube, wir können eine Pause gebrauchen.« Sämtliche Unverschämtheiten, die Lucien sich in ihrer Gegenwart erlaubt hatte, schossen ihr durch den Kopf. Genüßlich ließ sie seine gemeinen Ausdrücke Revue passieren, während sie aufstand und den Kuchen holte.

»Ich freue mich schon, mein Herzblatt.« Und auf das Danach. Irgendwo, wer weiß wo – das war egal –, würde er mit Bonnie musizieren. Es gab so viele Duette für Geige und Bratsche. Sie würden bis spät in die Nacht spielen und sich so auf ihre letzte, zwingende Vereinigung vorbereiten.

Nach einem langen Wochenende (immer wieder hatte er gewisse Szenen durchlebt) brach William am Montagmorgen zu einer Probe auf. Trotz Bonnies grandiosem Spiel bei Haydns F-Dur-Quartett in Prag war er nicht sicher, ob sie das G-Dur-Stück ebenso gut bewältigen würde. Er fand ihren Widerstand außerordentlich irrational. Es war zwar ihre einzige Schwäche, aber eine sehr hinderliche, da die Ulmen-Musiker gerade für die Aufführung der großartigen Haydn-Quartette besonders geschätzt wurden. Unterwegs zu Grants Scheune war er so mit Bonnies Haydn-Abneigung beschäftigt, daß er unmöglich fuhr und dauernd angehupt wurde.

Er war sehr früh aufgebrochen – »nur für den Fall, daß dein Freund seine Meinung ändert und wieder auftaucht«, hatte er zu Grace gesagt. Der wahre Grund war, daß er unbedingt wieder bei Bonnie sein wollte. In seiner Ungeduld war er doppelt so schnell wie sonst gefahren und kam zehn Minuten vor der verabredeten Zeit an. Bonnies Wagen stand schon da, aber Grants fehlte. Das war seltsam.

William trat ins Haus. Er war jetzt nicht nur nervös, sondern auch neugierig. Der Hauptraum der Scheune war leer, die Tür zum Schlafzimmer stand offen. Eine lächelnde Bonnie kam aus dem Zimmer. Sie wirkte so unschuldig, daß er sich ein wenig entspannte.

»Raten Sie mal, was ich in Grants Schlafzimmer entdeckt habe? Ein Klavier.«

»Ein Klavier?« Hoffentlich klang er angemessen überrascht. »Ach, und ausgerechnet jetzt?« Er brauchte Zeit, um gegen die Frage: Was hattest du denn in Grants Schlafzimmer zu suchen? anzukämpfen. Bonnie konnte Gedanken lesen, lachte, stichelte.

»Keine Angst. Es passieren keine verbotenen Sachen zwischen Ihren Musikern. Mir war nur kalt, und ich hab mir einen Pullover ausgeliehen.« Den Pullover besaß Grant schon, solange William ihn kannte. Bonnie hatte ihn sich wie einen Schal um den Hals gelegt und machte jetzt einen Knoten in die Ärmel.

»Ach so, ja. Wo ist Grant?«

»Fährt noch Milch holen.«

William war darüber so erleichtert, daß er ganz unüberlegt und hastig zu reden begann.

»Dann sind Sie also sehr früh hier angekommen.«

»Eigentlich nicht.« Wieder hänselte sie ihn, das kleine Biest. »Ich wohne ja jetzt so nahe, daß es keinen Grund mehr für Verspätungen gibt.«

»Wahrscheinlich nicht.« William zog seinen Mantel aus und setzte sich auf den Stuhl hinter seinem Notenständer. Bonnie schien die Bedeutung seiner albernen Frage nicht erkannt zu haben. »Und – haben Sie das Klavier ausprobiert?«

»Na klar. Ein paar Takte lang. Aber es ist ein hoffnungsloser Fall. Ich hab Grant gefragt, wieso er ein so wunderbares Klavier einfach verkommen läßt. Wieso er es nicht überholen und neu stimmen läßt. Wir könnten doch zusammen spielen, hab ich gesagt.«

»Zusammen spielen?« William, der sich die Geige schon unters Kinn geklemmt hatte, legte sie wieder in den Schoß.

»Na ja, es wird wohl nie dazu kommen. Aber es war eine hübsche Idee.«

William nickte, schluckte, konnte nicht sprechen.

Bonnie setzte sich auf ihren Stuhl, spreizte ihre Beine in den engen Jeans, schob die weiten Ärmel von Grants Pullover bis unter die Nase, schniefte und zog ein Gesicht. Sie trug wieder den verheerenden Angorapullover, unter dem sich ihre Brüste abzeichneten. William schloß die Augen und wünschte, sie würde das verflixte Kleidungstück verbrennen. Es hatte eine so unerfreuliche Wirkung.

»William, ich muß Ihnen etwas sagen.« William öffnete die

Augen und sah ihr ins Gesicht. Sie klang jetzt überhaupt nicht mehr neckisch. »Ich möchte Sie bitten, nicht wieder von Haydn anzufangen. Sie wissen genau, daß ich absolut professionell bin und mein Bestes geben werde; meine persönliche Meinung ist da völlig nebensächlich. Und übrigens, ich habe heute nacht sogar schon geübt, ehrlich. Also warten Sie es ab. Falls meine Interpretation falsch ist, sagen Sie es mir. Aber bitte keine allgemeinen Haydn-Vorträge mehr.« Sie schwieg. »Ich hoffe, Sie nehmen mir das nicht übel.«

»Nein.« William merkte, wie seine Stirn feucht wurde, und suchte in seiner Tasche nach einem Taschentuch. »Nein, natürlich nicht. Sie haben vollkommen recht. Und ich wollte auch nicht, daß Sie die ganze Nacht üben. Ich weiß, daß Sie ...«

Grant trat in die Tür und schwang zwei Milchflaschen wie Hanteln. Hinter ihm kam Rufus. Ein paar Augenblicke später waren sie schon mitten im fröhlichen Schneeflockengewirbel des ersten Satzes von Haydns G-Dur-Quartett. Während des ganzen Stücks lag ein selbstzufriedenes Grübchenlächeln auf Bonnies Gesicht. Sie spielte mit einer hingebungsvollen Brillanz, als handele es sich um ihren geliebten Schubert oder Brahms, und das entging keinem der drei. Rufus spielte mit erhobener Augenbraue, Grant nickte und neigte den Kopf öfter als sonst. Und der verwirrte William wußte nur, daß dies alles für ihn änderte. Bis heute morgen hatte ihn eine Mischung aus Bewunderung, Freundschaft und Begehren erfüllt. Aber Bonnies überraschendes Spiel hatte alles verändert. Es konnte nur eines bedeuten: Sie hatte zugehört, eine gewaltige Anstrengung unternommen und offenbar begonnen, jenen Haydn zu verstehen, der ihr bislang verschlossen geblieben war. Und das hatte sie für ihn, William, getan. Nach dem Stück entstand ein verblüfftes Schweigen. Und für William war das der Augenblick, in dem er begriff, daß die Qualität seiner Gefühle für Bonnie sich radikal geändert hatte. Es war jetzt vollkommen klar: Er liebte sie über alles.

Es war Tradition beim Ulmen-Quartett, jedes Jahr in der Woche vor Weihnachten ein Wohltätigkeitskonzert zu geben. Veranstaltungsort war stets ein Saal in Reading, und er war jedesmal ausverkauft. Und es war ebenso Tradition, daß die Musiker von ihren Ehefrauen begleitet wurden. Vor vielen Jahren hatte Grant, der einzige Junggeselle unter ihnen, seine damalige Freundin mitgebracht, eine sehr ansehnliche Rothaarige, die während des Borodin ohnmächtig geworden war – aus Langeweile, wie sie später behauptete – und für peinlichen Wirbel gesorgt hatte. Seitdem hatte er vorsichtigerweise immer nur seine Mutter eingeladen, eine schweigsame kleine Witwe, deren knorriges Gesichtchen angesichts des Berufs und der Körpergröße ihres Sohns den Ausdruck ständiger Verwunderung trug.

In diesem Jahr waren die Hendels turnusmäßig die Gastgeber für das Musikerabendessen nach dem Konzert. Grace servierte dann immer ein köstliches kaltes Buffet und selbstgebackene gefüllte Pasteten, und William sorgte für den berühmt guten Wein. Wie stets bei solchen Anlässen konnte William sich darauf verlassen, daß Grace alles ganz hervorragend organisierte, und es erfüllte ihn mit Stolz, daß Rufus' zerbrechliche Iris und früher auch Andrews mürrische Zara bei diesen festlichen Abendessen nicht mithalten konnten.

Dieses Jahr allerdings dachte er voller Sorge an das bevorstehende Ereignis. Die Vorstellung, daß Bonnie als Gast womöglich seiner Frau in der Küche zur Hand gehen würde, war ihm unerträglich. Es würde ihn ungeheure Anstrengung kosten, sich normal zu geben, als liebenswürdiger Gastgeber allen seinen Gästen dieselbe Aufmerksamkeit zu schenken und gleichzeitig seine Leidenschaft für eine unter ihnen zu verbergen.

Um alles noch komplizierter zu machen, hatten sich zusätzliche Gäste angekündigt. An dem Abend, als Grace still ihr Menu zusammenstellte (und Grace war, wie William auffiel, in den letzten Tagen außergewöhnlich still gewesen), hatten sie einen Anruf aus London erhalten.

»Hallo William, hier ist Laurel. Ich bin's, Laurel.«

»Hallo Laurel.«

Lange Pause. Vielleicht hatte er nicht so herzlich wie erwartet geklungen.

»Alles in Ordnung bei euch? Lang nicht gesehen.«

»Alles in Ordnung.«

»Prima. Bei uns ist es hektisch wie gewöhnlich. Schrecklich viel los ... die Vorweihnachtszeit, du weißt ja, wie das ist. Im Reisegeschäft spielt gerade alles verrückt. Na ja, Jack will dich jedenfalls mal kurz sprechen. Ich gebe ihn dir.«

William blickte entnervt zu Grace, die verständnisvoll zurücklächelte. Es war ihr erstes Lächeln an diesem Abend. – Am anderen Ende der Leitung vernahm er erregtes Geflüster. Dann war sein Sohn Jack dran.

»Hallo Dad. Lang nicht gesehen.« Himmel, sie benutzten sogar dieselbe furchtbare Sprache. »Wie steht's? Alles okay?«

»Alles in Ordnung, Jack.« William war gespannt, was wohl der eigentliche Anlaß des Anrufs war. »Ich bin gerade aus Prag zurück«, fügte er im Versuch, freundlich zu sein, hinzu.

»Prag? Du lieber Himmel. Du kommst aber rum. Du hättest bei Laurel eine Gruppenreise buchen sollen. Sie hat ein paar tolle Sonderangebote für Prag. Das hat sie erst neulich gesagt.«

»Vielleicht das nächste Mal. Ich werde es jedenfalls im Kopf behalten.« Nach all den Jahren sollte Jack doch wissen, daß Stephen stets in seinem eigenen sehr tüchtigen Reisebüro buchte. Aber William hatte keine Lust, das zum x-tenmal zu erklären ...

»Also es geht um folgendes, Dad. Dein Weihnachtskonzert. Du weißt ja, vor einigen Jahren waren wir auch da. Na ja, und jetzt habe ich mir mit Laurel überlegt, ob du dich freuen würdest, wenn wir diesmal wieder erscheinen. Wie findest du die Idee?«

»Du lieber Gott ...«

»Mum hat mir vor kurzem erzählt, daß ihr wieder mit dem Essen dran seid. Und wir genießen deinen Wein und ihr Buffet immer ganz besonders. Wie sieht's also aus?«

»Nun«, sagte William.

»Wenn du willst, könnten wir sogar über Nacht bleiben.«

»So spät wird es sicher nicht.« Was für ein entsetzlicher Gedanke! Innerlich protestierend nahm William eine sehr gerade Haltung an, bis er kalt, steif und wachsam dastand.

»Stimmt, für unsere Verhältnisse nicht. Aber wir könnten dann wenigstens auch was trinken. Wenn es natürlich für euch eine zusätzliche Belastung ist, wenn wir lieber nicht kommen sollen, dann ...«

»Nein, nein, das heißt, ja. Natürlich wäre es schön. Deine Mutter und ich, wir würden uns freuen.«

»Du klingst nicht gerade begeistert.« Jack lachte gezwungen. »Aber wir dachten, es könnte doch unheimlich lustig sein. Ich würde gern mal wieder mit Grant reden – und mit, wie heißt der andere noch, Rupert ...«

»Rufus.« Jack kannte Rufus seit Jahren.

»Richtig, Rufus.« Eine deutliche Pause. Dann betont beiläufig: »Und das Mädchen, Bonnie. Wir haben ja Bonnie noch gar nicht kennengelernt. Ich fand, sie sieht gar nicht so übel aus.«

Das war es also. Bei all seiner sogenannten Liebe zu dieser fürchterlichen Laurel wollte Jack offenbar bei Bonnie mitmischen. Seinen Charme an ihr erproben. Bei dem Gedanken wurde William so schlecht, daß er kaum sprechen konnte.

»Ich hoffe, Bonnie wird auch kommen«, sagte er schließlich.

»Mit einem Freund im Schlepptau?«

Was für eine Unverschämtheit! In seiner Wut überlegte er nicht lange und beschloß, einfach zu lügen.

»Es scheint«, sagte er, »daß Grant und Bonnie ... nun ja.«

»Ein Indiz?«

»Ein was? – Hör mal, Jack, ich bitte dich, das unbedingt für dich zu behalten. Wir anderen sprechen auch nicht darüber. Ihre privaten Geschichten gehen uns nichts an. Ich weiß nichts Genaues. Wir haben einiges beobachtet, und jetzt warten wir, ohne zu fragen, bis man uns etwas mitteilt.«

»In Ordnung. Reg dich ab, Dad. So sehr interessiert's mich

auch wieder nicht. Ich hab nur gesagt, es wäre nett, sie zu sehen.«

»Gut. Wir sehen uns dann also beim Konzert. Ich lasse Karten für euch zurücklegen.«

»Danke, Dad. Tschüß erst mal.«

»Sie wollen nicht nur zum Konzert kommen, sondern auch noch über Nacht bleiben«, sagte William zu Grace.

»Das ist in Ordnung. Und was hast du da über Bonnie und Grant gesagt?«

William schwieg lange und überlegte. Er hatte sich jetzt schon so sehr verstrickt ... Und vielleicht war es ja gar nicht so verkehrt, wenn Grace ebenfalls den Eindruck hatte, daß Bonnie und Grant ...

»Sie scheinen sich sehr zu mögen«, log er.

»Ziemlich passend. Allerdings – in so einer kleinen Gruppe ...«

»Bis jetzt haben sie sich noch nicht geäußert, also muß ich mir darüber auch noch keine Gedanken machen.«

»Natürlich nicht.« Grace widmete sich wieder ihrer Liste. »Und was Jack und Laurel angeht, da habe ich das ungute Gefühl, daß sie die Gelegenheit nutzen wollen, um uns ihre Verlobung mitzuteilen.«

»Jede Wette, daß du diesmal falsch liegst«, sagte William. »Sie haben viel zuviel zu tun, um Zeit für so was zu haben. Und mit etwas Glück müssen wir auch nie Laurels Schwiegereltern werden. – Sag mal, mein Herzblatt, du hast dir aber sehr wenig aufgetan. Stimmt was nicht?«

Lucien hielt Wort. Er erschien nicht mehr, und Grace vermißte ihn zusehends. Sie dachte daran, ihm eine Weihnachtskarte zu schicken, wollte dann aber doch nicht das Schicksal herausfordern. Sie hätte ihn zwar gern hin und wieder bei sich gesehen, aber ohne jenen ständigen psychischen Druck. Also steckte sie die sorgfältig ausgesuchte Karte nicht in den Briefkasten und konzentrierte sich statt dessen auf die Organisation der Einladung nach dem Benefizkonzert. Wie jedes Jahr hatte William keine Lust, die einzelnen Punkte mit ihr durchzusprechen. Bereitwillig überließ er ihr immer alles und war stets mit dem Ergebnis zufrieden.

In den Tagen vor der Party fiel Grace auf, daß William sich noch mehr als sonst zurückzog. Er schien nervös und rastlos, zerrte ewig an den Bettlaken herum und machte jeden Abend einen großen Aufstand um Anzahl und exakte Lage der Dekken. Um dann schließlich doch schlecht zu schlafen. Sie selbst lag nachts stundenlang wach und horchte, ob der Wolf wiederkam (diesmal würde sie sein Signal gerne hören), während William sich neben ihr hin und her warf und die Laken zerwühlte, die er vorher so aufwendig hergerichtet hatte. Wie traurig, dachte Grace, daß der Besuch seines eigenen Sohnes ihm so zu schaffen machte, denn es war ja offensichtlich Jacks und Laurels Erscheinen auf der Party, das ihn so beunruhigte. Sie hatte ihm häufig klarzumachen versucht, daß die Enttäuschung über die eigenen Kinder mit den falschen Erwartungen der Eltern zu tun hat. William sollte froh sein, daß Jack als Steuerberater so erfolgreich war, und sich nicht darüber grämen, daß sein Sohn seine jugendliche Begeisterung für Chemie nicht weiterverfolgt hatte und nicht Arzt geworden war. Oder sogar Musiker – als Junge hatte er recht hübsch auf der Gitarre gespielt. William nahm sich Jacks langweiligen Beruf und seinen übermäßigen Ehrgeiz, das dicke Geld zu verdienen, viel zu sehr zu Herzen. Er konnte es einfach nicht ertragen, daß Jack, der nie ein sehr liebenswürdiger, lebhafter Mensch gewesen war, im Gespräch mit schauerlichen Klischees um sich warf, weil er glaubte, seinen Äußerungen dadurch Gewicht zu verleihen. William, der selbst sehr akribisch mit Worten umging und sich ständig um den Verfall der Sprache sorgte, wurde immer allergischer gegen das Psychokauderwelsch, den Werbejargon und all die anderen modischen Entstellungen der englischen Sprache. Kein Wunder, daß er auf ein Wiedersehen mit Jack und Laurel nicht besonders erpicht war. Und das lag hauptsächlich an Laurel. Bevor sie in Jacks Leben getreten war, waren Vater und Sohn recht gut miteinander ausgekommen. Erst durch Laurel war Jack so unerträglich selbstgerecht geworden. Jack selbst hatte Grace allerdings einmal erzählt, daß er Laurel liebe, weil sie ihm soviel Mut gemacht habe. Laurel … Grace sah schon vor sich, wie sie auf der Party mit einem mickrigen kleinen Diamantring herumprotzte und mit dem Superbilligticket für ihre Hochzeitsreise in die Karibik angab. Grace fröstelte. Ganz vorsichtig zog sie ihren Teil der Decken zu sich herüber, um bloß nicht Williams Zorn über den katastrophalen Zustand des Betts heraufzubeschwören.

Doch Grace war dann auch sofort bereit, zuzugeben, daß ihre Bedenken unbegründet gewesen waren. Vielleicht wollten Jack und Laurel ja ihr unverhohlenes Desinteresse vom letzten Mal wiedergutmachen, jedenfalls benahmen sie sich bei dem Konzert anständig. Und falls sie Taschenrechner und Reisebroschüren dabeihatten, so holten sie sie wenigstens nicht heraus. Zusammen mit Grace, Rufus' Ehefrau und Grants Mutter saßen sie in der ersten Reihe und gaben sich den Anschein, die Musik zu genießen. Wie Grace feststellte, als Laurel nach jedem Stück ausgiebig klatschte, trug sie keinen Ring. Die Verkündung einer Verlobung würde ihnen also Gott sei Dank erspart bleiben, dachte Grace und überließ sich nun auch der Musik.

Von der Bühne aus blickte William erst kurz auf die Reihe mit den diversen Angehörigen und sah dann zu Bonnie. Er war gespannt, ob sie den Haydn wieder genauso glänzend spielen würde wie auf der Probe oder ihn jetzt, nach Williams Lob, nur mechanisch herunterfiedeln würde. Doch sie ließ ihn nicht im Stich. Sie spielte makellos und mit Freude und stellte ihre neue Begeisterung für Haydn zur Schau. Ihr Ellbogen tanzte so lebhaft, daß ihr Samtärmel höher rutschte als sonst, und ihr schimmerndes Haar wippte unter der Bühnenbeleuchtung. Mit triumphierendem Lächeln (so deutete William es) schaute sie nach dem Stück nur ihn an, und er lächelte kurz zurück.

Ihr gemeinsames Geheimnis, von dem das Publikum nichts wissen konnte, ließ ihn unkonzentriert werden. Während er im Notenstapel nach Schuberts a-Moll-Quartett wühlte (Graces Lieblingsstück, das er extra ausgewählt hatte), sah er wieder zur ersten Reihe hinunter. Unwahrscheinlich, daß Laurel der Haydn gefallen hatte, doch erstaunlicherweise klatschte sie heftig. Ebenso wie Jack. Und William sah deutlich, daß er dabei Bonnie mit Blicken durchbohrte. William funkelte seinen Sohn an. Der Applaus hörte auf. Es entstand ein Moment verblüfften Schweigens – Williams drohendes Gesicht war keinem entgangen. Und zu seiner Genugtuung sah er, daß Jack unangenehm rot anlief. Mit einem albernen, schuldigen Grinsen drehte er sich zu Laurel um.

Rufus zupfte William am Ellbogen.

»Los, mach weiter«, flüsterte er.

William gab sein Zeichen. Sie spielten den Schubert. Grace stutzte über Jacks blutrotes Gesicht und fragte sich, was William so wütend gemacht hatte. Sie ließ ihren Blick über die Musiker wandern, die ganz in ihr Spiel versunken waren. Dann schaute sie zur Tür seitlich der Bühne und sah, wie sie sich langsam öffnete. Ein Kopf kam zum Vorschein, sah prüfend auf das Publikum und war sofort wieder verschwunden.

Lucien!

Gott im Himmel! dachte Grace. Er ist wieder da ... Lucien ist wieder da. Was hatte er hier zu suchen? Trotz der Hitze im Saal wurde ihr eiskalt. Was hatte er bloß vor? Womit wollte er sie jetzt wieder quälen? Sie schaute William an und hoffte, durch das Andante, das sie so liebte, beruhigt (und durch seine gelegentlichen stürmischen Passagen auch gestärkt) zu werden.

Am Ende des Konzerts eilten Jack und Laurel sofort mit Grace nach draußen, um sie nach Hause zu fahren, damit alles fertig war, bevor die anderen eintrafen. Es hatte sie offensichtlich große Anstrengung gekostet, sich während des Konzerts zusammenzunehmen. Und kaum im »Roten Haus« angekommen, machten sie sich an eine offene Flasche von Williams Bordeaux und tranken sehr schnell jeder ein Glas. Grace ließen sie mit ihren Vorbereitungen allein.

Während Grace eilig das Buffet aufbaute und die Kerzen anzündete, hatte sie keine Zeit, über Luciens Blitzauftritt nachzugrübeln, und war fast schon bereit, ihn für ein Produkt ihrer Einbildung zu halten. Trotzdem zitterten ihre Hände, und mit der Weihnachtsbaumbeleuchtung stellte sie sich sehr ungeschickt an. Als sie auf den Knien herumkroch und nach dem Schalter suchte, stieß sie so heftig gegen die unteren Zweige, daß die bunten Kugeln gefährlich schwankten. Die hochrote Laurel kreischte.

»Vorsicht, Mutter«, schrie Jack. Sein einziger Beitrag zum Gelingen des Abends bestand darin, daß er seiner Mutter wieder auf die Füße half. Sobald sie stand, wedelte er ihr die Tannennadeln von den Schultern. »Reg dich ab«, sagte er. »Ist doch nur eine kleine Party. Kein Grund zur Aufregung.«

Am liebsten hätte Grace geweint, wäre fortgelaufen und hätte alle sich selbst überlassen. Sie sagte nichts.

Endlich erschienen auch die anderen und staunten erst mal: Der voll beladene Tisch, der Duft nach eingelegtem Kräuterbraten, die Körbe mit Christrosen und Stechpalmen, das Kerzenlicht ... William schenkte Wein ein, Bonnie reichte die Gläser herum. Er fand, sie waren ein gut funktionierendes Team. Vielleicht würde der Abend ja doch nicht so schrecklich werden, wie er befürchtet hatte. Und seine Vermutung schien sich zu bestätigen, denn er sah, wie seine Gäste dem Wein zusprachen und diesen merkwürdigen Plauderton anschlugen, in den Menschen, die einander gut kennen, auf Partys plötzlich verfallen. Nur um Rufus' Frau Iris machte er sich Sorgen, eine etwas beschränkte Frau in einem fipsigen Kleidchen. Sie hielt sich im dunkleren Teil des Raums auf, sagte nichts und hörte nur zu. Wenn jemand die Tür weiter aufmachte und es heller wurde, zog sie sich schnell in eine neue schwach beleuchtete Ecke zurück. Auch vom Weihnachtsbaum hielt sie sich fern –

womöglich fürchtete sie die Lichtreflexe der Glaskugeln auf ihrem bescheidenen grauen Rock, dachte William. »Sie steht nicht gern im Mittelpunkt«, hatte Rufus ihm einmal anvertraut. Aufgekratzt durch Bonnies Gegenwart und in der Gewißheit seiner heimlichen Liebe, spürte er plötzlich Mitleid mit einem Menschen, der mit weniger Glück gesegnet war als er selbst.

»Meine liebe Iris«, wandte er sich an sie. »Warum setzt du dich nicht an den Kamin?«

»Danke, William, mir ist wirklich ein wenig kalt.«

Kein Wunder, daß Rufus sich ständig um seine Frau sorgte. Sie sah so zerbrechlich aus, daß man um ihr Leben bangen mußte. Der Gedanke an ihren möglichen Tod beunruhigte William. Was würde aus den Ulmen-Musikern werden, wenn Rufus frühzeitig zum Witwer würde? Iris' klägliche kleine Hand mit den hervortretenden blauen Adern zitterte, während sie ihr Glas hielt. William schwor sich, daß er nie mehr über Rufus spotten würde, wenn er seine Frau so häufig anrief.

Es mochte der gute Wein sein oder auch Bonnies Gegenwart (ihre Existenz), jedenfalls spürte William Sympathie für diese Frau, der er seit Jahren kaum mehr als höfliches Interesse geschenkt hatte. Und er beschloß – aus welchen Gründen auch immer –, sich eine Weile neben sie zu setzen und ganz ihr zu widmen. Er führte sie zum Sofa am Kamin. Sie setzte sich vorsichtig. Doch bevor er neben ihr Platz nehmen konnte, drückte Grant seine winzige, alte Mutter – ihr Schildkrötenhals sah aus einer Unmenge Schals hervor – in die Kissen. In seiner Ungeduld hatte er die alte Dame zu stark gestoßen, sie fiel steif nach hinten und konnte sich nicht mehr aufrichten.

Es war einer jener Momente, in denen ganz viele Dinge auf einmal passieren. Im Rückblick erschienen sie William wie eine einzige Kette aufblitzender Lichter, deren Reihenfolge unklar war, deren Bedeutung jedoch durch den Moment selbst unterstrichen wurde.

William ließ seinen Blick durch den Raum schweifen. Laurel war nirgendwo zu entdecken. Alle anderen schienen guter

Dinge. Grant eilte gerade mit zwei leeren Flaschen aus der Tür, weswegen es William überlassen blieb, Grants Mutter in eine aufrechte Lage zu bringen. Nach dieser kleinen hilfreichen Geste lächelte er Iris an – plötzlich fiel ihm wieder ein, wie schön sie gewesen war, als Rufus sie kennenlernte – und hörte, wie sie sich nach dem Befinden der alten Dame erkundigte. Da sein Platz jetzt belegt war, setzte er sich auf die Sofalehne neben Iris und gab sich ganz den Anschein des aufmerksamen Zuhörers.

In Wirklichkeit hatte er aber nur Augen für Bonnie und Jack, die auf kleinen Stühlen (von oben heruntergeholt) am Fenster einander gegenüber saßen. Die zugezogenen Vorhänge, die William nie gemocht hatte – ein unnatürliches Tulpengewirr, kreuz und quer auf häßlichem Blau verteilt –, bildeten den Hintergrund für Bonnie im vertrauten schwarzen Konzertsamt. Ihr Gesicht vor den verrückten Blumen – war es besorgt, interessiert, amüsiert? William konnte es nicht entscheiden. Jack wurde halb vom Weihnachtsbaum verdeckt, aber William konnte sehen, daß sein Sohn sich vorbeugte, als höre er ganz besonders konzentriert zu. Als Kind hatte Jack sich immer tief über alles gebeugt, was ihn gerade interessierte – seine Eisenbahn, ein Comicheft, ein schönes Taschenmesser. Als Erwachsener nahm er diese Haltung ein, wenn er eine Weinliste oder die »Financial Times« studierte. Jetzt klebte er fast an Bonnies Lippen.

»Wenn einem erst mal der Magen rausgenommen worden ist, hat man gar keine Reserven mehr«, bemerkte Grants Mutter, ohne jemanden speziell anzusprechen. »Meinen Sie nicht auch?« Sie streckte eine in Schals verpackte Hand aus und berührte Williams Knie.

»O ja, doch.«

»Es ist alles Teil eines Prozesses«, ergänzte Iris.

Ihre mysteriöse Bemerkung weckte zwar kurz Williams Interesse, aber im Grunde konnte ihn nichts von Bonnie und Jack ablenken. Jetzt redete Jack gerade. Mit leiser Stimme, aber ein paar Worte verstand William dennoch.

»... kam ohne große Erwartungen ... glaube nicht ... jemals so bewegt gewesen ...«

»Ach wirklich?« Ein süßes, überraschtes Lächeln von Bonnie, unberührt von dem Blödsinn, der ihr da aufgetischt wurde.

»Und ... ich weiß nicht ... erlauben Sie mir die Bemerkung, Bonnie, Ihr Anblick ... die schönste Geigerin, die ich je gesehen habe, und wissen Sie was?« Jetzt beugte sich Jack noch näher zu Bonnie und flüsterte ihr etwas ins Ohr. Sie wich sofort zurück, lachte, errötete.

Das konnte William nicht länger mit ansehen. Er stand auf. Grace suchte seinen Blick.

»Sollten wir jetzt nicht essen?« sagte sie. »Sieh doch bitte zu, daß alle sich bedienen.«

»Wo sind Grant und Laurel?«

»Was Grant macht, weiß ich nicht. Aber Laurel habe ich gebeten, die Kognakbutter aus dem Kühlschrank zu holen.«

William warf einen schnellen Blick zum Fenster – Bonnie und Jack standen gerade auf und trennten sich (mühsam wie nasse Wolle, dachte er) – und ging aus dem Zimmer. Mit brennendem Gesicht eilte er in die Küche, wo Grant und Laurel vor der Anrichte standen und einander tief in die Augen sahen. In der einen Hand hielt Laurel ihr (drittes oder viertes) Glas Wein, mit der anderen pflückte sie unsichtbare Flusen von Grants Kragen. Ihr erhitztes Gesicht glänzte vor Erregung.

»... und ich könnte Ihnen für Korfu mindestens fünfzig Prozent Nebensaison-Ermäßigung besorgen«, sagte sie gerade.

Bei Williams Eintreten drehte Grant sich überrascht um. Sein Gericht verriet, daß er sich einen Moment lang ganz ernsthaft für einen Billigurlaub in Griechenland interessiert hatte.

»Toll«, sagte er zu niemand Bestimmtem.

Laurel berührte seine Hand.

»Sie brauchen mir nur Bescheid zu sagen.«

»Laurel!« schrie William so laut, daß nicht nur die beiden anderen überrascht waren. Laurel, in Gedanken noch ganz mit der Eroberung eines neuen Kunden (nur eines Kunden? Das hübsche Biest!) beschäftigt, sah William mit verträumt-dummen Augen und ohne jedes Schuldbewußtsein an.

»William?«

»Grace hat Sie doch gebeten ...«

»Hab ich gemacht.« Sie wies mit dem Kopf auf eine Schale mit Kognakbutter auf dem Tisch. William faltete verzweifelt die Hände. Der Abend lief total aus dem Ruder. Dabei mußte er jetzt eigentlich zurück und sehen, zu welcher neuen Ungeheuerlichkeit sich sein Sohn und seine Kollegin inzwischen verstiegen hatten. Andererseits wollte er Grant auf keinen Fall den Fängen der gräßlichen Laurel überlassen. Trotz seiner stattlichen Größe hätte Grant keine Chance gegen Laurel.

»Es ist Zeit fürs Essen«, sagte er. »Da drinnen.«

Irgendwie mußte selbst die dickfellige Laurel Williams Verstörtheit gespürt haben, jedenfalls eilte sie erhobenen Haupts und mit einem heimlichen Lächeln in Grants Richtung aus der Küche.

»Jesus«, sagte Grant. »Deine Schwiegertochter geht aber ran.«

»Sie ist nicht meine Schwiegertochter, und ich hoffe auch, daß sie es nie wird.«

»Das kann ich dir nachfühlen.«

»Es tut mir leid, wenn sie dich belästigt hat.«

»Dazu braucht's aber mehr als eine aufdringliche kleine Reisebürofrau. Keine Sorge.«

Sie schauten einander mit dem stummen Einverständnis alter Kameraden an, die schon manchen Sturm überstanden hatten.

»Gehen wir also was essen.«

»Ich werde Laurel ein Würstchen am Stiel anbieten. Mal sehen, ob ich ihr nicht eine kleine öffentliche Botschaft zukommen lassen kann.«

»Benimm dich, Grant.«

Zurück im Wohnzimmer, sah William Bonnie auf dem Boden hocken und mit Iris und Grants Mutter plaudern. Jack stand, Teller und Gabel jonglierend, neben dem Baum und betrachtete Bonnies Rücken. Rufus versuchte, Laurel in ein Gespräch zu verwickeln, aber sie stocherte lustlos in ihrem Fleisch herum und wunderte sich über den brütenden Ausdruck ihres Liebsten. Rufus fand wenig Echo.

Als aufmerksame Gastgeberin achtete Grace darauf, daß jeder zu einem gefüllten Teller kam. Sie selbst hatte allerdings keinen Appetit. Plötzlich fand sie es sehr heiß im Zimmer. Erstickend. Obwohl sie erst ein halbes Glas Wein getrunken hatte, wogten und flackerten die Kerzenflammen und die Baumlichter wie im Sturm. Mit unsicheren Schritten ging sie zu William. Er stand allein am Klavier und machte ein grüblerisches, düsteres Gesicht. Aber William war noch nie ein begeisterter Gastgeber gewesen. Und an diesem Abend begann Grace, ihn zu verstehen, auch wenn ihr die Gründe dafür nicht ganz klar waren. Für die Gastgeber waren Partys meist eine Strapaze, besonders wenn die Gäste unterschiedlich und schwierig zugleich waren.

»Ist alles in Ordnung mit dir, mein Herzblatt?«

»Mir ist heiß. Es ist sehr warm hier drin, oder? Ich gehe mal ein bißchen an die frische Luft.«

Grace schlüpfte aus dem Zimmer. Für einen Moment blieb sie im Flur stehen. Die Arme unter der Brust gekreuzt, horchte sie auf das Stimmengemurmel, in das sich gelegentlich ein Lachen mischte, und betrachtete den Haufen fremder Mäntel an den Haken. Wie gerne hätte sie gewußt, ob Luciens Erscheinen ein Zeichen war, daß er morgen wiederkommen würde.

Sie ging zur Haustür. Es war eines dieser edwardianischen Kunstwerke mit »hoher Taille« und oben – als Büste – Buntglasfenstern, die bei Sonne vielfarbige Muster auf den Boden warfen. In ihrer Geziertheit erinnerten solche Türen Grace immer an Kleider aus dem neunzehnten Jahrhundert.

Sie öffnete die Tür und blieb in dem offenen Spalt stehen, dankbar für die feuchte, kalte Luft. Draußen parkten drei naßglänzende Wagen, die Lorbeerbüsche waren, halb im wogenden Nebel verborgen, nur undeutliche Umrisse, Zweige und Blätter kaum zu erkennen. Grace schauderte. Sie wollte gerade die Tür wieder schließen, als sie auf der Treppe eine Milchflasche entdeckte, die in einem Kreis von sechs Mandarinen stand. Ein zusammengefaltetes Stück Papier klebte wie eine Feder am Flaschenhals. Grace bückte sich, nahm das Papier und faltete es auseinander. Im Licht der Verandalampe las sie die Botschaft: »Fröhliche Weihnachten«.

Grace starrte eine Weile auf die hingekritzelten Worte. Schließlich sammelte sie die sorgfältig arrangierten Mandarinen ein und trug sie in die Küche. Vor Aufregung fielen sie ihr aus der Hand und rollten in der ganzen Küche herum. Als sie sich gerade hinkniete, um sie aufzusammeln, erschien Rufus mit ein paar leeren Gläsern.

»Kann ich dir helfen?«

Der gute Rufus. Es erging Grace wie William, der sich auf unerklärliche Weise zu Iris hingezogen fühlte: Sie war Rufus plötzlich außerordentlich zugetan – einfach deshalb, weil er im Augenblick ihres Glücksgefühls aufgetaucht war. – Viel geschickter als sie, hatte er bald alle Mandarinen eingesammelt, und sie legte sie in die Obstschale.

»Sehr netter Abend«, sagte er. »Du machst immer alles so schön.«

»Es ist doch nur sehr bescheiden«, sagte Grace. »Aber trotzdem, vielen Dank.« Es war ihr vollkommen egal, ob er ihr erhitztes Gesicht, ihre Aufregung, ihren verwirrten Zustand bemerkte. Ab jetzt würde sie die seltsame Party genießen. Nun, da sie wußte, daß Lucien irgendwo da draußen herumschlich oder herumgeschlichen war, fühlte sie sich beschwingt und würde sich mit Lust in den Abend werfen. Für sie hatte das Fest gerade erst begonnen.

Vielleicht machte sie, während ihr all das durch den Kopf ging, einen abwesenden Eindruck, jedenfalls versuchte Rufus nicht, sich weiter mit ihr zu unterhalten, sondern ging ins Wohnzimmer zurück. Grace blieb, gegen das Spülbecken gelehnt, stehen und überließ sich einem dieser köstlichen einsamen Momente, in denen man sich als Gastgeberin um niemanden kümmern muß. Sie geriet in einen tranceartigen Zustand und glaubte beinahe, es sei ein ganz normaler Abend und sie hätten keine Gäste. Dann hörte sie einen Schrei.

Sie ging ins Wohnzimmer zurück, spähte durch die Tür und erblickte, was alle anderen auch anstarrten – eine Szene, zum Standbild geronnen: Laurel und Grant standen vor dem Weihnachtsbaum. Grant stopfte ihr eine große Wurst in den Mund, die sie so schnell gar nicht essen konnte. Es herrschte absolute Stille, bis auf das erstickte Würgen und Kichern von Laurel. Ihre scharlachroten Wangen blähten sich, ihre Augen flackerten. Halb erstickt, preßte sie ihre Hände gegen Grants Brust, weniger um ihn wegzustoßen, als um Halt zu finden. Trotz allem vermittelte sie den Eindruck, daß die Situation ihr gefiel: Sie stand im Mittelpunkt und schockierte alle.

»Laß das, Grant! Du erwürgst das Mädchen noch.«

Grant drehte sich kurz zu seiner Mutter um. Ihr warnender Protest hatte den Bann gebrochen. Er lachte.

Grace suchte mit den Augen Jack, der gerade seinen halbleeren Teller abstellte. Seine Geste hatte etwas Bedrohliches. Gemessenen Schritts näherte er sich Grant und Laurel. Als er bei Bonnie vorbeikam, kniff er sie kurz in die Schulter. Grace hatte einen galligen Geschmack im Mund.

Jack riß Laurel die Wurst aus dem Mund und schleuderte sie achtlos durch den Raum. Ein Glas kippte um. Dann schlug er Grant auf die Wange. Ein hohles, mattes Geräusch. Die Zuschauer atmeten schwer. Iris griff nach der Hand von Grants Mutter.

»Das war doch ein Scherz, Sie Idiot!« Grant hielt sich die Wange.

»Seltsamer Scherz.« Jack kam noch einen Schritt näher. Sein erster Schlag war nichts im Vergleich zu dem, was er noch vorhatte.

»Jack! Was machst du da?« Laurel versuchte, ihn von Grant

wegzustoßen. Sie war sehr laut. Er stieß sie beiseite, ballte die Faust und landete einen kräftigen Schlag auf Grants Nase.

Grace sah, wie Grant Blut übers Gesicht lief. Alle schrien durcheinander, riefen »Aufhören!«, irrten herum, waren peinlich berührt, wußten nicht, was sie machen sollten. Mit erhobenen Händen, als wolle er sich ergeben, drängte William sich an Rufus vorbei und ging zu seinem Sohn. In der allgemeinen Verwirrung fiel Grace auf, wie bleich seine Handflächen waren, die Haut war körnig wie Reis.

»Halt dich da raus!« schrie Jack. »Ich bin noch nicht fertig.« Er ballte erneut die Faust. William gehorchte erleichtert. Er hatte sich zu einer Verteidigungsgeste verpflichtet gefühlt – die Frage war allerdings, wen er eigentlich verteidigen sollte. Außerdem sah es nicht so aus, als könnte er den Kampf zweier Männer beenden, die soviel größer waren als er.

Aber Grant, der noch um einiges größer war als Jack, reichte es jetzt. Jenen einen schwachen Schlag aus Eifersucht hätte er noch ohne Gegenwehr eingesteckt. Doch eine blutige Nase war etwas anderes. Er stürzte sich auf Jack, der nicht sehr sicher auf seinen Beinen stand, wirbelte ihn herum und versetzte ihm gleichzeitig einen Schlag gegen den Kopf.

Jack knallte gegen den Weihnachtsbaum, der sofort umstürzte, und landete zwischen den Zweigen. Seine Wange blutete, sein eines Auge schwoll an. Bunte Glasscherben zierten sein dunkles Jackett. Mehrere ganz gebliebene Kugeln rollten auf dem Boden herum, und jede spiegelte in ihrem Lichtfensterchen einen Teil der Szene. Schnell waren sie von trampelnden Füßen zertreten. Jack stöhnte, andere schrien. Laurel schluchzte in die Vorhänge und wickelte sich in den Tulpenstoff wie in einen Umhang.

»Tut doch was!« wimmerte sie, ohne selbst etwas zu unternehmen.

Grace sah, wie William und Grant Jack an den Händen faßten und in eine sitzende Position zogen. Grants Blut tropfte auf Jacks Hose und den Teppich. Bonnie nahm Grants Hand und führte ihn aus dem Zimmer. Grace wußte nicht, wem sie zuerst helfen sollte – Grant war schlimmer verletzt, aber Jack machte mehr Theater.

»Irgendwie ist alles außer Kontrolle geraten«, murmelte er. Wie er da blutverschmiert zwischen Glassplittern saß, bot er einen ebenso jämmerlichen wie abstoßenden Anblick. In diesem Augenblick haßte Grace ihren Sohn.

»Er soll sich erst mal hinsetzen«, schlug Rufus vor, der offenbar als einziger im Zimmer einen kühlen Kopf bewahrt hatte.

»Was fällt dir ein, Grant derart zusammenzuschlagen, du Bastard?« kreischte Laurel aus ihrem Vorhangkokon.

Jack drehte sich zu Laurel um, sein eines Auge war blau angeschwollen.

»Und was fällt dir ein, du verdammtes kleinen Flittchen?«

»Hört auf, ihr zwei.« Das war Rufus, der für William sprach. »Wir werden jetzt erst mal hier aufräumen.«

Nach dieser Aufforderung halfen alle. Selbst Grants Mutter ließ sich auf den Boden nieder, kroch auf allen Vieren durchs Zimmer und sammelte winzige Glassplitter ein. Die alte Dame war immer noch in all ihre Tücher gewickelt und hatte etwas von einem alten Schaf. Trotz der schrecklichen Bescherung entging William nicht das Komische an dieser Szene. Rufus richtete den demolierten Baum wieder auf. Iris rieb mit ihrem in Mineralwasser getauchten Taschentuch an dem Blut auf dem Teppich herum. Grace war überall zugleich und stellte Dinge zurück an ihren Platz, während William allen bis auf Jack und Laurel die Gläser wieder füllte.

Jack saß verdrossen in seinem Sessel, bürstete sich ab und sah den anderen beim Aufräumen zu. Er machte keine Anstalten, mitzuhelfen oder etwas zu sagen. Als die anderen ihn vorwurfsvoll ansahen, schob er beleidigt das Kinn vor. Er vermied es, Laurel anzusehen, deren Schluchzen in ein Schniefen übergegangen war. Sie hielt sich immer noch an den schützenden Vorhängen fest. Das feige Miststück, dachte Grace und verachtete sie jetzt ebenfalls.

»Das ist alles furchtbar schiefgelaufen«, bemerkte Jack, an niemand Bestimmten gerichtet.

»Das kannst du laut sagen.« Laurel befreite sich aus den Tulpenvorhängen.

Jack sah sie an. »Ich weiß nicht, was du dir eigentlich dabei gedacht hast.«

»Du hast noch nie einen Scherz vertragen. Ein bißchen Spaß.«

»Nicht gerade mein Geschmack, solche Oral-Scherze!«

Grants Mutter sah überrascht von ihrer Suche am Kamin hoch. »Moral?« fragte sie. »Was hat Moral damit zu tun? Ich finde, Sie sollten sich bei meinem Sohn entschuldigen.«

»Der kriegt keine Entschuldigung von mir zu hören«, sagte Jack. »Nur über meine Leiche.«

»Du verdirbst immer alles.« Laurel ging zu Jack, berührte sein nur leicht geschwollenes Auge mit einem Finger.

»Laß das. Nimm deinen verdammten Finger weg. Wir fahren nach Hause.«

»Du Mistkerl. Das wirst du nicht vergessen.« Laurel brach wieder in Tränen aus.

»Ihr bleibt hier wie geplant«, sagte Grace zu Jack. »In deinem Zustand kannst du nicht fahren.«

»Wir fahren nach Hause, Mutter, also misch dich nicht ein.«

William war sich im klaren darüber, daß er in dem Desaster keine große Hilfe gewesen war. Und jetzt bot sich ihm die Gelegenheit einzugreifen, ohne daß er weitere Komplikationen befürchten mußte.

»Du tust, was deine Mutter gesagt hat, mein Sohn«, befahl er. Und weil er möglichst schnell die unerfreuliche Szenerie im Wohnzimmer verlassen wollte, nahm er zwei weitere volle Gläser und trug sie zu Bonnie und Grant in die Küche.

Grant saß mit zurückgelehntem Kopf am Tisch. Bonnie tupfte ihm mit einem zusammengeknüllten Geschirrtuch die Nase ab. Sie machte das sehr zartfühlend. William blieb stehen. Während der Auseinandersetzung im Wohnzimmer hatte sein

Herz ganz ruhig geschlagen. Jetzt raste und stolperte es. Er stellte die Gläser auf den Tisch.

»Kann ich irgendwie helfen?«

»Nein, vielen Dank. Bonnie ist eine sehr gute Krankenschwester.«

»Es tut mir so schrecklich leid – das mit meinem Sohn. Ich weiß nicht, was ...«

»Vergiß es.« Unter dem Handtuch klang Grants Stimme gedämpft. »Mir tut es leid, daß ich mich nicht bremsen konnte und ihm eine Dosis seiner eigenen Medizin verpaßt habe.«

»Das hat er verdient. Vielleicht lernt er was draus.«

»Das mit der Wurst war auch nicht gerade sehr komisch. Außerdem hatte Jack ziemlich viel getrunken.«

»Keine Entschuldigung.« William zuckte die Achseln.

Bonnie trat einen Schritt zurück, um ihr Werk auf Grants Nase zu begutachten.

»Ziemlich gut«, sagte sie und lächelte beide an. »Fast als wäre nichts passiert.«

»Tun wir so, als stimmte das wirklich.« Grant stand auf und fuhr Bonnie liebevoll durchs Haar. »Danke. Und laß dir durch diese blöde Geschichte nicht den Abend verderben, William. Grace hatte alles so schön vorbereitet. Kommt, wir gehen wieder rein und essen noch einen Happen.«

Er ging aus der Küche, aber Bonnie folgte ihm nicht.

»Tut mir leid, das mit Ihrem Geschirrtuch«, sagte sie und warf das blutige Knäuel ins Spülbecken.

»Macht nichts ...«

»... und überhaupt die ganze Geschichte.« Sie schenkte ihm einen Blick (oder etwa nicht?) – einen Blick, der ihn zutiefst traf, ihm etwas bestätigte, das er nicht zu benennen wagte. »Ich muß leider sagen – und bitte verzeihen Sie mir, wenn es unverschämt klingt –, aber Ihr Sohn kommt nicht nach seinem Vater.«

William lächelte. Zuckte die Schultern.

»Seit Laurel in sein Leben getreten ist, hat er sich sehr verändert.« Herrgott noch mal, Bonnie kam auf ihn zu, drängte sich mit ihrem warmen Samt an seinen Körper und schlang ihre vollen Arme um seinen Hals – wie schon so häufig.

»Aber *Sie*, William, Sie sind ein ganz wundervoller Gastgeber, und niemand wird Ihnen mit seinem schäbigen Benehmen Ihr Fest verderben können.« Er roch den Wein in ihrem Atem. Wie viel hatte sie getrunken? Aber im Grunde war es ihm egal ... *in vino veritas*, dachte er. Er wünschte sich nur, er könnte ewig so gegen die Anrichte gedrückt (zum Glück) stehen bleiben und ihren süßen Worten zuhören. Er tätschelte ihre Schulter und hätte ihr doch am liebsten an die Brust gefaßt.

»Liebe Bonnie.«

»Sie sind wirklich eine Ausnahme. Das finden wir alle – Grant, Rufus und ich natürlich.« (William wäre es lieber gewesen, sie hätte die beiden anderen nicht zu seinen Bewunderern gezählt, doch in seiner Seligkeit fand er es auch nicht so wichtig.) »Und was ich mir hier und jetzt erbitte, ist ein Weihnachtskuß.«

Bonnie bot ihm ihren herrlichen Mund. Sie öffnete ihre Lippen nicht, preßte sie aber auf seinen strengen Mund. William behielt die Augen offen, ihre dichten Wimpern und die zarten Poren ihrer Nase verschwammen vor seinem Blick. Sein Kopf wurde leer, die Sinne wollten ihm schwinden. Bonnie löste sich von ihm.

»So. Danke.« Ihre Wangen waren so rot wie die Beeren der Stechpalmenzweige auf dem Tisch. Sie hatte etwas Schmelzend-Weiches, das zugegebenermaßen die Wirkung von Williams exzellentem Wein verriet. Warum auch nicht? Wenn er die Möglichkeit hätte, würde er sie lebenslang mit einem 85er Montrachet versorgen. »Ich darf Grant und Rufus nicht vergessen, mit dem Küssen, meine ich.« Sie kicherte. »Los, kommen Sie.«

William nahm ihre Hand. Sie gingen zur Tür. Das Wunderbare war, daß die Küsse für die anderen nicht dieselbe Qualität haben würden. Es wären öffentliche Küsse, und ihrer war privat gewesen. Und daß Bonnie an der Tür seine Hand losließ, bestätigte das nur. Zu Recht wollte sie nicht, daß die anderen merkten, wie tief sie sich soeben verbunden hatten. Nein: Das war ihr Geheimnis, und William hatte die feste Absicht, daß es auch so blieb.

Im Flur schleppten Jack und Laurel sich gerade die Treppe hoch.

»Ich habe sie überredet zu bleiben«, sagte Grace. »Sie waren beide nicht mehr in der Lage zu fahren.«

Sie sahen zu, wie das Paar oben im Zimmer verschwand, ohne sich noch einmal umzudrehen und den anderen gute Nacht zu wünschen.

»Wenigstens sehen sie nicht besonders verlobt aus«, sagte William.

Darüber mußte Bonnie lachen. Sie lachte so heftig, daß William halb vermutete, sie täte es extra, um alle aufzuheitern. (Ihn hatte ihr fast leidenschaftlicher Kuß natürlich längst aufgeheitert. Innerlich strahlte er geradezu.) Bei Grant und Grace hatte sie offenbar auch Erfolg. Der Abend, der so entsetzlich schiefgelaufen war, geriet wieder in die richtigen Bahnen. Und William hoffte, daß er vielleicht noch einige Freuden bereithielt, bevor die Gäste allmählich aufbrachen.

Und auf etwas gedämpfte Weise war es dann auch so. Die restlichen Gäste ignorierten die Blutflecken auf dem Teppich und die kaputten Baumkugeln – man konnte den zarten, zersprungenen Kugeln jetzt in ihr perlmutternes, blaßsilbern glänzendes Inneres sehen. Um Grace nicht zu enttäuschen, aßen alle mehr, als sie eigentlich wollten, und unterhielten sich dabei über ihre Weihnachtspläne. William schenkte Wein nach, er fürchtete den allgemeinen Aufbruch. Zehn Tage Ferien: zehn Tage ohne Bonnie. Er wußte, daß Grant Bonnie zurück nach Aylesbury fahren würde. Das war natürlich vernünftig, trotzdem gefiel ihm der Gedanke nicht, auch wenn Grants Mutter als Anstandsdame mit dabei war. William wußte ebenfalls, daß Bonnie am nächsten Tag für eine Woche zu ihrer Familie im

Norden fahren würde. Grace und er würden Weihnachten wie üblich sehr still feiern. Doch innerlich würde ihn die Sehnsucht zerreißen, und er mußte aufpassen, daß Grace nichts merkte. Und dann kamen die gefürchteten Tage bei Dick. Der Spaziergang über die Klippen …

Schließlich kurz vor Mitternacht schlug Rufus vor, sie sollten zum Abschluß des Abends noch ein paar Weihnachtslieder singen. Er liebte gemeinsames Singen und war heimlich stolz auf seine klangvolle Stimme – in seiner Jugend hatte er viele Schubertlieder gesungen. Grace war begeistert von der Idee. Sie klatschte in die Hände und sagte, sie werde ihr Weihnachtsliederbuch holen.

Doch Grant, der das offenbar nicht gehört hatte, sah zu Bonnie.

»Bonnie wird für uns spielen«, sagte er.

Bonnie lächelte. Grace setzte sich wieder.

»Ich wußte nicht, daß Bonnie Klavier spielt«, sagte sie.

»Eins ihrer verborgenen Talente.« Grant lächelte Bonnie aufmunternd zu. »Wie wir in Prag entdeckt haben.«

William sah den Anflug von Enttäuschung in Graces Gesicht. Er wußte, wie gerne sie die Begleitung gespielt hätte.

Bonnie stand auf und ging zum Klavier. Lichtpünktchen tanzten auf ihrem schwarzen Samtrock. Sie bewegte sich wie eine Herrscherin, alle Augen folgten ihr.

»Ich habe seit Jahren keine Weihnachtslieder gespielt«, sagte sie. »Aber ich werde es versuchen.«

Bonnie brauchte Graces Liederbuch nicht, da sie nach Gehör spielen konnte. Sie klimperte ein paar Takte, um warm zu werden und das Klavier zu testen. Grace spürte, wie sich etwas in ihr zusammenzog. Sie erkannte eine Begabung, die sie nicht besaß, nie besitzen würde. Der Zauber des Abends, der nach dem Streit und dem Rückzug von Laurel und Jack zerstört schien, kehrte zurück und betörte auch sie. Sie schaute zu William, der merkwürdig unbeholfen dastand – als wäre er unter einem Lavastrom erstarrt. Seine Augen ruhten ausdruckslos auf Bonnies Rücken. Mit tiefer Zufriedenheit stellte er fest, daß Bonnie nicht die Gelegenheit – und wahrscheinlich auch nicht den Wunsch – gehabt hatte, Grant und Rufus mit Weihnachtsküssen zu bedenken.

Bonnie begann mit »Silent Night«.

»Stille Nacht ...« Rufus, stolz auf sein Deutsch, ließ es nicht zu, daß die anderen mit einfielen. Sein Solo wollte er sich nicht nehmen lassen. Früher hatten seine Weihnachtslieder die Menschen häufig zu Tränen gerührt. Das würde an diesem Abend zwar nicht geschehen, aber er wollte sein Bestes geben. Er blickte sich im Zimmer um: Grants Mutter war eingeschlafen, Iris drehte an ihrem Verlobungsring, und Grant zündete sich eine seiner ekelhaften Zigarren an. Nur William und Grace warteten still und aufmerksam und schienen sich zu freuen.

»Heilige Nacht«, sang er und legte eine Hand auf sein Herz.

9

»Wie weit ist es noch?« fragte William.

Er sah Grace von der Seite an. Sie war eine gute Fahrerin, hielt das Lenkrad, als säße sie hinter einem Pflug, mit beiden Händen fest umklammert, und ihre Augen waren auf die langsame rechte Spur gerichtet, wohin ihrer Meinung nach das kleine, bescheidene Auto auch gehörte. William ließ sich gerne von Grace fahren, auch wenn ihre strikte Einhaltung der Straßenverkehrsregeln bedeutete, daß sie, ebenso wie wenn er selbst am Steuer saß, meistens langsamer waren als andere Fahrer. Doch er wußte aus Erfahrung, daß er nur das Gegenteil bewirkte, wenn er Grace zu schnellerem Fahren drängte.

»Nicht mehr weit.« Seit sie auf der Autobahn waren, hatte Grace diese Antwort schon zweimal gegeben. William mußte immer unbedingt irgendwo »ankommen« und wieder »zurückkommen«, und sie wußte, daß es keinen Zweck hatte, ihm irgendwelche Kilometerzahlen zu nennen (was ihn verwirrte) oder Zeitangaben in Stunden oder Minuten zu machen (was ihn verärgerte). Vage Bestätigungen beruhigten ihn am ehesten. Doch an diesem Morgen schien er besonders ungeduldig.

William drehte das Radio an. Blechern ertönte Delibes' »Blumenduett«.

»Gott bewahre! Hunderte von Hörerwünschen für dieses grauenhafte Stück. Und dreimal die Woche wird es dann auch gespielt. Das verstehen die wohl unter Volksmusik.« Wie immer genoß William es, gegen derlei »klassische« Programme zu wüten. »Da legt sie schon wieder los«, blaffte er, als die Moderatorin mit dem infantilen Ton einer Spielgruppenleiterin eine ihrer atemberaubend dämlichen Erklärungen vom Stapel ließ. Er knipste das Radio aus.

»Dagegen kann man nichts machen«, murmelte Grace automatisch. Auch dieser Satz hatte meist beruhigende Wirkung. An diesem Morgen allerdings nicht. William wußte sich nicht zu halten vor Verachtung.

»Ich werde einen Protestbrief schreiben. Das will ich schon seit Ewigkeiten.«

»Stimmt.« Grace lächelte, als ein sehr langes Fahrzeug an ihnen vorbeipreschte und ihr kleines Auto im Windsog leicht schwankte.

Für die nächsten achtzig Kilometer verfielen sie in Schweigen und waren alle beide in Gedanken bei den Weihnachtsferien. Sowohl für Grace als auch für William hatten sich die letzten Tage (aus uneingestandenen Gründen) ungewöhnlich zäh dahingeschleppt. Das alte Gefühl seliger Zweisamkeit, für das die konzertfreie Zeit in all den vergangenen Jahren stets gesorgt hatte, wollte sich nicht einstellen. Und beide waren so sehr mit sich selbst beschäftigt, daß ihnen die Zerstreutheit des anderen entging. Nach einem unerfreulichen Frühstück – bei dem sie sich, total verkatert, zu rechtfertigen versucht hatten – waren Jack und Laurel am Morgen nach der Party endlich abgefahren, und Grace und William konnten ihr gewohntes Weihnachtsritual aufnehmen. Sie beschenkten einander unter dem Baum und besuchten später nicht nur die Mitternachts-, sondern auch die Frühmesse in einer benachbarten Kirche, weil der Gottesdienst dort nicht so peinlich war (man hatte zum Beispiel nicht plötzlich seinen Nachbarn zu küssen).

Nach dem Mittagessen schenkte William ihnen beiden dann ein Glas vom übriggebliebenen Wein ein.

»Laß uns Jack und Laurel niemals mehr zu einer Party einladen«, sagte er und stieß mit ihr an. »Ich hätte nie gedacht, daß mein eigener Sohn sich so unmöglich benehmen würde.« Es kränkte ihn noch immer, daß Jack Bonnie mit den Augen geradezu verschlungen hatte. »Wirklich vulgär und provozierend. Ausnahmsweise tat mir Laurel mal leid«, sagte er voller Empörung.

»Sie war auch kein Engel!« Eigentlich gingen Grace häßliche Bemerkungen in der Weihnachtszeit gegen den Strich, aber Laurels unverblümte Flirterei mit Grant hatte sie tief schockiert. »Grant muß einfach angewidert gewesen sein.«

»Und wie!«

»Schade um den Baum. Und an den Teppich muß ich mich auch noch machen.«

»Na ja.« William suchte nach tröstenden Worten. »Irgendwie tut es offenbar auch mal gut, sich über diese absolut grauenhafte Party auszulassen. Und immerhin ging sie dann ja noch schön zu Ende mit Rufus' Starauftritt.«

»Da hast du recht«, sagte Grace. Daß sie als Pianistin übergangen worden war, würde sie für sich behalten – für sie persönlich war das der schmerzlichste Teil des ganzen fürchterlichen Abends gewesen.

Beide waren sich einig, die Party am besten so schnell wie möglich zu vergessen. Und bei Perlhuhn und Plumpudding kehrte wieder jenes alte friedliche Schweigen zwischen ihnen ein. Nur unterbrochen von der gegenseitigen Versicherung, wie froh sie waren, daß sie ihr kleines Fest nicht mit Jack und Laurel feiern mußten.

Später am Kamin quälten Grace dann aber Gedanken an Lucien. Wo war er? Was machte er? Arrangierte er sich mit Lobelia, weil er ein Dach über dem Kopf brauchte? Oder konnte er ihre Gesellschaft nicht einmal in den paar Weihnachtstagen ertragen und war bei irgendeinem Freund oder womöglich gar in einem scheußlichen leerstehenden Haus untergekrochen? Vor allem beschäftigte sie jedoch seine Botschaft vor der Haustür. War es, trotz des (wahrscheinlichen) Endes ihrer Freundschaft, ein mysteriöses Zeichen von gutem Willen? Oder war es eine Drohung? Und wenn er sie nun doch brauchte? Wenn er vorbeikam und das Haus verlassen vorfinden würde ... Grace mochte gar nicht daran denken, wozu Lucien fähig war, wenn er in eine seiner unberechenbaren Stimmungen verfiel. Sie mußte unbedingt darauf achten, daß William sämtliche Fenster verriegelte und die Alarmanlage prüfte. Zum Glück war er von Natur aus sicherheitsbewußt – sogar mehr als das. Es würde ihn gewiß freuen, wenn sie ausnahmsweise mal selbst dafür sorgte, daß das Haus ordentlich abgeschlossen wurde. Und seinen Argwohn würde sie damit auch nicht wecken.

Trotzdem fühlte Grace sich irgendwie schuldig. Sollte Lucien sie brauchen, und sie war nicht zu Hause, hieße das, sie ließ ihn im Stich. Und das wollte sie nicht. Er hatte ihr Leben zwar auf seltsame, manchmal sehr unangenehme Weise durcheinandergebracht, aber er war es auch gewesen, der sie unterstützt und ermutigt und Glanz in ihr unauffälliges Leben gebracht hatte. Sie hatte ihn fortgeschickt, weil er sie mit seiner Verschlagenheit ganz verrückt vor Angst gemacht hatte. Und trotzdem mochte sie ihn noch. Das würde auch immer so bleiben. Und wenn sie gefragt würde, wer von beiden ihr mehr bedeute, Jack oder Lucien, würde sie ohne zu zögern die Antwort wissen. Ihr fiel auf, daß sie sich um Jack nie solche Sorgen gemacht hatte. Ihr Sohn hatte ihr aber auch nie soviel Freude bereitet, und Kummer machte er ihr auf ganz andere Weise. In Wahrheit sah es so aus, daß sie Jack nie so hatte lieben können, wie ihrer Meinung nach eine Mutter ihr Kind lieben sollte. Und nun sah sie sich plötzlich überschwemmt von beschützerischen, liebenden Gefühlen für einen seltsamen jungen Mann, den sie kaum kannte, von dem sie sich aber auf beunruhigende Weise angezogen fühlte. Sie konnte die Vorstellung, daß sie nicht da war, wenn er sie brauchte, kaum ertragen.

Während Grace sich unten so herumquälte, spielte William oben unter dem Dach ganz für sich allein den ersten Satz von Schumanns a-Moll-Quartett – einen Satz voller Wehmut, wie er immer gefunden hatte –, um seiner Sehnsucht nach Bonnie Ausdruck zu verleihen. Selbst ihre Stimme am Telefon hätte ihn getröstet, aber ach, sie war so verdammt weit weg in Northumberland. Und während seine Seele an Bonnie litt, schlug er sich mit dem Rest seines Verstands mit jenem anderen Problem herum: Wie genau sollte er seine geliebte Frau über die Klippen schicken … Wenn der Mord ohne Folgen bliebe, wäre alles gut. Aber so einfach war es nicht. Es wäre naiv zu glauben, er könnte sie einfach hinüberstoßen und hoffen, sie würde zerschmettert unten auf dem Strand landen. Bestimmt würde jemand ihn sehen. Und womöglich würde sein geschocktes Entsetzen den Gerichtsmediziner nicht überzeugen. (Er würde zwar mit Sicherheit geschockt und entsetzt sein, doch er wollte lieber nichts riskieren.) Dann war da die Sache mit der Reue. Zweifellos würde er Reue empfinden, von Schuldgefühlen ganz zu schweigen, und beides wäre fast nicht zu ertragen. Doch kaum dachte er wieder an Bonnie, an den Duft ihrer Haare, als sie für jenen süßen kurzen Moment ihren Kopf an seine Schulter gelehnt hatte, da schob er schon jeden Gedanken an die Strafe beiseite, die einen Mörder ereilte, selbst wenn er nicht gefaßt wurde. Himmel, wie sollte er bloß die böse Tat vollbringen?

Am Morgen nach dem zweiten Weihnachtsfeiertag, einem schmuddeligen, bitterkalten Tag, ging William nach oben in sein Zimmer, stellte sich ans Fenster und sah hinaus. Der Garten war in Frost erstarrt. Kein Sonnenstrahl fiel durch die kahlen Äste und auf das mit Rauhreif bedeckte Efeu. William nahm seine Geige heraus und begann mit seinem Part aus einem der Mozart-Duette, die er mit Bonnie gespielt hatte. Wie so häufig, wenn er alleine spielte, halfen die reinen, süßen Töne ihm, seine Gedanken zu entwirren, und während der Klang seines Instruments das Zimmer erfüllte, nahm plötzlich eine Idee Gestalt an. Anfangs war sie undeutlich wie eine wabernde Wasserpflanze in einem aufgewühlten Fluß. Doch dann tauchte sie scharf konturiert an der Oberfläche auf. Da war sie: Klar. Einleuchtend. Entsetzlich.

William starrte mit geschlossenen Augen auf seine Lösung. Die Idee war bestimmt nicht ungefährlich. Aber wenn er sehr überlegt vorging ... schien sie idiotensicher. Vor lauter Aufregung beschleunigte er das Tempo des Andante. In Gedanken ging er die Szene immer und immer wieder durch und spürte die Kraft der bösen Absicht. Jetzt wußte er, wie man sich als Krimineller fühlt: Skrupellos begeistert man sich an der Idee einer unverzeihlichen Tat. William entdeckte die verborgenen düsteren Winkel in seiner Seele und bekam es mit der Angst zu tun. Doch an seinem Entschluß änderte das nichts.

Als das Andante zu Ende war, stand ihm kalter Schweiß auf der Stirn, und er wagte nicht, auch noch das Scherzo zu spielen.

Williams Freund Dick war kein Mensch, dem auch nur irgendwie an Komfort gelegen war. Sein Cottage, das über Generationen hinweg der Küstenwache gehört hatte, stand so dicht am Wasser, daß die Wellen sich bei Sturm immer wieder über die Mauern stürzten und Wasser durch den Kamin drang. Die Wände waren so dick, daß kein Hurrikan sie zerstören konnte, aber für Wärme sorgten sie nicht. Innen roch es nach feuchtem Schimmel. Auf den steinernen Böden waren hier und da ein paar Läufer verteilt. Ihre marmorierten Rot- und Blautöne waren längst zu einem einheitlichen tintigen Violett verschwommen, und die Kanten waren so abgetreten, daß man die nackten Kettfäden sah. Das durchgesessene Sofa und die zwei Sessel, die beide so aussahen, als hätten sie vor Jahren eine Bruchlandung erlitten und sich immer noch nicht davon erholt, waren unter alten Decken versteckt, die ebenso trübsinnig wirkten wie die Teppiche. Obwohl ein Feuer im Kamin brannte, war es bitterkalt. Grace zog ihre zweite Jacke an und suchte in Gedanken bereits nach einer Entschuldigung, mit der sich ihr Aufenthalt verkürzen ließe.

Aber William liebte seinen alten Freund Dick und übersah entschlossen die Mängel des Häuschens. Er konnte kurze Perioden unter spartanischen Bedingungen sogar genießen, solange sie auf britischem Boden stattfanden. Um so mehr schätzte er danach seinen heimischen Komfort. Jetzt stand er mit dem Rücken zum Kamin und wärmte sich, ohne zu merken, daß die klägliche Wärme jeweils nur für eine Pobacke reichte. Hinter dem kleinen Fenster wütete, entsetzlich nah, das winterliche Meer und donnerte gegen Felsen und Kiesstrand. Zu seiner Freude sah er, daß Dick aus einer alten Flasche, die sichtlich die meiste Zeit in staubiger Ungestörtheit verbrachte, Sherry in eine Reihe winziger Gläser goß.

»Na, William, alter Knabe ... was gibt's denn Neues aus der großen Welt der Musik?«

Dick reichte ihm ein Glas. Der Sherry sah aus wie massiver Bernstein. William lächelte angestrengt, spürte, wie sein Mund sich schief verzog. Er hoffte, Dick würde glauben, er sei einfach noch ein bißchen steif und kalt von der langen Fahrt.

»Wir haben bei dem Weihnachtskonzert Haydns D-Dur-Quartett gespielt. Lief ganz gut. Ich weiß, daß du es mochtest ...« Er erwähnte den Haydn natürlich wegen der geheimen Verbindung zu Bonnie. Der Gedanke an sie wärmte ihn mehr als der Sherry. Dick machte ein verwundertes Gesicht.

»Wirklich?«

»Aber sicher, Dick. Das weiß ich genau. Ich liebe den Haydn Opus 77, Nummer 1 ganz besonders, sagtest du. Und ich liebe alle drei späten Quartette von ihm, sagtest du ...« William kam sich vollkommen verrückt vor, hatte keine Ahnung, was er da sagte.

»Ach nein, wirklich?«

»Wirklich. Übrigens ...« William unterbrach sich, um kurz die Gefahr seiner nächsten Bemerkung abzuschätzen. »Haydn war auch der Grund für kleinere Differenzen. Unser neues Quartettmitglied kann sich nicht für seine Musik erwärmen – lehnt sie sogar eher ab.«

»Bonnie? Wirklich?« Grace zog die Augenbrauen hoch. »Nach ihrem Auftritt neulich abend hätte ich das gar nicht gedacht. Sie war ganz hervorragend.«

»Sag bloß, euer neues Mitglied ist eine Frau?« Schockiert

reichte Dick Grace mit unsicherer Hand ein Glas, der Sherry schwappte.

»Ich fürchte, so ist es.« William lachte leise. Was würde wohl passieren, dachte er, wenn er jetzt plötzlich schrie: Und ich liebe sie! »Wie du dir denken kannst, haben wir natürlich nicht nach einem Mädchen gesucht. Aber es stellte sich schließlich heraus, daß sie die bei weitem beste Kandidatin war.«

»Du lieber Himmel. Da könnte euch eine Menge Ärger entstehen.«

Grace lachte. Über so ein Vorurteil konnte man nur lachen.

»Bis jetzt noch nicht. Aber ich habe sie gewarnt. Wenn es Ärger gibt, sind Sie draußen, habe ich gesagt.« Er sprang so schnell zwischen Wahrheit und Unwahrheit hin und her, daß er selbst nicht mehr durchblickte.

»Sehr weise«, sagte Dick.

»Vermutlich könnte sie nur dann für Ärger sorgen«, sagte Grace, »wenn sie sich tatsächlich mit Grant zusammentut. Du hast doch angedeutet, daß sie ... na ja.«

»Noch zu früh«, sagte William kurz angebunden. Graces Bemerkung hatte sein erhitztes Gemüt ziemlich abgekühlt. Doch es war sein eigener Fehler. Er hätte die Idee gar nicht erst in die Welt setzen sollen. Bloß nie mehr als erster von Bonnie anfangen, beschloß er.

Sie aßen in der frostigen Küche zu Mittag: Kohl mit Würstchen. William hatte keinen Appetit. Mit der Beklommenheit des Wissenden gegenüber der Ahnungslosen sah er zu Grace hinüber, die tapfer gegen die Kälte anlächelte. Dies hier könnte gut ihre letzte Mahlzeit sein. Er hätte sich gewünscht, sie wäre nicht ganz so bescheiden ausgefallen. Ein Brotpudding beispielsweise hätte ihr gefallen. Im Kopf ging William all ihre Lieblingsnachspeisen durch, während draußen der Regen gegen die kleinen Fenster peitschte. Dichter Nebel verhinderte mittlerweile den Blick auf das grimmige Meer, schlammiges Wasser arbeitete sich bis zum Cottage vor.

»Schade«, sagte Dick. »Aus eurem Spaziergang wird wohl nichts. Besser morgen.«

»Schade«, bestätigte William. Der vierundzwanzigstündige Aufschub löste in ihm gemischte Gefühle aus. Natürlich fand er es schön, noch länger mit Grace zusammenzusein; andererseits hätte er das Verbrechen gerne so schnell wie möglich hinter sich gebracht.

»Aber dafür habe ich auch eine gute Nachricht«, sagte Dick. »Eine gewisse Perdita – Perdita Beccles – wird heute zum Abendessen kommen. Meine Verlobte.« Mit verlegenem Lächeln sah er von einer zum anderen. »Im Frühling werden wir nämlich heiraten. Wir haben uns im Chor kennengelernt. Sie hat eine wunderschöne Stimme. Ihr werdet sie mögen. Eine wunderbare Frau. Genau das, was ein Mann braucht, und ich weiß mein Glück zu schätzen ...« Dick verstummte und hob sein Glas mit schalem Bier, als wollte er seiner abwesenden zukünftigen Frau zuprosten. Dann besann er sich anders und nahm einen geräuschvollen Schluck.

»Eine schöne Nachricht«, sagte Grace mit ehrlichem Lächeln.

»Eine sehr, sehr schöne Nachricht«, pflichtete William bei.

»Ein Mann braucht eine Frau. Besonders an einem Ort wie diesem.«

William und Grace nickten beide zustimmend. Doch Williams Freude über das Glück seines Freundes war nur halbherzig. Ihm grauste vor dem langen, trostlosen Nachmittag in dem windumtosten Gästezimmer unterm Dach. Grace würde sich wahrscheinlich, vorbildlich, wie sie war, Dicks Hochzeitspläne anhören und ihm vielleicht sogar bei der Vorbereitung des Abendessens zur Hand gehen.

Perdita Beccles erschien pünktlich um sieben in einem nassen Regenmantel und mit einer Tüte Äpfel, die rosig durch das durchweichte Papier schimmerten. Die Tüte riß in dem Augenblick, als sie das Haus betrat. Ein Gottesgeschenk, das die

Situation erleichterte, fand William. Denn alle rannten jetzt hinter den herumkullernden Äpfeln her, und keiner würde merken, daß ihm vor lauter Verblüffung das Kinn heruntergefallen war.

William hatte zwar keine feste Vorstellung von der zukünftigen Frau seines Freundes, doch ihm war der häßliche Gedanke durch den Kopf geschossen, daß eine Frau in den Vierzigern, die in einem kleinen Küstendorf lebte und im Chor sang, automatisch einen bestimmten Typ darstellen mußte, einen Typ, der Sicherheit und Geborgenheit verkörperte, aber ganz bestimmt nicht über ein attraktives Gesicht verfügte. Andererseits weckte der schöne Name Perdita in ihm Bonnie-ähnliche Vorstellungen von Jugendfrische, blonder Mähne und schimmernder Haut. Es wäre wirklich Ironie des Schicksals, dachte er, wenn plötzlich eine Art Kleinstadtgöttin in Dicks einsame Welt getreten war.

Als dann aber alle Äpfel eingesammelt und sicher in einer scheußlichen Obstschale untergebracht waren, hatte William Gelegenheit festzustellen, daß *kein* Wunder geschehen war. Perdita Beccles entsprach ganz seiner ersten Vorstellung. Sie war eine mächtige Frau mit gewaltigen, teigigen Händen und riesigen Füßen in trostlosen Schuhen. Ihr rotes Haar war zu einem kindlichen Bubikopf gestutzt, und sie besaß jenes nervöse Lächeln, bei dem der Mund, noch ehe er sich ganz verzogen hat, schon wieder in seine ängstliche Normalstellung zurückrutscht. Kein Wunder, daß die arme Frau nervös war, dachte William, bestimmt wollte sie vor dem alten Freund ihres Verlobten, dem berühmten Musiker (ob Dick ihn wohl so beschrieben hatte?), und seiner Frau einen guten Eindruck machen ... Das war begreiflich. Aber ganz offensichtlich war sie auch nett. Sie strahlte einfach Nettigkeit aus. Freundlich schenkte sie den Bernstein-Sherry aus – die Gläser sahen in ihren Händen wie Fingerhüte aus –, und wenn sie durch den Raum schritt, wippte ihr der Faltenrock hübsch um die Knie ...

»Schade mit dem Wetter«, sagte sie zu William und reichte ihm ein mit Bernstein gefülltes Glas.

»Verdammtes Pech, ja.«

»Schade um Ihren Spaziergang.«

»Morgen ist es bestimmt wieder schön«, sagte Dick. Beim Klang seiner Stimme errötete Perdita Beccles. William begann, sie sympathisch zu finden.

»Ach, ich weiß nicht. Hier oben ist es häufig so.« William gefiel ihr Pessimismus. »Aber trotzdem, Sie müssen unbedingt zu den Klippen hoch. Egal wie das Wetter ist.«

»Das werden wir, das werden wir«, sagte William und erschauerte innerlich. Er hatte plötzlich das lächerliche Gefühl, daß sie Gedanken lesen konnte, diese mächtige, nette, rothaarige Frau. Daß sie genau wußte, was William dort oben auf den Klippen vorhatte. Wenn es zum Gerichtsverfahren kam, würde sie freundlich in den Zeugenstand treten und erklären, daß sie schon in der Nacht vorher genau gewußt hatte, was William plante. Sie hatte in seinen Kopf hineingesehen.

Zur Abendessenszeit wurde die Küche etwas erwärmt: Perdita hatte mehrere dicke Kirchenkerzen (sie bekam sie zu Großhandelspreisen, wie sie sagte) angezündet. Der Luftzug vom vorhanglosen Fenster wehte die Flammen in alle Richtungen, Schatten tanzten auf den Wänden und ließen die praktischen Töpfe und Pfannen und das plumpe Porzellan weniger häßlich erscheinen. Ein magersüchtiges Hühnchen wurde sorgfältig geteilt, ein matschiger Blumenkohl hin und her gereicht, lauwarme Soße verteilt, überraschend guter Wein ausgeschenkt. Grace (die sich offenbar entgegen ihren Befürchtungen sehr wohl fühlte, was angesichts der Tatsache, daß dies wahrscheinlich ihr letzter Abend auf Erden war, nur erfreulich war) ließ sich von Dick und Perdita Geschichten aus dem Dorfchor erzählen, und die beiden nahmen ihrerseits großen Anteil an den Fortschritten ihres Buchs. Während William sich den Anschein größten Interesses an allem Gesagten gab, erging er sich im stillen in Spekulationen über seinen alten Freund und

Perdita Beccles. Ob da wohl Leidenschaft im Spiel war? Zwar war Perdita anfangs einmal rot geworden, und Dick hatte ihr eine leichten Klaps auf die Schulter gegeben, als sie ihm den vollen Teller reichte. Aber abgesehen davon war ihnen nichts anzumerken. Er sah zu Grace hinüber. Ihre Wangen glühten vom Wein, vor lauter Konzentration kniff sie die Augen zusammen, ihr immer noch hübscher Mund war bereit, sich jederzeit zu einem anerkennenden Lächeln zu verziehen. Er mußte an ihre allererste Begegnung denken, an Graces schimmernde Haut, ihre Lebhaftigkeit, ihr Lachen. Damals hätte er sie am liebsten immerzu berührt. Wenn Grace fort war, litt er, ihre Anwesenheit belebte ihn. Und so war es die ersten zehn Jahre ihrer Ehe geblieben. Als sich dann das erotische Feuer zwischen ihnen legte, traten die Freuden der Kameradschaftlichkeit und des Verständnisses an ihre Stelle, und William hatte an dieser Veränderung nichts auszusetzen. Erst als er Bonnie kennenlernte, begriff er, daß ihm wohl jener Zauber, jener erregende Funke, gefehlt haben mußte – all das eben, was das Leben zwischen Mann und Frau jeden Tag zu einem wundervollen Chaos machte. Das war es wohl, wonach er sich halb unbewußt gesehnt hatte.

Und jetzt liebte und begehrte er Bonnie so leidenschaftlich, daß seine liebe Grace ihr zu weichen hatte ... Wurden Dick und Perdita auch von solch abgründigen Gefühlen getrieben? William bezweifelte es. Natürlich waren die beiden in jenem Alter, wo unverheiratete Menschen sich bei der Partnersuche eher von praktischen Überlegungen – gemeinsamen Interessen, Übereinstimmung bei der Ortswahl – als von hitziger Leidenschaft leiten ließen. Aber William glaubte, daß Perdita und Dick gute Chancen hatten. Er beobachtete kurze, aber herzliche Blickwechsel zwischen den beiden, entdeckte ein gewisses Funkeln in Dicks Augen, das es früher nicht gegeben hatte. Und nach dem Essen hatten beide gleichzeitig Lust auf eine kleine musikalische Unterhaltung. Im Wohnzimmer wurde also das Feuer wieder angefacht, und Dick klappte den Deckel eines alten Klaviers auf, das herausfordernd seine gelblichen und schwarzen Tasten präsentierte. Dick wühlte in einem Notenstapel. Perdita reichte William fast heiter seine Geige, die er oben vergessen hatte.

»Also gut, ausnahmsweise«, sagte William, der nicht viel von spontanem Musizieren hielt.

Dick begann mit »Linden-Lea«. William erinnerte sich plötzlich wieder an die Melodie – vielleicht noch aus seiner Schulzeit – und fiel ein. Dicks schöner Bariton erfüllte das Zimmer. Ein paar Takte später kam Perdita dazu. Sie besaß eine dieser durchdringenden, harten, fast karikaturhaften weiblichen Chorstimmen. Doch sie lächelte glücklich und faltete die Hände wie zum Gebet.

William sah zu Grace hinüber. Sie saß am Fenster. Die alten Vorhänge, die so häufig gewaschen worden waren, daß das Blumenmuster sich in einem farblosen Nebel auflöste, wehten hinter ihr in der Zugluft. Sie starrte ins Feuer und lauschte angespannt. Wenn ihre Blicke sich begegnet wären, hätte sie bestimmt gelächelt. Er wußte, daß sie beide den Abend gleichermaßen seltsam fanden, aber daß Grace ihn auch genoß. Und das war wirklich schön, dachte er zum wiederholten Mal. In den Pausen zwischen den Strophen konnte der Wind, wie ein bislang ignorierter ungeduldiger Sänger, konkurrenzlos die Cottagewände anheulen. Merkten die anderen auch, wie eigenartig dieser Abend war, fragte William sich. Oder entsprang dieser Eindruck nur seinem eigenen bösen Herzen?

Am nächsten Morgen hatte das Meer sich müde getobt. Die Wellen besaßen keine zornigen Schaumkronen mehr, und die Wellenkämme brachen sich nur noch selten. Der Himmel war immer noch grau, doch es regnete nicht, und hellere Stellen kündigten die Sonne an, die sich durch das Grau kämpfte. Ein Tag, wie gemacht für einen Spaziergang über die Klippen. Beim Frühstück sagte Dick, es tue ihm leid, aber Perdita und er könnten wegen kirchlicher Pflichten leider nicht mitkommen, falls sie nicht alle zusammen erst nach dem Mittagessen aufbrechen wollten ... Als William merkte, daß Grace über den Vorschlag nachdachte, erinnerte er sie schnell daran, daß es doch schade wäre, wenn sie den schönsten Teil des Tages verpaßten. Die Dämmerung komme im Winter so früh, daß man nachmittags kaum noch die Aussicht genießen könne.

Sie stimmte sofort zu. Ihre schnelle Bereitschaft, ihm beizupflichten, wenn sie (fast immer) einsah, daß er recht hatte, war eine weitere Eigenschaft, die er an ihr liebte. Sie fuhren die wenigen Kilometer nach West Bay und stellten den Wagen ab. Das letzte Mal hatten sie den Ort besucht, als Jack noch ein Kind war. Damals war Hochsommer, der Himmel war blau, und es wimmelte von Menschen. Jetzt waren sie allein. Ohne die Mieter vom Sommer sahen die Appartementblocks mit ihren zugezogenen Vorhängen trostlos aus. Die Kioske waren mit Brettern verrammelt, längst veraltete, zerrissene Plakate flatterten an den Wänden geschlossener Geschäfte. Das schindelgedeckte Restaurant, in dem sie damals an einem schönen Abend frischen Kabeljau gegessen hatten, sah blind und verloren aus wie ein umgekipptes Boot, das verlassen am Strand liegt.

»Ich weiß nicht recht ...«, sagte Grace. Sie zitterte, guckte auf Williams Füße. »War es wirklich eine gute Idee, hierherzukommen? Du hast deine rutschigen Schuhe an.«

»Stimmt.« William lachte. Es würde nicht ganz einfach sein, sie doch noch für den Spaziergang zu begeistern. Er müßte ihn eben einfach als Herausforderung darstellen. »Ich fürchte, ich habe meine Stiefel vergessen. Aber das macht nichts. Es wird schon gehen.«

»Vielleicht sollten wir nur unten am Strand entlanggehen.«

»Nein, nein. Auf dem Kies habe ich keine Chance.«

»Na gut. Aber mach mir keine Vorwürfe, wenn du stürzt.«

Daß Grace ironischerweise seinen Plan ansprach, war fast zuviel für William. Er nahm ihren Arm, um sie zu stützen. Wenn alles gut lief, würde sie keine Zeit mehr haben, ihm Vorwürfe zu machen. Denn während sie sich bemühte, ihm wieder auf die Füße zu helfen, würde sie selbst ganz leicht über den Rand rutschen. Es war ein simpler, hervorragender, idiotensicherer Plan. *Unfall in West Bay. Ehefrau von berühmtem Geiger stürzt in den Tod ...* Die Schlagzeile tanzte über den unfreundlichen, grauen Himmel.

Sie machten sich zu den Klippen auf – jäh abfallende, riesige Felswände von der stumpfen Farbe nassen Sands. William erinnerten sie an Bilder ägyptischer Felsgesichter. Sie waren nicht anheimelnd wie die weißen Klippen von Dover oder die hübschen Formationen, die die Buchten in Sussex bewachten, sondern hatten etwas Abweisendes, Herrschaftliches an sich. Wie viele unglückliche Seelen mochten sich von dort oben in den Tod gestürzt haben? Wer unten am Strand zwischen den Steinen graben würde, stieße sicher nicht nur auf die Skelette toter Möwen, sondern auch auf menschliche Knochen.

»Steiler Anstieg«, sagte Grace.

»Tut dir gut«, sagte William.

Vor der Felswand blieben sie stehen und blickten hoch. Damals im Sommer war sie ganz unter einer dichten, bläulichgrünen Grasdecke verborgen gewesen, die die Sonne so stark reflektierte, daß sie ölig-glitschig aussah. Jetzt konnte man im trüben Winterlicht die einzelnen Halme ausmachen, so schütter wuchs das Gras auf der dünnen Krume über den Felsen. William schauderte.

»Dir ist kalt«, sagte Grace.

»Nein, mein Herzblatt. Ich friere doch nie.« Ein Windstoß vom Meer verfing sich in seinen Hosenbeinen, preßte sie gegen seine Schenkel. Wie gerne wäre er jetzt in seinem Studio und würde, die Geige unters Kinn geklemmt, zwischen den Notenstapeln nach einem Stück suchen, daß er gegen das unfreundliche Wetter spielen könnte, während Grace unten in der Geborgenheit ihrer Küche eines ihrer Desserts zauberte.

»Manchmal doch«, sagte Grace. »Komm, los geht's.«

Von Ertrinkenden sagt man, ihr ganzes Leben zöge noch einmal an ihnen vorbei. Ähnlich erging es William, als er jetzt schnaufend den Abhang hochstieg und sich auf diesem letzten Spaziergang mit seiner Frau an Bruchstücke der vielen gemeinsamen Spaziergänge in der Vergangenheit erinnerte. Meist waren sie im Land geblieben: der Strand von Brancaster im Dezember, wo der lose Flugsand, der sonst von unberechenbaren Winden hin und her getrieben wurde, fest gefroren war. Ein gelber Himmel – van-Gogh-Gelb, wie Grace bemerkte, die in Farbfragen immer sehr genau war – warf blaßgelbe Schatten über das rauhe Meer. Keine Menschenseele war zu sehen. Der weite Horizont und der hohe Himmel gehörten nur ihnen. Graces Fingerspitzen, die aus den Fingerhandschuhen hervorguckten, waren blau vor Kälte, aber sie sagte, sie spüre sie nicht. Abwechselnd hauchte William ihre Hände warm. Er erinnerte sich, daß er damals gedacht hatte, jenseits des Musizierens gebe es nichts Schöneres, als mit Grace zusammen an solchen stillen Orten zu sein. – Dann war da Mull, eine winzige, muschelförmige Bucht mit rosa Sand, in der kleine Eichen zwischen den Felsen wuchsen und Schafe nach Futter suchten. Und der Strand bei Lisadell in Südirland, wo Schlüsselblumen sich aus dem Wäldchen bis in den Sand vorwagten. Dort war es auch, wo Grace ihren Kopf an Williams Schulter lehnte und sagte, sie habe zwei ganze Tage lang ihre Sorgen um Jack vergessen können. – Manchmal waren sie auch im Ausland gewesen, waren durch die Lavendelfelder bei Apt gewandert und hatten den tanzenden Sonnenblumen zugesehen, die bei halb geschlossenen Augen so aussahen, als rasten sie auf die Sonne zu. Grace hatte sie merkwürdig häßlich gefunden. Und ein andermal waren sie durch die grauen Straßen Mailands gelaufen, hatten ihre geschwollenen Füße in der Krypta der Sant' Ambrogio-Basilika ausgeruht, wo das Skelett des Heiligen in seinem prächtigen Kirchenornat einen Hauch von antikem Leben verströmte. Sie waren allein mit dem Heiligen – wie sie überhaupt auf ihren Reisen häufig das Glück hatten, allein zu sein. In Mailand war William damals an einem nebligen Tag in einer leeren Galerie auf Leonardos kleines Gemälde »Il Musico« gestoßen: ein junger Mann, der ein Notenblatt in der Hand hielt. Zu seiner Freude hatte William festgestellt, daß auf dem Blatt statt flüchtig hingeworfener Farbstriche richtige Noten zu erkennen waren. Er hatte sein Notizbuch herausgeholt und sie abgemalt. Zu Hause spielte er sie dann – es war nichts Besonderes gewesen, aber ein interessantes Experiment, wie er Grace gestand. Sie hatte so heftig gelacht, daß ihr Tränen in die Augen schossen. Jetzt wisse sie endgültig, hatte sie gesagt, daß sie mit einem exzentrischen Genie verheiratet sei.

»Vorsicht«, sagte sie.

Keuchend blieben sie einen Moment auf halber Höhe stehen, drehten sich um und sahen hinunter auf die schäbige kleine Stadt im Winterschlaf, die umliegenden Felder und die Reihe verrammelter Wohnwagen. Alle Häßlichkeit verschwand jedoch, als sie den Blick übers Meer schweifen ließen. William wanderte mit den Augen vom grauen Küstenstreifen über die glitzernden Wellen bis zu jener unendlich entfernten Stelle, wo sie den Himmel berührten. Er hielt den Atem an, hörte das laute Pochen seines Herzens und versuchte, die Erinnerung an vergangene Spaziergänge abzuschütteln und sich ganz auf diesen letzten hier zu konzentrieren. Ihm sank der Mut, er schaute Grace an. Sie hatte rosige Apfelbäckchen. Einzelne Haarsträhnen, die unter ihrer Wollmütze hervorguckten, umtanzten ihre Stirn und ihren Hals, und die graue Farbe erinnerte ihn an all die Jahre liebender Hingabe. Sie war ganz offensichtlich besser in Form als er, war kaum außer Atem, und um ihren Mund zuckte schon das nächste Lächeln, der nächste Begeisterungsausbruch.

»Los, weiter«, sagte sie. »Wir sind schon fast oben.«

Weniger sorgenbefrachtet als ihr Mann, stieg Grace leichtfüßig weiter. Der gefürchtete Besuch bei Williams altem Freund entpuppte sich als sehr viel erfreulicher, als sie erwartet hatte. Die unförmige Perdita mit ihrer durchdringenden Stimme hatte ihr gefallen, auch daß sie altmodische Hausmusik immer noch für einen angenehmen Zeitvertreib hielt. Und den bescheidenen, herzlichen Dick mochte sie ebenfalls; ihr gefielen seine Unempfindlichkeit gegen Kälte und seine schlichte Lebensweise. Es war ihr nicht entgangen, daß er ein guter Gastgeber zu sein versuchte und nicht den geringsten Ehrgeiz hatte, sich einen Ruf in der musikalischen Welt zu erobern. Und so hatte sie den Besuch zu ihrer Überraschung bisher genossen – anders als William, der weniger glücklich zu sein schien, obwohl er es doch gewesen war, der auf der Fahrt bestanden hatte. Nun, es hatte allerdings größere nächtliche Probleme mit einem Federbett gegeben, einem Gegenstand, den William so sehr verabscheute, daß ihn sein gewohntes Geschick in korrekter Wetter- und Deckenberechnung vollständig im Stich gelassen hatte. Er hatte die Nacht im Mantel verbracht, und Grace führte seine düstere Miene auf Schlafmangel zurück. Und was sie selbst betraf, so fiel nur ein Schatten auf ihr Glück, und das war der Gedanke an Lucien, der sich womöglich Zugang ins Haus zu verschaffen suchte, weil er ihren Beistand brauchte. Sie ermahnte sich aber zur Vernunft: Lucien mochte vielleicht aus Not einen Diebstahl begangen haben, aber er war kein richtiger Einbrecher. Sie konnte sich nicht vorstellen, daß er an Regenrohren hochkletterte oder sich an verriegelten Fenstern zu schaffen machte. Das Haus war sicher nicht in Gefahr. Und nach ihrer Rückkehr würde sie wieder Kontakt zu ihm aufnehmen, denn so hielt sie es nicht mehr aus. Daß sie sich da selbst etwas vormachte, wollte sie nicht wahrhaben, und so stieg sie vergnügt neben dem keuchenden William weiter.

Auf den letzten Metern der steilen Strecke bis zur Spitze hielt William die Augen nur auf den Boden gerichtet, auf das rutschige Wintergras und Graces knöchelhohe Stiefel, die sie ihre Wanderstiefel nannte – als ob die Vorortsstraßen zu Hause tatsächlich solides Schuhwerk erforderten. Sie waren aus hellbraunem Leder, das weich genug war, um bei ihren ewig geschwollenen Ballen nicht zu drücken. William dachte an all ihre sauber im Schrank aufgereihten Schuhe. Jedes Paar trug getreulich die Spur der Schwellungen, und William hatte diese Zeichen der körperlichen Unvollkommenheit seiner Besitzerin stets deprimierend gefunden. Ein paar Takte von Borodins A-Dur-Quartett kamen ihm in den Sinn. Ich sollte es hinter mich bringen, dachte er, denn jetzt waren sie oben.

Sie schauten in die verschwimmende Weite. Der Klippenrand ragte so weit vor, daß sie den Strand unten nicht mehr sehen konnten. Grace trat einen Schritt zurück, etwas näher an den Zaun, der das wilde Gras von dem gepflegten Rasen eines Golfplatzes trennte. Sie haßte hoch gelegene Orte und würde sich niemals aus Zügen oder über die Reling eines Schiffes lehnen. Auch über schmale Bergstraßen fuhr sie nur ungern. Als William noch zwei Schritte zum Rand hin machte, begann ihr Herz wild zu klopfen.

»Komm doch«, sagte er und streckte ihr seine Hand hin. Er lächelte – nicht ermutigend, sondern als wäre er mit den Gedanken weit, weit weg. Grace hatte dieses Lächeln häufig beobachtet, wenn er spielte, vor allem bei langsamen Sätzen. Sie riß sich zusammen und ging zu ihm. Nahm aber nicht seine Hand.

»Noch ein paar Schritte, und wir können den Strand sehen«, sagte William.

»Ich will den Strand nicht sehen. Ich weiß genau, wie er aussieht. Sei doch nicht albern, William, du weißt doch, ich hasse …«

»Also gut, ich will dich nicht zwingen.« Er spürte, wie sein Gesicht brannte. Die Dinge liefen nicht ganz nach Plan. Er ging noch näher an den Rand heran, blieb bei einem Büschel glänzender Blätter stehen, die ein bißchen wie Spinat aussahen, aber gummiartiger. Solche Blätter hatte er noch nie gesehen, vielleicht wußte Grace, was das war. – Noch zwei Schritte, und er würde hinunterstürzen. Er beugte sich über den Rand und sah tief unten den Küstenstreifen, schmal wie ein Bleistiftstrich.

»William!« Die feuchte Luft dämpfte Graces Schrei, aber ihre Panik war nicht zu überhören. William drehte sich um, wollte sie beruhigen. Verstört durch ihr entsetztes Gesicht, paßte er einen Moment lang nicht auf, rutschte aus und fiel.

Noch im Fallen registrierte er in Sekundenschnelle, daß sein Plan nur allzugut funktionierte. Wenn er stürzte, würde Grace ihn wegzuziehen versuchen und könnte über den Rand gestoßen werden ... Womit er nicht gerechnet hatte, war seine völlige Versteinerung, als er mit den Beinen in der Luft ruderte. Nur mit dem Oberkörper lag er noch auf festem Boden.

Verzweifelt zerrte Grace an seinen Armen und Schultern, schrie ihn an, er solle sich an den Blättern festhalten. Sie lag auf dem Boden und versuchte, seine Beine über den Klippenrand zu ziehen. Speichel trat ihr aus dem Mund, irgendwoher mobilisierte sie ungeahnte Kräfte, und plötzlich hatte William wieder Erde unter sich, spürte nasses Gras an seinen Hosenbeinen. Nun, da er selbst dem Tode entronnen war, sagte ihm irgend etwas in seinem konfusen Kopf, daß er die Gelegenheit nutzen sollte, ehe Grace sich wieder zurückzog.

Doch Grace dachte nicht daran, sich zurückzuziehen – trotz Panik und trotz Höhenangst. Sie zog weiter an William, drängte ihn aufzustehen, sich vom Rand wegzubewegen. Doch er lag nur da und stöhnte. Dann begann er plötzlich zu strampeln und zu zappeln, als hätte er einen Anfall. Grace geriet wieder in Panik – genau wie William es beabsichtigt hatte. Sie fürchtete, ihn nicht mehr halten zu können, packte ihn an den Haaren, im Gegenzug rollte er sich weg, entwand sich ihren Händen. Ganz schwach vor Erleichterung, daß die Gefahr vorüber war und sie beide festen Boden unter den Füßen hatten, wurde Grace unaufmerksam. Und William ergriff die Gelegenheit, es war seine letzte Chance. Mit einem gebrüllten »Rüber mit dir« schob er sie wieder zum Klippenrand. In seiner unbeholfenen Kriechhaltung hatte er zwar kaum Kraft in den Armen, Grace rollte aber trotzdem brav ihrem Tod entgegen. Fasziniert sah William zu, wie sie sich dem Abgrund näherte; er konnte kaum fassen, daß seine brillante Strategie so erfolgreich war. Verrückte Fragen schossen ihm durch den Kopf.

Würde er ihre Schreie hören, wenn sie hinunterstürzte? Woran ließ sich im Branchenbuch die Qualität der Beerdigungsunternehmen erkennen?

Graces letzter Gedanke, als sie auf den Klippenrand zurollte, galt ihrer verzweifelten Liebe zu William: Wie so häufig in Krisensituationen hatte er wieder einmal vorwärts und rückwärts verwechselt. In seiner Panik hatte er sie, Grace, zu sich hin rollen wollen – »rüber mit dir« – und wie gewöhnlich alles durcheinandergebracht ... was diesmal das Ende für sie bedeuten würde. Denn tief unten sah Grace den Strand, der auf sie wartete. Sie konnte den Anblick nicht ertragen, versuchte zu schreien, aber vor lauter Angst versagte ihr die Stimme. Sie schloß die Augen.

Sie tastete mit den Händen in der Dunkelheit, Gebete jagten ihr durch den Kopf. William hatte sie an den Hüften gepackt. Sie wußte, er würde alles tun, um sie der Gefahr zu entreißen. Sollte er allerdings nicht stark genug sein, gab es vielleicht noch die Chance, daß sie sich selbst rettete ... Blind streckte sie eine Hand noch weiter aus und hatte plötzlich kalte Gummiblätter zwischen den Fingern, von eben jenem Gebüsch, dessen Namen William nicht gewußt hatte. Indem sie mit der einen Hand das Blätterbüschel fest umklammerte, gelang es ihr, sich in die Richtung zu drehen, wo sie William vermutete. Erst danach wagte sie die Augen zu öffnen. Wahrhaftig, der Klippenrand war hinter ihr. Wie ein gestrandeter Fisch lag sie da vor dem Golfplatz und sah in der Ferne das Dächergewirr des Orts. William lag ebenfalls auf dem Bauch und hatte die Hände von sich gestreckt. Sein Gesicht war direkt vor ihr, sie sah in seine vor Angst geweiteten Augen. Das arme liebe Hascherl. Sie wußte, daß er sich schon ein Leben ohne sie vorgestellt hatte.

»O Gott, mein Herzblatt.«

Williams Stimme kam wie aus weiter Ferne. Jetzt stieß und zog er sie nicht mehr. Grace sah ihn unverwandt an. Es würde wohl für immer unmöglich bleiben, dachte sie, ihren gemeinsamen Kampf gegen den Tod zu rekonstruieren. Sie würde nie begreifen, wie sie beide hierhergeraten waren, wieso sie hier, wenige Schritte vom Klippenrand entfernt, ganz verdreht auf dem nassen Boden lagen. William hievte sich in eine sitzende Position, gab ihr einen Klaps auf die Schulter und rieb dann an den Flecken auf seiner Hose. Er hatte ihr das Leben gerettet – auch wenn es für einen Moment so ausgesehen hatte, als hätte er sich in seiner Verwirrung geirrt. – Sie würde es William niemals verraten, aber sie hatte einen Augenblick lang tatsächlich geglaubt, er schiebe sie zum Abgrund hin, anstatt sie wegzuziehen. Aber vielleicht hatte sie das in ihrer entsetzlichen Lage auch nur halluziniert. Williams Wangen waren, wie ihr auffiel, häßlich rot, und auf seiner Stirn klebte Matsch. Sein Blick war gelassen. Wenigstens nahm er die ganze Geschichte so kühl, wie sie es von ihm erwartet hätte.

»Das war wirklich knapp«, sagte sie schließlich und lachte gegen ihre aufsteigenden Tränen an.

»Das war es, mein Herz«, entgegnete William. Ein Motiv aus Prokofjews »Romeo und Julia« – ta tam ta-tam ta tam ta – hämmerte jetzt so laut in seinem Kopf, daß er ihn heftig schüttelte, damit es aufhörte.

»Du hast mich gerettet«, sagte Grace. Aus seinem Kopfschütteln wurde ein Nicken.

»Ja, mein Herz«, sagte er. »Ich habe es gerade noch geschafft.«

Schwerfällig stand Grace auf. William sah mit Scheu zu ihr auf. Sie streckte eine Hand aus, half ihm hoch.

»Wenn da nicht dieses seltsame Gebüsch gewesen wäre ... Lieber Himmel, wir könnten jetzt beide ...«

»Oder einer von uns«, fügte William hinzu. »Das wäre noch schlimmer. Sollen wir noch ein wenig weiterwandern? Oder sind wir zu kalt und zerschlagen?«

»Ich glaube, ja.« Grace legte ihren Arm um William. »Ich finde, wir sollten umkehren.«

Während sie sehr langsam und vorsichtig denselben Weg wieder zurückgingen, dachte William, daß es kaum ein schöneres Glücksgefühl als das der Erleichterung gab. Und mit Grace sicher an seiner Seite überließ er sich diesem warmen Gefühl und schob den Gedanken an den vereitelten Plan fürs erste beiseite. Damit würde er sich später in der Geborgenheit seines Dachzimmers beschäftigen müssen.

Als sie im Cottage ankamen, waren Dick und Perdita noch in der Kirche. So hatten sie Zeit, ein wenig zur Besinnung zu kommen. Sie zogen trockene Sachen an, schürten das Feuer und gönnten sich zur Beruhigung einen Sherry. Trotzdem saß der Schock tief, und beide hatten nur den einen Wunsch, so schnell wie möglich nach Hause zu fahren und die schreckliche Szene auf den Klippen auch räumlich hinter sich zu lassen. Als ihre Gastgeber zurückkamen, erklärten sie deshalb, sie müßten leider schon heute nachmittag wieder nach Hause fahren und nicht erst morgen. William erwähnte dringende Anrufe, die ein Konzert in Dänemark betrafen. Dick war beeindruckt und zeigte sich verständnisvoll. Gegen das aufregende Leben eines Weltklassemusikers könne man eben nichts ausrichten, sagte er und meinte es auch so. Wenn William nicht mit dem Kopf ganz woanders gewesen wäre, hätte ihn die Haltung seines alten Freundes beschämen müssen.

Um sich gewissermaßen für ihren plötzlichen Aufbruch zu entschuldigen, waren sie beim sonntäglichen Mittagessen besonders nett. Sie spielten ihren Unfall herunter und machten aus dem realen Horror eine lustige Geschichte.

»Als William mich endlich zu fassen bekam, schloß ich die Augen«, erklärte Grace, »weil ich nicht in die Tiefe zu gucken wagte. Einen Moment lang hätte ich tatsächlich schwören können, daß er mich in die falsche Richtung schob – zum Klippenrand hin. Aber ich hatte ja vollkommen die Orientierung verloren.«

Dick und Perdita lachten so angeregt, daß Williams innere Anspannung in der allgemeinen Heiterkeit nicht weiter auffiel. Unter dem Tisch knetete er nervös seine kalten Finger, sehnte sich nach seiner Geige und überlegte, wie sein nächster strategischer Schritt auszusehen hatte. Nach dem Beinahe-Erfolg heute morgen war seine Begeisterung für den großartigen Plan ziemlich abgeflaut. Aber um Bonnies willen durfte er natürlich nicht wanken. Es würde ihm schon etwas Neues einfallen. Vorerst schmeckte ihm jedenfalls der Reispudding, den Dick netterweise schon morgens vor dem Frühstück gemacht hatte, zum erstenmal im Leben nicht. Als er einen Nachschlag ablehnte, zog Grace verwundert die Brauen hoch. Zum Glück schien sie der Meinung zu sein, daß diese seine Weigerung das einzig wirklich Seltsame an ihrem ganzen Besuch war.

10

»Wie hast du geschlafen?« fragte Grace.

»Nicht schlecht, gar nicht schlecht, mein Herzblatt. Und du?«

»Gut, gut.«

Am Morgen nach ihrer Rückkehr nahmen Grace und William automatisch ihre Gewohnheit wieder auf und erkundigten sich nach dem gegenseitigen Befinden. Diesmal logen beide ausnahmsweise aus unterschiedlichen Gründen. Anstatt wie sonst ihre kleinen nächtlichen Malaisen zu übertreiben, behaupteten beide, sie hätten gut geschlafen, obwohl sie eine verheerende Nacht hinter sich hatten. Das war sehr ungewöhnlich, und sie wagten einander nicht in die Augen zu sehen.

Beim Aufstehen hatte Grace festgestellt, daß sie ganz steife Glieder hatte. An Armen und Oberschenkeln entdeckte sie blaue Flecken, ein Knöchel war geschwollen, und sie hatte Schmerzen beim Gehen (aber nicht sehr starke). Sie beschloß, ihr Humpeln vor William zu verbergen, da sie es vermeiden wollte, ihn an ihren gestrigen Sturz zu erinnern. Es war alles so schnell gegangen, daß sie das potentielle Ausmaß der Katastrophe gar nicht begriffen hatte. Erst in der Nacht war ihr plötzlich aufgegangen, was womöglich alles hätte passieren können. Und danach konnte sie nicht mehr schlafen. Jetzt fühlte sie sich ziemlich zerschlagen. Später beim Malen würde sie das traumatische Erlebnis hoffentlich vergessen können.

Dazu kam noch der beunruhigende Gedanke an Lucien. Eine innere Eingebung sagte ihr, daß er an diesem Morgen wieder auftauchen würde. Er konnte ja nicht wissen, daß der Zeitpunkt ganz und gar unpassend war. William schien genauso nervös zu sein wie sie selbst. Sie spürte, wie er innerlich vibrierte, auch wenn er sich entschlossen und heiter gab. Ganz offensichtlich litt er ebenfalls noch unter dem gestrigen Schock. Kein Tag also, an dem Lucien einen freundlichen Empfang von William erwarten konnte.

Doch Lucien kam nicht. Die Hendels schwiegen wie üblich während des Frühstücks, und beide hatten es eilig, sich in ihre diversen Beschäftigungen zu flüchten. Grace trank ihre zweite Tasse Kaffee aus und hätte gerne noch einmal zum Fenster geschaut. Halb hoffte, halb fürchtete sie, daß Luciens Gesicht dort auftauchte. Doch sie widerstand der Versuchung, da William womöglich ihre Gedanken erriet. Sie legte eine Hand flach auf den Tisch, mit den Fingern zu ihm. Obwohl er mit seinen eigenen Sorgen beschäftigt war, fiel ihm ihre ungewöhnliche Geste auf.

»Na, mein Herzblatt.« Er tätschelte ihre dargebotene Hand. »Und – volles Programm heute?« Grace lächelte und nickte. »Nun, ich muß jetzt auch los. Mich um das Konzert in Bournemouth kümmern.« Er eilte in sein Zimmer hoch.

Grace wußte, daß ihr noch die Ruhe zum Malen fehlte. So gern sie sich auch in die tröstliche Welt ihrer Blumen zurückgezogen hätte – Haarpinsel und Farben warteten, zarte Staubgefäße wollten mit unendlicher Sorgfalt gemalt werden –, sie wußte genau, daß ihr nichts Ordentliches gelingen würde, ehe sie nicht ihre innere Rastlosigkeit abgeschüttelt hatte. Darum zog sie ihren dicken Mantel und die Stiefel an, legte einen Schal um und ging aus dem Haus. Sie hatte keine Lust, William einen Zettel zu schreiben. Er würde sowieso nicht merken, daß sie sich vor der Arbeit drückte, da er immer erst zum Mittagessen herunterkam.

Es war ein bitterkalter, grauer Morgen. Silbriger Reif lag auf den Hecken zwischen den Gärten. Aus erleuchteten Fenstern fiel das Licht auf adrett gestutzte, schmale Rasenflächen und schuf ein seltsames Goldmuster im weiß bereiften Gras. Grace ging sehr langsam, der Fuß tat ihr weh. Doch hier, wo niemand sie sah, verbarg sie ihr Humpeln nicht. Selbstmitleid regte sich in ihr. Sie wünschte, die Reise nach Dorset hätte nie stattgefunden. Sie wünschte, sie hätte Lucien nie kennengelernt. Und sie sehnte sich nach ihm.

Am Ende der Straße blieb sie stehen und überlegte, ob sie sich nach rechts oder nach links wenden sollte. Sie hatte den vagen Plan gehabt, zur Bank zu gehen, aber eigentlich gab es keinen Grund dafür. Also wandte sie sich nach links und dachte, mehr als einen Gang um den Block würde sie mit ihrem geschwollenen Knöchel gar nicht schaffen. Zu Hause müßte sie ihn unbedingt verbinden.

Sie hoppelte ein paar Meter die Beauchamp Road entlang, wo die Häuser ungeschützter waren als in der Straße der Hendels und mit ihren falschen Tudor-Fassaden etwas Mißtrauisches hatten. Plötzlich kam eine vertraute Gestalt mit federnden Schritten auf sie zu. Lucien, eindeutig Lucien. Er trug einen offenen, schäbigen langen Mantel, den sie noch nie an ihm gesehen hatte. Darunter kam ein dünnes, nicht zugeknöpftes Hemd zum Vorschein ... Wieso erkältete er sich eigentlich nie? Mit dem Kopf dachte sie mütterlich, aber ihr Herz spielte verrückt, sie taumelte. Lucien war jetzt fast bei ihr, munter und unrasiert. Sobald er sie erkannte, lächelte er. Sie war froh, daß sie ihn eher gesehen hatte als er sie. Einen Meter voneinander entfernt, blieben sie gleichzeitig stehen.

»Na?« sagte Lucien. »Grace. Was treiben Sie ...?« Er sah auf ihren Fuß. «Hat William Sie die Treppe hinuntergeworfen?«

Grace lächelte zurück. Das Blut schoß ihr ins Gesicht. Ihre Finger in den Angorahandschuhen glühten.

»Kleiner Unfall«, sagte sie. Er wirkte dünner. Magere Handgelenke mit mehr blauen Flecken als an ihren eigenen Armen guckten aus den zu kurzen Ärmeln. Was um Gottes willen war passiert?

»Ich wollte mal wieder vorbeikommen«, sagte Lucien. »War ja lange nicht da.«

»Das stimmt.«
»War Weihnachten schön?«
»Es war ruhig.«
»Haben Sie meine Botschaft erhalten?«
»Doch ja, danke.«
»Schien eine Party im Gange zu sein. Da wollte ich nicht stören.«
»Nur die Quartettmitglieder. Wir treffen uns jedesmal zu Weihnachten.«
»Ganz schön exklusiv irgendwie.« Stirnrunzelnd zog Lucien die Schultern hoch.
»Überhaupt nicht.« Grace lachte. »Und was haben Sie gemacht? Gearbeitet?«
Lucien stampfte mit dem Fuß auf. Seine genagelten Schuhsohlen klackten bedrohlich.
»Ein bißchen von allem. Wollte Ihnen einfach ein Zeichen schicken. Sie kennen mich ja – Zeichen. Es geht doch immer um Zeichen, oder?«
»Vermutlich«, sagte Grace nach einer Weile.
»Wenn Sie mich nach Weihnachten gefragt hätten ...«
»Tut mir leid, ich ...«
»Wenn Sie mich nach Weihnachten gefragt hätten ... Ein verdammter Alptraum.« Lucien wühlte in der tiefen Tasche seines wolfsartigen Mantels, fand eine lose Zigarette, zündete sie mit dem letzten Streichholz aus einer zerdrückten Schachtel an. Er zog an der Zigarette und warf die leere Streichholzschachtel in einen Garten. Die Rauchwolke, die, blasser als der Himmel, aus seinen Nasenlöchern quoll, hatte einen undefinierbar unangenehmen Geruch. Grace mußte an saure Milch, Schweiß und Kanalisation denken. »Lobelia war völlig durchgeknallt. Juwelen, Spitzenstrümpfe, silberner Lidstrich ... So ist sie dauernd herumstolziert. Die Kühlschranktür ging gar nicht mehr zu vor lauter Zeug. Mir hat sie einen tuntigen Schal geschenkt, auf der einen Seite Seide, auf der anderen Kaschmir. Können Sie sich das vorstellen? Ich hab ihn gleich verscheuert. – Mir

war das Ganze sowieso zuwider, ich bin dann nach London abgehauen.«

»Das tut mir leid«, sagte Grace. Im Stehen spürte sie die beißende Kälte stärker. Sie steckte die Hände in die Taschen, stellte sich anders hin. Ihre Füße waren schon gefühllos vor Kälte.

»Nun«, sagte Lucien und zog erneut theatralisch an der Zigarette, »wollen Sie mich gar nicht fragen, ob ich an diesem verdammt eisigen Morgen auf einen Tee mitkomme?« Er schenkte ihr ein besonders gewinnendes Lächeln. Trotzdem war ihr der spöttische Unterton seiner Frage nicht entgangen, und verschiedene Antworten schossen ihr durch den Kopf. Eines jedenfalls stand fest: Die Wahrheit konnte sie nicht sagen, da Lucien William nicht als Ablehnungsgrund akzeptieren würde.

»Ich fürchte, jetzt ist nicht der geeignete Zeitpunkt«, sagte sie mit leichtem Stirnrunzeln, um gleichzeitig auch ihr Bedauern darüber anzudeuten. »Ich bin gerade auf dem Weg zum Chirurgen, um meinen Knöchel untersuchen zu lassen ...«

Jetzt war Luciens Lächeln unverhohlen spöttisch. Er nickte mehrmals.

»Ist das hier dann nicht die falsche Richtung?« fragte er.

»Ich wollte erst mal um den Block laufen und sehen, wie es geht. Wenn es nicht zu weh tut, könnte ich mir den Arzt schenken. Aber es sieht so aus, als ob ...« Sie verstummte und wünschte, sie hätte die Wahrheit gesagt.

Lucien schien überzeugt. Sein Spott war verschwunden.

»Tut mir leid, ich wollte Sie nicht angreifen«, sagte er. »Übrigens, ich wäre sowieso vorbeigekommen, um eine Einladung zu überbringen. Offenbar ist Lobelia ganz scharf darauf, Sie kennenzulernen. Sie kann es gar nicht erwarten. Mit Tee und Kuchen und dem ganzen Trara. Was denken Sie?«

Grace schluckte.

»Das wäre nett. Vielleicht irgendwann demnächst mal.«

»Heute nachmittag?«

»Heute nachmittag?«

»Warum nicht?« Er blickte sie herausfordernd an. »Dann haben Sie es hinter sich.«

William fragte nie, was sie nachmittags machte, und für heute hatte sie noch nichts vor. Sie konnte sich also brav ihren Knöchel vom Arzt verbinden lassen. Luciens Haus lag ganz in der Nähe der Praxis. Außerdem war sie auch neugierig, was es mit der furchtbaren Lobelia auf sich hatte. Grace hatte sich auf das Kennenlernen gefreut und die Hoffnung darauf schon fast aufgegeben. Obwohl der Vorschlag ihr ein bißchen zu plötzlich kam, fand sie ihn verlockend.

»Ich glaube, es könnte gehen«, sagte sie. »Sollen wir sagen, gegen vier Uhr?«

Lucien nickte. Er trat die halb gerauchte Zigarette aus.

»Aber sagen Sie dann nicht, daß ich Sie nicht gewarnt hätte. Sie hat eine totale Meise. Eine Schlampe, eine egozentrische Nutte, hat immer nur eins im Sinn ...«

»Lucien!« Grace legte eine Hand auf seinen Arm.

»Also gut, nicht nur eins. Geld spielt auch eine Rolle.«

»Hören Sie auf. Ich kann mir mein Urteil selber bilden.«

»Und was ihr Aussehen angeht – Sie werden schockiert sein. Ich kann mir kaum vorstellen, wie Sie da ernst bleiben wollen.«

»Ich denke, das werde ich schaffen.« Grace wollte jetzt gerne weiter. Ihr war schrecklich kalt, und es gab so viel, worüber sie vor ihrem Besuch heute nachmittag noch nachdenken wollte. »Ich muß jetzt ...«

»Gehen Sie nur. Ich sage Lobelia, sie soll den roten Teppich ausrollen. Vielleicht sehen wir uns ja.« Ihm fiel noch etwas ein. »Was wird dann aber aus mir, wenn ihr zwei euch zusammentut?«

Er drehte sich auf dem Absatz um und ging mit hochgezogenen Schultern davon. Obwohl ihr so kalt war und sie ihren Kreislauf gern wieder in Bewegung gebracht hätte, blieb Grace noch einen Augenblick stehen und sah ihm hinterher. Sie wußte nicht recht, was sie von dieser Begegnung halten sollte. Lucien hatte ihr mit keinem Wort angedeutet, daß ihre Freundschaft wieder erneuert war. Zwar schien er erfreut über ihr Treffen und hatte auch pflichtschuldig Lobelias Einladung überbracht, aber insgesamt hatte er sich eher so verhalten, als gehöre Grace seiner Vergangenheit an. Als brauche er sie nicht länger.

Schließlich machte sie kehrt und ging wieder nach Hause. Ihr Herz schlug immer noch heftig.

In der himmlischen Stille seines Studios kam William auf die Idee, Bonnie anzurufen und sie nach ihrem Weihnachtsurlaub zu fragen. Es schien ihm nicht ungehörig, da sie dahinter kaum ein anderes Motiv als reine Freundlichkeit vermuten konnte. Am nächsten Morgen fand zwar eine Probe statt, aber er glaubte, nicht noch einen Tag überstehen zu können, ohne ihre Stimme zu hören. Außerdem war ihm während seiner langen, schlaflosen Nacht klargeworden, daß er vor einem weiteren Mordanschlag ganz sicher sein mußte, daß Bonnie auch tatsächlich Graces Platz einnehmen würde. Er wäre doch wahnsinnig, wenn er die geliebte Frau umbrächte, nur um dann mit nichts dazustehen. In seiner ersten Besessenheit hatte das wilde Verlangen, Bonnie zu besitzen, ihm den Verstand geraubt. Er war, wie er jetzt begriff, tatsächlich verrückt vor Verblendung gewesen. Und während seine Unsicherheit wuchs, ob Bonnie ihm wirklich gehören wollte, merkte er, daß sein Wille, Grace umzubringen, ins Wanken geriet. Und so faßte er den Neujahrsentschluß, sich lieber doppelt abzusichern. Falls Bonnie ihm irgendwie signalisierte, daß sie seine Gefühle erwiderte und sich ein Leben an seiner Seite vorstellen konnte, dann würde er noch einen letzten Versuch zu der bösen Tat unternehmen. Sollten sich aber Zweifel bei ihm einstellen, würde er die ganze Sache auf sich beruhen lassen. Dann würde er sich aus der Ferne zwar weiter nach ihr verzehren, aber bei seinem lieben, guten Herzblatt bleiben.

William räumte sich zwischen den Notenstapeln auf dem Sofa einen Platz frei und nahm das Telefon auf den Schoß. Seine zittrigen Hände bestätigten ihm ein weiteres Mal, daß ein schlechtes Gewissen seinen Preis hatte. Er versuchte an etwas Beruhigendes zu denken – an Wasserfälle, den Schatten von Weiden, an Gurkenbrote. Grace würde jetzt unten an ihrer Arbeit sitzen, das ernste Köpfchen über ihre Gänseblümchen gebeugt. Seit der gräßliche Lucien seine morgendlichen Besuche eingestellt hatte, war sie beim Frühstück wieder viel heiterer. Nicht mehr so nervös, Gott sei Dank. Und sie schaute auch nicht mehr dauernd verstohlen zum Fenster, im Glauben, er bemerke ihre Unruhe nicht. Er respektierte zwar durchaus, daß Grace an diesem elenden Lumpen ein gutes Werk vollbracht hatte, fand allerdings, daß es ein bißchen zuviel des Guten gewesen war. Und deshalb registrierte er Luciens Verschwinden mit Erleichterung. Sollte er jemals wieder auftauchen, müßte William ihm wohl mal deutlich die Meinung sagen.

Mit unsicherer Hand nahm er den Hörer ab und wählte Bonnies Nummer, die sich fester in sein Gedächtnis eingegraben hatte als jede andere bisher. Bonnie klang ganz außer Atem. Es war diese bezaubernde Atemlosigkeit, die er so gut von den Proben kannte, wenn sie kurz vor Beginn hereingestürmt kam und ihre Brust sich weich unter taubengrauer, babyblauer oder rosa Angorawolle abzeichnete ...

»William! Wie nett, daß Sie anrufen. Wie geht es Ihnen? Wie war Weihnachten?«

»Recht ruhig. Ich wollte Sie genau dasselbe fragen. Kein Ärger in Northumberland?«

»Ärger?«

»Ich meine, haben Sie eine schöne Zeit verlebt? Alles wohlauf in der Familie?« Da unterstellte er also, daß sie eine Familie besaß. Dabei hatte er keine Ahnung, wer außer ihrer Mutter noch dazugehörte. Wie jämmerlich wenig er doch von ihr wußte!

»Allen geht's großartig, danke. Wir hatten Schnee. Ganz toll. Ich bin mit den Hunden kilometerweit über die Hügel gewandert. Brauchte ein bißchen Bewegung.«

»Aha.« Er sah genau vor sich, wie sie, in warme Jacken und Schals verpackt, mit blitzenden Grübchen steinige Abhänge hinaufbrauste. Schafe stoben auseinander, und die Hunde sprangen munter neben ihr her. Waren es eigentlich Dänische Doggen, Labradore oder Wolfshunde? Beim Telefonieren hatte er das Bellen im Hintergrund nie deuten können. Er war kein Hundemann und konnte nur vermuten, daß Bonnie keine Schoßhündchenfrau war. Herrgott, was hätte er darum gegeben, neben ihr her wandern und ihre kleine kalte Hand halten zu dürfen – wahrscheinlich würde er sie allerdings nicht halten.

»Und Sie?«

William, der ganz in seine Phantasie versunken war, hatte für einen Moment den Faden verloren.

»Dorset«, sagte er schließlich. Himmel, er mußte sich zusammenreißen, sonst dachte sie noch, irgendwas stimme nicht.

»Na, ich wette, Sie beide sind nicht viel gewandert. Ich kann Sie mir gar nicht beim Wandern vorstellen.«

»Doch, ein bißchen schon ... hoch zu den Klippen. Aber, Bonnie ...« Er kniff die Augen zusammen und versuchte, die Kontrolle über seine Stimme zu behalten. »Ich weiß, daß wir morgen Probe haben, aber zufällig muß ich heute nachmittag nach Aylesbury zum Zahnarzt.« Er war selbst so entgeistert über diese ungeplante Lüge, daß er innehalten mußte. Was zum Teufel hatte er da gesagt? Aber da er nun einmal damit angefangen hatte, blieb ihm nichts anderes übrig, als weiterzumachen.

»Sie Ärmster. Was Schlimmes?«

»Nein, nichts Besonderes. Es kam mir allerdings in den Sinn, daß ich mir die Gelegenheit zunutze machen und mir Ihre Wohnung zeigen lassen sollte ...«

»William! Ehrlich!« Bonnie lachte. »Ich dachte, ich hätte Sie von Ihrem Wortschwulst kuriert. Kaum sind wir ein paar Tage getrennt, schon ist er wieder da. Was Sie eigentlich sagen wollen, ist, daß Sie gern auf eine Tasse Tee vorbeikommen möchten.«

»Würde das passen?«

»Warum nicht.« Ihre Stimme klang plötzlich nicht mehr ganz so lebhaft. Sollte er seinen Vorschlag lieber zurückziehen?

»Na ja, es war nur eine alberne Idee. Ich möchte mich nicht aufdrängen.«

»Eine wunderschöne Idee. Kommen Sie, wann Sie wollen, ich erwarte Sie.« Sie nannte ihm die Adresse und sagte, daß sie jetzt in Eile sei. Ihre Stimme klang nun wieder warm und herzlich. Und in nur vier Stunden würde er bei ihr sein. Nur er und sie.

Dieser Gedanke war so erregend, daß er zu gar nichts fähig war. Er ließ sich tiefer in das Sofa fallen, wodurch Hunderte von Notenblättern ins Rutschen kamen und auf den Boden segelten. Er schloß die Augen, um besser träumen zu können. Er durfte aber auch nicht zu wild phantasieren. Was würde geschehen? Würde er wenigstens die Gelegenheit haben, sich zu erklären? Würde er ihr irgend etwas entlocken können, was ihre Gefühle für ihn verriet? Gott im Himmel! Wahrscheinlich würde es seine einzige Chance sein. Er betete, daß er die richtigen Worte finden und die Chance nicht vertun würde.

Mittags hatte William in seinen Fischbuletten nur herumgestochert. Graces blasses Gesicht signalisierte Überraschung: Sie war gewöhnt, daß sie für ihre Kocherei gelobt wurde – tägliches Lob, so seine Erfahrung, wurde belohnt. Aber vielleicht schmerzte ihr Knöchel ja mehr als ihre Seele, dachte er. Da er aber unbedingt los wollte, hatte er irgendwie vergessen, sich zu erkundigen, wie es ihrem inzwischen fest verbundenen Fuß ging. Und Grace hatte nichts gesagt. Die Gute.

In seiner Nervosität fuhr er bedenklich unkonzentriert. Alle paar Meter tat er irgendwas, das andere Fahrer ärgerte. Sie hupten und machten eindeutige Gesten, was ihn wiederum verwunderte, wo er doch so langsam fuhr und sich immer dicht am Bordstein hielt. Schließlich bog er bei einer Tankstelle ab. Zum einen, weil er viel zu früh dran war, zum anderen, weil er eine Pause von den Zumutungen des modernen Verkehrs brauchte. Wie immer hatte er Probleme beim Tanken. Er hatte schon diverse Briefe geschrieben, an die »Times« ebenso wie an den Verkehrsminister, und vorgeschlagen, man möge doch wieder zu dem vernünftigen alten Prinzip der Bedienung durch Tankwarte zurückkehren, das die Autofahrer jahrzehntelang gewohnt gewesen waren. Seiner Idee war allerdings kein Erfolg beschieden.

William gab sich redlich Mühe und hielt den Schlauch mit unsicherer Hand. Doch der Tank war viel eher voll, als er gedacht hatte, und das Benzin spritzte nicht nur über den Kotflügel seines kleinen Wagens, sondern auch auf seine Hosenbeine. Da würde er nun leider nach Benzin stinken. Falls Bonnie ihn deswegen für einen Tölpel hielt, müßte er eben einen Witz darüber machen. Leichthin vorgebrachte Selbstironie half meist in solchen Situationen.

Um noch ein wenig Zeit totzuschlagen, sah William sich die zellophanverpackten Blumen an, die auf einer Bank aus grünen Plastikbrettern auf dem Vorplatz aufgebaut waren. Margeriten, Chrysanthemen und einzelne Freesien, mit trostlosem Grün kombiniert, und ein paar Sträuße mit Rosen, die er noch nie in irgendwelchen Gärten gesehen hatte – sehr lange Stiele und oben eine harte, kaum murmelgroße, dunkle Knospe, die nicht duftete und nie aufging. Wo kamen solche Rosen bloß her? Und wem um Himmels willen gefielen sie? Bonnie würde sofort erkennen, daß es Tankstellenrosen waren. Aber vielleicht würde sie sich ja trotzdem freuen, wenn er einen ganzen Schwung davon kaufte. Er wühlte in seinen Taschen nach dem Portemonnaie.

Etwas später verstaute er ein halbes Dutzend matter Sträuße auf der Ablage hinten in seinem Wagen. Zu spät stellte er fest, daß seine Sicht dadurch behindert war, was zu weiterem Ärger führen würde. Aber er hatte nicht den Nerv, anzuhalten und die Blumen woanders hinzulegen.

Trotz seiner Trödelei kam William eine halbe Stunde zu früh, was ihm gar nicht unrecht war, da er Zeit brauchte, um sich zu beruhigen. Vielleicht auch, um sich eine Taktik für seinen Besuch bei Bonnie zu überlegen. Jedesmal, wenn er in den vergangenen Stunden einen Anlauf gemacht hatte, war sein Kopf plötzlich ganz leer gewesen.

Er parkte den Wagen sehr geschickt ein paar Meter von der kleinen Fünfziger-Jahre-Mietskaserne entfernt, über die Bonnie sich schon mehrfach begeistert ausgelassen hatte. Für das unbefangene Auge sah sie ziemlich normal aus. Ein schmaler Grasstreifen und eine einzelne silbrige Birke trennten den Hauseingang von der Straße. Kein bemerkenswerter Anblick. Aber vermutlich hatte Bonnie die Wohnung vor allem wegen der Nähe zu Grants Scheune gemietet, und sie war bestimmt auch sehr viel billiger als ihre Londoner. Und falls sie häßlich war, hatte Bonnie sie sicherlich sehr geschmackvoll eingerichtet. William hatte volles Vertrauen in Bonnies Geschmack (wegen ihrer Samtabendkleider und der Kekse, die sie zu den Proben mitbrachte, wenn sie für die Elf-Uhr-Pause zuständig war). Er sah zu, wie die Zeiger der Uhr im Auto unerträglich langsam auf halb vier vorrückten, und fragte sich, wie lange sein Herz wohl noch so wild schlagen konnte, ohne zu explodieren.

Bonnies Wohnung lag im ersten Stock. Einen Aufzug gab es nicht. Die eine Hand zur Sicherheit am Geländer, polterte William die linoleumgeflieste Treppe hoch. Und dann war er da, stand vor ihrer Tür. Eine billige Allerweltstür ohne Verzierungen, gestrichen in jener grauen Farbe, die so viele ihrer Pullover besaßen. So etwas sah Bonnie ähnlich – eine Farbe zu wählen, die ihr Territorium markierte ... Um vor dem Klingeln noch ein wenig Zeit zu gewinnen, blickte er in die zweite Etage hoch. Die Wohnungstür dort war genauso grau ... Es deprimierte ihn, daß es sich offenbar um die Einheitsfarbe für das gesamte Haus handelte. Was für erstaunliche Dinge man dem Objekt seiner Leidenschaft doch fälschlicherweise zutraute, dachte William und klingelte.

Ehe er sich sammeln konnte, stand Bonnie schon in der Tür. Für einen Moment war da ihr strahlendes Gesicht, aber schon landeten ihre Arme in seinem Nacken und geräuschvolle Küsse auf seinen Wangen. Sie roch nach Sommerblumen – Wicken vielleicht, aber auch ein Hauch von Zwiebeln und Knoblauch war dabei.

»Endlich kommen Sie auch mal«, sagte sie. »Ich dachte schon, es würde nie was mit Ihrem Besuch. Rufus und Sie – Sie haben beide nicht gerade großes Interesse an meiner Wohnung gezeigt.« Wieder diese Grübchen. William schüttelte den Kopf und registrierte die Tatsache, daß sie Grant nicht erwähnt hatte. Aber es war ja auch Grants Freund gewesen, dem die Wohnung gehörte, und Grant selbst hatte sie ihr besorgt. Bestimmt hatte Bonnie ihn dafür belohnt. Wie oft Grant Bonnie – wenn auch in aller Unschuld – hier besucht hatte und wie gut er ihre Traumwohnung kannte, darüber mochte William lieber erst gar nicht nachdenken.

Geschmeichelt von ihrem herzlichen Empfang, folgte er ihr ins Wohnzimmer.

»So sieht es hier also aus. Nichts Großartiges, wie Sie sehen. Setzen Sie sich doch. Ich mache uns einen Tee.«

Nein, das mußte William zugeben, die Wohnung war tatsächlich nicht großartig, nicht einmal besonders freundlich. Ein seiner Meinung nach sehr durchschnittlicher Raum – niedrige Decke, ziemlich schmuddelige weiße Wände, wenig Möbel, unbequem aussehende Stühle, eine darbende Topfpflanze vor dem nackten kleinen Fenster. Insgesamt eine unvermutete Enttäuschung. Dabei war William so sicher gewesen, daß Bonnie noch die schäbigste Wohnung in eine farbenfrohe, warme Zauberhöhle verwandeln konnte. Er hatte sich bunte Kissen, fröhliche Bilder und haufenweise Pflanzen vorgestellt. Dieser Raum hier verriet nichts über Bonnie. Man wäre nie auf die Idee gekommen, daß zu ihrem Leben auch ihre bezaubernden Samtkleider und die köstlichen Kekse gehörten. Aber vielleicht hatte sie einfach noch keine Zeit gehabt, oder es war ihr überhaupt egal. In jedem Fall hatte es keine Bedeutung. Wichtig war, daß er endlich hier war, und er mußte seine Chance nutzen.

In der Küchenecke des Raums goß Bonnie kochendes Wasser in eine Teekanne. Auf einem kleinen Blechtablett standen zwei Tassen und ein Teller mit Ingwerkeksen – den extra dünnen, die sie stets aufzutreiben wußte.

»Ich muß gestehen, daß ich ziemlich deprimiert bin«, sagte sie.

Williams Herz machte einen Sprung. Wenn es darum ging, unglückliche Menschen zu trösten, war er genau der richtige. Bei so manchen Gelegenheiten hatte er anderen allein durch sein mitfühlendes Zuhören geholfen. Er wußte, daß es am besten war, nicht nach der Ursache zu fragen. Zu gegebener Zeit würde sie von sich aus erzählen.

»Ich mußte die Hunde leider oben im Norden lassen«, sagte sie, nachdem sie lange traurig geschwiegen hatte. »Es war einfach nicht möglich, sie hierzubehalten. Ich hatte nie richtig Zeit, mit ihnen spazierenzugehen, und die Nachbarn haben sich über ihr Bellen beschwert.«

So hoffnungsfroh er anfangs bei dem Gedanken an ihr mögliches Unglück gewesen war, so enttäuscht war er nun, da er den Grund dafür wußte. Jemanden, der seine Hunde vermißte, konnte er nur schlecht trösten – jedenfalls nicht aus vollstem Herzen. Er haßte Hunde. Er hatte sogar schon öfter daran gedacht, daß die Hunde ein Problem darstellten, falls Bonnie tatsächlich seinen Antrag annehmen sollte.

»Das tut mir furchtbar leid«, sagte er, » aber ich bin sicher, daß sie in Northumberland glücklicher sind, dort haben sie viel mehr Auslauf.« Hoffentlich klang er bedrückt genug.

»Sie fehlen mir ganz schrecklich.«

»Das kann ich mir vorstellen.«

»Warum setzen Sie sich nicht?« Bonnie wies mit dem Kopf auf einen niedrigen Sessel neben der Heizsonne im Kamin. Es war ein Korbstuhl, über dem eine Decke von undefinierbarer Farbe lag, die voller weißer Hundehaare war. William hatte keine Lust, sich seine benzingetränkte Hose noch mehr zu verderben, und entschied sich statt dessen für das etwas freundlicher wirkende Sofa, das zur Hälfte von Bonnies Bratsche belegt war. Als er sich setzte, quietschten die Sprungfedern und erinnerten ihn an sein Sofa zu Hause. Da das Hundegespräch abgehakt schien – die traurigen Details ihres Verlusts würde sie ihm hoffentlich ersparen –, fühlte er sich schon besser, wußte allerdings nicht, wie er die Sache angehen sollte.

Bonnie setzte sich in den Hundesessel und stellte das Tablett auf den Tisch aus Holzimitat mit spindeldürren Beinen. In Grants Scheune hatte er mal einen ziemlich ähnlichen gesehen. Durch das hohe Fenster fiel nur mattes, seidig graues Licht, und trotzdem glänzte ihr Haar sehr lebendig. Wie gewöhnlich verschwanden ihre Augen beinahe unter den langen Ponyfransen. William brauchte seine ganze Kraft, um nicht aufzuspringen, sie an sich zu reißen und ihren wohlgerundeten Körper so fest an sich zu pressen, bis sie nach mehr schrie. Er rutschte unruhig hin und her. Auf dem Kaminsims stand eine Fotografie von ihr und einem gutaussehenden Mann. Die beiden hatten die Arme umeinander gelegt. Bonnie sah seinen Blick.

»Mein Bruder«, sagte sie.

»Ach, wirklich?« Gott, was für eine Erleichterung! Wenn alles, was er von der Wohnung zu sehen bekam, dieses Zimmer war – und da das ganze Haus kein architektonisches Meisterstück darstellte, brauchte er auch nicht um einen Rundgang zu bitten –, würde Bonnies Umgebung ihm wenig über ihre Person verraten. Sie reichte ihm eine Tasse Tee, einen Teller und die Kekse. »Bournemouth nächste Woche wird Ihnen gefallen«, sagte er. »Wir haben da eine treue Fangemeinde. Ein ganz wunderbares Publikum. Der Dvořák … Die Leute lieben unser Programm.«

»Sind Sie gekommen, um über Bournemouth zu reden?« Bonnie strich sich die Haare aus dem Gesicht. Für einen Moment waren eine hohe, weiße Stirn und die eisblauen Augen zu sehen. Aufreizend, dachte William.

»Nein.«

»Das Komische ist«, sagte sie nach einer Weile, »daß ich bis auf Ihre Musik nichts von Ihrem Leben weiß, abgesehen von ein paar kleinen Hinweisen in Prag. – Sie und Grace, ich kann mir Sie beide gar nicht vorstellen.«

Daß sie es sich überhaupt vorzustellen versuchte, überraschte ihn. In gewisser Weise war es sogar ein Trost. Es bedeutete, daß sie während all der vielen Stunden, in denen er an sie dachte, manchmal auch an ihn dachte.

»Ich bin schon sehr lange mit Grace verheiratet. Sehr glücklich verheiratet und so weiter. Sie ist etwas ganz Besonderes. Und trotzdem ...« Er rang die Hände, zog die Schultern hoch, versuchte verzweifelt, das zu sagen, was er Bonnie mitteilen wollte. »Und trotzdem bin ich bitter einsam.«

Ein kurzes Schweigen entstand, und Bonnie sah so aus, als ob sie lachen wollte. Dann glättete sich ihre Miene wieder.

»Bitter einsam! Ich weiß, was Sie meinen. Obwohl ›bitter‹ wahrscheinlich mehr auf Sie als auf mich paßt.«

»Stimmt. Bitter kann ich Sie mir nicht vorstellen.«

»Aber können Sie sich mich glücklich allein vorstellen?«

»Ich denke schon. Ich hoffe es.«

»Das bin ich nämlich.«

Wie ging es jetzt weiter? Er hatte es gewagt, sie hatte beinahe verstanden. Aber jetzt schienen sie wieder vom Weg abzukommen. Er mußte Zeit gewinnen, vorsichtig zum Thema zurückführen.

»Sie haben es nett hier«, sagte er in einem schwachen Versuch.

Bonnie zuckte die Achseln.

»Wie Sie sehen, hab ich noch nicht viel gemacht. Und ich weiß auch nicht, ob es mir so wichtig ist. Ich werde hier bestimmt nicht ewig bleiben.«

»Denken Sie schon wieder ans Umziehen?«

»Nichts Bestimmtes. Aber für mich ist das hier nur eine vorübergehende Lösung. Und es macht ja auch keinen sehr dauerhaften Eindruck, oder?«

William schüttelte den Kopf. Um ihn drehte sich alles. Das

Zimmer wurde zu Treibsand, in dem er zu versinken drohte. Wollte Bonnie damit andeuten, daß auch ihre Zeit beim Ulmen-Quartett begrenzt war? Daß sie an Veränderung dachte? Wenn er jetzt aber genauer nachfragte, müßte er mit einer Antwort rechnen, die er gar nicht hören wollte.

Es entstand ein langes Schweigen.

Schließlich sagte William: »Kommt Ihnen manchmal Clara Schumann in den Sinn?«

»Nicht sehr oft. Wieso?« Wieder unterdrückte Bonnie ein Lächeln. Williams Gedankensprünge verwirrten und amüsierten sie.

»Was für eine arme Frau. Ich muß viel an sie denken.«

»An was denn zum Beispiel?«

»Nun, sie ist einfach zugrunde gegangen. Zugrunde gegangen aus Liebe. Aber am meisten tut mir dabei Brahms leid.«

»Aber er hat sie doch ziemlich übel behandelt. Wollte sich nicht binden. Hat sie benutzt, sie fallengelassen, sie wieder benutzt ...«

»Ja sicher. Das leugne ich gar nicht.« William seufzte, nahm all seinen Mut zusammen. »Aber der Julia-Schumann-Teil der Geschichte ...«

»Den kenne ich nicht.«

»Claras Tochter. Brahms lernte sie als kleines Kind kennen und sah sie dann zu einem bezaubernden jungen Geschöpf heranwachsen. Brahms war besessen von ihr. Konnte wegen Clara aber natürlich nichts unternehmen.« Das war die Inspiration. Jetzt hatte er es gesagt, hatte zu dem übergeleitet, was er Bonnie eigentlich sagen wollte. Sie machte ein interessiertes Gesicht.

»Altmännergelüste?« fragte sie.

»Man könnte es wohl so nennen.«

»Wie traurig.«

»Aber wo ist da der Unterschied – Lust oder Liebe? Solche Geschichten sind meistens traurig. Aber ich sehe nicht ein, wieso man dabei immer nur von Gelüsten redet. Häufig ist doch Liebe die treibende Kraft.« Das sagte er lächelnd, leichthin. Wenn er sich in dem schwachen Licht nicht täuschte, reagierte Bonnie: Ihre Wangen wurden noch röter. Jetzt schien ihn seine Inspiration jedoch zu verlassen. Er war wieder an einem toten Punkt angelangt und wußte nicht, welche Richtung er einschlagen sollte. – »Und Sie, Bonnie, was wartet auf Sie? Wie sieht Ihre Zukunft aus? Irgendwelche Pläne?«

Bonnie lachte. Offenbar entging ihr die Bedeutsamkeit seiner Fragen.

»Wie sollte ich darauf antworten können? Ich bin doch noch viel zu jung, um feste Pläne zu haben. Ich weiß nur eins, ich möchte immer weiterspielen und immer besser werden. Und ansonsten lebe ich einfach in den Tag hinein – haben Sie das nicht auch gemacht, als Sie jung waren?«

Verstört trank William langsam zwei Schlucke von seinem Tee. Er sah auf die Uhr. Die Zeit lief ihm weg.

»Vermutlich schon, obwohl ich noch weiß, daß ich immer eine fast peinlich genaue Vorstellung von dem hatte, was als nächstes zu passieren hatte. Sie könnten sagen, ich war sogar schon als junger Mensch alt ...« Er lächelte erneut, versuchte sie wieder für sich zu gewinnen. Es war dumm gewesen, daß er sich keine Strategie überlegt hatte. Das Gespräch verlief nicht so, wie er es sich erhofft hatte. Es hatte keine Anzeichen von erwiderten Gefühlen gegeben – und jetzt war er ratlos. Schon bald würde er aufbrechen müssen. Nur noch eine Frage ...

»Aber Ihr Herz – ist es denn nicht gebunden? Hunderte von jungen Männern müssen doch um Ihre Gunst buhlen ...« Himmel, wie altmodisch er klang. Und aufdringlich noch dazu, trotz seines ungezwungenen Tons. Diesmal lachte Bonnie eher gutmütig.

»Wirklich, William! Stellen Sie Ihrem Sohn auch all diese Fragen? Aber gut, ich werde es Ihnen sagen. Sie sitzen neben dem Liebesobjekt, das mein Herz gefangenhält.« Sie blickte auf ihre Bratsche. »Okay? Aber eins verspreche ich Ihnen, falls es Sie beruhigt: Wenn sich etwas in meinem Leben ändern sollte und ich die Ulmen verlassen muß, werde ich es vorher ankündigen, und nicht nur einmal. Das verspreche ich.«

»Das wäre sehr nett.« Aber das hatte er gar nicht gemeint.

»Im Augenblick denke ich gar nicht daran. Außerdem könnten Sie mich doch ruckzuck problemlos ersetzen.«

»Niemals.«

»Unsinn.«

»Sie sind unersetzbar.« Plötzlich zitterten Williams Hände so stark, daß er seine Tasse abstellen mußte.

»Das ist sehr lieb von Ihnen, aber es stimmt nicht.«

»Sie haben wahrscheinlich keine Ahnung, wie sehr ich Sie schätze ... wir alle tun das.«

»Und wahrscheinlich haben Sie keine Ahnung, wie glücklich ich mich schätze, daß ich in solch einem Quartett mitspielen darf. Das übertrifft meine kühnsten Träume. Ehrlich.«

»Das einzige Problem mit Ihnen ist, daß Sie so betörend sind, daß ich manchmal am liebsten ...«

Das Klingeln des Telefons unterbrach ihn. Bonnie sprang auf. Auf dem Weg zum Apparat klopfte sie William liebevoll auf die Schulter. Sobald sie den Hörer abgenommen hatte, kicherte sie. William legte den Kopf in die Hände. Er war nicht sicher, ob sie seine letzte halbe Erklärung überhaupt mitbekommen hatte. Und falls ja, war sie verletzt oder amüsiert, tat er ihr leid oder was?

»N-nein«, sagte Bonnie gerade. »Gegen fünf, denke ich. Komm um fünf.« Sie legte auf und kam wieder zum Kamin, setzte sich aber nicht. William sah verstohlen auf die Uhr: zwanzig vor. Er mußte gehen, bevor sie ihn dazu aufforderte. Deprimiert über seine Niederlage, stand er auf. Bonnie drängte ihn nicht zum Bleiben. Der flackernde Blick, das Wippen ihres Rocks verrieten ihre leichte Ungeduld. Es war der nächste Besucher, der für sie zählte – daran bestand kein Zweifel. Sein Dank und der Abschied waren kurz.

»Es war wirklich nett, William, daß Sie gekommen sind ... gern jederzeit wieder.« Noch mal Küsse auf beide Wangen.

Dann der traurige Gang die Treppe hinunter, die bittere Gewißheit, daß er nichts erreicht, seine Chance verpaßt hatte. Es würde ihn noch eine Menge Arbeit kosten, Bonnie klarzumachen, wo ihr ungebundenes Herz (war es wirklich frei?) vor Anker gehen konnte. Er würde viel Kraft und Geduld brauchen und gründlicher darüber nachdenken müssen, wie er Bonnie gewinnen und Grace loswerden konnte ...

Die Straßenlaternen brannten, ihr Lichtschein verschwamm im Abendnebel. William schloß den Wagen auf. Auf der Heckablage sah er die Tankstellenblumen, die er vergessen hatte, ihr zu überreichen – und das war gut so. Es wäre übertrieben gewesen, hätte sie verlegen gemacht. Rausgeschmissenes Geld, egal. Grace würde sie nicht haben wollen ... Er mußte sie unterwegs irgendwo wegwerfen.

William fuhr noch zerstreuter als sonst und erregte mehr als den üblichen Zorn anderer Fahrer. Er versuchte an die vertraute, warme Küche zu denken, die ihn zu Hause erwartete. Warme Brötchen vielleicht. Erdbeermarmelade. Grace. Sein liebes, unschuldiges Herzblatt.

Doch als er ankam, war das Haus dunkel. Sie war fort – wo um Himmels willen war sie? Es sah ihr gar nicht ähnlich, daß sie um halb sechs noch nicht vom Einkaufen zurück war. Als er die Tür aufschloß, fiel ihm auf, daß seine Verzweiflung über Graces Abwesenheit einigermaßen komisch war, wo doch sein Plan vorsah, daß sie für immer verschwand.

Etwa zur selben Zeit, als William draußen vor Bonnies Tür stand und sich fragte, was ihn wohl erwartete, stand Grace draußen vor Lobelias Haus und war ähnlich nervös. Sie klingelte und war auf jene ordinäre, egozentrische Frau gefaßt, von der sie so viel gehört hatte.

Lucien öffnete ihr. Grace war überrascht über seinen neu und teuer aussehenden scharlachroten Pullover – das paßte gar nicht zu ihm. Vielleicht verkaufte er ja nicht sämtliche Geschenke seiner Mutter. Vom Pullover wanderte ihr Blick zu seinem Gesicht. Er starrte sie mit toten Augen an, als wäre er gerade aufgewacht und würde sie nicht erkennen.

»Ach, Sie sind es«, sagte er endlich und ließ sie eintreten.

In dem engen Flur, den Grace damals beim Spendensammeln gesehen hatte, war kein Licht. Die dunkle Holzverkleidung und die geschlossenen Türen verstärkten noch die Düsternis.

»Sie ist schon da drinnen oder kommt gleich«, sagte Lucien. Er zeigte auf eine Tür am Ende des Flurs. »Gehen Sie nur hinein, ich muß weg.« Er ging zur offenen Haustür.

»Wollen Sie uns denn nicht einander vorstellen?« Grace wußte, daß er solche konventionellen Formen verachtete, aber sie fürchtete, es könnte peinlich werden, wenn er so sang- und klanglos verschwand.

»Sie werden sich schon erkennen.« Ein ganz schwaches Lächeln erschien auf seinem Gesicht, dann war er weg und knallte die Tür hinter sich zu.

Ratlos stand Grace im Flur. Was für eine Unverschämtheit! Einen Moment lang dachte sie daran, wieder zu gehen. Dieses Treffen war doch immerhin seine Idee gewesen, und er hätte sie wenigstens seiner Mutter vorstellen und ein bißchen mit ihnen plaudern können, bevor er die Frauen sich selbst überließ. Aber wenn sie jetzt, nachdem die Verabredung getroffen war, einfach wieder ging, benahm sie sich genauso unhöflich wie Lucien. Grace ging zu der bezeichneten Tür, klopfte an und trat ein.

Das Zimmer war leer. Auch hier brannten keine Lampen. Grace brauchte eine Weile, bis ihre Augen sich an die dunklen Umrisse des Raums gewöhnt hatten. Beleuchtet wurde er nur von dem dämmrigen Himmel draußen über dem kleinen Gärtchen. Drinnen wirkte alles trostlos. Zu viele dunkle Sessel drängten sich wie Tiere vor einem Sturm dicht aneinander, Unmengen betroddelter Kissen türmten sich auf dem Sofa, eine Reproduktion von Landseers »Getroffener Hirsch« hing über dem Kamin. Grace knöpfte ihren Mantel auf, wußte nicht, was sie machen sollte. Lucien hatte seiner Mutter nicht Bescheid gesagt, daß sie da war. Vielleicht hatte er ihr, in einer seiner perversen Anwandlungen, nicht einmal den vereinbarten Zeitpunkt genannt.

Sie setzte sich auf einen der mit Synthetikstoff bezogenen Sessel. Auf einem Tischchen neben ihr stand ein silbern gerahmtes Foto von einem bezaubernden kleine Jungen. Vermutlich Lucien, dachte sie und seufzte. Was um Himmels willen war bloß passiert, daß aus so einer süßen Unschuld ein … ja, was war eigentlich aus ihm geworden? Zehn sehr langsame Minuten verstrichen.

Dann waren oben Schritte zu hören. Grace stand auf und knöpfte ihren Mantel wieder zu. Sie sah zur Tür. Die Tür ging auf. Die Frau, die dort stand, wurde von einer Lampe beleuchtet, die sie im Flur angeknipst haben mußte. Grace konnte nur erkennen, daß sie klein und dünn war. Vielleicht Mitte oder Ende Sechzig. Wahrscheinlich die Haushälterin. Nach dem, was Lucien erzählt hatte, machte Lobelia selbst wenig im Haushalt.

»Wer sind Sie?« fragte die Frau.

»Grace Hendel, Luciens Bekannte. Er sagte mir, Mrs. Watson wolle mich … Er hat einen Termin für heute nachmittag verabredet …«

»Sie sind Grace Hendel?«

»Entschuldigen Sie – haben Sie mich denn nicht erwartet?«

Die Frau schloß die Tür hinter sich und trat ins Zimmer. Sie knipste einen Schalter an. Mehrere Lampen verbreiteten gedämpftes Licht.

»Dieser unfreundliche Empfang tut mir leid. Nein, ich habe Sie nicht erwartet. In seinen Zeitangaben ist Lucien immer ein wenig vage. Er sagte nur, Sie würden irgendwann einmal kommen.« Ihr schmaler Mund zuckte. Jetzt konnte Grace erkennen, was sie trug, eine Häkeljacke über einer sittsamen Seidenbluse, alles grau in grau.

»Und Sie … sind?« Grace wußte immer noch nicht genau, wen sie vor sich hatte. Vielleicht eine ältere Verwandte, die mit im Haus lebte; jemand, den Lucien nicht erwähnt hatte. Die Frau faltete die Hände und machte ein verwundertes Gesicht.

»Ich bin Lobelia, Luciens Mutter. – Wollen Sie sich nicht setzen?«

Graces Überraschung spiegelte sich in Lobelias kleinem, blassem Gesicht. Ungläubig starrten sie einander stumm an, bevor sie in zwei Sesseln Platz nahmen. Grace brach als erste das Schweigen.

»Für mich ist das alles sehr merkwürdig. Ich hatte ... einen ganz anderen Menschen erwartet.«

Eine Falte bildete sich auf Lobelias Stirn. Sie berührte sie mit einer Hand und lächelte müde.

»Anders als ich?« fragte sie leise.

»Hier liegt doch kein Mißverständnis vor, oder? Für mich sind das genau die Situationen, in denen man an seinem Verstand zu zweifeln beginnt.«

»Mit diesem Gefühl lebe ich schon seit vielen, vielen Jahren«, sagte Lobelia. »Legen Sie doch Ihren Mantel ab, oder ist es Ihnen zu kalt hier? Ich werde gleich Tee machen. Aber erst mal sollten wir vielleicht ... die Dinge richtigstellen.«

»Das glaube ich auch.«

Lobelia saß sehr aufrecht, umfaßte mit den Händen ihre grauen Flannellknie, hatte die Füße gekreuzt und sah in dem riesigen Sessel winzig aus. Sie erinnerte Grace an eine Gouvernante aus dem neunzehnten Jahrhundert.

»Bitte verzeihen Sie mir meine Verblüffung. Sie war gewiß nicht zu übersehen. Aber ich habe Sie mir einfach völlig anders vorgestellt und kann kaum fassen, daß Sie die Grace Hendel sind, von der ich seit Monaten höre.« Sie seufzte. »Die Frau, die Lucien mir tausendmal beschrieben hat, ist eine absolute Tyrannin. Ordinär, laut, herrisch. Ein – Flittchen. Wäre das das passende Wort? Er sagte, er hätte Sie beim Spendensammeln kennengelernt.«

»Das stimmt«, sagte Grace. Sie brachte kaum die Worte heraus, es schnürte ihr einfach die Brust zusammen.

»Und in jenen wenigen Minuten seien Sie ... ihm total verfallen.« Lobelia sah auf den Boden. »Bitte verzeihen Sie mir diese Worte und das, was sie beinhalten. Aber so hat er es ausgedrückt, mehr als einmal. ›Sie ist nicht ganz bei Trost, Mutter‹, sagte er immer. ›Dauernd hinter mir her.‹ Einmal wollte er sogar die Polizei rufen – weil er sich angeblich von Ihnen belästigt fühlte.«

Ihre Augen begegneten sich.

»Das kann ich nicht glauben«, sagte Grace. »Aber ich muß es wohl, weil es dem, was er mir über Sie erzählt hat, so ähnlich ist.«

»Und was war das?«

»Das möchte ich lieber nicht im einzelnen wiedergeben ... Aber es lief darauf hinaus, daß Sie die Horrorvision einer Mutter sind – grausam und lieblos. Und es war auch von einem Mann die Rede, von dem er mit ziemlicher Verachtung sprach.«

»Ein Mann?«

»Ein ... Bekannter. Es wurden auch gewisse Mengen Alkohol erwähnt.«

»Alkohol? O mein Gott. Ich weiß gar nicht, ob ich lachen oder weinen soll. Seit dreißig Jahren hat kein männlicher Bekannter dieses Haus betreten. Und zu trinken gibt es nur Sherry, und zwar, wenn der Pfarrer gelegentlich kommt. Was hat Lucien da nur in die Welt gesetzt!«

»Es muß eine Erklärung dafür geben«, meinte Grace und drehte so heftig an ihrem Ehering, daß ihr der Finger weh tat.

Lobelia zog ein kleines, hauchdünnes Leinentaschentuch aus dem Ärmel und tupfte sich die Nase ab. Ihre Augen waren trocken, aber kummervoll.

»Die gibt es«, sagte sie. »Es gibt eine Erklärung, aber keine Lösung.« Sie faltete das Taschentuch zusammen und schob es wieder in den Ärmel. »Es gibt viele moderne Begriffe für sein Problem. Meiner persönlichen Meinung nach ist er einfach psychisch krank. Verrückt.«

»Es tut mir so schrecklich leid«, sagte Grace nach einem langen Schweigen. Sie wußte, daß sie sich jetzt nur auf Lobelia konzentrieren mußte. An sich selbst durfte sie im Augenblick nicht denken.

»Ich muß damit leben, seit er zwölf oder dreizehn ist. Alle möglichen Ärzte haben ihn untersucht. Es ging immer wieder rein und raus aus diesen Heilanstalten. Keine hat auch nur irgendwie geholfen, sein Zustand hat sich keinen Millimeter geändert. Nur mich hat er – nun, er hat mich vollkommen zermürbt.« Lobelia legte die Hände flach auf ihre Knie.

»Das Problem war, daß ich die Hoffnung einfach nicht aufgeben konnte, nicht akzeptieren wollte, daß es hoffnungslos ist. Er hat nämlich immer wieder den Anschein erweckt, als sei er genauso normal wie alle anderen, genauso liebenswert. Er kann witzig, aufmerksam und rührend sein ... und mit einemmal, als würde ein unsichtbarer Hebel umgelegt, ist er jemand völlig anderes, ein jähzorniges, frustriertes, wildes Geschöpf, das ich kaum wiedererkenne. – Er ist ein geborener Lügner, schon immer gewesen. Wahrheit gibt es für ihn nicht. Er hat überhaupt das Prinzip Wahrheit nie begriffen. Mit der Zeit habe ich gelernt, seine Lügen zu durchschauen, aber selbst nach so vielen Jahren legt er mich noch manchmal herein ... In Ihrem Fall« – sie sah Grace direkt an – »glaubte ich anfangs allerdings, er habe sich alles nur ausgedacht, all diese Geschichten von der wilden Frau in unserer Nachbarschaft. Aber die Geschichten waren so stimmig, so voller Gehässigkeit, und sie nahmen überhaupt kein Ende, daß ich schließlich dachte, irgendwas müsse doch daran sein. Ich sah schließlich nur noch die Möglichkeit, diese rasende Grace kennenzulernen. Deshalb habe ich dann das Treffen vorgeschlagen.« Sie hielt inne und lächelte mühsam. »Vermutlich amüsiert er sich königlich bei der Vorstellung, wie wir hier beide sitzen und uns übereinander wundern ...« Sie klang bitter.

»Bestimmt wird er das.«

»Oh, entschuldigen Sie bitte. Darf ich Ihnen etwas anbieten?«

»Nein, vielen Dank, wirklich nicht.« Grace hätte nichts herunterbringen können.

»Wenn er heute abend nach Hause kommt, wird sein Hyänenlachen durchs ganze Haus schallen – dieses grauenhafte,

grauenhafte Lachen. Völlig manisch. Und dann seine Tierlaute. Manchmal heult er wie ein Wolf.«

Grace nickte.

»Falls er überhaupt nach Hause kommt«, fuhr Lobelia fort. »Häufig bleibt er auch ganz weg. Oft ist er tagelang verschwunden – manchmal wochenlang. Ganz plötzlich taucht er dann wieder auf, dünn wie eine Bohnenstange und mit stinkenden Kleidern. Er sagt aber nie, wo er war. Und immer braucht er Geld. Wenn ich es ihm verweigere, dann ...« Sie sah sich im Zimmer um. »Es sind schon so viele von meinen Kostbarkeiten verschwunden. Das ganze Silber. Aber was soll ich machen? Ihn der Polizei ausliefern? Meinen eigenen Sohn anzeigen?«

»Hat ihm denn niemand helfen können?«

»Nein, niemand, weil er jede Mithilfe verweigert. Er will sich gar nicht ändern. Sein verrücktes Leben scheint ihn irgendwie aufzuputschen. Ich habe das schreckliche Gefühl, daß er – nun ja, Sie werden es sich denken können –, daß er Drogen nimmt. Ich frage ihn natürlich nie. Ich tadele ihn auch nie. Ich habe mich bemüht, der eine Mensch in seinem Leben zu sein, der unverändert freundlich und verständnisvoll ist, egal, was passiert. Gelungen ist mir nur, ihn zu überzeugen, daß ich ihn bedingungslos liebe. Aber Folgen hat das keine, weder für ihn noch für mich. Er nützt mich nur aus.« Sie war im Sessel zusammengesunken. Jetzt zog sie ihre Jacke fester über der Brust zusammen und sah genauso verfroren aus, wie Grace sich fühlte. Sie war immer noch im Mantel.

»Weihnachten zum Beispiel«, fuhr Lobelia fort. »Diesmal verlief Weihnachten vierundzwanzig Stunden lang einigermaßen gut. Er schenkte mir sogar ein Alpenveilchen, ich möchte nicht wissen, woher er es hatte. Wir saßen gerade beim Weihnachtsessen – ich hatte unweihnachtlich gekocht, weil er diese speziellen Festgerichte haßt –, als er plötzlich mit wutentbranntem Gesicht aufstand, verkündete, er halte das alles nicht mehr aus, und einfach wegging. Erst heute morgen ist er wiedergekommen. Er trug immer noch mein Weihnachtsgeschenk, einen hübschen Pullover. Ihren Besuch heute nachmittag hat er mit keinem Wort erwähnt, weswegen ich dann auch vollkommen überrumpelt war. Es tut mir wirklich leid.«

»Machen Sie sich deswegen keine Sorgen«, sagte Grace. Mitleid für diese arme Frau packte sie. Es schnürte ihr die Brust zusammen, und sie bekam kaum Luft. »Verglichen mit Ihren sind meine Erfahrungen mit Lucien harmlos. Außerdem habe ich mich irgendwie an seine Unberechenbarkeit gewöhnt. Und genau wie Sie habe auch ich viele Male seine andere Seite erlebt. Sein Mitgefühl, sein Interesse, seine moralische Unterstützung. Ich muß gestehen, daß er mir sehr ans Herz gewachsen ist.«

Wieder begegneten sich ihre Augen.

»Ich liebe ihn«, sagte Lobelia. »Ich liebe ihn, was auch immer ...« Sie schwieg einen Augenblick. »Ich grübele ständig darüber nach, wann alles schiefgelaufen ist. Sein Vater verließ uns, als er sechs war. Und sie konnten so gut miteinander. Vielleicht hat es etwas damit zu tun. Das Gefühl, verraten, im Stich gelassen worden zu sein. Mit den üblichen Folgen. – Sein Vater ist nach Australien ausgewandert und hat nie mehr von sich hören lassen. Sie begreifen sicherlich ...«

»Natürlich.«

»Ich habe mein Bestes getan. Aber eine alleinstehende Frau kann nicht Vater und Mutter zugleich sein. Als er damals auf die falsche Bahn geriet, gab es niemanden, der stark genug war, ihn sich vorzuknöpfen. So kam eins zum anderen. Und sein Haß auf mich, auf die Frau, die seiner Meinung nach schuld daran war, daß sein Vater ihn verlassen hatte, wurde immer größer. Ich habe leider total versagt. Und trotzdem gebe ich die Hoffnung nicht auf. Ich glaube immer noch an ein Wunder, Daß es eines Tages knacks macht und er wieder ganz der normale, liebende Sohn ist ...«

»Aber bis es soweit ist«, sagte Grace, »haben Sie da keine Angst vor ihm? Ich meine, Ihre Sicherheit ... Haben Sie darüber mal nachgedacht?«

»An seine Wutanfälle bin ich gewöhnt.« Lobelia zuckte die

Achseln. »Manchmal fängt er an zu toben, aber nie gegen mich. Er wirft dann Sachen durch die Gegend, knallt mit den Türen, beschimpft mich auf obszöne Weise – aber er greift mich nie körperlich an. Ich bin an ihn gewöhnt. Was andere Menschen vielleicht erschrecken mag, ist für mich längst die Normalität. Natürlich lebe ich in ständiger Sorge, was er wohl als nächstes anstellt. Aber nein, daß er über mich herfällt, davor habe ich keine Angst. Ich glaube, das würde er nie tun. Um mich selber mache ich mir keine Sorgen.« Sie schwieg. »Aber Sie, was ist mit Ihnen? Hoffentlich hat er Ihnen das Leben nicht zur Hölle gemacht. Hat er Sie bedroht? Bestohlen?«

Zögernd schüttelte Grace den Kopf. Sie hatte nicht vor, Lobelias Kummer noch zu vergrößern, indem sie ihr von Luciens Schandtaten erzählte.

»Nein«, sagte sie. »Ich kenne seine Unberechenbarkeit, seine Verwirrtheiten, seine Verzweiflung; ich weiß, daß ihm schnell die Sicherung durchbrennt. Richtig getäuscht hat er mich im Grunde nur mit den ständig neuen Geschichten über Sie … Vielleicht wollte er auf diese Weise unser beider Mitleid erheischen. Aber wie gesagt, Lucien ist mir ans Herz gewachsen. Er kam häufig vorbei, hörte mir beim Klavierspielen zu, interessierte sich für meine ziemlich unbedeutenden kleinen Bilder … und machte mir immer Mut. Ich fühlte mich einfach wohl in seiner Gesellschaft. Der Altersunterschied zwischen uns schien für ihn nicht zu zählen. Man könnte sagen, daß er meinem recht ruhigen Leben … gewisse Glanzlichter aufgesetzt hat.«

Lobelia machte ein dankbares Gesicht. Vielleicht hatte sie schon seit Jahren nichts Nettes mehr über ihren Sohn gehört.

»Das freut mich«, sagte sie. »Es erleichtert mich. Aber nachdem wir uns jetzt kennengelernt haben, frage ich mich, was passieren wird, nun, da er sein Lügengebäude selber zum Einstürzen gebracht hat.«

»Vielleicht könnten wir ihm ja gemeinsam helfen«, schlug Grace vor und wußte selbst, daß das wenig hilfreich klang.

Zwei ganz normale Frauen mit einem guten Herzen waren nicht die Art von Hilfe, die ein so gestörter Mensch wie Lucien nötig hatte.

»Ja, vielleicht«, stimmte Lobelia zu. Grace merkte, daß sie die Idee auch nicht besonders überzeugend fand. »Jedenfalls gibt es jetzt keinen Grund mehr für ihn, seine lächerlichen Geschichten über Lobelia und Grace, die zwei unmöglichen Frauen, zu verbreiten.«

Beide brachten ein kleines Lächeln zustande.

»Wir sollten in Verbindung bleiben«, sagte Grace.

»Unbedingt. Ich bin so froh, daß ich Sie kennengelernt habe und weiß, daß Sie ganz in der Nähe sind, wenn irgend etwas ... Aber er darf auf keinen Fall den Eindruck haben, daß wir uns hinter seinem Rücken gegen ihn verschworen haben. Dann würde er total ausrasten.«

»Natürlich nicht«, sagte Grace. Sie stand auf. Plötzlich hatte sie das Bedürfnis, dieses dunkle, triste Zimmer zu verlassen. Sie sehnte sich danach, wieder zu Hause bei William zu sein, ihn beim Tee über sein Konzert in Bournemouth brummeln zu hören, während ihr Luciens Verrat heimlich das Herz zerriß. »Ich will Sie nicht länger aufhalten«, sagte sie.

»Bitte kommen Sie unbedingt wieder«, sagte Lobelia und stand ebenfalls auf.

»Vielleicht kommen Sie mich ja auch mal besuchen? Zum Mittagessen oder wann immer Sie wollen.« Sie fand die Aussicht auf ein Wiedersehen mit Lobelia und vielleicht sogar eine Freundschaft mit ihr sehr verlockend. Doch dann sah sie, wie Verwirrung und Angst Lobelias Gesicht verdüsterten.

»Ich lebe schon seit Jahren sehr zurückgezogen«, sagte sie. »Aber ja, eines Tages vielleicht. Das wäre schön. Vielen Dank.«

Im Flur stellte Grace fest, daß sie um einiges größer war als Lobelia, die nervös zur Haustür sah.

»Ich denke, daß wir uns beide in einem Schockzustand befinden«, sagte sie leise, »nachdem wir entdeckt haben ...«

»... was wir entdeckt haben. Ja, so ist es wohl.«

Einen Moment lang waren beide fast rührend verlegen (wie Grace später fand), weil sie nicht wußten, wie sie sich verabschieden sollten. Beide Frauen erwogen kurz einen Kuß auf die Wange. Doch beide waren nicht mehr jung und an Zurückhaltung gewöhnt, und so konnte selbst das Bindeglied Lucien sie nicht zu dieser Freundschaftsgeste bewegen (zu der junge Leute heutzutage schon nach kurzer Bekanntschaft greifen). Im Grunde empfanden Grace und Lobelia sich immer noch als Fremde. Sie streckten zur selben Zeit die Hände aus, schüttelten sie kurz, aber kräftig, so daß Grace hoffte, eine zukünftige Freundschaft sei vielleicht wirklich kein Hirngespinst.

»Auf Wiedersehen, Mrs. Hendel. Und vielen Dank.«

»Grace. Bitte nennen Sie mich Grace.«

»Nun – auf Wiedersehen.«

»Auf Wiedersehen.«

Draußen war es dunkel, bis auf die hellen Rechtecke der erleuchteten Fenster. Straßenlaternen beschienen die kahlen Äste der durch Eisengitter geschützten Kirschbäume auf dem Bürgersteig. Die beißende Kälte drang auch durch ihren dicken Mantel. Grace eilte nach Hause – sie rannte beinahe.

Dort angekommen, stellte sie fest, wie sehr sie sich verspätet hatte. Eigentlich hatte sie lange vor William zurück sein wollen. Das war nun leider schiefgegangen. Schuldbewußt räumte sie das Teegeschirr auf dem Küchentisch weg. Wo war William? Sie hätte ihm so gerne sofort von ihrem außerordentlichen Nachmittag erzählt, statt bis zum Abendbrot zu warten. Allerdings wußte sie genau, daß er Störungen bei der Arbeit haßte, und im Augenblick erledigte er vermutlich sehr lustlos irgendwelche Dinge, die mit dem Bournemouth-Konzert zusammenhingen.

Mechanisch holte Grace Möhren aus dem Kühlschrank und schnibbelte sie klein. Ihre Hände zitterten ungeschickt. Lucien! Wie konnte er nur? Wie hatte dieser Mann, der ihr Leben zum Funkeln gebracht hatte, systematisch ihre Zerstörung planen können? Und sie selbst war doch eine ziemlich gute Menschenkennerin. Wieso hatte sie sich so von ihm einwickeln lassen? Wie hatte sie ihn so überschätzen können? Und wieso hatte sie sich nie wirklich vor ihm gefürchtet? Bisher war sie in Luciens Gegenwart nur beklommen gewesen, aber im Augenblick hatte sie regelrecht abgrundtiefe Angst. Da sie sich jetzt nicht mehr vor der beklagenswerten Lobelia zusammennehmen mußte, hätte Grace ihre Wut am liebsten herausgeschrien und William gebeten, er möge sie schützen, falls Lucien jemals wieder in ihrem Haus auftauchen sollte.

Sie ließ die Möhren halb fertig liegen und schleppte sich die Treppe hoch. Daß William nicht gestört werden wollte, war ihr jetzt egal. Doch oben angekommen, hörte sie ihn Geige spielen. Daß er abends spielte, war so ungewöhnlich, daß sie einen Moment verharrte und sich fragte, ob er auch etwas Unerfreuliches erlebt hatte. Eine unangenehme Zahnarztsitzung vielleicht.

Grace stand auf dem Treppenabsatz vor seinem Zimmer und lauschte. Sie erkannte das Stück nicht, aber es war in Moll. Die traurige Melodie zerfloß ständig, wie Wolken. Die gedämpften Töne stiegen und fielen und liefen vorsichtig hintereinander her, als fürchteten sie, einander zu fangen und die verzweifelte Melodie zu zerstören. Nein, sie durfte jetzt nicht hineingehen. William mußte das Stück allein für sich beenden. Sie hatten stets die Privatsphäre des anderen respektiert, vor allem in den seltenen Leidenszeiten.

Grace machte kehrt und stieg die Treppe wieder hinunter. Aber auf halbem Weg sank sie auf eine Stufe, barg ihren Kopf in den Händen und begann zu weinen. Williams Geigenspiel übertönte ihr Schluchzen. Ihr wurde immer elender zumute. Der Schmerz breitete sich aus wie Wellen auf einem stillen Teich. Daß Lucien geistesgestört war, war schlimm genug. Aber daß sie ihn nun ein zweites Mal aus ihrem Leben vertreiben mußte, um sich selbst und William vor Gefahr zu schützen, war sehr viel schlimmer. Vielleicht würde sie es gar nicht fertigbringen, dachte Grace, während William immerfort spielte.

11

Wenn jemand etwas später an diesem Abend durch das Küchenfenster der Hendels geschaut hätte, wäre ihm nichts Ungewöhnliches aufgefallen. Grace hatte blanke, wenn auch wachsame Augen – von Tränen keine Spur. Und William war mittlerweile aus jenen musikalischen Regionen zurückgekehrt, die Wunder an der Seele wirken. Seine bittere Enttäuschung über die Blamage am Nachmittag war ihm nicht mehr anzumerken. Eine der segensreichen Qualitäten einer Ehe, in der nicht viele Worte gemacht werden, besteht darin, daß Zeichen und Hinweise fraglos akzeptiert und respektiert werden. Falls Grace also ahnte, daß William Kummer hatte – seine Hände zitterten immer noch leicht –, so dachte sie nicht daran, ihn nach dem Grund zu fragen. Und falls William den Verdacht hatte, daß Graces Nachmittag ebenfalls nicht nach Wunsch verlaufen war (und ihm war in der Tat ein leichtes Flackern in ihrem sonst so ruhigen Lächeln aufgefallen), dann hielt auch er sich an die Regeln und stellte keine Fragen. Anders als Jack und Laurel, die andauernd »ihre Gefühle offenlegten und ausdiskutierten«, wie sie es nannten, hatten Grace und William den Luxus der Intimsphäre schätzen gelernt. Sie vertrauten einander so sehr, daß Eifersucht nie eine Rolle spielte. Dieser Verhaltenskodex, der – durch keine analytischen Diskussionen getrübt – in langen Jahren entstanden war, hatte sich hervorragend bei ihnen bewährt. Wenn aber einmal ein Problem ihr abgeschottetes Leben belasten sollte, das einer allein nicht meistern konnte, dann wußten beide auch, daß ein Appell an den Partner nicht erfolglos bleiben würde.

Das war es, was Grace im stillen dachte, während sie in ihrem Biskuitkuchen herumstocherte. Sie hatte keinen Hunger. William nahm sich eine gewaltige Portion Vanillesoße. Grace versuchte einzuschätzen, wie zuhörbereit William war. Die Ereignisse vom Nachmittag bedrückten sie so stark, daß es sie drängte, ihm in leicht verschleierter Form davon zu erzählen.

»Übrigens«, sagte sie, »habe ich endlich Lobelia kennengelernt, Luciens Mutter.«

»Ach, da warst du also«, sagte William. »Ungewöhnlicher Name.«

»Ich war neugierig, wie du dir sicher denken kannst.«

»Luciens Mutter würde meine Neugier zwar nicht erregen, trotzdem kann ich dich aber verstehen, da du ihren Sohn ja so zu schätzen scheinst. War es denn interessant?«

»Völlig anders als erwartet. Lucien hat sie ganz falsch geschildert.«

»Ich habe nie angenommen, daß er auf Wahrheit Wert legt.«

»Sie ist ganz und gar nicht die schreckliche Frau, die er beschrieben hat, sondern sogar ziemlich nett. Schüchtern, liebenswert. Ich mochte sie.«

»Besteht die Möglichkeit, daß ihr euch anfreundet?«

»Vielleicht.«

»Das wäre nicht schlecht, mein Herzblatt.« William nahm noch von der Vanillesoße. »Man kann ja nicht gerade behaupten, daß es hier nur so wimmelt von interessanten Menschen. Da könnte diese Lobelia vielleicht eine Lücke füllen. Und sie wohnt ja auch so schön nah. Was den jungen Herrn angeht, so hat er offenbar aufgehört, uns als Gratis-Café zu benutzen. Auch das ist nicht schlecht.«

»In mehrerer Hinsicht.« Grace bemühte sich nicht, einen Seufzer zu unterdrücken. Sie merkte, daß Williams Interesse an dem Thema Lucien und Lobelia sehr schnell abflaute. Anscheinend waren ihre Hinweise nicht deutlich genug gewesen. Doch irgend etwas hielt sie davon ab, ihre Befürchtungen zu erwähnen und ihn um seinen Beistand zu bitten, falls Lucien doch wieder auftauchen sollte. Und sie fühlte sich auch nicht imstande, ihm zu gestehen, daß sie es absurderweise nicht ertragen würde, Lucien nie wiederzusehen. Auch wenn sein unmögliches Verhalten sie schockiert hatte. Falls eine Freundschaft mit Lobelia also bedeuten würde, daß Lucien – sozusagen selbstverschuldet – aus ihrem Leben verschwand, dann mußte vielleicht sogar diese potentielle Freundschaft geopfert werden.

»Ich werde übrigens mit Grant nach Bournemouth fahren«, sagte William nach einem langen Schweigen – in Gedanken war er längst nicht mehr bei Graces Lieblingsthema, das nun leider auch Luciens Mutter einschloß.

»Ach?« Grace machte eine Bewegung. »Das ist ja ungewöhnlich.«

»Eine gute Idee, wie ich finde. Wir beide haben schon ewig keine Zeit mehr füreinander gehabt.« Heimlich schwebte ihm allerdings noch ein anderer, sehr verführerischer Plan vor. Die genaue Ausführung war ihm zwar noch nicht ganz klar, aber allein der Gedanke schien ihm so verlockend, daß er sich schon auf die Fahrt mit Grant freute.

»Und was ist mit Bonnie?«

»Die fährt auf eigene Faust. Ich glaube, sie sagte, sie nimmt einen Zug von London.«

»Der arme Rufus. In seinem Wagen bei diesem Wetter.«

»Rufus wird keine Probleme haben. Er kommt mit Iris in ihrem Wagen. Sie liebt Bournemouth. Sie möchte im Alter dort leben.« Vor Williams innerem Auge tanzte Bonnie. Lächelnd stand sie vor ihrem kläglichen kleinen Kamin und trauerte um ihre Hunde (er hatte sich doch wirklich über Gebühr mitfühlend gezeigt). Vielleicht hatte er die Situation ja gänzlich falsch gedeutet und gar nicht erkannt, wie sehr sie ihn mochte und schätzte. Vielleicht war es ihr selbst noch gar nicht richtig bewußt, aber tief in ihrem Herzen begann die Idee eines Leben mit einem Geiger, den sie erklärtermaßen bewunderte, allmählich Gestalt anzunehmen. Dieser Gedanke beschwingte ihn geradezu. Bei der Probe morgen würde er Bonnie wegen der

Hunde noch einmal kräftig bedauern und sich auf diese Weise ganz langsam in ihr Herz einschleichen. Vielleicht konnte er, falls das Konzert in Bournemouth gut lief, sogar vorschlagen, daß sie anschließend in der Hotelbar eine Flasche Champagner springen ließen. Er hatte gehört, wie Bonnie Rufus gegenüber einmal ihre Begeisterung für Champagner erwähnt hatte.

»Nun gut ...«, sagte er. »Mein Herz.«

»Falls Lucien eines Morgens doch noch einmal hier erscheinen sollte ... bitte sag ihm, er soll verschwinden.« In ihrer Verzweiflung war Grace schließlich leise explodiert. William zog nur die Augenbrauen hoch.

»Ich werde ihm gerne die Tür weisen, jederzeit. Dieser Lump. Bin froh, daß du endlich begriffen hast, was für ein Lump er ist.«

»William! Er ... ist krank. Hast du das nicht gemerkt? Ich möchte nur ganz sicher sein.« Sie sah sich im Zimmer um, und die Manschettenknöpfe fielen ihr ein.

»Alles was du willst, mein Herz. Ich werde alles tun. Stehe zu Diensten.« Er lächelte zerstreut. William, sagte Bonnie gerade in seiner Phantasie, hier bin ich, ich gehöre dir. Aus nicht ganz einsichtigen Gründen begann William, optimistischer zu werden. Bei der Probe am nächsten Morgen würde er Bonnie äußerlich sehr gelassen gegenübertreten können, das wußte er. Und einen wirklichen Fortschritt würde es dann nach dem Konzert geben. Laut sagte er schließlich: »Du bist wirklich eine gute Seele.«

Grace freute sich über das Kompliment, war allerdings auch verblüfft. Diese Formulierung hatte er bisher noch nie gebraucht. Aber er war ja offensichtlich nicht ganz bei der Sache. Vermutlich sorgte er sich wegen Bournemouth. Aber während Grace, in Gedanken wieder bei ihrem Nachmittagsbesuch, friedlich die Küche aufräumte, vergaß sie Williams seltsamen Satz. Und sie vergaß auch sein Lächeln, das augenscheinlich nicht ihr, sondern irgend etwas weit weg gegolten hatte.

William fuhr gerne in Grants Auto. Es hatte fast sesselartige bequeme, weiche Sitze, war geräumig, warm und leise. Vielleicht sollten Grace und er ihr schäbiges kleines Modell auch gegen eine größere Karrosse eintauschen. Allerdings würden sie beide so ein Fahrzeug sicher nicht ebenso souverän fahren können.

Außerdem war Grant ein sehr angenehmer Fahrer. Den Blick unverwandt auf die Straße gerichtet, fuhr er in einer Weise spritzig und aufmerksam zugleich, die William nur bewundern konnte. Solange es nicht um etwas Wichtiges ging, hielt Grant auch Gespräche während der Fahrt für unnötig. So hörten sie sich denn erst mal stumm die ganze »Prager Symphonie« an. Es war Grant, der das Schweigen schließlich beendete, und zufällig schnitt er genau das Thema an, das William irgendwie beiläufig aufs Tapet hatte bringen wollen.

»Wir werden so rechtzeitig in Bournemouth sein, daß wir Bonnie noch vom Bahnhof abholen können«, sagte er.

»Schön. Du bist wirklich ein flotter Fahrer.« William studierte das Profil, das er so gut kannte – die großen Augen, die römische Nase, den spöttischen Mund. Grant besaß einen dieser zeitlosen Köpfe, die man bei griechischen Statuen ebensogut wie an modernen Bushaltestellen antreffen konnte. Er hatte etwas von einem verwegenen Römer – als einziges Quartettmitglied würde er auch in einer Toga gut aussehen –, aber gleichzeitig von einem reservierten Engländer. Grant war gut – gut im biblischen Sinne, und das war etwas, was William zutiefst bewunderte. In Krisen konnte man sich auf ihn verlassen (bei der Weihnachtsparty war er eine große Hilfe gewesen), und seine Schwächen waren kaum der Rede wert: Er war unordentlich (seine Unempfindlichkeit gegen das Chaos in der Scheune war William unbegreiflich) und gelegentlich launisch und verbohrt. Und das landauf, landab immer gleiche Stuhldilemma bei Konzerten dramatisierte er etwas zu sehr. Als Cellist war er sicher kein Rostropowitsch, aber als Quartettmitglied gab er, unangefochten von Solistenehrgeiz, sein Bestes. Wenn irgendwann eine Frau endlich sein unruhiges Herz erobern würde, dann wäre sie nur zu beglückwünschen, dachte William.

»Was hat sie denn in London gemacht?«

Grant zuckte die Achseln.

»Frag mich nicht. Ich bin wirklich nicht über alle ihre Pläne unterrichtet.«

Wenn er nur »über ihre Pläne« gesagt hätte, wäre William glücklicher gewesen. So bedeutete es, daß Grant einige ihrer Pläne kannte. Und ihm, William, hatte sie fast nichts erzählt. Doch jetzt wurde er wirklich lächerlich.

»Ich kann mir ihr Leben jenseits von unserer gemeinsamen Musik gar nicht vorstellen.« Diese harmlose kleine Bemerkung würde Grant hoffentlich ein Körnchen Information entlocken.

»Es ist gut, daß sie nach Aylesbury gezogen ist. Macht alles einfacher.«

»Einfacher wofür?« fragte William leicht alarmiert.

»Nun, einfacher für sie.«

»Hast du ihre Wohnung gesehen?«

»Falls du dich erinnerst, habe ich sie für Bonnie besorgt.«

»Richtig. Und – fühlt sie sich wohl dort?«

»Scheint so.«

»Das ist schön.« Die Tatsache, daß Bonnie Grant offenbar nichts von seinem gestrigen Besuch erzählt hatte, freute William. Er drehte das wunderbar unkomplizierte Radio lauter. Ein weiteres musikalisches Intermezzo würde ihm Zeit für den nächsten Schritt geben. Aber es war ein Klavierstück von Debussy, nicht gerade Grants Lieblingsmusik. William machte das Radio wieder aus.

»Manchmal fürchte ich, daß sie uns schon bald wieder verläßt«, sagte er. »Immerhin ist sie sehr jung und sehr gut. Irgend jemand wird sie uns wegschnappen. Sie mit einer interessanteren und besser bezahlten Aufgabe ködern.«

»Das sind wir doch alles schon mal durchgegangen, als wir uns für sie entschieden«, sagte Grant. »Wir waren alle der Meinung, es lohne sich, dieses Risiko einzugehen.«

»Stimmt.« William seufzte. Plötzlich überfiel ihn Traurigkeit; gar nicht so sehr aus Sorge um die Zukunft des Quartetts, sondern weil Bonnie sie womöglich verlassen könnte. Vielleicht war jetzt der Moment gekommen, sich vorzuwagen.

»Rufus und ich«, sagte er, »werden eines Tages aus Altersgründen aufhören müssen.«

»Das ist alles noch längst nicht akut. Wir können doch wirklich nicht über Mangel an Engagements klagen. Im Gegenteil, seit Bonnie bei uns ist, sind wir gefragt wie seit Jahren nicht mehr. Vielleicht hat sie unsere Arbeit ja beflügelt.«

»Das könnte gut sein. Trotzdem, Tatsache ist, daß Rufus und ich ... unseren Zenit wahrscheinlich überschritten haben. Wir sollten abtreten, ehe es zu spät ist. Aber ich würde mir wünschen, daß das Ulmen-Quartett in irgendeiner Form weiterexistiert. Und manchmal denke ich, ob du ... es nicht fortführen könntest. Es sollte doch nicht schwerfallen, zwei gute neue Geiger zu finden. Es gibt so viele junge Talente.«

»Über all das ließe sich nachdenken«, sagte Grant.

»Aber«, fuhr William nach einer angemessenen Pause fort, »falls Bonnie sich binden, mit jemandem zusammentun oder heiraten sollte – du weißt schon, was ich meine –, dann kann man sie natürlich nicht halten.«

»Ach, ich weiß nicht.« Wieder zuckte Grant die Achseln. »Je nachdem. Frauen sind heutzutage so unabhängig. Kriegen Kinder und verfolgen gleichzeitig ihre Karriere und so weiter.«

»Stimmt.« Pause. »Hat sie, soweit du weißt, irgendeine Art von ... Beziehung?«

»Du meinst, einen Mann?«

»Ja.«

»Wie ich schon sagte«, Grant lächelte, »sie hält ihre Geheimnisse ganz schön fest in ihrem wunderhübschen Busen verborgen.«

»Ihr wunderhübscher Busen, ja wahrhaftig.« William lächelte ebenfalls, um seine leichte Beunruhigung zu verbergen. Daß Grant Wörter benutzte, die er, William, nur im hintersten

Winkel seines Kopfes zu denken wagte, war einigermaßen verstörend. Aber er wollte den Moment nutzen und noch ein wenig weiter vorstoßen. »Verdammt attraktives junges Mädchen«, sagte er.

Grant dachte darüber nach.

»Allerdings glaube ich nicht, daß sie auch nur die leiseste Ahnung von ihrer Attraktivität hat. Sehr ungewöhnlich. Sie scheint absolut uneitel zu sein.«

»Da stimme ich dir zu. Ein seltenes Exemplar ihrer Generation.«

»Es gibt unter den jungen Leuten eine Menge solcher hervorragenden Exemplare«, sagte Grant. »Du kennst sie zufällig nur nicht.«

William ließ sich Grants leichten Spott gern gefallen.

»Nein, unter Jacks und Laurels Freunden gibt es solche Prachtexemplare nicht.«

Beide lachten. Seine Sympathie für Grant war während der Fahrt noch gewachsen, stellte William fest, als sie die Ausläufer von Bournemouth erreichten. Und darüber hinaus tröstete ihn die Tatsache, daß Bonnies Privatleben auch für Grant ein Rätsel war. Und so sollte es natürlich auch sein. Denn es wäre doch geschmacklos, wenn die attraktive einzige Frau im Quartett ausgerechnet den Kollegen ihre Hoffnungen und Ängste anvertraute. Und solange Bonnie nicht ihre feste Verbindung mit irgendeinem Unbekannten verkündete, durfte William weiter darauf hoffen, daß er – auf eine Weise, die ihm noch nicht klar war – ihre Liebe und Zuneigung gewinnen könnte. Daß Bonnie ihm ihr Leben schenkte.

Nach Williams Aufbruch nach Bournemouth stand Grace an ihrem Arbeitstisch und wußte, daß sie auch an diesem Morgen nicht zum Malen kommen würde. Sie blätterte in ihrem Skizzenbuch und suchte nach der *Pulsatilla vulgaris alba*, die noch nicht fertig war. Die blassen kleinen Blumen mit ihren steifen Blättchen, die, wie ihr jetzt auffiel, so schrecklich pingelig gemalt waren, deprimierten sie. Es bedrückte sie, daß ihr Talent – falls man es als solches bezeichnen konnte – tatsächlich wenig bemerkenswert war. Vielleicht war das ja der Grund dafür, daß sie immer neue Ausreden erfand, um nicht an die Arbeit zu gehen. Vielleicht war es diese fast uneingestandene Ahnung, daß ihr Buch – sollte es je fertig werden – nicht sehr gut sein würde. Sie war eben nicht wirklich mit Leidenschaft bei der Sache, sondern hatte die Malerei damals, als sie William kennenlernte, nur als Ersatz für ihr Klavierspiel gewählt. Sie besaß einfach nicht jenen inneren Drang, jene Disziplin und Ausdauer von William, der sich unablässig bemühte, immer noch vollkommener Geige zu spielen. Anscheinend fehlte ihr bei ihren Blumen dieser energische Wille zur Perfektion. An diesem Morgen nun schien sich alles gegen sie verschworen zu haben: Der Knöchel tat ihr noch weh, Luciens seltsames Verhalten schmerzte unvermindert, außerdem war William fort und ließ es sich einen Tag lang gutgehen. Und plötzlich kam ihr der Gedanke, das Vorhaben ganz und gar aufzugeben, nicht länger so zu tun, als entstehe da ein Meisterwerk. Vielleicht sollte sie alles wegwerfen und etwas ganz anderes anfangen. Sie schaute in den Ordner mit den fertigen Bildern, die ihr nun noch lebloser vorkamen als die Entwürfe. Wie hatte sie Luciens anfeuernden Lobeshymnen nur Glauben schenken können? Wahrscheinlich hatte er auch da gelogen. Ihr Werk gehörte ganz klar ins Feuer.

Sie nahm ein Blatt mit einem Büschel Veilchen in die Hand, das ihr jetzt sehr unproportioniert erschien. Gerade wollte sie das Blatt zerreißen, als das Telefon klingelte. Sie legte es wieder weg.

»Hallo? Mrs. Hendel?« Eine Frauenstimme, die sie nicht kannte. »Hier ist Lobelia Watson.«

»Oh, Lob –, Mrs. Watson.« Grace wußte nicht mehr genau, ob sie beschlossen hatten, sich mit Vornamen anzureden. Aber es war nett, daß ihre eventuelle neue Freundin sich schon so schnell meldete. Vormittags rief gewöhnlich nie jemand an.

»Ich dachte nur, es würde Sie interessieren, daß Lucien, kurz nachdem Sie gegangen waren, in bester Stimmung wieder hier auftauchte. So vergnügt habe ich ihn schon lange nicht mehr erlebt. Er lachte und scherzte und sagte, es habe ihn total angetörnt, wie er es nannte, sich auszumalen, wie verblüfft wir beide gewesen sein müssen.«

»Wie schön, daß er soviel Spaß an seinem kleinen Scherz hatte«, sagte Grace. »Für ihn muß es ja wohl sehr lustig gewesen sein.«

»Na ja«, sagte Lobelia, »ein sehr in die Länge gezogener Scherz – diese ganzen Beschreibungen von Ihnen über all die Monate, bis Sie schließlich ein regelrechtes Schreckgespenst waren. Aber Lucien liebt so was. Wenn er sich eine Idee in den Kopf gesetzt hat, dann bleibt er dabei und spinnt sie immer verrückter aus. Ich vermute, daß auch das zu seinem ... Problem gehört. Vermutlich war es Teil seines Vergnügens, dieses Schreckbild zu entwerfen.«

»Es freut mich, daß er wieder guter Dinge ist.«

»Mich erleichtert es auch immer. Meist hält es allerdings nicht lange vor. Er war so – rührend gestern abend. Bot mir etwas zu trinken an und versuchte sogar den Tisch zu decken. Während des Abendessens haben wir uns absolut zivilisiert unterhalten, über Kunstgeschichte. Ich habe das mal studiert.« Sie lachte entschuldigend. »Er wollte alles über van Gogh hören, was ich wußte. Gott weiß, wieso. Später ging er wieder fort, aber er küßte mich zum Abschied auf die Wange. So etwas ist seit Jahren nicht vorgekommen. Ich konnte es gar nicht glauben. Und heute morgen war er vor mir in der Küche und hatte schon Wasser aufgesetzt. Alles sehr rätselhaft. Wunderbar.«

»Du liebe Güte«, sagte Grace.

»Er war es auch, der vorschlug, ich solle heute morgen anrufen und mich vielleicht mit Ihnen verabreden. Ich wollte eigentlich erst mal ein paar Tage warten ... Ich dachte, ob ...?« Grace spürte die Unsicherheit in ihrem Übereifer.

»Wie wäre es, wenn Sie Freitag zum Mittagessen kämen?«

schlug Grace vor. »Mein Mann ist dann zwar auf einer Probe, aber ich hätte einen schönen Grund, den Vormittag mit Kochen zu verbringen.«

»Das ist wirklich sehr freundlich von Ihnen. Falls es nicht zuviel Mühe macht, würde ich gerne kommen.« Lobelia schwieg. »Ach, über Ihrer Einladung«, wieder lachte sie kurz, als sei sie selbst beeindruckt von ihren ungewohnten Ausgehplänen, »hätte ich es beinah ganz vergessen: Lucien läßt ausrichten, daß er Sie heute besuchen will. Er sei so lange nicht dagewesen und freue sich auf Sie.«

»Vielen Dank«, sagte Grace.

Aber nachdem sie aufgelegt hatte, merkte sie, daß ein Teil von ihr Lucien ganz und gar nicht wiedersehen wollte. Ach, es war alles so verwirrend. Natürlich wollte sie ihn unbedingt sehen, hatte ihn Gott weiß wie vermißt. Aber seit Lobelia bestätigt hatte, daß er verrückt war, fürchtete sie sich auch, mit ihm alleine zu sein. Sie wußte nicht genau, weshalb sein Kommen sie so nervös machte. Vielleicht würde sie ihre wütende Enttäuschung über ihn nicht verhehlen können, und wenn sie ihrem Zorn freien Lauf ließ, könnte er unberechenbar reagieren, womöglich sogar gewalttätig werden. Wie schön wäre es, wenn William jetzt oben in seinem Studio säße und ihr zur Hilfe eilen könnte, falls Lucien einen Wutanfall bekam. Die Vorstellung, mit ihm allein zu sein, nachdem sie sich wochenlang nicht gesehen hatten, machte sie ganz beklommen. Sie dachte an das Wolfsgeheul, das Verschwinden der Manschettenknöpfe und die wüsten Lügen über Lobelia. Sie dachte auch an jenen unbekannten Teil seines Leben, an seine verlotterte Erscheinung, seine geweiteten Pupillen ... und plötzlich fühlte sie sich verletzlich wie nie zuvor.

Während sie nachdenklich an ihrem Arbeitstisch stand und auf den nebelverhangenen Lorbeerbusch draußen an der Auffahrt blickte, wurde ihr plötzlich klar, daß sie handeln mußte. Sie durfte nicht allein im Haus sein, wenn Lucien kam. Das wäre nicht nur dumm, sondern auch gefährlich. Natürlich würde er enttäuscht sein und womöglich auf Rache sinnen. Aber das Risiko mußte sie eingehen. Im Augenblick ging es nur um eins: Sie mußte auf der Stelle das Haus verlassen. Alle Fenster verriegeln, die Alarmanlage anstellen und verschwinden.

Sie hatte allerdings keine Ahnung, wohin sie sich für vierundzwanzig Stunden flüchten sollte. Jedenfalls dankte sie Gott, daß William mit Grant gefahren war und sie das Auto zur Verfügung hatte. Irgend etwas würde ihr schon einfallen. Sie stopfte ihre Nachtsachen in eine kleine Tasche und nahm das Haushaltsgeld aus der Küchenschublade, damit sie nicht erst bei der Bank vorbei mußte. Selbst ganz verblüfft über ihren spontanen Aktivismus und ohne jeden vernünftigen Plan, schoß sie schon zehn Minuten nach Lobelias Anruf aus der Einfahrt und wußte nur nicht, ob sie nach rechts oder nach links fahren sollte.

Nach all den vielen Berufsjahren wußten die Ulmen-Mitglieder, daß es einem Ensemble nur sehr selten gelang, bei einem Auftritt »abzuheben«, wie Grant es etwas salopp nannte. Und wenn es dann einmal geschah – manchmal spontan und überraschend und manchmal wegen eines schönen Aufführungsorts oder eines Musikstücks, das alle liebten, auch halb erwartet –, dann tröstete solch ein Höhenflug sie über die vielen weniger bemerkenswerten Abende hinweg, an denen sie nur hoffen konnten, daß es nicht der letzte gewesen war.

Bournemouth würde, da war William sich ziemlich sicher, so ein Abhebeabend werden. Nach einem Konzert in Bournemouth hatten sie zum erstenmal begeisterte Kritiken in der überregionalen Presse bekommen. Sie waren jedes Jahr wieder dort aufgetreten und wußten, daß ihre treuen Fans, von denen vielen jenes erste Konzert besucht hatten, sie nicht im Stich lassen würden. Das Erfreulichste war allerdings, daß in den letzten Jahren auch viele junge Leute erschienen waren. William suchte deshalb stets einige Stücke aus, die diese neue Generation davon überzeugen sollten, daß das Ulmen-Quartett nicht nur streng traditionalistisch war. Dvořáks F-Dur-Quartett zum Beispiel, das sogenannte »Amerikanische«, spielten sie jedes Jahr, und es galt mittlerweile als »Bournemouth-Nummer«. Auch frühe Stücke von Mozart und Brahms gehörten normalerweise zum Programm, und dazwischen war als »Würze« jedesmal etwas Modernes eingebettet. Für dieses Jahr hatte William ein Stück von Alan Rawsthorne ausgesucht. Er war gespannt auf die Reaktionen.

Das Konzert war, wie immer, seit Wochen ausverkauft. Der Saal war rappelvoll. Eine Gruppe junger Leute mußte hinten stehen. William führte die Musiker auf die Bühne, die mit ganzen Batterien von (bei Musikveranstaltern so beliebten) Weihnachtssternen dekoriert war. Noch bevor der erste Ton erklang, fühlte William sich schon heiter und beschwingt. Das Publikum bereitete ihnen – ebenfalls wie immer – mit seinem Applaus einen warmen Empfang. In solchen Momenten kam William sich nicht mehr nur mittelmäßig vor, sondern war überzeugt, daß das Ulmen-Quartett vielleicht doch ein paar hundert Menschen glücklich machen konnte.

Er bemerkte, daß Bonnie eine ihrer kleinen Extraverbeugungen mit Grübchenlächeln vollführte. Der Applaus schwoll prompt an, und William mußte lächeln. Eigentlich hatte er vorgehabt, Bonnie darauf hinzuweisen, daß sie sich am Anfang nur einmal, gemeinsam mit den anderen, zu verbeugen hatte. Aber er ließ es dann doch sein. In diesem Jahr würde er noch nichts sagen, denn schließlich war es ihr Debüt hier. Sie mußte sich dem Publikum als die Neue vorstellen, und viele bedauerten sicherlich Andrews Weggang. Doch ganz offensichtlich hatte sie die Menschen schon jetzt für sich gewonnen. Als ihre Ärmel wippten, sah William das scharlachrote Futter kurz aufblitzen. Scharlachrot trug sie nur zu besonderen Gelegenheiten, dachte er und lächelte zu den begeisterten Pfiffen aus den hintersten Reihen. Obwohl die Scheinwerfer ihn blendeten, versuchte er, einen Eindruck vom Publikum zu gewinnen, konnte aber nur erkennen, daß Iris in der ersten Reihe saß, das angespannte kleine Gesicht in ein duftiges Tuch gehüllt. Schuldbewußt zuckte er zusammen. Vielleicht hätte er ebenso wie Rufus seine Frau mitbringen sollen. Aber Grace übernachtete nie gerne in Hotels, war auch nicht besonders erpicht auf den Dvořák und fühlte sich überhaupt zu Hause vor dem Kamin viel wohler...

Gespannte Stille trat ein, als die Musiker Platz nahmen und ihre Instrumente stimmten. William sah jeden prüfend an. Alle waren bereit. Er nickte. Sie spielten die ersten verführerischen Takte des Dvořák-Quartetts mit ihrem idyllischen Schmelz. William dachte nicht mehr an Grace, er versank in der Musik.

Als Ehefrau von William Hendel, der seit vielen Jahren ein regelmäßiger Gast des Hotels war, hatte Grace beim Einchecken keine Schwierigkeiten. Sie wurde in sein Zimmer geführt – der rote Teppich in dem endlosen Korridor schien auf sie zuzulaufen, fast wie die Transportbänder in den Flughäfen. Vermutlich war sie aber einfach erschöpft von dem langen Tag.

Das Zimmer besaß eine edwardianische Decke mit sehr schöner Stuckverzierung. Das Mobiliar paßte zwar nicht ganz zu der prachtvollen Architektur, aber Bett und Sessel sahen bequem aus, und es gab einen Fernseher und eine Minibar. Da sie nicht nur müde, sondern auch hungrig war, bediente sie sich mit einer Tüte Chips und einem Gin-Tonic – was ziemlich ungewöhnlich für sie war, aber sie fand, das stehe ihr jetzt zu. Sie war mindestens hundertfünfzig Kilometer gefahren, ohne zu wissen, wo sie haltmachen und übernachten sollte. Erst in einer Teestube in Marlborough ging ihr auf, daß sie sich ganz in der Nähe von Bournemouth befand. Es würde also am vernünftigsten sein, William zu überraschen und ihn am nächsten Morgen nach Hause zu fahren.

Grace fing an, sich in dem pompösen Hotelzimmer wohl zu fühlen. Sie nahm ihr Getränk mit ins Badezimmer – ein Traum aus falschem Marmor und weißen Handtüchern – und gönnte sich ein ausgedehntes Bad. Wenn sie sich beeilte, würde sie vielleicht noch rechtzeitig zur zweiten Hälfte des Konzerts kommen. Aber sie wußte, daß es keinen Sitzplatz mehr gäbe. Und sie hatte weder Lust zu hetzen noch mit ihrem verletzten Knöchel zu stehen. Der Gin wärmte ihr die Seele, und unter den Schaumbergen, die nach Fichtenwäldern dufteten, fühlte sie sich in dem dampfenden Badezimmer herrlich geborgen. Bei einem zweiten Gin fiel ihr ein, daß William sich zwar sicher über ihr Erscheinen freuen würde, aber weniger über ihren Auftritt im Bademantel, der noch Frühstücksspuren am Revers trug und dringend gewaschen werden mußte. Also zog sie wieder den Rock an, den sie den ganzen Tag über getragen hatte, und dazu einen zerknautschten Pullover, den sie in der Eile des Aufbruchs in die Tasche geworfen hatte. Dann setzte sie sich in den Sessel und sah sich ein Kochprogramm im Fernsehen an. In kaum mehr als einer Stunde würde William hier sein. Sie hatte die richtige Entscheidung getroffen. Er würde sie nicht nur verstehen, sondern entzückt sein. Grace lächelte still in sich hinein.

Auf der Bühne ging ihnen stets jedes Zeitgefühl verloren. Daß das Konzert zu Ende war, merkte William erst, als das in seligem Zuhören erstarrte Publikum aus seiner Versonnenheit erwachte und zu klatschen begann. Die Spieler wurden mit nicht enden wollendem Applaus überschüttet. William hatte die übliche Zugaberegel gebrochen und den größten Ulmen-Fans ausnahmsweise zwei Extranummern geschenkt. Und Andrew wurde ganz offensichtlich nicht nachgetrauert: Bonnie hatte die begeisterte Menge vollkommen für sich gewonnen. Ihre lächelnden Verbeugungen – sogar einen kleinen Knicks hatte sie gewagt, der mit einem herzlichen Lachen bedacht wurde – waren wirklich zuviel des Guten gewesen, aber William wußte, daß er sie auch diesmal nicht tadeln würde. Die Grübchen, das glänzende Haar, der schimmernde Samt – kein Wunder, daß sie geliebt wurde.

Trotz seiner Freude über das hingerissene Publikum wollte William die Situation nicht dadurch verderben, daß sie zu lange auf der Bühne blieben. Mit einer letzten knappen Verbeugung – immer noch unter tosenden Beifall – führte er die Musiker von der Bühne. Bonnie wirbelte umher, ganz trunken von dem, was sie »Magie« nannte. Grant murmelte mehrmals »dieses verdammte Abheben«, und selbst Rufus gestand mit einem Lächeln, es sei der beste Abend seit sehr langer Zeit gewesen. William selbst war völlig benommen. Er wußte, sie hatten meisterhaft gespielt, und ihre Meisterschaft war begeistert aufgenommen worden. Vielleicht blieben dem Ulmen-Quartett ja doch noch ein, zwei Jahre auf diesem hohen Niveau. Aber dann drängte sich ihm ein näherliegender Gedanke auf: die elegante Hotelbar, wo er ausnahmsweise seine Sparsamkeit vergessen und, zu Bonnies Freude, Champagner bestellen würde. Und dann … wer weiß? Gelänge es ihm, sie in ein längeres Gespräch zu verwickeln, dann würde sie ihn vielleicht in das große Zimmer mit Blick aufs Meer begleiten (bei der Buchung hatte er eisern darauf bestanden). Und dort würden sie die Minibar plündern, die Vorhänge aufziehen und beobachten, wie der Mond auf dem Teppich mit dem roten Rosenmuster sein Lichterspiel trieb.

»William!« Bonnie hatte ihn am Arm gefaßt. »Die Leute wollen Autogramme.«

Sie standen vor der Bühnentür. Diffuses Licht und Wolken aus kalter Atemluft waberten über gut einem Dutzend Köpfen. William riß sich aus seinen Träumen los und zog einen Stift aus der Tasche. Bonnie hatte recht. Eine alte Frau hielt ihm ein Autogrammbüchlein vor die Brust – eher höflich, wie ihm schien, denn das eigentliche Objekt der Verehrung war Bonnie. Sie war umzingelt von Zetteln, Programmheften und Autogrammbüchern und ließ ihn lachend stehen. Der plötzliche Ansturm von Ruhm und öffentlicher Anerkennung hatte sie in einen Rausch der Erregung versetzt. So hatte er sie noch nie erlebt. Immer wieder schrieb sie ihren Namen und lehnte sich dabei gegen irgendwelche Schultern oder Arme. William wechselte einen Blick mit Grant, der, ebenso wie er selbst, in Bonnies Windschatten ein paar Programmhefte signiert hatte. Als ihre Autogramme dann nicht mehr gefragt waren, genossen sie stellvertretend Bonnies Erfolg. Rufus war nirgendwo zu sehen. William wußte, daß er nichts von solchen primitiven Gepflogenheiten hielt. Er war sicher längst bei seiner Frau.

Endlich hatte Bonnie all ihre Fans bedient und kam zu William und Grant. Zu dritt gingen sie zurück zum Hotel, Bonnie kichernd und völlig aufgelöst.

»So was habe ich noch nie erlebt! Was für ein Publikum! Und dann all diese verrückten Leute, die ein Autogramm wollten ... Wo ich nie gedacht hätte, daß ich eines Tages ...«

»Aufhören«, sagte Grant freundlich. »Wir wollen doch nicht, daß Ihnen der Kamm schwillt.« Er nahm ihren Arm.

»Seien Sie nicht albern, Grant. Ich weiß, daß es das Wunder einer Nacht war.« Ihren anderen Arm bot sie William, der ihn sofort nahm. So war es wohl, dachte er, wenn man auf Wolken wandelte. Wohin würde dieses Ausnahme-Wunder wohl noch führen? »Seht nur, das Meer«, kreischte Bonnie, die ganz plötzlich von ihrem Erfolg ablenken wollte. Alle drei blieben einen Augenblick stehen – ein komisches Trio, wie William fand – und blickten gehorsam auf das ebenholzschwarze Wasser mit seinen niedrigen Wellenkämmen, die vom Mond und den Lichtern am Ufer beschienen wurden. Stumm lauschten sie einen Moment den Wellen, die sich am Strand brachen, dann gingen sie, um einiges ernster, weiter.

Der Übergang vom Dunkel ins Licht war für William stets von besonderer Bedeutung, metaphorisch ebenso wie buchstäblich. Er hatte sich nie an jenen Moment gewöhnen können, wenn er aus den düsteren Gängen eines Konzertgebäudes in das blendende Scheinwerferlicht der Bühne trat. So aufdringlich beleuchtet kam er sich immer fast wie entblößt vor. Nach dem plötzlichen Wechsel waren seine Augen erst mal blind. Und er brauchte immer einige Augenblicke, um sich zu sammeln. (Den anderen schien es nicht so zu gehen.) Aber er war ja auch ein

Mensch, der den Schatten der Sonne vorzog, die Verborgenheit dem enthüllenden Licht. Er sah sich selbst als jemand, der nicht das Rampenlicht suchte und dessen rechtmäßiger Ort die dunklen Winkel waren. In dieser Hinsicht fühlte er sich Rufus' Frau verwandt.

Doch es gab auch Situationen in seinem Leben, in denen dieser Übergang von Dunkelheit zu Licht ihn nicht einschüchterte, sondern ungeheuer beglückte. Er konnte nie vorhersagen, wann das passieren würde. Die Glücksmomente trafen ihn stets überraschend, und es hatte in seinem Leben nicht viele gegeben. Aber die wenigen Male waren ihm unvergeßlich. Der erste, an den er sich erinnerte, reichte in seine Kindheit zurück. Es war zur Weihnachtszeit gewesen, er hatte sich unter einem Tisch versteckt und konnte in der Dunkelheit unter dem dicken Tischtuch nichts sehen. Irgendwann mochte er nicht mehr weiterspielen, und weil seine Eltern ängstlich nach ihm riefen, kroch er unter dem Tisch hervor. Das Zimmer wirkte erstaunlich hell mit seinen Lampen und Kerzen, und in jeder einzelnen Glaskugel am Weihnachtsbaum spiegelte sich miniaturhaft ein Teil des Zimmers. Bevor er sich unter dem Tisch versteckte hatte, war ihm die Helligkeit gar nicht aufgefallen. Fünf Minuten schwärzeste Dunkelheit hatten dieses Leuchten herbeigezaubert. Der kleine William hatte in stummem Staunen dagesessen, als ihn die helle Welt wieder empfing.

Ein andermal war er als junger Mann mit einem Freund in eine große Höhle an der Küste einer schottischen Insel geschwommen. Das Abenteuer entpuppte sich als weniger angenehm als gedacht. Sie hockten auf einem nassen Felsen in der Höhle, hörten, wie das schwarze Wasser gegen die Wände schlug, und beschlossen, den unheimlichen Ort schnell wieder zu verlassen. Draußen hatte die Sonne unterdessen den trüben Himmel wie eine Fackel zum Leuchten gebracht und alle Wolken vertrieben. Ein opalisierendes Licht ergoß sich vom höchsten Punkt des Himmels weit über das Meer. Als William zum Ufer zurückschwamm, hatte er das Gefühl, als bewege er sich durch pures Licht. Er hatte dieses Erlebnis tief in sich vergraben – nur Bonnie hätte er es einmal beinahe erzählt –, und immer wenn er Schubert spielte, durchlebte er es von neuem, da dieser Komponist für ihn die wunderbare Fähigkeit besaß, Licht in Musik umzusetzen. Rückblickend erkannte William, daß der Schwimmausflug eines jener Erlebnisse war, die lebensentscheidend sind. Irgend etwas hatte sich damals in ihm verändert. Bis dahin hatte er nur den vagen Wunsch gehabt, die Musik zu seinem Lebensinhalt zu machen; doch während er durch das Licht zurückschwamm, war daraus ein fester Entschluß geworden.

Auch am Abend des erfolgreichen Bournemouth-Konzerts war William nicht auf ein »Vom-Dunkel-zum-Licht-Erlebnis« gefaßt. Berauscht nicht nur vom Applaus des Publikums, sondern auch von Bonnies Nähe, wanderte er zum Hotel zurück. Bonnie hatte sich bei ihm untergehakt – daß ihr anderer Arm Grant gehörte, kümmerte William nicht. Eine kräftige Brise pfiff ihnen um die Ohren und zerzauste ihnen das Haar. Aus der Dunkelheit der Straße – weder der Mond noch die hellen Fenster und die Laternen konnten sich gegen das nächtliche Schwarz behaupten – traten sie in die Traumwelt des Grandhotels. Der Unterschied war so überwältigend, daß ihn die ganz normale Abendbeleuchtung betäubte. Aus jeder Nische strahlten ihn Sonnen, Monde und Sterne an und sprenkelten Lichtseen auf die gemusterten Teppiche. Da war er wieder, der Eindruck von flüssigem Licht. Und auf was für Zaubertricks es sich verstand: Glänzende Mahagonimöbel schwankten leise, als trieben sie auf dem Meer. Sessel wippten, und die gläsernen Blumenblätter der Kronleuchter wurden zu lebendigen Flammen. Nichts war reglos und nichts dunkel. William rieb sich die Augen.

»Los, kommen Sie«, sagte Bonnie und riß ihn aus der bezaubernden Illusion. »Was stehen Sie da rum? Die Bar! Kommen Sie, gehen wir zur Bar.«

Sie war immer noch da, warm an seiner Seite, ihr Arm in seinem. Aber Grant war verschwunden. Wo war er?

»Grant ist schon vorgegangen, um den Champagner zu bestellen, bevor Sie es sich anders überlegen.« Himmel, wie hatte das Mädchen nur seine Gedanken erraten! Aber an einem Abend wie diesem würde er gar nicht auf die Idee kommen, etwas weniger Exklusives zu bestellen.

Gemeinsam gingen sie durch die Eingangshalle – William würdevoll und benommen, Bonnie ungeduldig. Dies war ein Augenblick vollkommenen Glücks. Meist erinnert man sich an solche Momente erst im nachhinein oder nimmt sie vorweg. Selten nur ist man sich ihrer im Augenblick des Erlebens bewußt, und dann möchte man sie eine Weile festhalten, bevor man sie dem Gedächtnis übergibt. Was für ein Abend, dachte William, was für ein Abend!

Die Bar war überfüllt – ganz anders als der düstere, malvenfarbene Raum damals im Prager Hotel. Rufus saß mit seiner Frau an einem Tisch und hielt drei leere Plätze frei. Grant bahnte sich mit einer offenen Champagnerflasche in einem silbernen Kübel (sehr gute Qualität, wie William alarmiert feststellte) einen Weg durch die Menge. Ein Kellner mit einem Tablett mit hohen Gläsern folgte ihm. Bonnie hatte sich so unauffällig von ihm losgemacht, daß William es erst verspätet merkte. Jetzt hatte sie den Arm um Iris gelegt, um zu zeigen, wie sehr sie sich darüber freute, daß sie mitgekommen war. (Himmel Herrgott, Bonnies Herzlichkeit war wirklich allumfassend!) William ließ sich in einen großen Sessel neben Rufus fallen, der mit feierlichem Nicken kundtat, daß er sich um der anderen willen an dem Vergnügen beteiligte.

Wenn eine Gruppe nach einem großartigen gemeinsamen Erlebnis zum Feiern übergeht, stellt sich häufig eine Art Ernüchterung ein. Und so überlegte William, während sie an ihren Gläsern nippten, worüber sie sich nun, da der Erfolgsrausch vorbei war, unterhalten könnten: Vier Menschen, die einander sehr gut kannten und fast täglich sahen, und Iris in ihrer stillen, verhuschten Art. Ihretwegen würden sich bestimmte Insiderwitze und Anekdoten über Ereignisse, die sie nicht kannte, verbieten. Und es wäre unhöflich, mit Erklärungen zu beginnen, da das ihren Außenseiterstatus nur verstärken würde. Wie sollte es also weitergehen, wenn erst mal alle auf ihre Gesundheit und die Zukunft des Ulmen-Quartetts angestoßen hätten (trotz seiner optimistischen Anwandlungen während des Konzerts hatte William keine Lust, länger dabei zu verweilen)? Relativ ratlos hob William sein Glas und blickte leicht verzweifelt zu Grant. Und Grant ließ ihn nicht im Stich. Er fing an, Geschichten aus seiner Zeit in einem Jugendorchester zu erzählen – William und Rufus kannten sie schon, und Bonnie fand sie für Williams Geschmack ein bißchen zu komisch. Aber nachdem sie eine zweite und – Gott sei Dank! – eine dritte Flasche Champagner hatten kommen lassen, fand auch er, daß Grant ein außergewöhnlicher Unterhalter war.

»Du hättest damit auftreten können«, sagte er zu Grant, der gar nicht mehr zu bremsen war. Aber als niemand zustimmte – vielleicht war sein zaghafter Beitrag auch gar nicht gehört worden –, machte William sich an die Aufgabe, Bonnies Aufmerksamkeit zu gewinnen. Er stellte entschlossen sein halbleeres Glas auf den Tisch. Falls er nicht sofort zu trinken aufhörte, würde es zu spät sein. Dann könnte er sie nicht mehr mit einem faszinierenden Thema in sein Zimmer locken, wo sie ihm zuhörte, während er für den Rest der Nacht philosophische Reden schwang, von seinem Höhlenerlebnis erzählte oder wer weiß was machte. Wenn er sich nicht sofort zusammenriß, würde es zu spät sein. Dann könnte er nicht mehr würdevoll die Vorhänge beiseite ziehen und ihr den Mond zeigen. – Hatte er tatsächlich so etwas Lächerliches geplant? Auf einmal war er sich nicht mehr sicher … Aber er hörte sich selbst laut lachen.

»William taut endlich auf«, sagte Grant. Bonnie kam zu ihm herüber, lächelte ihn aufmunternd an und stupste ihn sanft gegen die Stirn. Als Antwort kniff Grant sie ins Handgelenk. William hörte auf zu lachen und sah weg. Als er wieder hinschaute, redete Bonnie mit Rufus. Vielleicht hatte es die Vertraulichkeit zwischen Grant und Bonnie gar nicht gegeben. William war sich nicht sicher. Nichts war sicher.

Durch das leise Stimmengemurmel drang erbärmlich jaulende Musik. Er drehte sich um. In einer Nische zwischen Bar und Salon hatten zwei Musiker Aufstellung genommen, ein Geiger und ein Klavierspieler. Aus unerfindlichen Gründen waren sie als eine Art Matadore oder spanische Zigeuner gekleidet, trugen rosa Satinhosen mit hohem Bund, Rüschenhemden und mit bunten Glasperlen bestickte Westen. Vielleicht, um von ihrem Spiel abzulenken, dachte William, und ganz gewiß, um seine Verwirrung noch zu steigern. Aber vielleicht hielten andere ja mehr von diesen Musikern, die gerade »Some Enchanted Evening« dudelten. Es gab Beifall, einige lächelten verstohlen und dachten an vergangene eigene »verzauberte« Abende. Und dann, o Gott, stand Bonnie auf und ging mit der Bratsche in der Hand zwischen den Tischen hindurch. Sie ließ wahrhaftig keine Gelegenheit zum Angeben aus! Kaum ging man mit ihr in eine Hotelbar, schon sprang sie auf und unterhielt die Gäste. Unwillkürlich mußte William lächeln. Denn immerhin machte sie es mit soviel Charme und Elan, daß er ihr nicht böse sein konnte, obwohl ihm so ein Verhalten eigentlich mißfiel.

Als der Zigeunergeiger endlich nicht mehr seine C-Saite malträtierte, flüsterte Bonnie ihm etwas zu. Er lächelte geschmeichelt, weil dieses in Samt gehüllte himmlische Geschöpf mitspielen wollte. Und William ertappte sich dabei, wie er laut aufstöhnte, als er sah, wie eifrig sie diesen viertklassigen Geiger becircte. Lieber Gott, bitte nicht ...

Bonnie sah nicht zu ihren Ulmen-Kollegen. Sie brauchte deren Zustimmung nicht, sie genoß die Situation. Offenbar hielt sie das für die Art spontanen Vergnügens, die sich jeder ernsthafte Musiker von Zeit zu Zeit gönnen sollte. Wer weiß, schienen ihre schwingenden Hüften zu sagen, vielleicht machten Rufus und Grant ja mit. Vielleicht sogar William. Sie blickte in Williams entsetztes Gesicht, lächelte und begann »Let's Do It«

zu spielen. Ihre Begleiter, die das Tempo, das sie vorlegte, nicht gewöhnt waren, hinkten hinterher.

»Mehr Schwung!« rief Bonnie, um sie anzustacheln. Sie schwenkte die Hüften noch wilder und ließ die Ärmel fliegen. Und plötzlich nahmen die beiden anderen ihr Tempo auf. Musik brandete auf. Und als William sich umschaute, stellte er überrascht fest, daß es den Menschen in der Bar offenbar gefiel. Einige standen auf, andere klatschten im Takt, wieder andere summten die Worte mit. Und das Seltsamste war, daß Rufus, der stille Rufus, auch mitmachte. Er stand auf, knickte in den Knien ein und stampfte rhythmisch. Dann gesellte sich Iris zu ihm, wickelte sich noch fester in den Schal, stand auf und mischte sich unter die Singenden – mit den zimperlichen Mundbewegungen eines Bachchormitglieds, aber strahlend vor Begeisterung. Und Grant – Grant benahm sich wie ein Gewichtheber, der von seinen Gewichten befreit war. Er hielt die Hände über dem Kopf und klatschte wild, seine Jackettärmel waren hochgerutscht, und William entdeckte zwei ordinär glitzernde Manschettenknöpfe, die er noch nie an ihm gesehen hatte und über die er sicherlich mit ihm reden müßte … Grant brüllte sich die Seele aus dem Leib und führte diesen buntscheckigen Chor durch die unflätigen Strophen. Es war unglaublich!

Während um ihn herum ältere Herrschaften wie wild auf und ab hüpften, saß William in seinem Sessel und fühlte sich als Außenseiter. Und ehe er wußte, wie ihm geschah, war auch er aufgestanden, klatschte in seine trockenen Hände, merkte, daß seine Schultern im Takt zuckten, sah, wie seine Füße über den Teppich glitten, und spürte das heftige Verlangen, Bonnie als Tanzpartnerin in den Armen zu halten. Die aber zappelte wie eine verrücktgewordene Marionette, und alles, was William deutlich sehen konnte, waren ihre schweißglänzenden, hochroten Wangen. Schwach vor Liebe versuchte er, an ihr vorbeizusehen, weil er sonst die aufsteigenden Tränen nicht würde zurückhalten können. Während er auf unsicheren Füßen im

Takt wippte, konzentrierte er sich statt auf Bonnie auf einen fernen Punkt hinter der Bar, wo sich eine wippende Menschenmenge im Salon drängte. Und plötzlich sah er ein Gespenst – ein Wesen, das seiner Einbildung entsprungen war. Doch es war kein Geist im Wollpullover. Es war Grace. Die vertraute Gestalt seiner Frau. Offenbar war Grace gekommen, um ihn zu abzuholen.

Mit dem letzten Rest an Verstand überlegte William, ob die anderen sie mit seinen Augen betrachteten (falls sie sie überhaupt bemerkten) oder ob er selbst sie, erschreckt und verblüfft, wie er war, mit den Augen all dieser singenden Fremden sah.

Grace stand da wie angewurzelt und hielt mit beiden Händen ihre alte schwarze Handtasche fest. Sie trug noch den Rock, den sie am Morgen angezogen hatte, und einen Pullover, den William noch nie gemocht hatte. Zwischen all dem Geglitzer von Satin und Pailletten wirkte sie sehr schlicht und unauffällig. William schickte ein vages Lächeln in ihre Richtung. Er schaffte es nicht, mit dem Schulterzucken und dem rhythmischen Händeklatschen aufzuhören. Und mitten im schrecklichen Wirrwarr widersprüchlichster Gefühle merkte er, wie sein Herz ihr plötzlich voller Liebe entgegeneilte. Sein liebes, gutes Herzblatt war gekommen, um – gänzlich ungewöhnlich für sie – am allgemeinen Vergnügen teilzuhaben.

In der Eile des Aufbruchs hatte Grace nicht daran gedacht, passende Kleider für das Konzert oder die anschließende Feier in der Bar des teuren Hotel einzupacken. Das bedauerte sie, sobald sie Williams zentralgeheiztes Zimmer betrat, aber im Grunde war es ihr auch egal. Bei ihrer Flucht vor Luciens bedrohlichem Besuch war nur eines wichtig gewesen: Sie brauchte Williams Schutz.

Nachdem sie beschlossen hatte, nicht mehr ins Konzert zu gehen, ließ sie sich ihr Abendessen vom Zimmerservice bringen. Es kam auf einem Teewagen mit silbernen Deckeln, die sie vorsichtig und aufgeregt hochnahm. Der gemischte Grillteller mit *pommes à la dauphine* war ebenso eine Enttäuschung wie das Edelkastaniendessert, dessen Name raffinierter als der Nachtisch selbst war. Und dennoch, es war ein so neues Erlebnis, bedient zu werden, daß sie sich nicht nur sicher, sondern auch rundum zufrieden fühlte. Sie guckte bis halb elf fern und beschloß dann, nach unten zu gehen. Weil sie sich so darauf freute, William zu überraschen – sie konnte es gar nicht erwarten, sein Gesicht zu sehen –, lief sie die gewundene, endlose Treppe zu Fuß hinunter, anstatt den Aufzug zu nehmen. Im ersten Stock schallte ihr von unten schon die Musik entgegen, und sie mußte lächeln, weil sie wußte, wie sehr dieser Krach William und die anderen bei ihrem Schlummertrunk stören würde.

Grace bahnte sich einen Weg durch die Menge. Hier war es noch heißer. Die Shetlandwolle ihres Pullovers kitzelte sie an der feuchten Brust. Sie kam nur langsam voran, merkte aber, daß manche der elegant gekleideten Gäste zur Seite wichen, als spürten sie ihre Entschiedenheit. Gerade wurde ein Lied aus einem Fünfziger-Jahre-Musical geschmettert – Grace fiel der Name nicht mehr ein. Es war aber die Sorte Musik, die stets ein albernes Lächeln auf die Gesichter zauberte, da man sich an die längst verklärten romantischen Momente im eigenen Leben erinnert fühlte.

Endlich war Grace dort angelangt, wo sie hinwollte, und es bot sich ihr ein ganz ungeheuerlicher Anblick: Das Ulmen-Quartett war betrunken! Oder, falls nicht sturzbetrunken, so doch mit Sicherheit reichlich angeheitert und offenbar mordsvergnügt. Rufus tanzte für sich allein – sofern man das tanzen nennen konnte. Er rollte mit den Augen hinter seinen Brillengläsern und schüttelte sich wie ein Vogel nach dem Bad. Grant war der Tarzan der Truppe und hatte die Arme hochgereckt, als hinge er an einem unsichtbaren Ast, während William sich auf kleine Hopser, verbunden mit schmerzhaft aussehendem Schulterzucken, kapriziert hatte. Seine Fliege war verrutscht und klemmte hinter dem einen Ohr. Und was Bonnie betraf – sie stand im schimmernden Samtkleid neben dem drittklassigen Klavierspieler, malträtierte ihre wunderschöne Bratsche und wackelte rhythmisch mit dem Kopf, wobei ihr Pony in alle Richtungen flog. Was um Himmels willen ...?

Grace sah von einem zum anderen. Der Anblick machte sie vollkommen hilflos. Sie wußte nicht, was sie tun, wohin sie sich wenden sollte.

Dann vernahm sie Beifall, Pfiffe, Menschen drängten zur Bar. Da legte Rufus ihr seine Hand auf den Arm. Der liebe, gute Rufus, so zuverlässig in Krisen, auch wenn er an diesem Abend aus unerfindlichen Gründen nicht ganz er selbst war.

»Grace«, sagte er, »wie schön, daß du gekommen bist. Willst du dich nicht zu Iris aufs Sofa setzen? Darf ich dir was zu trinken holen?«

»Sehr gute Idee.« Nun stand William neben Rufus, gar nicht schüchtern, eher aufgekratzt. »Oh, wir haben solchen Spaß, mein Herzblatt. Was für eine Überraschung, daß du hier bist, aber wunderbar, wunderbar ...«

Ihr Getränk sollte Grace nie bekommen, denn ihr Erscheinen hatte offenbar die Mitternacht eingeläutet: Es wurde Zeit, Schluß zu machen, mit dem Spaß schien es vorbei zu sein. Bonnie ließ die seltsam gekleideten Musiker stehen. Und ohne sie fiel ihnen nichts mehr ein. Grant packte Bonnies Bratsche ungeschickt in den Kasten, und Rufus und Iris waren plötzlich verschwunden. Grace war enttäuscht. Nachdem sie das Ulmen-Quartett bei seinem ungewöhnlichen Treiben überrascht hatte, hätte sie gerne noch weiter zugeschaut, um sich zu vergewissern, daß sie ihren Augen trauen konnte. Aber da waren sie und William schon auf dem Weg zur Treppe. Er hatte sie zwar fest untergehakt, aber das Lächeln in seinem aufgelösten Gesicht war unsicher.

»Es war wahnsinnig lustig«, sagte er.

»Das habe ich gesehen.«

»Es ist so schön, daß du gekommen bist, mein Herz. Obwohl es nicht nötig gewesen wäre.«

Sie stiegen die gediegene, mit dicken Läufern ausgelegte Treppe hoch. Die Stufen hätten Felswände sein können, so mühsam tastete William sich vorwärts. Aber Grant war direkt hinter ihnen. Und dafür war Grace ihm dankbar, sie wußte, sie würde William bei einem Sturz nicht halten können. Grant kam mit bis zu ihrem Zimmer und half William durch die Tür, was William allerdings übertrieben fand. Er ging zum Fenster und wollte – in vager Erinnerung an seinen ursprünglichen Plan – die Vorhänge beiseite ziehen, um den Mond zu begrüßen, den er eigentlich Bonnie hatte zeigen wollen.

»Wo ist sie?« fragte er Grant.

»Gibt unten in der Bar noch Autogramme.«

William schnaubte verächtlich.

»Sie sollte so was nicht auch noch unterstützen.«

»Reg dich ab – ist doch nur für einen Abend. Und es war lustig. Das hast du selbst gesagt – nicht nur einmal.«

»O ja, das war es wohl.« William schwankte leicht. »Nun, vielen Dank, Grant. Und gute Nacht.«

»Gute Nacht.« Grant lächelte den beiden Hendels zu und verließ das Zimmer. Nur Grace, die ein Gespür für kleinste Anzeichen von Betrunkenheit hatte, merkte, daß auch Grant nicht mehr ganz sicher auf den Beinen war.

William drehte sich zu seiner Frau um und zerrte an seiner Fliege, die jetzt zum anderen Ohr rutschte.

»Du hättest nicht zu kommen brauchen«, wiederholte er. »Es war einfach nur sehr lustig, schöne alte Melodien zum Tanzen – das hast du ja noch selbst mitbekommen. Sonst ist wirklich nichts passiert. Ich meine, ich hatte keine Absichten auf Bonnie.«

Bei dieser Unschuldsbeteuerung hielt Grace, die William gerade bei seiner Fliege helfen wollte, inne. Sie beschloß, nicht zu lachen.

»Wie bitte?« sagte sie.

»Ich sagte, da ist nichts zwischen ... nur weil wir eine Nacht unter demselben Hoteldach verbringen.« In Williams Ohren dröhnte es, er hatte das Gefühl zu ertrinken. Was zum Teufel war in ihn gefahren? Wieso hatte er Bonnie erwähnt und Grace einen Floh ins Ohr gesetzt? Er lächelte verkrampft und zog eine Braue hoch, um anzudeuten, daß er sie nur auf den Arm nahm, ein kleiner Mitternachtsscherz. »Ich meine, kein Techtelmechtel. Überhaupt gar nichts in der Richtung, mein Herz.« Jetzt sprach er so leise, daß Grace ihn kaum verstehen konnte.

Und da mußte Grace ganz plötzlich lachen, und zwar so heftig, daß William vor Schreck zum Bett stolperte und schwerfällig darauf niedersank.

»Was für ein absurder Gedanke! Du und Bonnie! Du und Bonnie! Ich fasse es nicht. Du glaubst doch nicht im Ernst, ich hätte Verdacht geschöpft und spionierte hinter dir her?« Sie ging lachend im Zimmer auf und ab. Der Wollpullover kratzte noch unangenehmer. William freute sich, daß er sie so zum Lachen gebracht hatte. Allerdings verwirrte es ihn, daß sie die Vorstellung von Bonnie und ihm so schrecklich komisch fand. »Wirklich, so etwas Absurdes habe ich noch nie gehört, William«, fuhr sie fort. »Bonnie ist ein wunderschönes, talentiertes junges Mädchen. Und auch du bist ein wunderbarer Musiker, aber kurz vor der Pensionierung ... Glaubst du etwa, daß Bonnie etwas anderes in dir sieht als eine Art Vaterfigur? Dein Scherz ist wirklich ziemlich an den Haaren herbeigezogen. Das ist nur noch lächerlich.«

»Findest du?« Ihre heftige Reaktion auf sein unbeabsichtigtes Geständnis hatte William vollkommen niedergeschmettert. In dem ganzen Durcheinander des Abends war er nicht dazu gekommen, sich über den Grund ihres Erscheinens Gedanken zu machen. Nur ganz vage hatte er vermutet, daß sie etwas von seiner uneingestandenen Liebe ahnte – das war sein schlechtes Gewissen gewesen. Er hatte sie unbedingt von ihrem Verdacht abbringen wollen – und anscheinend hatte er es völlig falsch angestellt. Hätte er doch bloß Bonnie nicht erwähnt! »Ich bin froh, daß du es so lustig findest, daß ein junges Mädchen etwas anderes in mir sehen könnte als ...«

»Und ob, und ob!«

Sie verfielen in Schweigen. William wäre gern aufgestanden, um sich in dem weißen Badezimmer einzuschließen und beim rhythmischen Zähneputzen wieder nüchtern zu werden. Aber er hatte nicht die Kraft dazu.

»Wieso bist du denn dann gekommen?« fragte er schließlich. Er warf ihr einen schnellen Blick zu. Ihr Gesicht war jetzt ernst. Blaß.

»Ich hatte Angst, daß Lucien plötzlich wieder auftauchen würde. Ich wollte dann nicht allein im Haus sein.«

»Lucien? Ach so. Der.« Grace sah, wie William mühsam versuchte, sich auf alte Ärgernisse, auf die Alltagswelt gewöhnlicher Ängste zu besinnen. All das war Lichtjahre von diesem vornehmen Hotelzimmer entfernt. »Du hast Dvořák nie gemocht«, sagte er endlich. »Ich hätte dich doch eingeladen, wenn ich der Meinung gewesen wäre, daß das Programm dir gefallen würde.«

»Nein, ich komme doch nie mit nach Bournemouth.«

»Nein.«

Grace ging zur Minibar und nahm sich ein Fläschchen Whisky. William sah sie überrascht an.

»Du hast ja recht. Hier bist du sicher«, sagte er und wedelte unsicher mit der Hand. Wenn er es recht bedachte, war auch Bonnie sicher in ihrem Zimmer... Ellbogen in die Luft gereckt, schwingende Ärmel, während sie ihren Reißverschluß aufzuziehen versuchte.

Grace setzte sich in den zu dick gepolsterten Sessel mit Nylonsamtbezug. Während sie bedächtig an ihrem Getränk nippte, beobachtete sie, wie ihr Herr der Betten sich an seine Aufgabe machte. Nachdem er mühsam auf die Füße gekommen war, betrachtete er, die Hände auf den Hüften, prüfend das Hotelbett. Obwohl sein Kopf noch benebelt war, entging ihm keiner seiner Mängel. Falsche Verteilung von Laken und Decken, schlecht untergeschlagene Ecken, zu leichte Daunendecke, was nach weiteren Wolldecken verlangte, die irgendwo in einer Schublade oder einem Schrank liegen mußten ... Grace sah zu, wie William sich abkämpfte. Eine seltsame Vorführung: Laken glitten ihm durch die zittrigen Hände, wollten ihm nicht gehorchen. Kissen flogen auf den Boden. Auf der Suche nach zusätzlichem Bettzeug wurden Mahagonischranktüren weit aufgerissen, ein Stapel Decken kippte von einem Bord auf seinen Kopf. William zappelte, stöhnte und fluchte.

Grace, die all das von ihrem Sessel aus verfolgte, lächelte nicht. Sie fand das groteske Bild, das William bot, weder komisch noch ärgerlich. Sie war einfach nur froh, daß sie nicht allein zu Hause war und William von der albernen Idee abgebracht hatte, daß Bonnie es vielleicht auf ihn abgesehen haben könnte. Wenn er, was selten genug vorkam, einen über den Durst trank, verließ ihn einfach sein Verstand.

Grace wußte nicht, wie spät es war, als William endlich mitten in einem Deckenchaos aufs Bett sank. Erschöpft hatte er es schließlich aufgegeben, Ordnung zu schaffen. Grace sah keinen Grund, den Liegenden auszuziehen, nur die weiße Fliege nahm sie ihm ab. Am nächsten Morgen würde er, das wußte sie aus Erfahrung, einigermaßen wiederhergestellt sein, sie würden sich ein herrliches Frühstück aufs Zimmer kommen lassen und anschließend nach Hause fahren.

Grace zog die Vorhänge auf und sah, daß der Mond so tief am Himmel stand, daß er auf seinem eigenen Spiegelbild im Meer wie auf einem Teller lag. Seltsamerweise dachte sie nicht mehr an Lucien, sondern nur noch daran, daß sie unbedingt schlafen mußte.

Aber sie schlief schlecht. Sie hatte zuviel getrunken und war noch ganz durcheinander von ihrem überstürzten Ausflug nach Bournemouth und dem verrückten Verhalten des Ulmen-Quartetts. So lag sie lange wach und ließ den vergangenen Abend immer wieder Revue passieren, allerdings in einer zugespitzten Version, die die Realität noch übertraf. In der ersten Morgendämmerung, als noch keine Autos fuhren, konnte sie hören, wie die Wellen sich am Ufer brachen. Hochwasser, vermutete sie und war fast versucht, sich anzuziehen und spazierenzugehen – vielleicht sogar ein wenig im Wasser zu plantschen. Aber dann stellte sie sich vor, wie William, verfroren und verwirrt, in seinen zerknautschten Kleidern aufwachte, und sie wäre nicht da. Sie verwarf ihren Plan.

Statt dessen ging sie ins Badezimmer, ließ die Wanne vollaufen und goß duftendes Badeöl hinein, das das Wasser in eine irisierende Schaumwolke verwandelte. Das bin gar nicht ich, dachte sie, als sie sich in die Seifenblasen gleiten ließ, ohne daß sie zerplatzten. Das ist Katharine Hepburn in einem drittklassigen Film. Luxus. Eine Szene, die nicht in mein normales Leben gehört und an die wir uns später beide lachend erinnern werden. Auch William wird sehen, wie komisch das alles ist. Oh, was werden wir lachen ... Träumerisch ließ sie eine Hand durch die kleinen Regenbogenkugeln gleiten und war beinahe darauf gefaßt, daß Humphrey Bogart seinen Kopf durch die Tür steckte.

Der Kopf, der dann tatsächlich durch die Tür guckte, bot einen schrecklichen Anblick: Haar, das in alle Richtungen abstand, blutunterlaufende Augen, die Haut blaß und glänzend wie eine geschälte Zwiebel. William hatte sein Jackett ausgezogen, aber mit den Hosenträgern war er nicht zurechtgekommen, sie waren ihm von den Schultern gerutscht und hielten seine Hose auf Halbmast. So kam er hereingeschlurft.

»Ich dachte, ich hätte dich gehört.« Er hielt sich eine zittrige Hand an die Schläfe, wie um seine Gedanken zum Verstummen zu bringen, und kam noch näher. »Wie spät ist es?«

»Vielleicht halb sechs.«

»Noch früh also. Gestern ist es spät geworden.«

»Für dich.«

Daß William in solchen Situationen bemüht war, sich schnell wieder in der Realität zurechtzufinden, und nicht in Selbstmitleid verfiel, war etwas, was Grace stets bewundern würde.

»Alles in Ordnung?« fragte sie.

William setzte sich auf den dreibeinigen Hocker und starrte auf seine schaumbedeckte Frau. Irgend etwas kam ihm dunkel in den Sinn.

»Mir geht es gut«, sagte er und faßte sich an die andere Schläfe. »Nach dem Frühstück wird es mir sogar noch besser gehen.«

Sie verzieh ihm. Das verriet ihr gerötetes Gesicht, das wie enthauptet auf dem Schaum lag. Sie war eine gute Frau, seine Grace. Ungewöhnlich verständnisvoll. Das stand jedenfalls fest. Merkwürdig melancholisch außerdem heute früh. William hatte Fragen erwartet. Es kamen keine. Statt dessen sagte sie:

»Irgendwo habe ich vor kurzem gelesen, daß man jemanden sehr einfach umbringen kann, wenn man ihm in der vollen Wanne die Beine hochzieht. Dann kann er sich nicht wehren. Kann seinen Kopf nicht über Wasser halten.« Mit einem Finger zog sie eine Rille in den Schaum.

Einen Moment lang konnte William einen Streifen Haut durch das klare Wasser sehen. Die unklare Idee meldete sich wieder. Woher kam es, daß langverheiratete Paare die Gedanken des anderen lesen konnten? Doch er hatte keine Zeit, über das Gesagte nachzudenken. Grace hatte ihm eine letzte Chance zum Handeln geboten, und wenn er sie nicht ergriff, würde er womöglich nie mehr die Kraft oder den Willen zu einem weiteren Versuch haben.

»Meinst du, so?« sagte er mit einem Laut, der wie Lachen klang (ein Reservelachen, wie er fand, damit er, falls es nicht klappte, immer noch sagen konnte, es sei nur ein Scherz gewesen). Ohne zu überlegen, ohne vernünftigen Plan beugte er sich über die Wanne. Er tauchte beide Arme in den Schaum, ertastete Graces Beine, hob sie mit letzter Anstrengung hoch (wie erstaunlich schwer sie waren). Sie schossen aus dem Wasser, Schaum tropfte von ihnen und löste sich so schnell wie Schnee in der Sonne auf. Ein paar Bläschen blieben in den Haaren an ihren Beinen hängen, bevor sie zerplatzten ... Ihre Schultern versanken. Ihre Kopf verschwand vollständig. Sofort füllten Schaumbläschen die Lücke im Wasser, in der sie verschwunden war.

In diesem Moment absoluter Stille begriff William, daß es ihm endlich gelungen war. Das war es. Grace war ertrunken. Vollgesogen. Tot. Noch ein paar Sekunden, und er würde den Körper aus dem Schaumbad hieven; seine Hemdsärmel, die jetzt schon an ihm klebten, würden klatschnaß werden. Er würde Grace hinten an ihren Schultern ziehen. Gerade letzte Woche hatte er etwas Ähnliches im Fernsehen gesehen, deshalb wußte er, daß es so am einfachsten ging. Dann würde er telefonieren, um Hilfe bitten. »Schnell, schnell! Meine Frau hatte einen schrecklichen Unfall ...« Er würde konfuses Zeug stammeln.

Er sah ins Wasser, das über ihrem Körper zusammengeschwappt war. Triumph und Entsetzen erfüllten ihn. Tränen stiegen ihm in die Augen, und Scham packte ihn. Trotzdem mußte er über den absurden Gedanken lächeln, der ihm prompt durch den Kopf schoß: Würde ein Badehandtuch das geeignete Leichentuch sein?

Drei, vier Sekunden vergingen. Dann unterbrach ein gurgelndes Geräusch die mörderische Stille. Grace tauchte aus dem Schaumberg auf und stieß und schlug wie wild um sich. William konnte ihre Beine nicht mehr festhalten. Sie entglitten ihm. Er bekam einen Fußtritt gegen das Kinn. Er hatte weder mit ihrer Stärke noch mit seiner eigenen Schwäche gerechnet. Wie auf den Klippen war er ihr auch jetzt nicht gewachsen. Er wich zurück, stieß gegen den Hocker und landete auf dem nassen Boden. Graces Kopf erschien über dem Badewannenrand. Ihr Gesicht war puterrot, das schwarze Haar klebte ihr am Kopf. Sie schrie. William zog sich am Hocker hoch. O Gott, jetzt blieb ihm nichts anderes übrig, als aufzugeben. Er versuchte zu lachen, wollte ihr zu verstehen geben, daß alles nur ein dummer Scherz war. Doch Grace tauchte wie ein donnernder Vulkan aus dem Schaum auf.

»Was machst du da!« brüllte sie. So laut hatte William sie noch nie schreien gehört. Und dann, etwas leiser: »Willst du mich umbringen, William?« Mit der Nennung seines Namens erstarb ihre Stimme. Vor Scham krampfte sich ihm das Herz zusammen. Er machte noch einen kläglichen Versuch zu lachen.

»Unsinn«, sagte er. »Ich wollte dir nur beweisen, wie blöd diese Behauptung ist.«

»Ich hätte ertrinken können.« Sie schüttelte den Kopf, bohrte sich mit den Fingern in den Ohren.

»Natürlich wärst du nicht ertrunken. Ich hätte dich doch nicht ertrinken lassen, mein Herzblatt!«

Grace sah mit einem wunderbaren Lächeln zu ihm hoch.

»Nein, das glaube ich auch nicht. Ich glaube nicht, daß du weiterleben könntest mit so einer Schuld ... und ohne mich. Manchmal kommt es mir allerdings wirklich so vor, als hätte ich keine Ahnung, was in deinem Kopf vorgeht. Reich mir bitte mal das Handtuch.«

Graces plötzliche Ruhe, ihr gütiges Lächeln verstörten William noch mehr als ihr Brüllen. Er hatte das ungute Gefühl, daß die Erfahrung, dem Tod so nahe gewesen zu sein, für Grace in gewisser Weise zu einer Art Wasserscheide (in jeder Hinsicht) geworden war. Vielleicht war ihr das selbst gar nicht bewußt. Doch William schien es, als ob das Erlebnis sie mit seltsamer Genugtuung, sogar einer Art Heiterkeit erfüllte. Vielleicht hatte dieses kleine Drama – die scheinbare Gefahr, das Brüllen – nach all den langen, vorwiegend stummen Ehejahren irgend etwas in ihr gelöst. Und er hoffte bei Gott, daß sie darüber nicht ihre gewohnte Zurückhaltung verlor. Die Vorstellung, daß aus der diskreten Grace eine Frau werden könnte, die ihm ständig mit all ihren Gefühlen und Gedanken in den Ohren lag, gefiel ihm überhaupt nicht.

»Hier, bitte, mein Herz.« William reichte ihr das Handtuch und zog sich zurück. Er hatte nicht das Bedürfnis, ihren nackten Körper zu sehen. Der Gedanke an das, was er mit ihm vorgehabt hatte, war mehr, als er jetzt ertragen konnte.

Im Schlafzimmer zog er seine nassen Sachen aus, hüllte sich

in seinen Morgenmantel und sah durch das Fenster auf den Himmel und das Meer, die wirkten, als wären sie mit matter Wolle zusammengestrickt. Eine Möwe kreischte, sein Kopf schmerzte. William versuchte, sich beruhigende Geräusche in Erinnerung zu rufen: das Gurren von Waldtauben, das Rauschen eines schottischen Bachs, den zweiten Satz von Schuberts Fünfter Symphonie. Doch es half nichts. Der Schmerz jener furchtbaren Pilze, die gegen seine Schädeldecke drückten, an seine papierdünne Haut stießen, wurde nur noch schlimmer. Er setzte sich auf das zerwühlte Bett, in dem er kaum ein, zwei Stunden geschlafen hatte, ließ die Hände zwischen den Beinen baumeln und schloß die Augen.

Grace kam ins Zimmer, um sich anzuziehen. Sie wollte William nicht stören, ihn nicht mit Worten belästigen. Deshalb setzte sie sich in den Sessel, legte die Hände auf die Armlehnen und überlegte, wie sie die Zeit bis zum Frühstücksgong um sieben Uhr verbringen sollte. William öffnete kurz ein Auge, um zu sehen, wo sie war, und schloß es schnell wieder. Mit dem angeklatschten Haar und den schweren Brüsten bot sie keinen schönen Anblick. Er schämte sich sofort für sein Urteil. Wenn er sich erst mal erholt hätte, würde er seine geliebte Frau wieder mit freundlicheren Augen betrachten.

Beide, Grace und William, fanden jeder auf seine eigene Weise Trost in dem so vertrauten Schweigen. Sie überließen sich der erholsamen Stille, bis schließlich ein Möwenchor den Frieden störte. Grace ging ans Telefon und bestellte Haferbrei, geräucherten Hering und Kaffee. Sie wußte, daß William sogar den Hering essen würde. Damit würde er ihr demonstrieren, daß er vollkommen in Ordnung war. Und auch das war etwas, das Grace an ihm schätzte. Wenn sie am späten Vormittag endlich zu Hause wären, würde alles wieder normal sein. Die Episode in Bournemouth wäre weggewischt – wie nie passiert. Der Alltag hätte sie wieder.

William ahnte, daß all dies seiner Frau durch den Kopf ging, während sie still und vergnügt das üppige Frühstück bestellte.

Er mußte an Bonnie denken, und der Schmerz wanderte aus seinem Kopf in sein Herz. Sie war so nah, schlief tief und fest nur ein paar Zimmer weiter und ließ sich sicher nicht einmal durch das Möwengeschrei stören. Aber für ihn war sie – mehr denn je – außer Reichweite, verbotenes Terrain. Für ihn gab es Bonnie nicht mehr.

12

Am nächsten Morgen – sein Kopf war inzwischen wieder leicht und klar – tat William etwas Ungewöhnliches: Er ging noch vor dem Frühstück nach oben in sein Studio. Er hatte das Bedürfnis, sich gegen eine Wand zu lehnen, über das, was er getan hatte, nachzudenken, sich zu sammeln. Das Auf und Ab von Liebeshoffnungen und Enttäuschungen hatte ihn erschöpft. Er brauchte unbedingt Ruhe. Außerdem meldete sich die Vernunft zurück. Auch wenn er einen weiteren verrückten Versuch machen würde, Grace loszuwerden, bestand noch lange kein Grund zu der Hoffnung, daß Bonnie ihn tatsächlich wollte. Und so schmerzlich es auch war, vernünftig zu sein – wenn er es genau bedachte, dann hatte Grace in ihrer Weisheit vermutlich recht. Ihre Worte – »absurd ... Bonnie ist ein wunderschönes junges Mädchen ... glaubst du etwa, daß sie etwas anderes in dir sieht als eine Vaterfigur?« – dröhnten ihm noch in den Ohren. Er konnte sie nicht zum Schweigen bringen, ihr Sinn war eindeutig. Vielleicht würde Musik helfen, aber er hatte nicht die Kraft, zur Geige zu greifen. (Irgendwie mußte er sich für das Beethoven-Konzert in zwei Tagen zusammenreißen.) Er stellte das »Forellenquintett« an, weil die CD zufällig gerade im Gerät steckte. Dann lehnte er sich an seine Lieblingswand gegenüber dem Fenster und lauschte der Sonne, die über dem Wasser tanzte, und dem Fisch, der in den Wellen turnte. Und die musikalischen Wasserspiele milderten ein wenig den Schmerz über Bonnie und darüber, daß er ihr wohl nie seine Liebe würde zeigen können. Als er schließlich wieder nach unten ging, merkte er, daß er sich wie ein alter Mann bewegte – gebeugt, steif, schlurfend. Es würde ein harter Tag werden.

Unten im Flur schrillte das Telefon durch die Stille. Gereizt nahm William ab. Er haßte Menschen, die vor neun anriefen.

»Ist alles in Ordnung mit Ihnen?« fragte Bonnie.

»Natürlich.« William mußte sich mit einer Hand am Geländer festhalten.

»Sie müssen doch nicht gleich beleidigt sein. Sie sahen gestern abend ganz schön angeschlagen aus. Ich wollte mich nur erkundigen ...«

»Das war unnötig. Mir geht es gut. Ein kräftiger Schlaf hat mich wiederhergestellt.«

»Das freut mich. Es war ja ein ziemlich ungewöhnlicher Abend, nicht wahr? Aber wirklich lustig. Ich glaube, alle haben sich amüsiert.«

»Ja«, sagte William. Das Wort lustig wollte er nie wieder hören.

»Wir sehen uns dann bei der Probe heute nachmittag.«

»Ach, du lieber Gott, das habe ich ganz vergessen. Ich dachte, die sei morgen früh.«

»Aber William! Sie haben doch selber gesagt, wir sollten uns heute nachmittag Zeit nehmen. Der Beethoven. Die Kavatine wird Sie beruhigen.«

»Richtig.« Sein Herz schlug unangenehm heftig. Wie sollte er das Mädchen jemals aus seinem Leben verbannen, wenn er immer so erregt auf sie reagierte. »Bis später also.«

Es war Bonnies Herzlichkeit, die alles so verwirrend, so schwierig machte. Sie hätte ihn doch nicht anrufen und sich nach ihm erkundigen müssen. Weder Rufus noch Grant hatten das getan. Sie hatten ihm nicht einmal für die drei Flaschen Champagner gedankt, die er zu seinem Schrecken gestern früh hatte bezahlen müssen. »Verdammter Mist«, murmelte er einigermaßen fassungslos. Wie undankbar die Menschheit doch war!

Er nahm sich zusammen. Ein spätes Frühstück und Graces angedeutetes Lächeln, mit dem sie Besorgnis zu tarnen pflegte, erwarteten ihn. William hatte sich nie täuschen lassen, aber während seiner langen Ehe gelernt, daß es einfacher war, das Spiel mitzumachen, als durch Fragen Komplikationen heraufzubeschwören.

Als Grace das Küchenfenster öffnete, wehte eine für Januar untypisch warme Brise in den Raum. Ein Vorbote des Frühlings, der sie auf die verwegene Idee brachte, für die Küche Hyazinthen und Osterglocken zu kaufen, anstatt sich an ihre Malerei zu setzen. Ihr Knöchel war inzwischen besser, und ein Spaziergang würde ihr guttun.

Es hatte sie nicht überrascht, daß William nicht zu seiner üblichen Zeit erschienen war. Soweit sie es beurteilen konnte, kämpfte er mit einem Kater, obwohl er das natürlich mit keinem Wort zugegeben hatte, er hatte nicht einmal gefragt, wo das Aspirin war. Grace hatte ihn dabei ertappt, wie er an den unmöglichsten Stellen suchte. Sie würde selbstverständlich so tun, als sei alles in Ordnung, aber auf ihre geschickte, unauffällige Art dafür sorgen, daß er für das nächste Konzert wieder in Form war. Haferbrei würde helfen. Und sie würde ihm raten, oben das Fenster aufzumachen und die herrlich milde Luft hereinzulassen. Und dann vor dem Abendessen ein kleines Schläfchen vorschlagen. Es war immer schwierig, die Balance zwischen Bevormundung und freundlichen Ratschlägen zu halten. Aber Grace war gut ausgeschlafen und zuversichtlich, daß sie den empfindlichen William mit einigem Geschick überlisten könnte.

Über diesen Plänen hatte sie Lucien ganz vergessen. Doch als sie jetzt gegenüber von Williams leerem Stuhl frühstückte, fiel er ihr wieder ein. Sie sah zum offenen Fenster, halb in der Hoffnung, ihn zu sehen, halb in Angst vor den Folgen, falls er wirklich kam. (In seinem Zustand würde William ihn heute morgen alles andere als höflich empfangen.) Grace hatte das Gefühl, daß Lucien gestern tatsächlich hiergewesen war. Es gab zwar keine Anzeichen dafür, aber irgendeine irrationale Ahnung sagte ihr, daß er sie hatte sehen wollen und – wütend? enttäuscht? – wieder abgezogen war, als er sie nicht angetroffen hatte. Plötzlich fühlte sie sich schuldig. Vielleicht war ihre Flucht ja feige gewesen. Sie hätte für ihn da sein müssen. Und wenn er in einer seiner liebenswürdigen Stimmungen gewesen war, hätte es sogar sehr schön sein können. Er hätte ihre neuesten Bilder sehen wollen. Hätte sie ausgeschimpft, weil es nur so wenige waren, ihr aber auch Mut gemacht. Vielleicht hätten sie sogar einen kleinen Ausflug unternommen und in der »Post« zu Mittag gegessen oder wären mit dem Bus nach Oxford gefahren, um die Ashmolean-Bibliothek zu besichtigen. Abenteuer dieser Art hätten ihr gefallen, auch wenn sie sich in Luciens Nähe immer ein wenig unbehaglich fühlte. Aber in ihrer albernen Panik hatte sie sich davongemacht und womöglich um einen netten Tag mit Lucien gebracht. Und außerdem hätte sie, wenn sie hiergeblieben wäre, nicht die übergeschnappte Ulmen-Truppe miterleben müssen – trotz ihrer anfänglichen Neugier hätte sie den ganzen Abend in Bournemouth am liebsten aus ihrem Leben gestrichen.

Allerdings – wenn Lucien gestern vergeblich hiergewesen war, dann würde er es wahrscheinlich heute noch einmal versuchen. Sie würde Lobelia nach ihm fragen – Lobelia! Grace begann sich diese neue Freundschaft auszumalen. Man würde einander besuchen, Ratschläge über Bücher und Garten austauschen und sich allmählich an Verwegeneres wagen: Ausflüge zu Englands großen Kathedralen schwebten ihr vor oder sogar ein Tag in Paris (mit dem Eurostar hin und zurück), an dem sie Gemälde betrachten und am Seineufer speisen würden – lauter Dinge, zu denen sie William nie überreden konnte. Grace sah sich schon an einem schönen Frühlingstag unter blauem Himmel Arm in Arm mit Lobelia den Boulevard St. Germain entlang schlendern. Da betrat William die Küche. Es war zehn Uhr.

Er setzte sich auf seinen Platz am Tisch und griff mit leicht zitternder Hand nach der Teekanne. Das rücksichtsvolle Schweigen, das die beiden seit ihrer Rückkehr von Bournemouth gewahrt hatten, wurde von einem Schrei unterbrochen – einem Schrei von draußen. Dann hörten sie jemanden rennen.

Das leichenblasse Gesicht einer Frau erschien am Fenster. Vor Entsetzen traten ihr die Augen aus dem Kopf. Grace erkannte sie. Die Frau wohnte ein paar Häuser weiter.

»Machen Sie auf!« schrie sie. »Das Telefon! Nirgendwo ist jemand zu Hause – es muß ein Unfall passiert sein ...«

Grace eilte zur Hintertür. William blieb sitzen. Ihm war, als hätte jemand mit dem Gewehr auf den Küchentisch gezielt. In der Hast hatte Grace das Tischtuch verzogen. Eine Toastscheibe fiel aus dem Ständer. Tassen und Untertassen waren verrutscht. Die fremde Frau brüllte immer weiter. Es war vorbei mit dem friedlichen, erholsamen Frühstück. Was auch immer geschehen sein mochte, das Drama berührte William nicht. Er trank seinen Tee. Aber hinten bei der Anrichte stand jetzt die tobende Frau – Schweiß und Tränen rannen ihr über die Wangen – und schrie ins Telefon.

»Nummer vierzehn! Watson, ja. Schnell, bitte. Überall ist Blut. Ich fürchte, es gibt einen Toten. Ja, ich sagte vierzehn ... Bitte unbedingt sofort ...«

Sie legte auf und drehte sich zu Grace um.

»Ich wollte die Eier liefern, das mache ich jeden Mittwochmorgen, aber bei Lobelia hat niemand aufgemacht. Da bin ich ans Eßzimmerfenster gegangen, um zu klopfen. Und da sah ich all das ...«

Selbst William fiel auf, daß sie noch blasser geworden war. Sie brach in ein wimmerndes Weinen aus und konnte kaum stehen. Grace schob ihr einen Stuhl hin. Sie brach fast zusammen, versuchte noch zu beschreiben, was sie gesehen hatte, war aber nicht mehr zu verstehen. William trank weiter seinen Tee, immer noch ungerührt von der Szene in unmittelbarer Nähe und immer noch ärgerlich, daß ihm sein Vormittag verdorben war.

Grace klopfte der Frau auf die Schulter. Sie hatte sofort gewußt, was geschehen war – Lucien hatte versucht, sich umzubringen, und es war ihm gelungen. Ein ekelhaft saurer Geschmack stieg ihr in die Kehle, die Wirbelsäule schien ihr den Dienst zu versagen, sie schlotterte. Trotzdem hielt sie noch die Schultern der hysterischen Frau und versuchte sie zu beruhigen. Grace wußte, daß es ihre Schuld war. Sie hätte zu Hause sein müssen, als Lucien sie brauchte, und sich nicht feige davonschleichen dürfen. Weil sie nach Bournemouth gefahren war, wo niemand auf sie gewartet hatte, lag Lucien jetzt im Sterben oder war schon tot.

»Ich setze jetzt erst mal Wasser auf«, hörte sie sich sagen, »und mache Ihnen einen Tee.«

»Sie können hinten durch die Tür rein«, schluchzte die Frau, »der Schlüssel liegt im Schuppen. Lobelia hat ihn immer da hingelegt, damit Lucien ihn nicht mitnimmt und unterwegs verliert ...«

»William?« Jetzt erwachte Graces praktischer Sinn. Zusammenbrechen durfte sie erst später. »Du solltest rübergehen und auf den Krankenwagen warten. Gib ihnen den Schlüssel. Ich komme so bald wie möglich nach.« Ihre Stimme war kurz und scharf, der Schock erst mal vorüber.

»In Ordnung.«

William stand widerwillig auf, der Ernst der Situation war nicht mehr zu übersehen. Er sah bedauernd auf seine unberührte Toastscheibe, und ohne einen Blick auf die erschütterte Grace und die schluchzende Frau verließ er die Küche durch die Hintertür. Draußen war es so wunderbar mild, daß er nicht noch einmal umkehrte, um sich seinen Schal zu holen.

Während er die Straße entlangtrödelte, überlegte er, wieso ihn das Ereignis kaum berührte. Bestimmt hatte die hysterische Frau – wie so viele ihres Geschlechts – gewaltig übertrieben, und es handelte sich nur um irgendeinen unbedeutenden Unfall. Und sollte Lucien sich tatsächlich umgebracht haben, dann war das zwar nicht gerade erfreulich, aber im Grunde geschah es diesem widerlichen, egozentrischen Taugenichts ganz recht. Er hoffte nur, daß Grace in diesem Fall nicht die Schuld auf sich nehmen würde. Denn sie war wirklich die letzte, die irgendeine Schuld traf.

Was auch immer passiert war, fürs erste genoß William die liebliche Luft und freute sich an den blauen Streifen am Himmel. In einem Garten trug ein Fliederbusch schon die ersten Knospen. Und sofort mußte er an Prag und an Bonnie denken.

Er bog in die Einfahrt der Watsons. Links neben der Haustür war ein großes Fenster, das fast genauso aussah wie seine Fenster zu Hause. Wahrscheinlich das Eßzimmer, der Ort des Geschehens.

An einer der Fensterscheiben fielen ihm zwei rote Flecken auf, die wie zerzauste Spinnweben aussahen. Er zögerte einen Moment, dann ging er mit leicht wackeligen Knien weiter. Und nun waren die Flecken deutlich zu erkennen: Es waren die blutigen Abdrücke von zwei wie in Panik erhobenen Händen. Oder vielleicht wie im Triumph. Von jedem der beiden Daumenabdrücke zog sich eine Blutspur über das Fenster und endete unten in einem geronnenen Klumpen, der das fast perfekte Muster störte. William schluckte. Er wich vor den grotesken roten Händen zurück und machte einen letzten zögernden Schritt auf dem asphaltierten Weg. Dann trat er in die weiche, dunkle Erde des Blumenbeets. Sie gab unter seinen Füßen nach. Eine Sekunde lang glaubte er, er könnte ganz in der Erde versinken und dürfte sich den gefürchteten Anblick ersparen. Aber dann mußte er leider doch durchs Fenster schauen.

Er sah ein dunkles Holzregal, das die ganze gegenüberliegende Wand einnahm. Darüber hing ein langer Spiegel, in dem er sich selbst und, nur ein paar Zentimeter neben seinem Kopf, die scheinbar freischwebenden roten Hände sehen konnte. Auf dem Regal lag ein Brett mit einem halben Weißbrot. Daneben standen eine Sherryflasche und ein Pfefferstreuer. Aus Furcht vor dem, was ihn als nächstes erwartete, betrachtete William jeden einzelnen Gegenstand lange und gründlich. Auf die Hände neben seinem Kopf mochte er nicht mehr schauen.

Das Brotmesser – wo war das Brotmesser? Die Frage stellte sich wie von selbst, und plötzlich wurde William zum kleinen Jungen, der Detektiv spielte. All dies hier kam ihm völlig irreal vor, und schon bald würde es eine vernünftige Erklärung dafür geben.

Sein Blick wanderte zu dem weißen Tischtuch, das sich an dem einen Ende des langen Tischs zu einem zerknüllten Stoffberg türmte und ihn an ungemachte Betten erinnerte. Und nun entdeckte er, daß das Tuch voller Blutflecken war. Er folgte der Blutspur und sah auf dem dunklen Teppich unter dem Tisch einen dunkelroten See, erkennbar nur an seinem düsteren Glänzen. Und dort lag auch das Brotmesser, die Schneide scharlachrot, der Griff blutbeschmiert. Und direkt daneben ... ein Fuß. Nein, zwei rote Füße ohne Schuhe. Beine in zerrissenen Strumpfhosen, Laufmaschen krochen weiß wie Bandwürmer durch das blutgetränkte Gewebe. Wer auch immer das Opfer war, William konnte es Gott sei Dank nicht erkennen, da es unter den Tisch gestoßen worden war. William mochte nicht mehr hinsehen, fürchtete sich aber auch vor den Händen am Fenster und blickte deshalb zur rechten Zimmerwand. Dort hing eine Reihe kleiner gerahmter Stiche, rot gesprenkelt wie ein blutiger Sonnenuntergang. Ein Schwall von Blut war bis an die Decke hochgespritzt. Jemand mußte ganz grauenhaft zugestochen haben. Über die glasgerahmten Stiche rannen immer noch blutige Fäden. Unterhalb der Bilderreihe stand ein niedriges Bord an der blutigen Wand und darauf nur ein einziger Ziergegenstand, eine ausgestopfte Eule. Auch die war bis auf ein Glasauge und ein paar tote Federn ganz und gar blutverschmiert. Die Eule schien das zweite Opfer der Gewalttat zu sein.

William drehte sich um und trat zitternd zurück auf den asphaltierten Weg. Er hatte keine Ahnung, ob er nur ein paar Sekunden oder viele Stunden dagestanden und das blutige Spektakel betrachtet hatte. Mit seiner gelassenen Gleichgültigkeit war es jetzt vorbei. Er zitterte. Ihm war eiskalt, und er hatte das Gefühl, er müsse sich übergeben. Er schluckte die bittere Galle herunter. Aber er war nicht mehr allein. Ein neuer Alptraum begann: Blaulicht, heulende Sirenen, Geschrei. Mehrere Männer in Grün mit leuchtendgelben Banderolen kamen auf ihn zu gerannt.

»Wissen Sie, wie man hier reinkommt?« schrie einer.

William nickte. Deswegen hatte Grace ihn ja losgeschickt. Um sie hereinzulassen. Damit sie helfen konnten. Damit sie das Wesen mit den blutigen Beinen retteten. Er versuchte zu gehen, aber seine Füße wollten nicht. Ein Sanitäter – das freundliche Wort fiel ihm plötzlich ein – nahm ihn beim Arm. Irgendwie gelangten sie zu dem Schuppen neben der hinteren Tür. Der Mann, der Sanitäter (was für ein sanftes, tröstliches Wort) entdeckte den Schlüssel an einem Nagel. Er schloß die Tür auf. Trotz seiner verständlichen Eile dachte er auch an William. Ein wunderbarer Mann, dieser Sanitäter, eine Zierde seiner Zunft. Wenn dieser Schrecken hier vorüber war, würde William an die Gesundheitsbehörde schreiben ... Der grüne Mann stützte ihn, führte ihn durch einen dunklen Flur und setzte ihn auf der Treppe ab.

»Sie bleiben jetzt einfach hier sitzen, Kumpel«, sagte er, »ohne sich weiter umzusehen. Ich bin so schnell wie möglich wieder da.«

Zwei weitere grüngelbe Männer eilten an William vorbei ins Eßzimmer. Er hörte einen von ihnen fluchen. Dann knallte die Tür zu. Einen Augenblick später ging sie wieder auf. William sah kurz das blutbefleckte weiße Tischtuch, dann schaute er schnell wieder weg. Ihm wurde schwindelig, er suchte Halt am Geländer. Hoffentlich mußte er nicht spucken, in seinem Mund hatte sich schon wieder Galle gesammelt. Der Mann, der William geholfen hatte, erschien wieder im Flur und telefonierte mit seinem Handy. Er sah zu William hinüber.

»Die Polizei wird sofort hiersein«, sagte er. »Wer das da getan hat, muß seinen verdammten Verstand verloren haben. Wir können nichts machen, bevor die Polizei kommt. Sie ist tot. Sie sehen total fertig aus, Kumpel. Wenn ich Sie wäre, würde ich lieber noch sitzen bleiben.«

»Sie sehen ja selber ziemlich geschockt aus«, sagte William leise. Aber der Mann redete laut mit der Polizei. Er hörte ihn nicht.

Einige Augenblicke später kamen Polizisten hereingepoltert, ohne William auf der Treppe zu beachten. Die Eßzimmertür wurde geöffnet und sofort wieder geschlossen. Er hörte Leute telefonieren. Er hörte obszöne Ausdrücke. Einer der Sanitäter kam mit kalkweißem Gesicht aus dem Zimmer und rannte zur Garderobe. William stützte den Kopf in die Hände. Er wollte nichts mehr sehen und hören. Offenbar war ein echter Mord geschehen. Genau das, womit er in Gedanken gespielt hatte, war hier Realität. Entsetzt und voller Selbstekel ließ er den Kopf auf die Knie sinken. Er war zu schwach, um aufzustehen und wegzugehen, und wünschte sich nur noch, bei Grace zu sein und ihre Hand zu halten.

Selbst am Ende ihrer Nerven, versuchte Grace, die traumatisierte Nachbarin so schnell wie möglich wieder auf die Beine zu bringen. Sie versorgte sie mit Tee und Kognak und bot an, sie könne so lange dableiben, bis sie sich besser fühle. Dann entschuldigte sie sich und sagte, sie müsse jetzt zum Haus der Watsons. Was an Fürchterlichem sie auch erwarten mochte, sie wollte dort sein.

»Lucien war ein Freund von mir«, sagte sie.

»Lucien Ihr Freund?« Vor Verblüffung hörte die Frau auf zu schluchzen. »Dieser Psychopath?«

Grace eilte aus dem Haus. Wie lange war William schon fort? Zehn Minuten? Zwei Minuten? In solchen Momenten verlor man jegliches Zeitgefühl. Lächerliche Fragen rasten ihr durch den Kopf. Doch sie vergaß sie, sobald sie auf der Straße war. Dreißig Meter weiter vorne sah sie einen Krankenwagen und zwei Polizeiautos vor Luciens Haus. Stumm und deprimierend blinkten die Blaulichter und warfen häßliche Farbstreifen auf Eiben und Lorbeerbüsche. Nachbarn, die sie kannte, hatten sich vor dem Haus versammelt.

Grace rannte. Sie drängte sich durch die Zuschauermenge. Die ganze Einfahrt war mit einem fluoreszierenden Plastikband abgesperrt. Sie wollte drunter durchschlüpfen, doch ein Polizist hielt sie an.

»Tut mir leid, aber hier darf keiner durch.«

»Er war doch mein Freund.«

»Er? – Tut mir leid.«

Grace wich nicht von der Stelle. Sie war unbeirrbar in ihrem Entschluß. Und da war ja noch William ...

»Mein Mann ist schon vorgegangen, um den Schlüssel zu holen und alle hereinzulassen. Ich muß zu ihm ... Bitte!«

Der Polizist zögerte. Er sah sie abweisend an, als prüfe er einen abgelaufenen Führerschein. Doch dann mußte ihm etwas in ihren Augen aufgefallen sein.

»Na gut«, sagte er und hob das Band hoch, »aber sagen Sie niemandem, daß ich es erlaubt habe.«

Ohne die roten Hände am Fenster und die grausige Szene dahinter zu sehen, lief Grace sofort ums Haus herum nach hinten. Sie ging durch die Küche – der Fußboden war völlig verdreckt, arme Lobelia – in den engen, dunklen Flur, wo sie auf einen weiteren Polizisten stieß.

»Darf ich fragen, wer Sie sind?«

Grace überlegte. Ja, wer war sie an diesem irrealen Morgen, an dem Lucien in irgendeiner Krise steckte und Polizei und Sanitäter in Lobelias stillem grauen Haus Amok liefen?

»Ich bin eine Nachbarin und William Hendels Frau«, sagte sie schließlich. Ihre Worte klangen verzerrt.

»Der Typ da auf der Treppe?« Grace nickte, obwohl sie keine Ahnung hatte, wovon er redete. »Der hat noch einen Schock, der arme Kerl. Wenn wir hier fertig sind, werden wir uns um ihn kümmern.«

Der Polizist trat beiseite und ließ Grace in dem engen Gang vorbei. Als sie aufblickte, sah sie William, der, den Kopf in die bebenden Hände gestützt, auf der Treppe saß.

Grace ging schnell zu ihm, lehnte sich gegen ihn, berührte aber nicht seine Hände.

»Ich bin da«, flüsterte sie. William bewegte die Schultern.

»Gut«, sagte er nach einer Weile. »Gott im Himmel, mein Herzblatt. – Was ich gerade gesehen habe!«

Schweigen.

»Ist er … vielleicht nicht tot?« Grace wußte, daß sie sofort fragen mußte, sonst würde sie in Tränen ausbrechen und vielleicht nicht mehr fragen können, was geschehen war.

»Wer soll tot sein?« Plötzlich hob William den Kopf. Zu ihrer Überraschung sah er eher verwirrt als geschockt aus. Trotzdem konnte nur der Schock daran schuld sein, daß er so schwer von Begriff war.

»Lucien natürlich.«

William seufzte. Er drehte sich zu Grace um. Sie konnte sehen, daß die Bewegung ihn große Mühe kostete.

»Mein liebes Herz, ich weiß nicht, was hier los ist, aber es gibt keine Anzeichen, daß dein Freund Lucien tot ist.« Er sah, wie ein Lächeln in ihren Mundwinkeln erschien, und konnte ihre Gedanken lesen: Lucien lebt, alles andere kann ich ertragen. Jetzt war sie es, die einen Schock erleben würde. Er nahm ihre kalte Hand.

»Lelia …«

»Wer?«

»Wie heißt sie noch, seine Mutter?«

»Lobelia …?«

»Es scheint, daß Lobelia diejenige ist … die nicht davongekommen ist.«

»Lobelia!?«

»So wie die da drin sich verhalten, nehme ich an, sie … Nach dem, was ich durchs Fenster gesehen habe.« Beider Hände verkrampften sich ineinander. »Frag mich nicht.«

»Nein. – Aber Lucien, wo ist Lucien?«

»Ich weiß gar nichts, mein Herz. Nicht mehr als du. Niemand hat Lucien erwähnt. Diese Kerle sagen einem aber auch gar nichts.« Er sah zu dem Polizisten vor der Eßzimmertür. »Ich kann nur vermuten, daß deine arme neue Freundin Lola ...«

»Lobelia ...«

»... womöglich das Opfer ist.«

Grace befreite ihre Hand aus Williams. Sie starrte auf das seltsam kirchenfensterartige Glas im oberen Teil der Haustür, eine edwardianische Szenerie mit Kornähren, Tauben, Mohn und Bändern, die offenbar eine alberne Schäferidylle darstellen sollte. Die roten und blauen Farben taten ihren Augen weh, und der orange Ball, der wohl die Sonne war, würgte sie im Hals. In dem allgemeinen Chaos war das bunte Glasfenster der einzige Fixpunkt.

»Lobelia war schon fast so etwas wie eine Freundin«, sagte sie.

»Ich weiß, mein Herzblatt, ich weiß.«

»Vielleicht ist ihr gar nichts Schlimmes passiert.«

»Möglich.«

»Sie kann nicht tot sein. So etwas würde Lucien nie tun ... Sicher, er war ein sehr unsteter Mensch, aber nicht gefährlich. Sie muß es selber getan haben. Lucien wird sie an den Rand des Wahnsinns getrieben haben, aber nein ... Da muß irgendein Mißverständnis vorliegen.«

Es klingelte an der Tür. Der Polizist öffnete. Einen Moment lang mußte Grace nicht mehr das bunte Glas sehen. Zwei Männer in weißen Overalls traten ein. Einer zog sich einen Handschuh aus einem dünnen, milchigen Material über. Die Hand sah schrecklich aus, bereit für ihre Aufgabe. Die Männer schienen instinktiv zu wissen, wo sie hin mußten. Der Polizist nickte nur in Richtung des Eßzimmers, sie schlüpften diskret durch die Tür und schlossen sie fest hinter sich.

»Himmel«, sagte William. »Wie viele ...? Nun, mein Herz ...« Er legte ihr einen Arm um die Schulter.

Ein zweiter Polizist erschien neben dem, der Wache hielt. Er flüsterte etwas und sah William und Grace an.

»Sie beide da auf der Treppe«, sagte er. »Es tut mir leid, Sie zu stören, aber wir müssen hier unsere Arbeit tun. Sie sind?«

»Mr. und Mrs. Hendel«, sagte William. »Mit e, nicht mit ä.«

»Mr. und Mrs. Hendel? Soll das heißen, Nachbarn?«

William nickte.

»Nummer sechs. Das ›Rote Haus‹.«

Der Polizist holte einen kleinen Computer aus der Tasche und tippte etwas ein.

»Wir werden Ihnen später ein paar Fragen stellen. Aber jetzt muß ich Sie leider bitten, das Haus zu verlassen. Wir müssen hier alles durchsuchen.«

»Weswegen?« fragte Grace.

»Meiner Frau geht es gar nicht gut, sie ist sehr schwach«, sagte William und meinte eigentlich sich selbst.

»Gut, dann bleiben Sie noch ein bißchen sitzen. Wir müssen aber trotzdem anfangen.«

Ziemlich flink für ihre massigen Körper stürmten die beiden Polizisten die Treppe hoch. Grace mußte sich eng an William drücken, um sie vorbeizulassen. Sie schaute wieder zum Glasfenster, während ihre Gedanken Amok liefen. Der Schock hatte ihr Bild von Lucien zerstört. Es war in tausend Splitter zersprungen, und sie konnte sich sein Lächeln nicht mehr vorstellen. Nur noch jenen merkwürdigen Ausdruck in seinen Augen, der ihr so häufig angst gemacht hatte.

Sie hörten, wie die zwei Männer im ersten Stock von Zimmer zu Zimmer gingen, Schranktüren öffneten und wieder schlossen, Vorhänge beiseite zogen, als habe Lucien sich wie ein Kind dahinter versteckt. Es schmerzte Grace, daß Lobelias Haus so entweiht wurde. Wenn sie aber nicht tot war und William diese Möglichkeit nur angedeutet hatte – im wirklichen Leben kannte er sich allerdings am wenigsten aus –, dann würde Grace ihr natürlich beim Aufräumen helfen. Aber vielleicht würde Lobelia nach dieser furchtbaren Geschichte begreiflicherweise lieber von hier wegziehen.

Jetzt hörten sie die Männer die Treppe in den zweiten Stock hinaufsteigen. Wieder gingen Türen auf und zu. Dann ein häßliches, dreckiges Lachen. Grace kannte es nur zu gut – es war Luciens schlimmstes Lachen. Es folgte ein Befehl, der unter dem irren Gelächter nicht zu verstehen war.

Lucien hatte sich offenbar in seinem Zimmer verschanzt und sie erwartet. Grace sah William an. Er hatte hier allein auf der Treppe gesessen. Lucien hatte ihn nie gemocht. So unberechenbar, wie Lucien war, hätte er die Gelegenheit zur Rache nutzen können.

»Wir sollten jetzt gehen«, sagte sie mit Tränen in den Augen.

Aber William rührte sich nicht. Sie hörten drei Paar Füße die Treppe herunterkommen. Jetzt waren sie auf dem Treppenabsatz im ersten Stock. William und Grace blickten gleichzeitig hoch.

Lucien ging in Handschellen zwischen den beiden Polizisten. Sein blutiges Hemd klebte ihm an der Brust. Er bewegte sich ruhig und gelassen. Er lachte nicht mehr laut, sondern lächelte nur noch (nicht jenes mutmachende Lächeln, das Grace kannte und liebte). Seine Miene war nicht trotzig-tapfer – er schien das Ganze vielmehr ungeheuer zu genießen.

Grace und William standen schnell auf, schwankend, Hand in Hand. Sie eilten die paar Stufen hinab. Unten lehnten sie sich zitternd gegen die Mäntel an der Garderobe. Grace hörte, wie ein alter Regenmantel hinter ihr knackte. Sie mußte immerzu Lucien heiteres Gesicht ansehen.

Beide sahen zu, wie die Männer sich ungeschickt zu dritt die Treppe hinunterquetschten. Unten blieb Lucien stehen. Er schüttelte seine Hände, so gut es mit den Handschellen ging. Seine Handgelenke waren knallrot, seine Fingernägel, wie in letzter Zeit fast immer, schwarz.

»Da habe ich doch ein blutiges Zeichen gesetzt, oder?« sagte er und blickte an Grace und William vorbei. »Ich habe mein bestes Werk unterzeichnet – Lobelia.« Nun sah er Grace direkt in die Augen. »Konnte doch nicht wissen, was für eine Scheiße passiert, wenn ihr beiden euch zusammentun würdet, Sie und die andere.« Das Lächeln verschwand. Wie unter einem Schlag zuckte Grace zusammen. Der Regenmantel hinter ihr knirschte. Luciens Bewacher trieben ihn zur Eile an. Er wehrte sich nicht. Die drei verschwanden durch die Haustür. William und Grace konnten höhnisches Gelächter und Pfiffe hören (sehr ungewöhnlich für die zurückhaltenden Anwohner), während Lucien zu dem wartenden Polizeibus geführt wurde.

Die Haustür wurde wieder geschlossen. Grace und William standen hilflos im düsteren Flur. Grace konnte auf dem Tisch neben einem welkenden Weihnachtsstern eine Sammelbüchse erkennen. Ihr fiel wieder ein, daß sie Lucien überhaupt nur kennengelernt hatte, weil sie in der Nachbarschaft Spenden gesammelt hatte – da war er ein seltsames, liebenswertes Geschöpf mit einem unwiderstehlichen Lächeln gewesen. Jemand, der nichts zu tun hatte mit jener kalten, finsteren, selbstgefälligen Gestalt, die soeben blutbeschmiert und in Handschellen durch die Tür verschwunden war. Ein Krimineller, ein Mörder.

»Ich kann es nicht fassen«, flüsterte sie.

»Wir sollten jetzt wirklich nach Hause gehen, mein Herz«, sagte William. »Durch die Hintertür.«

Wieder wurde die Eßzimmertür geöffnet, ein Sanitäter mit freundlichem Gesicht kam heraus. In dem kurzen Moment, als die Tür offenstand, konnte William erkennen, daß die blutigen Hände weggewischt waren.

»Ich hab einen Moment frei«, sagte der Mann. »Kann ich Sie beide nach Hause fahren? Sie können es sicher gebrauchen.«

William hakte Grace unter und sah den freundlichen Mann an.

»Ganz herzlichen Dank«, sagte er und stand auf. »Aber wir wohnen nur ein paar Schritte von hier. Wir schaffen es auch allein nach Hause.«

»Tee mit ganz viel Zucker gegen den Schock«, sagte der Mann.

»Vielen Dank«, sagte William erneut, ganz überrascht über seine feste Stimme, aber immer noch verwirrt von dem, was geschehen war. »Ganz viel Zucker und dann die Probe heute nachmittag. Beethoven, B-Dur, Opus 130 ...«

Der Sanitäter sah verständnislos zu, wie die Hendels durch Lobelias Hintertür gingen. Er wußte, daß ein Schock sich auf unterschiedlichste Weise äußern konnte.

Während Grace schwer in seinem Arm hing, kamen William die ersten Takte des Beethoven in den Sinn. Der Himmel war von einem reinen, zarten Blau, und es war noch ein paar Grad wärmer als am Morgen.

Wie ein Engel saß Grace in ihrem Sessel am Telefon. Von hinten wurde sie vom einfallenden Licht beschienen, und William erkannte wieder die junge Frau in ihr – sanft, auf stille Art hübsch, aber bei all ihrer Geduld und Freundlichkeit von deutlich spürbarer Stärke. Sie hatte Rufus, Grant und Bonnie angerufen und ihnen erklärt, es habe einen Notfall gegeben, »eine Freundin von William und mir ist heute morgen gestorben«. William würde ein bißchen später zur Probe kommen. (Bisher hatte noch niemand bestätigt, daß Lobelia tot war. Aber Williams Schweigen – er hatte nicht gesagt, was er gesehen hatte – entnahm sie, daß es so war.) Alle Quartettmitglieder hatten vorgeschlagen, die Probe ausfallen zu lassen. Aber William bestand darauf, daß sie stattfand. Er wollte, daß das Leben so gut wie möglich normal weiterging. Ein, zwei Stunden Ruhe, zwei Aspirin und ein Teller von Graces Suppe, und sein inneres Zittern würde aufhören. Grace sah einigermaßen gelassen aus, aber sie hatte das Gemetzel ja auch nicht mit eigenen Augen gesehen.

»Bist du auch sicher, daß es dir nichts ausmacht, wenn du heute nachmittag eine Weile allein bist?« fragte er.

»Ganz sicher. Aber erst mal werde ich wohl eine Runde weinen müssen.« Sie klopfte sich auf die Brust. »Doch danach wird es mir bessergehen.«

William gab sich einen Ruck. Er wußte, er müßte jetzt die Frage stellen, die ihm am wenigsten gefiel – eine von der Art, die er gerne vermied und lieber durch verständnisvolles Schweigen ersetzte.

»Wäre es dir nicht lieber, wenn ich bei dir wäre, während … du ›eine Runde weinst‹?«

»Wieso das denn? Natürlich nicht. Was für eine komische Frage.«

Sie war wirklich ein Engel, seine Grace. Sie entließ ihn aus der Verpflichtung, selbst in so einer schrecklichen Situation.

»Ich dachte nur … Wo doch alles so furchtbar ist. Lucien, dein Freund. Ich mochte ihn nicht, wie du ja weißt. Aber immerhin war er dein Freund.«

Grace schaute aus dem Fenster, und William betrachtete ihr Profil, als sähe er es zum erstenmal. Es schien, bei aller Vertrautheit, eine neue Prägnanz zu besitzen. Merkwürdig, wie unerwartete Ereignisse sich auch physisch auswirken konnten. Das hatte er noch nie verstanden.

»Wenn ich dir nicht nach Bournemouth gefolgt wäre …«, sagte Grace. »Aus irgendeinem Instinkt heraus bin ich sehr schnell geflohen. Ich hatte das Gefühl, er würde vorbeikommen … Natürlich hätte es auch ein ganz normaler Besuch sein können. Wie schon so häufig. Aber irgendwie hatte ich Angst, ich weiß auch nicht, wieso. Es ist schrecklich, wenn man sich vor jemandem fürchtet, den man gerne mag … und wenn ich hiergewesen wäre, hätte ich ihn vielleicht davon abbringen können. Vielleicht wäre es dann nicht passiert. Dieser Gedanke wird mich wohl für immer verfolgen.«

»Dem Himmel sei Dank für deine Entscheidung. Du hier allein mit diesem Verrückten … Ich darf gar nicht daran denken. Laß uns nicht über Was-wäre-wenn nachdenken, mein Herzblatt. Es ist zu grauenhaft. Wo es doch so leicht …« Er schauderte. »Danke Gott dafür, daß du verschont wurdest.«

Grace sah zwei Tränen aus seinen Augen quellen.

»Aber Lobelia … Wenn ich mir vorstelle, daß er selber das

angestiftet hat, womit er dann nicht fertig wurde. Er hat unser Kennenlernen erzwungen und sich über seinen kranken Scherz gefreut. Das war die letzte Karte in seinem entsetzlichen Spiel. Dann kam das Bedauern oder was immer es war, und er ist durchgeknallt. Ich verstehe das alles nicht. Vor allem, da Lobelia noch gesagt hat, daß er zwei Tage vorher ganz besonders nett und ruhig war.«

»Es hat keinen Zweck, ein gestörtes Gehirn verstehen zu wollen. Er ist ein gefährlicher Psychopath, jemand, der zu seiner eigenen Sicherheit eigentlich nicht frei herumlaufen dürfte. Auch, damit andere Menschen vor ihm geschützt sind.«

»Das wissen wir nicht.«

»Ich denke doch, mein Herzblatt.«

»Ich weiß nicht, was mich so an ihm angezogen hat.« Es war, als rede Grace mit sich selbst. »Ich hatte das Gefühl, ich müßte ihn schützen. Ich dachte, ich könnte ihm ein bißchen helfen.«

»Wer weiß schon, weswegen uns Menschen anziehen? Wenn es sich um eine unpassende Verbindung handelt ...« William hielt inne. Auch er dachte laut. Er war nicht sehr gut in solchen Dingen, hatte aber das Gefühl, es sei jetzt erforderlich. »Wenn es sich um eine unpassende Verbindung handelt, wenn irrationale Leidenschaft oder Zuneigung das einzige Band sind, wenn nicht noch etwas Praktisches, Konkretes hinzukommt, nun, dann kann das zu allerlei Schwierigkeiten führen. Zu Unglück und Leid.«

Grace schien die Anspannung in seiner Stimme nicht zu bemerken. Sie konnte den tieferen Anlaß zu seiner kleinen Predigt natürlich nicht ahnen. Und William würde auch dafür sorgen, daß sie ihn nie erfuhr. Sie sah wieder aus dem Fenster.

»Ach, William«, sagte sie schließlich. Er spürte, daß sie kurz davor war, zusammenzubrechen.

»Es kommt nicht oft vor, daß ganz normale Menschen wie wir Zeugen solcher Grausamkeit werden«, sagte er und merkte, wie auch ihm ganz mulmig wurde. »Aber wir dürfen unser

Leben nicht davon überschatten lassen. Auch wenn du glauben solltest, daß du Lucien im Stich gelassen hast, du mußt begreifen, daß du dir nichts vorzuwerfen hast. Ich bezweifle, daß du ihn von seinem mörderischen Tun hättest abhalten können. In deiner Ahnungslosigkeit hast du dich mit einem geistig verwirrten, bösen Menschen angefreundet. – Und Gott sei Dank wird so etwas Entsetzliches mit aller Wahrscheinlichkeit nie mehr in unserem Leben geschehen.« Er erhob sich. »Ich muß allmählich los.« Er blieb stehen und wartete darauf, daß Grace ihm anbot, etwas Suppe für ihn warm zu machen. Doch sie blieb sitzen und sah immer noch aus dem Fenster. Er spürte die innere Distanz zwischen ihnen, und nach einer Weile verließ er das Zimmer und machte sich ziemlich hilflos am Herd zu schaffen. Es war das erste Mal seit Jahren, daß er sich selbst sein Mittagessen zubereitete, und nach all dem Furchtbaren, was geschehen war, fand er es unerwartet befriedigend. Als er das Haus verließ, hörte er das Telefon klingeln.

William war zu früh bei Grants Scheune – nicht zu spät, wie Grace angekündigt hatte –, so fuhr er noch ein bißchen weiter, bis er zu einer Bank in einer kleinen Parkanlage kam. Bevor er den anderen gegenübertrat, mußte sich erst mal seine Erregung legen – schon während der Herfahrt war sie seiner Konzentration nicht gerade förderlich gewesen. Er wollte die Kollegen nicht durch seinen aufgelösten Zustand beunruhigen.

Er setzte sich auf die Bank und sah hinüber zu der Reihe städtischer Verwaltungsgebäude am anderen Ende der Anlage. Dann wanderte sein Blick zu einem kleinen Jungen, der Fußball spielte. Er verfolgte jede unschuldige Fußbewegung des Jungen, hörte das leise Geräusch von Schuhen, die gegen das Leder traten. Es blieb William nur wenig Zeit, sich über das klarzuwerden, was jetzt zu tun war. Und er wußte, es würde in seinem Schockzustand nicht einfach sein. Es ging jetzt vor allem darum, Grace zu schützen. Er mußte sie davon überzeugen, daß sie keine Schuld an der Tragödie hatte. Das würde keine leichte Aufgabe sein, doch er würde hartnäckig bleiben. Noch schwieriger würde es für ihn sein, mit sich selbst und seinen unverzeihlichen finsteren Plänen ins reine zu kommen, da er darüber nicht reden durfte. Wie war ein vernünftiger, friedfertiger Musiker wie er nur auf die Idee verfallen, aus bloßer irrationaler Sehnsucht nach einem jungen Mädchen seine geliebte Frau umzubringen? Vielleicht war es ihm mit seinem Vorhaben ja nie wirklich ernst gewesen. Bis zu diesem Morgen hatte er nicht gewußt, was Mord tatsächlich bedeutete. Man las darüber in der Zeitung, es hatte nichts mit dem eigenen Leben zu tun, stammte aus einer fremden Welt oder aus Romanen. Er hatte geglaubt, Mord sei einfach, sauber, schmerzlos: ein Klacks der Sturz von den Klippen (allerdings nicht ganz sauber) oder das Ertrinken in der Badewanne. Er hatte nie in Betracht gezogen, daß Blut dabei eine Rolle spielte – literweise Blut, das aus einem menschlichen Körper schoß, den Mörder besudelte und sich über Wände und Teppiche ergoß … So etwas hatte er mit Grace niemals vorgehabt. Er hatte sich ein Ende ohne Blut vorgestellt, hatte geplant, daß alles ganz einfach sein würde – falls er es tatsächlich geplant hatte – hatte er das denn wirklich? Im nachhinein fiel es ihm schwer, seine Absichten genau zu rekonstruieren – nichts war mehr klar. Im Grunde war er immer nur halbherzig vorgegangen – seine Strategien waren unpraktisch und dumm gewesen, sie hätten nie funktioniert. Womit um Himmels willen hatte er da gespielt? Vielleicht waren seine Mordabsichten ebensowenig real gewesen wie seine Absicht, Bonnie zu erobern. Aber ruchlose Gedanken waren kaum weniger böse als ruchlose Taten. Und deshalb war er ebenso kriminell, ein ebenso verachtungswürdiges menschliches Wesen wie Lucien. Fassungslosigkeit, Selbsthaß und Scham packten ihn so heftig, daß er einen Augenblick lang sogar an die Möglichkeit dachte zu sterben.

William stand von der Bank auf und ging durch die Parkanlage zu seinem Auto zurück. Der Junge mit dem Fußball lächelte ihn an. So kreuzten sich die Wege von Unschuld und

Bosheit, dachte William. Aber das heitere Gesicht des Jungen weckte auch einen kleinen Hoffnungsschimmer in ihm: Zum einen würde niemand jemals erfahren, was seine Seele in den letzten Monaten zerfressen hatte, und zum anderen blieb ihm noch Zeit, all das wiedergutzumachen. Er konnte um Vergebung bitten und Vergebung empfangen. Ab sofort – er schloß die Wagentür ungeschickt wie immer auf – würde er mit der Wiedergutmachung seiner Taten beginnen. Die Erinnerung daran war schmerzlich, die Last unerträglich. Er lächelte dem überraschten Jungen zu.

In der Scheune stimmten die Spieler gerade ihre Instrumente und wühlten in den Noten. William stand in der Tür und blickte auf die vertraute Szene – am anderen Ende des Raums die Musiker und hier im Küchentrakt das übliche Durcheinander. Seltsamerweise hatte das Bild eine beruhigende Wirkung. Er würde zwar nie begreifen, wie Grant es in seiner unordentlichen Wohnung aushielt, aber irgendwie ahnte er auch, daß sie etwas Tröstliches hatte. Schubladen standen offen, Kleidungsstücke quollen heraus, über jedem Stuhl hingen Jacketts und Schals. Es war insgesamt eine Atmosphäre, die Grants *joie de vivre* bezeugte. (Im »Roten Haus« verriet die Ordnung, die überall außer in Williams eigenem Zimmer herrschte, einen gewissen Mangel an Vitalität.) An diesem grauenhaften Tag war er Grant dankbar für das Chaos, das die Scheune zu einem Ort des Friedens machte. William ging zu den anderen hinüber, nicht ohne die sauber alphabetisch geordneten Partituren und CDs zu registrieren – in allem, was seine Arbeit betraf, war Grant äußerst penibel.

Rufus, Bonnie und Grant stellten keine Fragen. Sie warteten, bis William seine Geige gestimmt hatte, und wenig später begannen sie mit Schuberts a-Moll-Quartett. Das Andante daraus hatten beide, William und Grace, immer besonders tröstlich gefunden. An diesem Nachmittag hätte William allerdings kaum erwartet, daß es auch jetzt wirken würde. Die wenigen Male, die er zu Bonnie hinüberschaute, schien es ihm, daß da ein munteres junges Mädchen, eine außergewöhnlich begabte Bratschenspielerin saß. Eine junge Frau, die er zwar noch liebte (und, in gewisser Weise, auch immer lieben würde), der er aber nicht mehr nachstellen würde, auch in seinen Tagträumen nicht. Gott in seiner unendlichen Güte hatte ihn davon befreit. Wieder war er aus dem Dunkel ins Licht getreten.

Während der Teepause teilte Grant William mit, daß es einige Anrufe für ihn gegeben hatte.

»Diverse Journalisten«, sagte er. »Scheint sich um Mord gehandelt zu haben. Sie hatten gehört, daß du als erster am Ort des Geschehens warst.«

»Das stimmt«, sagte William.

»Das Telefon ist jetzt abgestellt. Können wir irgendwas für dich tun?«

William lächelte. »Keine Sorge, ich bin kein Mörder.« Er sah von einem zum anderen. »Ein verwirrter junger Mann, der mit Grace befreundet war, hat seine Mutter erstochen. Ich bin natürlich hingelaufen, um die Polizei und die Sanitäter hereinzulassen. Grace ist nachgekommen.«

William sah, wie Bonnie sich auf die Lippe biß. Tränen glitzerten in ihren Augen. Eine rollte ihr wie ein dünner Lamettafaden über die Wange.

»Eine schrecklich blutige Geschichte«, sagte Rufus.

»Genau«, sagte William.

»Kognak oder sonst irgendwas?« fragte Grant.

»Vielleicht später, vielen Dank.« Es gab wirklich auf der ganzen Welt keine nettere, keine verständnisvollere Truppe als seine Mitspieler. Die Liebe zu den dreien überwältigte ihn.

»Laßt uns jetzt den dritten Satz spielen«, sagte er. »Die Zeit drängt.«

Als die Probe vorüber war, ging Bonnie mit William nach draußen zum Wagen.

»Es tut mir so leid«, sagte sie.

»Es ist nicht Ihre Schuld.« Erschreckt stellte William fest, daß es zu spät und auch zu kompliziert war, seine Antwort zu korrigieren.

»Wie meinen Sie das? Sie stehen offenbar immer noch unter Schock.«

»Wahrscheinlich. Aber ich dachte ... also ich dachte nicht an den Mord. Trotzdem vielen Dank.«

Bonnie schlang die Arme um seinen Hals. Sie duftete noch immer nach Sommer, aber wie aus weiter Ferne, es berührte ihn nicht mehr. Sie küßte ihn auf die Wange. Aber irgendwie war sie unwichtig geworden. Er spürte es mit aller Deutlichkeit, sie zählte nicht mehr.

»Wenn ich irgendwas für Sie tun kann ...«

William nickte zerstreut. Kurz darauf fuhr er weg.

Zu Hause erfuhr er von Grace, daß sie den ganzen Nachmittag von Reportern belagert worden war, am Telefon ebenso wie an der Haustür. Sie sei, sagte sie, ganz unverbindlich geblieben und habe nichts verraten. Aber sie fürchte, die Journalisten würden noch das Wenige, das sie gesagt habe, verdrehen. Sie war erschöpft von der Aufdringlichkeit der Leute, aber auch aufgebracht. William wurde ebenfalls ganz wütend und bat Grace, die Kerle ab jetzt ihm zu überlassen. Falls sie wiederkämen, sagte er, würde er ihnen unmißverständlich die Meinung sagen.

Später erschienen zwei Kriminalbeamte, um William und Grace zu befragen. Die Prozedur war langwierig und ermüdend, aber unkompliziert. Lucien hatte gestanden – offenbar sogar mit Genugtuung –, daß er seine Mutter umgebracht hatte. Er würde des Mordes angeklagt werden. Es war alles ziemlich klar und übersichtlich – geradezu nach Schema F, sagte der Kriminalbeamte, als er schließlich sein kleines Aufnahmegerät ausmachte. Eben einer jener schrecklichen Vorfälle in dieser häßlichen Welt. Natürlich könnten die Hendels bei dem Prozeß als Zeugen aufgerufen werden, aber das würde sicherlich noch eine ganze Weile dauern. Einen Moment lang dachte Grace daran, zu fragen, ob sie Lucien in der Untersuchungshaft besuchen dürfe. Aber dann sagte sie sich, nein, so weit könne sie in ihrer Verständnisbereitschaft nicht gehen. Auch wenn er wegen seines kranken Hirns nicht für seine Taten verantwortlich war. Was sie jetzt tun mußte, um mit der Erinnerung an ihn weiterleben zu können, war ... eigentlich wußte sie es nicht. Doch nun, da sie ihren Weinanfall hinter sich hatte und die Kriminalbeamten wieder fort waren, mußte das Leben weitergehen.

»Morgen ist dann das Konzert«, sagte William. »Ich fahre am späten Vormittag los.«

»Der Beethoven?«

»Und Schuberts a-Moll. Lief heute nachmittag ziemlich gut. Trotz alledem.«

Grace stellte das Schutzgitter vor das Feuer im Kamin.

»Würdest du es schön finden, wenn ich komme?«

»Ob ich es schön fände? Warum nicht, mein Herzblatt.« Ihre Anwesenheit würde ihn nicht stören, und sie hätte das schöne Gefühl, ihm einen Gefallen zu tun.

»Gut, dann komme ich mit«, sagte Grace. »Ich werde dich fahren.« Für sie würde das bedeuten, daß sie sich nicht schon morgen Gedanken um ihr Buch machen mußte: Sollte sie dem Rat eines Mörders folgen und es fertigstellen, oder sollte sie das Projekt mit all seinen unangenehmen Assoziationen lieber fallenlassen? Sie würde Zeit brauchen, um darüber nachzudenken, wie sie sich die folgenden Tage gestalten sollte. Vielleicht brachte das Konzert sie ja auf eine Idee – wenn William auf seine unnachahmliche Weise einige von Beethovens späten Quartetten spielte. Und vielleicht half es ihr auch, mit der Tatsache fertigzuwerden, daß ihr Freund Lucien ein Mörder und ihre Beinah-Freundin Lobelia tot war.

Grace ging in die Küche, um das Licht auszumachen. Sie sah auf den Wandkalender. Unter Freitag hatte sie dort mit Druckbuchstaben ESSEN LOBELIA notiert. Sie hatte es mit so großer Hoffnung geschrieben. Grace nahm einen Rotstift und strich die Worte durch. Dann ging sie mit William nach oben. Das Bettproblem löste er diesmal ungewöhnlich nachlässig. Grace wußte nicht, ob sie das als Zeichen zukünftiger Veränderungen deuten sollte oder ob die vergangenen achtundvierzig Stunden ihn so erschöpft hatten, daß ihm selbst die alltäglichen Rituale zuviel waren.

Das Telefon klingelte früh.

»Laß mich ran gehen«, sagte William. Es war Jack.

»Dad? Wie wir feststellen, bist du berühmt.«

»Was meinst du damit?« Mit der Hilfe von Tabletten hatte er tief geschlafen. Erst ganz allmählich fiel ihm wieder ein, was gestern passiert war.

»Die Geschichte steht in allen Zeitungen. Dieser Mord. Berühmter Musiker eilt zum Ort des Geschehens ... Lucien Watson, enger Freund des Geigenvirtuosen William Hendel – und so weiter, das ganze Zeug.«

»Du lieber Himmel«, sagte William. »Diese Lumpen. Mr. Watson war nicht mein Freund.«

»Muß doch aufregend sein, so im Zentrum des Geschehens. Wie war es denn?«

»Wenig aufregend.« Gott, was war Jack doch für ein Dummkopf! Offenbar war er neidisch auf Williams kurzen, aber gar nicht angenehmen Ruhm. »Absolut unerfreulich das Ganze. In der Nachbarschaft hat ein Psychopath seine Mutter erstochen. Wie du dir vorstellen kannst, hatten deine Mutter und ich gestern einen schrecklichen Tag. Und wir wollen das Ganze heute nicht noch einmal durchexerzieren.«

»Nein. Sicher, klar. Kapiert.« Jack schwieg. William spürte den Respekt in Jacks Schweigen. »Immerhin, nun kommt also doch noch der Ruhm ...«

»Hör auf, Jack.« Er wußte genau, was Jack dachte: jahrzehntelang Auftritte mit dem Quartett und nur dezentes Lob in den Kritiken. Und dann wird eine Nachbarin ermordet, und schon ereilt einen echter Ruhm.

»Kann dir doch nicht schaden«, quasselte Jack weiter. »Publikumsmäßig. Laß dir gesagt sein, bei deinen nächsten Konzerten werden sie sich auf die Karten stürzen. Jedenfalls tust du mir leid, Dad. Furchtbar, in so was verwickelt zu sein. Wenn du das Bedürfnis hast, dich mal auszusprechen ...«

»Sehr unwahrscheinlich«, sagte William spitz.

»Laurel und ich sind mit einer Therapeutin befreundet, die in solchen Dingen erfahren ist.«

»Ich will überhaupt nichts mit einer Therapeutin zu tun haben, Jack. Deine Mutter und ich sind, wie du inzwischen wissen solltest, sehr gut in der Lage, mit den unerwünschten Überraschungen des Lebens alleine fertigzuwerden. Wir gehören nicht zu den Versagern, die das nötig haben.«

»Na gut, dann ist jetzt aber vielleicht der Moment gekommen, wo ihr beiden wegfahren solltet. Euch verkriechen, bis das ganze Trara vorbei ist. Laurel könnte euch bestimmt was Günstiges besorgen – Spanien, Griechenland, egal wohin. Ihr müßt sie nur fragen.«

»Wir werden es zu Hause durchstehen, danke. Außerdem haben wir volles Programm. Bis Ostern fast jede Woche Konzerte.«

Jack lachte verkniffen. »Ich wette, so berühmt, wie du jetzt bist, werdet ihr bis Weihnachten ausgebucht sein.«

»Ach, hör doch auf, Jack«, sagte William und legte den Hörer auf.

Ein Gespräch mit seinem Sohn war nie einer guter Start in den Tag, und William, der sich nach der Nacht eigentlich recht erholt gefühlt hatte, bekam ausgesprochen schlechte Laune. Dauernd klingelte das Telefon, doch er weigerte sich abzunehmen. Durch den Briefschlitz kam eine Packung geräucherter Lachs zusammen mit dem Schreiben eines Boulevardblatts, das mehrere tausend Pfund für eine Exklusivstory bot. All das war die deprimierende Kehrseite des Ruhms.

Irgendwann vormittags sagte er zu Grace: »Ich finde es unerträglich. Wir werden heute auswärts essen, mein Herzblatt.

Und anschließend fahren wir gleich weiter nach Windsor und treffen uns dort mit den anderen. Hier sind wir ja Gefangene im eigenen Haus.«

Zwanzig Minuten später verließen sie das Haus in Regenmänteln gegen das leichte Nieseln. Sie mußten sich an diversen lästigen Fotografen vorbeidrängen, die sie aufforderten, sich hierhin und dorthin zu stellen – William ignorierte sie. Wenn die beiden zusammen ausgingen, war üblicherweise Grace die Fahrerin. Aber diesmal packte William plötzlich die Eitelkeit. Er konnte es nicht ertragen, daß die Gangster von der Presse sahen, wie seine Frau ihn fuhr. Da es ihm nicht gelang, ihr seinen Sinneswandel mitzuteilen, stiftete er allerdings nur peinliche Verwirrung, stieß Grace von der Fahrertür weg und zeigte auf den Beifahrersitz. Und der stumme Blickwechsel zwischen dem Ehepaar – Was? Wieso? Tu, was ich sage! – bot den Halunken weitere Gelegenheiten, mit Gebrüll und Blitzlichtgewitter fotografische Lorbeeren zu ergattern. So hatte William sich seinen Abgang allerdings nicht vorgestellt. Der mißhandelte Wagen schoß mit einem Satz auf die Straße und hätte beinah den frechsten der Fotografen erwischt – der einzige Lichtblick für William an diesem elenden Morgen.

Am nächsten Tag waren in den Zeitungen Bilder zu sehen, auf denen die Hendels in höchst jammervoller Haltung neben ihrem Wagen standen.

»Sind wir das etwa?« fragte Grace. »Wir sehen ja ziemlich alt und bescheuert aus. Und dein Regenmantel, William. Wir müssen wirklich …«

Aber irgendwann versandete die Geschichte. Es war ein grauenhafter, aber ziemlich eindeutiger Mordfall – ohne jedes Geheimnis. Bis zum Prozeßbeginn gab es nichts mehr zu berichten oder gar zu spekulieren.

Bei Lobelias Beerdigung, einer düsteren Angelegenheit in einer überheizten modernen Kirche, war Grace eine von nur drei Personen. Während sie auf den Sarg schaute, empfand sie nur ein unendliches Bedauern für alles, was geschehen war: eine unschuldige Mutter, die auf unvorstellbare Weise ihr Leben lang unter ihrem Sohn gelitten hatte und schließlich durch seine Hand gestorben war. Was für ein Ende für ein einsames, trauriges, verwirrtes Leben! Und Grace bedauerte es, daß eine echte Freundschaft vereitelt worden war, bevor sie sich noch entwickeln konnte. Aber sie gehörte auch zu denen, die sich ihres eigenen Glücks stets bewußt waren, und so dachte sie auf dem Heimweg auch daran, wie viele angenehme Jahre ihr mit William geschenkt worden waren, ihrem Ehemann, der in diesem Augenblick zu Hause auf sie wartete.

Er begrüßte sie mit kaum verhohlener Begeisterung.

»Stephen hatte heute morgen lauter Anrufe wegen Konzertanfragen«, sagte er. »Wo ist der Kalender? Das Ulmen-Quartett erlebt offenbar so etwas wie eine Renaissance.«

Grace freute sich über die Nachricht. Seit Lobelias Tod war eine Woche vergangen, und der Schock hatte sich allmählich gelegt. Beide Hendels waren immer noch ein wenig angeschlagen und nervös, aber sie setzten sich – jeder für sich – mit großer Entschiedenheit mit ihren inneren Ängsten auseinander. William war immer noch erleichtert darüber, daß Grace nichts passiert war – und er wußte, dieses Gefühl würde ihn nie verlassen. Und Grace begann, sich an den Gedanken zu gewöhnen, daß Luciens Mord nicht ihre Schuld war. Auch sie war selig vor Erleichterung: Daß Lucien nie mehr wieder an ihrem Küchenfenster auftauchen würde, war ein Segen, für den sie jeden Morgen von neuem dankbar war.

Als die Beerdigung vorüber war, hatten beide das Gefühl, jetzt sei es an der Zeit, daß etwas Schönes passierte. Und Stephens Anruf bedeutete den Wendepunkt. Sie wußten, nun würde ihr Leben wieder normal werden.

13

Zu Williams Ärger wurde die Behauptung, Lucien sei sein und nicht Graces Freund gewesen, nie korrigiert. Und es war auch sein Foto – ein sehr altes mit mehr Haaren und weniger Falten, das in den Ulmen-Programmheften immer noch abgedruckt wurde –, das in vielen Zeitungen erschien. Es irritierte ihn außerdem, daß Jack mit seiner Voraussage recht behielt. Der kurze Ruhm aus falschem Grund hatte eine Welle musikalischen Interesses hervorgerufen. Williams Terminkalender enthielt so viele Engagements wie seit Jahren nicht mehr. Und die Konzerte waren schon im voraus ausverkauft. Zu seinem Verdruß wurde William auch an manchen Künstlerausgängen der Konzertsäle von Autogrammjägern empfangen. Obwohl er seine Sorge um die Zukunft des Ulmen-Quartetts wohl erst mal vertagen konnte, gefiel ihm der Grund dafür nicht: Das plötzlich aufflammende Interesse hatte seiner Meinung nach nichts mit der Qualität ihres Spiels, sondern ausschließlich mit einem sensationslüsternen Publikum zu tun. Es war bitter, daß selbst die Liebhaber von Kammermusik ihre schwachen Seiten hatten. William wußte, daß Grant, Bonnie und Rufus ähnlich dachten, auch wenn sie sich nicht dazu äußerten. Bei Proben an trüben Tagen stellte er gelegentlich eine finstere Entschlossenheit bei ihnen fest, die weniger Begeisterung als Pflichtgefühl verriet. Er hoffte nur, daß sich das allmählich legen würde. Wenn die Nachfrage nach ihren Auftritten wieder nachließ (und William wußte, daß das der natürliche Lauf der Dinge war), würden die vier hoffentlich wieder zu ihrer gewohnten, entspannten und doch gewissenhaften Probenroutine zurückfinden. Vorerst bedeutete die erhöhte Nachfrage auch, daß sie ihr Repertoire erweitern mußten. Es war ein arbeitsreicher Frühling.

Auch für Grace gab es soviel Arbeit wie seit Monaten nicht. Nach langem Nachdenken hatte sie entschieden, daß Lucien trotz seiner bösen Tat auch gute Eigenschaften besaß, sie hatte es ja selbst erlebt. Er hatte sie wie kein anderer in ihrer Arbeit ermutigt und an sie geglaubt. Aus Dankbarkeit, so ihr Entschluß, wollte sie sich deshalb an seinen Rat halten und nicht mehr herumtrödeln, sondern sich mit mehr Ernst der Beendigung ihres Buch widmen. Und kaum machte sie sich wieder ans Werk, begann auch der Zweifel an ihrem Talent zu schwinden. Sie wußte zwar, daß sie nie eine geniale Künstlerin werden würde, aber ihre fachliche Kompetenz war ihr ein Trost, und sie genoß ihr morgendliches Tun.

Sie gestattete es sich nicht mehr allzu häufig, über ihre Beziehung zu Lucien und seinen Mord nachzudenken. In der Zeit kurz vor seiner wahnsinnigen Tat hatte sie ihn vermißt und gleichzeitig seine Rückkehr gefürchtet. Nun, da sie wußte, daß es auch sie hätte treffen können, überwog ihre Erleichterung, daß Lucien in sicherer Verwahrung war. Sie war dankbar, daß sie nicht mehr jeden Tag Angst haben mußte, und sie genoß ihren lange vermißten Seelenfrieden. Und was Lobelia betraf... Grace war selbst überrascht, wie sehr sie einer Freundschaft nachtrauerte, die doch noch gar nicht richtig begonnen hatte. Und sie war voller Mitleid für das elende Leben dieser Frau, die von ihrem Sohn so entsetzlich terrorisiert worden war. Wenn Lobelia noch lebte und tatsächlich Graces Freundin wäre, hätten sie sich ständig von Lucien bedroht fühlen müssen. Denn in seinem Wahn hätte er die beiden als seine Feindinnen betrachtet. So hatte Lobelias Tod ihnen viele furchtbare Probleme erspart. Es war alles ganz grauenhaft, und Grace war immer noch erschüttert, aber sie tröstete sich auch mit dem Gedanken, daß ein ruhiges, diszipliniertes Leben, das plötzlich aus der Bahn geworfen wird, eher zur Normalität zurückfindet als eines, dem von jeher jede Ordnung fehlt. Natürlich war sie immer noch traurig und voller Bedauern, und sie nahm sich auch vor, in Zukunft weniger blind sich selbst gegenüber zu sein. Aber all das waren keine Themen, über die sie jemals mit William sprechen würde. Beide erwähnten Lucien und Lobelia nicht. Sie waren Figuren in einer Katastrophe, die nun Gott sei Dank vorüber war. Die Eheleute konnten wieder ihre befriedigende Arbeit und das so vertraute Schweigen genießen. Und was William betraf, so war er froh, daß Grace sich so bemerkenswert schnell erholte und heiter und zufrieden wirkte. Er beschloß, sich mehr für ihre Arbeit zu interessieren und sie kräftig anzuspornen, wenn erst mal der erste Ansturm an Konzertnachfragen vorüber war.

Jener Tag Mitte Mai, den William nie vergessen sollte, war von Anfang an voller Vorzeichen, die er jedoch nicht zur Kenntnis nahm. Erst im nachhinein konnte er sie deuten und begriff nicht, wieso er sich nicht hatte warnen lassen.

Das Wetter war so mild, daß er sein Jackett auszog, was während der Fahrt zur Probe auch bequemer war. Ohne die hinderlichen Jackettärmel war das Lenken viel einfacher, weswegen er sich auf dem Weg zu Grants Scheune weniger Feinde als sonst machte. Er fühlte sich zufrieden und entspannt und dachte, alle anderen auf der Straße müßten in ähnlicher Stimmung sein, noch dazu, wo der Himmel so blau und die Blätter so grün waren. William freute sich schon auf den Bartók am Morgen, eines seiner dissonanteren Quartette (das er ungern im Winter spielte), und ebenso auf den Nachmittag, wenn sie, nach langer Zeit wieder einmal, Haydns »Sonnenaufgangsquartett« proben würden, ein Stück, das im Juni in London auf dem Programm stand.

Neben ihm auf dem Beifahrersitz lag ein Strauß scharlachroter Tulpen, den Grace ihm für Grant mitgegeben hatte. »Damit die Scheune ein bißchen freundlicher aussieht«, hatte sie gesagt – ein Satz und eine Geste, die noch nie vorgekommen waren. William hatte sich nicht dazu geäußert. Nach dem Mord hatte es häufiger solche überraschenden Gesten von Grace gegeben, und William verstand sie.

Als er mit den Blumen zur Scheune ging, kam er sich reichlich albern vor. Sie ließen ihre leuchtenden Köpfe gegen seine Brust sinken – eine seltsam neurotische Sorte Blumen. Außerdem war er in seinem ganzen Berufsleben noch nie auf die Idee gekommen, Grant Blumen zu schenken. Er wollte Grace zwar nicht die Freude verderben, aber das Ganze machte ihn ziemlich verlegen.

Grant saß am Küchentisch und studierte Straßenkarten. Als er aufsah, mußte er über William mit den ungewohnten Blumen lächeln.

»Rufus hat gerade angerufen. Er hat Probleme mit einem Reifen, aber er wird in zwanzig Minuten hiersein.«

Anscheinend war also alles wie immer. Aber irgend etwas lag in der Luft, das William alarmierte.

»Gut.« Er ließ die Blumen auf den Tisch fallen, froh, daß er sie los war. »Die sind von Grace für dich.«

»Wie nett von ihr.« Grant sah ein wenig überrascht aus. »Sag ihr vielen Dank. Bonnie wird nach einer Vase sehen.« Er machte sich Notizen. »Bin gerade dabei, den Sommerurlaub zu planen. Nicht sehr weit weg, aber eine komplizierte Rundfahrt. Und ich bin nicht sehr gut im Kartenlesen.«

»Oh, wohin geht's denn?« fragte William. Er wurde noch nervöser, wußte allerdings nicht, wieso.

»Hierhin und dahin, bin noch nicht ganz sicher. Immer diese Entscheidungen. Mir dreht sich der Kopf.« William schluckte. Wie seltsam er sich benahm. Grant war kein Planer und, soweit William wußte, auch kein spezieller Fan von Schottland.

»Grace und ich haben mal ein paar schöne Tage auf den Shetland-Inseln verbracht«, sagte er.

»So weit wird es wohl nicht gehen.«

»Ein reizendes kleines Hotel, völlig abgelegen in einer Bucht. Das könnte ich empfehlen ...«

Bonnie kam durch die Tür. Sie trug ein blaues Hemd, das zu dem Glockenblumenstrauß paßte, den sie in der Hand hielt. Sie sah über Grants Schulter zu William und wies mit einem Nicken auf die Tulpen.

»Haben Sie die mitgebracht?«

»Das war Graces Idee.«

»Wie passend!«

William runzelte die Stirn.

»Wieso passend?«

Bonnie zuckte die Achseln.

»Ich weiß nicht. All die vielen Blumen plötzlich. – Ich habe einen herrlichen Spaziergang im Wald gemacht.« Das war an Grant gerichtet.

»Gut, ich werde dann schon mal mit den Vorbereitungen beginnen.« William hatte plötzlich das Bedürfnis, sich von Grant und Bonnie und den verdammten Blumen zu entfernen.

Nachdem er sein Instrument gestimmt hatte, begann er eine Passage aus Mozarts Violinkonzert D-Dur zu spielen. Er hatte es nicht geplant, es war ihm einfach aus den Fingern gesprungen. Gleichzeitig verfolgte er, wie Bonnie Krüge mit Wasser füllte und die schwanenhälsigen Tulpen zu einem irgendwie sehnsuchtsvollen Arrangement gruppierte. Dann nahm sie sich die Glockenblumen vor, ordnete sie zu einem Tuff blauer Köpfe in einem Krug, dessen kräftiges Gelb durch die ganze Scheune leuchtete. Durch halb geschlossene Augen sah William Rufus durch die offene Tür treten. Er blieb eine Weile dort stehen, um der Musik zuzuhören, und betrachtete dabei seine öligen Hände. Er nickte und ging zum Waschbecken. William hörte mitten im Takt auf zu spielen.

»Wie wunderwunderschön«, sagte Bonnie. »Ich wünschte, Sie würden uns den ganzen Nachmittag vorspielen.« William mußte an Situationen in der jüngsten Vergangenheit denken. Noch vor kurzem hätte ihn eine solche Bemerkung nicht nur bis in eine unruhige Nacht hinein verfolgt, sondern auch zu vagen Hoffnungen verführt. Jetzt hingegen freute sie ihn zwar, setzte aber keine gefährlichen Phantasien mehr in Gang. Endlich konnte er Bonnie ganz ruhig anschauen. Luciens reale Mordtat hatte ihm das Entsetzliche seiner albernen Wunschträume vor Augen geführt und Bonnie ihrer Macht beraubt. Trotzdem liebte er sie immer noch. Himmel, wie er sie liebte! Das hätte sie an seinem Mozart-Solo eigentlich merken müssen ...

»Spitzenform«, sagte Rufus. »Wenn ich bloß so spielen könnte wie Hendel in seinen besten Momenten. – Übrigens, tut mir leid, daß ich zu spät komme. Reifenprobleme.«

»Dann laßt uns jetzt anfangen.« Der Mozart hatte William nicht beruhigen können. Irgend etwas, das er nicht genau benennen konnte, aber deutlich spürte, stimmte heute nicht. Und er hoffte, durch die Probe würde es verschwinden. Die anderen spürten seine Ungeduld und eilten an ihre Plätze. Es begann der Kampf mit dem Bartók, der ihnen nicht vertraut war, und der Tag verstrich in konzentriertem Bemühen, war abwechselnd frustrierend und erfreulich.

Nach der Probe erbot Grant sich, Tee zu kochen. Mittlerweile hatte sich Williams ungutes Gefühl gelegt. Er wunderte sich nur, daß der sonst gar nicht gastfreundliche Grant nach einer völlig normalen Probe plötzlich diesen Vorschlag machte. Sie setzten sich an den Tisch, der mit den auseinandergefalteten Landkarten, den Büchern, Handschuhen, Keksen und vollen Aschenbechern einen chaotischen Anblick bot. William saß gegenüber von Bonnie, die wunderschön hinter dem Glockenblumenstrauß aussah (allerdings auch ein wenig angespannt, wie William fand). Wie gut, daß er in ihrer Gegenwart nicht mehr leiden mußte! In stolzer Gewißheit richtete er sich sehr gerade in seinem Stuhl auf. Er genoß die Gelassenheit eines ruhigen Herzens und die warme Abendluft, die durch die offene Tür wehte.

Grant stand am einen Ende des Tischs und schenkte grünen Tee in die wie üblich wenig einladenden Becher. William hatte den Eindruck, daß der Cellist sich betont beiläufig gab, als hätte er vorher beschlossen, die schlichte Handlung dürfe nicht zu feierlich wirken. William sah fasziniert zu. (Als er später die Teezeremonie noch einmal Revue passieren ließ, bedauerte er, daß er Grant nicht genauer beobachtet hatte.)

Grant setzte sich.

»Nun«, sagte er und versuchte, eine der kleineren Landkarten zusammenzufalten. »Ich denke, jetzt ist der richtige Zeitpunkt für eine gute Nachricht. Bonnie und ich werden heiraten.«

In der Sekunde, bevor seine Augen zu zucken begannen, sah William zu Bonnie – ihr Gesicht schien durch den blauen Strauß in tausend Stücke zerlegt. Es waren, wie er jetzt begriff, Festtagsblumen, die in dem Krug zwischen ihnen standen. Er mußte sich an seiner Kordhose festhalten, spürte, wie seine Augenlider flatterten. Rufus, der gute Rufus, fand Gott sei Dank die richtigen Worte und beglückwünschte sie. Anschließend bemerkte er:

»Da habt ihr beiden uns aber ganz schön an der Nase herumgeführt, wenn ich das so sagen darf. William und ich hatten nicht die leiseste Ahnung.«

Ja, wahrhaftig, dachte William und kniff sich noch fester in seine Hosenbeine.

»Nein, wirklich, was für eine Überraschung. Ich gratuliere ebenfalls.« William zwang sich ein Lächeln ins Gesicht und hoffte, daß keiner merkte, wie rauh seine Stimme klang.

Bonnie lachte, errötete, wechselte Blicke mit Grant. Zu Williams Erleichterung stand Grant nicht auf, um die Liebe zu seiner zukünftigen Braut öffentlich zu demonstrieren. Statt dessen holte er eine Flasche Champagner aus dem Kühlschrank, und Bonnie hatte im Nu Gläser herbeigeschafft. Komisch, dachte William. Er hatte sich immer gewundert, wie gut sie sich in Grants Küche auskannte. Auf den Grund wäre er nie gekommen.

Sie stießen auf die Zukunft von Grant und Bonnie und auf die Zukunft des Ulmen-Quartetts an. Wie würde diese Zukunft jetzt wohl aussehen? Bonnies Augen funkelten unter dem wippenden Pony, und ihre Grübchen zuckten. William konnte sich nicht erinnern, sie je so bezaubernd erlebt zu haben.

»Erstaunlich, nicht wahr?« sagte sie immer wieder.

»Erstaunlich«, wiederholte William, dem eigene Worte fehlten.

»Nach der Familie seid ihr die ersten, die es erfahren.« Sie lächelte erst William und dann Rufus an. »Am zehnten Juli ist die Hochzeit im Haus meiner Tante in Marlow. Sie hat einen Garten, der bis an den Fluß reicht.«

»Marlow?« Das war ein weiterer Schock. Er hatte seit jeher eine irrationale Abneigung gegen Marlow und das Themsetal.

»Marlow«, bestätigte Bonnie. »Was immer Sie gegen Marlow haben mögen, William ...«

»Nichts, gar nichts ...«

»Kommen Sie, noch etwas Champagner.« Sie füllte ihm sein Glas nach. Er würde sehr langsam nach Hause fahren müssen! »Es wird wunderschön werden«, fuhr Bonnie fort. »Hochsommer. Und wißt ihr, was wir uns wünschen?« Jetzt bedachte sie die beiden mit einem offen flirtenden Blick, diesmal erst Rufus, dann William. (Sie war schon immer sehr gerecht in der Verteilung ihrer Sympathien, erinnerte William sich.) »Es wäre wunderbar, wenn ihr auf dem Empfang spielen würdet. Wäre das möglich?«

»Natürlich«, sagte Rufus. »Nichts lieber als das.«

»Sehr gern«, pflichtete William mit kaum hörbarem Flüstern bei.

»Und?« fragte Rufus ganz ungewöhnlich neugierig. »Wie ist es denn nun passiert? Hier direkt unter unseren Augen, und wir haben nichts gemerkt.«

»Tja«, sagte Grant.

»Ich werde es erzählen«, sagte Bonnie. »Erster Tag. Allererster Tag. Das Vorspiel. Ein Blick zu Grant, und ich dachte: ein Wunder, wenn ich überhaupt spielen kann, so sehr hab ich gezittert.« Komisch, dachte William. Das hatte er gar nicht gemerkt. Er hätte schwören können, daß sie wunderbar ruhig war. Er brachte ein Lächeln zustande. »Ich konnte nur noch denken, das ist der Mann, den ich erwartet habe. Vollkommener Quatsch, ich weiß. Aber so war es. Ich habe in Grant den Mann für mich erkannt. Und nach dem ersten Konzert – ihr erinnert euch? Slough? Bei Regen? – wußte ich, daß ich ziemlich gute Chancen hatte ...«

»Und du, Grant?« Rufus stellte all die Fragen, die William nur denken konnte.

»Ich weiß nicht, ob ich mich genauso exakt an alles erinnere wie Bonnie. Aber ich glaube, in Northampton hatte ich ziemlich dasselbe Gefühl.«

Northampton! Aber da hatten sie doch zusammen in dem leeren Bahnhof Kaffee getrunken, als Bonnie den Zug verpaßte hatte ... William sah Rufus scharf an.

»Aber du hast dir nichts anmerken lassen – kein einziges Zeichen, kein Hinweis.« Rufus war offenbar genauso fassungslos wie William, nur daß William es nie zugegeben hätte.

»Natürlich nicht«, sagte Grant. »Wir wollten doch erst ganz sicher sein, bevor wir euch irgend etwas sagten. Wir konnten unser Geheimnis doch nicht gleich von Anfang an mit den zwei Menschen teilen, mit denen wir so eng zusammenarbeiteten, die wir fast täglich sahen. Das wäre eine schreckliche Belastung für euch gewesen. Es hätte einfach nicht funktioniert.«

»Das stimmt. Es wäre nicht fair gewesen«, sagte Bonnie. »Wir kennen doch alle die Regeln. Wenn sich zwischen zwei Menschen einer kleinen Gruppe etwas anbahnt, dann sollte die Gruppe sich nicht einmischen. Auch wenn eine Person aus der Gruppe von einer anderen verletzt wird – wenn Grant zum Beispiel meine Liebe nicht erwidert hätte und es mir schlechtgegangen wäre –, auch dann sollten die beiden das um der anderen willen unbedingt für sich behalten.«

»Genau«, sagte William.

»Das fanden wir auch«, sagte Bonnie. William war ein bißchen stolz, daß er sich so verhalten hatte, wie Bonnie es sich gewünscht hätte. »Es war weiß Gott nicht einfach. Manchmal wäre es fast schiefgegangen.«

»Das glaube ich gern«, sagte Rufus fröhlich. »Wirklich erstaunlich, wie ihr es hingekriegt habt. Das wird Iris freuen.«

»Wir haben es auch geschafft, nie zu lügen«, sagte Grant. »Einmal hättest du mich fast dazu gebracht, William. Auf der Fahrt nach Bournemouth. Aber auch da habe ich nicht die Unwahrheit gesagt.«

William bedachte Grant mit einem kleinen anerkennenden Lächeln. Und in wie vielen Hotels hatte er geglaubt, Bonnie liege allein in ihrem Bett! Doch trotz des Schocks fand William es jetzt einfacher, mit der Enthüllung fertigzuwerden, als er es vor dem Mord empfunden hätte.

»Ich muß jetzt los«, sagte er. »Grace wird sich bestimmt sehr freuen.« Er stützte sich auf den Tisch und stand auf.

»Natürlich habt ihr uns auch sehr geholfen. Sie und Rufus, Sie waren einfach wunderbar – so ganz ohne Neugier, ohne Verdacht, mit dem Kopf meist in den Wolken und mit Herz und Seele bei der Musik, selbst wenn wir nicht spielten ...« schob Bonnie noch hinterher, als sie Williams Gesicht sah.

»Das ist wohl richtig«, sagte Rufus und ersparte William die Antwort. »Ein Ehepaar im Quartett ... Was sagst du denn dazu, William?«

William schwieg, suchte nach Worten. Jetzt war nicht der richtige Zeitpunkt, um sich über seine Gefühle klarzuwerden.

»Warum eigentlich nicht«, sagte er schließlich. Der Champagner benebelte ihn und verhinderte jeden klaren Gedanken.

»Keine Sorge«, sagte Grant. »Wir haben schon alle möglichen Ideen für die Zukunft. Wenn wir demnächst mal Zeit haben, sollten wir darüber sprechen ... Wir könnten euch unsere Vorstellungen vortragen.«

William nickte. Er schüttelte Grant die Hand. Grant und Rufus schüttelten einander ebenfalls die Hand. Bonnie küßte William und Rufus auf die Wange. Dann gingen Rufus und William mit ihren Geigenkästen zur Tür. William warf noch einen Blick zurück. Seine Augen blieben an dem blumengeschmückten Tisch hängen, wanderten dann zu dem Halbkreis aus Notenständern. Schon jetzt wirkte die Scheune anders. Wie durch geheime Magie erschienen die gewohnten Dinge in einem neuen Licht.

Bonnie legte William einen Arm um die Schultern.

»Ihnen muß ich vor allem danken, lieber William«, sagte sie. »Sie haben damals entschieden, mich zu nehmen. Und Ihr Wort gab den Ausschlag.«

»Unsinn«, sagte William und befreite sich sanft aus ihrem Arm. In diesem heiklen Moment fürchtete er wieder ihren alten Zauber. »Es war eine gemeinsame Entscheidung.«

»Ist es nicht absolut großartig?« Jetzt hatte sie den Arm um Grants Taille gelegt. »Hat sich nicht alles ganz wunderbar gefügt?«

»Perfekt« war das Wort, das William als Antwort wählte. Und er wußte genau, wie glatt und kühl und distanziert es klang.

Auf dem Heimweg begann er, Mozarts Violinkonzert an der Stelle weiterzusummen, wo er vorhin aufgehört hatte. Er teilte es sich so geschickt ein (indem er bei den lieblichsten Passagen fast im Schrittempo fuhr), daß er genau mit der letzten Note in seine Auffahrt einbog. Daß er es so präzise hinbekommen hatte – gewissermaßen in anderer Hinsicht auch »perfekt« war –, erfüllte ihn mit solcher Genugtuung, daß er an jenem milden Abend weniger befangen als befürchtet nach hinten in den Garten ging und Grace die Nachricht von der Verlobung überbrachte. Wie er es vorhergesagt hatte, war sie rundum erfreut und meinte, bei zwei Menschen, die so gut zusammenpaßten, stünden die Chancen für eine lange, glückliche Ehe gut.

Bonnie und Grant heirateten an einem Hochsommertag. Später konnte William sich nur noch an einzelne Bruchstücke erinnern: zum Beispiel an den kraftvollen Gesang in der Kirche mit ihren dicken normannischen Mauern, die den Sonnenstrahlen, die durch die Rosettenfenster fielen, alle Wärme nahmen. An Bonnie allerdings nur verschwommen. Sie trug einen Kranz von zigeunerhafter Pracht, und ihre üblichen weiten Ärmel waren diesmal schneeweiß. Auch Grant sah er noch vor sich, wie er seine aufgeregte Frau durch das Kirchenschiff führte, während die Glocken läuteten und eine triumphierende Trompete den herrlichen Purcell erklingen ließ. Dann waren da die Hochzeitsgäste, von denen er nur die wenigsten kannte. Alle beäugten einander genau, während sie später über den Rasen wandelten, der, wie Bonnie versprochen hatte, bis an den Fluß reichte. Die Frauen glänzten in jenen leuchtenden Gartenfarben, die Engländer bei Hochzeiten für angebracht halten. Die Männer trugen Nelken mit Grün im Knopfloch und zeigten sich ungewöhnlich interessiert am Glück der Braut.

In einem kleinen Zelt war ein Buffet aufgebaut. William und Rufus fanden sich als erste dort ein. Sie blieben dicht beieinander, ganz erschlagen von den stark duftenden Lilien und dem Geruch nach warmer Zeltplane. Den Champagner, der auf Tabletts angeboten wurde, hatten sie abgelehnt, da sie noch spielen mußten. Ohne Hunger mümmelten sie die Schnittchen, um sich für ihren Auftritt bei dieser Sommerhochzeit zu stärken. William hatte sehr dringend Stärkung gebraucht. Und Rufus schien ebenso nervös zu sein wie er: Beide fummelten sie an ihren silberfarbenen Krawatten herum und fürchteten um die Nelke in ihrem Knopfloch. William zwang sich, an Nieselregen, taumelnde Bienen und Sauerteigfladen zu denken – lauter herbstliche Dinge, die ihn beruhigen sollten. Doch die Bilder halfen wenig. Er war dankbar für das schattige, leere Zelt und dafür, daß Rufus bei ihm war.

»Weißt du, daß ich ziemlich viel nachgedacht habe«, sagte sein alter Freund. »Wenn es soweit ist, daß wir beide, du und ich, unsere letzte Verbeugung machen müssen, dann wären Bonnie und Grant doch das ideale Paar, um das Ulmen-Quartett weiterzuführen. Bei der Menge an jungen Talenten müßte es doch nicht allzu schwierig sein, zwei neue Geiger zu finden.

Ich bin fest überzeugt, daß sie die Tradition der Ulmen fortsetzen könnten.«

»Schon möglich«, meinte William. Er konnte es schon deutlich vor sich sehen: Bonnie, die freigebig ihre Verbeugungen verteilte, und Grant, der jede Menge Zugaben gewährte. Aber das waren unbedeutende Einwände, und Rufus hatte sicher recht. Wenn die Zeit ihres Abschieds gekommen war, würde es durchaus funktionieren. Und jetzt war nicht der rechte Zeitpunkt für Grübeleien.

»Was hast du denn für nächste Woche vor?« fragte er. Konzerte waren erst wieder für die Zeit nach den Flitterwochen von Bonnie und Grant angesetzt.

Rufus betrachtete unentschlossen eine Platte mit hellen und dunklen belegten Brötchen. Ebenso wie William mußte er feststellen, daß ihn der Gedanke, bei einer Hochzeit zu spielen, trotz all ihrer vielen öffentlichen Auftritte nervös machte.

»Ich fahre mit Iris nach Norfolk«, sagte er. (William hatte ihm die Gegend vor Jahren empfohlen, und Rufus war ihm wegen seiner Vogelleidenschaft ganz besonders dankbar dafür.) »Wir werden dort lange Wanderungen über die Felder machen. Das Korn wird dann schon geschnitten sein. Ich hoffe, wir sehen ein paar Feldlerchen. – Und du?«

»Ich habe noch keine Pläne«, sagte William.

Nachdem sie sich gestärkt hatten, verließen die beiden Geiger das Zelt und mischten sich unter die Menge, die Grant und Bonnie umringte. Williams Kopf wurde ganz leer. Gleich kam der gefürchtete Moment, wo er die Braut küssen mußte. Doch es ging alles glatt. Kurz umwehte ihn Bonnies gewohnter sommerlicher Duft, und mit rosigen Wangen lächelte sie ihn durch ein Meer von winzigen weißen Blüten an. Dann beglückwünschte er den Bräutigam und drückte ihm die feuchte Hand. William fand Grants Krawatte aufdringlich, aber er hatte seinen Geschmack schon immer für leicht bedenklich gehalten. Er hätte lieber ihn, William, um Rat fragen sollen. Doch Grant sah so selig aus, daß er sich vor einer Bemerkung hütete.

»Bin gleich wieder zurück, ich kümmere mich nur schon mal um die Musik«, sagte Grant zu seiner Frau, nachdem er Rufus ausführlich auf die Schulter geklopft hatte. Aber Bonnie in ihrem wehenden Schleier schien ihn nicht zu hören.

Grant führte William und Rufus zu den Stühlen und Notenständern, die im Schatten einer kleinen Rotbuche aufgebaut waren. Die beiden ließen sich viel Zeit. Während sie fast mechanisch ihre Instrumente stimmten und die Partituren aufstellten, ließen sie ihre Blicke über das heitere Gewoge der Hochzeitsgesellschaft wandern.

Die Unterhaltungen darüber, was William und Rufus spielen sollten, hatten den vier Ulmen-Mitgliedern so manchen schönen Abend beschert. Bonnie hatte mit großer Entschiedenheit auf einigen der Mozart-Duette bestanden, die sie an jenem Wintermorgen mit William gespielt hatte, auch wenn die Stücke eigentlich für Geige und Bratsche gedacht waren. Dem mochte William nur ungern zustimmen. Da ihm aber kein plausibler Einwand eingefallen war, hatte er mit höflich gespielter Begeisterung genickt. Schließlich hatten sie sich dann doch für den ersten und zweiten Satz aus Bachs Doppelkonzert entschieden. William vermutete, daß Bonnie vielleicht geahnt hatte, wie schwer ihm die Mozart-Duette gefallen wären. Und er war ihr dankbar für ihre Sinnesänderung. Wenn es soweit wäre, hatte Bonnie den beiden erklärt, würde sie die Hochzeitsgäste stehen lassen und sich zu ihren Füßen setzen und zuhören. – Nachdem die Entscheidung endlich getroffen war, folgten für William und Rufus noch weitere schöne Abende, an denen nur sie beide miteinander übten.

Während sie also ihre Geigen stimmten, ließ William seinen Blick noch einmal über die Gäste schweifen, sah all die Kleider und Hüte in der warmen Brise flattern. Das waren also die Menschen, die zu Bonnies Leben gehörten, von dem er so gut wie nichts wußte. Einige der Männer hatten in ihrer Vergangenheit sicher eine Rolle gespielt – aber wer? Wer hatte sie geliebt? Tat es vielleicht immer noch? Gab es Herzen, die ebenso schmerzlich-süß klopften wie seines?

William wurde durch den Anblick von Jack und Laurel aus seinen fruchtlosen Gedanken gerissen. Selbst aus der Entfernung konnte er erkennen, daß die beiden nicht sehr froh wirkten. Laurels diverse Billigangebote für Flitterwochenurlaub waren von Grant und Bonnie höflich abgelehnt worden, da sie an einen geheimgehaltenen Ort in Schottland fahren wollten. Laurel hatte ihnen die Ablehnung ziemlich übelgenommen, was Jack wiederum zu mehreren Telefonaten mit William veranlaßte. Er wollte, daß William das Paar doch noch umstimmte. William hatte sich geweigert, und seine Bockigkeit (in Jacks Augen) hatte den Zwist noch verschärft. Es hatte seit Wochen keinen Kontakt mehr zwischen Vater und Sohn gegeben. Jetzt sah William, wie Laurel Jack am Ärmel zupfte und auf Bonnie zeigte. Er ahnte, was sie ihm zuflüsterte, seufzte und schaute lieber weg.

Sein Blick fiel auf Grace und Iris, die sich ebenso zusammengeschlossen hatten wie vorher Rufus und er selbst. Offenbar genossen sie das Fest und die schöne Umgebung. (Nicht einmal an so einem Tag vergaß William sein Vorurteil gegen Marlow. Grace hatte ihn auf dem Weg zur Kirche dafür getadelt, allerdings ohne Erfolg.) Aus der Entfernung wirkte Grace wie ein hübsches junges Mädchen. Ihr Gesicht unter dem breiten Strohhut, auf dem oben eine echte Louis-Odier-Rose thronte, war mit Lichttupfern gesprenkelt. Sie lächelte bezaubernd in alle Richtungen und winkte William fröhlich zu. Grace, sein allerbestes Herzblatt. Was für ein guter Mensch sie doch war. Über die Mordgeschichte war sie erstaunlich gut hinweggekommen. Sie schien keine Alpträume zu haben und klagte auch nicht ständig darüber, daß sie im entscheidenden Augenblick fortgewesen war. Vergessen war das grauenhafte Erlebnis sicher nicht (und würde und könnte es auch nie sein), aber es bestimmte ihr Leben nicht mehr. Sie waren beide gestärkt daraus hervorgegangen und hatten ihre vertraute Alltagsroutine wieder aufnehmen können.

William verweilte mit liebenden Augen bei seiner Frau, die sich jetzt bei Iris eingehakt hatte. Er sah, wie sie plötzlich beiseite trat. Eher als viele andere hatte sie gespürt, wie sich eine magische Schneise für die Braut öffnete. Bonnie war auf dem Weg zur Rotbuche – zu Rufus und ihm –, wartete sicher schon ungeduldig auf die Musik. Sie rannte beinahe und zog die wehende Tüllschleppe hinter sich her. Sie lächelte, glücklich und wunderschön. Grant war einige Schritte hinter ihr und versuchte, sie einzuholen.

William und Rufus wechselten einen Blick.

Nach all den gemeinsamen Jahren waren Worte zwischen den beiden Gründungsmitgliedern des Ulmen-Quartetts unnötig. Sie hoben den Bogen und rückten ihre Geige auf der Schulter zurecht. William nickte Rufus so unauffällig zu, daß nur er, der die sparsamen Gesten seines Freundes kannte, es bemerkte.

Bonnie in ihrem Traum aus Weiß hatte sie jetzt beinahe erreicht. Sie begannen zu spielen.

Béa Gonzalez

Der bittere Geschmack der Zeit

Roman. Aus dem Englischen von Christine Frick-Gerke.
297 Seiten. Klappenbroschur

In der galicischen Kleinstadt Canteira, im entlegensten Teil Spaniens, saßen an langen Winterabenden die Encarna-Frauen um den Kamin und lauschten den Geschichten der Durchreisenden, die kaum jemals länger als eine Nacht in der Pension blieben. So kam die Welt zu ihnen: der Dichter Don Miguel, der Matilde zwanzig Jahre zu spät seine Liebe gestand, der Heiratsschwindler Alberto, der Gloria immerhin einen Sohn schenkte, die Schmuggler, mit denen María ihre undurchsichtigen Geschäfte machte – all diese Männer brachten Freud oder Leid in den Haushalt der Frauen und verschwanden dann wieder aus ihrem Leben.
Béa Gonzalez schildert das Schicksal von vier Frauengenerationen, Aufstieg und Fall der Familie Encarna, durch deren ungewöhnliches Hotel die Welt in den entlegensten Winkel Spaniens kam.

PIPER ORIGINAL

Lorna Landvik

Das Café in Tall Pine

Roman. Aus dem Amerikanischen von Edith Winner.
501 Seiten. Klappenbroschur

Für die etwas unkonventionellen Bewohner von Tall Pine, Minnesota, ist das »Cup O'Delight« zum Lebensmittelpunkt geworden. Die 22jährige Fenny, die den örtlichen Anglerladen betreibt, hat in der energischen, wohlbeleibten Cafébesitzerin Lee O'Leary und all den anderen, die sich dort täglich zu Kaffee und Zimtbrötchen einfinden, ihre Ersatzfamilie gefunden. Große Aufregung in das gemächliche Kleinstadtleben bringt Hollywood-Produzent Freed, als er Fenny für die weibliche Hauptrolle seines Films »Ike und Inga« entdeckt – und die Gegend von Tall Pine als idealen Drehort. Und dann taucht auch noch der Musiker Big Bill auf und gefährdet die Freundschaft zwischen Fenny und Lee...
Lorna Landvik hat ihren Roman mit üppigen Farben und einer exzentrischen und unvergeßlichen Besetzung ausgestattet, die sich der Sympathie ihrer Leser gewiß sein kann.

PIPER ORIGINAL

Stefanie Kremser

Postkarte aus Copacabana

Roman. 222 Seiten. Klappenbroschur

Der kleine Ort Copacabana lag im Schatten der rostroten Anden am Ufer des Titicacasees. Elenas Apotheke fand sich unübersehbar im Herzen des Dorfes. Elena genoß ihre Arbeit, und ganz besonders liebte sie es, all die verschiedenen Heilkräuter, Duftwasser und Seifen in die hölzernen Regale zu sortieren. Eines Tages trat ein seltsam duftender Fremder mit einem kleinen Lederkoffer durch die Tür des Ladens. Als er seine geheimnisvollen Fläschchen auf die Theke gestellt, seine Brille abgenommen und sie mit dem Zipfel seines viel zu großen Hemdes abgewischt hatte, war für Elena die Entscheidung schon gefallen...

Mit der wahrhaft unsterblichen Liebe zwischen Elena und dem wundersamen Alois beginnt die einzigartige Geschichte der Familie Bichl, deren Frauen alle von einer unergründlichen Sehnsucht beseelt waren.

PIPER ORIGINAL

Anita Shreve

Im Herzen des Winters

Roman. Aus dem Amerikanischen von Mechtild Sandberg.
280 Seiten. Klappenbroschur

Dezember 1943: Die junge Widerstandskämpferin Claire versteckt den schwerverletzten amerikanischen Piloten Ted auf dem Dachboden ihres Bauernhauses. Als die Deutschen das kleine belgische Dorf umstellen, muß Claires Mann fliehen. Sie selbst bleibt zurück, um Ted zu pflegen. Völlig isoliert von dem dramatischen Geschehen um sie herum entbrennt zwischen den beiden eine ungekannte Leidenschaft. Doch neugierige Nachbarn, Spitzel der Gestapo und der eifersüchtige Ehemann machen ihre Liebe zu einem gefährlichen Geheimnis. Ein meisterhafter psychologischer Roman über eine Liebe jenseits aller Konventionen.

SERIE PIPER

Angela Huth

Brombeertage

Roman. Aus dem Englischen von Renate Zeschitz. 382 Seiten. SP 2607

England im Kriegsjahr 1941: Drei junge Frauen haben sich als Landmädchen zur Arbeit auf einer abgelegenen Farm verpflichtet. Die Farmerfamilie steht den jungen Städterinnen zunächst skeptisch gegenüber: Mit Mistgabel, Melkeimer und Overall bieten sie ein eher komisches Bild. Doch die unternehmungslustige Prue, die in puncto Männer nichts anbrennen läßt, die ernste Cambridge-Studentin Agatha, die mit dem Farmersohn Joe nicht nur geistigen Gedankenaustausch sucht, und die verträumte, schöne Stella, die nur an ihren Verlobten Philipp denkt, erweisen sich bald als geschickte, zupackende Kräfte. Dabei sorgen allerlei amouröse Verwirrungen um den attraktiven Joe für Spannungen, für Liebe und für Leidenschaft zwischen Kornfeldern und Kuhställen.

Das verheiratete Leben

Roman. Aus dem Englischen von Renate Zeschitz. 348 Seiten. SP 2749

Einen Tag und eine Nacht dauert die Party der Farthingoes auf ihrem viktorianischen Landsitz in England. Sie ist der gesellschaftliche Höhepunkt der Saison. Die geladenen Ehepaare und Junggsellen, die Söhne und Töchter kennen sich zum Teil flüchtig, zum Teil sehr gut. Für eine Nacht und einen Tag umkreisen sie die Gäste wie die Gestirne am Himmel der Liebe, alte Bindungen werden in Frage gestellt, geheime Lieben gestanden – natürlich alles unter der Norm der englischen Etikette. Angela Huth hat mit typisch britischem Humor einen feinsinnigen und liebenswerten Roman geschrieben, der um die Rituale des Ehelebens kreist und sie vielschichtig beleuchtet. Sie läßt den Leser als schmunzelnden Beobachter teilhaben an den Irrungen und Wirrungen ihrer Protagonisten.

SERIE PIPER

Angela Huth

Meeresleuchten

Roman. Aus dem Englischen von Regina Keller und Angelika Felenda. 378 Seiten SP 3051

Sie sind beste Freundinnen, seit sie als kleine Mädchen in ihrem Heimatdorf an der schottischen Küste miteinander spielten – Annie Mcleoud und Myrtle Duns, zwei Mädchen, wie sie unterschiedlicher nicht sein könnten, denn Annie ist ebenso schön wie flatterhaft, Myrtle dagegen tugendhaft und verläßlich. Aus den Mädchen werden Ehefrauen, die sich der Lebensmitte nähern, Annie ist Mutter einer Tochter, Myrtle bleibt kinderlos. Ein mysteriöser Unfall wird zum Wendepunkt ihrer scheinbar unerschütterlichen Freundschaft. Jahrelange Eifersucht, geheimer Kummer und gegenseitige Vertrauensbrüche werden enthüllt, und die Frauen müssen feststellen, daß sie das kostbarste Gut, ihre Freundschaft, verloren haben. »Meeresleuchten« ist eine bewegende Geschichte von Liebe und Verlust. Mit Zartgefühl, Klugheit und Verständnis erforscht Angela Huth die komplizierten Mechanismen einer Freundschaft zwischen zwei Frauen.

»Angela Huths Roman ist eine bittersüße Geschichte um Verlust und Trauer, um Hoffnung und den Versuch, das eigene Glück zu verteidigen, ohne andere Menschen zu verletzen.«
Norddeutscher Rundfunk

SERIE PIPER

Francesca Stanfill

Das Labyrinth von Wakefield Hall

Roman. Aus dem Amerikanischen von Mechthild Sandberg. 446 Seiten. SP 2293

»Man stelle sich einen gemütlichen kalten Abend vor, an dem man im warmen Wohnzimmer sitzt und liest. Draußen heult der Wind, es regnet oder schneit. Man selbst aber fühlt sich geborgen in seinem Sessel. Und dazu einen Roman wie Francesca Stanfills ›Das Labyrinth von Wakefield Hall‹ – und der Abend ist gerettet. Dieses Buch ist nämlich genau die richtige Lektüre für jene Stunden daheim, wenn man mit einer spannenden Geschichte abschalten möchte. Im Mittelpunkt des 446 Seiten umfassenden Romans steht die junge Journalistin Elizabeth Rowan. Sie soll über die einstmals berühmte, unlängst verstorbene Schauspielerin Joanna Eakins, eine der besten Shakespeare-Interpretinnen des 20. Jahrhunderts, eine Biographie schreiben. Als sie das prächtige Anwesen der Verstorbenen besucht, spürt Elizabeth, daß das Leben der Frau, die lange Zeit in England lebte und in Amerika starb, von vielen Geheimnissen umgeben ist. Und einige dieser Geheimnisse involvieren Elizabeth, die erkennt, daß nicht nur die Karriere und das viel zu kurze Leben der Schauspielerin sie seltsam berühren und faszinieren, sondern daß sie die einzige ist, die die vielen Rätsel um Joanna lösen kann. Elizabeth stürzt sich mit solcher Energie auf die Biographie der mysteriösen Schauspielerin, daß ihr eigenes Privatleben darunter leidet und ihr Freund sie vor die Entscheidung stellt, entweder ihre Arbeit abzubrechen oder ihn zu verlieren. ›Das Labyrinth von Wakefield Hall‹ von Francesca Stanfill bietet alles, was ein guter Unterhaltungsroman haben sollte: Eine spannende Handlung, Figuren, deren Schicksal nicht kalt läßt, eine gehörige Portion Liebe und Leidenschaft und ein durch und durch befriedigendes Ende, obgleich nicht alle Rätsel um Joanna Eakins gelöst werden können. Aber gerade das läßt dem Leser die Möglichkeit, die eigene Phantasie ins Spiel zu bringen.«

Norddeutscher Rundfunk